遵义市历史文化研究会
贵州省写作学会遵义联络处　编
遵义市播州区西坪镇政府

文涌西坪

主　编　王现璋
副主编　彭绍奎　高　原

西南交通大学出版社
·成　都·

图书在版编目（CIP）数据

文涌西坪 / 遵义市历史文化研究会，贵州省写作学会遵义联络处，遵义市播州区西坪镇政府编. —成都：西南交通大学出版社，2018.7
ISBN 978-7-5643-6304-8

Ⅰ. ①文… Ⅱ. ①遵… ②贵… ③遵… Ⅲ. ①中国文学－当代文学－作品综合集 Ⅳ. ①I217.1

中国版本图书馆 CIP 数据核字（2018）第 170420 号

文涌西坪

遵义市历史文化研究会
贵州省写作学会遵义联络处 编
遵义市播州区西坪镇政府

责任编辑 / 左凌涛
助理编辑 / 赵永铭
封面设计 / 严春艳

西南交通大学出版社出版发行
（四川省成都市二环路北一段 111 号西南交通大学创新大厦 21 楼 610031）
发行部电话：028-87600564 028-87600533
网址：http://www.xnjdcbs.com
印刷：四川煤田地质制图印刷厂

成品尺寸 185 mm × 260 mm
印张 25.5 插页 4 字数 540 千
版次 2018 年 7 月第 1 版 印次 2018 年 7 月第 1 次

书号 ISBN 978-7-5643-6304-8
定价 99.00 元

《文涌西坪》编委会

遵义市历史文化研究会王刚会长讲话

西坪镇党委书记张铁致辞

百名学者走进西坪采风活动启动仪式现场

赵乃康故居

陈铁故居

角口电站风光

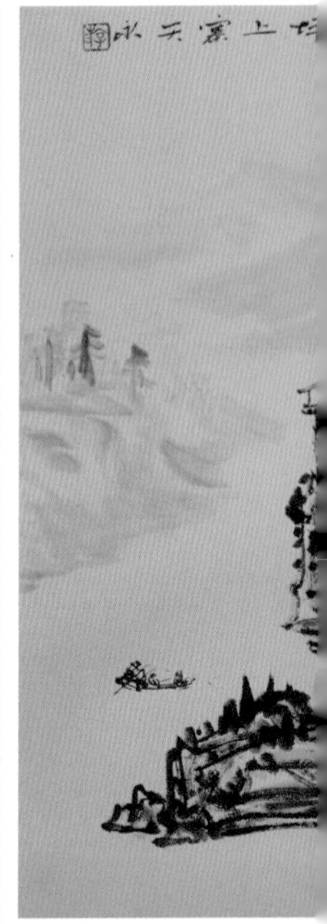

① ② ④

③ ⑤

⑥

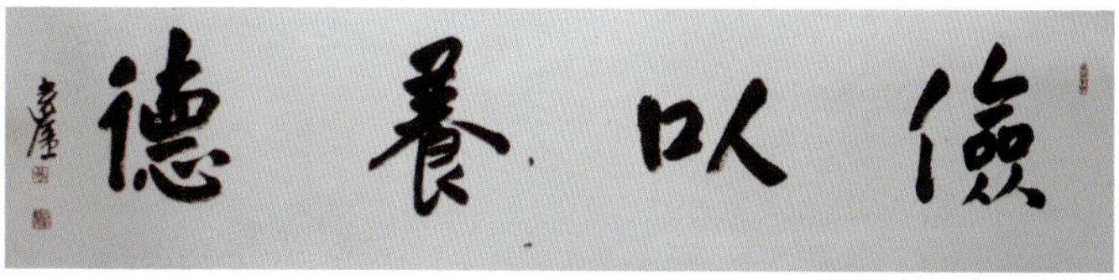

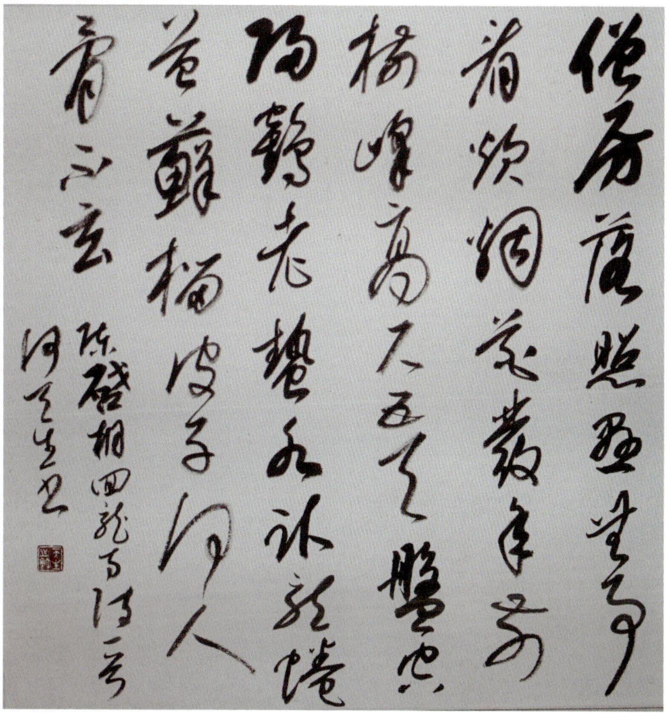

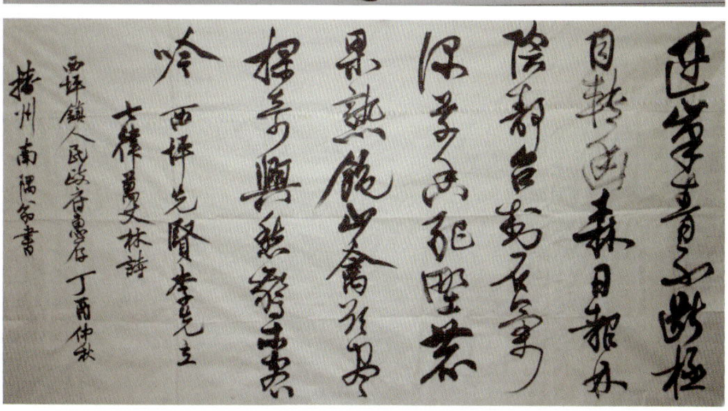

① 秋风荷韵 ④ 吴远强书法
② 游天永绘画 ⑤ 何天生书法
③ 陈寿勋书法 ⑥ 张建生书法

采风活动现场

参观核桃产业基地

采风人员在辨认碑文

序

文化，是一个非常广泛的概念。笼统地说，文化是一种社会现象，是人们长期劳动创造形成的产物，同时又是一种历史现象，是社会历史的沉淀物。确切地讲，文化是凝结在物质之中而又游离于物质之外的能够被传承的国家或民族的历史、地理、风土人情、传统风俗、生活方式、文化艺术、行为规范、思维方式、价值观念等，是人类之间进行交流的被普遍认可的一种能够传承的意识形态，是对客观世界感性上的知识与经验的升华。

西坪，旧属南乡平水里，春秋战国期间，属鳖国地，是西南蛮荒之地，处于本地文化时期。从唐代罗荣入播到乾符年间，杨端领八大姓族入主播州之后一直到明万历年间，属土司文化，相对封闭，半封建半奴隶制最为突出。其间因有少数中原官宦避乱来播，儒佛文化开始局部影响播地，是儒文化在遵义地区的文化传播阶段。万历以后，明廷平播，结束了长达700多年的杨氏土司政权，实行“改土归流”，是为流官统治。而西坪作为黔北遵义府一隅，自然环境较为优越，这里气候温和，雨量充沛，土地肥沃，物产丰厚，且又相对封闭闲适，自古是远离战乱，归隐遁形，休养生息的好去处。明清以来600多年间，先后有陈弥高、大治、陈启相流寓到此并涌现了谈亮、罗兆甡、李先立、赵乃康、赵怡、杨干之等文人雅士，他们或结茆讲经、或开馆授徒、或治学著书、或为官从政、或扶危济困，大多是宏文巨儒、隐逸高士。他们用丰富的阅历和深厚的儒佛文化素养，开启了西坪文化之先河，使这块古老而蛮荒的土地逐渐浸染了中原文化的气息。正所谓：“黔北明珠、遵南福地。南山巍峨为屏，秀林佳木，灵泉唱春夏秋冬。湘江北绕如带，平畴沃野，渔樵歌朝霞暮霭；窝园居，名将留誉后；笔峰山，天官书美文；将军名扬三千里，进士风盛六百年。”

平水里西坪文化，作为黔北文化的一个重要组成部分，和沙滩文化互为影响，交相辉映，共同承载了黔北乃至贵州文化的主体。尤其是被誉为天下第一府志的《遵义府志》《续遵义府志》，以及《平水集》《紫云休暇集》《北山诗文集》《赵乃康文集》《巢经巢集》《说文逸字》《说文新附考》等众多文献，足以说明西坪文化与沙滩文化在贵州文化领域里所占的重要地位。

今天，我们发掘、整理和研究平水里西坪文化，有着很重要的历史意义和现实意义。这对于弘扬遵义的传统文化、地方文化，增强文化自信，促进民族团结，提高民众对民族传统文化的认知度，提升我们的文化素质，加快社会主义精神文明建设，实现中华民族的伟大复兴，都有着不可或缺的作用。

2017 年 10 月 12 日，在“喜迎十九大，百名学者进西坪”的考察采风活动中，西坪迎来了近百名省市区的专家学者。他们对西坪优美的自然景观和厚重的历史文化给予了充分的肯定和认可，并纷纷用多种艺术形式，或作文，或书法，或摄影，或绘画，或题诗，多样化地对西坪进行描绘与宣传，使西坪这方“养在深闺人未识”的净土以崭新的姿态走向时代的舞台。

文集中，如《试论西坪历史人文现象与遗产继承》一文，对西坪文化现象做了全面细致的剖析，突出了文化与物质的不可或缺性，并就如何弘扬继承西坪文化，促进西坪经济发展提出了可贵的意见和建议。《“淳厚人家”之家风永传》，对李天官的为官清廉思想、淳厚家风的形成，从内因和外因两方面进行解读，突出了良好家风教育对于人格养成的重要性，体现了中国传统文化中的孝、俭、仁、义、礼、智、信的中心理念之传承价值。正如李先立墓碑联上所书：“先祖有德铭久远，后裔无愧世泽长。”《赵乃康先生二三事》讲了赵恺先生的学习成长及赵氏一门文秀的产生，体现了耕读为本、忠孝传家、治学严谨的良好家风，一代巨儒产生的必然性得以诠释……如此多的作品，除了较为周全地挖掘了平水里西坪的人文历史，更多的还是对于今后平水里历史文化研究工作给予了启示。《后发地区旅游的突围》对西坪的发展，提出了指导性意见。

西坪要以文化促经济，以经济哺文化。长风破浪会有时，直挂云帆济沧海。《文涌西坪》一书的出版是西坪历史文化研究的一大喜事，也是平水里文化研究的里程碑。

是为序。

西坪镇党委书记 张 铁

2017 年 12 月

目录

·追忆前贤·

·诗画西坪·

先贤遗著·

西坪概观

西坪概况

蒋茂德

西坪镇位于播州区东面，距遵义市区 52 公里，总面积 132.76 平方公里，处于东经 107°05′56″至 107°16′42″，北纬 27°29′14″至 27°36′26″之间，东与湄潭县新南隔江相望，南接团溪、铁厂，西连喇叭，北靠虾子，辖 9 个行政村、1 个居委会、1 个集市、99 个村（居）民组，共计 8763 户 40462 人，人口密度 294 人/平方公里，农业人口 39352 人，占 97.25%，是一个典型的农业镇。

西坪的最早记载见于《遵义府志》:“西坪寺，明末清初大冶道场，‘明末文章巨手’陈启相著有《西坪寺记》。”又载:“西坪泉，在城东南九十里，周十余丈，灌田数百亩，余入绿水。”《遵义府志·城池》又载:“西坪场，城南百里，平里，日子、午集。”清道光十八年（1838），西坪设场。

关于西坪的民间记载要早得多。西坪陈氏有祖碑一座，为陈善连墓碑，碑文中有“……生祖长房存道，插领湘江平水里地名西坪，载册絛粮柒两有零。存道祖享年七十有一，于嘉靖……”字样。该碑立于“清乾隆二十一年（1756）丙子暮春月清明节”，“因年久毁断，旋于光绪五年（1880）重立，右碑文一道，俱照原文泐石，不敢增减一字，以存先人手译”。此碑原来位于西坪场后枫香堡，“四清”时被推倒，左上角损坏不存。2015 年西坪镇修葺陈铁故居，找到此碑，迁立故居内，以供观瞻。

西坪陈氏家谱记载其始祖陈弥高，于洪武年间入播，先隐沙溪里枫香坝，再迁西坪碑底，由此可知西坪历史应在 600 年以上。

关于西坪的来历，一种说法是西坪北、东面临湘江，为河谷深切山地，南面为大娄山余脉，也是山地，只有西坪镇腹地和东面都是低山丘陵和山间坝子，地势低平，所以以东面山地为参照，名为西坪。另外，也有传说西坪集镇原名单凤场，仅有今文丰路一条老街。后来修小兴街，再后来修大兴街，之后改名双龙场。当时，其他场都是自备量斗，唯独西坪场制有公斗，买卖公平，场上交易繁荣，人人心平气和，人们便议改心平场。时间长了，心平被逐渐叫成了西坪，便正式更名西坪场。

西坪旧属遵义县南乡平水里。辖十甲，六甲大部分和八甲、九甲小部分。

西坪镇境以娄山支脉为骨架，为低山丘陵宽谷盆地地貌。按成因分：除东部湘江沿岸是河谷深切侵蚀地貌外，其余均属丘陵岩溶地貌。地势由南向北倾斜，最高点在民主村，海拔 1 100 多米；最低点在民主村湘江河谷，海拔 612 米。东西长 16 公里、南北宽 13 公里。地质属华夏构造体系，褶皱向斜结构，两翼是断裂构造带，地层从老到新有寒武系、奥陶系、二迭系、三迭系四个系的沉积岩。山脉主要分布在南部、东部与铁厂镇交界处，由西南向东北延伸。

西坪镇属中亚热带季风气候，冬无严寒、夏无酷暑、气候温和、雨量充沛、热量充足、无霜期长、雨热同季。无霜期 270～300 天。年均气温为 14.5 °C—15.2 °C，大于 10 °C 年总积温 4400 °C—4600 °C 之间。全镇年降雨量 1000—1100 mm，降雨日数在 120 天以上，相对湿度 80%上下，光资源在全国属低值区，年平均光照时数 1145.7 小时，日均 3.14 小时。

土壤多为水稻土、黄壤、红壤、砖红壤、石灰土、紫色土。全镇有耕地 67230 亩，其中田 38145 亩，占耕地总数的 56.7%，土 29085 亩；森林面积 119385 亩，覆盖率为 60.36%，主要是针叶林、河谷混交林，以水源保持林为主，其中公益林面积 38542 亩，用材林 79628 亩、经济林 1215 亩。

河流多为地下水补给型和雨水补给型，水量丰富。境内最长的河流乐稼河从团溪黄家湾经乐稼到泉涧流入湘江，全长约 17.4 公里，流域面积 100 多平方公里，境内河长 12 公里，流域面积 70 多平方公里，覆盖西坪镇中西部。其支流绿水长约 8.7 公里，流域面积大于 20 平方公里，湘江河环绕镇内竹山、茶元、大同、凤凰、民主五个村而过，流经长度近 11 公里。镇内拥有小型水库青年塘、老年塘、大同水库、山岔沟水库等，总容量达到 220 多万立方米。水能资源丰富，可开发能源 5.5 万千瓦，黄鱼塘水电站装机容量 1.26 万千瓦，投资 1.1 亿，一号机组于 2006 年 10 月试机投入运行，二号机组 2012 年 5 月底试机并投入运行。

西坪矿产资源丰富，已探明储量的硅矿 1.5 亿吨、锰矿 3000 万吨、煤 1.2 亿吨、铁锰矿 24 万吨。其中大同硅矿场储量 5018 万吨，含 $SiO_2$93.01—99.55%、$F_{e2}O_3$0.08—1.92%、$AL_2O_3$0.41—4.02%，是玻璃工业冶炼和结晶硅的优质原料；另有一定数量可开发的溶洞以及湘江河等旅游资源，最有开发价值的是流经五个村的湘江河谷风光和竹山境内的洪水大洞以及厂上村的冰仙洞。

镇内农牧业发展较快，2017 年，全镇国内生产总值 4.5 亿元，工农业总产值达 1.96 亿元，其中农业总产值 4.8 亿元，农民人均纯收入 12112 元。粮食总产量达 2.1 万吨，油菜籽 4121 吨、辣椒 39156 吨（鲜产），大牲畜存栏 4168 头，出栏 2019 头：马 31 匹，出栏 75 头；生猪存栏 39765 头、出栏 53431 头；山羊存栏 6314 只，出栏 5628 只；家禽存栏 106372 只、出栏 189362 只，肉类总产量达 5526 吨，禽 160 吨。全镇已建成桂山村、厂上养牛基地，民主养猪基地，桂山、民主无公害蔬菜种植基地以及各村的辣椒基地等，镇内形成了农贸市场和山羊交易市场，全年交易辣椒量达 4500 吨、山羊达 6000 多只。

种植产业方面，西坪优质稻米、辣椒、核桃将是三大支柱产业。其中核桃产业在全省最有代表性。

2009 年，西坪镇在党委、政府组团赴云南等地实施科学考察和聘请专家论证后，定下“核桃引领、水稻夯实、辣椒红遍、旅游腾飞”的产业发展大计划，确立了“发掘历史文化，保住青山绿水，发展绿色产业，建设生态家园”的发展目标，大力引进龙头企业，发展种植大户，建立专业合作社，提高农业生产组织化水平，全面发展核桃及其相关产业。2010年引进了遵义绿繁农业开发有限公司落户西坪，迈出打造“核桃之乡”的稳健步伐。2011年，贵州省生态产业扶贫项目核桃基地落户西坪，西坪成为贵州省产业化扶贫核桃项目区，核桃产业成为西坪镇主要的特色产业和带动全镇人民致富奔小康的重要攻坚项目。依托上级扶贫、发改等部门的项目支持，先后在全镇9村1居发展核桃种植共计1.8万亩，种植了核桃早熟品种云新、香玲、8518和晚熟品种大泡、漾江、漾杂、清香、娘青、美国山核桃等11个优质品种，这些品种壳薄、果香、无涩味儿，口感极佳，是养生、送礼上品，直接食用、粗加工、深加工都有无可比拟的优势。全镇种植户3000余户，占全镇户数的34%，其中贫困户148户560人。20亩以上的示范户35户4000余亩，示范带疏密移栽核桃1000余亩。绿繁公司已经成功申请了核桃特色产品的注册商标和地理标志认证，产品网上销售风生水起。昔日的荒山草坡、陡坡耕地，数年间绿树成荫，石漠化、水土流失得到有效治理，生态更美，环境更好。核桃果林将与将军故里、天官故居、九皇渡漂流、清江田园等旅游景点互为补充，共同达成西坪镇特有的文化、产业共生共赢的旅游腾飞之梦。西坪核桃全部进入丰产期后，产值将达到一亿元。2017年，全省核桃产业现场会在西坪成功召开，赢得专家、领导高度好评。

近年来，镇党委、政府加快了交通、水利等基础设施建设步伐，实现了村村通油路，组组通、户户通正加紧建设，全镇公路网基本形成；即将建成的遵余高速出口距西坪政府仅6公里，融入遵义市半小时经济圈指日可待。医疗、小城镇建设向合理化发展，西坪正以崭新的姿态迎接更加灿烂辉煌的明天！

（蒋茂德　西坪镇人民政府镇长）

西坪历史文化概要

高　原

西坪镇有“进士之乡”之称，是“全国体育文化先进镇”（1998年）、“贵州省核桃产业项目扶贫镇”（2011年）。

西坪在美丽的湘江河迂回环抱中，宛如明珠镶嵌，是一个山清水秀的古镇。低山丘陵，岩溶地貌，水美田肥，气候温和，古木参天，风景优美，民风淳朴，文化悠远，物华天宝，人杰地灵。

西坪有文字可考的历史近700年。据西坪陈氏碑文记载，早在明洪武年间，云南进士陈弥高就迁居西坪，西坪因此获得了较好的文化启蒙。明末清初，佛家高僧大冶和明末“文章巨手”陈启相寓居西坪，与谈亮、罗兆甡一起吟咏啸歌，开设书院著书讲学，西坪文化教育空前繁荣，开遵义一代文风。随后，李先立犹如奇峰兀立，加上他们的子孙、弟子等，形成了一个具有相当规模的文学群体，其影响直至清朝中期。至清末民国时期，受沙滩文化的熏陶，西坪又是一番新景象，出现了办学热潮，赵氏一门人才济济。明清时期，在西坪这块土地上先后涌现进士13人、举人14人，博得功名者总计达50余人，西坪因此素享“进士之乡”的美誉。

13进士分别是本土进士李先立、陈在元、陈恩笃、陈启绪、赵廷铭、赵怡，外部迁入进士陈弥高、谈亮、余焕、毛省元，毛有信、张象乾、陆骞为西坪举人李懋思门生。14举人为谈惟迪、谈宣、李翰、李涵健、李涵侯、李懋思、李耀邦、张晋涵、陈国笃、陈家谟、赵懿、甘必大、徐翊唐、陈国标（武举）。

西坪文化源起于沙滩之前，承继于沙滩之后。废除科举后，杨干之、陈铁等各领风骚，使这个文化群落又展生机。之后，陈善礼、晏香泉、古开伦、唐流德、康国政等再将西坪文化推上新的高度。现在，战斗在祖国各个行业，取得较高成就的西坪人更是比比皆是，西坪文化有如滔滔江水，绵延不绝。

一、明朝启蒙期

西坪原居民是仡佬族，今厂上滑石有地名岩仡佬，厂上落尾田有仡佬族与苗族相争留下的万人坟。后来民族迁移，汉族人成为主要人口。明朝初年，云南佥宪陈弥高与子德祥落业西坪。陈弥高先隐沙溪里（鸭、枫、泮）枫香坝，后迁西坪碑底著书讲学，给西坪播入了中原文化的种子，是对西坪文化的启蒙。

万历二十八年（1600），明庭的“平播之役”，县境化为战争废墟，人民存之十无一二，人口大减。万历二十九年（1601），明朝廷废播州，实行“改土归流”，强行从江西、四川、湖广移民，这样，中原文化进一步影响西坪。

二、清初繁荣期

南明、清初时期（1644—1690），大冶、陈启相等学界名人流寓西坪，著书讲学，大大发展了西坪文化。随后，李先立进士及第，入朝为官，犹如奇峰兀立，加上他们的子孙、弟子等，形成了一个具有相当规模的文化群体，其影响直至清朝中期。其时，沙滩文化尚未发育。

明朝末年，新舟禹门石头山有一个能诗善文的大冶和尚，西坪杨氏、余氏等四家先祖把他请来，在掌台山创办了虎丘寺，为西坪带来了儒佛文化。这是西坪先辈们为西坪文化发展做出的了不起的贡献。大冶著有《大冶语录》和诗集《大冶方外集》。

康熙元年（1662），遍游吴楚诸山的明朝遗老陈启相看中了西坪。遥想当年，绝意仕途、尽忠明廷的“文章巨手”落脚于此，就是因为西坪农业发达而又相对封闭的优越环境和好学民风。陈启相，字枚庵，号晡（bū）谷，原籍四川富顺县，明代贡生，官至河南道御史。明亡后弃家为僧，法号大友，来到南乡平水里掌台山（西坪）堂子寺隐居，自称掌山老人。陈启相来到这里以后，足不出户，致力于读书著述，每日吟咏啸歌，自得其乐，虽有时挨饥受冻，依然如故，二十多年如一日。四川巡抚张德地慕其名，遣官多次敦请也不肯相往。他学识渊博，能诗善文，又工书法，楷、草、隶等都自成风格。《遵郡纪事》中称赞他“行文如烈马驭空，游龙戏水，不知其来”。郑珍评其为明末“文章巨手”。其著有《平水集》百余卷（一说数百卷），以及《紫云休暇集》《摩诘诗评》《沥胆将军遗事记》《掌山法语》等。可惜大多散失，只有少量诗文留存于世。其年八十而卒，葬于寺后，在今西坪小学内。1958 年小学扩建，其墓向北迁约六十米，在今西坪镇中学校园内。2006 年西坪小学百年校庆，在西坪小学校门内立碑纪念，正面刻其生平，背面刻了他的诗作。陈启相除了著书立说，还设书院讲学，一时高才云集，吸引了当时名士谈亮、贡生罗兆甡（详见《一罗三李》）也拜于门下。莫友芝说“遵义人才之开，掌山功最巨”，所以，陈启相不但开启了西坪文化，还是遵义文化奠基人之一。

谈亮，字晋若，四川富顺人，明末进士，与陈启相同时迁来遵义，隐于团溪张王坝。永历中授义宁知县，后任贵州麻哈州知州。明亡后，随陈启相隐居掌台寺。康熙二十二年（1683），61 岁时剃发为僧。著有《卖闲愁集》诗文数十卷，可惜毁于大火。谈亮后代，次子谈惟迪、孙子谈宣中举，长子谈远、四子谈述、五子谈达均为岁贡，孙谈中信中秀才。其中谈宣字师陆，雍正甲戌举人，曾任陕西洵县（今旬阳县）知县，是罗兆甡女婿，为诗作文继承了罗兆甡衣钵，著有《拾遗集》《巴塘杂记》。

清朝初年，遵义文坛星光闪烁，名家辈出，诗歌创作十分活跃，著名的几大名家被合称为“一罗三李”，罗兆甡、李先立就是其中两位。另两位是黄平李专和桐梓李晋。“一罗三李”是黔北文学走向成熟的标志。

罗兆甡（1641—1702）是明末进士罗以忠的儿子，是清初遵义诗坛的翘楚，生于 1641 年，字鹿游，主要生活在清康熙时期，祖籍湖北黄冈，清兵入关后随南明永历王到贵州，后隐居播州区龙坪镇，再迁尚嵇镇，与谈亮常侍陈启相左右。

罗兆甡无书不读，学问渊博，广泛游历，饱览了四川、贵州、云南、湖北、湖南、河北、河南等大好河山，写下了大量诗篇。

当时清代的统治已经稳固，要想有用武之地，也必须参加科举考试。不过，罗兆甡虽然满腹才华，却仅考取一个岁贡，终身没有能谋得一官半职。他怀才不遇，又饱受离乱之苦，因此愤世嫉俗，逐渐形成了落拓不羁、倜傥傲世的性格。

《遵义府志·列传》载："（罗兆甡）常客诸侯间，意偶有拂，即使酒骂座，声震杯盘，虽王公大人面前，弗顾也。客滇时，狎一妓，主人豪贵者，强夺去。一日与宴，大宾满堂，酒酣，奋髯抵几，指主人曰：'灌夫谓程不识不值一钱，吾乃今见之。'时王圣甫在座，莫逆交也，为婉调，罢席。明日，与圣甫《水调歌头》，拂袖而行。"

罗兆甡基于自身的境遇和游历中的见闻，对百姓疾苦充满同情，他游历途中的诗作，颂赞山光水色不多，常借诗文发泄抑郁愤懑之情，反映民间疾苦，揭露社会阴暗面。如《采蕨行》：

采蕨，采蕨，十指流血。血流指未枯，腹枵（xiāo）气将绝。山灵骨露不忍呵，猛虎怜人低缩舌。朝采采，暮来归，一担枯根擎入户，饿眼无光唤声微。河头洗污泥，瓮中澄黑水。薄粉流云合小团，浓羹拨雪搅长匕。大妇小男并手作，仓皇一碗方到嘴。我观廪（lǐn）谷槁（gǎo）犹悬，市上斗米值一钱。何为徒自苦，早作夜难眠。老翁吞声告，廪谷安敢食！官帖久开征，谷贱难索值。昨与老妻相计较，只恐娇儿留不得，天容贱命活须臾，岂惜区区闲气力。老翁勿再言，使我心剧悲：当日聂夷中，解写锄禾诗，宁知密箐丛山里，汗滴土干未把犁。传闻圣人下南甸，快活春随尧舜愿，山东预蠲（juān）明年租，江南一勾二百万。六龙敢望踏荒烟，赐租蒙恩已一年，唯正所需难骤免，节俭有余方议蠲。此谕令人感且泣，兵宜效死官宜廉。民口夺食为尔食，哪能坐饱负皇天。独不见、夜郎忍饥采蕨人，官租未纳难下咽。

夜郎人采蕨充饥、在死亡线上挣扎的情景，被诗人表现得淋漓尽致，读来不得不让人产生读杜甫《石壕吏》那种沉痛的感觉。他这类诗的代表作还有《綦江即事》《桐梓道中》等。

郑珍说，罗兆甡"为文雄峭，不规矩前人""词亦入苏、辛之室"，诗"沉雄郁挫，挥洒自如。当其兴会飚发，劘（mó）杜陵之壁垒，笑信阳之客气，若使旗鼓中原，与朱王数子上下驰骋，未知谁拔赵帜。遵义诗人之冠冕也"。朱彝尊、王士禛等都是清朝初年全国有名的诗人，罗兆甡如果有与他们同等的机会，谁的创作影响更大，还很难说。可惜罗兆甡只是一介贡生，并且僻处西南，没有能进入主流社会登上京都文坛，只得埋没于草莽之间。

罗兆甡诗作编为《明日悔集》《覆瓿集》《北上集》《问石集》等，可惜都已散失，只有郑珍编纂的《播雅》中，保存了他的诗歌 100 首。流传下来的短文有《署府李公寿序》《求饬府令为启相树碑表墓书》《补修禅院记》《福寿桥记》《绝命词跋》等几篇。数量不多，但显现了他"为文雄峭朴雅，不规前人"的独特风格。

康熙壬午（1702）七月，罗兆甡去世，享年六十二岁，葬三岔镇高山村大丫组罗家坟山。墓地靠山形似马头，山两侧各向前伸出一斜坡，形似人盘坐之两膝，因此地形被称为仙人打坐。他的坟墓地居于仙人“肚脐”的风水宝地，因为年久失修，土墓已显得非常矮小，一块窄小的墓碑风化严重，字迹勉强可读。

李专、李晋都与罗兆甡有着深厚情谊。

李专（1656—1737）字知山、知三、艺三，号白云居士，清康熙二十五年（1686）中拔贡，后选为教官，不愿赴任。李专工诗文，精书法，西南巨儒郑珍赞其诗“清放得之东坡，隽永近于诚斋”。著有《白云集》10卷。

李专有《送罗鹿游姻兄换夜郎》：灞亭哭罢已难持，又向西风泣素丝。影比孤云安所托，天生我辈欲何为。髑髅（dúlóu，死人的头骨，骷髅）且厌人间事，烟雨仍留客路悲。岂有苍凉如此别，长途羁旅各迟迟。

罗兆甡去世的次年，李专写了《癸未八月十一日读鹿游姻兄诗集》：斗室寒灯夜未央，欲眠难了小巾箱。笔头独走江山气，海内谁登庾鲍堂。天不怜才心太忍，世无知己事堪伤。离居已抱当年恨，此别真同逝水长。“笔头独走江山气，海内谁登庾鲍堂”。李专当年就认为罗兆甡的诗歌达到了全国名家的水平，可与南北朝时期的著名诗人庾信、鲍照相提并论。“天不怜才心太忍”，既满含对已辞世的杰出诗人的深深惋惜，亦表达对埋没人才的现实的无比愤恨。

李晋字冀一，是桐梓的一位杰出诗人，祖籍山西曲沃。尝从谈亮、罗兆甡等名宿，探讨诗文，学养日深，二十多岁中举。李晋一生著述颇多，有《萃奇堂诗钞》《伴铎吟》各一卷，文钞数十篇，词钞百余首，主编《桐梓县志》。郑珍称“其诗温和淡雅，如春云出岫，掩映崖花，固多揉练之功，亦本酝酿之厚”。

罗兆甡、谈亮与恩师陈启相在西坪“吟咏啸歌”、纵情山水的时候，遵义诗坛的另一颗新星北山李先立（详见《笔峰山李氏》）也从西坪冉冉升起，成为清代开科以来遵义府的第一个进士，是西坪的骄傲，也是遵义的自豪。他告老归田后获得“南乡三十六村邻人”“淳厚人家”赞誉，殊为可贵。

陈启相、罗兆甡、李先立他们青灯黄卷，闭门笃学，谈诗论文，由是西坪学风大盛，民风更淳，尽占遵义县境文化发展先机，一片繁荣，成为西坪文化的里程碑，极大地丰富了西坪文化内涵。

三、清末民国持续期

至清末民国时期，西坪文化持续发展，并在学术、教育、艺术、军事、政治、经济等方面都取得瞩目成就，西坪又是一番新景象。

清江塘赵氏（后文专述）受沙滩文化的熏陶，继承沙滩文化，弘扬西坪文化，与乐稼晏氏才俊、杨干之等推动了西坪办学热潮，培养了大批人才。陈弥高第二十世孙陈铁就学黄埔，带动家族成员走向军事领域，开创西坪军事文化。晏香泉创办企业，成为民族资本先锋。

清江赵氏得学于沙滩郑氏，深受沙滩文化影响，人才众多，绵延数代，直至今日，其家族后裔还多是文化人。家族中女儿、媳妇也多能诗善文，且有诗集留存于世。其代表人物有进士赵怡，举人赵懿，遵义名儒赵恺和全国知名诗人、作家卢葆华。

与清江赵氏同时，乐稼晏氏（后文专述）崛起于清江河边羊石场，积极推动西坪、团溪的经济、文化、教育的发展，并积极支持革命，成为中共遵义县委早期的摇篮。其代表人物以晏淦、晏香泉为代表。

西坪杨干之是民国时期西坪政界代表，归隐西坪后是推动团溪西坪教育的重要力量。

杨干之（1885—1959），字符祯，西坪镇石马人。童年读私塾，后转入遵义初等师范，清宣统三年（1911）毕业于贵阳法政学堂。辛亥革命时期，杨干之在省城参加政治活动，曾加入宪政党，与喻界凡、雷长清、熊逸滨等发起组织“政学崇实会”。“会甫成立，而武汉起义”。1913 年，当选为省议会议员。袁世凯称帝，随护国军戴戡部入川讨袁。1917 年，任四川江津县（今重庆江津区）征收局局长，次年任黔军总司令部军法官，历两年。1920、1921 年先后任四川铜梁（今重庆铜梁区）、贵州三穗县知事。后受聘相助军阀周西成。1923 年，遵义城为罗成三所据。杨干之于其内部进行策反，使周西成得以顺利兼并罗部。1925 年，担任周西成贵州军务会办处秘书长。1926 年，周西成执掌贵州军政大权，充任贵州省政务厅长（不久，政务厅更名民政厅，改任民政厅长）。时与遵义人杨献廷、杨德衡鼎立辅佐周西成，使黔省一时社会相对稳定，被誉为“三杨开泰”。1929 年，周西成战死，黔政更迭。杨干之返遵寓居县城，不问政治，“安分为人，勿伤于世”。闲时翻阅古籍，笺注郑珍《巢经巢诗钞》，引用多种古籍，注明诗中用典出处，还有诗中的乡邦僻事、身家细故，地方志乘不备录、私家文字无记载的今典实地考察，深入了解，作注释 2000 余条。1942 年，倡办团溪民德中学（今团溪中学），并担任校董事长，直至解放。遵义解放后，他将其在遵义城内的两室藏书全部捐给遵义市图书馆。连任县各界人民代表大会特邀代表、常务委员会委员和第八届、第九届驻会副秘书长，续任县人民代表大会三届代表和县人民委员会一至三届委员、县政协首届副主席，遵义市政协副主席、市人民委员会委员、省政协委员。1959 年卒于任上，终年 74 岁。

1959 年冬，杨干之逝世，时遵义地委书记李苏波敬其为人及才气，要求公葬，灵车经遵义繁华地段游行。遵义干部、市民争相往送，至官井后面马脑窝（今南门村）杨家坟山安葬，未刻碑记。后来生产队建设，曾于近处迁葬两次。

军事上，陈铁、陈德明是西坪的骄傲（《碑底陈氏》详述）。

四、当代多元发展期

中华人民共和国成立后，西坪文化丰富多彩，人才走向多元化。教育、军事、史志、编辑、水利、物理等各方面都有突出人才。

空军少将古开荣，国防大学教授，1945年毕业于西坪小学，1947年在团溪明德中学毕业，随即考入遵义师范学院。1950年参军，考进中国航空学校。1951年入朝，曾参加上甘岭战役，立功受奖。1952年回国，在沈阳部队高炮师，历任参谋、参谋长、高炮团团长等职。后调唐山、承德等地，唐山地震后，调北京中国人民解放军军史研究所。1993年病逝于北京。

史志专家古开伦，生于1927年，1948年底参加革命。中华人民共和国成立后相继任遵义市文化小学、朝阳小学、贵州省教育厅直属的贵阳实验小学校长。1956年9月后一直在省教育厅工作，先后任过教育厅秘书、普教处副处长、贵州省科学研究所副所长、省教育厅教研室主任。退休前后长期从事地方史志编撰工作，曾任贵州省地方志办公室特约编辑，贵州省地方志协会常务理事，中国地方教育史志研究会常务理事。

高级工程师江忠诚，1930年出生，中共党员。1946年7月赴重庆以第二名考取公费学校“中央工业专科学校”，1949年加入“中国新民主主义青年社”，9月初回遵义加入“曙光社”。1952年到沈阳112厂（飞机制造厂），参加了“歼五”“歼六”“歼七”战斗机研制工作，任至科长。1961年，调任西安航空部试飞研究所十一室副主任，授“大尉”军衔。后又调景德镇飞机研究所、南昌航空学院，1980年11月调任航天部柳州801厂理论分析室主任，从事导弹总体设计工作。1985年至1990年间对产品可行性进行研究，撰写了多项产品的可行性研究报告。1987年被评为高级工程师。1988年退休以后研究“传统文化”“企业管理”，1997年研究“科学哲学”“技术哲学”和“工程哲学”。2002年7月出版了专著《工程哲学引论》。

作家、编辑唐流德，笔名流水、常青，1951年出生，中共党员。1986年毕业于广播电视大学经营管理系。1969年应征入伍，历任昆明军区某部队战士、报务员、报务主任、新闻干事，水电部九局团委干事、副书记、书记，贵州省团委宣传部部长，青年时代杂志社社长兼总编，贵州人民出版社总编助理、经济编辑室主任、社党组成员、副总编辑、副编审。1971年开始发表作品。1995年加入中国作家协会，曾任贵州省作协副主席。

力学教授康国政，1969年8月出生，中共党员。1987年考入清华大学材料工程系，1994年取得西南交通大学材料系金属材料专业硕士学位，1997年取得西南交通大学应用力学与工程系固体力学博士学位后留校任教，历任讲师、副教授、教研室主任、教授、博士生导师、力学与工程学院院长。他是教育部新世纪优秀人才支持计划人选、中国霍英东教育基金会优秀青年教师基金获得者，担任着中国复合材料学会理事等多种社会职务。

总之，西坪人才辈出，文化源远流长，虽不及沙滩文化之影响巨大，但也不乏名家大作，成就颇多，尤其是发源久远，远在沙滩之前。陈启相一代巨手、李先立典范巍峨，成就不输沙滩代表；赵乃康收集整理郑珍遗著，维护文化之功，始得有沙滩成就名扬于天下……“细数落花因坐久，缓寻芳草得归迟”，西坪文化瑰如珍宝，值得发掘。附以小诗一首，以作结尾：

虎丘钟鼓诵声扬，经卷诗书两悠长。
布衣入朝还布衣，北山馨德悦四乡。
学成沙滩起青龙，卖田设厂助学堂。
将军抗日奔共和，后起精英展锋芒。

（高原，西坪中学教师、遵义市历史文化研究会会员、播州区政协委员）

西坪文化世家

高 原

碑底陈氏

西坪镇南靠大娄山东支余脉，山清水秀，人杰地灵。集镇东南边，一座蓊蓊郁郁的小山，左右侧各有一座蓝莹莹的水库，犹如两粒明珠，装饰着这个俊秀的小山，也照耀着古镇西坪。山前，长眠着一个不朽的灵魂！生前，他在抗日的战场上叱咤风云，逝后，他安详地守卫着宁静的故土！

他就是抗日名将陈铁将军。

陈铁先祖是明朝进士陈弥高，是陈氏入遵一世祖。

陈弥高，江西省瑞州府高安县天成人，明朝洪武（1368—1398）年间进士，翰林院编修，出任云南按察司佥宪、金湘兵备道等职。任上游览播州，看到西乡沙溪里枫香坝，就让儿子德祥安家于此。然后，他们又迁居西坪碑底（今居委竹林），每天吟诗作赋，激励年轻人潜心向学，以此打发时光。著有《西山樵史诗集》。墓葬沙溪里枫香园。

《遵义府志》载陈弥高“由进士官云南金湘道，甲申之变（1644年）弃官入播”（府志卷十44页）。陈启绪会试朱卷履历载“始祖弥高前明由翰林擢任云南金湘道致士（仕），后由滇入黔，家于遵义”。《陈氏家谱》载“明洪武中以进士通籍，为翰林院编修，出任云南按察司佥宪金湘兵备道”。西坪大河头枫香堡（今西坪民主大寨）陈善连（陈弥高第七世孙）墓碑载“始祖弥高任云南佥宪，翰林侯，公家谱存然”。查《陈氏家谱》，陈弥高第五世孙陈懋宁生于明永乐二十年（1422），第15世孙陈在元生于乾隆癸丑（1793年）。由此可知，陈弥高应生于元末，历仕元、明两朝。《遵义府志》记载当属误记。

西坪原是杨氏土司治下的蛮荒之地，陈弥高的隐居，给西坪传统的农耕文明带来了中原文化的曙光，为西坪后来人才汇聚打下了坚实的基础。

陈弥高后，传德祥、元吉、彦安、懋林、存道、善连、大富、守宧，历九世而分支。此后字派为“在国中（启）兴（嘉）茂，永寿万世昌，光明惟辅德，全冀本天良”。至今已历二十五世。其后裔亲族分支，广迁外地，人口众多，人才辈出。陈氏一脉，明清时期计有太学生1人，附生1人，贡生2人，拔贡朝考第一名1人，举人4人，进士3人；新学制后，遵义府初级师范完全科毕业1人，现在，陈家在外为官治学的人才更多，记入家谱的也有二十多人。

陈在元（1793—1866），为弥高第 15 世孙，字德国，嘉庆二十三年（1818）戊寅科举人，联捷己卯科（1819）进士。任直隶隆平知县。历署柏乡南宫元城、保安等州县。敕授文林郎翰林院庶吉士加一级。著有《贻惕斋文稿》《归去来诗抄》，筹集待梓。墓在贵阳黔灵山和尚井东山后。

《陈氏家谱》载陈在元“乾隆二十五年己卯科进士”。查乾隆二十五年为 1760 年，此时陈在元还没有出生，明显误记。查《遵义府志·选举》，其为嘉庆二十四年己卯科进士。

陈国笃、陈恩笃为弥高第 16 世孙。

陈国笃（1816—1865），陈在元长子，字厚溪，道光十九年己亥（1839）预行正科举人，截取知县，敕授文林郎翰林院庶吉士加一级。1861 年著《伤寒剖绪眼科六要》，入选《中国医学史年表》。《方夜求同文稿》《李东垣十书注》《伤寒论述疏》待梓。墓在贵阳东门外和尚井东山后。

陈恩笃（1837—1881），陈在元次子，字国澍，又字卉荃。寄籍镇宁州，优廪生，考选同治十二年（1873）癸卯科拔贡。甲戌（1874）朝考一等第一名，任户部七品小京官，广西司行走例升主事。墓葬西坪场西南土槽湾，今仅余墓碑，高约 2 米，刻“故显考陈公卉荃府君之墓”。

进士陈启绪（1850—1898）为弥高第 17 世孙，国笃次子，字筑生，光绪元年（1875）乙亥恩科举人，庚寅（1890）恩科进士，殿试钦点翰林院庶吉士，签分山西，特授山西淳县正堂。清光绪（1871—1908）年间，学界（杨祖恺、姚世达等）公认遵义书法八大家，王藻章第一，陈启绪第二。在任上，因判错案子，误斩好人而终日悔恨，最终吞金自杀，借以自赎。其故居被称为翰林院，三重天井，木刻窗花，造型独特，精巧细致，雕刻柱石古朴细腻。《陈氏家谱》现在的编撰人陈永均说：陈启绪墓在西坪街上，今镇政府左侧 50 米。1954 年，二十二区（西坪区，今西坪镇和团溪镇张王、茅栗镇水浸等地）占地建房，其墓迁出。墓启，棺木红漆如故，尸体完好无损，面貌如生，须发整齐，衣服光泽耀眼，多人得见奇迹。

中将陈铁、少将陈德明为弥高 20 世孙。

陈氏渊源深，人才多，著作丰，影响大，是西坪最重要的文化世家。也是影响播州乃至整个遵义的文化世家之一。

附：陈氏善连碑碑文

盖闻天者，万物之本也，物本于天，即莫不有报本之情。而祖者，生人之所自始也，人始乎祖，亦莫不有追远之意，彼夫先考府君陈存道，原系江西省瑞州府高安县天成人氏。始祖弥高任云南佥宪，翰林侯，公家谱存然。高祖德祥由洪武（1368—1398）入播，生曾祖元吉，生祖彦安，葬枫香园。祖于永乐二年（1404）八月初九日午时，守己积善，不求闻达。成化（1465—1487）蒙恩，追齐国公遣礼，令侍伴大衙，相公次（？）酒席正绶，以礼相待，赐恩荣冠带。弘治戊午（1498）正月初二未时，淮川以病终世，享年七十有六。二衙亲临吊慰，牲醴致祭，于本年二月十八日甲申合迁葬于泥塘河陈家林，与妣张氏同墓，坐申山寅向。又蒙齐国公赞真容云貌，心纯冠带荣身之（？）同，张氏韩宜人生于宣德庚戌（1430）九月廿二日寅时，终于成化乙未（1475）三月廿九日未时，于城清湘坊正寝，先葬共墓。生祖长房存道，插领湘江平水里地名西坪，载册條粮柒两有零。存道祖享年七十有一，于嘉靖三十八年（1559年。应生于弘治二年，即1489年）冬月终，迁葬于杨柳溪枫香堡上，丙山壬向。次，葬祖善连于万历二十一年（1593），祖婆赵氏是年八月共葬墓。又祖大富，崇祯七年（1634）六月终，亦葬此地。祖婆程氏，崇祯十六年正月终，共墓。又，叔祖大训祖婆张、李氏共葬此地。前砂后脉，兴守坟祀。青龙、转案、沙保等处田土共存留条粮四分正。今因古碑毁坏，遭杨姓霸挖砂嘴，控经县府，断复原古制，仍录原碑履历，复立大碑，后脉界其顶，左右俱抵田坎，下抵守坟田坎，其砂堡仍按归（旧？）规，不许侵犯。自此以后，流芳百代。又，祖人迁葬后坝严氏堰、堡上，又葬祖窝元陈氏庙，系本宗公共之祖，难以尽录，以后族内人等辈传辈，个个看守远墓，永垂万古不朽，云尔是序。

大清乾隆二十一年丙子暮春月清明节立（此碑因年久毁断，旋于光绪五年（1880）重立，右碑文一道，俱照原文勒石，不敢增减一字，以存先人手译，后世子孙庶几有所考证云尔）。（摘自《陈氏家谱》。碑存陈铁故居内。墓碑原位于西坪大河头枫香堡，20世纪50年代平坟作土，碑右上角毁去不存。）

又附：陈铁故居

陈铁故居位于播州区（原遵义县）西坪镇大同村窝元组。2013年1月，西坪镇政府在县委宣传部张明勇部长大力支持下启动故居保护工程，打造爱国主义教育基地。9月，保护工程正式开工，原样修复故居木房。2014年，西坪镇政府将窝元定为新农村示范点，美化了故居大环境，修建了木质牌坊、长廊、凉亭等仿古建筑。请著名书画家题匾额对联、绘壁画，故居环境焕然一新，总计投资800多万元。

2014年底，镇宣传办在党委政府领导、支持下，开始广泛征集陈铁及西坪历史文化的相关资料、实物，并请遵义市博物馆设计，布置故居展室。通过近一年的努力，得到陈铁将军亲属故旧、省内外各有关单位及诸多社会事业热心人士支持帮助、热心捐赠，收集到陈铁任命书、中正剑、忻口战场弹壳弹片、赵恺遗墨、陈氏家史碑等很多珍贵展品。

2015年5月，西坪镇政府专请名家制作了《陈铁将军生平》碑。8月，故居展室布展完毕，故居正房作为生活区，陈列相关生活物品；故居两厢作为陈列区，八间展室分别展出了将军投笔从戎、入学黄埔、联共抗战、血战忻口、率部起义、魂归故土各个时期的主要史实及西坪进士文化、故居建设掠影，共计展出文字资料两万来字、图片一百余幅、图书两百多本、复印资料二十余份，充分展现了将军忠勇爱国的一生和西坪源远流长的文化历史。

9月28日，陈铁故居举行了揭牌仪式。省委统战部副部长王茂爱、民革贵州省委秘书长邓文淼、遵义市博物馆领导、陈铁将军的亲属、抗战老兵代表等数百人参加了揭牌仪式，中央电视台等各级媒体进行了采访报道。

笔峰山李氏

李先立是西坪的骄傲，也是遵义的自豪。他是清朝在遵义府开科以来的第一个进士，又是第一个进入朝廷为官的遵义人，民间称为“天官”。他为官清正廉洁，堪为典范。又是诗文大家，与尚嵇罗兆甡、黄平李专、桐梓李晋并称清初遵义诗坛“一罗三李”，是西坪文化的里程碑，对遵义文化影响甚大。因为家学渊源，笔峰山李氏也形成西坪文化望族，成就了一个文化世家。

李先立（1657—1719）祖籍重庆江津，字卓庵，号笔峰，学者称北山先生。明朝末年，他的父亲李伦然避乱来到遵义桃溪居住，顺治十四年（1657）生李先立。李先立小时候和孩子们玩耍，就表现出特别端庄诚实。稍大一些，只要知道前人有美好的言行，自己就一定照着做。吴三桂反清（康熙十二年，即 1673 年）进兵遵义时，李先立一家避迁南乡平水里八甲笔峰山（今西坪镇南坝村尖坡组）下，开设私塾教授学生。

李先立生活十分俭朴，通常穿一件粗布袍，一天只吃一顿稀饭、一顿干饭勉强度日。当官以后依然保持“布衣素食”，跟当秀才的时候差不多。他母亲早故，就非常孝顺父亲，把教私塾得的“修脯”全都交给父亲。中进士后，重庆总兵郑侨柱请他为师，父亲要他去，他说：“我有幸能侍奉您老人家，让您安度晚年，即使用千金来交换一天我也不干。”不久父亲离世，出殡和安葬都遵照朱子（朱熹）的礼仪，没有做佛事道场。

读书时，因为贫寒，冬天没有火烤，他就在屋内急速奔走，使身体发热；有时就用一个竹篓装满秕糠之类的东西，然后把脚放进去取暖；或者拿一节竹子放在脚下，反复搓动驱赶寒冷。就在这样的条件下，他却更加勤奋好学，读书一定要把字句意思弄清楚了才罢休。曾经有一个看相的说他只能博得个“贡生”，但是他还是照样勤奋，刻苦攻读。有朋友劝他不必这样辛苦，他回答说：“读书本来就是我们该做的事，况且我们读书人如果不读书，那又该做什么呢？”终于，功夫不负有心人，他在康熙三十二年（1693）考中举人，三十三年（1694）又中进士。

庚辰（1700）年，李先立选任直隶新安知县。新安有很多大盗，前任县令就是因为抓不到盗贼被革职。李先立到任不到一月，就抓了几十个，依法处决了首犯。后来又抓到一个强盗头目，把他任命为捕快头目，很快就把其他强盗全部抓住了。他每次给强盗定罪时，几乎都要哭着说：“你们为什么不做好人呢？国法不能饶恕你们啊！”很多强盗因此被感化，境内盗患也就平息了。新安的杂税、徭役都很重，令百姓十分苦恼，李先立给他们全部免除了。小吏们又纷纷请求道：“什么费都可以免除，只是送给上官的东西，情势如此，那是省不了的。”先立于是召集全县的长者，和他们约定：从今以后，依照旧例无法革除、必须要给上官送的礼物，你们统计起来看要多少钱，值成粮食平均摊派，然后大家各自送各自的。老百姓听到这个约定，像得到第二次生命一样欢呼。上官们知道这样，都不好意思接受赠送，“私派”就这样免除了。县境内一半是水乡，堤岸附近的田地房屋常常遭受水灾，康熙皇帝来视察，看到以后拨款修治，命令李先立督造，只几个月就全修好了，老百姓可以安居乐业了。李先立再仿照朱熹的方法在各乡建立社仓接济饥民，让大家推选一个德高望重的人来负责管理，再找两个正直能干的做副手。每村造册汇总到乡里，乡再上报到官府，上下统一管理。收进拿出，每年一次，并制定了八条规则：严格锁钥管理，库房谨慎收藏，定准斗斛（hú，衡量粮食体积的工具），清查劳动力和人口，定时收发，登记清楚收进发出，禁止为别人代借，严明赏罚。李先立每次升堂问案，都像和家人对话一样平易近人。他曾经对人说："大堂上官威森严，已经足够使人害怕，如果再加以恐吓，小百姓本来有情况要说明的，又怎么能按顺序说清楚呢。"他要让受刑的人明白情理，无话可说，心服口服，然后才让他接受处罚。如果责打，最多十下就算了。百姓们都不忍心欺瞒他一点，遵纪守法，所以有时要几个月才受理一次官司。他就利用闲暇与书生们考论诗文，并用高尚的道德情操来规范勉励他们。他又倡议修起了学宫，"以二丁祭旧派各行供应，亵慢非礼，发岁帑（tǎng）自备，务丰洁"。县内有很多人以打鱼为业，登记在册的渔船就有三千多条，以前要拨四条船作官府公用，五天一轮换。李先立到任以后，捐出俸银造了两条船，每年招募四名水手管理，从此沿袭下去，不再调用民船。

以前，遵义没有专设考棚，生员们参加科举考试要远赴重庆，苦不堪言。通过争取，有时考官到遵义设考棚，有时又回到重庆。康熙四十二年（1703），知府王元弼根据遵义名流士绅要求，上奏恳请专设考棚。庠生罗大昌（长子岳父）随着奏折到京师请求，取道新安与李先立商议。四十三年（甲申，1704），李先立也自己拟了奏折呈送部里申请。部里决议准设专棚，皇上准奏，从此沿袭下去。四十四年起，遵义就开设考棚。在整个四川，只有遵义征收场税，逼使有的人家变卖家产，甚至卖孩子（鬻子卖产），百姓"赔累不堪"。乙酉年（1705），李先立又呈送折子请求免除，部里因为遵义交的场税从来没有差过，不予讨论。

丙戌年（1706）二月，皇上到新安，有一天微服出行，查询民间疾苦官吏得失，人们都说李先立不打人，不要钱。皇上点头称赞。四月，李先立调到曲阳县代理知县，多次告诫手下官吏：民间谚语说"署（代理）印如打劫"，因为通过钻营求得的代理，就一定要从老百姓身上得到补偿。我代理这个知县，没有任何投机，你们心中不要这样认为。你们只管遵守各自的准则，管理好自己。半年后，百姓歌颂道："曲阳城，降福星，真父母兮又神明。催科缓兮火耗轻，积弊除兮遂我生。"旋即接到皇上旨意，被选入吏部。要走的时候，他把没有用完的俸禄全部分给弟弟们。以前买的四名僮仆，都还给卖身契约，再多多给钱打发他们走。到了吏部，补缺文选清吏司主事。戊子年（1708），湖广某营因为擅自征讨当地少数民族而犯法，李先立领受旨意由吏、兵、刑三部联合审理。兵部、刑部的主审官都准备把出征将领全部问斩，李先立争辩道："上面的官员发布命令，下属不得不遵照执行。现在重判下属到这种程度，他们太冤枉了，我不敢依从你们。"于是保住了副将、参将、守官等四人的性命。李先立操持吏部政务一年，大家都称颂他清廉俭朴。这年冬天，李先立告老还乡，这年他五十二岁。

乡间有一个李先立的故事，流传甚广。说他回乡时请了十个挑夫挑担子，一路大摇大摆离开京城，立即引起朝臣非议，有人上告皇上，说他平时假装清廉，其实是大贪巨腐。皇上一听，也勃然大怒，立即派人捉拿。当捉拿他的官兵们满腔义愤地追上他，打开担子时，全都傻眼了：担子里没有金银珠宝，也不是名人字画，而是书籍纸张、针头线脑、锄头钉耙等物。检查官见不是贵重宝物，只好悻悻地把李先立带上金殿，凭皇上发落。皇上及文武百官听说如此，也大为惊讶。皇上便疑惑地问："爱卿为何如此？"李先立说："吾皇万岁！臣实不敢欺君！只是我为官这么多年，就这样两手空空回家去，一定遭家乡人耻笑！因此故意挑了十副担子，装成富有的样子。担子里除了书籍，其他无物可装，我便买些针线农具之类，意为教育后代男子要以耕读为本，女子也须勤习女红，相夫教子，仅此而已，别无他图。"皇上听说后，点头赞许，金口笑启："爱卿清廉如此，令朕感动。这样吧，你的十副担子，朕给你添一头。"于是李先立挑回了五挑银子。他的事迹早已如风流传，都知道李天官清正廉洁，回乡途经之地，百姓家都在门前悬镜一面，放清水一盆，以示赞许。

正当壮年的李先立告老还乡，遵义同乡雍正癸卯（1723）举人刘晟有诗《祝李北山》：刚说真儒作好官，忽将花绶换渔杆。尘情尽讶抽簪早，宦海深知行路难。遥指青山乡梦切，最伶赤子口碑干。祈黄喜厕称觥拜，止觉长松谡谡寒。

回乡以后，李先立把书房题名"论斋"，住所题名"守拙"。每天和一起游乐的朋友讲论理学道德。他曾经对人说："我们这些读书人，在'义'和'利'冲突的时候，更是必须显出平时的努力。"他回乡后十多年没有进一次城，有人邀请，他就用脚有病来推辞。但他很热心公益事业。当地乡民在春夏之交常常缺粮，他就召集了四十几家粮食多的，劝他们在各村设立"义仓"接济乡民。后来因为义仓不能满足需要，就和四个儿子商议建立家仓，约定当年大家都出谷四石，贮存在另外的谷仓里，到时候选择最需要的人家放贷，每石利息两斗，看年景好坏增加或减少，这样可以暂时降低原来加倍付息给乡民带来的沉重负担。累积几年，就可以使周围更多的人受到接济。他说："人如果有心做好事，不一定要大，只要行动，尽到努力，心里坚守诚恳，一定会做成一两件。"为了淳朴民风，李先立又召集村里人道："从现在起，我们乡里不管大事小事，都要公平讲理，无理的要受罚。不遵守，一定要斗殴、打官司的，我们与他断绝交往，各种聚会都不和他往来。"每次和大家一起喝酒，他都再三劝诫，无理取闹的纠纷就逐渐没有了。

己亥年（1719）清明节，李先立自己在住房右侧（北方约 200 米）选好了墓穴，召集邻近的老少爷们痛痛快快地喝了一天酒。然后着手处理自己的后事，编定丧礼一切程序，交给他的儿子说："我刚死的时候，你们都悲痛至极，处理、安排事情哪能像闲暇时那样得体详尽？到时按照这个去做可以不留下后悔。"重阳节前一天，李先立一边扶着拐杖慢步行走，一边高声吟诵他原来作的《九日诗》，到晚上端坐在椅子上离开了人世。享年六十二岁。

他的墓称为"天官坟垣"，坐南朝北，面对碧波荡漾的廖家堰（1967 年修建）。墓前筑半圆形墓垣一道，直径 40 米，垣内植柏树 70 余株，里面是绿草地。墓居正中，为毛石垒砌，长 6.4 米，宽 4.5 米，高 1.8 米。康熙六十年（1721），他的门生魏山原（“山原”是一个字）为其刻石立碑，碑高 1.3 米，石刻有顶，两旁“立石夹护”，俗称“印盒碑”。碑正中刻“笔峰先生李公双寿之墓”，右刻“皇清康熙六十年辛丑仲春月谷旦”，左刻“武阳受业魏嵰顿首百拜题”，字都是楷书阴刻，“字迹填丹”。

过去，遵义地方官员、学校师生常到墓前凭吊。清末民初的遵义诗人赵怡也对李先立景仰有加，他凭吊李墓后写下了《访笔峰故居》：

白云渡延江，飞落平水隅。一峰秀云表，正对贤人居。先生赋归来，清风被乡墟。三十六村人，旌碑犹在闾。

李先立故居当地称“李天官府”，是一进三重天井瓦房，前有三道龙门，拱门两旁有对联，今只知道其中两联，一联是“若问陇西世派，先开播郡文风”，另一联是“宏开驷马容旋马，大启人龙起卧龙”。李先立从京城归来时携有敕制功名牌八块，金瓜、钺斧、刀枪、旗帜等一套仪仗和一些书籍，存于故居中。

因为李先立身居高位而治政清简，辞官回乡后又为乡人办了这么多好事，还办书院为家乡培育了很多人才，于是，在康熙五十七年（1718），南乡三十六村人公赠李先立德政碑一块，表达大家对他的深厚情谊和爱戴。碑为青石刻成，上有顶盖，下有碑座，高 2.2 米，宽 0.98 米，厚 0.22 米，中刻“淳厚人家”四个楷书大字。碑右小字两行为：公赠 / 卓翁先生。碑左小字两行为：康熙五十七年戊戌嘉平谷旦 / 三十六村邻人仝立。碑上方正中，刻篆书圆形“寿”字，碑帽上刻“清”“简”二篆字。碑边缘是线刻“二龙戏珠”“双凤朝阳”图案。这种碑全县只此一块，嵌于故居石龙门墙上。

李先立的著作收在《北山诗文集》里，《播雅》存诗 68 首。虽然是封建官吏，可是他的学识胆气和品德都令人景仰。他的后代也能秉承家学，多人博得举人、贡生等功名。

李翩，李先立长子，国学士。

李翔（1686—1778），字集思，号恒斋，又号天逸子，李先立次子。乾隆五年庚申（1740），岁进士，任思州、务川县训导。生于康熙二十五年丙寅，卒于乾隆四十三年戊戌，享年九十岁。著有《自娱诗草》《北山年谱》,《儒宗录·四书正讹字音》。葬在笔山之阳。

李翰（1680—1732），字西园，乡进士（举人），生于康熙十九年庚申，卒于雍正十年壬子。葬在狮子坪李家坟山。

李翥（1619—？），字鹏举，岁进士，官务川县训导。生于康熙三十年，葬肖家湾。《播雅》存诗一首。

李懋思（1741—1823），字睿九，乾隆四十八年癸卯（1783）举人，丙辰大挑署余庆县教授。墓在西坪魏家堡，墓碑上书：“皇清敕授修职郎吏部截取知县。”生于乾隆元年辛酉，卒于道光癸未。《播雅》存诗 10 首。

李涵侯，乾隆二十四年己卯（1759）举人。著有《笔峰诗集》。

李涵健，乾隆四十八年癸卯（1783）举人，任余庆县教谕。

李耀邦，字萼辉，道光元年辛巳（1821）举人，官镇宁州教。

李先立为官为民，堪称典范，对开拓遵义文化功不可没。郑珍、莫友芝编撰《遵义府志》，除详细记述其事迹外，还列载了李先立故居西侧宽广不过三百米的笔峰山，和东侧长不过数里的濯足河，以示尊崇。

遵义进士罗其昌有《就京职，留别李北山同年》诗云：在昔癸酉秋，相携赴燕市。意气无比伦，旁人羡罗李。君本空群才，突出跃千里。惭余下乘资，志大拙莫似。题塔勉步尘，已后一星纪，利钝器相悬，遭逢见泰否。路歧嗟险巇（xī，惊叹词），智小叹糠秕。况复傲骨坚，难学柔绕指。感君笃嘤鸣，交道全终始。追忆春明时，若蟨（jué，古书上的一种兽）与蛩比。永夜快飞杯，更阑兴未已。闲庭每分韵，句妙发狂喜。有奇赏厥心，有疑析厥旨。匪惟欣赏析，缓急均有恃。泛泛多有生，百无一知己。论文亦音希，劝善更谁氏？自非素心人，皮傅良有以。如君真罕俦，当世一鲍子。君归乐笔峰，我归困尘滓。室迩人则遐，怅望在尺咫。同乡不言欢，异乡益空跂（跂）。班马嘶秋风，伊人宛在沚。万里生远愁，别绪乱难理。相过恐不及，加饭善眠起。倘更念苍生，榻先扫京邸。（罗其昌，遵义县人，字复仙，号裕庵，康熙癸酉（1693）中举，丙戌（1706）进士。由河南堰城知县内迁吏部主事，累升光禄寺少卿，充河南甲辰乡试正考官。回京后历右通政司、顺天府丞，至大理寺正卿告归。著《北游咄咄草》《冀北小草》《湘江应酬草》《湘江笔余》《宦游偶吟草》。）

这山、这水皆因人而名，人也若山水之寿。笔峰山、濯足河、李先立都已经永载史册。

清江塘赵氏

清江塘赵氏得学于沙滩郑氏，深受沙滩文化熏陶，人才众多，绵延数代。直至今日，其家族后裔还多是文化人。家族中女儿、媳妇也多能诗善文，且有诗集留存于世。清末民国时期，赵氏与乐稼晏氏才俊、杨干之等推动了西坪办学热潮，培养了大批人才。清江塘赵氏代表人物有进士赵怡，举人赵懿，遵义名儒赵恺和全国知名诗人、作家卢葆华。

赵氏祖籍山西阳曲，唐代乾符初年（876）有赵谦其人以裨将随从杨端平播州，播平功授靖虏将军，留守兹土，世居遵义县平水里青龙山、水塘窝（清江塘）、木龙溪等地。

清嘉庆年间，赵天开考取恩贡生，而后子孙才气一个更比一个强，赵氏从此科名起家，世称清江塘赵氏。赵天开字霁轩，生卒年不详，为人和善，喜读书，尝有句云："居心但愿儿忠孝，绝口不谈人是非。"

赵商龄，赵天开长子，字芝园，恩贡生。生性刚严高洁，疾恶如仇。弱冠行里市（当地场市）中，见博者（枭卢，古代博戏樗蒲（chūpú）的两种胜彩名，幺为枭，最胜；六为卢，次之）叫吒。艴（fú，形容生气）然曰："此恶氛也！"终身不复至。尝授徒东里（清东乡东隅里）洛安江，往来经清江（团溪水）下流，以族子多邪恶，行，亦足绝不履其地，绕越旁村数十里，长歌而行，声应涧谷。与郑珍、莫友芝、黎兆勋（字佰庸）友善。三人者，博学高行，世所称“黔中三杰”。而其与商龄友也，莫不以“畏友”视之。平居不入州府，惟郡首平翰贤而礼士辑郡志，招任检校，竣事即告归。性嗜饮，喜钓，晚自称清江渔长。己未，贼寇（侵害）南里（南乡平水里）。一日，方把樽自酌，贼猝至，曰：“翁乃犹作乐乎？”遽（jù，就）张目叱曰：“我不饮，当谁为！”复举杯，且釂（jiào，饮酒干杯）且骂贼。相与惊诧，释之去。壬戌，贼焰大剧。郑征君方主讲郡城育才书院，遣人迓来城共居，数月，忽夜分起，坐整衣冠，曰：“明日佳，我当去。”鸡三号，倏然不语而逝。于是征君以书播告士友，曰：“古者，殁有易，名芝园，清风亮节，道与古会，自今宜称介毅先生。”皆曰然。遂以为谥。子妇早逝，遗一孙，亦夭亡。

赵锡龄，天开次子，字芷庭。道光十九年（1839）副榜贡生，里中名儒。芷庭为人谨愿详整，孝亲能养其志，敬其兄芝园，白首相依。凡有行，皆无所借饰。其为学躬行实践，以司马、朱子为归，不重考据于经史，常为杂说。郑珍称其“宏卓平正，有儒者之风”。生平讲席数十年，学子半乡里。其教人以宗礼教、砺廉耻为主，弟子中赵廷瑗、徐汉蔚、徐唐、甘超等能捍卫一方，身犯重难，殉死不辞；女婿姚人和、侄子赵廷铭、学生张经，或以孝行服义，或以功名终；尝师其说而终身遵行者如华联辉，世称经济大家。卒后，卜葬平水里留青山，徐汉蔚等门人守墓三月，私谥“惠先生”。

赵廷莹，赵锡龄长子，字伯渔，号价臣，少时受教郑珍、莫友芝，成禀贡生。因幼年多病，至壮年亦时好时发，不用入仕想，以文章自娱。子赵悫有诗作留存于世，赵恺成为集沙滩文化之大成，女赵冰如也作诗，女卢葆华是民国时期贵州著名作家，享誉上海滩。

赵悫（què）（1865—1900），字君谷，同治四年生于平水里。幼年读诸经，长，成邑庠生。生性笃孝，尝谓“读书已识字为始，为人以事亲为始”。父晚年跌伤，愈后举动须人相扶，悫扶持愈谨细，昼夜不离左右，常一夜起床十余次。凡亲之起居、饮食、唾涕、溲便，从不教他人替代。若遇亲之喜怒、忧虑，他婉言亲前，使得欢心。亲生病，如痛苦之在己身，能娓娓诉之医者，使其用药见效。事亲，衣不解带，夜不归寝，形声俱寂，先后共六年。即使古之善事亲者，亦不过如此。光绪二十六年痛逝，年35岁。其从兄赵怡挽诗曰：素负独行性，矫望先正型。尽心庭闱间，笃有曾闵行。诗礼持门户，几杖竭扶擎。浣洒至裙褕，调药穷素灵。五年结衣带，视听无形声。事极人世难，疲心力精。衰亲侍为命，闾里咸嗟惊。喜为诗，集有《赵悫遗诗》一卷。

赵恺（1869—1942），字乃康。因遵义汉属牂牁郡，便自号牂（zāng）北生，又因老家南乡平水里，所以晚年又自称平叟。清咸丰、同治年间，房舍毁于兵火，父母去省城寓居外祖父家（团溪华氏）。赵恺于同治八年（1869）农历九月十一日生于贵阳，6岁随父母返遵，住县城（今遵义市）文昌宫侧双剑山麓，蒋京先生曾赠帘：门临湘江水，宅近圣人居。

赵恺性情纯笃，幼时诵读父兄而侧，常听讲述乡贤郑、莫、黎和乾隆嘉庆以来学者文人的轶事，心中喜悦。既而受业于遵义名儒鞠子清，又从学学识卓越、小学精深的郑珍子郑知同，学问益进。光绪三十年（1904）成恩贡生。赵恺随从兄赵怡至四川新津作参事，寓居成都，再以之为师。民国初年，赵恺回遵义，执教遵义中学堂。

赵恺博览群书，于经义聚讼不决的地方，皆能剖析其根源；于有关典章制度、郡邑掌故，地理沿革，山川险要，金石书画和古人爵里、年龄等无不留心。他常常执经问义，就教于郑知同。郑教之多读《说文》《广韵》、昆山顾氏《音学五书》、段玉裁《说文解字注》、邵晋涵郝懿行《尔雅义书》、王念孙《广雅疏证》，他遵道而行，所获良多。因此笃信许郑之学，熟读郑珍之书，谨承知同之教，深研六书之法。郑知同口讲指画皆一一铭记于心，宣之于口，笔之于书，不作枕中之秘，而作馈贫者之粮，至老不已。赵恺受郑氏影响，崇尚许郑之学，诵读许郑著作，于许书《说文解字》钻研很深，钩稽贯串，洞明其义而熟悉其辞，朱墨圈点，眉批旁注，全书皆然。于郑珍所注之《礼》、所笺之《诗》，终身玩之，未尝搁置。他在授业之余，收集郑珍遗稿，成为郑诗、郑学的集大成者。宋代理学，濂洛关闽（濂溪周敦颐，洛阳程灏、程颐，关中张载，闽中朱熹）五子，赵恺咸致力于其中。对朱熹集理学之大成，穷理以致其知，反躬以践其实，而以居敬为主尤为重视。

他和郑知同一样，平时书写认真，虽急促百忙，亦必点画恰当方止。所写篆书、隶书不比寻常。研习郑珍、莫友芝手迹，吸取其笔法神韵，自少自老，坚持不懈。鉴赏者曾引元代郝经的诗句"正笔篆玉藏李斯，出笔存锋兼汉隶"来评他的书法。他的书法艺术，确非"笔秃千管，墨磨万锭"不克至此。尤足令人称道的是，向他求书，单条屏对，褶扇斗方，要什么写什么，来者不拒。

1926年，周西成主黔政。1927年，贵州教育厅厅长周恭寿、民政厅长杨干之建议续修《续遵义府志》（杨兆麟完成初稿），并谓赵恺学有渊源，熟悉黔中史实，可聘为总撰，于是赴筑，与杨恩元（副总撰，安顺人，清进士，官礼部主事）、司炳奎、周恭寿、杨干之诸先生商洽事宜。1929年，周西成与李小炎之争战死，赵恺仓皇收集成稿返遵，路过乌江时，感叹而吟：十载学校稀粥，半年贵筑残羹。犹有生平胜事，乌江岸上逃奔。返遵后，地方人士詹灿湘、将京等建议遵义当局设府志局，仍请赵恺赓续纂辑。他于风云变幻之际，慨邦宪之无征，恐集稿之散失，复肩斯任，竭尽心力，广搜碎掇，钩沉发幽，朝夕从事，靡最告劳。历数寒暑，始将自道光二十二年（1842）至宣统三年（1911）这段时间的史实，得以朗如眉列，灿若鳞罗，有史可稽。付印前，赵恺与周沄、蒋京、詹灿湘、杨保宸、喻圣域等反复审定。1937年刻印问世，与郑、莫《府志》"媲美前贤，后先辉映"（傅道新《赵楼记》，全文见《赵恺先生与遵义文化》）。这是民国时期贵州省唯一修成刊行的府志。全书35卷，29纲，90余万言，考据翔实，核事简明，保存了遵义道光二十二年（1842）到宣统三年（1911）间七十年的历史。

赵恺常言遵义一带属于秦时牂牁郡，两汉时候在这里先后出现了两个不平凡的人：盛览是我省文化奠基人，尹珍是开辟我省文化的始祖。这二人值得称颂。郑珍、莫友芝、黎庶昌等乡贤，赵恺一生推崇，倡议建郑莫祠以资永念，得到詹灿湘、蒋京、王筑生、牟贡三、杨葆宸、李筱荃、李次乾、喻圣域诸先生响应。事前，他迭陈郑莫事迹于黔中有关人士，获得赞助。每年农历三月初十郑珍生日，各界人士前往沙滩给郑莫黎三先生扫墓，抗战时迁来遵义的浙大、陆大也有师生前往。他费尽心力收集郑珍遗诗，编成《巢经巢全集》，在贵阳印刷出版。他在《巢经巢遗诗》跋语中说："光绪二十年，黎莼斋观察属高君刻于资州，共262首。先从兄延江生为校字……向者先人皆居郑门，先叔又其婿也……窃先生以经术居国史儒林传已为定论。而诗之名满天下，上颉杜、韩、苏、黄，下颃朱、王已无烦称。巴陵吴南屏曰：'子尹诗笔横绝一代，似为本朝人所无。'曾湘乡亦颔其言。唯其遗诗，高君刻之，其敬仰前贤之意已不可多得，后唐公于人情冷落之后，拾出灰烬之余，洵此皎如天日之情义，为古今少有……唯年以舌耕糊口，计无余粒，敬藏缄帙以待。今年宗充侄谋暂付铅印以饷天下之同好者，应亦保存稿本之意也。因嘱其就近为校字，为记其原末如此。"

赵恺家里收藏有郑知同亲刻郑珍著作五种之"望山堂刻版"、播州杨氏家谱残篇、《易经》专家萧吉堂"鹿山堂匾"、黎安理"思检斋匾"、清李天官"淳厚人家"、墨拓、郑文清之"坟前木题"、明李化龙平播后之铸件墨拓和十籍善本若干卷。地方名人唐子方、李蹇臣、王石珊、方葆初四先生的作品，均宝而藏之。

赵恺少年时代，耳闻目睹了帝国主义列强不断侵凌我中华民族，疯狂抢劫北京珍贵的文物，人挑马驮，车载船装！赵恺忧国忧民，日夜焦思苦虑，认为要复兴中华民族，必须从启迪民智、培养人才着手。于是一心一意设帐授徒。光绪三十二年（1906），他从四川转回遵义，乐稼人晏淦倡议办学，赵恺欣然应允，出任团溪观音阁私立振民两等小学堂董事长。民国初年，赵恺在遵义中学堂（老三中）从事教学工作，以后校名屡改，但他未曾离开斯校，直到与世长辞。他在教学中重视因材施教，循循善诱，特别讲求实学，品德教育，以备器任。

他在课内课外，总是让莘莘学子知道祖国灿烂的古代文明：有壮丽的山川河岳，有取之不尽用之不竭的地下宝藏，有举世闻名的丝绸瓷器佳肴名酒，有蜿蜒雄伟的万里长城，有世界著名的世界宝库云冈石窟，有推动世界的四大发明，有视死如归的民族英雄等。抗日战争时期，他给遵师校长万勖忠所画的岳飞、文天祥、戚继光等画像题字，在老城小十字裱褙时观者如堵。

1935年元月，中国工农红军到达遵义，在遵义会议期间，革命老人徐特立十分关心文化教育和知识分子，在百忙中访问了朱穆伯、李次乾两先生，知道了赵恺在续修遵义府志，熟悉地方情况，特别到他家中同他晤谈。当他谈到遵义的图书文物被白军践踏的情况，徐老说："应当采取断然手段，予以抢救。"第二天早晨，徐老在天寒地冻、路溜泥滑之中，领着红军之友社的余选华，亲到城里藏书人家查看，并立即收检，予以封存，然后嘱他代为管理，同时指定府学为暂时图书馆地址。于是他召集家中子弟及学生郑石均、姚世达、赵世勋、刘德修等到各家搬取图书集于府学。至今他家和李筱筌、李维伯、杨干之等先生家里的图书，得以完全保存在遵义市图书馆里。他当时有诗呈徐特立先生云：军中忙无暇，积极救文化。维护文物功，当不在禹下。

红军在遵义播下革命的种子后，遵义城生气勃然，反动统治者视进步书刊、革命人士、革命家庭为眼中钉、心腹大患，任意搜查、迫害，无所不为。当革命人士、进步青年横遭迫害时，赵恺不计自身利害，尽力设法解释、保护、营救。如夏都棨、杨天源等，都是他具保结而获释的。

赵恺一生扶危济急，养孤怜寡，于家族亲友中，甚而识与不识的人遇到困难，只要是真实情况，哪怕手中支绌，总要设法帮助。数十年间，常有学生至家请教，他从不问有无报酬；族中优良子弟或孤苦无依而有志向学者，常呼于食宿，甚至为其完成婚嫁。

先生学问深宏，道德高尚，远近皆知。浙大、国史馆、大夏大学、陆大迁遵时，他同梁园东、欧元怀、张聿生、竺可桢、丰子恺、王焕镳、李子瑾、缪钺、徐芝荪等，均先后为文字交。他和丰子恺先生共同编有《子午山纪游》。专员刘千俊尊他如老师。国民革命军第九路军军长郝梦龄驻遵义期间执弟子礼，请其讲授《论语》。1942年6月6日，赵恺辞世，享年七十三岁。丰子恺为他作墓地图。他的学生泮水人傅道新为此修建赵楼，并作《赵楼记》以资纪念。

赵恺辞世，先葬遵义南郊龟山，后迁葬家乡西坪镇桂山村茅草堰，墓地在老屋对面。

赵冰如（1872—1948），生于同治十一年，别号湘江女史。自幼聪慧，喜读诗书，工于国画，书法临赵帖，善吹箫笛，性情温婉贤淑。长，适卢宗彝，相夫教子，有梁孟之誉。管教子女甚严，曾诫女儿葆华曰："邪书休看，邪话休听，邪人休见，邪路休行，休心粗也。看养婴儿，切戒饱暖，些许过失，就要束管，要仔细也。要宽大作事，刻薄须防祸害，只夸人长，休说人短；人向你说，只听休管；手下之人，劳苦饥寒，知他念他，凡事从宽。"她闲时写诗画画，《庐沟晓望图》有苍凉萧瑟之感，诗作有《题华儿小影》《得华儿诗却寄》《仲秋杪霪雨骤寒，有怀播娟京邸》等。其女葆华收集与卢宗彝作品合编为《湘江草堂全集》。1948年，卒，享年76岁。

赵廷璜（1825—1900），赵锡龄次子，字仲渔，号二山（又作二珊），别号慕青小孩、退叟。幼时家寒素，为人劳作亦怀抱经书诵读，有一富商劝其父曰："一门孝秀而不救贫，盍弃儒而习贾乎？"廷璜泣告其母不可废学，于是与郑珍游，得涉许郑之门径，旁及金石篆隶之书、诗、古文辞等，又从莫廷芝听讲性理之学，从布政龄习包世臣书法。学使翁同书认为他学有根底，补邑庠，一试于乡不售。咸丰年间，黔中农民大起义，停乡试，遂入川游幕于各司道衙署，以微薄薪俸供养双亲。后随四川援黔军克复湄潭等城，保知县，又收复都匀城，赏同知衔，归四川补用。光绪二年（1876）任大宁知县，五年任铜梁知县，七年任永宁知县，十一年任新宁知县，旋动松楸之念，遂乞归。他任知县有卓异，被四川巡抚丁宝桢赏识，又调署理四川官运盐务，尝拟定运销诸法，兼理厂局、销局事务，以察商贾民情，及订盐案诸事。故盐务大之成，廷璜大有功在。光绪二十一年（1895），次子赵忻二任四川名山知县，迎养至署，未满一岁，赵忻卒于官，便归。戚友劝其再出盐务总局，复檄管南广（今南溪）、永安（今奉节）、綦江各局。同年，贵州大闹饥荒，华国英总理盐务，购运川米赈济遵民，廷璜总任其事，终日疲劳，遂病。光绪二十六年（1900）七月二十二日，卒于綦江寓所，享年七十五岁。葬南乡平水里青龙山。廷璜所著诗文各稿，舟行九堰桥时，落水中，仅存《慕耕草堂集》（抄本现存贵州省博物馆）一册，《新宁喻蒙诗》九章。妻郑淑昭，郑珍长女。子三：赵怡、赵忻、赵恒。女赵蕙，名若苏，幼随母读诗书，早有贤名。其兄怡曾赠诗云：怜君生性剧聪明，香茗才华擅乃兄。衣体况能传大母，数年前已得贤名。长适姨父李镇长子李焕坤（贵州施秉训导，著《贵州乡土志》若干卷）。

郑淑昭（1826—1877），字班班，郑珍女，赵廷璜妻，享年 52 岁。道光二十八年（1848）23 岁时嫁与赵廷璜，为夫妇 29 年，育有三子一女。丈夫长期游幕四川，家庭重担全由淑昭支撑，侍奉翁姑，操持家务，教育子女。郑淑昭还是养蚕缫丝的带头人，她去四川大宁知府署丈夫任所探亲时，见署后多桑树，于是率女媳仆妇采桑叶养蚕数十筐，缫丝若干两，在当地提倡养蚕，鼓励老百姓亦农亦副，发展生产，改善生活境况。伯舅性刚耿，举家严惮，淑昭能推廷璜之志，以事舅者事伯舅及事舅姑，凡舅姑所爱无弗爱，舅姑所敬无不敬，相夫子以正率群，从以礼，内外俱无闲言。咸丰甲寅（1854），杨风乱作，廷璜率尝去家谋食。氏（淑昭）处艰窘中，缩米节薪以育诸子，姑病喘甚，调护万方，承唾抑搔，终宵依侍，无一息苟宁，见者以为绝，妇道难能也。伯舅遗一孙，归自贼掠，氏抚如己子，已而病殁，哭之，恸率诸子告于祏（shí，古代宗庙里藏神主的石匣）：命异时生子者后之。宜人之教诸子也，率多口授或据灶觚（gū，古代酒器），或携之菜畛（zhěn，田地里的小路），或置纺车舂臼（jiù，舂米的器具）之旁，必使随。音缓读，背诵如流乃止，课严而有恩。诸子学问之基皆由此起。淑昭平时亦喜欢写诗，但随写随弃，仅存晚年之诗凡五十六首，光绪二十年（1894）四月，由其长子赵怡刊印于京师，为《树萱背遗诗》一卷。其诗载入《黔南丛书》第三辑中，她是贵州历代女诗人中有诗集传世的三者之一。树萱背者，宜人自署室也。子三：赵怡，进士，四川新津知县；赵懿，举人，四川名山知县；赵恒，举人，四川盐大使。（黎庶昌撰墓表）郑珍先生为经学大师，淑昭濡染家学，妇德母仪，一世楷模，诗词也卓有大家风范。《黔诗纪略后编》。宜人既殁，子怡为手录平时诲训之语，摹吻成书为《慈教碎语》一卷，已刊行。

廷璜继妻唐贞（1869—1900），四川新都县人，光绪十一年（1885）嫁与廷璜，取字云英。时郑淑昭已去世八年，子女均成家室。廷璜已解新宁县任，乞归修墓。云英出生农家，识字不多，入赵氏家门，见多有藏书，男女喜吟咏，欣然曰："吾何修得此者，不今之学，辜此生矣。"遂奋力读书，每晚夜深仍伏案咿唔，诵四书五经，泛观古今传记，以及稗官野史、坊间杂剧，里巷不典之书，无不窥览，至于忠贞义烈、名节独行故事辄喜寻人与共读，娓娓不绝。已而自语曰："人生而为女子名妇，至不易为。"见古今名媛诗词书画，即使片纸，亦欣赏赞叹，自恨不及。廷璜授以刘向《女列传》及班昭《女诫》诸篇，使之益明妇女大义，闺闱礼则，尺寸不逾。云英生而明达敏断，善辩，有高致，手指妙巧，精技艺。然事廷璜则温柔细致，承意唯谨。又善即事动作，引人为笑，早晚全家老小，围桌饮宴之时，她必婉谑新谐，以悦观听，使人解颐喷饭，言有择，行有准。与家人居，尊卑分宜，是极纤微，必宜心审，而情意周挚，人以为难。所以全家老少皆深爱而笃敬，无她在时则不欢。廷璜爱其慧，嘉其德。廷璜三媳体素弱，又多产，她居以近室，以便照顾。每分娩，必取长孩与之同寤，饮食哺育之。方断乳之孩夜啼不睡，则起床抱持，手抚口弄，辗转床褥之间，通宵不眠。廷璜二儿媳华玉芙、陈静宜、卢雪漪均能诗，云英喜吟诗，与之虽是婆媳，实如姊妹，相互唱酬，十数年间，积诗数百首，录成《云英吟卷》，常置枕边，背人则吟哦涂改，直到当意乃止。廷璜解官后，长子赵怡以人事牵曳，遨游四方，光绪二十二年（1896）次子赵忻又死于名山任上，官亏、家累日迫，使他哀伤忧郁，幸有云英相伴，以慰岑寂。光绪二十六年（1900），廷璜卒，弥留之际，云英悲痛欲绝，起而对长子赵怡说："微妾有心，畴昔之夜，幸诉主君，得请矣。今果天崩地坼，我与诸公子各尽其事耳。"赵怡不解，问之，不答，只言疲乏，思归房卧，告曰："我当静眠，不要打扰我。"待日落时，赵怡继妻罗绵纤欲唤起，则已仰药而卒，年仅 32 岁。她嫁与廷璜，事夫 16 年，没有生育儿女，廷璜生前曾命赵恒次子赵宗复鬻养。殉夫后，綦江县令及盐岸诸人为其义所感，将其死事上报，得朝廷旌表。

赵怡（1852—1914），赵廷璜长子，字幼渔，别号汉鳖生。自幼受学于母亲郑淑昭，又曾去东乡沙滩望乡堂聆听外祖父郑珍教诲，青年时代受教于郑珍侄婿李镇。李镇是同治十二年（1873）拔贡，深研程朱之学，与莫友芝、莫庭芝、华联辉、黎庶昌、赵廷璜为交游。因与廷璜同为郑珍婿，交谊尤笃，于是廷璜延请至家，凡赵氏子弟皆从其学，李镇训迪有方，所教学生中有进士举人数人。咸同之际，南乡平水里遭兵火之祸，屋庐被毁，频年随母转徙无定所。同治十一年（1872），其父赵廷璜始购买遵义城东双剑山住宅，取名慕青草堂。其地原在郊外，咸丰八年（1869）筑新城才纳入城中。草堂环境林谷幽异，人谓之小桃园，竹木葱翠，畦塍鳞接，绝少尘氛，是读书好地方，赵怡与弟赵忻居其中刻苦励学，不出户庭。赵怡又向城中萧光远先生请益，学识大增。光绪元年（1875），赵怡随母赴父亲大宁任所。光绪十五年（1889），赵怡中举，二十年，赴京应试中三甲四十名进士，二十一年，随父运川米返遵救荒。光绪三十一年（1905），赵怡在成都创办客籍学堂，培养旅蜀云贵青少年。三十三年，出任四川新津知县，继任石泉知县、安岳经征，至清朝鼎革休官。1914 年 7 月 25 日，病逝于成都，享年 62 岁，归葬遵义南家店子。赵怡一生遵循母亲郑淑昭训示，承绪外家郑氏之学，著有《文字述闻》《转注新考》，记述母亲转述郑珍文字学术。又著《慈教碎语》一卷，记述母亲平时训诲之语。郑珍去世后，赵怡在望山堂字簏中搜得郑珍遗诗数十首，1919 年，陈夔龙收入《郑征君遗著》。赵怡工诗，另有《汉鳖生诗集》八卷、《汉鳖生诗集后集》二卷，功力深厚，风格沉雄宏肆。书法有苏东坡笔意，《益州书画录》《中国美术家名人大词典》《中国近代文学词典》均录载其条目。

赵怡继妻罗绵纤（1876—1914），字初月，四川什坊县罗村人，禀性柔淑，贞静寡言，韵度闲远。光绪十八年（1892）赵怡游成都，在锦江边见一群少女，手持梅花把玩，便戏索梅花，诸女皆不应，唯她上前笑献，遂为继妻。后来随丈夫重游故地，她曾作诗二首记其事：“依旧梅花照水春，琴台东畔浣花滨。雪泥重踏还携手，笑指冰姿解迓人。”“罗袜轻盈神渚头，当时娇学采珠游。琼枝持作江皋佩，姑射仙人是蹇修。”她进入赵家后，见赵怡文行不是寻常男人可比，自思生长田间，幼时常听别人谈文墨之事，十分羡慕，不料今日嫁与经生才子，十分高兴，于是朝夕侍读不辍。赵怡又告之妇女立身之大义、礼仪之准则、古今贞顺贤明、名媛节行，并书之以阅读，引事以明义，她乐于接受，以为应该如此。久之，渐学作诗，即含婉丽之致。随赵怡二十余年，每有作，必求合赵怡诗法神韵风骨而后已。每当午凉夕月，赵怡与众宾品茗倾谈，她侧坐一旁，默不作声，渺漠于烟云树鸟之趣，沉冥于铿锵韵味之间，全神进入诗之境界。嫁赵怡时，郑纨已谢世多年，侧闻纨乃名门之女，有大家风范，未能亲睹其容，深以为憾，故对赵怡始终以妾自称。赵怡于1914年7月12日卧病不起，她悲痛欲绝。25日病逝，亲视含殓，吊慰子妇，尽心丧事，并告长女曰：“汝什物置若箱，吾所常服置若箱，吾不忍汝父之殁而恸汝无所恃也，汝其终事叔父母矣。”女问其故，则不答，夜既深，还周旋于棺右，全家少长侍伺之，窥无异意，请休息，及天明，呼不应，视之，已仰药而死，年39岁。她与赵怡为夫妻23年，诗作颇多，赵怡生前曾检定百余篇，因其居室为“蘅薇香室”，故名曰《香草楼诗卷》。

赵忻（1853—1896），后改名懿，字渊叔，又字悔予，号延江生。咸丰三年生于南乡平水里茅草堰。幼时，母郑淑昭传授诸经，长益得外祖父为学传绪，嗜学，肆力于古，与兄怡功读于慕青草堂藏书处剑山楼，兄弟互为师友，相互鼓励，遇有疑难，相与互证，析至毫芒。每至夜分，月黄浸窗，鸟栖林动，仍不休息。如此七八年，学业大进。光绪二年（1876）以辞章瑰丽受知于学使，补学官弟子员，秋，参加贵州乡试中举人。次年值母丧，丁忧于家。光绪五年（1879）北上应试，至京师，多结交一时名士，相与砥砺，学愈大进。及落第，归四川父亲官所，侍亲之外，益奋发读书，撰著不辍。光绪九年（1883）、十二年（1886）两次入都会试均不得意，乃援例以知县官四川，先管云安厂盐局，光绪十六年（1890）补四川名山知县。名山县处蔡、蒙两山间，十分贫瘠，百姓至穷；又是世藏、卫通道，过往官员络绎不绝，接待送往，使他费尽心力。他在名山，一意扶兴起废，解民疾苦，案无留牍，狱无宿辞。县境比邻邛蒲，旧为盗贼渊薮，奸匪恣意出没，掠民财产，他不顾自身安危，亲赴其地，歼其魁首，以使边境安宁。又时时便装行田野间，与耕老织妪问民间疾苦，每到一处，陈道礼教，口讲指画，亲如家人。遇山水佳胜，则手种花果草木，留题诗句，若培植自家园林。名山自汉朝建县以来，文献缺略，他登山原，历川渎，搜碑剔简，收集资料，历时两年，撰成《名山县志》。光绪十八年（1892）以病去职，寓在嘉州、成都，监税渝州。二十一年（1895），奉上命再任名山知县，士民为之欢呼。赵忻励志如昔，民气愈和。其治本专务教化，大修学校，振兴书院，令诸生研究实学，聘请名宿为师，日课月程，亲自审视。城南紫霞山，世传梓潼神君灵化之所，林壑幽邃，他便于山中曲折处作池沼亭榭，奇花异卉，高下种植，花时节候，云蒸霞蔚。又建虞雍公祠堂、修叶桂芳侍讲墓道于山麓（雍公曾任该邑茶盐道，有惠政；叶侍讲，明人，死于冤狱），山前则浚凿南湖，环以亭阁，杂种荷菱、蘅芷，既以芬漾涵鲜，又以藻饰陋朴，俨然名胜之区，过客留观，赋诗益多，好事者遂以“赵南湖”称之。赵忻生性善种植，有所移种，虽久晴必雨。在官时遇旱，祷雨必灵，人甚奇之。光绪二十二年（1896）七月不雨，赵忻以病体设坛祈雨，又移树栽植南湖，俄顷大雨立至，沾湿衣襦，归而病甚，久无好转。十月二十九日卒于任上，年 43 岁。后葬遵义县白杨堰。卒之夕，官舍后月华山万灯荧荧，起灭林木，久而渐散。有吏寝者，梦其独乘舆出东门，惊起而闻噩耗至。市民相与焚香哭于市道曰：“我官清惠，实为神也！”便立庙紫霞山祀之。妻华璇，妾陈静宜、卢雪漪。

赵忻生性孝慕，友悌笃挚，交友以道，久而不渝其爱接人以其和同而不易其介。自少尝以节义忠贞自许，而逸远谈荡，任其自适，仰慕陶渊明、王摩诘之风徽。赵忻天资聪颖，爱好广泛，举凡经史百家、文字训诂、地方舆志、金石版片、书法美术都卓然有成。耽玩易学，深究知命之旨，撰《支易》一书，部宫游象，经纬三才，舒纳万汇而错综通变，凡古今象数有言，纤巨悉入，靡不融贯，至其缀辞仿杨雄、焦延寿，而往往益加恢奇，穷极怪赜（zé）。鞭风摆霆，神鬼幻眩，不可究诘。喜为诗，自国风、雅颂、屈宋、扬马骚赋之篇，无不探其源，自八代三唐以及拼死元明清，举凡称诗者之作，无不涉其流。大要以杜少陵为归，复旁溢错出，以求其所以自立。尝论诗谓：“水流云兴，春华秋实，鸟鸣虫语，风轮鼓荡成万物，万物采章而成宇宙。吾之于诗，欢歌悲泣，籁嘘气运亦风轮之鼓荡也。”又谓：“沉思三渊，精鹜九天之上，神行虚冥，连蜷云君。韵丽绰约，荧姿乎藐菇，吾诗至是庶可无憾。”有《延江生诗集》十二卷，《梦悔楼词》二卷，《悔予诗赋存稿》一卷，《词微》卷，《清诗海录》若干卷。赵忻又善书画，书仿北魏，画工人物，喜为乡贤人物写生。尝至燕赵间，闻赵州有吴道子画水在寺壁，迂道往观，卧其下十余日，几废寝食，自是往返道中，心摹手追二十余年。其同年友人山阴（今浙江绍兴）人、华阳知县胡薇元评云：“用淡墨画水，近观之无山峦、楼阁、舟楫、树木、桥梁、屋宇、人物，但有水耳沦涟荡潏……澒乎沸乎，不测其几千万里也。”薛天沛《益州书画录续编》品评其书画作品。有《名画经眼录》一卷、《画记》一卷。另有《南农录》一卷，《榕轩茗谈》一卷、《鹑居杂识》一卷，《蜀江滩石记》一卷，《江行十日记》一卷，《巴山夜雨录》二卷，《观海录》一卷，《北征日记》一卷，《舆地图表》若干，没有成书。主编《名山县志》十五卷。《中国美术家人名词典》《中国近代文学词典》录载其条目。

华璇（1857—1907），字玉芙，团溪华正伦之女，华联辉之侄女，生于咸丰七年。性沉静笃厚，自幼喜读书史，光绪五年（1879）适赵忻。忻豪于诗，璇常吟咏左右，每深夜不熄烛。有诗 150 多首，集为《问字楼诗稿》，诗“颇有温柔敦厚之意”，“皆沉郁苍老可观”。年三十九，忻卒。督两姬（妾）亦能诗；教子宗畤（zhì），成庠生。光绪三十三年卒，享年 51 岁。

赵恒（1866—1917），字次咸，长兄赵怡又字曰叔党，号乙庐，同治五年生于南乡平水里茅草堰。少时承母教，随两兄力学，后到父亲任所。光绪十九年（1893）

中举，即随长兄赵怡赴京应试，不售。光绪二十五年（1899）任川东盐运大使。光绪三十三年（1907）再试，仍落第。后任峨山县尹。1914年在成都刻印继母、兄嫂诗集多种。1917年去世，葬于成都。著有《乙庐诗稿》若干卷，长兄赵怡题卷曰："玉树临风秀可餐，芙蓉初日太阳鲜。诗家色态谁争得，私爱苏庭叔党贤。"

赵廷铭，字伯容，南乡平水里人，赵锡龄族侄。道光丙午（1846）举人，丁未（1847）成进士，即用江苏知县，旋授句容县，有惠政，舆情爱戴。太平军攻县城，廷铭为计守备支绌，不能敌，百姓拥官出城。敌大呼："赵清官勿去，不汝杀。"遂入湘军幕中十年。同治三年（1864），太平军失败后，复原官，抉知府，历代扬州府、江宁府，署徐州府，赏加道衔。不久病故句容，葬南京雨花台。句容民感其德，请葬如桐乡，故事（丧事完毕），并为置产，谷六十四石田以食（sì，供养）其后。子二，赵崧，赵子雩（yú）。

赵崧（1839—1900），字筱容，成年即随父去江南，目睹江南承平盛况，所交多一时俊杰。太平天国起义，避兵返里，待平定后，复寓居句容。曾五次入京应试，均不售。在江南时与莫友芝游，颇嗜六书故训，讲求金石文字校勘之学，著有考据、碑版诸说。光绪元年（1875）以后，依上海知县莫祥芝于上海，光绪十年（1884）偕遵义沙滩黎尹融游吉林，一年后返上海，往来于上海、扬州诸地，晚年莫祥芝迎至苏州，教授儿子莫科、莫祈、莫棠，光绪二十六年归句容以病卒，享年61岁，无子，以弟之子为后，附葬南京雨花台其父墓侧。赵崧平生壹志于诗，尝曰："诗非多读书，多游佳山水不必作，作亦必不至。乾嘉而降，海内言诗者，绳尺以见，局于方隅，目不窥汉魏之墙，足不履南北朝之席，又忌唐之大且精，非所以自便，乃一出其空疏滑利之诗，以召海内之不学者。于是儿童走卒，与屠狗贩缯者流，莫不操三寸不律，率其胸臆之所欲言，嚣然以诗鸣于世，而诗亡矣。后之学者又或征异书，搜古文奇字，故为新啬奥衍之句，以聋瞶一时之耳目。虽非不学者所得焉，然凌厉之气，直欲抉古之藩篱，而破之风骚，有作殆将无归，而诗益亡矣。"所著《含光石室诗草》四卷，为莫棠收藏，后经金坛冯煦（字梦华）、华阳王秉恩（字雪澄）两人点定编校，公元1918年秋贵阳尚书陈夔龙出资刊印。冯煦评曰："其诗雅而醇，闳而不肆，不主一家，而声应节赴，诉合于古，无一语及唐以下者。"

赵廷瑗（?—1862），字少蘧（qú），赵锡龄族侄。廪生（明、清两代称由府、州、县按时发给银子和补助生活的生员），积功保知县，赏花翎。少慷慨，喜谈兵。咸丰九年（1859）冬仲，黄白号纠合安字号贼，由黄滩渡河，掩至团溪，知县江炳琳出御之，被杀于两路口。贼势张甚，直趋龙坪，将抵郡城，至深溪水，为副将李荣击败。遁去张王坝，再退据羊崖关。当贼之初退时，廷瑗潜约举人甘必大、徐翊（yì）塘，诸生徐汉蔚、甘超等结团驱贼。人皆愤怒，一呼相从，廷瑗遂率众掩杀余贼。贼以为官军之至也，急渡河拒守，廷瑗遂逼河，扼老鸦关以拒贼。因遣人迎（李）荣镇团溪，以讨贼自任。贼既据羊崖关，以窥我，日以巨炮轰击，以张大声势。廷瑗阴募里中少年五百人，谋渡河击贼，属把总陈少升、团守卢新科备竹篅（chuán，一种盛粮食的圆囤）为应。值庚申元夜，大雪，置酒劳诸营，俄而率所募，潜由上流以木筏渡河，攀藤附葛而上，直扑关，杀数十人。贼大惊，溃。追奔数里，反据关，就暖贼火以待援兵。殊天明，援者未至，贼以大队来争。廷瑗知不敌，急夺贼舟退回老鸦关。于是愤关既得复失，誓不得关终不可制贼。次夜，复从下流绕至关，多设疑兵，径杀贼。大兵闻炮声，知廷瑗已至，急以竹篙渡河。廷瑗趋众敌贼，裁半置竹篙填土石，瞬成新寨。贼惊愕，抵死来争，不能得，遂开（攻克）关。荣嘉其能，自以病，不胜劳，擢为副统领，悉以兵与之。廷瑗少喜谈兵，益自负，轻贼，不足畏。既连营十余壁，背河而军。本乡遂已清平，乃谋击贼别境，直捣巢穴。于是分钱万衡、卢培义屯九皇渡，邬德全、蒋洪顺屯鲤鱼塘为左右翼，而自提中军日夜转战，次第夺得滥泥寺，猪场（珠藏）水牛山、凉水井、香炉山、河坪诸贼垒，乘胜直下。鸡鹜屯、桤（qī，同桤）木园、老木寨皆凶悍贼巢也。荣巡营至猪场（珠藏），以病甚，回遵就医，卒于哨探坝。廷瑗遂统军，期以本境子弟平多数强悍之敌，督军抵瓮安止，营枪打石。自庚申夺关已二年，贼不敢越遵境，人得安耕凿者，皆廷瑗捍御之力也。逮同治改元，壬戌（1862）春仲，廷瑗竟以忧劳卒于军。黔抚以闻，照军营积劳病故，例赐恤，荫一子入监（国子监）。（据赵恺撰墓表）

乐稼晏氏

乐稼羊石场，旧属遵义县南乡平水里六甲、团溪区乐稼乡，今属西坪镇南坝村。羊石场原名大碑场，《遵义府志》载“城南九十里，平里，日巳、亥集”，因附近大碑桥而得名。民国末年，集市凋零废弃。场边河段名叫龙塘，陂泥南侧，荒土岩石间，隐约可见石砌炉窑、三合土沟渠等，这是晏香泉新尊纸厂遗迹。这里原有二十多间土墙木房，长征留下的老红军、遵义地下县委书记杨天源都曾在这里做工隐蔽。纸厂两百米远的羊石场边就是晏氏故居，早期中共遵义地下县委常在晏家活动，新尊纸厂生产的纸也源源不断地供给地下党组织编印《新民月刊》、革命传单等。晏家俨然是遵义地下县委的摇篮。

“乐稼晏姓系春秋齐相晏婴（平仲）后裔，祖籍江西吉安府吉水县，明万历年间晏兴隆、兴国宦游四川思南大堡，遵义南乡平水里西坪，大坡上寨（龙渊塘）（见南坝村干田碑记）”，渐成家业，清末民国时期成为当地富户。晏家比较开明，注重修德行善，对佃户极好，与佃农关系融洽。平时家里纸烟常备，来客不管是谁均可自取自吸。每年秋收，晏家都要设宴招待佃客，询问产出，如遇岁欠，予以减免。晏氏家风淳厚，人人彬彬有礼，接受现代教育，人才济济。晏家倡办学堂，发展地方教育，团溪、乐稼的学校及贫困学生都得到晏家大力支持。乐稼到西坪、团溪的赶场石板路，相传也是晏家修建；乐稼大碑桥的修建，晏家也捐资不少。民国时期，晏家倾向革命，掩护红军保护地下党员，为党的宣传、遵义的解放做出了很多贡献。中华人民共和国成立后，晏氏一门的人才大多投身新中国建设。晏氏才俊主要有晏舰泉、晏平泉、晏香泉、晏东菁、晏东荟、晏东英、晏东蕃、晏东莼、晏东旭、晏东池、晏东麟等。

晏淦，字舰泉，生于清同治十一年（1872）。早年就读天津北洋大学，是遵义最早学习现代数学的学者。毕业后返乡在团溪观音阁（今团溪镇庄坝小学）古庙设馆授徒。光绪三十二年（1906）与杨干之、赵乃康、夏雨耕、尹坤普等商定在原址创办私立振民两等小学堂（今团溪中学的前身），被推举为堂长，并担任算学课教学。1913年，滇军梅若愚部入驻遵义，驻军占据遵义中学校，时任校长的李道坤（字次乾）于次年辞职北游，遵义县政府聘请代理校长数月。1921 年，复任校长，教数学。1923年调任遵义劝学所所长，因病卒于任上。墓葬干田晏家坟山。有子二，东蔚、东菁。

晏瀚，字平泉，生于 1894 年，殁于 1920 年，归葬乐稼河边仓库后墙内。"1919 年肄业于天津高等工业学校。昔适逢京五四运动，公等组织天津学生联合会，负责财务，同年六月十三日，同乡人张阳先季棻先生等通电遵义各界推动运动发展，后因奔走宣传筹款，劳累过度，病逝北京。（见墓志）"据家人介绍，当时为筹款募捐，晏瀚在街上搭帐篷长住，因此得了伤寒，又因忙碌而没有就医，以致不治。先生曾与周恩来合影，"文化大革命"中其妻不敢拿出来，东藏西藏就找不到了。有女二，东薛、东慈。

晏香泉，号泮，生于 1892 年。幼读私塾，清宣统三年（1911）贵阳模范中学毕业。返乡后，从教团溪日新小学（今团溪中学）历八年，继任该校董事长兼校长两年。1925 年至 1927 年，出任南四下区（治所团溪场）区长，先生性格淳厚和善，看到地方势力明争暗斗，官场腐败，不愿角逐而弃官回家。为方便邻近子女读书，晏香泉捐出羊石场街房建校，并领头集资支付教薪和教学日常费用。五四运动时期，晏香泉得到晏平泉带回的先进杂志《新青年》《觉悟》等，思想开放，倾向革命，萌生实业救国、教育救国的理想。1929 年在贵阳与人合办醒狮肥皂厂，一年多后歇业，又在羊石场河边兴办新蓴纸厂，生产毛边纸应市。继又在瓮安兴办玉华纸厂。1942年，与杨干之等倡办团溪民德中学（今团溪中学）。其纸厂收入、纸张等大量资助学校、教师和学生。1935 年，晏收留两名掉队红军，延医为其治病，然后安排在纸厂做工掩护，免遭敌害。遵义早期共产党员杨天源进行地下活动凡有所求，晏无不相助。无偿为共产党遵义地下人员提供纸张，油印各种传单。1935 年秋，晏推荐杨天源作新民小学（原日新小学）训育主任、校长，掩护其地下活动。1937 年，杨在县城被捕，晏与杨干之等乡绅联名保释。遵义解放前夕，杨先后两次隐于晏家中，出走时还叫人护送。遵义解放后，应邀参加县各界人民代表会议，自 1953 年 7 月起，连任遵义县人民代表大会一至五届代表，县人民委员会一至五届委员，县政协第一届委员，第三届常委。1956 年，新蓴纸厂实现公私合营，晏香泉成为副厂长只管生产。1957 年被停发工资，有职无权，仍然积极参与生产管理。1966 年 7 月"文化大革命"初期，晏香泉被强加罪名判三年徒刑，关押半年后改监外执行。回到家里，七十多岁的他在没有工资也没有任何亲属的情况下独自生活，于 1969 年 1 月 18 日去世，终年 77 岁。1979 年平反昭雪，县革命委员会主持补开追悼会，遵义县委首任县委书记杨天源参与了追悼会。墓葬于田晏家坟山。有子东英、东慈、东薛，女东麟。

晏东荟，父体泉，晏淦侄，生于 1913 年。抗日战争期间得到陈铁赏识，推荐到八路军抗日军政大学就读。中华人民共和国成立前任至贵州省教育厅财务主任。1949

年回到遵义，与陈福桐、晏东蕃、肖义德、姚世达等积极投入争取陈铁起义的工作，实现了遵义乃至贵州的和平解放。遵义解放后任遵义地区教育局局长，后调任遵义县人大主席。2000 年因病去世，享年 88 岁。墓葬干田晏家坟山。

晏东菁，晏淦次子，生于 1915 年，四川成都铁路局总工程师。团溪读小学后入广州中山中学。东箐学习勤奋，非常认真，成绩一直名列前茅，毕业后考入上海大夏大学。工作以后仍然保持严谨勤奋，对人对己都异常严格。他的这个品格一直保持到生命最后，以致要求孙子女考试要拿满分。四川修九龙坡铁路道岔工程时他是总工程师，据说工程唯一返工的是螺钉上法，而且是施工工人没有按他的要求而出错。1983 年，因食道癌不治身故，享年 68 岁。墓葬干田晏家坟山。

晏东英，晏香泉长子，生于 1918 年。团溪小学毕业后入广州中山中学学习，成绩优异，稍逊堂兄晏东菁。毕业后考入四川大学文学系。曾任成都济川中学教员、遵义明德中学校长（1942 年）、《中央日报》编辑、贵州贞丰县政府秘书、国民党军委政治部秘书、民国行政院秘书，孙科的辞职报告就出自他手。1949 年南京解放前夕，晏东英致力保护国民党档案，将之完整地交到人民政权手中。1951 年 11 月任遵义中苏友好协会秘书长、遵义专区剿匪委员会秘书。1957 年 5 月任贵州省中苏友好协会宣传部副主任。1957 年 12 月任《贵州农民报》编辑。1957 年遭诬陷逮捕，判刑七年，服刑中因“抗拒改造”而被长期监禁。1978 年落实政策后回贵阳，平反后已可退休，但他要求工作，只是不愿再入报社，而要参与文史馆的古籍整理工作，点校民国《贵州通志》前事志、宦迹志，任《贵州文史丛刊》副主编、编辑。1979 年被聘为贵州省文史研究馆馆员，任文史馆主编。

晏东蕃，父体泉，晏淦侄，生于 1918 年，贵阳民族学院毕业。中华人民共和国成立后曾任龙坪区区长。正直和善，公私分明。“文化大革命”期间，他只身接受批斗，会场上不卑不亢，首先井井有条地交代了自己的事。轮到老乡发言，乡人旧时多受过晏家恩待，无人对其“检举揭发”，最后只得不了了之。2008 年去世，享年 90 岁。

晏东莼，生于 1924 年，父体泉，晏淦侄。美术学院毕业，中共地下党员。因有被捕经历，在“文化大革命”中受到冲击，身体受到伤害，留下后遗症。现居南京玄武区。

晏东麟，女，1926 年出生。贵州大学数学系毕业，解放时响应号召，回来建设家乡，在遵义商贸局工作。工作勤奋，为人谦逊，助人为乐。工作中毫不保守，全心全意教授其他文化差的工人干部，深得大多数人敬仰。1957 年因家庭原因遭受打击，直到 22 年后的 1979 年，父亲平反才获得平反，开始工作。

晏氏第三代人才更多，但都已移居遵义、贵阳、成都等地。晏家为革命、为遵义的教育都做出了突出的贡献。晏氏一门从清末至今，人才荟萃，家风淳厚，其家族文化值得发掘，应予弘扬。

（高原，男，西坪镇中学教师，遵义市诗词楹联协会会员、播州区作家协会会员、播州区政协委员）

西坪教育发展概述

高 原

早期教育

西坪教育最早可考历史在明朝初年，据陈氏碑记考证，云南佥宪陈弥高入播，先隐沙溪里（鸭溪、枫香、泮水一带）枫香坝，后迁西坪碑底（今龙塘齐心）居住。陈弥高的到来，必然教授亲族邻人子弟，为西坪带来中原文化。陈弥高子孙也多有成就，十五世孙陈在元考取嘉庆二十五年（1820）进士，陈启绪（筑生）中光绪庚辰（1890 年）恩科进士，殿试钦点翰林院庶吉士。

明朝末年，河南道监察御史陈启相因甲申之变（1644 年李自成进北京）来到遵义，康熙元年（1662）祝发隐于遵义县南乡平水里掌台山虎丘寺（又名堂子寺，今西坪小学校址），法号大友，人称“掌山老人”。设书院讲学，致西坪远近好学之士受益良多，不但使西坪文化跃上新台阶，更开启了遵义文化，促进了黔北教育，得到西南名儒莫友芝高度评价，称“遵义人才之开，掌山功最巨”。当时名士谈亮、罗兆甡等皆出其门下。

清康熙年间，李先立在笔峰山（今南坝尖坡）设馆授徒。外出做官归里后更创办北山书院，专一讲学，发展地方教育。康熙四十八年（1709)，在罗大昌、李先立及遵义众多贤达争取之下，朝廷恩准在遵义建考棚，生员不再远赴重庆应试。这进一步促进遵义教育，使遵义各地塾声四起。

西坪地域自陈启相、李先立以后，私塾遍地开花。西坪、尖坡、罗家庄、南坝、白沙、石坎、茶元、羊石场、王家堂、泉涧等地都相继办起私塾，文化教育风气大盛，人才辈出，西坪历代进士、举人、学士等博得功名者达到五十多人，“进士之乡”的美誉由此而得。

但封建时代的私塾教育毕竟是民间行为，能读书的多是富家子弟，且多为男子。贫困家庭的子女接受文化教育的机会和时间还是受到环境、经济等方面条件的限制，大多无力就学，所以文盲率相当高，女性文盲率又高于男性很多。有文化的人在全镇人口中的比例甚微。

学校发展

清末至民国时期，晏舰泉、晏香泉、杨干之、赵乃康、杨典模等乡贤在团溪、西坪办学，使得当时团溪区成了今团溪、西坪、铁厂、茅栗、尚稽、新民、龙坪、喇叭等镇的文化教育中心。乐稼晏家、赵家，西坪杨干之都比较开明，积极倡办学堂，发展教育，使团溪中学、西坪小学成为遵义境内不多的百年古校。

清光绪三十一年（1905），清廷下诏废科举，兴学堂。在团溪观音阁设馆授徒的乐稼人晏淦是天津北洋大学毕业生，是遵义最早学习现代数学的学者，他决定应时而动，在原址兴办学堂。三十二年，他在赵乃康、杨干之、夏雨耕、尹坤普等人支持下，创办私立振民初高两等小学堂。

随后，他受任遵义中学代理校长，其弟晏香泉委任执掌振民小学，使学校持续发展。1942 年，晏香泉、杨干之等又在小学基础上创办私立民德中学，成为遵义县第三中学，发展为今天的团溪中学。

清光绪三十二年（1906），经西坪人杨典模等多方奔走筹措，西坪公立初等小学堂创立，因政府略有补贴，使部分贫家子弟能受到教育。1932 年，西坪小学增设女生班，1936 年男女生合班，女子开始和男子共同接受教育。但民间重男轻女思想依然很重，直到中华人民共和国成立后很多年，女子受教育权利才逐渐得以实现。民国时期，随着社会需求和教育发展，西坪各地学堂相继成立。详见下表：

学堂（校）名称	创立时间	地点	创建人（首任校长）
西坪公立初等小学堂	清光绪三十二年	西坪虎丘寺	杨典模
明治初级小学（白沙小学）	清光绪末年	白沙永兴寺	
南坝国民小学	1916 年	南坝邹家庙	
大同小学	1932 年	大同皇图寺	
雷公庙堡国民学校（泉涧小学）	1936 年	竹山竹合倒竹堰	
大井小学	1938 年	狮子显神洞	
白沙村泉涧小学（龙井小学）	1939 年	龙井黄泥堡	
和平小学	1940 年	竹山村幸福半坎	
振民初级小学（乐稼小学）	1928 年前	南坝干田羊石场老街	
茶元小学	1928 年前	茶元普明寺	文质淳
兴隆小学	1948 年		
永兴小学	1948 年	大同桥上凤凰山寺	

虽然民国时期就建立了众多学堂（校），但是由于人口众多，还是远远不能满足提高人口文化素质的需要。中华人民共和国成立后，各村民办小学全部收归国有公办，教育有了较大的发展。1952 年 3 月，小学实行五年一贯制，改春季招生为秋季招生。1958 年，西坪民立学中创办。1961 年 1 月，市委决定，农村 376 所社办小学、中学放假半年至一年，学生回家参加生产，教师由公社安排。1969 年推行大队办学模式，要求读小学、初中不出大队，但初中师资严重匮乏，学生数也不够，1970 年

秋取消。中华人民共和国成立后兴办学校详见下表：

学堂（校）名称	创立时间	地点	创建人（首任校长）
天池小学	1956 年	凤凰天池刘家祠堂	
西坪中学	1958 年	铁厂七一二矿场，半年后迁西坪	杨继焱（名誉校长）
厂上小学	1965 年	厂上武显寺	
毕山小学	1965 年	南坝毕山长堰	陈叔宣
泉涧中学	1966 年	竹山南木坝	
乐稼中学	1968 年	南坝青山干溪沟农家	
毕山小学	1969 年	南坝毕山长堰	刘加云（复办）
红色小学	1972 年	桂山红色罗家庄	
大同中学	1983 年	大同皇图寺	何安祥
楠木小学	1961 年	竹山南木坝	王同富
滑石教学点	解放初	竹山滑石组	冉隆轩
席湾教学点	1974 年	凤凰席湾民房	潘富能
丰美教学点	1962 年	茶元丰美民房	
落尾田教学点	1962 年	厂上落尾田民房	

1973 年，西坪增办高中教育，来年招生。但限于学生数量、教学条件、师资水平等制约，1980 年后停止招生。西坪中学高中招生五届，乐稼中学高中办了两届。1988 年，西坪境内小学实行六年制。随着学生数增加，各学校相继增加班额和班数。

1995 年，全镇有初级中学 4 间，小学 19 间，学生 8820 人，初中 1287 人，小学 7533 人，总班数 227 班，初中 23 班，小学 204 班。九十年代末，各地小学生数达到顶峰。2002 年，中学人数达到顶峰，西坪中学有 1400 多人，20 个教学班，专任教师（校长在内）64 名。全镇有中小学 21 间。1999 年秋，大井小学决定来年招生，次年撤校建点。此后，学校布局逐年调整，教学校点开始收缩。2006 年，西坪镇全镇常住居民 8900 户，38 098 人，其中 7～12 周岁 4334 人，13～15 周岁 2355 人，青壮年 22 901 人。有西坪、厂上、茶元、大同、白沙、泉涧、龙井、红色、南坝等完全小学 10 所，毕山、兴隆、永兴、和平、大井、天池等 5 个教学点，乐稼九年一贯制学校、西坪独立初级中学，建华民办幼儿园，在校小学生 3219 人，初中学生 1359 人，学前幼儿 410 人，专任教师 252 名。2013 年，全镇教学校点分别是西坪中学、西坪小学、乐稼小学、白沙小学、泉涧小学、大同小学、茶元教学点、南坝教学点、和平教学点。

西坪教育在团溪区一直名列前茅。1959 年，西坪小学六年级学生升学考试升学率达 100%，名列全区第一。全市 158 间完小中排名在第 15 名。1963 年，小学毕业班 34 名学生 17 人升入团溪中学，升学率达 50%。1982 年 15 人，1983 年 20 人，1984 年 20 人，1994 年 10 人，1995 年 36 人，1996 年 39 人、1997 年 49 人，1998 年 50

人（这一年西坪全镇前 100 名学生全部上团中录取线）升入团溪中学。2005 年 18 人，2006 年 12 人（团溪中学当年在西坪镇只招收 20 名学生）升入团溪中学。

2004 年度，西坪中心学校获遵义县教研工作“先进集体”称号。2005 年获中小学教育全县目标综合考核一等奖，被评为县“两基”“普实”工作先进集体。2006—2007 年度获全县教育工作先进集体。

西坪旅游人文景点概说

陈朝安

历史悠久、文化底蕴厚重的西坪有很多人文景点。“管中窥豹、可见一斑”。这些景点，能让人窥见西坪文化的过去和现在，有参观、借鉴和传承的价值。

西坪镇是遵义迷人的南乡画廊，位于遵义市播州区东面，在美丽的湘江河迂回环抱中，宛如明珠镶嵌，素有“遵义南乡大画廊、人杰地灵平水里”之美称，是遵义市东南面的天然氧吧，全市“东南部生态明珠”无限潜力发展镇。西坪镇植被丰富，森林覆盖率达70%以上，属于中亚热带湿润季风性气候，平均海拔900米，雨量充沛，热量充足，冬无严寒，夏无酷暑，水美田肥、气候温和，风景优美，气候宜人，生态环境良好。

陈启相先师碑

2006年西坪小学百年校庆，在西坪小学校门内为他立了一块纪念碑，正面刻其生平，背面刻了他的诗作，让人缅怀其传播文化之功。启相先师当年传经笃学之地，还有月亮井、虎丘寺山门、百年古树等遗迹和百年罗汉松、北山图书馆等传承先师精神的后世办学象征。北山图书馆是文化之乡的感恩之作，美名传四方。西坪小学校内的北山图书馆，建筑面积300余平方米，是文化之乡的标志性建筑，更是春晖使者反哺家乡的感恩之作，因沿袭西坪历史上李先立曾创办“北山书院”而命名，是西坪文化发展史上又一座里程碑。该馆藏书万余册，一楼为多功能教室，也是镇政府机关单位开会的处所；二楼为阅览室。它是1979年毕业于西坪中学的该镇乡友何勇2006年捐资32万元新建的，作为母校百年庆典的感恩厚礼。在他的带动下，西坪在外热心乡友和校友们踊跃参加“春晖行动”，又捐款现金26万元建校，载入永远的丰碑和图书馆落成纪念碑。

李先立故居

西团公路团溪往西坪方向6公里处，“天官”古井位于右侧，李先立故居、“淳厚人家”碑、先立墓位于左侧40米。为发掘和传承西坪本土悠久历史、古圣先贤家风文化，凝心聚力共建美好家园，西坪镇已于2016年8月对“天官”古井施以保护措施。笔峰山“天官”村落“四在农家美丽乡村”建设工程，2017年已经争取到了项目和资金，正在实施建设，内容包括李先立故居建设、北山书院恢复、北山文化广场修建、“淳厚人家”碑保护、李先立墓保护、笔峰山“四在农家美丽乡村”建设等。李先立故居西侧，可见一座尖秀可爱的小山峰，它就是笔峰山，宽广不过二三百米，却与东边的小河濯足河一起进入了《遵义府志》。李先立均有诗颂赞。

赵恺墓

遵义名儒赵恺的墓位于西坪与团溪交界的桂山村青龙山，离其故居 100 米处，距离清江河 2.3 公里，碑文系其弟子、著名书法家姚世达、陈福桐、杨祖恺等撰写，保护完好。

严寅亮遗墨碑刻

西坪现在仍然完好保存杨晋臣墓志碑。1924 年，杨晋臣去世。1928 年，其子杨干之时任贵州省民政厅长，请遵义名儒赵恺撰文，贵州著名书法家严寅亮书丹，刻就此碑。严寅亮（1854—1933），名碧承，字剩庵，号弼岑，印江县农场乡阳坡村人，又名“阳坡山民”“武陵居士”，清末著名书法家。严寅亮的书法雄强劲健，远师王羲之，深得历朝大家精髓，黔中川蜀、大江南北多处风景名胜均有其墨迹碑刻。黄果树瀑布观瀑亭名联“白水如棉，不用弓弹花自散；虹霞似锦，何须梭织天生成”即出自严寅亮手笔。他曾进呈“颐和园”三字被慈禧选中为该园名匾用字，旋得书颐和园内匾额 18 方、楹联 23 副，并获慈禧赐“宸赏”玉章一枚。在四川任上，将其墨迹石印成册，名《剩广墨试》以广流传。因此，该碑是西坪重要文物遗存。二十世纪五十年代，杨氏墓被毁，其子孙归藏家中，保存至今。碑红砂石，宽 80 厘米，高 160 厘米，厚 7 厘米，碑文 977 字。

陈铁故居及墓地

陈铁故居在大同村窝元组，西坪集镇往大同方向 2 公里处。2013 年启动修复工程，2015 年 8 月，修缮、布展工作全面完成。故居呈“品”字形，有围墙，分为正殿生活区和东西厢房共 8 间展室，2015 年 9 月 28 日对外开放。故居外另有将军广场、塑胶球场、图书室和党员群众之家等配套设施。陈铁去世后，其后人遵从生前要和母亲在一处的遗愿，1998 年将陈铁墓从贵阳迁至西坪镇民主村大寨组。用大理石砌成外围，经宋任穷批示同意，墓碑上刻“抗日名将陈铁之墓”。

中共早期活动摇篮新萼纸厂遗址

乐稼河龙塘段的河边，一条三合土的水沟依稀可见，一座丈余方圆的石窑掩映在杂草丛中，一条石砌小水沟历历在目，这是民国时期民族资本先锋晏香泉在这里开办的新萼纸厂遗址。当年，香泉先生一面办学，一面支持革命，纸厂利润几乎都用在了支持革命、学校发展和贫困学生上面，使这里成为中共遵义县委早期的摇篮。

九黄渡（清江河）漂流

清江河又叫乐稼河，发源于团溪镇，流经西坪镇境内桂山村、南坝村、竹山村，经茶园村汇入湘江河的戏子滩河段美丽的森林峡谷，约 13 公里长，最近处离笔峰山 2.6 公里。2016 年 2 月 26 日，播州区西坪镇旅游扶贫暨九皇渡旅游综合体项目成功签约，西坪镇党委政府与贵州遵义日月海旅行社有限公司负责人签订了《九皇渡（乐稼河）漂流综合开发项目投资协议书》。九皇渡旅游综合体项目主体工程位于西坪镇南坝村和竹山村。该项目由贵州遵义日月海旅行社有限公司拟投资 1.4 亿元，计划用三年时间实施清江河漂流、攀岩、露营、溶洞游览以及野生动植物保护基地建设等旅游项目，拟打造集漂流、观光、休闲度假、养老避暑、人文历史、水上乐园、全省最大户外拓展基地、动物科普基地、千只孔雀园、千头野猪林、动植物保护培育区等综合型旅游于一体的旅游综合体。竹山村属于建档立卡一类贫困村，项目的落地，对助推精准脱贫具有积极而重大的意义。

狗落洞

狗落洞又称“吼落洞”，景观旖旎，位于清江河流经竹山村泉涧河段，涨水时节有十四级阶梯瀑布。

角口电站风光

角口水电站位于西坪镇、新蒲新区虾子镇和湄潭县新南镇三县区交界处。“角口水库好风光，龟蛇静卧锁大江。两河汇聚碧波荡，人定胜天谱华章。”角口水电站是湘江、湄江两江汇合的“高峡平湖”，景观优美，因此得名“角口”。是湄潭县 1990 年修建的，坝高 52.5 米，总库容量 5400 万立方米，兴利库容 1920 万立方米。交通便利，距离 4A 级风景区云门囤 10 余公里。角口—云门囤水上旅游通道有画船，赏 12 公里自然风光可沿湄潭河上溯到云门囤，赏 9 公里山水画廊可沿湘江河上溯到戏子滩。酷似“鲤鱼”脊背的岩石龙骨在岸边，“太公云上钓鱼台”是得天独厚的坝边景点，长虹卧波的大坝可入画卷诗篇，令君流连忘返。

美丽的戏子滩

西坪镇茶元村古渡口戏子滩，波平岸阔，水清草长，是西坪通向虾子的交通要道。2010 年竣工的公路桥如长虹横卧在碧波之上，水里有野生的鲢鱼、娃娃鱼和一对对比翼鸳鸯，现有 1000 余只白鹅白鸭在此人工放养。两里外曾有已被开发利用为电站的吼落洞十四级梯级瀑布美丽风光，连通下游角口有九公里山水画廊。盛夏之夜，“微微风簇浪，散作满河星”。到处可见钓鱼人的点点火光。岸边的沃田、遗留的堤坝、蜿蜒的山道和河谷的平地有美丽的“戏子滩”地名传说故事：当地一位落第秀才曾经迷恋此处风光，留恋于此处沙滩练字写诗画画，因此称“写字滩”；后来他流浪天涯，与一美丽善良的唱戏姑娘成家，后回到这里与姑娘于沙滩边搭台唱戏，恩爱白头，终了一生，渐渐有了“戏子滩”之名称，沿袭至今。

冰仙洞

冰仙洞是西坪镇厂上村坝尾组如梦如幻的“神仙洞府”，是地底的仙宫，人间的天堂。投石发出“乒乒乓乓”之声，因名“乒乓洞”。洞深数丈，搭梯挽绳而下，豁然宽广，如入地底仙宫，洞内三百余米奇异景色分为“动物世界”“植物世界”“彩色世界”和“厅堂世界”四个层次，给人带来视觉和听觉的不同美感，留下想象和联想的自由空间。上有悬垂的万千乳石，情态各异；下呈林立的雨后“春笋”，百态千姿。乳石和石笋历经万年企盼，完成了空中对接，从而顶天立地；地面岩溶造型奇特，神秘诡异，美不胜收，叹为观止，令人如入神仙洞府。洞外山地丘陵，竹树环合，风景优美，民风淳朴，极具旅游开发价值。该洞 2004 年被当地人发现后，西坪镇政府高度重视，为实施旅游开发，当地政府 2004 年已报告立项申保，县旅游局拍照展览。

洪水大洞

洪水大洞是竹山村鬼斧神工的天然溶洞，从绝壁山腰进入，“幽洞迂回险中求，水龙盘曲静处酣”。有暗河，石钟乳石笋诡谲变幻。

白岩山、七星凼、青年塘、老年塘、水源水库

西坪镇民主村白岩山至大同村黄家岩硅矿山连绵起伏 2.5 公里的山梁上，有七个小盆地由小到大依次排列，名叫“七星凼”。此景和山下老年塘、青年塘水库珠联璧合，构成一幅图画。有联曰：“高山七星镶大地，平原两镜映蓝天。”青年塘边的小山松涛阵阵，松林中有一家叫“茂林湖”山庄，“凉亭入画松起舞，和风送暖鱼添香。”是一处集餐饮、休闲、娱乐为一体的好去处。水源水库为金丝源公司创办的大同村市级现代农业产业园 2000 亩土地和下游 1.1 万亩农田提供灌溉水源，周围有 300 亩核桃，是全镇 1.8 万亩核桃的种植示范基地。

王家塘大坝梯田

王家塘大坝位于凤凰村，西湄公路穿境而过。大坝有古银杏树村落，连片 500 亩梯田风光，优美如画。

（陈朝安，西坪小学教师，遵义市诗词楹联协会会员。）

感悟西坪

遵义播州区“喜迎十九大·百名学者进西坪”活动今天启动

陈 屹

央广网遵义10月12日消息 10月12日上午，贵州省遵义市播州区在播州区西坪镇举行“喜迎十九大·百名学者进西坪”采风活动。受邀的上百名省、市、区历史文化学者将深入西坪历史文化、传统文化保留地进行探寻，以推动当地生态文明建设和传统文化保护，促进民生发展，喜迎党的十九大召开。

地处大娄山山脉支系，为乌江、遵义湘江、湄江河包围的西坪镇，位于播州区东南，距遵义市区52公里，东与湄潭、余庆县相望，共有8763户40 455人。这里因交通发展迟滞，受阻于三面环山的地理状况，经济发展基本上保留了完整的传统农耕状态。

西坪镇有着从山地到缓丘，从江河、峡谷、溶洞到涓涓溪流等多种自然地理状态，良好的生态环境，诗情画意的农耕文明得以完整留存，也因此在历史上成为不少高人隐士栖居乡野，以传播中原文化，教化乡民子弟，抒发人生理想的秘境。

西坪镇素有“进士之乡、将军故里、生态氧吧”的美誉。从明洪武初年，江西进士陈弥高隐居于此著书立说开始，再有明末河南道监察御史陈启相奉命保崇祯皇帝孕妃隐于当地掌台山虎丘寺，设书院讲学，培养了大批优秀学人。据考证，明朝时期，西坪翰林、进士等博得功名可稽考者52人。西坪镇的隐居名士、文化名流在寂静幽微的文化环境里，留下了“数年湖海一孤舟，处处晴为宿白鸥。昨夜波斯吞却月，漫将米价较沉浮”等大量的傲人诗句。清初吏部官员李先立告老还乡，在今西坪镇尖坡（笔峰山）设北山书院教授乡邻子弟，由此兴起与遵义沙滩文化相映照的遵义“平水里文化”气象。这里先后走出了包括黄埔军校一期生、抗日名将陈铁以及陈德明等为代表的十多名黄埔系军政人员以及晏东荟等遵义早期的共产党人。

现在，西坪镇紧紧依托良好的自然生态，大力发展辣椒种植、核桃栽培、生态稻米、蔬菜等产业，取得良好成效，生态为本下的综合效益凸显，“企业+基地+农户”的发展模式得以推进。目前，西坪镇近2万亩的核桃林，挂果核桃约8000亩，预计青果产量100万斤，产值300万元。2900多户种植户中，贫困户148户560人，核桃产业将有效带动贫困群众脱贫致富。

“喜迎十九大·百名学者进西坪”，当地厚重的人文文化、小桥流水的画景、田间地头的劳作、经济新常态下的产业愿景、民生发展的强烈诉求都将进入学者们研究与发现的视野，成为推动当地在生态文明建设、传统文化保护与发掘、多彩贵州公园省试验区建设、推动群众脱贫跨越的有效探索。

（陈屹　西坪人，记者）

百名学者走西坪

（新闻解说词）

周开德

（主持人）一个僻远的小镇，几百年来，文风昌盛，人才辈出，进士、举人、将军，都出在这个小乡镇里。享誉世界的黄埔军校，这个小镇就考取了十一人。这里，就是抗日名将陈铁将军的故乡——播州区西坪镇。让我们一起走进西坪，去领略它厚重的历史，灿烂的文化。

（解说）十月十二日，近百名省、市文史专家学者来到西坪。在现在的西坪小学一带，是明末文学大家陈启相避难、出家、办学、做学问的地方。在陈启相碑前，专家学者们久久伫立，瞻仰敬慕。

陈启相于清康熙元年（1662）避难到遵义南乡平水里，就是今天的西坪。在西坪，成就了陈启相先生一生的学术地位，影响深远，泽及后人。

【遵义市历史文化研究会副会长　葛镇亚】

西坪这个地方得天独厚，在遵义的文化史上占有重要的地位。清初的时候这个地方还是属于南明政权。明朝灭亡了，明朝的河南道监察御史陈启相就来到西坪掌台寺，就出家，他在这地方办学、开书院，培养了罗兆甡、谈亮等高足弟子，传播学术文化，足不出户。西坪应该是陈启相这位大作家的第二故乡。他死了以后就埋葬在这个位置，到现在已经有三百多年了。

（解说）陈启相，字枚庵，号晡谷，四川富顺县人，明末进士，官河南道监察御史。流寓西坪后，弃家为僧入堂子寺，足不出户，致力于读书著述，并创办西坪书院，专事讲学授徒，传播学术思想。著有《平水集》百余卷，以及《紫云休夏集》《摩诘诗评》《沥胆将军遗事记》《掌山法语》等，可惜大多散失，存世较少。四川巡抚张德地慕其名，遣官敦请入府为官再四，均不肯相往。

【遵义市历史文化研究会副会长　葛镇亚】

郑珍和莫友芝都高度评价陈启相，说遵义文风之开，陈启相功不可没，并且郑珍说，陈启相是明末一大作家，他作文章如游龙行空，非常有气势。陈启相生前有很多诗文和著作，出版了一些，有一些就湮没了。应该说陈启相他所开创的西坪文化是直接对后世（清朝）乾（隆）嘉（庆）年间出现的沙滩文化有作用。

（解说）陈启相先生之后，西坪文化一脉相承，人才辈出。到了清朝，西坪还出了个开科进士李先立。

【遵义市历史文化研究会副会长　葛镇亚】

西坪这个地方就在尖坡还有一个清朝的开科进士叫李先立，李先立也是四川人，然后因为战乱迁到遵义来到西坪，在这地方刻苦攻读，最后考中举人，第二年中进士，到山西曲阳县去任县官。他在任的时候由于体恤百姓的疾苦，为官清廉，名声很好，老百姓编了很多民谣来唱、来歌颂他。康熙皇帝微服私访来到曲阳县，听到老百姓传唱就了解到这位县官是个好人，就把他调到河北就是京都附近的直隶州新安县去当知县。当了两年就直接把他调到中央朝廷里（去上班），就到吏部清（钦）吏司当司长。当了几年以后就辞官回乡。回来以后就在这里建北山书院，倾他毕生的积蓄和他的学问教授弟子，培养了一大批人，同时还办义仓周济贫苦百姓，所以老百姓很感戴他。

（解说）在西坪，遵义人都不会忘记的一位先生，他就是《续遵义府志》的作者赵乃康。先生的墓葬就在西坪，年年都有人来祭奠，拜谒。可见先生的学术精神影响之深远。

其实西坪呢，还是一个文武兼备的地方。

【遵义市历史文化研究会副会长　葛镇亚】

西坪这地方除了文以外，还有武，它是一个文武兼备的地方。黄埔军校第一期就有来自西坪的陈铁将军，他进黄埔就把家乡的一些青年人也带出去也是加入黄埔，他当军长，有的当了师长，在抗日战争中，85 师、102 师都是英勇杀敌，打出了威风，对西坪文化又增添了一份厚重的色彩。

（解说）在陈铁故居，专家学者们冒雨参观考察。陈铁故居的修复，文物文献的陈列，都得益于省、市文史专家学者的高度重视和长期关注。

【遵义市历史文化研究会会长　王　刚】

今天来西坪参观了陈铁故居，参观了李先立的故居，看了赵恺（乃康）墓，陈铁墓和李先立的墓，感受了西坪浓厚的文化氛围，收获很大。西坪是一个古镇，有着悠久的历史文化，有深厚的文化积淀，有西坪镇党委政府的重视，我们相信西坪镇在挖掘整理历史文化方面做出更好的工作，助推西坪的经济文化的发展。

（解说）座谈会上，专家学者们对西坪这么丰厚的历史文化非常惊异，纷纷建言献策，提出了很多很好的意见和建议，受到西坪镇党委政府的高度重视。

【播州区西坪镇党委书记　张　铁】

西坪是历史文化非常丰厚的一个乡镇。这些年来我们在历史文化的挖掘、传承上做了一些工作，但离时代的要求还有很大的差距。为了进一步挖掘传承运用好我们西坪的历史文化资源，镇党委政府通过深思熟虑决定组织这样一次活动。

（解说）西坪文化源远流长，追忆古人，收集整理著述，传承和弘扬历史文化，旨在激励来者。今天的西坪，在先贤精神的鼓舞下，经济文化和谐发展。是“全国农民体育文化活动先进镇”；获“我们共有的家园”读书活动国家优秀组织奖。为传承弘扬西坪文化，西坪镇党委政府秉承先贤古训，重教兴农，致力于田园城市、乡愁播州建设，继往开来，为创建和谐文明的文化之乡不懈努力。

（周开德，原遵义市播州区电视台记者。现为《遵义历史文化》编辑。）

试论西坪历史人文现象与遗产继承

王现璋

受西坪党政领导之邀去西坪两次，又参加“喜迎十九大·百名学者进西坪”的采风考查活动，每次都怀着敬畏的心情去窝元陈铁将军故居，掌台山虎丘寺遗址，以及李天官故居等地参观学习。耳濡目染，所到之处，无不为西坪厚重的历史和宏富的文化倾倒，更被先贤的高才远德感染，不禁久驻长思，为什么地处遵义县（现播州区）东南一隅的南乡平水里，经历明代、清代至民国四五百年间会产生如此众多的进士、举人、贡生和武官将领？因此，不揣浅陋，冒昧对这一人文现象进行一些探讨以就教于各位学者，也算是抛砖引玉。

一、西坪的历史与自然环境简述

西坪在历史上古代属鳖国，汉为鳖县，唐宋以后属于播州和后来的遵义县以及现在的播州区，清代和民国初遵义分四乡十三里，西坪属南乡平水里。中华人民共和国成立以后，西坪的称谓为：西坪镇，西区、西坪乡、西坪人民公社，1992 年撤区并乡建镇前曾属团溪区管辖。撤区并乡建镇后，西坪重新设镇并将原乐稼、泉涧、大同乡并入西坪，现在的西坪镇辖有九村一居。总面积 132.76 平方公里，人口 4 万余人。

自然环境状况：西坪地处湘江河下游，湘江自西向东，折南三面环绕西坪。除东、南面有高山环峙外，其余皆为低山丘陵，境内溪流纵横，中小型水库密布乡间如明珠镶嵌，清江（蒡溪水，又称团溪河）穿境而过如灵动的腰带。娄山山脉的余脉支架起峻秀峰峦，地势南高北低，境内奇峰迭现，溶泉与洞府交融；青山满目，峡谷与丘陵辉映。群山之下，朗朗平畴沃野，土肥物丰，气候温润，茂林修竹，桃李芬芳，满山黑桃硕果累累，古楠木、红豆杉、银杏等珍稀古树遍布乡间，青瓦白墙，古村错落隐现，勾起缕缕乡愁。正因为如此得天独厚的自然环境，良田沃土，自古物产丰富，居民相对富庶。正是这优美富裕的家园，才引来众多的宦迹官员和文化名贤到此隐居。自明朝初年，元末进士陈弥高与其子陈德祥到西坪，著书讲学，随后大冶和尚到掌台山创虎丘寺传经布道，算是平水里文化的开山鼻祖。接着，明末清初，在外为官的陈启相辞官到遵义，最后落籍西坪与门生罗兆甡、谈亮，以及后来的开科进士李先立等，他们或著书立说，或科举入仕，为官理政；或开馆授徒，教化乡里；或归隐山林，脱俗入寺，讲经传道；或投笔从戎，保家卫国。总之文武兼备，人才辈出。这一奇特“平水文化”现象，值得我们去思考，去探索。

二、西坪的文化名人概述

据西坪镇地方志编撰委员会编印的《梦在故乡》一书介绍，在西坪这块土地上，先后居住、产生了陈弥高、李先立等进士 13 人，举人 14 人，贡生等太学生 18 人，邑庠生 7 人，共计 52 人。其中陈弥高、谈亮、余焕、毛省元 4 人从外迁入，3 人为西坪举人李懋思门生外，其余 6 人为西坪本土人士，真可谓阵容庞大、蔚为壮观的文人群体。在这些历史名人中，除了多数为文化人外，还有甘必大和陈国标为武举人。科举制度废除后，以陈铁为代表的一批人，走出家门进入黄埔军校，寻求报国之路。

从云南辞官到遵义，陈弥高最终选择山清水秀的西坪作为其归隐地，开始在西坪著书讲学，开启了西坪历史上的文化传播，成为平水里文化的开山鼻祖。明末由沙滩禹门寺到西坪的大冶和尚，1645 年在掌台山创建虎丘寺，大冶和尚能诗善文，不但传经布道，也为西坪的文化做了贡献。随后，1662 年（康熙元年），曾官至河南御史的明朝遗老陈启相入主掌台山虎丘寺（又名堂子寺）后，更将其渊博的学识，传授给西坪。他不但著书立说，还开设书院讲学，与其门生谈亮、罗兆甡诗文唱和，为西坪文化的发展，奠定了雄厚的基础。清康熙三十三年（1693），李先立异军突起，成为清朝开科以来遵义府的第一个进士，特别值得称道的是李先立为官归隐后回乡创办“北山书院”，大力发展西坪的文化教育，使西坪文化达到了又一高峰。随后百余年，陈氏的子孙在家学的熏陶下，陈在元于嘉庆二十四年（1819）考取进士，陈恩笃考中同治甲戌（1874）进士，陈启绪光绪十六年取庚寅（1890）恩科进士。

晚清和民国时期，乐稼赵氏再度崛起，其代表人物如赵乃康。其父赵廷莹，学养深厚，史志称其“布衣素食，仁厚可风”，赵乃康在家学的滋养下，勤奋学习，学识渊博。他的贡献是将杨兆麟（清末探花）总纂未完成的《续遵义府志》与杨恩元一道经 3 年的艰辛修改润色，于 1937 年由省政府刊行问世，这是在民国时期贵州省唯一刊印成书的府志，与《遵义府志》交相辉映。赵乃康本人的著述也很多，著作有《平水旧闻》《近泉居杂记》《剑山庐杂话》《同名录》《赵乃康文集》等。特别值得称道的是在他的努力下辑成了《巢经全集》等，为后世留下了宝贵的文化遗产。

还有西坪人杨干之、晏香泉、晏淦倡议办学，并在团溪创办私立学堂和团溪明德中学，都为团溪、西坪的文化书写了光辉的一页。

科举制度废除后，以陈铁为代表的一批人怀着报国之志走出家门，仅西坪团溪、尚稽等地，进入黄埔军校本部的遵义人就达五十多人。这些人当中，有的成为抗日将领，有的英勇杀敌报效祖国，有的率部起义（如陈铁、陈德明）为新中国的诞生做出了贡献。

三、西坪的“人文现象”形成原因探析

（一）优美富庶的自然环境是孕育众多文人名贤生长的自然条件和物质基础

如果西坪缺少如前所述的自然环境，就不会吸引诸如大冶和尚、陈弥高等等这样的高人名宦到此安家落籍。如果此地地贫民穷，食不果腹，即使有人开馆传业，传经布道，恐怕也难有几人能送子弟前去修业学习。因此，优良的自然环境是集聚人才，培养精英人才必要的物质基础。

（二）崇尚教育，以耕读为本，是西坪（从明初算起至民国时期）在数百年间文人蔚起的内在原因

纵观西坪的文化先贤，都是倡导教育且亲自设书院讲学，授徒劝业，无论大冶和尚，大友和尚（陈启相）都在掌台山堂子寺著书讲学始，《梦在故乡》一书中记载的无论是进士、举人、庠生、凛生中的大多数人都有教学办学的经历。像李先立这样在外任高官和京官的人都热衷于回乡办学，一直到清末和民国时期，西坪境内的乐稼晏氏（如晏淦、晏香泉等），清江赵氏如赵锡龄、赵廷璜、赵乃康等，赵锡龄讲学数十年，学子半乡里，西坪杨氏如杨干之倡办新学堂。西坪人的办学热情一直持续几百年不减。这就充分的说明文化的传承力、影响力、感染力与渗透力的久远。

（三）教学中以礼教为先，廉耻为主，尚义行孝、向善、为民躬行的人生观教育贯穿始终

我们在听取介绍和阅读资料中，西坪历代文人雅士，不论为官，还是教书育人，都有一股袭人正气，许多令人感叹。如李先立在外为官，十分清廉俭朴，布衣素食，审理案件，平易近人，常微服私访，询问民间疾苦；辞官回乡时，为了掩饰以免引起其同僚的不满和忌恨竟用马车载石头以充行囊，被人举报说李先立是假清廉，皇帝派人拦截检查，发现车载回家的除简单行李外，余皆为石头（一说为车里全是书籍及农具）。感动得皇上赐他一车银子。作为一个封建时代的官员，有如此的官德和操守，真的十分感人。回乡后，乡里因灾缺粮，他又办“义仓”扶危济困。所以南乡三十六村人赠他“淳厚人家”的德政碑以示爱戴也就不足为怪了。

西坪文人都有爱民悯民的传统情怀，如罗兆甡的《綦江即事》诗就反映出对播州运盐贩夫的同情，诗中：“播儿一担盐，剜去双肩肉，为何不自爱，重杖遭官扑。血涂街石鲜，身颤足难缩。”还有在《桐梓道中》“君不见，播儿双肩红肉烈、笑担盐篓上前山”（《播雅》卷四）。所以，以礼义廉耻、孝义、耕读为本的文化教育滋蔓、影响人一生的成长，包括做官经商、为人处事，是成群的英才贤达得以成长的文化沃土。

又以陈铁将军为例，据介绍，陈铁将军早年弃教从戎，也是抱着报效国家的志向，早期投身黄埔军校学习，从基层干起一直到军长。在国难当头时，他积极参加抗战，对官兵训语时慷慨激昂，要“奋勇杀敌，把倭寇驱逐出去”，在闻名中外的忻口战役中，血战日军阪垣师团，重创顽敌，表现了英勇顽强的气概。抗日战争胜利以后，陈铁看到国民党的腐败，毅然离开军队返回遵义，1949 年底起义投诚，参加解放军。陈铁的这些思想都与他早年所受的教育有关。崇尚正义，积极向上，报效国家，这些都是西坪优良的传统文化教育长期滋养的结果。

（四）良好家风家教是人才成长的精神环境

家风是世代繁衍过程中逐步形成的风尚、风范、风气和风俗。家风是一个人精

神成长的开端。有什么样的家风，就会有什么样的道德品性。家风是世代凝练成的家传、家训，是传统文化的基因，它具有超越家庭家族的意义；家风世代相传，潜移默化，谆谆教诲，使人永生不忘。优良家风，是一个家庭，一个家族子孙成长的无形的精神环境和一生的秉持。

我们学习考察西坪的这些文化世家，无不都有严格的家教和良好的家风。他们都勤奋好学，刻苦攻读，侍亲敬老，尊礼守义，重廉耻，如乾隆时期贡生李樾，其居曰“四一居”：天地之正气，忠一孝一；人世之正途，一耕一读。其铭云：孝求无愧，忠期不怍，耕勿辞劳，读须寻乐。正因为有良好家风浸染，其乡风也淳朴且影响深远。这里在外出仕为官的人，无论前述的李先立，还是道光举人赵廷铭（江苏知县），光绪四川名山知县赵懿等，都清廉、爱民，有良好的官声，受到当地人民的拥戴，究其根源，都与其早期家风家教的持续影响分不开。所以以习近平同志为核心的党中央要求要用传统的文化教育人是有十分重要意义的。回归传统不是倒退而是对优良传统的继承与弘扬，是正能量的鼓舞和激励。

四、继承弘扬“平水文化”和人文精神，抓好文化西坪特色小镇的建设

习近平总书记在党的十九大报告中指出：深入挖掘中华优秀传统文化蕴含的思想观念、人文精神、道德规范，结合时代要求，继承创新，让中华文化展现出永久魅力和时代风采。这段话对于西坪来讲，更具有强烈的现实意义和深切的指导意义。我们要深入总结和挖掘西坪的“平水里文化”，把他们的思想观念，人文精神，道德规范认真加以归纳提炼，再结合时代的要求，以文化创新为指导，让它展现出永久的魅力，绽放出绚丽的时代风采，让秀美的西坪早日脱贫致富，让久负盛名、厚重文化的西坪在长睡中苏醒，以告慰“进士之乡”“将军故里”的各位先贤，让他们扬眉吐气。

（一）要以文化创新为主导、为主线：重新梳理认识，重新谋划西坪未来的发展蓝图

首先要认识到：西坪的优势在文化，资本也是文化，西坪的未来发展要从文化创新入手。要抓住主题，统一思想，统一认识，坚持文化自觉、坚定文化自信。坚定信心，不要左右摇摆，抓一纲而万目张。

（二）要抓好顶层设计，创意设计，做好一个以文化创新为蓝图的“高大上”的规划，将西坪的“平水里”文化的精神和重要的有代表性的历史遗迹遗存通过恢复整理、提高、创新以后，以新的面貌展现在世人面前，让它重放光彩

所谓“高”，即是高规格、高起点、高水平；摒弃一般化，同质化，庸俗化，体现独特思路、独到的见解。所谓“大”，即大视野、大气魄、大手笔；大视野就是要着眼于未来，要着眼全市、全省、全国范围来做规划；大气魄即不要小家子气，要把西坪全域，平水里文化全域纳入文化创新的规划范围；大手笔地干，创出品牌，

产出名牌，真正体现文化的引领作用和冲击作用，可以借鉴播州区花茂村文化创新的成果，它是红色文化，西坪是传统文化，以后一东一西交相辉映。

（三）在文化创新，文化发展的引领下，然后抓好多产业融合发展，让西坪的经济真正地实现过去以农业为主转型升级到以三产为主

2014 年国发 2 号文件就提出：贵州要建设文化和旅游产业作为壮大特色优势产业的支柱产业。西坪要尽快把建设文化特色小镇的规划纳入全省 100 个特色小镇的盘子内，特色小镇建设是国家战略，是国家经济发展到一定阶段，特别城市化发展到一定阶段的产物。对于西坪来说，既是发展的需要，又有政策利好，也是难得的一次发展机遇。它为促进加速发展找准助推器，踏上快车道。

（四）整合各方资源，借助多方力量。要向上，向外，向内齐努力

所谓向上，就是要向上级，向区、市、省等政府和部门寻求帮助和支持；向外，即是向外省、港、澳、台地区、国外招商引资，用项目把资金引进来，把人才引进来，让规划动起来；向内，即是西坪本身的干部群众，西坪在外工作、生活、经商、办企业的同乡、新乡贤寻求帮助、支持，为共同建设西坪出一份力、献一个策，做到有力出力，有钱出钱，有关系出关系。如能分门别类地整合众多的资源，文化西坪特色镇一定能早日实现，文明、富裕、秀美、多彩的新西坪一定会早日展现在世人面前。

（王现璋，原遵义市政府驻广州办事处主任，遵义市人大常委会副秘书长、调研员；遵义市历史文化研究会副会长，贵州省历史文献研究会常务理事。）

后发地区旅游的突围

——以西坪镇为例

黄先荣

旅游已成为当今中国的热词，而全域旅游，又是一个地区作为产业发展的标杆。

贵州是全国几个以省为单位实施“全域旅游”的示范地，而遵义，早在几年前就已做出过全域旅游的部署。全境域、全覆盖、全产业的浪潮，却尚未触动遵义城区郊外仅55公里的西坪，这不能不说是值得注目的现象。

一、推迟发展，可以为旅游大产业的成型腾出时间

旅游的“西坪现象”虽然有些令人沮丧，可是，作为大交通条件尚未改善的地区而言，这样的落伍也在情理之中。

改革开放40年，我国掀起了大规模的城镇化、工业化浪潮，在快速工业化城镇化发展过程中，由于环境监控不力，在思想上准备不充分，导致了生态破坏，生态文明成为民生焦点。这种背景之下，后进的西坪旅游却又反过来成为优势，有余力有空间借鉴别人的成功与失败，对自己的一亩三分地进行总体规划，未雨绸缪，提前在大众旅游走进西坪之前守护好农耕文明。一旦交通问题缓解，西坪就可以直捷地以新的和“活”的方式向游人讲解“西坪故事”。

没去西坪前，我一直认为赵恺先生是团溪清水塘人，李先立先生是团溪乐稼乡笔峰山人，蔡恒昌也是乐稼人，陈启相隐居的地方叫平水里掌台山堂子寺，却不知这些名流的根就是西坪。这当然有镇乡合并变动的因素，可是，这种现象留给我们的启示确还有对外旅游形象的包装和宣传的短板，这是西坪人不能卸脱的责任。像办节、百人团这种方式是必要的，但不是最重要的。就“信息爆炸”年月来说，有计划、有目标、有力度、分层级的外宣工作，应该形成常态，其中，借题发挥和借“故”弄“响”是一个经验。

二、避免同质化，建立绿色发展方式和生活方式

在贵州召开“2017年生态文明试验区贵阳国际研讨会”前的5月26日，习近平总书记关于“推动形成绿化发展方式和生活方式”的重要指示，创造性地开启了我国绿色发展方式和绿色生活方式的新时代，成为贵州国际研讨会的根本指引。

从生态文明角度关注经济增长，让更多的乡村和农民参与到绿色生活方式的转

型中来，也就可以达到习总书记“绿水青山就是金山银山”的论断。西坪有条件有可能朝这个方向去努力。

西坪山清水秀，物美田肥，植被厚实，几乎见不到光秃秃的一山一地，是遵义近郊的绿色宝库。而这些年里，城市近郊“农家乐”“乡村旅游”完全等同于“吃饭—垂钓—打牌”的模式，已经让游人感到同质化的审美疲劳。追求新奇、差异化的新农村生活方式，走特色化旅游发展之路，不能不提上义程。西坪的农业旅游，正好赶得上这一茬时机。

怎样做到差异化、特色化，“一村一品”“一村一景”，让村民的绿色发展与生活方式相融合，让游人走进西坪就获取全新体验，这是一个大课题，需要在调研周边旅游发展的情况下，结合本地实际，请高人指点迷津。但是，有几件事是可以现在就做起来的：其一，改变环境卫生，清理乡道水源，提升乡民卫生习惯，实行严格的乡村卫生管理，铁腕治污，经过一两年的努力，使游人一进入西坪就有不一样的乡美路洁感受；其二，着重乡间道路、饮水、电力、厕所、停车场、乡民练身场地、垃圾箱、信息网络等基础性的投入，这些硬件建设对乡民有益，而对于游人来说必将直接影响到他们对西坪旅游品质的评价；其三，开始引入“青年客舍”“乡村旅馆”等新理念，在民宿上制定标准化，达到村民的新生活方式对游人的吸引力的双赢；其四，对乡民进行必要的长期不断的旅游培训，以提升乡民的旅游意识和服务素质；其五，制定必要的村规民约，切实保护西坪的文化遗迹，保护具有乡愁性质的乡民老宅；其六，寻找一些成型的地块，进行高科技农业观光园建设，将经济发展有意识地融入现代旅游观光产业中去等等。

三、躺在大地上的名人遗址，是西坪文化的基因库

132 平方公里的小小西坪，竟有书院，更有进士、将军、诗家多人，如此文化富集、耕读传承之所，实属罕见。

百人采风中，许多老师提出如何打理、改建文化遗址的意见。其实，我却主张不要盲目“整容”，更不能媚俗、听从游人的“开发”意见而商业化地打造。必须先行保护起来，哪怕现状不如意一些，却始终带有历史的信息，昭彰着文化西坪的原地风貌。等有了规划、有了钱，再谨慎地进行保护性地改造。

乡土文化是植根于大地上的村居、礼仪、制度、庙宇、教育机关、植被农田，以及由此而来的乡民的自由、幸福的天人合一的文化。

因为半天采风，不可能了解得更多，我在猜度，如此文化重镇，是否还有一定规模的古村落存在？如果有一处古村落，即使不那么“圆满”规模，只要能把西坪文化的历史环境和基因彰显出来，以展示西坪“人杰地灵”的厚重感，就可以通过这一小块村落，把目前分散在五里八村之外的几个文化名人遗迹“组装”连接起来，在那个村落里聚焦西坪文化，建立起博物馆，集中展示（除陈铁将军故里已成型之外）西坪文化，目前乡政府所在地不宜做这件事，古村落却可以成为西坪旅游聚散

地，吸引了游人眼球，然后让他们能住下来，一处一处地分别拜谒各个文化名人的故里遗地，和他们发生故事的地方。这样，西坪旅游一开始就高起点能留下客人，使传统村落和文化名流有机地结合在一起，保护与发展相融合。

四、借题发挥，借水行船，讲好“西坪故事”

有名人就有故事，有古村落就有故事源头。西坪要成为后发地区中的特色旅游小镇，在经过几年，有了一定好的开头之后，将来的第二步需要注意文化产业的有效供给，把传统元素与时尚元素、民族特色结合起来，把“文化+”“互联网+”“演艺+”等等全新的模式融入乡村文化的打理中去，把对历史文化的保护与时尚服务的新理念巧妙组装，形成“跨界”融合，增加西坪文化内涵和时代感，增强游人对目的地文化的感受和体验，使西坪旅游可持续发展。

西坪的文化资源这么多，不是专业人士往往记不住、说不清，因此，适时地总结和推出“西坪故事”，在旅游客源地借水行船，借题发挥，这方面的成功范例不少，西坪可以参考。

就半天时间，写下来的东西难免隔靴搔痒，西坪方面可姑妄听之。

（黄先荣，贵州仁怀人，中国作家协会会员，贵州省写作学会副会长，遵义市长征学会常务副会长。1970 年毕业于贵州大学外语系。历任仁怀县基层公社书记，遵义地区团委副书记，遵义地区行署秘书长、地区文联主席及党组书记，中共地委宣传部副部长，遵义市旅游局局长、党组书记，贵州省文联第四届委员，贵州省政协遵义地区工委委员。著有杂文集《男儿有泪》，散文集《寂寞的爱》《春风不相待》，传记文学《梦露》，游记文学《遵义揽胜》，随笔《就这模样》《仁怀文化走笔》，纪实文学《平民，你好》等著作 30 余部）

西坪文化走笔

林茂前

作为地名，西坪应该是借助方位而得名的。它指的应该是恰如某一座山，某一条河，某一寺庙西面的一块或大或小的坪地而已。

这样说来，西坪委实是一个普通得不能再普通的地名了。不过，我这里要说的西坪，绝非是某一物体西面的一块坪地这样的等闲之处。

它位于贵州大娄山支脉的崇山峻岭之中。在其中心区域有一坝子，在坝子东面有一尖山名掌台山。西坪是否也是循传统命名方式而获名，尚无文字可考，反正这个称谓已经存在 700 多年了。这里丘陵起伏，田坝镶嵌；湘水环绕，田肥林茂。自有文字记载以来，乡民们经年累月便在这里耕耘，日出而作，日落而息。鸡鸣犬吠，往来频繁。道不拾遗，夜不闭户，民风淳朴。加之田畴阡陌，山岭叠翠，农舍篱笆，蜂鸣蝶舞，好一派秀丽风光。民国那些年，贵州多匪患，这里却平静安宁，恍如世外桃源。用今天的流行语言来说，西坪实在是一处宜居之域。

说它并非等闲之地，全然不是因了风光无限“钟灵毓秀”宜人生存之类，而是在闻名遐迩的“沙滩文化”出现之前，这里就曾出现过文化繁荣甚而井喷现象。

早在 1662 年，南明遗老陈启相（字枚庵，四川富顺人）便在西坪传播文化。史料记载：当年，因永历帝被吴三桂绞死，南明灭亡，陈启相便从避难之所云南鸡足山来到西坪掌台山隐居，创建掌台寺，自称掌山老人。陈启相定居掌台山后，一边从事著述，一边设馆授徒，培育人才。清初有名诗人罗兆甡、谈亮等皆为其得意门生。作为学养深厚的人，陈启相能诗善文，著述颇丰，著有《平水集》《紫云休暇集》《摩诘诗评》《掌山法语》等书。“沙滩文化”领军人物郑珍于《播雅》中赞其“在明末实为一文章巨手”；莫友芝在《黔诗纪略》中曰：“遵义人才之开，掌山功最臣。”前述罗兆甡，师从陈启相。在陈之影响下，他“无书不窥”，“思用于世”，才情横溢，胸怀大志，著有《问石集》《北上集》等。郑珍所编《播雅》中，录有其诗 100 首。此外，还著有短文《署府李公寿序》《福寿桥记》《绝命词跋》等。郑珍评罗兆甡之诗“沉雄郁挫，挥洒自如”，褒其文“雄峭，不规矩前人”。谈亮随陈启相隐居掌台寺多年，深得陈之真传，著述厚实。其五个儿子中，就有一名举人，三名岁贡士。其孙谈宣，乃雍正甲戌举人，诗雅文秀，享誉一方。那些年，以陈启相和罗兆甡、谈亮为代表的文化繁荣景象，可以说是“西坪文化”的一次井喷。

之后，西坪又出现过两次文化繁荣。

康熙三十三年（1694），遵义府出了清朝开科以来的第一个进士。此人姓李名先立，西坪人。李先立 43 岁时曾出任直隶新安知县。后官至吏部文选清吏司主事。李先立任上曾奏请皇上准予在遵义开设考场，为家乡学子洞开融入多元文化之途。李先立 51 岁那年告老还乡回到西坪，创办北山书院，专事讲学，余暇著书。在他影响下，这时期西坪文化再次崛起。李先立著有《北山诗文集》。郑珍称其文章“闳深博厚，无不明不醇之词，与欧公、朱子相似”，对李先立的诗，郑珍赞其有“冲穆之气，亦知从学养流出，绝非负气叫嚣者所能”。

如果说陈启相开启了西坪文化，那么，李先立则将西坪文化推向了新的境地。西坪人才辈出，先后可稽考者进士达 13 人，举人 14 人，加上太学士、邑庠生、贡生等共有 52 人。这在当时偏隅闭塞之遵义乃至整个西南地区，实在是罕见的文化现象。

清朝中叶至民国初年，西坪又出现过以清江赵氏一脉为代表的文化鼎盛现象。赵氏家族受禹门沙滩文化影响，崇文著述，家门中不仅男子能诗善文，女子也不让须眉，且有作品留存于世。民国时期著名女作家卢葆华，便是西坪赵冰如之女。这一时期代表人物有赵怡，赵懿和赵恺，其中赵恺最为有名。赵恺，字乃康，西坪乐稼人。他师从遵义名儒鞠子清，主张治学“以文字入手，以读经为归”。著有《读〈说文解字〉》《同名录》《赵乃康诗文集》《平水旧闻》《近泉居杂记》《郑莫黎三先生事实征集》等。赵乃康还有一功德无量之举，就是倾尽毕生精力收集郑珍遗稿，并成书《巢经巢全集》《巢经巢诗钞后集》和著有《郑子尹先生年谱》稿本。为保存和弘扬沙滩文化做出了杰出贡献。

回顾历史，一个不争的事实是，文化繁荣于西坪是曾经有过的现象。后来，在人们的印象中，这个有着夺目文化符号、这个尽管比享誉于世的禹门沙滩距遵义中心城区的路程还稍近些的地方，却变得默默无“文”了。这是什么原因所致呢？

参加“喜迎十九大，百名学者进西坪”采风活动中，这个问题一直驻于吾心。我向同行的学者们请教。有的说是交通闭塞造成的，有的说是后继乏人造成的，有的说是早先那些文化先贤的典籍散失造成的，有的说是与外界缺少交流造成的，还有的甚至说是兵荒马乱或自然灾害人们迫于生计造成的。这些说法，我以为都不无道理。

文化，就词的释意来说，文就是“记录，表达和评述”，化就是“分析、理解和包容”。文化的特点是：有历史，有内容，有故事。不少哲学家、社会学家、人类学家、历史学家和语言学家一直努力，试图从各自学科的角度来界定文化的概念。人类传统的观念认为，文化是一种社会现象，它是由人类长期创造形成的产物，同时又是一种历史现象，是人类社会与历史的积淀物。确切地说，文化是凝结在物质之中又游离于物质之外的，能够被传承的国家或民族的历史、地理、风土人情、传统习俗、生活方式、文学艺术、行为规范、思维方式、价值观念等，它是人类相互之间进行交流的普遍认可的一种能够传承的意识形态，是对客观世界感性上的知识与经验的升华。

其实，就西坪而言，文化的物化形式从表面来看，似乎有过断层。但若从文化的内涵来看，它是有着深厚积淀的。于今，从这里的乡民只要一谈起陈启相、罗兆牲、谈亮；谈起李先立；谈起赵恺、赵懿、赵怡，便会生起无限崇敬之情便可了窥一斑。

当前，各级政府当然也包括西坪镇政府在内，都非常重视抓文化建设。可喜可赞之余，有一个怎么抓的问题。根据西坪的实际，笔者以为：一是千万不要去“打造”文化。文化是一个非常广泛和最具人文意味的概念，它是人们在生产劳作中创造形成的精神产品。文化的固态是一种长时间实践的必然，不是拍一下脑袋就有，也不是一觉醒来就出现，更不是“天上掉下个林妹妹”那样简单。现在很多地方时兴对文化进行“打造”，这是急功近利、是违反文化内涵的客观规律的。在热衷于打造者看来，似乎修个大观园，便有了《红楼梦》，命名个水帘洞，便有了《西游记》。千万记住，文化是长期的积累，靠短时间“打造”是打造不出来的。二是加强对文化遗址的维护、修缮和先贤典籍的收集整理。像李先立旧居、赵恺墓都急待进行规划保护。对散失在民间的先贤们的著作及遗墨，要组织抢救性的收集整理。三是注重与外面的互动。封闭的一元化思维只能将文化逼入窄小的天地甚而死胡同。天外有天，楼外有楼。须知，外面精彩的世界也是浇灌本地文化幼苗的雨水。

文化是软实力，是先进生产力的助推器。只要真正重视了，认真抓了，“软”就会转化为硬。组织百名学者进西坪采风，从一个侧面彰显了西坪执政者们对文化的崇尚敬慕之情，这是很值得称道的。当然，重视和抓都不会一蹴而就，但只要有了好的开端，重振西坪文化肯定会有令人期待的效果出现。

（林茂前，原遵义市招商局局长，遵义历史文化研究会副会长，《遵义历史文化》主编。）

文化自信　厚积薄发

——赞西坪镇抓文化和文化产业发展之行动

汪德贵

党的十九大指出："文化是一个国家、一个民族的灵魂。文化兴国运兴，文化强民族强。"这是千真万确的真理。

播州区西坪镇党委政府认真执行习总书记"文化自信"的重要指示，狠抓文化和文化产业发展。10月12日，在党的十九大召开前夕，由播州区委宣传部、区文联主办，镇党委、镇政府承办的"喜迎十九大、百名学者进西坪"采风活动在西坪镇进行。受邀的上百名省、市、县历史和文化方面的专家、作家、学者聚集西坪参观、学习、探寻、交流。我也参与其中，收获颇丰。

一个乡镇组织100余名人员参加的采风团，实为罕见，可见镇党委、政府的高度重视。镇党委书记自始至终组织和参加整天的活动，书记认真介绍情况，讲话热情洋溢，安排细致周到，决心大、干劲足，非常负责、辛苦，使我非常感动。

发展文化和文化产业，应该厚积薄发。而厚积薄发，首先要充分积蓄，认真办好我们的事业，这才能更好地喷薄而出，得到更大的效益。西坪镇组织100余名人员采风的活动，正是厚积薄发的行动。我们在采风活动中，更加了解了西坪镇的丰厚文化底蕴，了解了西坪镇发展文化和文化产业的决心和行动，这更是厚积薄发的行动。为此，我为西坪镇的行动点赞。

大量文化资源的充分积蓄

西坪镇的文化底蕴非常丰厚。"不来看不知道，来看了却吓一跳"。该镇在播州区甚至遵义市来说，是较为边远的。但边远地方有这么丰厚的文化资源，使我惊讶，感慨万千。该镇素有"进士之乡，将军故里"的美誉。文化人多，爱国军人多，爱国志士多。现粗浅地归纳了丰富文化资源的情况，即有"久、多、全、重"的特点。所谓"久"，即文化积蓄的时间久。西坪有文化发展快的历史近700年。早在明洪武年间，西坪进士陈弥高就迁居西坪，陈弥高的后代陈在元嘉庆二十四年考取进士。1662年，"明末文章巨手"陈启相隐居西坪开设书院著书讲学，并与谈亮、罗兆甡为西坪文化教育奠定了坚实基础，开西坪一代文风，进而涌现了进士、举人、翰林不少。所谓"多"，即名人、军政人士、文化人士多。在西坪这块土地上涌现进士13人、举人14人，总计博得功名可稽考者达50多人。爱国军人、文化人多，比如陈铁、陈德明、魏群、古开荣等，还有赵恺、杨干之、晏香泉、杨典模、古开伦、唐流德、康国政等。在陈铁等军人感召下，遵义青年积极入学黄埔，先后考入黄埔军校的遵义县青年达 50 多人，其中西坪镇就有 10 人。所谓“全”，即有各方面和各个时期的名人以及各种文化的交织。根据资料，有明代、清代、民国、抗日战争、解放战争以及社会主义建设时期的名人和文化人。有老革命、专家、作家、教育家、军官、将领等。所谓“重”，即重要人物，“重量级”人物多。比如：李先立，康熙三十三年（1694）就是清朝开科以来遵义府的第一个进士，是遵义的骄傲。1700 年，李先立出任直隶新安知县，康熙四十五年（1706）调署曲阳县，后奉旨入吏部任文选清吏司主事，为遵义入朝廷任职的第一位官员，1708 年冬，李先立告假还乡，创办北山书院，专事讲学，余暇著书。他为遵义争了光，为家乡出了力作了贡献。陈铁，1899 年出生于西坪镇大同村。他是黄埔军校第一期学生，毕业后参加北伐，1935 年，他任 85 师师长，后升任军长，他的军队被称为“铁军”，与日寇作战坚决，胜仗无数。东北解放后，他回到遵义，于 1949 年领导部队起义。中华人民共和国成立后，任过西南地区农林部长、省林业厅长和贵州省副省长，国防委员会委员，1982 年病逝于贵阳。还有陈德明，也是国民党军队的师长，于 1949 年起义，中华人民共和国成立后曾任遵义军分区副司令员、贵州省政协常委等。总之，在西坪出生的重要人物确实不少，不再赘述。

由于镇党委政府的重视，还修建了“陈铁将军纪念馆”，维修了其他人士的墓地，保护了一批古迹、旧址、遗址原状以及很多书籍、书画等。

这就是大量的丰富的历史文化资源。同时，该镇还有大量的非常美丽的景点（20 多处）。可以说这就是西坪镇的文化资源的充分的积蓄。应该继续整理、提高，充分发挥它的作用、继续充分的积蓄。

思想上的充分积蓄

要做到对文化和文化产业行之有效的发展，关键的是要解决思想问题，在思想上有充分的积蓄。人的行动是受思想支配的，思想认识提高了，事情就好办了。在采风中，我们了解到，这些年来，西坪镇的文化和文化产业发展有成绩，但也有不足。这就要解决对文化自信重要性的认识，解决思想上的厚积薄发。

当前最首要的任务是要认真学习好落实好党的十九大精神。习总书记在十九大的报告是纲领性文件，进入新时代，就要以新时代的指导思想，习近平新时代中国特色社会主义思想为统领，认真实现西坪镇文化和文化产业发展思想上的积蓄。

要高度重视文化自信。党的十九大指出：“没有高度的文化自信，没有文化的繁荣兴盛，就没有中华民族伟大复兴。”文化犹如人之灵魂。人和草木之分，就是人有文化的浸润，它能改变和增强人们的认知能力，给人以无穷的力量。有文化就有进步。反之就会愚昧，就会麻木不仁。在新时代的小康社会建设中，有文化的发展，就是如虎添翼，经济社会发展得更快。所以必须坚持文化自信才是我们的正宗。

思想上的充分积蓄，联系实际，还要认真解决条件差、文化产业很难发展的思想。西坪镇由于边远，有的条件改善不够，特别突出的是交通问题。俗话说“要致富，先修路”。路不好，这对文化和文化产业的发展很有影响。但是，我们要认识到，什么事情都是人干的，习总书记讲“社会主义是干出来的”。只要有“抓铁有痕、踏石留印”的精神，问题是会解决的。加之，现在形势大好，在精准扶贫、决胜全面小康工作中，国家有很多支持政策和宽松政策，特别是有党十九大的新要求，我们应该抓住这个机遇。所以我们要有充分的思想认识，认真执行党的十九大提出的乡村振兴战略，拿出更大的决心和干劲来改变较落后的条件，切实抓好基础设施建设。

思想上的充分积蓄，还要解决好文化和文化产业发展中的工作量太大一时办不好的思想。这也是一个决心问题。诚然，文化产业发展，工作量确实大，有的工作，不是干一天两天活就可以解决的，如解决建设资金问题等，工作量就大。但只要有决心，就会有办法。办法总比困难多。我们的事业就像吃一碗饭一样，我们一口一口地吃，事情一件件地办，任务总是会完成的。我们需要解放思想，所需建设资金，就可用招商引资，民间投资，入股经营，资产变资金，资金变股金，农民变股民的“三变”，国家、集体、社会、个人等一起上，建设资金是会解决的。须知，干社会主义事业是要有干劲才行。党的十九大指出：中华民族伟大复兴，绝不是轻轻松松，敲锣打鼓就能实现的。这就要求我们要有决心，要有干劲。

行动上的充分积蓄

思想提高了，就要认真行动。一个实际行动，胜过十打纲领。但是，行动有一个忙而不乱的问题。我的粗浅看法就是要有很好的思路、方案和措施。

第一，应该搞好规划和计划，这才会忙而不乱，一步一个脚印地进行。规划既体现党的十九人精神和要求，高起点、高标准、高质量，又要切合实际。要以“跳起来摘桃子”的精神搞规划，通过努力能办得到。

第二，应该抓好三个结合，效果才能更好。

一是文化和文化产业发展与旅游业发展相结合。旅游业特别是乡村旅游业发展很重要。它能使人们开阔眼界，长知识，学经验，增强对新时代的爱心，对中国特色社会主义的爱心，对以习总书记为核心的党中央的敬佩之心。同时，前面已述的历史文化的丰富资源，就是打造旅游景点，抓好旅游业的最好内容。该镇还有 20 多处人文景点，诸如笔峰山、陈铁将军陈列馆、李先立故居、淳厚人家碑、天官井、九黄坡（清江河）漂流、北山图书馆、角口电站、白岩山、七星凼、青年塘、老年塘等。我还没有认真细看，都感到惊讶，羡慕极了。这些应该开发，将该镇的历史文化中动人的事迹，各种高档资源打造成旅游景点，提供给广大旅游者，让他们好好享受。二是文化和文化产业发展应该和经济发展、扶贫攻坚相结合。习总书记指出脱贫攻坚，发展乡村旅游是一个重要渠道。抓旅游业发展，基础设施建设就会抓好，这对扶贫有好处。旅游业发展了，外地人进来了，信息也就进来了，这就会更好地招商引资、项目引进、人才引进等。“山潮水潮不如人潮”。人多消费多，需求多，就需要发展生产，这也能带动扶贫。所谓文化扶贫、旅游扶贫就是这个道理。所以我们要遵照习总书记的指示，认真抓好。三是文化和文化产业发展要与历史文化的景点、实物、文物以及历史资料等的整理、修复、保护相结合。不能再受到破坏了。

第三，应该有行动的措施。这也是关键。要切实加强领导，有专门班子抓，按照方案有实在的措施开展行动。

文化自信是真理、厚积薄发也是真理，两者结合，更能发挥巨大的真理作用。厚积薄发，只有厚积，才能喷薄而出。

伟大的时代应该有适应伟大时代的新认识、新行动。西坪镇抓文化和文化产业发展，已经开了好头。应该按照党的十九大要求乘势而上，锲而不舍，奋力拼搏，效果一定更好，蛋糕一定会更大。

（汪德贵，原湄潭县县长，遵义市劳动保障局局长；贵州省写作学会常务理事、遵义联络处副主任、遵义市老区建设促进会副会长、秘书长）

西坪文化现象成因浅析

申 翔

文化厚重的黔北，在历史发展的长河中，由于地理位置使然而成为夜郎文化、巴蜀文化、中原文化的挤压、碰撞之地，使得这一地域各种文化现象众彩纷呈。加之这一地域物产丰富，粮丰林茂更被喻为贵州的粮仓，为各种文化现象催生奠定了雄厚的物质基础。

由于黔北物产丰富，人杰地灵，人文荟萃，长期以来有贵州文化在黔北，黔北文化在沙滩之说。然而仅仅是沙滩，是否能承载贵州文化、黔北文化之重呢？

带着这种疑惑，笔者于今年十月随由播州区委宣传部和西坪镇组织的“百名学者进西坪”采风活动，走进了位于播州区西南早就有“进士之乡”美称的西坪镇。

走进西坪，举目乍看是山水环绕，阡陌纵横的肥田沃土，真是大娄山区真正的鱼米之乡；低头细品，这里文脉厚重，源远流长，学风浓郁，人才辈出，是实实在在的文化之乡。

西坪在沙滩之先元末明初就得到了较好的文化浸润。文化先贤在这里兴教办学研读交流，开一代学风，使得这里人才辈出，影响深远。据统计，明末至清来这里居住或本土走出的进士有十四人，获翰林或其他功名者六十余人，民国时期及中华人民共和国成立后，更是涌现出如文化名人赵乃康（《续遵义府志》编撰）、杨干之（民国中期辅助周西成稳定贵州的重要人物），抗日名将陈铁（国民革命军中将军长，新中国成立后任贵州省副省长），少将陈德明以及老红军、解放军将领魏群及空军少将古开荣等著名人物。同时留下了“虎丘寺”“北山书院”严寅亮书杨晋臣墓志碑以及“淳厚人家”碑刻及众多文化遗存和著述。

从西坪的文化渊源、留存下来的文化遗存以及涌现出的众多的杰出人物来看，西坪都不失为我市堪与沙滩文化比肩的文化之乡。

西坪为什么能形成这种文化现象，笔者认为有以下原因和条件：

一、天然鱼米之乡，肥田沃土是这里文化润育的重要条件

西坪地处大娄山系一支脉余脉地带，地理环境优越，以平地和小丘陵地貌为主，同时乌江、湘江、湄江环绕周边。这里山清水秀，物产丰富，环境优美，在农耕时代这里优厚的自然条件是人们富足的生活前提条件，同时也是人们能在这安心研读的基础条件。

这里虽然富甲一方，但交通相对不便，是一个封闭的小环境，为明之后一些不

屈于清统治的南明遗老提供了避世清修的绝佳场所。他们汇聚这里，不被外界过多地打扰，依靠这里绝佳的自然条件，在躬耕田垄的同时开馆讲学，开创了西坪文化之先河。

二、文人弃官研读，兴教办学是西坪文风开创的先决条件

据西坪陈氏族谱及碑刻记载，元末明初，进士陈弥高从云南辞官，看中了西坪这块富饶之地，定居这里著书讲学，成为西坪最早的文化传播人，为陈氏族人及乡邻子弟后来人才辈出打下了基础。

同样，明末明朝遗老、贡生陈启相，因明亡而隐居西坪，足不出户，致力于读书著述。其在清初拒绝出仕为官，他学说渊博，能诗善文，又工书法，楷、草、隶都自成风格。《遵辞纪事》中称赞他“行文如烈马驭空，游龙戏水，不知其来”。郑珍称其为明末“文章巨手”。他一生著述宏富，著有《平水集》《紫云休暇集》《摩洁诗评》《沥胆将军遗事记》《掌山法语》等，可惜多散失，但在当时对西坪文风的影响是非常大的。

陈启相除了著书立说外，还创办书院讲学，一些名流拜其门下，为西坪人才辈出奠定了坚实基础。莫友芝盛赞“遵义人才之开，掌山（陈隐居西坪掌台山，自称掌山老人）功最巨”。

同样隐居于龙坪的罗兆甡拜陈启相为师。他无书不窥，根底磅礴，虽有志报国却恨国破无门，著有《明日悔集》《覆瓿集》《北上集》《问石集》等著作，郑珍编纂的《播雅》中保存了他的诗歌一百首，其流传于世的短文为数不多。郑珍评其诗“沉雄郁挫、挥洒自如……遵义诗人之冠冕也”，评价其文“雄峭，不规矩前人”，同时其“词亦入苏辛之室”。清初遵义诗界著名的“一罗三李”罗就是指罗兆甡，而三李中有一李就是西坪的李先立（后文再叙）。

总之，诸如陈弥高、陈启相等失意官吏和文人，在西坪开创了这里文化启蒙的先河，为这里的文脉延伸奠定了基础。

三、乡人渔樵耕读，秉承家说是西坪文风昌盛的重要基础

前面说到的几位前朝失意官员隐居西坪，开创了这里的文化先河，他们在这里教化子孙和乡邻，对推动这一区域文化发展可以说居功至伟。如陈弥高的后代秉承家学，其后人陈在元于嘉庆二十四年考取进士。陈启相女婿谈亮随陈启相隐居西坪耕读研习之余，认真教化子孙，其五个儿子中就出了一个举人，三个岁贡生。

而将西坪文风进一步发扬光大的则是西坪笔峰山的李先立。李先立为清朝开科以来遵义府的第一个进士，成为遵义府的骄傲。康熙三十九年（1700）李先立出任直隶新安知县，曾与遵义名流上奏恳请在遵义专设考棚获准，减少了遵义生员长途跋涉到重庆参加科举考试之苦。李先立于康熙四十五年（1706）调署曲阳县，后入吏部任文选清吏司主事，为遵义府入朝任职的第一位官员。李先立后来告假还乡，

在老家笔峰山创北山书院专事讲学，余暇著书，其子孙弟子形成了一个具有相当规模的文化群体，其影响直到清中期。

清朝中期以后，西坪文化群体受沙滩文化影响迅速成长，涌现出了众多的文化人才，并出现了多个世家文人群体。

如西坪清江赵氏，人才众多，绵延数代。直至今日，其家族后裔还多是文化人，同时赵氏家族女儿媳妇中也多能诗善文，且有诗集留存于世。民国时期全国知名诗人、作家卢葆华便是赵氏女赵冰如的女儿。赵氏文化群体中有进士赵怡、举人赵懿，其中更以遵义名儒赵恺至今为世人所敬仰，赵氏一门至今在遵义仍被喻为“满门书香”。

受西坪文风及家学影响，人才辈出的还有西坪杨氏、晏氏等文化世家。同时由于时代使然一些文化世家还走出了一些文武兼备的战将，如陈氏家族走出的黄埔一期生陈铁，四期生陈德明等。

综上所述，受前人开创重文之风影响，躬耕田垅之余，刻苦研读成为西坪很多大户家风，这是西坪文风昌盛，人才辈出的重要基础。

四、名人遁入空门，普济众生是西坪文风兴盛的原因之一

西坪过去佛教文化浓郁，佛家普济众生的理念在这里得到进一步发扬光大，这也是使得西坪文风长盛不衰的原因之一。

明朝末年，西坪杨氏、余氏等四家先祖，请来能诗善文的大冶和尚在掌台山创办了虎丘寺，为西坪带来了儒佛文化。大冶和尚著述颇丰，影响深远，为西坪文化发展做出了积极的贡献。

又如陈启相在明之后隐居这里，弃家在掌台山虎丘寺为僧，法号大友。在这里他除读书著述之外，还设书院讲学，以佛儒思想教化乡邻，开一代文风，让四乡受益。

笔者在采风闲暇，信步进入古寺五显寺，五显寺住持和尚释心悟陪我看了一下这座建于清光绪初年曾经香火鼎盛的小庙。从小庙殿堂、残碑还依稀能看到该庙当初的盛况。释心悟向我介绍：该庙就他一人主持这里的日常事务，若遇佛事会有居士们前来帮忙。他虽然每日青灯黄卷，木鱼钟鼓陪伴，粗茶淡饭度日，但却坚持用自己祖传的中医为一些缺医少药的人们诊病送药，因而深得一些信众信任。在弘扬佛法的同时，也用自己的一技之长解除人们的痛苦。中国人用自己的文化融入佛教，使中国文化和佛教得以传播。这里的佛寺在过去不正是在用文化来解除人们精神的贫乏吗？虽然时过境迁，但佛理在人们精神层面是同样相通的。

我们遵义的文化传播在一定程度上不是得益于丈雪和尚、他山和尚力弘佛法，同时传播国学吗？

综上所述，西坪优越的自然环境，前朝遗老隐居此地读研讲学，诗书传家的家学环境以及浓郁的儒佛文化的传播，是西坪文化现象产生的原因。与沙滩文化相比，西坪文化发端更早，对当地人群影响作用更大，延续时间更长。因而西坪文化现象和沙滩文化现象一样，是黔北众多地域文化现象之一，同样是一颗地域文化的璀璨明珠。

加大对西坪文化现象的研究、整理，必将进一步丰富我市地域文化的内涵，促进我市文化的繁荣。

（申翔，副教授，遵义党史学会副会长，遵义历史文化研究会理事。20世纪50年代出生于桐梓。曾任遵义地区纪委副秘书长，市教育局副局长，遵义四中党总支书记（兼），遵义电大书记、校长，遵义市政协教科文卫体委主任。著有《民国风云人物——周西成》《桐梓民国风云人物谱》《寄情山水》《遵义统战春秋》等10余部著述，发表地域历史、民族、文化教育等方面论文20余篇，收录于《中国人类学民族学苗族专委会论文集》《中国僚学研究》《区域教育探索》《制度设计优秀课题集锦》《遵义发展蓝皮书》等文献共计200余万字。）

感悟西坪特有的文化现象

穆升凡

走进西坪，被西坪特有的文化现象所感动。西坪文化在古播历史时空里有其特殊性。其特点是：

延续时段较长

西坪文化的启蒙，在于云南进士陈弥高在明朝洪武年间的隐入。随后，明朝末年南明遗臣陈启相设庠序于掌台山，课教传道于蒙童。使稚弱之域，成文明之区，西坪山水大放异彩。

陈启相，这个出生于四川富顺的河南道御史，来西坪不是孤立的，可以说他们来的是一个团队，一个具有才学、富有思辨、坚守操守，且有十分契合的团队。

这个团队，除陈启相之外，还有富顺同乡大冶和尚。大冶比陈启相早来十余年，同为明朝遗臣，来掌台山建虎丘寺。在这里阐性悟道，迪化荒愚。他的《大冶语录》就是迪化人们如何对待人生，如何奉献社会，如何拥有家国情。《大冶方外集》便是抒发其感事情结。

谈亮，也是陈启相富顺同乡，两家且有姻娅之谊。他随陈启相隐于掌台山上，后剃发为僧。有著作《卖闲愁集》。

如果说大冶是为西坪山民，迪悟思想，净化人生的话，那么陈启相来西坪则是以教山野之民课书识字作文，专为开启西坪乃至遵义文化的。

是的，有进行基础知识传授的，同时有进行思想道德教化的，其子弟必然是品学兼优。

有精深的文化基础知识和高尚的道德情操，将会腾得更高，走得更远，将会更加忠于国，更加爱于民。

于是，西坪的第一支劲旅形成了。诸如进士谈亮、李先立、陈在元、赵廷铭、赵怡，举人谈远、谈宣、谈惟迪、李懋思、李涵侯、赵恒、李耀邦，等等。

世事间的许多事象，在其发展际遇间，有的则是昙花一现，很快就消失了；有的经久不衰，永远傲然昂首于所生成的那片沃土。

西坪的文化现象，实实在在地属于后者。它延续时段确实长久。以上列举的是科举时期的宠儿，而在民国年间，西坪仍有弄潮之骄子。诸如陈铁、杨干之、赵乃康、陈德明等当是其代表人物。这一阶梯人物，较之以前更具合力。

中华人民共和国成立之后，有老红军魏中全，中国人民解放军少将古开荣等。学术界，有博士生导师康国政，博士郑流波、简小义等。作家唐流德，高级工程师江忠诚等。

后学还在崛发，后劲还具强势，实为难得，又为必然。因为腾高在于厚重。

人员结构多元

西坪文化延续时段长，与其文化人士的结构多元相关。多元的文化融合成一种巨大的冲击力，而久久不衰。

西坪文化人士的构成：有和尚，诸如大冶、大友、谈亮等；明朝遗臣如陈启相、谈亮等；文有进士李先立、陈在元等，武有陈国标、陈铁、陈德明、魏中全、古开荣等；有官员，如谈亮、李先立、李懋思、陈在元、陈启绪、赵廷铭、赵怡、赵懿、杨干之、陈铁等；有教谕、训导，诸如谈达、李翔、李翥、李涵健、李耀邦、陈启瑞、陈家谟等。有的人士获取科举，不恋仕途，于乡间课教子弟者，诸如谈远、赵商龄等。

更为突出的是，西坪文化人士中，还有一个女性群体。诸如郑淑昭、罗绵纤、唐贞、华璇、卢葆华等。

多元的文化人员结构，构成了西坪文化的多元性，多元文化，兼收并蓄，适应性适中，得到广泛的接受。传承持久，影响深远。因此，西坪文化之承载力较强。

群体性推进

西坪文化的强劲发展，其中最具特色的表现形式，在于群体性推进。

这个群体性概念，包括师承体系和家族体系。

一个老师，承传一群学生，学生又循序外传，形成师承体系。认知的相互交融，著述的相互探索，思想的相互撞击。成为一文化链，而含宏光大。比如陈启相体系，谈亮体系，李先立体系，赵商龄体系。

一个家族，薪火相传，光前裕后，燕翼贻谋。比如清江赵氏，在解决了衣食之后，便以“学而优则仕”的理念，重视教育，自赵商龄始，潜心课读，贻谋科举，广结天下文士，与西南巨儒之郑珍、莫友芝友善，并联姻郑氏，以外来文化刺激家族文化之提升。以致赵氏就科举人物而论，就有进士赵怡、赵廷铭，举人赵懿以及贡生赵锡龄、赵廷瑗、赵廷璜、赵恺等。

又如笔峰山李氏。李先立致仕后，创北山书院传经讲学，成就者如李翔、李翰、李翥、李懋思、李涵俣、李涵健、李耀邦等。李懋思更有毛有信、张象乾、陆骞等弟子三人考取进士。

再如碑底陈氏。进士陈弥高入住后，重视家族基础之打造，以农耕而富家，以课读而旺族。经过努力，成就者如陈在元、陈国笃、陈启绪、陈启瑞、陈启璋、陈光勋、陈国标、陈铁、陈德明等。

还有谈氏家族，谈亮五个儿子，就有一个举人三个贡生，等等。

一个个的家族，又世为通家，互为姻娅，戚谊世交，师生道友，相互影响，互为提升。家族人士外出为官，吸纳了外地文化的精华，带回了雄性的文化基因又孕育新的文化品级。

值得一提的是陈铁。他考取黄埔军校第一期后，便觉带兵打仗，需要贴心的人，便于乡间动员有志青年投考黄埔，于是就有陈德明、陈谦、陈绍湘、赵学琴、陈永杰、吴邦本、冯战飞、李德康、陈庆伯等黄埔生，在抗日战场上均为英勇奋战之士，以致贵州草鞋兵，名扬华夏。

文化领域广泛

西坪文化的又一特点是涉及领域广泛。西坪文士的著述宏富，其内容有：诗、文、训诂、史志、医学、金石版本、书法美术、理学诸方面。

诗，诸如陈弥高《西山樵史诗集》，罗兆甡《北上集》《问石集》《明日悔集》，李先立《北山诗文集》，谈宣《拾遗集》，李涵侯《笔峰诗集》，陈在元《归去来诗钞》，赵廷璜《慕耕草堂集》，赵菘《含光石室诗草》，赵怡《汉鳖生诗集》，赵懿《延江生诗集》，唐流德《心曲集》等。

文，诸如陈启相《平水集》《沥胆将军遗事记》、陈在元《贻惕斋文稿》、赵乃康《近泉居杂记》、唐流德《人生几何》等。

书法美术，诸如赵懿《名画经眼录》《画记》等。

训诂，诸如李翔《儒宗录·四书正讹字音》，赵怡《文字述闻》《转注新考》等。

史志，诸如赵懿《名山县志》，赵乃康《续遵义府志》等。

医学，诸如陈国笃《伤寒剖绪眼科六要》《伤寒论述疏》等。

理学，诸如大冶的《大冶语录》，陈启相《掌山法语》等等。

各类著述咸丰，难以列举。

有女性作者群

在封建社会，有一观念叫作“女子无才便是德”，而在西坪，这个传统受到了挑战，这里的文化群体中，恰好有一个女性作者群。

郑珍之女郑淑昭，有著述二种，唐贞有诗集一种，华璇有诗集一种，罗绵纤有著述二种。值得一提的是卢葆华，系 20 世纪初贵州有名的才女作家，民国时期享誉上海滩，代表作有新诗集《血泪》等。

正因为西坪文化有如此特殊的个性，其生命才如此之强。“笔头独走江山气，海内谁登庾鲍堂”（李专题《鹿游集》），这充分体现西坪文士的文化自信。

文化活动是文化人的一种自觉行为，往往是从自觉而自信，从自信而自强。西坪文化的存在现象，在于西坪文士对文化的自觉、自信、自强。

人的文化活动，造就一定的文化环境。一定的文化环境反过来，又作用于人，塑造人，成就人。这就是文化的良性循环。

因此，西坪文化现象值得研究，值得看重。

（穆升凡，仁怀市文联副主席，中华辞赋社会员，中华诗词学会会员，中国近代史史料学会理事，贵州省写作学会理事，遵义市历史文化研究会理事。）

做好生态农业大文章

曹兴远

2017 年 10 月 12 日，受播州区委宣传部和播州区文联之邀，随百名专家学者一起走进西坪。初次到西坪，还是被西坪富集的文化资源所震撼。我生于东乡的新舟，经沙滩文化的耳濡目染，对乡土文化有深深的眷顾。从东乡的新舟去南乡的西坪，不到一百里，应该是比较近的。然而我对西坪却是陌生的，仅知道同是遵义的一个镇，如此而已。

后因研究海龙囤文化的缘故，接触到赵恺、李先立、罗兆甡等先贤。赵恺与安顺杨恩元纂辑《续遵义府志》，李先立和罗兆甡对杨应龙及杨家事业有所反思。有诗为证，罗兆甡《娄山关》：娄山战血尚横斑，竟少高文照碧山。往事已多难记忆，杨家莫恨失雄关。李先立《播州感兴》：杨家事业已蒿莱，雌凤妖骊稔祸胎。跃马真成蛙坐井，鞭山未信海如杯。从来负固无完局，岂待残烧辨劫灰！指顾重关天险失，夜郎自大古今哀。

这次走进西坪，方知此三人皆为西坪人氏。不仅于此，西坪这块土地上还涌现出文如陈启相、陈弥高、陈在元等 13 进士，14 举人；武如陈铁、陈德明、魏群、古开荣等名人将领。

在西坪镇党政领导的安排下，我们参观了陈铁将军故居及墓地，还有李先立旧居及墓地，赵恺墓地（赵恺故居已不存）。在行进途中，天公飘来蒙蒙细雨，百余位学者沐浴在文风武雨中，感触到西坪这块土地的历史厚重和现实悲怅。

我们从西坪镇幼儿园出发，走过西坪街道。商铺林立，大小车辆争流抢道。老街显得狭窄和拥挤，既有历史的积淀和黔北文化濡染的印记，也有现实路口的发展迷茫。车队驶出西坪镇，走进乡村路。乡村公路都已硬化，弯弯曲曲地一路向前。道路不宽裕，错车时双方司机都要十分小心。

首先来到的是大同村窝元组的陈铁故居，故居呈品字型结构，是具有二百多年历史的木屋。2013 年进行修缮，2015 年 8 月结束。陈铁将军的历史事迹和其他文化名人的事迹一同陈列在陈铁故居里，资料丰富翔实，使参观者顿生崇敬之情。陈铁是黄埔军校第一期二队学员，后参加北伐和抗日战争，国共内战时起义。中华人民共和国成立后参加新中国建设工作，曾任贵州省副省长。他积极参加统战工作，影响遵义五十多人投考黄埔军校。

从陈铁故居到陈铁墓地，再到赵恺墓地，李先立旧居及墓地。李先立是清朝遵义府第一个进士，曾任直隶新安知县，他布衣素食，是一个清贫廉洁的文化官员。

赵恺是清末民初的文化学者，以与杨恩元纂辑《续遵义府志》而闻名。然而令人遗憾的是二位文化先贤死后也不得安宁，其坟墓多次被盗，足见贫穷的悲哀，愚昧更是不可饶恕！

在遗憾和悲哀的同时，能够感受和目睹的仅仅是乡人赠送李先立的“淳厚人家”石碑，以及那独立向天的笔峰山。笔峰山不高，因独特的样貌和李先立居其旁而闻名。富裕后的人们在路旁、山下、田边修建小楼，式样和材质面积因人因时而异，没有设计而不美观，却也非常适用。

田里稻谷早已收割完毕，稻草就焚烧在田里。有的土里稀稀落落地生长着蔬菜，有的土里辣椒早已红了，杂草比辣椒还多还深，有的土里什么都没有，就是茂密的杂草。

淳朴厚道，原生态的自然美，是西坪给我的直观印象。

西坪距播州区所在地南白镇 52 公里，距遵义市中心城区 55 公里，因远离城区未受到开发的破坏和工业化的污染，保留原生态的自然风貌，这是西坪目前的优势。

西坪属于高原丘陵地带，与平原丘陵地势有相同之处。这里地势平坦肥沃，水源丰沛，耕作便宜，只要稍作耕作，就有收成。这里基本保留着传统的农业产业经营方式，农产品品种多，产量少，能够维持一家人的生活。“半年辛苦一年粮，半年农闲无事忙”，这既是西坪的优势，也是劣势。

贵遵复线高速公路建设完成，从龙坪出站到西坪，可以缩短西坪到城市的距离。遵义余庆高速公路开通，下高速到西坪仅 6 公里，能够快速进入城市，西坪优势日益明显。

交通改善，加上西坪优美的田园风光、厚重的文化积淀，只要统筹规划，合理开发，西坪将是农旅文一体发展的优秀选地，大有可为。

西坪已经种植核桃面积 1.8 万亩，今年挂果核桃约 8000 亩，种植经济价值高，生态绿化效果好。以此为基础，大力发展生态种养，水果、花卉、中药材、畜禽等为城市提供优质产品；美化环境、发掘文化资源为城市提供精神寄托和休闲娱乐，从而实现增收致富，城乡互补，西坪的未来犹如朝阳出海，已现喷薄欲出之势了。

（曹兴远，男，1963 年 6 月 15 日生于贵州省遵义市农村，1986 年 8 月贵州大学数学系毕业，先后从事企业管理软件的规划和实施应用推广，及企业信息化战略规划等方面工作。在《计算机世界报》《广州日报》《羊城晚报》《美的人》《荔风》《沙滩》《遵义晚报》《当代情诗精选》《华夏散文精选》等报刊发表作品 100 余篇。有散文集《海边思索》，管理文集《西湖流光》，诗集《风云际会》，长篇小说《珠江晨雾》。）

走进西坪

张世明

早就听说播州区的西坪镇历史底蕴深厚，多元文化融于一体，钟灵毓秀，人杰地灵，这既有书面记载，又有实物见证。同时，这里还是个风景优美，民风淳朴的好去处，由是我萌动了亲临实地，探索究竟的念头。但因琐事几次耽误，延至今年夏天，方得成行。

上午 9 点，我和几个爱好地方历史文化的朋友从市区驱车前往，开始倒还轻车驰驱，一进入龙坪后就有些难走了，路面虽还平整，但路幅狭窄，弯道很多，爬坡上坎，蜗行牛步，好不容易到达西坪镇。一见我们到来，镇里的张铁书记、蒋茂德镇长等领导出迎，与大家逐一握手，十分热情。

尽管时近中午，但大家兴致盎然，相聚座谈，听完西坪镇的梗概介绍后，时间已近下午 1 点。

草草用过午餐，张书记偕有关人员陪同我们观看和考察了镇周边的部分历史遗迹、名人旧址、先人墓茔等。

其中严寅亮大师亲题的西坪杨晋臣墓碑和赵乃康先生的遗墨等给大家留下了深刻印象。

严寅亮（1854—1933）贵州印江人，清代著名书法家、教育家。清朝皇家园林颐和园牌匾即为其所题。

赵恺，字乃康，原家团溪西坪，遵义文化名人，1926 年，他受任总撰《续遵义府志》，志书水平与“天下第一志”《遵义府志》“媲美前贤，后先辉映”。

通过镇相关领导及镇志编纂者的介绍，并查阅相关资料，西坪镇的历史脉络乃逐渐清晰明确。

西坪文化发轫较早，源远流长，先后经历了明朝启蒙期、清初发展期、清末民国期、现代文化期等历史时期，每一阶段都有杰出的领军人物，这些人物在本地乃至全国都占有重要历史地位。

明朝初年，进士陈弥高辞官不就，偕子陈德祥迁入西坪著书讲学，以中原文化涤荡和开启这块蛮荒之地，是为启蒙西坪的开山鼻祖。1645 年，新舟禹门石头山的大冶和尚来到西坪掌台山开设虎丘寺，首开佛教文化。明亡后，明朝贡生，官至河南道御史的陈启相保护崇祯皇帝之孕妃避乱于遵，寄望东山再起。后来孕妃生下公主，眼见复明幻想破灭，遂绝意仕途，弃家为僧，隐居西坪掌台山堂子寺。这位明末“文章巨手”（郑珍语），在此著书立说，耕读讲学，吟风咏月，怡神养性，名士谈亮、罗兆甡等均拜其名下，是时“遵义人才之开，掌山功最巨”（莫友芝语）。

清初，生于遵义桃溪的李先立迁居西坪，于1693年考中进士，如奇峰兀立，成为遵义清代进士第一人和入朝就职的第一位官员。李先立告假还乡后，在故居笔峰山下创办北山书院，专事讲学以教化乡民，且扶危济困，体恤孤寡，赢得“淳厚人家”赞誉。清末民国时期，西坪清江塘赵氏家族持续故乡文化，广泛吸纳沙滩文化精华，与晏氏和杨干之等同乡才俊殊道同归，热衷办学，培养乡人及其子弟，再展西坪文化繁荣景象。中华人民共和国成立后，西坪文化呈现多元势头，涌现出一批各学科皆有成就的栋梁之材。

西坪可以定位为进士之乡。明清科举时期，西坪一乡有进士13人，举人14个，贡生、邑庠生等20多人。这批能人学者学术显赫，多有著述成果。如“行文如烈马驭空，游龙戏水，不知其来”（遵郡纪事）的陈启相，他的著作有《平水集》《紫云休暇集》《摩诘诗评》《沥胆将军遗事记》《掌山法语》等，惜大多散失，只存少数诗文。

其次，“遵义诗人之冠冕”，为文“雄峭，不规矩前人”，“词亦入苏辛之室”（郑珍语）的罗兆甡，著有《明日悔集》《覆瓿集》《北上集》《问石集》等。他同情民间疾苦，抨击社会不平，充满抑郁激愤之情。他的《采蕨篇》描绘了“夜郎采蕨人”其诗曰“采蕨采蕨，十指流血，血流指未枯，腹枵气将绝”，表现了百姓于死亡线上挣扎的情景；《綦江即事》勾勒了“播儿一担盐，剜去两肩肉”及“重杖遭官朴”的挑盐人的不幸命运。自身的凄苦漂泊与百姓的悲惨遭遇让他深感社会不平：“君子慎宴安，小人怀饥寒”(《桐梓道中》)。

李先立的遗著有《北山诗文集》，郑子尹称其文“闳深博厚，无不明不醇之词”，诗之“冲穆之气，亦知从学养流出，绝非负气叫嚣者所能”。

《续遵义府志》总纂之一的恩贡赵乃康先生，从民国初年起一直执教，著作丰富，学识冠绝一时，遵义文化老人杨祖恺、陈福桐皆出其门下。执教的同时，他考校编辑郑珍著述，辑有《巢经巢全集》《巢经巢诗钞后集》《郑子尹先生年谱》等，成为沙滩文化之集大成者。1935年，红军长征到达遵义，徐特立老人专程到赵乃康家中晤谈，深为遵义地方文化之丰厚感喟，嘱咐他要保护管理好遵义散佚的图书。赵乃康《赠徐特立》一诗：“军中忙无暇，急急护文化。保存图书功，当不在禹下。”记录了红军要员造访遵义名儒的历史佳话。

西坪又名将军故里。这里由于地处边隅，旧时土匪猖獗，盗贼横行，造就了西坪乡民彪悍勇武，豪爽侠义的体魄和个性，加上当时清政府准予组织民间武装，当时，西坪涌现出许多武将，声名远播。

抗战时期，这里出了个抗日名将陈铁。陈铁是陈弥高第二十世嫡孙，黄埔一期学员，与卫立煌是北京陆军特别进修班的同学。他军事才能超常，曾参与东讨陈炯明，平定杨希闵、刘震宸之乱。北伐时他亲率两个士兵，俘敌500余名。1935年，陈铁授少将军衔，任国民党第85师师长，1938年擢升为14军中将军长。1937年10月11日至30日，陈铁奉命率部到山西忻口左翼刘庄、南峪一带抵御日本侵略者。是役中，他以短兵相接、灵活多变的战术重创日军，因纪律严明战果骄人，享有“铁军”之誉。

陈铁与卫立煌过从甚密，经卫引荐，交识王明、刘少奇、朱德、彭德怀等中共领导人，并多次护送他们偷越国统区或透露情报给延安，后因事泄，被解职归乡。1948年5月，陈就任“东北剿共总司令部副总司令”，与卫立煌结为搭档，相约“拖跨蒋介石”。锦州失陷后，卫遭软禁，陈回遵赋闲。

1949年1月，蒋介石成立贵州第八编练司令部，任命陈铁为司令。不久，该部先被改成军士总队，后又编为275师。期间，陈铁坚辞不当国防次长，后虽任贵州绥靖公署副主任，私下却早有投诚念头，1949年11月24日，他率275师宣告起义。中华人民共和国成立后，陈铁先后担任过西南军政委员会、贵州省民革、省政协、省政府相关领导职务，1982年2月与世长辞，归葬故里。其堂弟陈德明是贵州省著名无党派爱国民主人士，先后出任过遵义军分区副司令、贵州省军区参议室参议、省政协常委等职，1999年10月逝世。据初步统计，当时受陈铁影响，遵义县考入黄埔的学生多达50余人。

西坪满目苍翠，全镇森林覆盖率高达55%，自然资源丰富，是旅游休闲的极佳之地。辖区属湘江流域，清江、绿水河穿插其间，丘陵良田，峡谷奇峰，长河短溪，神仙洞府交相辉映，可谓“水在碧玉滩头过，人在青山嶂里行”，所到之处，令人赏心悦目，神清气爽。同行的张书记告诉我们，青山绿水是西坪的天然禀赋，坚持走生态之路是镇的发展理念。本着这一思路，镇里绝不容许掘矿或有污染的企业在西坪境内落户生根。前些年，他们从云南引进一批优质核桃树苗在全镇栽种，现已有17 000余亩，规划将进一步扩大，形成20 000至30 000亩的规模。目前早期林木已经挂果，计划今年9月份举办西坪核桃节，以此扩大对外影响，为下一步西坪旅游发展营造气氛和奠定基础。

西坪归来后，我陷入深深的沉思，有那么多得天独厚人文资源和自然景观的大家闺秀，却为何养在深山知之甚少，远不如一些小家碧玉声名在外？

末了，信笔写了一首《鹧鸪天·西坪感语》：

揖别西坪感触深，笔峰古寺悼亡魂。当年碑刻今犹在，应是飞鸿踏雪痕。
文进士，武将军，多元文化恰传神。但悲源远拓荒史，不及沙滩后起人。

（张世明，男，遵义市历史文化研究会会员。原遵义市人大城建环资委副主任、调研员。播风诗社社员，在《城乡建设》《播风》《遵义晚报》《遵义人大》《红花岗文艺》等刊物发表文章数十篇）

我与西坪有缘

钟永玖

尚稽与西坪是近邻。从地图上看，以团溪为中心，三点一线，距离相当。我曾来过西坪，但不是常来西坪，故对西坪并不陌生，而又谈不上熟悉。我最初到西坪来，是 20 世纪 50 年代中期。那一年，我从尚稽小学考到遵义三中读书。在团溪的三年学生生活中，我和许多同学不知多少次来过西坪！

遵义三中创办于光绪三十二年(1906)，最初的名称叫私立振民两等小学堂，1941年改为明德中学，1951 年命名为遵义第三初级中学，简称遵义三中。1955 年，全校招收新生 150 名，分三个班教学，我被分到一班学习。在我的记忆中，来自西坪的同班同学有李中镇、罗开祥、唐兴、刘顺祥、胡世兴、杨万群等。后来，上一届休学返校的程福忠转入我班学习，他也是西坪人。此外，还有二班的杨文才、简如华、王宪武，三班的杨文珍也是西坪人氏。

在这些同学中，给我印象最深的是李中镇。这不仅因为他是副班长，还因为他的外公是陈铁将军。陈铁将军是黄埔军校的第一期毕业生，参加过北伐，又是抗日名将。中华人民共和国成立后，由毛泽东任命，他在西南局和贵州省担任过多种职务，这些都是耀眼的光环。然而让人更感亲切的是，陈铁是遵义三中的老校友。他民国初年于振民两等小学堂以优异的成绩毕业，后来读了遵义中学堂，回到家乡教过书。振民两等小学堂是遵义三中的前身，因此，遵义三中的领导和教师常常在不同的场合提到陈铁，以有这样的将军校友为荣，激励同学们努力学习。我们班的同学也常常听李中镇谈起他的老外公的故事。

我们在遵义三中读初中，还是十多岁的娃娃。但我们到西坪来，并不一定是好友相约，单纯地为玩乐而来。那时，新中国刚刚建立不久，国家财政困难，许多学生的家庭也很困难。我们这些贫困学生还享受着国家发放的人民助学金，或者减免学杂费。但这些都只能解决最基本的吃饭问题和读书问题。还有的同学即使家庭再困难，也不向国家伸手，而是自己想办法，靠勤工俭学挣伙食费和交学杂费。因此，每当星期六下午或星期天，我们都有很多同学，将一周紧张学习后的休息时间，变成勤工俭学的最佳时间。勤工俭学都做了些什么呢？主要是帮供销社运货物。那时候，遵义的汽车只开到团溪，团溪到各乡场的交通很不方便。因此，我们把城里的日用工业品由团溪运到各乡场，把各地的农副产品由各乡场运到团溪来。这样挣钱交伙食费、学杂费，或买笔墨纸张，打煤油上晚自习照明，或买牙膏、牙刷、肥皂、毛巾、洗脸盆等生活用品。

勤工俭学有两种性质的内容。上述的勤工俭学是经济困难的同学自己组织的运输劳动，收入属个人所有。还有一种是学校组织或班集体组织的勤工俭学。这种勤工俭学，一方面要完成学校布置的某种任务，或为班集体积累班费，创造共同的福利；但更重要的是在学习之外，要接受艰苦奋斗，勤俭朴素，吃苦耐劳的传统教育，培养集体主义、共产主义的精神品质。因此，我们常去西坪、张王、水浸、西花坝等地，都是任务在肩，来去匆匆，根本没有时间去东张西望，到大街小巷去溜达，更不可能去找特色小吃。这些乡场，虽然去过多次，但有些什么特点，都没有在心中留下多少印象。至于西坪，在我的记忆中，似乎只有一条并不很长，也不很宽的街。

也许有的同学记忆力强些。比如三班陈兴荣同学，他是西花坝人。2015 年同学会，他写了一篇文章《难以忘却的岁月》，其中有一段关于西坪的文字，现摘录如下：

除四害、讲卫生、勤工俭学等活动也在轰轰烈烈开展起来。一天上午课后，班主任通知我带领 20 多名同学步行 20 多里路到西坪供销社扛晒席（也称晒垫，竹篾编织的晒粮食的器具）回团溪。新的晒席一根（张）足有二三十斤重吧！我们吃了中饭就动身，到西坪没贪玩，每人一根扛起就往回走。20 多里路，可不是后来修得较直较宽的车路，更不是如今的水泥公路，而是羊肠小道，弯拐特别多，扛起近 4 米宽卷起来的筒状物走路是十分费劲的。夕阳西下，晚霞壮美，月亮升起来了，星星眨着眼看着我们。体力好一点的同学走在了前面，还时有歌声。如“新中国的天，是明朗的天，新中国的人民好喜欢，新中国的太阳永远不会落啊，新中国的歌声永远唱不完！”“团结就是力量”等。罗祖学等同学还不时放开嗓门儿高唱当地的山歌助兴、鼓劲。体力差些的慢慢落后了。先到的又返回去接后边的。没有怨言，没有叫苦叫累，充满团结友爱、互相帮助的欢乐精神，把完成学校给的任务看成是支持社会主义建设的爱党爱国表现。等全体到齐后逐一清点，却少了一张晒席。原来，分配的任务和派去的人数没有弄准确，故出了点毛病。我着实吓出一身冷汗。那是公共财物，是要赔偿的，哪能丢呢？但时间已晚，只有等第二天再说了。这时，在校的师生早已在辉煌灯光下开挖旱厕所，清污淤，搞卫生，为消灭老鼠、蚊蝇而战斗着。我们吃了饭又投入其中。再苦再累，功课不能落下，第二天上午照常上课。下午，经班主任允许，我一个人再赴西坪供销社，丢下的晒席还在那门厅里躺着，我悬起的心放下了。终于把它扛回学校，待明天一起送到团溪供销社，完成了一次搬运任务。

还有（一）班的王建昌同学，他是鸭溪人，也写了一篇《我的中学时代》。他在回忆往事的时候，也有关于西坪的回忆。他写道：

学校搞勤工俭学，我和同学们曾去西花坝（今铁厂镇）、张王坝担毛铁。老师和学生打成一片。记得有一次，周伯光校长兼我们班主任老师，他还同我们一道去西坪找瓦角板。在华家公馆搞建校劳动时，我们初三班的学生去担砖。我一担担了 18 块，以每块 7 斤重计，一担就是 126 斤。在华家公馆，还经常见女同学喂猪。

初中毕业后，读了高中，读了大学，工作了几十年，又在社会上混了十几年，我常常怀想当年的情景。

2000 年，我从遵义地区教育局退休时，已出版了《喷乳泉》《特别富翁》《醉在故乡》《难断不了情》四本书。那年 12 月 14 日，我带了几本书从团溪到西坪。先找到唐兴，我各送了他一本。他大约是西坪小学的党支部书记。我和他聊起西坪的同学，这才知道罗开祥在西坪镇中心学校（教辅站）工作。罗开祥见我每种只有两本，就要我将其留在教辅站。我从教辅站走出来，想去中学看看。在西坪中学，我和一位年轻教师从语文教学谈到写作的问题。他喜欢读书，喜欢写作，但苦于没有相应的书读，没有适于学习写作的环境。当他知道我曾在大学教过写作，又出了几本书，就迫切地要读我的书。我两手空空。由于受这位年轻人的精神所感动，我特意去罗开祥那里退出几本书来给了他。他非常高兴。后来我们还有一些联系。时间长了，我们渐渐生疏了。但我还记得他的名字：冉启超。

从西坪中学出来，欲到西坪小学去拜谒陈启相先生墓，正好碰到了西坪小学的校长母绍春。他知道我是尚稽区建设村水家湾人。他自报家门，是翁家坝人，说我们是老乡。他也向我要书。但很遗憾，手中的确没有书了。当夜住在唐兴家里，有罗开祥、刘顺祥等老同学相会，那说不完的知心话，真是酒也醉人，情也醉人。

遵义三中是我们一生中最难忘的记忆。特别是那“热爱祖国，不计得失，忠诚纯真，尊师重道，吃苦耐劳，勤奋好学”的三中精神！2015 年，我们为纪念初中入学 60 周年，弘扬三中精神，在遵义城的三阁公园举行了春秋两次同学会，西坪有四位同学到会。李中镇和罗开祥到会了，但他们已迁居贵阳，驱车几百里远道而来。只有唐兴和程福忠仍守着老家，从西坪赶来。杨万群居住贵阳，但不能到会了。其余如刘顺祥、胡世兴等同学已不在人世了。同学会期间，我们编了一本纪念册，书名就叫《遵义三中之歌》，前述两文都已收入此书，书中所载罗开祥的几幅书法作品，很有特点，也令我很吃惊！想不到老同学还有那么一手好字。他在简历中这样写道：

罗开祥，遵义县西坪镇人，生于 1941 年 9 月，1955 年考入遵义三中（一）班学习，1958 年考入团溪中学读高中。1961 年 7 月团溪中学高中毕业后参加教育工作，先后在喇叭、西坪中小学任教 40 年。其间担任教导主任 27 年，中学校长 5 年，中心学校工作 4 年，2001 年退休。

是啊，其他几位同学没有写简历，但我们这些老同学都是新中国培养的知识分子，在几十年的新中国建设中，谁没有付出艰辛的努力呢？2015 年 9 月，西坪陈铁故居的纪念馆开馆，李中镇曾邀遵义三中的老同学去参观。可惜，我因事未能前往。错过了这样的机会，心中十分遗憾！

2017 年 10 月 12 日，西坪镇人民政府举行“百名学者进西坪”采风活动，我受邀参加。啊，我的同学，我的朋友，我们又要见面了！于是，我提了数十本拙著，准备送给冉启超和西坪中学。那一天，天公不作美。但西坪镇人民政府很热情，特意为我们每人准备了一把雨伞，在幼儿园的大操场举行启动仪式。我一下车就打听冉启超的消息，镇党委陈书记告诉我：冉启超还在西坪，他已被抽到政府部门工作了。于是，我将图书放在一间办公室里，托人打电话通知他来拿。后来我见到了他，我们简单交谈了几句，就各忙自己的事去了。他告诉我，他还保存着当年的那几本书。在采风中，我托人带信给唐兴、简如华，但匆匆之中，我们未能见面。

参观陈铁故居的展览和拜谒陈铁将军的大墓，都是这次采风的重要内容之一，自然也了却了我久蓄心中的愿望。陈铁故居位于西坪镇大同村窝元村民组。实际就在街边。一座古色古香的木结构四合院。但前面只有封闭的朝门，而无房间。外边有围墙，里面分为正殿生活区和东西厢房共八间展室。丰富的内容充实着各间展室，这在西坪街上自然是一道充满文化内涵的风景。有关的重要对象和丰富的文字资料及图片资料，充分展示了陈铁将军一生的丰功伟绩。此外，馆中还收集有关西坪历史文化的重要资料，如陈启相、李先立、赵乃康等文化教育名人的著作等。陈铁故居于 2015 年 9 月 28 日修复开放，为市级爱国主义教育基地。

陈铁将军字志坚，号铁，原名陈永祯，以号行，1899 年在这里出生。他最初在团溪振民两等小学堂读书，毕业后到遵义中学堂读书，在遵义中学堂毕业后，曾在当地教过书。1921 年，入唐生智部任连文书。1924 年，考入黄埔军校第一期。毕业后，历任排长、连长、营长，参加北伐后，升任团长。以后又升任旅长、师长。1935 年，调任 85 师师长后，将这支部队训练成了一支铁军。1937 年，他率领 85 师在河北与日寇激战，后调到山西抵御日军，参加有名的忻口会战，“铁军”名声大振。1938 年升任 14 军军长，在晋东南抗击日寇。1949 年，他奉命成立 275 师，贵州解放前夕，他与 275 年师师长陈德明联名通电起义，为解放贵州立了大功。1950 年，毛泽东任命陈铁为西南军政委员兼农林部长，1955 年调任贵州省林业厅厅长。后历任各届省人大和全国人大代表，贵州省副省长，国防委员会委员，还兼任贵州省政协副主席和贵州省民革省委副主任及民革中央委员会委员等职。陈铁于 1982 年 2 月 19 日在贵阳逝世，享年 83 岁。

陈铁逝于贵阳。他的后人根据其生前要和母亲葬在一起的遗愿，将其归葬于民主村大寨组的一处小山上，他母亲墓的右前方。陈铁墓前临一条乡间平路，既宜于乡民来往行走，又宜于游人参观拜谒。陈铁墓气势雄伟，碑上所刻“抗日名将”四字，更让人肃然起敬。

（钟永玖，原遵义教育局教研室退休教师，《遵义教育》主编；遵义历史文化研究会理事，《遵义历史文化》副主编。）

西坪访古

彭绍奎

很早就听说西坪（平水里）地灵人杰，别看它是遵义县西南面的边远小镇，可它低山丘陵地貌，绿野田肥，古木参天，气候温和，是人见人爱的绿水青山金山银山宝地。古代不少有识之士及风流雅贵羡慕西坪物华天宝、民风淳朴，故纷至沓来，安家落户，修身自励，笑对人生。西坪素有“遵义南乡大画廊，人杰地灵平水里”之美称。

二〇一七年十月十二日，遵义市历史文化研究会，贵州省写作学会遵义联络处，遵义市书画协会百名学者进西坪采风，我有幸位列其中赴西坪学习并考查被湘江迂回环抱，明珠镶嵌的画廊。

我不是学者、专家，也不是教授、名人，我只是历史文化研究会的一名新兵，但我是带着对古人的敬意和对山乡的热爱而踏上西坪的土地的。到达目的地已近中午，西坪镇党委镇政府在幼儿园广场举行了隆重而简短的欢迎仪式后便开始参观陈铁将军故居和古墓。这天天公不作美，下雨不停，下午仍细雨绵绵，然而我们考查的兴致没有丝毫松懈，又参观了许多景点，我们看得很细，西坪的古文化和西坪的美景给我们留下深刻的印象。

百闻不如一见，西坪别有洞天，想不到西坪的山水养育了自明清以来一些叱咤风云的人物。据考证，西坪在科举考试中，高中进士的就有十多人。进士是封建王朝中学位最高的人，凡中进士者可进入当朝各部和地方各州府县为官，社会地位极高，在族中是光宗耀祖极受称赞的大能人。最早的进士陈弥高，在明朝洪武年间就迁居西坪，后代陈在元秉承家学，勤学苦读，在嘉庆二十四年（1819）又中进士。1662年，“明末文章巨手”陈启相隐居西坪，开设书院，著书讲学，开西坪一代文风。清康熙四十七年（1708），开科进士李先立51岁辞官告老还乡，创办“北山书院”，专事著书立说，在西坪又一轮兴起文化热潮。在西坪这块土地上先后涌现进士13人、举人14人，贡生等博得功名可稽考者达五十余人。

一个偏僻的低山丘陵小山村，区区弹丸之地，竟然受到许多文人雅士甚至达官贵人的青睐，他们迁居于此长期居住，说明这里有特别的环境特别的魅力，更为可贵的是，还涌现了众多的功成名就学识渊博的人物，不能不令人感叹和羡慕。如果这感人的事迹发生在江浙一带的书香之家、名门望族，不足为奇。可西坪处于封建社会“天无三日晴，地无三尺平，人无三分银”的贵州遵义的一个偏远山区，就显得非常了不起。试问遵义乃至贵州的哪个乡镇，有如此厚重的文化底蕴，涌现如此多“博士后”级的高级知识分子？不要说十多个进士，几十个举人，几十个翰林，就是出几个“大学生”都是皆大欢喜的事情。因此，西坪被称为（贵州）“进士之乡”一点也不为过。

在近代，西坪又出现了一个响当当的大人物——陈铁。生长在大同村山旮旯里的陈铁，从小好学，年纪轻轻就离开家乡，进入“升官发财请去别处，贪生怕死莫进斯门”的黄埔军校学习，从此与带兵打仗结下不解之缘。在国民党部队中从排长成长为师长、军长，在对日作战中立下赫赫战功，是著名的抗日将军。中华人民共和国成立前夕他率部起义跟着共产党干革命，曾任贵州省副省长。西坪陈铁“将军故里”由此得名。

中华人民共和国成立后，这块人杰地灵的地方，又有不少有理想的青年考入大专院校学习，有的还攻读硕士博士研究生，不少人在经济、文化战线取得了骄人的成绩。

绿水青山的西坪就像一块绿色风水宝地，传统文化圣地，几百年来民风淳朴，千千万万的村民在这里勤奋劳作，培养了一批又一批有出息有作为的文化人。这里虽无名山大川，亭台楼阁，可仍有许多值得欣赏的亮丽美景，如果进一步加以发掘整理，加上“进士之乡”“将军故里”既有优势，西坪完全可以成为“旅游之镇”。当然，要建成“旅游之镇”，旅游必须大发展，而旅游大发展，必须采用大手笔。修修补补不行，慢慢吞吞也不行。因此笔者对西坪经济发展尤其是旅游发展提几点粗浅建议。

第一，加强交通基础建设，不能让交通成为制约发展的瓶颈。“要致富，先修路”，“要发展，路要宽”，这是众所周知的硬道理。但由于这样那样的原因，从遵义到龙坪、团溪、尚嵇至今没有高速路，只有一条二十世纪五六十年代的老路，路面窄，弯多坡陡，虽经多次整修，仍满足不了经济快速发展的需要。如果上级政府已规划建设高等级公路，切盼早日动工，早日建成。如果上级政府还没有建遵团遵尚高速公路的打算，则希望沿线乡镇向上级报告，加大公路建设投入，即便不能建设高速公路，至少也要有档次较高的四车道公路。团溪至西坪虽然修有水泥公路，但太过窄小，建议也修建四车道公路，外加护路栏杆，有醒目的标志，使人们进入西坪地界就有一个新奇的感觉。从西坪镇政府到各古宅、古墓以及其他景点的马路也要创造条件提高路面宽度和路面质量，同时延伸到古宅、古墓和各景点旁边，不能再让参观者爬坡上坎走田坎路、泥路。

第二，美化景点环境。古墓要圈地修围墙，标识醒目，墓碑安放合乎民风，并应有必要的文字介绍或（图片）说明。古宅要独立成点，不能独立的，也有分清哪是古宅哪是民宅，古宅要尽量保留原样，也要有详细的介绍和说明。古迹特别是古书，要耐心挖掘、收集、整理并妥善保存，越古的东西越珍贵，越应精心保护。

西坪的古文化，浓烈而厚重，许多才高八斗的文化名人的著作，包括著书立说的古书古诗要尽量挖掘、收集、整理，这些由后代保存或流落人间的书籍，是西坪的宝贝，也是西坪古文化的见证。希望组织专门人才，深入其后人家庭，动员他们捐出藏书。同时对西坪历史上有重大影响和重要贡献的历史人物从近代的陈铁到明清的陈启相、李先立等人的资料进行充分的挖掘整理，为他们著文，记叙文或小说均可，能改编成电视剧的更好，这既肯定了历史人物的贡献，又宣传了西坪。其中尤其是离我们很近的陈铁将军，是著名抗日将领，电视连续剧《解放大西南》中，邓小平对进军贵州的五兵团政委苏振华说，贵州绥靖公署副主任“陈铁将军是我们的老朋友了，在太行山帮了我们很大的忙”，“他还亲自护送去华北赴任的刘少奇过黄河”，并派和陈铁关系甚笃的陈又新协助苏振华做陈铁的起义工作。现在，趁与陈铁将军共事还有人健在，家人住贵阳，可方便采访。同时查阅本人档案，查阅国民党将领资料，查阅贵州省政府省政协有关资料，就可了解陈铁将军一生的足迹，将其首先成书或拍成电视剧的可能性会大大提高。

第三，开发打造现代旅游景点景区。西坪人告诉我，西坪有许多奇峰异洞和美丽传说，如昂首向天的笔峰山，清江河九黄渡漂流，角口电站，白岩山，七星凼，王家塘大坝梯田，冰仙洞，洪水大洞，戏子滩等等。有的还伴有美妙的传说，生动感人。如将这些景致开发打造成现代景点，绝对又是迷人的去处。

我们看到西坪确实没有一根烟囱，这说明西坪没有工业，这确是西坪的短板。其实，一个乡镇有无工业，往往是和资源有关，西坪尚未发现储量可观的煤矿、铁矿等矿藏资源，又无广大的森林竹林，当然无开采性工业和加工工业。无工业并不是坏事，西坪得天独厚的低山丘陵地形，青山绿水的天然宝库是发展种植业、养殖业的好地方。西坪已打造了核桃种植基地，还可打造其他水果种植基地，打造山羊、生猪和禽类养殖基地。其实，已建的核桃等种植基地，亦可作为景点观光。团溪人王银忠，已迁居遵义城区，可他仰慕西坪山水，带领家人在茶园村流转一千八百亩荒山荒地种植核桃，还在山中养猪养鸡养羊。几年后，核桃长成大树挂果。种养两业，使他年有丰厚的收入。他准备在山上办农家乐，在核桃成熟季节，请观光人帮助采收，体验采摘乐趣，吃现场宰杀的猪肉、鸡肉、羊肉，品新鲜豆腐，购廉价核桃。

西坪所处的地理位置，属于中亚热带湿润季风性气候，平均海拔八百米，森林覆盖率达 50%以上，雨量充沛，热量充足，冬无严寒，夏无酷暑，生态环境好，是遵义东南面的天然氧吧。可以说，西坪处处是绿色花园，置身其中，心旷神怡，是吸引人度假休闲的好地方。

只要西坪人团结奋斗，花大力气利用好优美山乡山水环境，处处都有致富的门路，要不了几年，西坪不但会彻底改变面貌，而且还可后来居上。

上面这些小小的不成熟的建议，仅提供给西坪镇党委、镇政府参考，可能中看不中用，也可能既不中看也不中用，纸上谈兵，站着说话不腰疼。但我的出发点是好的，是希望西坪人用遵义县设立为播州区和贵州省建设 125 个特色小镇的有利时机，加强基础设施建设，加大投资力度，使西坪镇的经济发展特别是旅游业的发展跃上一个新台阶，弘扬西坪特色文化，建设西坪特色小镇，使西坪这块宝地焕发新的青春。

（彭绍奎，遵义市历史文化研究会副秘书长、办公室主任，写作学会会员，遵义市审计局原副局长、调研员。）

人文西坪

柳 木

一个人，在岁月长河岸边行走，见过的世面，经过的地方肯定不少。然而，真正让你心眼生情的地方，想也不会太多。

2010年11月，在贵州省写作学会2010年年会暨百名作家采风遵义县（2016年改名播州区）期间，我有幸去到遵义县西坪镇，领略那里的秀丽风光、人文气象，感受较深。

车近西坪，驾驶员不时地给我们介绍他们这片乡土的山川形胜、历史掌故、名人轶事。我们的同行中有先到过这个地方并对这个地方有所了解的，他们也有意无意地提问拉开话题，让我们的脚还未触地就先嗅到了西坪这块土地上浓郁的文化气息。天公好像也有意安排一场阵雨，洗沐我们的尘心，然后再拜谒这里的文化先贤。

镇里陪同我们的领导是陈寿珊、郑仁秀。初看到这两个名字，我们以为他们都是女性，可陈寿珊却是个男性书生。他们都一样地俊秀。加上镇修志办的陈朝安也一样地文气袭人——他们对本土的风俗人情、历史掌故十分谙熟。他们清晰的谈吐始终穿透时空，吸引我们的目光和脚步。

一方水土养育一方人。这清明幽雅的山水，怡人性情，陶冶志士；这片人杰地灵的乡土，生长许许多多美丽、悲壮的故事，可歌可泣；诗化一大批文人志士为这片乡土呕心沥血地奉献，蔚成强大的人文精神。

西坪文化的奠基人是大冶和陈启相。

明朝末年，还是在沙滩文化之先，新舟禹门石头山有个能诗善文的大冶和尚（明朝遗老）来到西坪场掌台山创办了虎丘寺（又名堂子寺，今西坪小学内）。这是西坪先辈为西坪文化发展做出的不可估量的贡献。这块土地是孕育西坪文化的母腹。我们参观的第一站，就是先贤当年传经讲学的地方——西坪小学。校园内外，有陈启相墓，北山图书馆、罗汉松、月亮井等人文景观。西坪小学掩映在参天古木中。我们流连在这虎丘寺遗址上，仿佛穿行在历史的流光中，仿佛看到那个慈祥的大冶老僧当年穿行在这青山秀水间，时而高喧佛号，时而轻歌漫吟，时而沉思悟禅，时而与弟子谈笑风生、谈经授道的情景。窥见他吟讴“雨连雪际雪连天，地接烟云云接天。一等共行山上路，眼中各自见风烟”的精神，领略他浅吟低唱的情趣。现在，虽然几经沧桑，校园焕新，但当年学子手植的树木已撑天成荫，嶙峋的山石犹存原貌，可见后来者对这文化根基的精心保护。

继大冶之后，明朝遗老陈启相遍游吴楚诸山，最终瞄准了西坪，弃家为僧，来到这掌台山堂子寺（今西坪小学内），自称掌山老人，致力于读书著述。虽时有挨饥受冻，但矢志不移，二十多年如一日，吟啸高歌，自得其乐！他设书院讲学，一时高才云集。他被誉为“明末文章巨手”，“遵义人才之开，掌山功最巨”。谈亮、罗兆甡是他的得意门生。陈启相后，弟子门人及其后代继续传承文化学术，使西坪书声不断。今人在北山图书馆前立一大块碑匾铭其因果，我们一一在碑前留影，沐浴那浓浓的文气。感受陈老先生那“幅巾挂枝秀山樵，野俗安人岁月遥。怡悦有云枝作赠，盘桓在石不堪招。签名大薄呼毛女，泼茗殊形咤木艄。勾引桃花休用水，苍苔直绣过墙腰”的那份清雅素净的情趣。

李先立是继大冶、陈启相之后，西坪文化的又一巨人。他是清朝开科以来遵义府的第一个进士，也是遵义府入朝任职的第一位官员。他治学严谨，情系民生，在直隶新安知县任上，依然布衣素食。他励精图治，平盗患，免捐税，废私派，治水灾，问案如话家常，深得百姓爱戴。他五十二岁时告假还乡，创办北山书院，专事讲学，余暇著书。其子孙大都能诗善文。

西坪文化的后起之秀，首推赵氏家族。其中赵恺（字乃康）大兴教育，传道授业，著作等身。他的祖父赵锡龄乃一代名儒，讲席数十年，学子遍及乡里。赵氏一门精于诗词，旁及金石、书法、美术，多有作品传世，享誉一方。我们徒步来到“赵公乃康墓”前，见著名学者杨祖恺、陈福桐撰述的碑铭，墓茔尽管在荒草杂木中，仍觉光辉耀人。

在西坪的文人群中，亦有不少才女佳作。郑淑昭、唐贞、华璇等女性文人都有诗作传世。“月照窗纱露气侵，寒蛩草底诉秋心。香闺怕听凄凉语，何事长啸不断吟。”（唐贞《秋夜即事》）这正是凄凄惨惨寻寻觅觅，那一番深闺月夜情，这寒蛩唱，有谁听？“锁院春风起，凡花一例开。花开颜色好，容易莫吹来。”（华璇《咏春风》）这花红易衰似郎意，其女性的似水柔情又是几多闺怨！

这西坪，真是才人辈出，佳作传世。西坪，这实在是一块“栽大树拄长天”的风水宝地，养育了一大批文化名人，也造就了一大批戎马倥偬的政治风云人物。

杨干之，辛亥即参加政治活动，曾入川讨袁，后助周西城征战，周西城战死后，他寓居县城，潜心治学，三十年不懈，对地方教育事业做出了重要贡献。

抗日名将陈铁，黄埔军校第一批毕业生，他在北伐战争中曾率两名士兵俘虏敌人五百多名。他的部队纪律严明，被日军称为“铁军”，在抗日战争中立下赫赫战功。后来陈铁在黔西率部起义，为贵州和平解放做出了不可估量的贡献。中华人民共和国成立后陈铁曾任贵州省副省长、贵州省政协副主席等职。陈铁于 1982 年 2 月病逝于贵阳，归葬于西坪镇民族村大寨组，与他母亲以及结发妻子的坟墓同在一穴，这充分体现了中国传统文化的大孝大义。尤其是墓碑书写的“抗日名将陈铁之墓”几个赫然大字，让人肃然起敬！在陈铁的影响下，西坪有十人先后进入黄埔军校学习，后来大多成为建立、建设新中国的有用人才，功勋卓著的不乏其人。

我们在西坪采风那天，天气也特别出奇，一时阴雨一时放晴，让我们在西坪的历史风烟中去思索西坪的陈年往事，让我们在清明的人文景观中去感受现实中的人生禅悟。我们在风雨中穿行，在雨后骄阳下漫步，这让人产生无穷的遐想。在这里，民风就是文化，文化就是民风。在西坪小学校园后的丛林小径中，不时可读到一些饱经风霜的碑刻。那日，陈寿珊先生在一块碑刻前引出了一个话题，他说，周西城在贵州执政期间，发出了贵州第一个交通警令——“汽车猛如虎，莫走当中路。若不听劝阻，碾死无告诉。”这妇孺通晓的文字，未必没受西坪文风的影响？中午，我们去杨氏山庄就餐，山庄很靓丽，洋溢着现代文明的气象。山庄的饭菜可口，胜似“朱门酒肴烹万羊”。餐中的饮食文化也秀色可餐！巧遇的是，在山庄的厕所的墙壁上，写着一首饶有风趣的打油诗：“解带开水水自流，金砖玉液槽中留。用完公厕冲冲水，满屋清香乐悠悠。”我这里不说诗的文字是否准确，文意表达可否得当，我只想说这是西坪的民间文化现象，表现的依然是美好的愿望。

西坪，这块充满人文气息的风水宝地，曾吸引多少山水先生来这里寻踪探秘，曾有多少文人墨客慕名来这里造访。我们一行在“虎丘寺”“北山书院”“李天官府”“天官坟垣”，在桂山村的“赵乃康墓”，在笔架山前，读山读水，谈论山水阴阳，追寻历史文化遗踪。揣想那堪舆学中，山山水水，阴阳择地，也是根据山水象形去或唯物或唯心地辩证；根据宇宙间所产生的磁场的生化演变猜度。我们揭去那层玄秘的面纱，也应该相信，好的生态环境能怡人性情，育人精神。是西坪的先贤们最新发现了这一方山水的灵气，造就了这一方杰出的人文景观！

西坪的山水情怀，人文精神，让人记念！

（柳木，务川县对外宣传中心。）

漫话西坪

冯修礼

2007 年初秋，我受朋友之邀乘车到过西坪，那天，碧空万里，遍地稻谷飘香，丰收在望。2017 年深秋，我随“喜迎十九大　百名学者进西坪”采风活动再次来到西坪。这一天，虽然天不作美，细雨绵绵，但西坪镇的人民却十分热情，镇政府的工作人员递给我一把精致的小雨伞遮雨，西坪镇人民政府的雨中欢迎仪式也别有一番热情。采风活动在小雨轻轻飘洒中进行，一路上，平坦的坝子里不时冒出一座座绿茵茵的小山堡，秋收后的田野山间让你感觉到这里是一块难得的、没有被污染的净土；陈铁将军故里、李先立清官故居、古树参天的西坪小学让你感觉到这一片土地的“人杰地灵”和历史文化底蕴的厚重；黔北特色的民居、新农村的小别墅、高楼林立下的条条街道、门市里琳琅满目的货物让人感觉到这一片古老的土地上也有现代化的气息，古代文明与现代文明相交融的西坪显得生机勃勃。

西坪历史文化厚重。西坪，又名平水里，在播州区（原遵义县）境内东南由东向南奔腾的湘江的臂弯里，坐落于遵义市东南五十公里处，宛如一颗璀璨夺目的明珠镶嵌在湘江河迂回的怀抱中。

西坪可考的历史可溯至 15 世纪末。西坪文化源起于明朝初年，发展于沙滩文化之前，承继于沙滩文化之后。明清时期，西坪有进士 13 人，举人 14 人，因此被誉为“进士之乡”。清官典范李先立（1657—1719），是西坪乃至遵义府入朝任职的第一位官员，西坪人耳熟能详。清康熙三十三年（1694）赴京应试，李先立中进士，康熙三十九年（1700）出任直隶新安知县，后调署曲阳县，后奉旨入吏部任文选清吏司主事。李先立布衣素食清正廉洁，是朝中有名的清官。清康熙四十七年冬告老还乡，在家乡兴学办教育，教书育人，深受乡民爱戴。乡民们镌刻“淳厚人家”石碑相赠，此碑至今仍犹存于西坪尖坡李先立故居。遵义名儒赵恺（1869—1942）字乃康，也是西坪人，近代著名学者、书法家、教育家，沙滩文化集大成者。主编《续遵义府志》三十五卷，另有著作十多种。灵山秀水的西坪也赢得了外乡学士的青睐，明朝贡生陈启相，官至河南道御史。甲申之变，明亡。陈启相遍游吴楚诸山，于清康熙元年（1662）寓遵，剃发为僧，隐于平水里（西坪）掌台山虎丘寺（后称堂子寺，即今西坪小学校址），自命掌山老人，在寺院内设书院讲学三十年，开西坪教育之先河。西坪小学校园里有一棵树龄一百八十多年的罗汉松，那是西坪小学首任校长杨典模亲手栽种的，它见证了西坪小学堂开办以来的百年风雨。这次采风活动期间，我站在罗汉松下拍摄了一张照片存念，沾一点西坪文化底蕴之光。罗汉松神韵清雅挺拔，有一股雄浑苍劲的傲人气势，有一树枝叶繁茂的翠绿英姿，它象征着灿烂的西坪文化生生不息！

西坪是陈铁将军的故里。民国时期，西坪人陈铁（原名陈永祯）从军后入黄埔军校学习，参加过北伐战争，后在抗日战争中屡立战功，官至国民党陆军中将，是有名的抗日将领。在陈铁将军的影响下，遵义青年积极投身黄埔军校，遵义县先后考入黄埔军校的有五十多人，仅西坪就有十人。陈德明（少将），陈谦（少将）等西坪人在陈铁麾下从军，抗日报国。陈铁将军在解放战争期间，率部起义，为和平解放贵州做出了贡献。他先后任贵州省副省长、省政协副主席等职务。他被誉为“北伐先驱，抗日名将，省府贤达，乡梓楷模”。西坪街上的魏群（原名魏宗群）投身中国工农红军，在延安参加抗日战争。解放战争期间参加了著名的黑山阻击战。时任副师长兼参谋长的魏群还参加了抗美援朝战争，朝鲜战争结束后，回国任国家水产部海洋司司长。西坪真是人才济济啊！人们把“人杰地灵”作为西坪的代名词，这一点也不为过。

西坪山川秀美。当你踏上西坪这方宝地，他会感觉到，这里丘陵绵延，古木参天，溶洞奇谲，风光旖旎。这里水肥田美，气候温和，这里没有一座冒烟的污染工厂，这里是典型的日出而作、日落而息的农耕文化之地，这里是盛产香糯可口的“西坪精米”的粮仓。传统农业在这片肥沃富饶的土地上代代延续，西坪镇的农业产业园区在不断做大做强，你看那万亩核桃林、千亩花卉苗木、万亩油菜花、万亩有机稻等项目已形成了蔚为可观的农业景观。千年的古道田园、溶洞丛生的瑰丽奇谲、随处可见的千年古树、大面积的原始森林与现代农业景观交相辉映，和谐共生。难怪西坪素有“黔北生态氧吧·遵义南乡画廊”的美誉。

西坪后劲十足。恕我寡闻，从两次走进西坪的耳闻目睹，我感觉到，无论西坪乡镇的GDP产值，还是乡镇规模化产业、旅游业以及城镇化建设，西坪在遵义市境内的乡镇中应属于滞后的乡镇。但这也是西坪守住底线、后发赶超的一大优势。因为这里的山川河流、森林树木、人文景观、土地资源未遭毁灭性破坏。相信西坪镇的党委政府一班人一定会带领西坪人民根据“十三五”规划，依照十九大绘制的蓝图，在西坪这块富饶的土地上绘制出更新更美的中国特色的社会主义新农村美景。倘若再过十年后的中秋时节，我再次迎着金秋的和煦阳光，踏上西坪这块美丽富饶的土地上时，西坪的变化必将让我眼花缭乱、心旷神怡：放眼望去，宽阔的公路四通八达；遍地金黄的有机稻谷在微风中，一浪似一浪地涌动着金光；满山遍野的坚果嘟着嘴巴向游客们撒欢；新一代农民赶上“互联网+”新时代，从网上迎来一份份购货订单，将香喷喷的西坪精米、毛茸茸的鲜猕猴桃、果肉丰满的山核桃等纯天然土特产销往世界各地。致富的西坪人穿着休闲衣，驾着小轿车外出游山玩水；慕名而来的游客们悠闲地走在古道田园画廊，观田园风光，赏山水美景，叹人文景观，赞故人贤达。西坪镇的变化真是日新月异。

啊！这是西坪镇吗？是！这里是西坪！这里就是具有中国特色社会主义现代化新农村的西坪！

（冯修礼，土家族，1951年生，原务川自治县司法局干部，贵州省写作学会会员，遵义市作家协会会员。常年在报纸杂志发表小说、散文、报告文学等作品，代表作有长篇纪实文学《冯家大院》。）

壮哉西坪 地灵人杰

崔 政

遵义市播州区东南方向，有一个被美丽的湘江河迂回环抱，山清水秀的西坪古镇。它东临湄潭县新南乡，南接铁厂镇，西邻团溪镇，西北靠喇叭镇，北通虾子镇。距播州区 52 公里，距遵义市 55 公里。西坪镇，低山丘陵，岩溶地貌，水美田肥，古木参天，风景优美，文化悠久，民风淳朴。这里，山势逶迤，峦头叠嶂，一座座山峰如一顶顶轿子排列于云雾中，似藏龙卧虎之状，氤氲出缕缕灵动之气，让人驻足稀奇，确乎值得一观。

西坪，人称进士之乡，有文字可考历史近 700 年。据西坪陈氏族谱、碑记记载，明洪武初年，云南的元末进士陈弥高从云南辞官迁居西坪，与子德祥落业西坪，著书讲学，形成了西坪文化的启蒙。陈弥高的后代秉承家学，陈在元嘉庆二十四年考取进士。

康熙元年（1662），原籍四川的明朝遗老、贡生、官至河南道御史的陈启相隐居西坪，开设书院著书讲学，兴西坪一代文风。陈启相足不出户，致力于读书著述，持之以恒，二十多年如一日。他学识渊博，能诗善文，又工书法，楷、草、隶等均自成风格。《遵郡记事》中称赞他"形文如烈马驭空，游龙戏水，不知其来。"郑珍评其为明末"文章巨手"。陈启相年 80 而终，葬于西坪小学内。1958 年小学扩建，其墓向北迁约 60 米，在今西坪镇中学校园内。西坪小学校门内立有陈启相纪念碑，正面雕其生平，背面刻有他的诗作。

笔峰山李氏以李先立为代表，是西坪文化的重要里程碑。如果说，陈启相奠定了西坪文化的基础，那么李先立则丰富了西坪文化的内涵。李先立（1657—1719），1694 年进士及第，他是清朝开科以来遵义府的第一个进士，是遵义府的骄傲。1700 年，李先立出任直隶新安知县，依然布衣素食，保持学者本色。在任上，平盗患，免捐税，废私派，治水灾，深得百姓爱戴。后奉旨入吏部任文选清吏司主事，为遵义府入朝任职的第一位官员。1708 年冬，李先立告假还乡，创北山书院，专事讲学，余暇著书，著有《北山诗文集》，在西坪掀起了一轮文化热潮。

清朝中期以后，西坪赵氏的崛起，成为西坪文化的又一高峰。其家族后裔，人才济济，绵延数代。民国时期全国知名诗人、作家卢葆华便是赵氏赵冰如的女儿。其代表人物是进士赵怡、举人赵懿、遵义名儒赵恺。赵恺（1869—1942）受业于遵义名儒鞠子清，从学郑知同，再以从兄赵怡为师。赵恺一生著作颇丰，成果显著。1926 年，总撰《续遵义府志》（杨兆麟完成初稿）。1937 年该志书刻印问世，全书 35 卷，保存了遵义道光二十二年到宣统元年间七十年的历史，这是民国时期贵州省唯一修成刊行的府志。1906 年，赵恺出任团溪“私立振民两等小学堂”董事长，后应聘执教遵义中学，主授语文，他主张因材施教，深受学生敬重。遵义文化名人杨祖恺、陈福桐皆出其门下。1942 年，赵恺辞世，其学生傅道新为此修建赵楼，并撰《赵楼记》以资纪念。

抗日名将陈铁（1899—1982），1920 年，于遵义中学堂毕业。黄埔军校创立，他便考入第一期，当年毕业。1926 年北伐中，他率领两个士兵，俘虏敌人几百名。1935 年，任 85 师师长，治军严明，85 师成为一支精锐之师。1937 年，他率 85 师在河北涿县西北与日寇激战，战果颇丰。后调山西晋北县西北抵御日军，致敌遭受重大伤亡，被人们称为“铁军”。1938 年，升任 14 军军长，在晋东南抗击日寇，粉碎日军多次扫荡。东北解放后，他回遵义家居。1949 年初，奉命成立 275 师。11 月，他率 275 师在黔西起义。1950 年 6 月，党中央任命陈铁为西南军政委员会委员兼农林部长。1955 年调任贵州省林业厅厅长，后历任省人大和全国人大代表，贵州省副省长、国防委员会委员、贵州省政协副主席等职。陈铁率先垂范，积极投身黄埔，带动了家乡儿女的革命热情，先后考入黄埔军校的遵义县人达 50 多人，其中西坪镇人有 10 人。陈铁将军于 1982 年 2 月 19 日病逝于贵阳。陈铁故居在西坪镇大同村窝元组，故居呈“品”字形，置围墙，分为正殿生活区和东西厢房共 8 间展室，现已作为市级爱国主义教育基地。故居于 2015 年 9 月 28 日成功修复并开放。

魏群（1917—1981），西坪黄土寺人，后迁居西坪魏家堡。1931 年参加革命，1934 年进入第一期红军大学学习，获红军大学模范奖，同年 10 月加入中国共产党。1949 年任 63 军 188 师副师长兼参谋长，中华人民共和国成立后历任广州航运局长、水产部海洋司司长、银川体委主任、省农业厅厅长等职。1981 年去世，享年 64 岁。古开荣，空军少将，国防大学教授。1950 年参军，考进中国航空学校。1951 年入朝，曾参加上甘岭战役，立功受奖。历任参谋、参谋长、高炮团团长等职，后调北京中国人民解放军军史研究所，1993 年病逝于北京。唐流德，1951 年出生，著名作家，中国作家协会会员，贵州省作家协会副主席。康国政，1959 年生，清华大学材料工程系高才生，1994 年在西南交通大学获得硕士学位，历任西南交通大学讲师、副教授、教研室主任、教授、博士生导师、副系主任，力学与工程学院院长。他在国际著名杂志上发表学术论文 30 多篇，国内 40 多篇，参加国际学术会议 10 多次。

西坪自“明末文章巨手”陈启相隐居开设书院著书讲学，开启西坪一代文风后，先后涌现进士 13 人，举人 14 人，获翰林等其他功名的，可考者达 60 余人。为什么区区西坪，小小弹丸之地，竟出诸多进士、举人、骚人墨客，可见文风浩荡，绝非偶然。应该说西坪这块神奇的土地，山清水秀，林木葱茏，田野翠绿，处处彰显勃勃生机，让人心生快意。骄傲地说，是文化孕育了一代又一代的西坪人，因为文化是力量的凝聚，文化是智慧的结晶，文化是知识的源泉。西坪，这块风景如画的宝地，一旦被浓浓的文化氛围所熏陶，就会地灵人杰，人才辈出。

（崔政，仁怀市烟草公司农艺师。贵州省作家协会会员、贵州省写作学会会员，仁怀市老区建设促进会会员。）

播州西坪“李天官”故居急盼保护

李永颐　任　雯

离城区50多公里外的播州区西坪镇，很多人并不熟悉，然而，这里却有一个了不起的名号——“进士之乡”。在明清时期，这里曾出过10多位进士，而其中影响最大的则是，被誉为“天官”的李先立，他是清朝在遵义府开科以来的第一位进士，也是清朝第一个进入朝廷为官的遵义人。辞官回乡后，又创办北山书院，培育人才。

现在，三百来年过去了，一提到李天官，多数西坪人知道是何人，故居外一块残存的石碑上，写着“淳厚人家”四个大字，更是将当地乡民对“李天官”的尊重和爱戴诉说得清清楚楚。

笔峰山下
天官故居仍在

西坪镇在播州区东部，从城区去西坪，需经过深溪、龙坪、团溪。12日早上，遵义晚报记者开始了寻访之路，在团溪到西坪的公路边，离西坪集镇大约还有三四公里时，看到了一处新修缮的景观，一块竖着的大石上，写着“天官井”，旁边，地下冒龙正冒着热气。随行的西坪镇修志办工作人员冉启超说，这就是当年李先立家的取水处，到现在，依然水量充沛，供周围村民使用。前不久。西坪镇在这里作了景观提升打造，为的就是让更多路过此处的人知道过去李家的历史。

离天官井约三四百米的地方，当地人称为尖坡儿，现在是西坪镇南坝村尖坡组，旧属南乡平水里八甲，李先立的故居就在此处。这些年的发展，故居周边已建起了多栋小楼房，故居也只剩下残存的一部分，除老房和屋外的一段青石板台阶，是当初的样子外，其余早已“物是人非”。

李先立第十代孙李耀清告诉记者，起初，李先立故居是一进三重天井瓦房，前面有三道龙门，拱门两旁还有对联。离故居不远的廖家堰塘旁，是天官墓地，这是一处双寿墓。“本来是石头砌成的，但因墓葬曾被盗过多次，所以我们将墓地重新修缮，并加装了监控设施。”李耀清说，虽然修过墓，但墓碑还是原来的，是由李先立的门生魏嶓在康熙六十年（1721）所立。

“李先立生于顺治十四年，也就是1657年，字卓庵，号笔峰，而那就是笔峰山。”顺着冉启超指着的方向，记者看到，故居不远处有一座尖秀的小山峰，形似倒插着的毛笔，山虽小但郁郁葱葱，先生名号的由来也应源于此。

为官不到十年
但口碑极佳

曾参与编写《西坪镇志》的高原说，要想说清西坪的历史文化发展之路，绕不开李先立，为此，他从 2009 年开始编写镇志时，就找了很多资料，寻访了不少李家后人，并几经修改，整理了较为完整的资料。

高原说，通过查阅《遵义府志》《续遵义府志》等资料了解到，李先立是一位出身贫寒，十分简朴，为官清廉，乐善好施且十分孝顺的先生，同时，他也是一位诗史大家，对西坪文化以及遵义文化都有着积极影响。

李先立的母亲去世得早，留下他与父亲两人相依为命。经过寒窗苦读，他在康熙三十三年（1694）考中进士，但他并不急于做官，而是在父亲跟前尽孝，等待父亲离世，才开始做官。他先后任直隶新安知县、吏部文选清吏司主事等职。据资料记载，他为官期间，为人正直，敢说敢做，清廉俭朴。1709 年，52 岁时，他告老还乡。

到现在，西坪当地还流传着一个关于李先立清廉的故事。据传，李先立回乡时，请了十个挑夫，一路大摇大摆离开京城，这立即引起非议，有人说他平时假装清廉，实则是等到告老还乡时，将金银带回家。就这样，李先立被抓，但等到官兵打开担子时傻眼了，里面没有宝贝，全是书籍、针头线脑、锄头钉耙等。原来，李先立带着这些东西回乡，是想让后代耕读为本，勤俭持家。

《遵义府志》上并未记载这个故事和天官称呼的来历，但想来应该和他在朝为官以及清正廉洁有关。高原说，虽然无法证实故事的真实性，但李天官的名号可是响当当的，影响深远。

残存石碑
诉说天官德行

告老还乡之后，李先立十分热爱公益事业，当时，每年春夏之交时常常缺粮，他就召集四十多家粮食多的富户，劝他们设立义仓，以此接济乡民，后来，义仓不能满足需要，他又和四个儿子商议建立家仓。除此之外，李先立还创办了北山书院，专门讲学培育后人，所以大家又称他为北山先生。因秉承家学，他的门生、子孙后代中，有多人博得进士、举人、贡生等功名。

1979 年毕业于西坪中学、反哺家乡的春晖使者何勇，在 2006 年 8 月为母校捐资 31 万元修建了一栋图书楼，命名为“北山图书馆”，就是为了纪念勤奋好学、清正廉洁、热心教育的李先立。

李先立的善举，三言两语无法说清。他故居前的一块近两米高的残存石碑上，写着“淳厚人家”四个大字，这是当地人表达对他的尊敬和爱戴。高原说，这块石碑由青石刻成，原本上面有帽，下面有碑座，高 2.2 米，宽 0.98 米，厚 0.22 米，只是现在被破坏了一部分，只剩下中间核心部分，碑上也有一些裂纹。

记者看到，石碑上方正中，刻有篆书圆形“寿”字，右边刻着“公赠卓翁先生”，左边刻着“康熙五十七年戊戌嘉平谷旦，三十六村邻人仝立”。“很显然，石碑是历史的见证，上面说得很清楚，是乡民为感谢先祖所赠。”李耀清说，这也是李家的荣誉，希望石碑、故居得到更好的保护。

有望结合“美丽乡村”
打造“天官村落”

在上个月召开的播州区第一届人民代表大会上，西坪镇人大代表、也是镇党委书记张铁提交了议案，名为《西坪笔峰山“天官”村落“美丽乡村”建设》，议案中提到为发掘和传承西坪本土悠久历史、古圣先贤家风文化，凝心聚力共建美好家园，西坪镇于今年 8 月已对“天官”古井施以保护措施。笔峰山“天官”村落“四在农家美丽乡村”建设已经纳入了规划，正在争取项目和资金。

同时，议案中还拟定建设规划：将笔峰山“天官”村落建设纳入“四在农家美丽乡村”示范带建设，内容包括李先立故居建设、北山书院恢复、北山文化广场修建、“淳厚人家”碑保护、李先立墓保护、笔峰山“四在农家美丽乡村”建设等；将早于沙滩文化的西坪文化作为平水里文化的根来挖掘和打造，作为播州文化的重要部分来保护和发扬，将笔峰山“天官”村落建设与播州区“田园城市、乡愁播州”建设结合起来，作为播州区大文化、大旅游的重要组成部分，与黔北文化开发、播州区文物保护以及黔北民居建设接轨；以西坪至团溪二级公路建设为契机，争取各级资金，加快笔峰山“天官”村落建设、文化挖掘、文物保护和旅游开发。

（李永颐　任雯　遵义晚报记者）

初识平水里

王胜旺

去西坪看什么？冒着绵绵秋雨，闻着桂花馥香，在赶往市历史文化研究会组织的“百名学者进西坪”集中点的路上，我的脑子里不时地闪现这么个疑问。

西坪这个地方，在我的脑海里可谓既熟悉又陌生。说它熟悉，是因为在我的老同事里，就有一位土生土长的西坪人。曾有人戏称这位同事来自“乌龙山”，从此西坪在我的想象中，便形成了湘西乌龙山的山高壑深、边远穷僻的固化模样。说它陌生，作为一个新闻人，近三十年的新闻采访，我曾走过播州龙团尚这条线无数次，竟然就没有一次机缘去到这里。

开往西坪的车辆，依然走的是那条弯弯曲曲的老路，虽然离城区仅 50 多公里，还是走了近两个小时，而且弄得人晕晕乎乎的。在车上，谈起西坪，有人提到了“平水里”，并说到遵义“平水里文化”早于甚至盛于“沙滩文化”的观点。听到这，我的心头不觉一震，不说大多数的遵义人，就是连我这个本土的老新闻人，记忆里也只有“沙滩文化”这个熟悉的概念，而对于“平水里文化”确实是知之甚少，说得不客气点真可用“一无所知”来表述。

“即其所见而名之，或莫之见而意之”，近千年前的东坡先生所言的世人求道之过，今人也未必不犯。走进西坪，所见所闻，其感其慨，再一次验证了我们对于事物的认知，往往只停留于感官浅表，或仍固化于主观臆断。历史学研究是将人类社会发展演变作为对象，其最为基本的研究方法便是要严密考据、历史比较、统计计量等。因此，要真正探究清楚一种社会历史现象的演进轨迹，切勿断章取义、主观臆断地下定论，而是需要系统、深透地厘清它的前世今生演进原貌、规律及走向，那才有发言权的。

“百名学者进西坪”，匆匆一天的雨中探访，其实仅是田野考察的开端。

来到西坪小学，但见校门内入口处，百年红豆杉、枫香树下，一块纪念碑在冷凉的秋雨里孤零地立着。这块碑所纪念的，原是三百多年前一位遍游吴楚诸山的明朝遗老、原籍四川富顺、官至河南道监察御史，因甲申之变来到遵义，隐居于南乡平水里掌台山坛子寺的陈启相先生。这位被西坪田畴山水所吸引的隐者，来到此地后，自称掌山老人，从此足不出户，开设书院，致力读书讲学著书。

掌台山，只是隆起于西坪大坝子间的一座小山堡，如今依然古木参天，藤蔓幽深，怪石嶙峋。其中，一棵百年罗汉松，翠叶青葱，虬枝曲奇，挺拔的树冠伸长于弥漫的云雾之上，若掩若现，颇显高洁硬朗之形。据当地人介绍，陈启相当年在此每日吟咏啸歌，自得其乐，虽时忍挨饿受冻之苦，却依然故我，二十多年不离不弃。这位隐者并非等闲之辈，乃学识渊博、能诗善文，又工书法，楷、草、隶等功力精深的高人也。不然，《遵郡纪事》中怎会称道其“行文如烈马驭空，游龙戏水，不知其来”，郑珍何以认定其为“明末文章巨手”，莫友芝《黔诗纪略》又为何溢美至“遵义人才之开，掌山功最巨”呢？自古文人多相轻，而启相公却以其等身的著述，如《平水集》百余卷，以及《紫云休暇集》《摩诘诗评》《沥胆将军遗事记》《掌山法语》等，让人久仰山斗。可遗憾的是，其著述已大多散失，仅有少量诗文存世。启相公年至八十而卒，葬于坛子寺后，即今西坪小学内。2006 年西坪小学百年校庆，校方为他建立了纪念碑，正面刻其生平，背面刻有其诗作。

文化的渗透力，犹如春风化雨，润物无声。如今看来，陈启相不但开启了平水里文化先风，还堪称遵义文化之奠基人。他开设的书院，让远近才俊云集，当时名士谈亮、罗兆甡皆归其门下。尤其令人慨叹的是，清朝开科以来，遵义府出的第一个进士李先立，也是迁居平水里成长起来的才俊，这不仅是当时遵义府的骄傲，亦凸显出陈启相肇始西坪文风之功。李先立有如濯足河畔的奇峰兀立，此后西坪代有才人出，从兹擢拔的进士可稽考者竟达 13 人，举人 14 人，加上太学士、邑庠生、贡生等共计达 52 人。毫不夸饰地说，这在西南偏隅之地真乃文化奇观，西坪因此享誉“进士之乡”名副其实。

从团溪通往西坪的公路上，可见一尖秀的小山峰，形似倒插毛笔，蓊蓊郁郁，十分抢眼。这便是笔峰山，地属西坪镇南坝村尖坡组，古属南乡平水里八甲。清康熙年间的李先立，便居住在山侧濯足河的小丘上。李先立，字卓庵，号笔峰，学者称之为北山先生，清康熙三十三年（1694）赴京应试得中进士。之后，重庆总兵郑侨杜欲聘其为塾师，他却以侍奉老父之由婉拒。康熙三十九年（1700）出任直隶新安知县，始终布衣素食，保持学者本色。在任上，他平盗患，免捐税，废私派，治水灾，建义仓，问案如话家常，深得百姓爱戴。康熙四十五年（1706）四月，调署曲阳县。后奉旨入吏部任文选清吏司主事，为遵义府入朝任职的第一位官员。康熙四十七年（1708）冬，他告假还乡，一面读书写作，一面讲学授徒。他把书房叫作“论斋”，住所题名“守拙”，居家十余年，从不进城。有人相请，则以脚病谢辞。但对地方上的事情，他却十分热心，为家乡做了诸多公益贡献。乡民因此十分感念，遂联合镌刻“淳厚人家”石碑相赠，此碑至今犹存于故居。李先立著有《北山诗文集》，郑珍论其著述“闳深博厚，无不明不醇之词，与欧公、朱子相似”，称其诗文有“冲穆之气，亦知从学养流出，绝非负气叫嚣者所能”。

绵绵秋雨里，近观笔峰山，秀峰兀立，山虽不高，有仙则灵。濯足河溪流淙淙，笔峰山腰雾霭缠绵，只露出清秀的笔峰，仿佛蘸墨笔锋在舞动，好似当年的“天官”李先立仍在挥毫疾书，为民请命。

在西坪与团溪交界的桂山村，凹凸的田畴间，有一小山丘名为青龙山。山侧不远，浓密的柏香古木翠青葱茏，荒草萋萋的杂芜丛中，掩盖着一座坟茔。这里长眠的却是一代“遵义名儒”赵恺（字乃康）先生。这位从学于郑珍，整理研究郑诗遗稿的集大成者，笔酣墨饱，先后纂有《巢经巢全集》《巢经巢诗钞后集》《郑子尹先生年谱》。他笃信许、郑之学，主张治学“以文字入手，以读经为归”，认真批注《说文解字》《诗》《礼》等经典，著成《读〈说文解字〉》等。数十年间，他还撰有《郑莫黎三先生事实征集》《平水旧闻》《遇徐特立先生记事》等。1926 年，他受任与杨恩元总撰的《续遵义府志》，后刻印问世，成为民国时期贵州唯一修成刊行的府志，该续志被誉为与郑、莫《府志》“媲美前贤，后先辉映”。乃康先生辞世后，他的学生傅道新专门修建赵楼并作《赵楼记》以志纪念。

如果说土地是万物生长的根基，那么，文化则是人生滋养的苗床。来到大同村窝元组的陈铁故居，民主村大寨组的陈铁墓，这两处近现代显赫的历史遗存，更增添了西坪文化源深流长、卷帙浩繁的注脚。

“抗日名将”陈铁将军，乃西坪才俊中的军政代表人物。黄埔军校创立之初，他便考入第一期，参加过北伐战争。抗日战争中，在河北涿州与日寇激战，他亲率 85 师在著名的忻口战役中英勇御敌，致敌重大创伤，被时人称为“铁军”。升任 14 军军长后，在晋东南抗击日寇，多次粉碎日军扫荡。他还与中共领导人刘少奇、朱德、彭德怀等友好往来。他待八路军为友军，并肩作战。1949 年初，他回到遵义成立 275 师，并在黔西起义。中华人民共和国成立后，他历任西南军政委员会农林部长、贵州省副省长、省政协副主席、国防军事委员会委员、民革中央委员等职。这位生长于平水里的军中名将，对家乡的青年影响极大，当时的遵义县内先后就有 50 多人考入黄埔本部，其中西坪镇有 10 人。

西坪，这个物华天宝、人杰地灵的文化古镇，在沙滩文化之先，即从明初开始，便获得了较好的文化启蒙。其后，大冶创建西坪寺，陈启相设书院讲学，有六百多年的悠久历史。追溯平水里厚重的文化渊薮，古有“进士之乡”美誉，当代更是才俊层出，比如任东海 17 舰队副司令员、湖南省农业厅厅长的魏群，中国国防大学少将、副教授古开云，贵州《青年时代》杂志社社长兼总编唐流德，西南交通大学力学与工程学院院长、教授、博士生导师康国政……我真为来之前“去西坪看什么”的念头而自愧，原来这片多年未曾谋面的文化之乡，是如此的古朴厚重、深邃浩繁。

“遵义南乡大画廊，人杰地灵平水里”。站在高处俯瞰西坪，镇境以娄山支脉为骨架，湘江河从东南流向，并折返向西南流转，把这里 130 余平方公里的土地，宛如镶嵌明珠环抱其间。全境山环水绕，坝宽丘低，水美田肥，民风淳厚，风景这边独好。

丁酉仲秋短暂的西坪行，所见所闻惊叹也好、震撼也罢，其实也只不过是初识平水里而已。离开西坪的路上我一直在思索，“乡村振兴战略”究竟该如何落地？黔山贵水的自然风貌大体一致、你有我有，许多地方的乡村旅游稀缺的却是吸睛的人文。而西坪的古井、古树、古寺、古墓、名人、故居、书院……如此众多的人文宝贝，能目睹，能触摸，能呼吸，能体验，能传承，怎能不精心规划，精细保护，精致开发好，让这方“进士之乡”“将军故里”，绽放出“人文馨、生态美、百姓富”的乡村振兴绚烂光彩呢？想到这，心头忽然闪现出了平水里古诗人的几行诗句：畦晚秀如织，山晴翠欲滴；草香肥野鹿，果熟饱山禽；青山有幸人才出，粉椠无惭岁月加；瞻前贤之巍峨，启来者之丰功……

（王胜旺，《遵义日报》总编助理，资深记者，遵义历史文化研究会会员。）

底蕴深厚景怡人

阎廷宽

一

公路从田园绕进，时不时有摩托飞跃，偶尔还有中巴载客往返，但路上的老大仍是农用车。我们的轿车匀速前行，车窗外，是秋收后的粮田，有的立着谷桩，泡着水，有黑白相间的鸭子在田里放养；有的已犁转，一铧一铧泥坯均匀地盖着，像版画。人们正躬身在各自的责任田里栽油菜，黑色的泥土上泛出淡淡的绿……

硬化后交付使用的公路很平整。之前窄而坑凹，农用车过时一路鸣笛提醒对面来车，以便在宽处靠山而停会车。人们上街赶集，摩托车成了香饽饽，收费载客，两厢情愿。争先恐后飞驰在乡村公路上的摩托，成了一道独特的风景。中巴载客，是加宽硬化后政府的一项民生工程，令困于行的沿途老百姓满心欢悦。我此行造访，是随县交通局工程师一行，带着使命在这条乡村公路上“巡检”的。我们走走停停，到一定距离，便把车停靠在边上，工程师从挎包里拿出皮尺，他的助手便与他开始工作。路的宽度量完记录后，助手即从手提包里取出仪器，从路的中间至两边，任意选三个点，检测路碾压后是否达标。我是以监督人员身份应邀配合宣传的。每检测一段，都做了详细的记录。我们在路上工作了大约 4 个小时，使命完成了，从工程师微笑的表情上，我读出了“达标”后的喜悦。这是几年前我第一次踏上西坪的土地，验收“一事一议”惠民政府时留下的生动画面。

当绷紧的弦放松后，心就自然了。我们把车停在小河流水的路边，举目远望，群山凝碧；天空高远，云卷云舒；飞鸟掠影，哨音清越；没有污染的生态环境，令人心旷神怡。绿色的小河穿过田园，蓝天倒影，流水淙淙，如诉如歌，野趣横生。水流交汇处，间或有几个垂钓者，他们仿如雕塑，静静地以一种姿势盯着河中浮漂。过去曾喜好钓鱼的我，目光始终射向那道风景。不经意间，一条白色的鲫鱼悬空舞蹈，垂钓者喜悦的表情立即定格在我手机里。没有机器的轰鸣，没有喇叭的刺耳，没有杂乱的噪音，没有人为的大呼小叫，周围很安静。多年未见的喜鹊露面了。接着传来野鸡咯嗒咯嗒的叫声。儿时曾吃过父亲用火药枪打的野鸡，野鸡的毛很美，京剧演员常插在头上；野鸡的肉香而营养丰富。好多年没见过山上的野鸡了，我还以为它灭绝了呢，真庆幸，它又回来了。

天色渐渐晚了，我们该打道回府了，刚才检测的路，原是掩隐在茂密的丛林里，工作时没在意，现突然觉得随自然弯曲的路很美。

二

须臾间，几年过去了，西坪留给我的印象是：品位一流的自然环境，宜人宜居的旅游胜地！

当几年后我随百名学者在西坪冒雨采风，才自愧自己对西坪的认识太肤浅了。陈铁将军，早已名贯耳鼓，而我却一直以为他是团溪人。此次参观了将军的纪念馆，才知道原来将军是地道的西坪人。其他西坪名人诸如陈启相、李先立、赵乃康、杨干之等，除对教育家赵乃康先生略知一二外，那一串串闪光的名字，对于半路出家的我来说，皆很陌生，更不用说了解曾在西坪这块风水宝地涌现过的十三位进士，十四位举人了。西坪的人文历史，不听不知道，一听吓一跳。自然美景和丰厚的人文底蕴，构成了西坪无与伦比的宝贵财富。

当我阅完手中的资料，久久地被那些远去的人物感染着——陈铁将军，生于 1899 年，殁于 1982 年，号志坚，原名陈永祯，黄埔军校第一期毕业。1926 年北伐中，他曾率领两个士兵俘虏敌人几百名。1935 年，他任 85 师师长，把 85 师打造成为一支精锐部队。1937 年，他率领 85 师在河北涿县西北与日寇激战，颇有斩获。后调山西晋北县西北抵御日军，致敌遭受重大伤亡，被时人称为“铁军”。1938 年，任 14 军军长，在晋东南抗击日寇，粉碎日军多次扫荡。1949 年初，陈铁奉命成立 275 师，同年 11 月，他率 275 师在黔西起义。中华人民共和国成立后，陈铁将军先后担任西南军政委员会委员兼农林部长，贵州省林业厅厅长，贵州省副省长，国防委员会委员，省政协副主席，民革省委副主任及民革中央委员会委员等职务，并历任各届省人大和全国人大代表。

抗日战争期间，陈铁作为职业军人，他的功绩主要体现在华北抗战。太原保卫战中，在敌强我弱的情况下，时任 85 师师长的他，奉命防守忻口左翼阵地，和敌人进行殊死搏斗，给敌军以重创。后因中路军郝梦龄军长阵亡，陈铁奉命增援中路军并收复丢失阵地。因陈铁在华北战场作战英勇，战绩显著，故有“常胜将军”的美誉。

陈铁将军治军极严，至今仍留有“三不准”手令：一不准擅入民房；二不准践踏庄稼；三不准赌博。将军不仅重武，而且习文，是一位文武双全的铁将军。且看他的抗日动员诗：

一叶黑叶遮故都，七七事变在卢沟。
满城风雨定难保，不灭倭寇誓不休。

2015 年修复并开放的陈铁故居，已成为市级爱国教育基地，陈铁将军不仅是西坪的骄傲，也是遵义和贵州的骄傲。

李先立，生于 1657 年，殁于 1719 年。他是西坪文化里程碑式的代表人物。前贤陈启相奠定了西坪文化的基础，而李先立则丰富了西坪文化的内涵。李先立进士及第，是清朝开科以来遵义府的第一个进士，是遵义历史的骄傲。

康熙三十九年（1700），李先立出任直隶河北新安知县，依然布衣素食，保持学者本色。在任上，他平盗患，免捐税，废私派，治水灾，问案如话家常，深得百姓爱戴。康熙四十四年（1705）之前，遵义未设考棚，参加科举考试的生员们要远赴重庆，旅途劳顿，苦不堪言。康熙四十二年（1703）至四十三年（1704）遵义知府王元弼，新安知县李先立，根据遵义名流士绅要求，先后向朝廷奏折申请，最终皇上准奏，从康熙四十四年（1705）起，遵义才破天荒设了考棚，考生们才减免了近400公里的奔波劳累，能就地参考了。他们打心眼里感激王元弼和李先立为他人着想的做人典范。康熙四十五年（1706）四月，李先立调置山西曲阳任县令。后奉旨入吏部任文选清吏司主事，为遵义府入朝任职的第一位官员。操政一年，人称“清简”。康熙四十七年（1708）冬，李先立告假还乡，创北山书院，专事讲学，余暇著书。“归颜其轩曰‘论斋’，居曰‘守拙’”，又掀起一番文化热潮。附近三十六村乡民对他十分感念，联合镌一石碑，上刻“淳厚人家”相赠。此碑尚存于笔峰山下先立故居。李先立著有《北山诗文集》，郑珍评论他的文章“闳深博厚，无不明不醇之词，与欧公，朱子相似”，诗具有“冲穆之气，亦知从学养流出，绝非负气叫嚣者所能”。

李先立从新安县调任时，沿途皆有百姓相送，有的一路追踪，有的掩面而泣，场面甚是感人。百姓总盼着他能再回新安当县令。作为弱势群体的老百姓，盼星星盼月亮，好不容易盼来了一个好官，说调走就调走了，他们感到莫大的失落，总在心里默默地祈祷：下一任但愿有李先立一样的人品。

打开我站在“淳厚人家”的留影，再看留影后面两间偌大的粮仓，那是李先立的家仓。史料记载，旧时常遇旱灾，当地百姓常有断炊的时候，一旦家里断炊，只有向当地乡绅、土财借贷应急，但利率极高，常是借一还三。为了活命，高也得借，老百姓越借越穷，乡绅、土财越借越富，导致最终演绎成卖儿卖女的人间悲剧。旧时的中国，这样的悲剧很多，老百姓活着很难。李先立告假还乡后，立即修了两间大仓。他是怕干旱吗？不是。他修大仓的目的，是储存更多粮食，当天灾降临时，他借给当地老百姓渡难关。来年若你收成好，可适当给点利率；若歉收，利率不要了，“本钱”也等到你有了才还。若家庭条件不好的，干脆本钱都不要还了。那两间仓，至今保存完好，当地百姓说要把先立老人家的这种精神一代代传承下去。

转眼两百多年过去了，李先立始终活在西坪人民的心里，他是西坪的名片，更是西坪的金字招牌。“淳厚人家”这四个字刻在了我的心里，同时刻下的还有李先立永恒的灵魂。

西坪值得抒写的人物太多了，我只粗线条地略记了一文一武，因为他们两位是西坪代表中的典范，是值得人们永远怀念的。西坪除了如群星般璀璨的各类典型人物外，还有更多迷人的美景和传说。譬如南乡画廊、笔峰山、天官井，九黄渡漂流、月亮井、冰仙洞、七仙女沐浴的七星凼，等等。

西坪的美景和历史文化在黔北是首屈一指的。若想在节假日吸氧和净化灵魂，西坪是你最好的去处。

（阎廷宽，播州区龙坑镇和平小学教师。遵义历史文化研究会会员，遵义市诗词学会会员，省写作学会会员。龙坑《社区文艺》主编。）

聆听西坪岁月的足音

冯祖尧

一夕之间，季节转换了冷暖，“风吹一片叶，万物已惊秋”。

金秋，应是收获的时光，满心的喜悦。走进西坪，首先获得的喜悦便是离开喧嚣浮华的城市，让心灵回归质朴与淡然，找到了用钱买不来的那份惬意的宁静。当然更多的收获却是丝丝细雨牵动我的思绪，静静聆听西坪岁月的足音。

有人说岁月如风，放浪不羁，快意人生；有人说，岁月如水，微风乍起时，荡起的涟漪终止了你宁静的生活。是的，当你第一次听着讲解员一一告诉你，西坪那十三位进士、十四位举人、十八位贡生和十位黄埔军校生的名字时，真让人惊奇和震撼！这种神秘的感觉如风过，如流水，氛围盈盈。当你走进贤人的故居时，那尚存的物景能使曾经的岁月回到眼前，那一刻你会感到若干年的光阴不过梦蝶之间，认真端详和思索那些陈设与故事，让你感慨连连，一切尽在启迪与某种享受中。

早在明朝洪武初年，元末进士陈弥高从云南辞官迁居西坪著书讲学，给西坪播入中原文化的种子，形成西坪文化的启蒙。

明朝末年，能诗善文的大冶和尚在掌台山创办虎丘寺，给西坪带来了儒佛文化。

康熙元年，明朝遗老、贡生陈启相弃家为僧，自称掌山老人，隐居西坪虎丘寺，20多年著书讲学，莫友芝盛赞“遵义人才之开，掌山功最巨”。

如果说，陈启相奠定了西坪文化的基础，那么李先立等名人则丰富了西坪文化的内涵。李先立是清代开科以来遵义府的第一个进士，也是清代遵义府入朝膺职第一人（任吏部文选清司主事）。康熙四十七年（1708），李先立辞官回乡创办“北山书院”，专事兴教办学，讲学著书，在西坪掀起一番文化热潮。李先立对开拓遵义文化功不可没，均受历代尊崇。

光绪年间的贡生赵乃康，是遵义著名汉学家，其主编的《续遵义府志》，与郑、莫《遵义府志》“媲美前贤，后先辉映”，是民国时期贵州省唯一修成刊行的府志。

西坪历史上不仅文才济济，以抗日名将陈铁为代表的武将同样盛达。陈铁是黄埔军校第一期毕业生，历任国民政府军85师师长、14军军长、中将，在鲁东南抗战多年，战功累累。陈铁与八路军思想颇接近，曾保护八路军干部往返洛阳、西安等地。在陈铁的影响下，遵义县青年积极投身黄埔军校深造达50多人，其中西坪就有10人之多。1949年陈铁率部在黔西起义，中华人民共和国成立后他历任贵州省副省长、贵州省政协副主席等职。

西坪在地理版图上很不显眼，仅是播州区（原遵义县）的一个边陲小镇，但人文神奇，历史厚重，众多文武要人都静卧于西坪青山绿水间，贤气长存，令人感佩。西坪的价值，在于保留了一段极其珍贵的历史记忆，这正印证了“贵州文化在黔北”之说。

黑格尔说过：“历史是一堆灰烬，但灰烬深处有余温。”西坪的历史就是有“余温”的历史，这种余温就是人文精神，就是文化。文化魅力，浸润人心。文化是充满活力的生命基因，文化的力量是一种生命的力量，文化的光芒照耀前行之路。崇尚文化既是一种传统美德，也是一种高尚情操，既是一种社会文明，也是一种社会需要。地域文化是民族文化的重要组成部分，它同样传承着一方沃土的历史发展、生活方式、文学艺术、价值观念，它同样影响着这方沃土的过去、现在和将来。虽然每个人都生存并生活于社会间，但不少人都只满足于衣食饱暖，而只有智者才能生发思辨之光，有思辨之光才能启发于人，这就是思想。没有思想，一切都显得苍白。百名文化学者赴西坪采风，这是西坪重视文化的明智之举，让我们看到一种难能可贵的尊文尚贤、人文传承和文气升腾。

西坪还有许多故事、许多文化需要人们去发现。西坪走过了漫长的历史，英灵们在冥冥中赐福着，这片古老而神奇的土地呼唤着，还有大自然的灵性感应着，所以，今天在西坪这片净土中，悠远深长的历史正在延续，并创造着更有历史温度、文化气度的明天。西坪新生代的作家、诗人、书法家、史志专家、高级工程师、哲学教授、博士生导师、空军少将等文武名人正在不断成长涌现。

纵观古今，龙的传人讲求山、水、人之间的和谐与相宜。老子的“人法地，地法天，天法道，道法自然”道出人、事、物均应达到和谐境界而生旺。西坪，和谐生旺之地！西坪，地灵人杰是也！

（冯祖尧，原务川县政府常务副县长，遵义市民宗局副局长，贵州省写作学会副秘书长、遵义联络处主任。）

效先贤遗风　重立德修身

李廷宇

具有几千年文明传承的中国，有优良的“清官”作风。包青天、徐九经、海瑞、郑板桥等古代清官故事千年传唱；焦裕禄、孔繁森、任长霞等模范公仆感动中国，在他们身上，凝聚着民族之魂，光焰照后人；朱昌国身上体现的“不怕困难、艰苦奋斗、攻坚克难、永不退缩”的“贵州精神”，令共和国总理动容。

在遵义这片美丽的土地上，同样有许许多多感动后人，千古传颂的“清官”故事。当代有村支书童华财为三合卢岩百姓呕心沥血，在干部群众心中立下不朽的丰碑；古代有康熙年间的“天官”李先立，勤政清廉，以民为本，更是封建时代的“清官”典范。

李先立（1657—1719），字卓庵，号笔峰，学者称北山先生，世居四川江津（今重庆江津）。父伦然，明末避乱迁遵义桃溪寺，生先立。吴三桂叛清，战火殃及遵义，为避兵再迁西坪笔峰山下，开馆授生徒。先立承父学，于康熙三十三年（1694）中进士，成为清朝遵义府第一个开科进士。康熙三十九年（1700），李先立出任直隶新安知县，康熙四十四年（1705），奉调曲阳县（山西）。每到任上，他平盗、治水、兴学、免捐，深得百姓爱戴，朝廷赏识。曲阳赴任才半年，他以政绩奉旨入朝进吏部，任文选清吏司主事，成为遵义府入朝为官第一人，人称李“天官”。《遵义府志》（1065 页）记载，“先立操政，人称‘清简’”。

据《遵义府志》记载，李先立值得后人学习的有几个方面：

一是亲民。对待百姓如同家人，“先立每听讼，如家人对语。常谓人曰：官体森严，已足慑人心志，若再加威，小民有情，亦何能条缕也。”

二是关心百姓疾苦。先立在吏部为官期间，闻家乡民众税赋沉重，百姓苦不堪言。遂力呈朝廷请免，遵义乡民多得其惠。《府志》记载：“遵义全蜀（当时属四川管辖）独有场税，赔累不堪，先立具呈请免。”康熙四十四年（1705），先立奉调曲阳，深入民间询民疾苦，免捐除弊。赴任才半年，曲阳百姓就编唱民歌歌颂先立。歌曰：“曲阳城，降福星。真父母兮又神明。催科缓兮火耗轻，积弊除兮遂我生。”

三是重学兴教。无论在任，还是辞官回乡，先立都致力于助学兴教。遵义原无考棚，生员科试俱长途跋涉远赴重庆，非寒即暑，苦不堪言。康熙四十五年（1706），时任吏部主事的李先立上奏朝廷力请，获准在遵义设考棚，免学子应考之难，推动了遵义教育发展。康熙四十七年（1708），李先立辞官回乡，创办“北山书院”，专事讲学著书，从其门下的乡邻弟子、族中子孙勤奋学习，成就功名者众多，其孙李懋思更有三位进士弟子。李先立兴教办学，在西坪兴起一轮文化热潮。其著有《北山文集》《九日诗》等，郑珍评其文章“闳深博厚，无不明不醇之词，与欧公、朱子相似”。

四是淡泊养志，注重晚节。先立为官期间，“布衣疏食，如秀才时”。不吃请，“凡宴会概不与往来”。告老辞官，本可留居京城，却选择了回乡。先立回乡，仍布衣素食，淡泊养志。致力于办学育人，以乡里教化为务，勉人弃恶从善，由是乡中陋习大改，邻里和睦相处，乡民与人为善。又劝四十余村乡绅和自己的四个儿子在各村设义仓，或赈灾济荒，或借谷调济，解乡民春夏缺粮之难。

先立义举，乡民多受其惠，为感其恩德，康熙五十七年（1718），“三十六村邻人”立碑“公赠卓庵先生”，上刻“淳厚人家”，铭记先生功德。石碑今犹存，立于西坪笔峰山下先立故居。

追忆先贤，旨在激励来者。谈古论今，为官之道在于“修德”。我们党明确提出了“德才兼备，以德为先”的干部选拔任用原则。一个党员干部，不论职位高低，都要尊崇原则，坚守制度。修德之要，在于“立德、修身”。中国共产党的“官德”，就是践行全心全意为人民服务的宗旨，就是要牢固树立勤政为民的公仆意识，一切从人民的利益出发，把人民群众的冷暖放在心上，把抓发展的责任担在肩上。古人尚能待百姓如家人，我们更应以民立德，服务群众、服务发展、奉献社会。“修身”，就是要具备一个共产党员的修养，洁身自好，修身养性。把党员干部行为准则作为自己的道德标准和行为习惯，遵守法度，严于律己。做到一身正气做人、两袖清风为官、踏踏实实干事。笔者愿效先贤遗风，以民为本，修身养性，恪尽职守。

（李廷宇，团溪人，原西坪镇党委书记）

虎丘余韵

高 原

“一等共行山上路，眼中各自见风烟。”漫步虎丘寺遗址，想到创寺高僧大冶的诗句，心摇神驰，竟自将思绪的触角发散开来，感受古寺的钟声从历史深处悠悠响起，体会沧桑的咏唱在月亮井旁韵味悠长——那是隐居西坪的明朝遗老们在谈诗论文、讲学传经，又或是后世贤达们在吟风弄月，评史说贤。

虎丘寺在西坪场后的掌台山上。从播州区四大名镇之一的团溪镇往东，经过团西乡道穿过碧绿坦旷的田野，就进入了历史文化厚重的西坪镇。

西坪远离遵义市区，孤悬于播州区东端湘江东向南折的臂弯里，北、东、南山地崛起，与湘江合成天然屏障，挡住了团溪－尚嵇槽谷向西坪迈进的脚步。因此，西坪三面环山临水，西面和中心地区则平畴沃野，丘陵广布。源于西坪的绿水和源于团溪的清江相依相伴，在西坪巡田绕寨，悠然而行，然后两水相拥，同奔湘江。山水林泉间，可听涛声，能赏牧笛，朝拂轻雾，暮扑彩蝶，美不胜收，其乐无穷。如此良田美景，离尘脱俗，自然就成为贤达隐士向往之地，也成就了西坪进士之乡、将军故里、教育热土的美誉。

据陈氏祖墓碑记载，西坪可考历史达到六百多年，也可算是古场镇了。成于道光二十一年（1841）的《遵义府志》载：西坪场，子、午集。

虎丘寺在浓荫蔽日的百年古校西坪小学校园内。建于明末清初，既是明代高僧大冶道场，又是明末“文章巨手”陈启相隐居之所。掌台山其实只是一个小丘，顾名思义，就是巴掌大的一个台地。但古树苍藤、怪石清泉掩映其间，确实是清幽胜境。清顺治二年（1645），大冶和尚避乱新舟禹门石头山，西坪杨、余等四姓把他请来，在掌台山传经布道，创刹虎丘寺。大冶能诗善文，著有《大冶语录》和诗集《大冶方外集》，掌台山的一草一木得以沾染诗性，从此进入历史的视野。康熙元年（1662），明末“文章巨手”大友禅师陈启相入主虎丘寺，耕耘他厚厚的《平水集》，又吸引了谈亮、罗兆甡等人吟咏啸歌，诗酒唱和……一时间，西坪的林间泉下，诗意盎然，文气氤氲。

明崇祯十七年（1644），陈启相临危受命，保护崇祯的一个孕妃来到西南。他把孕妃安排在西坪南侧的铁厂镇隐居，自己则遍游吴楚诸山，熟悉各地山川风物及抗清力量，以图东山再起。1662年，流落缅甸的永历帝被吴三桂绞杀，陈启相作《沥胆将军遗事记》大骂逆贼，痛哭三日，加之孕妃生下的是公主，复兴无望，于是他彻底放弃政治目标，弃家为僧，隐居虎丘寺，法号大友，自称掌山老人。从此足不出户，致力于读书著作，与谈亮、罗兆甡等唱和吟弹，自得其乐，虽然有时挨饥受冻，依然如故。

虎丘寺原址如今变成了西坪小学的篮球场。看着孩子们生龙活虎地腾跃于此，倒与大友禅师当年的事业遥相呼应，相得益彰。他在西坪设书院讲学，当时名士谈亮、罗兆甡等也拜至名下，其影响很大，俨然成为遵义的一个文化传播中心。所以遵义“清三贤”之一的西南硕儒莫友芝说：“遵义人才之开，掌山功最巨。”稍后的李先立及清后期平水里赵氏祖孙几代涌现诗文家和学者10余人，均得益于掌山老人的沾溉。

谈亮居官永历王朝，拜陈枚庵为师，继为婿。永历王朝灭亡后来虎丘寺，随侍恩师兼岳丈，著诗文集数十卷。但不知何时，一粒火星悄然成长，肆无忌惮地收去了包括陈启相《平水集》在内的大部分著作，使得他们形单影只地成了一个历史的虚影。

罗兆甡与黄平李专、西坪李先立、桐梓李晋并称“一罗三李”，他们都是清初贵州诗坛的佼佼者。李专评云：“笔头独走江山气，海内谁登庾鲍堂！”

“勾引桃花休用水，苍苔直绣过墙腰。”如今，陈启相描绘的桃花不再，庙墙无存，能见证当年寺中繁盛的，可能只有附近的古树和寥寥遗迹了。篮球场边，两块怪石左右分立，中通一线，自成山门，说得上天造地设。砌阶条石光滑如玉，当年盛况可以想见。山门前边，一株株数人合抱的古树苍翠挺拔，生机盎然，蔚然成林。虽然树林不大，但怪石遍布，幽径纵横。最难得的是，在一个石台中腰居然有一眼形似月牙的泉眼，泉下有一个约两三亩的水塘，映山衬树，清凉静谧，令人称奇，恰好切合李先立“溪流寒草碧，石卧古苔苍”的诗句。水面上，不时有小小的鱼儿俏皮地露一下脸，迅速在水面上画出无数个圈儿来。水塘外则是青山拥抱下的一大片田野。陈启相《掌台记》中说：“泉曰灵珠，仰喷田之腹，为九曲以汇于合口。”合口是湘江汇入乌江的地方，把一泉之水说成汇入乌江，大概是要说明灵珠泉水不小吧。西坪小学建立，这里的部分古树幸得保存，可是泉水还是逐渐枯竭，现在已经不再外溢了，被大家称作了月亮井。灵珠泉最终竭逝于历史的书页间。

西坪是边沿小镇，没有“江山代有才人出，各领风骚数百年”的大气，但一定称得上地方文化的小家碧玉。在大冶、陈启相之前的元末明初，就有元朝进士陈弥高来到掌台山北侧约一公里的龙塘小河（绿水上游）边定居，著《西山樵史诗集》，成为西坪陈氏大家族的入黔始祖，让西坪的山水沾染了诗的灵气，给西坪播入了中原文化的种子，西坪文化由此发端。

几乎与罗兆甡同时，在虎丘寺清越的晨钟暮鼓激励下，西侧十里的一个贫家子弟李先立，在笔峰山下、濯足河边，从竹筒糠秕中觅得满身才气，树起了又一座文化高峰，使虎丘寺诗韵袅袅，发展扩散，经久不绝。

李先立著有《北山诗文集》。遵义进士罗其昌说：“君本空群才，突出跃千里。”李先立门生子弟遍及大江南北，为西坪教育创下了一座崭新的里程碑。笔峰山和濯足河也因濡染了李先立太多的诗气和才德，相偕相携，都走进了西南硕儒郑珍的《遵义府志》。

李先立之后，陈在元、陈启绪、赵怡等先后高中进士，流寓西坪及本土的进士达到十三人，“进士之乡”名副其实。在虎丘寺前贤影响之下，清江赵氏尤为突出。

西坪西侧五公里的清江中游，河道舒缓，良田千顷，一派江南水乡的样子。住在那里的赵廷璜得学郑珍门下，任过四川铜梁（今重庆铜梁区）等县县令，赏同知，署四川盐务。子赵怡进士，赵懿举人，诗书画皆有成就，其侄赵乃康成就更高，成为清末、民国年间的遵义大儒。乃康先生学问深宏，道德高尚，远近皆知，同竺可桢、丰子恺等大家均为至交，长征五老之一的徐特立曾专访过他。

被誉为贵州文化老人的杨祖恺、陈福桐也是先生高足，2006 年为他撰写了墓志《赵乃康先生行述》。

“贤气长存史，墓常静立斯。沃野奇山外，常闻感叹辞。”瞻仰先贤毫不张扬的毛石茔墓，才认识一代儒师风骨。

“一叶黑叶遮故都，‘七七’事变在卢沟。满城风雨定难保，不灭倭寇誓不休。”慷慨激昂，万古不朽，这就是民族气节。陈铁将军的这首诗将虎丘诗韵推向了另一种人生境界。陈铁住在虎丘寺东两公里的小村庄窝元。1924 年考入黄埔军校第一期，之后奋勇北伐，坚决抗日。以“不准擅入民房、不准践踏庄稼、严禁赌博”带出了一支敢打敢拼的抗战军队，忻口战役一战成名，被日军称为“铁军”。陈铁将军与八路军秘密配合，与朱德、刘少奇等革命家关系密切，任至国民党中将军长。新中国成立之际他率部起义，担任国防委员、贵州省副省长，为解放大西南、和平建国做出了巨大的贡献。在他影响之下，遵义考入黄埔的学生有六十多人，西坪就有十人。陈氏家族中一个中将，三个少将，其他军中任职的军官还有数十人之多。2015 年，西坪镇修缮陈铁故居，展览陈铁和西坪文化、教育前贤的光辉业绩，打造“将军故里”，成为影响较大的爱国主义教育基地。

清光绪三十二年（1906），西坪杨干之、乐稼晏香泉等在团溪倡办的日新小学，现已发展为今天的团溪高级中学，为西坪乃至播州区的东南片区教育写下了光辉的一页。同时，西坪人杨典模等在虎丘寺倡建西坪小学。不久，晏香泉在乐稼办学。陈弥高、陈启相以来，众多的西坪人以古圣先贤为榜样，勤奋耕耘，热心教育，为西坪、为国家培育了大量人才，使西坪教育走在了全县的前列，成了一方教育热土。

原遵义地区教育局局长晏东荟欣然题诗：“遥望兰天兴正赊，临风把酒话桑麻。先贤早重开书院，新秀无惭遍海涯。梅岭秋云歌一曲，蕚溪（清江别称）春水暖千家。园林此日欣飞雨，桃李明朝尽着花。”

虎丘余韵，一响数百年，必将青史长存！

（高原，男，西坪镇中学教师，遵义市诗词楹联协会会员、播州区作家协会会员、播州区政协委员）

拜罗先贤鹿游墓记

郑希友

平生对于权势、对于金钱一点兴趣都没有的我，对文化却是情有独钟，将生命的许多时光和精力，都拿来追寻那些身影和精魂。他们是书中的、尘世的文化圣贤，我乐此不疲，意兴盎然……

罗鹿游（兆甡）的诗歌，先祖郑子尹说他是“遵义诗人之冠冕，根底磅礴，才华横放，为文沉雄郁挫，挥洒自如，雄峭朴雅，不规前人”。

当我读到他的《放歌呈陈明府》，初读不禁感到是李白在世，由他的名字鹿游又想到李白的《梦游天姥吟留别》里的诗句“世间行乐亦如此，古来万事东流水。别君去兮何时还？且放白鹿青崖间，须行即骑访名山。安能摧眉折腰事权贵，使我不得开心颜！”鹿游不就是“且放白鹿青崖间，须行即骑访名山”吗？我将诗歌继续吟咏下去：“对酒君莫愁，我歌方欲放。岁月无情自奔忙，丈夫有怀当激壮！如公已遇且牢骚，看我飘零是何况。误着儒冠已廿年，穷愁未挂眉梢上。心原不作温饱谋，面岂得有饥寒相。逢时则驾否且休，天赐闲身幸无恙。公真不愧古太邱，饮水三年反遭谤。从来拙官不时宜，我辈此心自难丧。官拙不须悲，极巧将何望？独不见高平男子意气长，一朝失足无依傍？前路茫茫信步行，不须一一细筹量。只合安心住醉乡，来今过去总遗忘。公如不饮日已斜，明日之日如斯状。公再酌，我还歌，老龙起舞裂金波。便叱龙行为前导，同公直驾凌风舸。蓬山万丈顷刻至，麻姑瑶女共经过。留华之爵重进酒，丹陵之瓜醒颜酡，下看浮蚁正婆娑。”我发现诗中的血脉就是李白精神的绵延，而这一种精神又流进了我的血液之中……

含咏其诗歌，神往其风范，追念其精神，于是便想一睹他留下的遗迹，与鹿游后代罗光向联系，光向爽快地答应了。今天与同学挚友海风一起见到了光向，还有他的叔叔。见面握手我就仿佛感受到了光向骨子里的先祖精神，他说先祖有落拓不羁的精神，我感到的就是这种精神，这也是一个诗人宝贵的精神。光向说他不写诗，我说他是不写诗的诗人，并感到与他有一种精神深处的遇合，便在心中把他看成了好兄弟。

在河边光向族人开的农家乐用餐后，我们又继续参观罗先贤旧居处建起来的老房子，房子已经朽坏了，但黔北民居的格局还在，而且破旧的窗子上、墙壁上留下的精美艺术，虽然已是吉光片羽，还是令人感到非常地怜惜和感慨……之后又观看了罗先贤父亲罗以忠和他儿子罗黄云的墓，还到茶山关看了罗黄云撰写的碑铭以及红军在此留下的文化……

（郑希友，笔名船夫，现代诗人，遵义市历史文化研究会理事，汇川区历史文化分会副会长，《遵义历史文化》编委。编者有《娄山关志》《遵义宗教图鉴》等书。）

笔峰山下的“淳厚人家”

——参观李先立故居

钟永玖

遵义之南偏东一隅，有一片灵秀的土地，那便是蕴含着丰富文化的“进士之乡”西坪。在古代，西坪属南乡平水里。明清以来，自团溪至西坪这一带广阔的乡村，即使是深山穷谷，也常闻弦诵之声。有文化的人教书，诲人不倦，穷人家的孩子苦读，学而不厌。一个偏僻的小镇，就出过十三位进士，十四位举人，还有许多贡生、庠生，获得翰林等及其他功名的，可稽考者达六十余人。这是一张大名片。但由于地处边远的一角，近些年来，当外面的世界都“热火朝天”的时候，这里却成了“养在深闺人未识”的天然氧吧！山清水秀，环境优美，空气清新，人家淳厚，这不能不说是一件幸事。

对于西坪这一方的文化名人、古迹，我早已心向往之。过去多次错过良机，心生不尽遗憾。2017 年 10 月 12 日，受西坪镇政府之邀，参加“百名学者进西坪”的采风活动，我未曾想到去笔峰山下观光。因为，我一向认为李先立是团溪人。想不到，李天官故居地处西坪镇南坝村尖坡组，正是这次采风的题中之义。

李先立的文章写得很精妙。比如，他写的《重建碧云峰亭记》，全文只有 409 字，却不仅为我们展现了碧云峰的特殊地位，更浓墨重彩地为我们状写了碧云峰的形象和景致。我在撰写《重考碧云峰记》时，全文引用了他的这篇文章来为我的拙作增辉，却恰到好处，一字也不嫌多。但我还谈不上对他有什么研究，也由于篇幅所限，在写作《南路重镇团溪水》时，为写团溪场历史上的一条老街“先立街”，就只作了这样简单的介绍：李先立，字卓庵，号笔峰，人称“北山先生”，于清顺治十四年（1657）生，家住团溪笔峰山下。康熙三十三年（1694）赴京应考，成为遵义清代第一个进士。曾任新安知县、曲阳县令、吏部主事。为官期间，廉洁奉公，正直无私，并为遵义考生具书呈请，设得考棚，免除长途跋涉应考之苦。告老还乡后，建“北山书院”，教乡邦子弟就读，培养了一大批人才，他的四个儿子也不例外。同时，他研习学问，著书立说，提倡道德风尚，出资设义仓家仓，救灾度荒，为桑梓出力，办了不少好事，乡人立碑颂扬。

当然，团溪场既然以李先立之名为一条街道命名，说他是团溪人也无不可。因为，不仅历史上行政区划常有变动，而且团溪也确实管辖过西坪，从大团溪的视野来看，也完全正确。现在经实地考察，更准确地说，李先立祖上世居重庆江津，其父伦然于明末避乱迁遵义桃溪，李先立就在桃溪出生。桃溪那一片地方，曾经是杨氏土司建庄园的风水宝地，田畴沃野，风景优美。李伦然是有眼光的。可是，由于吴三桂叛清，社会动乱，康熙十二年（1673）为避兵灾，他只得再迁南乡平水里八甲地名尖坡居住，地属今播州区西坪镇南坝村尖坡组。李先立家迁尖坡时，年十六岁。母亲早逝，李先立开塾馆维持生计，侍奉父亲。

那时，他身穿粗布衣袍，每天只吃两顿稀饭。冬天没有火烤，他就绕室跑步以暖身，篓中装糠壳插足以暖足，或者取竹一节，搓足轮转以忘寒。有人见此情景，对他说："你这么困难，还那样苦读干什么啊？"他却说："读书原分内事，且吾辈舍此又将何往？"但是，他仍然"学愈笃，观书必一字一句自信方已"。这样，经过数十年的拼搏奋斗，于37岁时，他一举成为进士。李先立如一颗璀璨的新星，突然升上西坪的天空。

我认真观察，从团溪至西坪一带，地势平坦。在两者的交界之处，略有山峦出现。但这些大小不等的山，都没有什么特点可言，就在团西公路中点的北侧，有座并不算高的山峰，却有着不同凡响的神韵。此峰看似立于一个低洼的沟谷之中，但尖峰直立，拔地而起，东去西来，都让人心生感慨，浮想联翩：有时山下浓雾滚滚，隐隐有仙人挥动灵笔之像；有时山下清清朗朗，山尖却岚烟翻腾，更若天官在饱蘸浓墨，意欲书写大块文章。一座小小的山峰，杂处丛山之中，本无显山露影之愿，却异峰特立，性格迥然，韵味别具，这不就是李先立的写照吗？

回溯三百多年前，尖坡故里的景象，李先立以《万丈林》为题，这样书写："连峰青不断，极目转幽森。日抱林阴静，苔封石气深。草香肥野鹿，果熟饱山禽。欲尽探奇兴，愁惊木客吟。"显然，这里到处是茂密的森林。野花芬芳，野果飘香，深山野岭，那是山禽和野兽的天堂，但若要进一步探奇觅兴，那就会识得木客们惊愁的苦吟。笔峰山上有一座笔峰祠，在李先立的笔下，作《笔峰寺》诗云："山头余古寺，移住断岩中。处静禅方稳，无名佛台空。鸦巢盘谷月，龙护十囊风。几杵钟声出，诸峰界划通。"果然，山以人名，李先立将民间的"尖坡"称为笔峰山，自已取号曰"笔峰"。而那山上的庙也名之为笔峰寺。笔峰山，因此名闻遐迩。

李先立考取进士之后，名声大振。由于当时遵义属四川管辖，时任重庆总兵的郑侨柱，不仅聘他为师，而且还要授官。他的父亲也命他去赴任。但"百善孝为先"，他却因父亲体弱多病而谢绝。他感谢郑总兵的好意，但他并不以"千金"之聘而离开父亲。他在家乡教书，靠束脩来养家糊口，同时侍奉父亲整整六年，直到最后去世。他于康熙三十九年（1700）才安心地出任直隶新安知县。他当了官，仍是布衣蔬食，生活俭朴。但他工作极其认真。据有关资料记载："新安多盗，前令以缉捕不力去。莅事不一月，擒数十人，置首于法。又获一首，即以为捕头，盗因尽得。"这说明，他很认真，又很有办法。但是，他又很同情这些人，说："奈何不做好人，国法不能耳恕也。"因此，"盗多感化，患以息"。李先立恩威并举，除巨盗，保一方平安。同时，由于乡里胡乱摊派，他也找四乡父老约定，不要随意馈送上官。就这样，免除杂徭，也禁止了摊派，于是，乡间奔走相告，称他为清官。

他在新安工作五年，成绩显著，震动朝廷。但邻近的曲阳县仍然问题多多，正缺乏一个得力的干部来治理。就这样，他被调任曲阳县令。48 岁的李先立来到曲阳县，也是朝廷对他的考验。于是，他仍然以务实的精神，平盗、治水、兴学、免捐、除弊，一件件事情把它做好。果然，不到半年，老百姓就编出歌谣来唱道："曲阳城，降福星；真父母，又神明。催科缓，火耗轻；积弊除，遂我生。"百姓高兴，朝廷也高兴，结果，李先立在曲阳只待了一年，就奉调入朝，任文选清吏司主事，成为遵义府入朝为官的第一人，民间称李先立为"李天官"。

那时候，由于遵义无考棚，考生都要长途跋涉到重庆赴考。对于穷考生们的寒暑折磨，李先立是深有感受的。康熙四十二年（1703），遵义知府王元弼根据当地名流绅士的要求，上奏朝廷，恳请专设考棚。庠生罗大昌是李先立长子的岳父，他随着奏折到京师请求，就顺道去找新安李先立商议。那时李先立还在新安任上。但这个要求当年未获批准，第二年，李先立自己又拟了一个奏折呈送朝廷，还是未获批准。几年后，李先立入朝为官，任吏部主事，才得以批准。遵义从此有了考棚，这不仅免除了考生应考之苦，更提高了遵义一方的地位。当李先立得知遵义民众赋税很重，他又写奏折呈请朝廷免税。据《遵义府志》记载："遵义于全蜀独有场税，鬻子卖产，赔累不堪"，"先立具呈请免"。那时，全四川只有遵义才收场税，不仅民不堪负，而且极不合理，幸有李天官请免。

李先立功绩卓著，但他急流勇退。因为，他在外做官虽只八年时间，但已是疲惫不堪。因此，他 51 岁时，便辞官回乡，一方面淡泊养志，一方面热心公益事业。他首先创办"北山书院"，教授乡邦子弟，大力培养人才。同时，研究学问，著书立说，建设家乡文化。此外，他见乡间民事纠纷很多，便组织调解矛盾，同时施以教化，劝人弃恶从善，改变乡中陋习，使邻里和睦相处。为了给乡里多办好事，他十多年来，从不进城。即使有人请他进城，他也以脚痛为由推辞了。

然而，最使乡人感恩的是，他设家仓义仓，为穷苦乡亲解决实际的生活困难。原来，乡里租佃土地的人很多，而佃租又高，无法生活，或遇灾害，更难度荒。对此，李先立先去约请四十余村的乡绅商量，用义仓的方式来解决。因为佃户普遍是五五交租，农民辛辛苦苦做的庄稼，只有一半的收成，正常年景都很困难，如遇灾荒，更无法度日了。平常向富户借谷，也是百分之五十的利息，这借也借不起。于是，他倡议，设义仓于各村。但义仓积谷不足，他又与四个儿子商量，各出谷四石建立家仓，装在另外的仓里，到春夏之交，择最困难的借贷，每石只收二斗利息，还要根据年岁好坏酌情减少利息。这样经过几年积累，就好办了。经过李先立的儿子们做表率，在四家各设家仓义贷，又经过动员，大户乡绅终于同意在各村设义仓。连续多年之后，当地乡亲为感激李先立的这一义举，便联合三十六村邻人立了一块硕大的颂扬碑，上刻"淳厚人家"四个大字。

李先立的故居如今还有部分留存。他的后裔们在周围建了别墅，仅余两间古色古香的正房，和一半风雨飘摇的厢房，左厢后边还一间家仓立于原地。年深日久，岁月沧桑，虽然红颜不再，但经三百多年的风吹雨打，它仍然坚守着老祖宗的道德精神，在众多参观者的眼前闪光。只有那散见于各村的义仓早已不见了影踪。那"三十六村邻人”所立的颂扬碑，依然挺立于旧居前的大路边，仿佛还在向路人阐述一个简单而朴素的哲理：“人苟存心利物，不必在大，行以勉强，守以至诚，必有一二济。”颂扬碑集中体现了李先立一家人的道义，其形象高大而宽厚，通过浓缩成四个大字表现出来，言简意赅，透明清晰，熠熠生辉。不是密密麻麻的大块文章，却内容丰富，耐人寻味。它代表三十六村邻人感谢李先立及其一家人的义举，他颂扬李天官全心全意为贫苦老百姓办实事的精神品质，从康熙五十七年（1719）立碑，至今仍像一面巨大的明镜，透视着各色人等的内心世界。

大约一百年后，出生于青龙山的进士赵怡，特来李先立的故地，有感而发，作《访笔峰山》一诗云：“白云渡延江，飞落平水隅。一峰秀云表，正对贤人居。先生赋归来，清风被乡墟。三十六村人，旌碑犹在闾。”赵怡是赵廷璜的长子，生于咸丰二年（1852）。赵家与李家比邻而居。赵怡二十岁那年，因父亲在城中购房，即搬至遵义双剑山下居住。他于光绪十五年（1889）中举，又继续苦读，已42岁的书生终于在光绪二十年（1894）中进士。第二年，父亲从四川大宁的任所运川米回乡救荒，赵怡同往，这对他也是深刻的一课，否则，他写不出这样的诗。

立颂扬碑的第二年，李先立去世。《遵义府志》记载：“己亥（五十八年）清明，自卜圹宅右，召比邻父老子弟酣饮终日。次治身后事，编丧礼仪节，付其子，曰：‘初终痛切，事宜何暇详。按此，可无后悔。’重阳前一日，策杖缓步，高吟旧作《九日诗》，入夜，端坐而没，年六十二。”由此可见，李先立既懂堪舆之术，又会计算自己的阳寿，因此，他按自己的安排，从容而去。

我们顺着旧居右侧的一条小路向后走去，数百步外，一座圆形大墓展现眼前。据介绍，几年前这还是一个土堆，是近年才用水泥和砖包砌。墓碑未变，墓碑正中大字刻“笔峰先生李双寿之墓”，下落款为“武阳受业魏嵊顿首”。左联云：“先祖有德名声远。”右联云：“后裔无愧世泽长。”对联写得平易近人，又甚贴切。是的，李大官厚德恩泽，遐迩闻名，而他的后人们也既子孙繁衍，也功成名就，更为当地人民办了不少好事，不愧“淳厚人家”之称。据说，还有医学博士在上海工作。

我不懂形家的堪舆之学。但我知道这是先贤自己所择的风水宝地。我也不可能知道当年的地形是怎样的状况，历经数百年有何变迁。此刻，站在墓前由近及远望去，隔着一片大田就是一个汪汪水库。再极目远方，开阔的视野一望无涯，直至天边。我又向后而望，一片斜斜的缓坡，是些许坟茔，左右也有些许坟茔。坡上坟上，稀疏有致的短草，丰茂而柔和。没来得及细寻左右的青龙白虎，但前有照，后有靠的形象却深印在我心中。

（钟永玖，原遵义教育局教研室退休教师，《遵义教育》主编；遵义历史文化研究会理事，《遵义历史文化》副主编。）

笔花峰秀挹清芬

——西坪李天官纪事

吴健康

康熙年间，遵义出了清代第一个考取进士，第一个入朝为官的人物李先立，当地人誉之为“天官”。

李先立的出现，使处于所谓夷陬之地的播州进入了中原先进文化的眼底，原来西南一隅并非一般人所认为的文化沙漠，竟有着如此学养丰厚的精英人物。

其实，以现代眼光看来，李先立第一个考取进士、第一个入朝任职并不十分重要，重要的是他做官清廉正直，富于同情心与庶民情怀，做学问“闳深博厚，无不明不醇之词，与欧公、朱子相似”（郑珍语）。在任时，他“除杂徭、修水利、刑教并施，盗患平息、倡建义仓，救灾济贫”；当官时他关注民生、造福百姓；回乡后，他热心公益、教化地方，泽被桑梓。这些，才是李先立光彩照人及遵义为之骄傲的根本：才是其学识过人、品格超卓、成为时代标杆之处。

李先立（1657—1719）字卓庵，号笔峰，又名北山先生，这些称谓都离不开他家居之地——西坪。笔峰是先立住家前的一座孤矗小山，葱葱郁郁，显示出不一般的钟灵毓秀景象。

先立祖籍重庆江津，明末时避战乱逃来遵义桃溪寺，不久，逢吴三桂之乱，举家迁往平水里笔峰山下（今播州区西坪镇尖坡）。

李先立家境贫寒，常年一袭粗布衣服，两餐粥饭，但他却好学上进。冬天苦读时，因无钱购薪，他往往读一阵书便绕室疾走，使身体发热。读书读到脚下发冷时，以糠秕置于篓中伸脚御寒，实在抵不住时，则用一节竹子置脚下反复搓擦生热。

下如此大的功夫，也不见得前景被看好，有看相的说，他此生最多能做个“贡生”（比秀才略高一个级别）。但先立并不因这辈子顶多能混个“中级职称”而气馁，他对劝自己的朋友说：读书嘛，本来就是我辈分内事，舍此何求呢！

先立母亲早丧，成年后他以教课授徒为生，得点微薄的收入全数俸养父亲。

康熙三十三年（1694），先立得中三甲八十八名，为清朝开科以来遵义府的第一个进士。中进士后，重庆一位姓郑的总兵慕名聘他为师，父亲也叫他去，可他遵从“父母在不远游”的古训婉言谢绝，直至父亲病逝后方外出任职。

康熙三十九年（1700）李先立出任直隶新安（今河北安新）知县。到任后，先立平常仍是一身秀才打扮，朴素俭约，俨然教书先生。他在新安实施轻徭薄税，与民休息政策，使百姓安居乐业。

新安是出大盗的地方，李先立的前任便因捕盗不力去职。他到任不到一个月，便捕获了十几个强盗。初战告捷后，他说服一个盗首痛改前非为己所用，并任其为捕头，很快将当地盗贼一网打尽。

抓到盗贼，先立并非或杀或关了事，而是亲自定谳，以说服教育为主，对其劝诫规谏，动情时甚至为之泣下，叹惜道："你怎么不做好人呢，如今是国法难容啊！"这种惩戒与劝谏收效甚著，盗贼多被感化弃恶从善，以此当地盗患平息。

对于民间争讼之事，李先立总是温言细语问案。他说："本来官威森严就令人害怕，如果再搞得疾言厉色，老百姓还能平静自如地叙说案情，使自己尽可能掌握情况明晰断案吗！"

新安被称为水乡，临近河堤的庄稼农户常遇水患。在财政支持下，先立增设堤防、疏浚河流，日夜到场督促监管，数月工成，免了当地水患之苦。

为了免除当地农民荒歉冻馁之苦，李先立仿朱熹建立社仓之法，在各乡建仓，由大家公举德高望重之人管理。社仓由富户出谷，于春夏青黄不接或缺粮少米之时向农户低息赈放，俟其收获后清偿，这给农民带来极大便利。

李先立一系列德政得到当地民众的拥戴和好评：有一年康熙皇帝微服私访到新安时，老百姓反映，李县令不要钱，不打人，是个好官，听得康熙连连点头。

康熙四十四年（1705），李先立调署曲阳（今河北曲阳）县令，到任后，他对衙门吏胥说："老百姓说，当了官捞钱象抢劫一样，是因为原先多方钻营花了钱，想尽快补偿。我这次到这里做官，没有花钱去钻谋，也没有捞钱的打算，各位千万莫打错算盘，以为我大捞你们小捞有利可图，务须守法奉公，廉洁自爱。"

李先立的敲山震虎收了效，曲阳县被治理得井井有条，官吏不敢胡作非为。仅半年后，便有民谣称道："曲阳城，降福星，真父母兮又神明。催科缓兮火耗轻，积弊除兮遂我生。"

在外为官期间，李先立也没忘记为家乡做好事。康熙年间遵义隶属四川，由于当地没有设考棚，参加科考的生员只有远赴重庆应试。试期一般都在寒暑季节，那年头交通不便，蜀道艰险，士子们贫者为资斧所累，富者患跋涉之苦。千里往还中，多有在途中因病痛困厄而丧命的。康熙四十三年（1704），知府王元弼根据地方名流士绅吁求，上书恳请在遵义府设考棚，遵义庠生罗大昌受知府及乡绅所托赴京，取道新安与李先立共商，李先立亦上书呈请，次年得获朝廷批准，在遵义老城（今纪念广场西军分区处）开设了考棚。

康熙四十六年（1707），李先立调任吏部文选清吏司主事。赴京城时，他把余俸分给兄弟，将身边的四个僮仆厚赠资财，发回身契遣还。在吏部期间，先立与兵部，刑部会审湖广某营擅征当地少数民族案时，发觉别有可恕情节，乃力排众议，据理力争，使当事的四位将领免遭刑戮。

次年冬天，感于宦途难测的李先立辞官回乡，时年52岁。先立在外做官8年，以"清简"闻名于时，当年曾有个传说广为流传，说他回乡时，随行箱笼多达10担，有不忿其清名者进谗，说他宦囊丰厚，欺世盗名，朝廷乃派员检查。结果打开箱笼，除了衣被书籍家什外，更多的是一些农用器具之类。面对朝廷官员的诘问，先立回答说："多带农用器具是为了回家馈赠乡人耕作；行囊充实，是表示皇恩浩荡也！"官员向上汇报后，康熙大为感动，下令以真金白银充实行囊，以符其实。

传说归传说，回乡后他仍秉持其一贯清正、热心公益的作风，创立北山书院，讲学著述，培养后进。先立在家讲学论道，不仅培养了当地人才，亦使得各地有志向学或应考生员上门求教，真是达到了"立雪盈庭、座无虚席"，"开播郡之文风，育后启之硕彦"的地步。

平水里虽然盛产稻米，但年成难料、丰歉不一，当地乡民春夏之交常常缺粮，结合以往经验，他约会召集四十几家粮食较多的富户，在各村设立"义仓"接济乡民，后来因为义仓无法满足需求，他又动员自己四个儿子设家仓以补不足，他约定当年每家出谷四石，贮存在另外的谷仓里，到时候选最需要的乡民放粜，这样可以暂时降低原来加倍付息给乡民带来的沉重负担。坚持实行下去，累积几年，可以使更多的乡民受到接济。

他劝勉子女说："人苟存心利物，不必在大，行以勉强，守以至诚，必有一二济。"意思是人果有心做好事，不一定讲求大，只要努力行动，一心一意，总会达到帮助别人的效果。

十年间他潜心学问公益，远离尘嚣，不出乡里。李先立的作为令乡人感念，三十六村民众为他立碑，以表景仰之忱。此碑在笔峰山下，宅傍立石，碑为青石琢成，高约二米，宽一米多，厚二十厘米，正面楷书刻"淳厚人家"四字，左上款文为"公赠卓翁先生"六个大字，右下款为"康熙五十七年戊戌嘉平吉旦三十六村邻人仝立"。

碑置于先立故居之前，几百年过去，如今碑石斑驳，故宅无存，其后裔在原宅地上建有木结构瓦房。

先立之墓距其居住地里许，其墓圆而阔大，青石扣边，上覆黄土，系先立与其夫人之墓葬，据称这曾遭盗掘，后人重新修复，墓前石碑刻有"笔峰先生李公双寿之墓"十个字。

李先立著有《北山诗文集》,《播雅》录其诗六十八首。其中《咏笔峰寺》诗云："山头余古寺，移往断岩中。处静禅方稳，无名佛始空。鸦巢盘谷月，龙护士囊风。几杵钟声出，诸峰界划通。"

与山水相契如此，所以有如此高洁的情怀。

（2017年10月31日和11月7日《遵义晚报》两次连载。吴健康，笔名康庄，遵义晚报社记者、编辑，遵义市历史文化研究会会员。）

笔峰山今犹在

公 犊

还在少小的时候，我就听大人说过尖坡，说过住在尖坡下的天官李先立，当时对此我就十分向往。稍长，特别是涉足文学创作的时候，很想为尖坡以及住在她下边的李天官写点什么，但却一直未能如愿。这次应邀到西坪采风，才算了却了心头的这个结。

尖坡位于团溪和西坪的交界处偏北一点。群峦之中，一峰独矗，虽不甚高，却也突兀，蓊蓊郁郁，十分可爱。南来北往的行人，远远地就能望见她。天官李先立一家，就坐在山侧的小丘边。

其实，李先立一家并非本地人。李先立祖籍重庆江津。明朝末年张献忠屠川的时候，他父亲李伦然就逃难来到遵义，在城南的桃溪寺居住。顺治十四年（1657）生李先立。康熙十二年（1673），吴三桂举兵反清，抢占遵义城的时候，李伦然一家才从桃溪寺迁徙到尖坡的。因为尖坡所隶属的西坪乃一片丘陵地带，位于湘江河的西岸，尚不属兵燹蹂躏之地。

李先立从小就显得聪颖奇特。他和小孩们一起玩耍，又特别端庄诚实。稍长，只要得知前人的美言善行，他就要照着做。举家迁徙尖坡时，他已经十六岁。见尖坡虽然尖秀奇小，却平地兀立，形似倒插毛笔，他特地把她改名为“笔峰山”。笔峰山有时山下滚滚浓雾，只露清秀笔峰，好像在让人们探讨她为何平地兀立；有时山下又清清朗朗，山尖却岚烟袅绕，更像有啥神奇令人猜测。因此，李先立在自己字“卓庵”之外，又取号曰“笔峰”，以志自己在读书上的坚忍不拔。正因为一座笔峰山的平地卓然兀立，后来的学者都称李先立为“北山先生”。

李先立生活十分俭朴。他通常是穿一件粗布袍，每天只吃两顿饭：一顿稀饭，一顿干饭。即便是后来当了官，他依然保持着布衣素食的作风，跟当秀才时差不多。因为贫寒，冬天没有火烤，他就在屋中疾速奔走，使身体发热；或用一只竹筐装上秕糠一类的东西，把双脚放在里面取暖；或者拿一节竹筒放在脚下，反复搓动驱赶寒冷。尽管条件恶劣，李先立却更加勤奋好学，一定要把不懂的东西弄清楚才罢休。功夫不负有心人，康熙三十二年（1693），李先立得中举人，翌年又中进士。中进士后，重庆总兵郑侨柱聘他为西席，父亲都劝他就任，李先立却说：“我有幸侍奉您老人家，让您安度晚年，即使用千金来换一天，我也不干。”他母亲过世较早，因此非常孝顺父亲，把教私塾的束脩全都交给父亲。

康熙三十九年（1700），李先立出任直隶新安县知县。该县有很多大盗，他的前任知县就因抓不到盗贼而被褫职。李先立走马上任，就遇上这么一个棘手问题。他毫不被这样的格局所吓住，而是督促捕快恪尽职责。不到一个月，他就抓了几十个盗贼，他依法处决了首犯。接着，又抓到一个强盗头目，李先立索性任命他为捕快头目，很快，就把其他强盗都全部抓获了。李先立每次给强盗定罪时，几乎都要哭着说："你们为什么不做好人呀？国法不能饶恕你们……"很多强盗都被他感化了，新安县境内的盗患因此得到了平息。

新安县的杂税、徭役都很重，老百姓苦不堪言。李先立了解翔实后，都给免除了。小吏们却纷纷请求道："什么费都可以免除，只是送给上官的东西，情势如此，那是省不了的。"李先立又想了一个办法，召集全县的长者来，和他们约定：从今往后，依照旧例无法革除，必须要给上官送的礼物，你们统计起来，看要多少钱，折成粮食平均摊派，然后大家各自送各自的。老百姓听到这个约定，像得到了第二次生命一样，高兴得欢喜雀跃。上官们知道后，都不好意思再接受俸送，"私派"就这样免除了。

李先立在新安县的善政还有很多，诸如水乡浒域修房，建立社仓，捐俸造两只大船作官府公用，代替了从渔船中点派等等。

以前遵义未设考棚，生员参加秋闱都要远赴重庆，这让人苦不堪言。康熙四十二（1703）年，遵义知府王元弼根据名流绅士的要求，上奏恳请在遵义专设考棚。庠生罗大昌随同奏折到京师请求，绕道新安县与李先立商议。鉴于对桑梓生员应试辛苦的了解，李先立十分赞同。翌年，他自己也拟了奏折呈送部里申请。部里决议准设考棚，皇上准奏，从康熙四十四年（1705）起，遵义就开设了考棚。

康熙皇帝听说李先立每次升堂问案，都像和家人对话一样，平易近人。是官就得有点当官的威严，康熙有点不信，就决定微服私访看看实际情况如何。人们都说李先立不打人，不要钱。而且他专门说道："大堂上官威森严，已经足够使人害怕的了。如果再加以恫吓，小百姓本来有情况想说明的，又怎么能按顺序说得清楚呢？"康熙终于清楚了，李先立是要让受刑的人明白情理，无话可说，心服口服，然后才让他们接受处罚。如果要责打，最多十下就算了。老百姓不忍心欺瞒他一点，都遵纪守法。所以，他有时要几个月才受理一次官司。

康熙皇帝核实了对李先立的赞誉并非虚辞，他的确是个人才。于是，通过调署曲阳县令拐了一个弯，李先立就奉旨进入吏部补缺文选清吏司主事，成为遵义府入朝署事的第一位官员。持政一年，人称"清简"。这应该就是李先立被乡人称作"李天官"的由来。

李先立在吏部干了一年后，就告假还乡。他带回有敕制的功名牌八块，金瓜、钺斧、刀枪、旗帜等一套仪仗和一些书籍，存放于家中。

李先立的家有三道龙门，一进三重天井的瓦房。乡人称为"李先官府"。这样大的住宅，当时在西坪这一带，还是很有气派的。他却并不以自己曾身居高官，治政清廉而自诩非凡。他始终把桑梓的耕耘看作是人们生活的根本，他和睦邻里，尽量为家乡多做善事，发扬优良风俗，瞩目远大未来。

西坪的文化，陈启相已经为其奠定了基础，李先立赓续他的意志，极力丰富西坪文化的内涵。他除把书房题曰“论斋”，住宅题为“守拙”，意在要继续保持他为官时的本色外，还创办了书院，为乡邻培养子弟。乡人把他创办授业的书院称作“北山书院”。

李先立曾对人说过：“我们这些读书人，在‘义’和‘利’冲突的时候，更是必须显出平时的努力。”在对待乡情乡风的问题上，他正是诚守这一条底线，尽力做出应有的平衡。春夏之交，正是农村青黄不接的时候，很多农户都在闹饥荒。李先立就召集四十多户粮食较多的人家，劝他们在各村设立“义仓”接济乡民，以“石息二斗”的薄利，缓解贫苦农民的饥馑苦楚。这和一些趁着青黄不接而以加倍附息的借贷，简直不啻霄壤。农村贫苦的数字毕竟太大了，凭借义仓实在周济不过来，他又和四个儿子商榷，建立家仓，约定每家出谷四石，存放在另外的仓房内。每到饥荒时节，选择最需要的人家放贷。乡民们在闹饥荒时得到了周济，都赞不绝口：“还是李天官好哇，让我们能喘过这口气。”李先立却说：“人如果有心做好事，不一定要大，只要行动，真正努力，心里坚守诚恳，一定会做成一两件。”

农村人口众多，嘴皮子当然也杂，扯皮撂筋的事自然不少。然而都不过是些家长里短，鸡毛蒜皮的事，嘴巴上吼得凶，既枉费了时辰，也伤了和气。为了淳朴民风，李先立专门召集村里的人道：“从现在起，我们乡里不管大事小事，都要公平讲理，无理的要受罚。不遵守，一定要打官司的，我们与他断绝交往，各种聚会都不和他往来。”正是这样地努力于息事宁人，使地方上少了许多不必要的纠纷。借酒发疯，也是乡人经常着意为之的寻衅所仗。李先立每每和人喝酒，都再三劝诫，因之无理取闹的纠纷也就逐渐没有了。

李先立致仕回乡后，长期注重善行，乡人受益匪浅。因此，三十六村的乡民为了表达对他这个天官深厚情谊的感激，特地公赠他石碑一通，嵌在“李天官府”第一道龙门前的墙上。斯碑为青石刻就“淳厚人家”四字，碑高 2.2 米，宽 0.98 米，厚 0.22 米。“淳厚”，既是对李先立持家睦邻的总结，更是三十六村乡邻对李天官的无限赞誉。

这就是天官李先立可歌可泣的一生，既载于遵义的方志，更流传于乡人的口碑。李先立的墓被乡人尊作“天官坟垣”。天官坟垣坐南朝北，墓前筑垣一道，直径四十米。垣内植柏树七十多株，树下为绿草地。墓居正中，为毛石垒就。

李先立为官清正，居乡从善，堪称典范，对开拓遵义文化功不可没，受到历代的尊崇。遵义的地方官员，学校的师生常到他的墓前凭吊。然而，在“文化大革命”时期，他因当的是封建社会的官员，而被打入“四旧”，实乃悲乎。1966 年，“四清”工作队直入李先立的故居大破“四旧”。他们拆掉了北山书院，掀垮了石龙门，推倒了“淳厚人家”石碑，搊倒了院前的六对华表，砍伐“天官坟垣”的柏树，烧毁了李先立从京师带回来的所有仪仗、文物……李先立的墓地和故居被破坏一空。后来，他的坟墓又遭到盗墓贼的十多次盗掘，虽得他的后人修缮，已不是原有的模样了。

历史是不容颠倒的。即使是因一时的谬误被颠倒了的历史，也一定会被重新改正过来。在“四在农家美丽乡村”的建设中，西坪镇的人民已经充分认识到历史文化的重要性，党委和政府已经做出了李先立故居及其文物的保护和修缮。他们找回了“淳厚人家”石碑。当年，幸得有心的乡人将碑有字的一面扑在地上，使得“淳厚人家”四字保存完好。如今，虽然没有了碑帽、碑座，“淳厚人家”一碑却又重新矗立在李先立的故居，受人景仰。西坪镇还收集到“甲满花龄”寿匾一块——这也可以看出，乡人对天官李先立的情意多深。

李先立的家乡还有一口井，乡人称作“天官井”，取“方圆”之意，特地将这口井砌成圆井，在她的下方砌出两口方井，让乡人都来喝这口井的水，好发财致富。每天，井边游人不绝，都来欣赏井水中自由自在的游鱼，凝思“天官”李先立的不朽业绩、耀眼声誉。

领略了李先立经过风吹雨打的经历，不由得又回眸笔峰山。蓝天白云之下，青山绿水之间，那是“天官”李先立的不朽形象。

（公犊，原名刘明远，播州区人）

“淳厚人家”之家风永传

张桂珍

“淳厚人家”石碑，至今仍伫立在“天官”李先立先生故居门前的不远处。此种石碑是千年古县——遵义县（今播州区）内唯一的一块。或许，也是自古播州以来唯一的一块。

这是康熙五十七年（1718）南乡三十六村人公赠李先立德政而立的一块碑，以表达大家对他的深厚情谊和爱戴。此碑中刻“淳厚人家”四个楷书大字，碑上方正中刻篆书圆形“寿”字，碑帽上刻“清”“简”二篆字，碑边缘线刻“二龙戏珠”“双凤朝阳”图案。

什么是“淳厚人家”？“淳”：淳朴、淳直、淳正；“厚”：厚道、宽容、不刻薄。“淳厚”即是淳朴厚道之意。当然，也远远不止这个书面解释。那么，淳朴厚道的人是谁？具体内容是什么？仅仅是指李先立先生身居高位时的治政清简，辞官回乡后又为乡人办了这么多好事，办书院为家乡培育了很多人才吗？不完全是。因为，既然是“人家”，那就是指以李先立先生为主的一家，包括他的父亲李伦然，也包括他的四个儿子、孙子、曾孙等同一血脉的家族几辈人。

那么，这个“淳厚人家”，究竟有哪些品德、哪些行为，让南乡三十六村人为之树碑立传呢？

诚然，应是他们的道德价值和实际行动，即家族中的“族规”“家规”“家法”“家训”“家教”之类，长期严格要求自己和教育后代，所形成的家风，使这个以李先立为首的一族几代人保持了淳厚之风，才得以世人的赞美和褒扬。

先说说李先立之父李伦然吧。他在明末因避乱从四川江津（今重庆江津）迁往遵义桃溪，后又因吴三桂叛清“三藩之乱”爆发，战火殃及遵义，避兵再迁西坪笔峰山下。在那个兵荒马乱、民不聊生的年代，他拖家带口，颠沛流离为寻一安宁之处生存，几经辗转，实属不易。更为可贵的是尽管他家道贫寒，捉襟见肘，但他没忘记对先立的教育，让先立小小年纪时就表现出与同龄人的不同，他和孩子们玩耍时，就显得特别端庄诚实，稍大一些，他只要知道前人有美好的言行，自己就一定照着做。

李伦然在自己的妻子去世后，一个人承担起“家严”“家慈”的角色，且从不放弃对李先立学业的供给，并让其学会与村人和睦相处，所以，李先立又从父亲身上继承了吃苦耐劳、坚忍不拔、与人为善的好品质。

总之，李伦然对李先立的教育，让其受益一生，成就了后来的李先立，也奠定了李氏家族家风的基础。

李先立是李氏家族家风的确立者。他用言传身教，也用文字确立了李氏家族的家风，诸如：孝、和、俭、仁、义、礼、智、信等诸方面的行为规范，让家人有章可循，若有违反者，劝之，否则，家法论处。他的儿孙们从小学《三字经》《弟子规》等书，且人人背得滚瓜烂熟，并照其行事。

最重要的是，李先立能以身作则，让他人敬佩并效仿。

首先是孝。李先立母亲早逝。16 岁时，他即担起了家庭生活的重担，他在南乡平水里八甲笔峰山下，开设私塾教授学生。他教得十分认真，也十分辛苦，却把教私塾得来的“修脯”全部交给父亲，让父亲自用或安排家用。康熙三十三年（1694）他 37 岁中进士后，重庆总兵郑侨柱请他为师，父亲也同意他去，而他却说“幸得承欢，虽千金，不以一日易也”（我有幸能侍奉你老人家，让你安度晚年，即使用千金来交换一天我也不干）。他父亲病重时，他就与之商量过后事的安排，征得父亲的同意后，在父亲出殡和安葬上都是遵照朱子（朱熹）的礼仪来进行，没有作佛事道场。

再是“和”。李先立一家祖辈和睦相处，他与发妻几十年同甘共苦，相濡以沫、互敬互爱，哪怕他做高官时，也没有萌发过抛弃发妻的念头。在妻子六十岁时，他还作诗一首相赠。《戊戌，内人六十生日》：“结发司甘旨，今成姑若翁。艰难曾汝共，衰病与予同。秋水浮瓜绿，冰盘剥枣红。儿孙更起舞，欢动一庭中。”这首诗表达了他对妻子的感恩与感情，实为难能可贵。他对儿子、儿媳等后辈，不以“家长”自居，而是有事共商。他告老还乡之后，见当地乡民在春夏之交常常缺粮，于是就召集了四十几家粮食多的，劝他们在各村设立“义仓”，接济乡民。后来因为义仓不能满足需要，他就和四个儿子商议建立家仓，约定当年大家都拿出谷四石，贮存在另外的谷仓里，到时候选择最需要的人家放贷，利息每石两斗，且看年景好坏增加或减少。这样，可以降低乡民的沉重负担，免受高利贷盘剥，几年下来，周围受接济的人不少。

他和儿子们商议建立家仓的事时，儿子们没一人反驳，欣然从命。这个“和”，不仅“和”了他一家，还“和”了不计其数的乡人村民。

62 岁的他在己亥年（1719）清明节，为自己选立墓时，都要和儿子及近邻们商议，甚至还请邻近的老少爷们痛痛快快地喝了一天酒。他还自己着手处理自己的后事，编定丧礼一切程序，交给他的儿子，并对他们说：“我刚死的时候，你们都悲痛至极，处理、安排事情哪能像闲暇时那样得体详尽，你们到时候按照这个去做可以不留下后悔。”可见其与儿子及邻里的关系之和谐。

他的“和”还表现在他有民本情怀，对待百姓如家人。如“先立听讼，如家人对语。常谓人曰：官体森严，已足摄人心志，若再加威，小民有情，亦何能条缕也”，又，“先立在新安，深入民间询民疾苦，‘不打人，不要钱’，免捐除弊”。调署曲阳仅半年，百姓就歌颂他为：“真父母兮又神明”，他还用自己的俸银造了两条船，以作官府公用，免除民船征用负担。对待盗窃犯，他也以感化为主，为此，很多盗贼改邪归正，境内盗患得以平息。他对同事及下人更是视为家人，被皇上选入吏部，要走之前，他把没用完的俸禄全部分送诸友，并退还童仆卖身契，给以银两，让其回家或另行谋生。回故里后，他又在村民中提倡有事以调解、和解为上，互谅互让。这淳化了民风，凝聚了民心。真正是“近恕笃行，所以接人”。

又再是“俭”。“俭”贯穿了李先立的一生，真正是“夫君子之行，静以养身，俭以养德”的典范。青少年时，因家境所迫，他通常只穿一件粗布袍，一天只吃两顿，一干一稀，可就连当官后，家境有所改善，他却依然保持布衣素食，跟做秀才时差不多。回乡后，他居然十多年没进过一次城，就连自己的住宅也比百姓好不了多少，甚至连自己的墓穴都和百姓的区别不大，对后事的编定丧礼等他更是一切从俭，乃至今日，我们看到他的旧居和坟墓时，都很难相信，这是当年那个身居高位的，人称“李天官”的住房和坟墓。无怪乎南乡三十六村人给他立的石碑上刻的是“清”“简”二字。更有清末民初的遵义诗人赵怡也在凭吊李墓后写下了《访笔峰故居》一诗：“白云渡延江，飞落平水隅。一峰秀云表，正对贤人居。先生赋归来，清风被乡墟。三十六村人，旌碑犹在闾。”可见李先立为官为民，堪称典范，让人敬仰。

至于儒家的“五常”：“仁、义、礼、智、信”，李先立把它们作为自己一生的处世原则（沟通原则、感通原则、谐和原则），在“仁”方面，他能以人为本，人性关怀；在“义”方面，他能公平正义，坚守原则；在“礼”方面，他能恭敬尊重，礼仪文明；在“智”方面，他能崇尚知识，追求真理；在“信”方面，他能忠于职守，诚实守信。无数的事实已经证明，他是用一生在履行自己“先天下之忧而忧，后天下之乐而乐”，“为天下人谋利”的远大理想，而且，他也实现了自己的理想，所以才得以为后人称颂。

他一系列的言行，构成和确立了李氏家族的家风。

家风传承有后人。

李先立的儿子李翱（国学士，见《遵义府志》）、李翔（贡生，官务川训导）、李翥、李翰，孙李涵健、李涵候，曾孙李懋思、李耀邦等多为学有所成之人，没有辜负李先立的教导和期望。他的四个儿子均是进士或贡生，孙子、曾孙皆是举人。他们分别在国家最高学府或州、县级等位上任职，他们牢记李先立：“人如果有心做好事，不一定要大，只要行动，尽到努力，心里坚守诚恳，一定会做成一两件”的教导，承继李先立为人做官之道，树立“为天下人谋利”的思想。

他的这些后人中，不乏诗文的佼佼者，其子李翔、李翥，其孙李涵候，曾孙李懋思均擅写诗作赋，且情趣高雅，文采飞扬。

时至今日，当下的李氏后代们，也仍有先辈人的遗风，他们中的不少学有所成，走出西坪后，遍及全国各地施展才能，为官者，清正廉洁，为民者，勤劳朴实，且都是他们所在之处受人称道之人。

其家风的传承更是为人所共赞。其“百善孝为先”“和为贵”“俭养德”的思想深入后辈骨髓。难怪李先立在他的《丁酉六十初度二首》中写道：“过去韶光总莫论，今年今日又开轩。惊心几日曾为子，绕膝诸儿各抱孙。种药浇花垂老课，锄云耕雨太平恩。”从中可见他 60 岁时，已儿孙满堂，且儿孙孝顺，其乐融融。

其四个儿子与儿媳都相处甚好，李翥在其兄李翔古氏女六十寿时，也作诗相送。其孙、曾孙等一大家数口人，团结一致，互帮互助，和睦相处。

遥遥数百年，先人已乘黄鹤去，但巍巍笔峰山仍矗立，滔滔濯足河仍流淌，它们足以见证李先立家族代代人的家风相传，这无愧于“淳厚人家”之尊称、美誉。

李先立的墓碑两旁有一副对联：“先祖有德铭久远，后裔无愧世泽长。”

确实，这家风如一块熠熠闪光的瑰宝，将世代传承，世代弘扬！

（张桂珍，贵州省作家协会会员、贵州省写作学会会员，遵义市历史文化研究会会员，遵义市民间文艺家协会会员。）

行走西坪忆斯人

船　夫

遵义这片母亲的土地，山明水秀，人杰地灵，千百年来孕育了无数的女子，在我深心里最景慕的有两位：一位是西南巨儒郑子尹之女郑淑昭，一位是郑淑昭的孙媳妇卢葆华。

这两位奇女子都与西坪的赵氏有关。遵义历史文化研究会组织去西坪，我欣然前往，私心里是希望在那里能见到她们一鳞半爪的陈迹。

郑淑昭的丈夫赵廷璜是遵义县平水里（今播州区西坪镇）人，他们有三男一女。其次子赵懿，资质英敏，工于诗词，书画亦不俗，曾任四川名山知县，有诗文集《延江生诗集》《梦悔楼诗余》等。懿之子赵文特，“虽有艺术天才，然乏德行之修养”。卢葆华十六岁与他结婚，婚后有三个孩子。赵文特与卢葆华性情志趣迥异，再加上他堕落成性，弄得债台高筑，卢葆华对赵绝望之极，便离家出走，开始了“山河破碎风飘絮，身世浮沉雨打萍”的零落人生。1930 年卢葆华以自己的情爱经历写成自传体中篇小说《抗争》，在《上海晚报》副刊发表，1999 年此部小说被推选为 20 世纪贵州最佳文学作品。这篇小说乃继丁玲《莎菲女士的日记》之后又一篇中国现代文学史上写女性生活的优秀作品。作品以充沛的激情、昂扬的格调、强烈的抗争精神，喊出妇女解放运动的时代强音，文笔细腻流畅，心理描写真切动人。卢葆华 1933 年在南京写的《满江红・登栖霞山》更是让人荡气回肠：“踏破西风，凭健足，攀崖寻穴。登绝顶，大江东去，气吞吴越。落日苍茫秋欲暮，残霞零落红如血。望龙盘虎踞石头城，烟明灭。家国破，金瓯缺，仇未复，心如割。奈孤身零涕，暗添华发。遍野浮云寒白谷，满山枯树生红叶。问登临此日意如何，悲难说。”卢葆华离遵后辗转南京、上海、杭州等地，抗战期间其流寓昆明，有三次短暂婚史，但均无子嗣。1942 年病死后，其详情不得而知。

郑淑昭在赵廷璜升任四川大宁知县后，前往与之团聚。不幸次年（1877 年）病故，年仅 52 岁。她死后赵廷璜为她写了《亡室郑宜人暮志》，黎庶昌写了《赵宜人墓表》。前文说：“赵子以职羁留，命两儿扶柩归葬。”后文说：“归葬遵义留青阡先家测。”我想这一次去，应该在赵家坟山能见到淑昭之墓吧。

我景慕淑昭是因为她是我郑姓族中的先辈，更深层原因是她的人品和文品。淑昭幼年时即能吟诗填词，其喜古代才女，尤慕班昭。其父为她取名淑昭，字以班班。她温良孝慈，贤淑端庄，勤劳节俭，有大家风范，精于蚕桑、纺织诸种女工。其 21 岁（1847 年）嫁父亲门生赵廷璜。赵廷璜长期游幕在外，她在家中锄园采桑，俸养公婆，教育子女。她的诗由其子赵怡辑成《树萱背遗诗》，被收入《黔南丛书》第三集，其诗作多反映其农村生活和闺阁离愁，抒情状物，清新明丽，细腻柔婉，读来让人心弦颤动，不胜酸楚。如《七夕》："明河淡宕影西流，乌鹊填桥度女牛。飞辇暂停机轧轧，浮云犹隔梦悠悠。休嗟人世多离苦，试看神仙尚别愁。莫漫猜详天上事，几回吟望月轮秋。"诗人借牛郎织女的故事写与家人的相思别情，意境深远，情深意长。

我们驱车在冬日的阳光中快速前行，此行的目的地首先是遵义名士赵乃康之墓。赵乃康的父亲与赵廷璜是亲兄弟，其妹妹是卢葆华的母亲，他从学于郑子尹之子郑知同。赵乃康对郑珍之学尤为推崇，辑有《巢经巢全集》《巢经巢诗钞后集》《郑子尹先生年谱》，成为郑诗的集大成者。他曾执教于遵义中学，主授语文，教书育人，深受敬重。1926 年他受任《续遵义府志》编纂。红军长征在遵义期间，他与毛泽东的老师徐特立有交情。1942 年他病逝家中，时年 73 岁。去赵乃康的墓地，从遵义到团溪的柏油路的分路要先走几里乡间碎石路，之后又要走几里乱石马路，还要走几百米乡间山野小路才到。墓地在西坪与团溪的边界山野间一个小山包上，周围乱草丛生，荆棘纵横，只兀立着几棵不成形的柏树。坟墓由不规则的乱石垒成，平常极了，与一般平民坟墓无二。墓前有两块矮小的石碑，一块中间写着"先君赵乃康之墓"几个大字，两边是简单的几行字，介绍其生卒年月及子孙之名字。另一块是陈福桐先生手迹《赵公乃康先生行述》，其文也不过 200 多字。离墓地数百米，有一间陈旧破败的木房子，听人说是赵乃康先生的旧居。坟墓周围很少坟墓，我原以为此地是赵家坟山，一定有许多赵氏家墓，没想到竟是这样寥然寂然。当问及乡人郑淑昭之墓，他们都摇头不知；打电话问一些郑氏赵氏的后人，他们也不清楚。离开此地我不禁怅然惘然，感叹人生无常，世事沧桑。

遵义有"唐家顶子""华家银子"的说法，华家即团溪华氏，与西坪赵氏都是遵义的旺族。我所写的《锦绣遵义》一书中"恢宏的历史长卷"一章中提到的"华家银子"曾到过团溪，想寻找华氏的遗迹。这个因盐商而曾为贵州的首富之家，创办了茅台造酒公司，让茅台酒在巴拿马万国博览会获金奖，成为东方第一壶。他们家的一切辉煌最后竟然灰飞烟灭，仅剩下在团溪中学的几个石础和老公馆处的一堵砖墙。我当时的感觉也与现在一样，都是无限怅然！

之后我们又参观了清康熙年间向朝廷请求在遵义设立考棚的进士李先立的坟墓，拜谒了曾任国民革命军 14 军军长的抗日名将陈铁坟墓及其旧居，游览了能诗善文的明朝遗民陈启相流寓的平水里掌台山堂子寺（原属团溪区的西坪小学校址）……我不禁想到，贵州多山，每一个山的皱褶里都有不少的故事，团溪、西坪更是如此。我此行可谓收获多多，但又想到我们的承传和保护意识欠缺，让无数有价值的东西流失在岁月的烟海里，我不禁又感到失去的太多太多，心中又升起了一股莫名的怅然。

（船夫，郑希友）

笔峰山下家风远“淳厚人家”三百年

陈朝安

遵义市播州区团溪镇与西坪镇交界处的笔峰山下，是清朝官员李先立的故居。故居旁，一座“淳厚人家”石碑历经 298 年的风雨，至今犹存，令人追思。

李先立（1657—1719）祖籍重庆江津，字卓庵，号笔峰，世称北山先生。康熙三十三年（1694）进士及第，是清朝在遵义府开科以来的第一个进士，又是第一个进入朝廷为官的遵义人。李先立曾任多处知县并奉旨入吏部任文选清吏司主事，乡人称“天官”。

作为诗文大家，李先立是西坪文化的里程碑，是西坪的骄傲，也是遵义的自豪。他对遵义文化影响甚大。他的著作收在《北山诗文集》里，郑珍编定遵义人诗作《播雅》选录其诗 68 首。郑珍评论他的文章是“闳深博厚，无不明不醇之词，与欧公、朱子相似”。李先立一生致力于公益，也树立了良好的家风。伫立于“淳厚人家”碑前，当年勤俭持家友善待人、饱蘸浓“墨”奋笔疾书、为民请命清正廉洁的“天官”形象仿佛跃然于我们眼前。

我们在笔峰山下瞻仰“淳厚人家”碑，考证《遵义府志》等相关历史资料，追寻跟笔峰山一样已经永载史册的李先立的为人、为学、为官、为邻的一生，其良好的家风至少表现在以下几个方面，这些至今仍然值得学习和借鉴。

勤俭自强苦亦甜。勤俭好学的家风传承能影响孩子的一生。明朝末年，李先立的父亲李伦然避乱来到遵义桃溪居住。李先立自幼家贫，冬天没有火烤，他就在屋内急速奔走使身体发热，用一个竹篓装满秕糠之类的东西把脚放进去取暖，或拿一节竹子放在脚下复搓动驱赶寒冷。李先立小时候和孩子们玩要，就表现出特别端庄诚实。稍大一些，他只要知道前人有美好的言行，自己就一定照着做。李先立生活十分俭朴，他通常穿一件粗布袍，一天只吃两顿，一顿稀饭，一顿干饭，勉强度日。他母亲早故，就非常孝顺父亲，他把开设私塾的报酬全部交给父亲支配。父亲离世时，出殡和安葬他都遵照朱熹的礼仪，没有作佛事道场。

友善待人受称赞。李先立很热心公益事业。他回乡后召集四十余家设义仓于各村，接济乡民，后来因为义仓不能满足需要，他就和四个儿子商议建立家仓，约定当年大家都出谷四石，贮存在另外的谷仓里，到时候选择最需要的人家低息放贷，这样可以暂时降低原来加息给乡民带来的沉重负担，解决村民春夏缺粮危难，使周围更多的人受到接济。为了淳朴民风，李先立又号召村里人道：“从现在起，我们乡里不管大事小事，都要公平讲理，无理的要受罚。不遵守，一定要斗殴、打官司的，我们与他断绝交往，各种聚会都不和他往来。”附近三十六村乡民心怀感念，于康熙五十七年（1718）联合镌刻“淳厚人家”石碑相赠。

严谨治学成先贤。李先立勤奋好学，刻苦攻读，读书一定要把字句意思弄清楚了才罢休。有朋友劝他不必这样辛苦，他回答说：“读书本来就是我们该做的事，况且我们读书人如果不读书，那又该做什么呢？”终于，功夫不负有心人，他在康熙三十二年（1693）考中举人，三十三年（1694）又中进士。就这样，他将严谨治学的精神坚持了一生。1708年告假还乡创“北山书院”，李先立把书房题名“论斋”，住所题名“守拙”，每天和朋友讲论理学道德，其子孙及从其家学者传承其锲而不舍的治学家风，多人博得功名，为西坪“进士之乡”美誉增添了亮色。

清正廉洁堪典范。李先立为官清正廉洁，堪为典范。他当官以后依然保持“布衣素食”，跟做秀才的时候差不多。他回乡后十多年没有进一次城，有人邀请，他就用脚有病来推辞。他平盗患，免捐税，废私派，治水灾，问案如话家常，劝诫村民凭公论理，深得百姓爱戴。李先立选任直隶新安知县期间，新安有很多大盗，前任县令就是因为抓不到盗贼被革职。李先立到任不到一月，就抓了几十个，依法处决了首犯。后来又抓到一个强盗头目，任命其为捕快之首，很快就把其他强盗全部抓住了。他每次给强盗定罪时，几乎都要哭着说：“你们为什么不做好人呢？国法不能饶恕你们啊！”很多强盗因此被感化，境内盗患也就平息了。

为了加强领导干部家风建设，弘扬历史悠久的遵义优秀传统文化，吸取传统家规家风文化中的精华，引导党员干部知古鉴今、廉洁修身、廉洁齐家，有幸作为遵义播州人，我们为什么不继承古人留下的这些宝贵精神财产？家风悠长又绵远，“淳厚人家”三百年。笔峰山下诗永恒，后学鉴之谱新篇！

（陈朝安，西坪镇修志办工作人员。）

陈铁的故乡情结

公 犊

有幸陈铁出生在西坪。

西坪，原本只是一个小乡场。只因是一片丘陵地域，又恰处湘江河的西岸，就得下了“西坪”这一雅号。历史上，西坪长期隶属遵义县的南乡平水里，为县邑之最偏僻的荒陬，不大为人所瞩目。直到有明末年，明朝处于风雨飘摇之中而不能自拔的时候，遍游吴楚诸山的明朝遗老陈启相弃家为僧，法号大友。后来他来到了西坪掌台山的虎丘寺隐居，自称掌山老人。陈启相隐居后，开设书院著书讲学，随之而来的有谈亮、罗兆甡等人。他们开西坪一代文风。在西坪这块土地上，先后涌现出进士 13 人，举人 14 人，加上贡生、庠生等可稽考者达 50 多人。西坪成了远近闻名的“进士之乡”。

在陈启相奠定西坪文化的基础上，入居笔峰山下的李先立又奇峰兀立，成为清朝遵义入朝署事的第一人，被称作“天官”。康熙四十七（1708）年，他绝仕回乡，创办“北山书院”，专事讲学，培育乡邦子弟，在西坪再兴起一轮文化热潮。李先立和他的子孙、弟子等，形成了一个具有相当规模的文学群体，其影响直至清朝中期。

直到清末民国时期，受沙滩文化的熏陶，赵氏一门人才济济，在青龙山又掀起一轮办学热潮，使西坪文化更呈现一番新景象。

近三百来年，西坪文化欣欣向荣，出现了众多可圈可点的人物，陈铁作为西坪后生的一员，应该值得骄傲，值得自豪。骄傲，是因为西坪历史上有那么多风云人物；自豪，自己可是桑梓的一员，应该为西坪做一点什么呢？

西坪历史上的风云人物，大多出现在动乱的年代。他们大都不满时局的腐朽，趁势而起，为改变国家以及自己的命运而奋力拼搏。他们都属西坪文化的代表人物。陈铁成年的时候，正是国家处于动荡的时候，封建王朝虽然被推翻了，建立了民国，却又出现军阀混战，使人民生活在水深火热之中。陈铁已经在遵义中学堂毕业，从“文”的角度讲，应该说已经不成问题了。当时，以孙中山为首的国民党正在广州和中国共产党合作，创办了黄埔军官学校。陈铁想，就从“武”吧，为廓清天下的混乱出一分力。1924 年，他毅然考入了黄埔军校的第一期。

通过学习，陈铁的眼界宽阔了很多。他想，自己既然确定了从武，自然需要一批志同道合的人才一起冲锋陷阵，而且，也应该让家乡的子弟跨出山门，走向世界。于是，他经常把《黄埔月刊》寄回西坪，让青年们阅读，开阔眼界，并劝导族人和乡党报考黄埔军校。正是在陈铁的影响下，西坪、团溪、尚稽先后报考黄埔军校的竟有四十多人。单西坪一隅，就有陈德明、陈谦、谢绍湘、赵学琴、陈永杰、吴邦本、冯占飞、李德廉、陈庆伯等十人之多。

陈铁先后担任过 83 师副长、85 师师长。他治军严谨，要求部队纪律严明。听说他出去当了大官，族中子弟、邻里朋辈都出去找他，希望因为“家乡人当了大官，好谋个一官半职”。团溪有个李笃谦，1929 年考入黔军第 25 军军官训练团，毕业后历任排长、连长、副官，因见军阀混战、生灵涂炭而出走。他早就和陈铁相识，仰慕陈铁在家乡的声誉。听说很多乡邻都投奔他去了，李笃谦也前去投靠。

陈铁对李笃谦的到来十分欢迎，但考虑到他没有中央军校的学历，就叫他从士兵干起。李笃谦大为不快，但由于是自己去的，又碍于家乡人的面子和对陈铁的敬重，有口难开。后来一打听，陈铁都是以才能、品德取人的。对于不适宜的人，留住几天后，讲明原因，发给路费，劝其回家；对适合者表示欢迎，但只量才录用，先从较低级别安排，以后根据工作实际情况和成绩，再逐级提升。

家乡来投靠的这些人有时聚在了一起，就难免飞短流长。他们认为，陈铁任命个排长、连长只是小事一桩，对家乡人未免太苛刻了。这些话集中反映到副官陈善礼的耳中，他就转告给了陈铁。于是，陈铁语重心长地向他们解释：我们是抗日的队伍。现在大敌当前，部队要有战斗力，只有大家齐心，才能打胜仗。我若偏心家乡人，就会失去人心。85 师的人员来自四面八方，若以私情用人，就是铁军也会成为散沙的。大家听了心服口服。李笃谦也深受教育，从此严格要求自己，不久就凭能力升任排长，后又升连长、营长。

说到“铁军”，自然牵涉到陈铁所率 85 师的对敌作战。当时，85 师奉命开赴华北战场。每当临战的时候，陈铁都要伫立在战场上，面向西南，注目着千里之外的桑梓——故乡的父老乡亲生活得好吗？国若亡了，哪还有家……因此，陈铁总是指挥部下狠揍日本强盗。1937 年 10 月，由于第九军军长郝梦龄、54 师师长刘家麒相继阵亡，日寇集中兵力，猛攻晋北县我军右翼防线，企图突破忻口直取太原。值此关键时刻，85 师奉命开赴晋北县前线。晋北县右翼指挥机关第 14 军军长李默庵和战区总司令卫立煌命令 85 师必须死守忻口。短兵相接的战术，是陈铁克敌制胜的法宝。他认为，我们与敌人短兵相接，就使敌人的飞机、重炮、坦克等重武器失去了威力。这样，不仅在武器上与敌人缩小了优劣的差距，而且更大地发挥了我军官兵矫健灵活的优点。85 师接防后，陈铁就采用白天固守阵地，晚上设法通过封锁线偷袭顽敌的办法，与敌人成拉锯战。阵地白天丢了，晚上又去夺回来，与日寇激战十多天，重创了日本板垣师团。倭寇被 85 师打得心惊胆战，都说陈铁本身是铁，他带的 85 师更是铁军。后来 85 师以英勇奋战，坚忍顽强的气概进行攻克侯马车站、大战蒲城和夺取董封镇等战役中，倭寇捡得 85 师所佩之蓝底红色“坚”字三角肩章时，都胆怯地惊呼：“我们又遇上铁军了。”

陈铁平素都沉默寡言。一旦大敌当前，鼙鼓紧催的时候，他却慷慨陈词鼓舞士兵：“大家有没有父母？有没有妻室儿女？有没有兄弟姐妹？谁不是父母所生，父母所养？我们和沦陷区的同胞一样，都有自己的亲人。如果我们不奋勇杀敌，把倭寇驱逐出去，那么，沦陷区同胞今天的遭遇必定会落到我们的头上。”在对日寇的作战中，他所率领的士兵正是在这样的鼓舞下，英勇善战，所向无敌。

1949年初，南京国防部任命陈铁为第八编练部司令，在贵州遵义成立军士总队，为三个团，作编练部队骨干。不久，国防部又电令撤销编练司令部，仅保留军士总队，归贵州绥靖公署谷正伦指挥。4月，国防部要陈铁担任国防部次长。他看到蒋家王朝的多行不义，就借故辞去了，返回遵义待机起义。随后将军士总队改编为二七五师，由总队长陈德明任师长。

11月，中国人民解放军从湘西进军贵州，直抵遵义。遵义的曙光社迎接解放军解放遵义的同时，布置王正初通过团溪、西坪的关系，争取陈铁起义，委托陈福桐到团溪通过陈铁的妹夫姚世达做陈铁的工作。幸必泽也到了团溪，与晏东荟、晏东藩、萧义德共同研究促使陈铁早日起义，并决定由萧义德、余大才负责遵团之间的联系。通过与陈铁及其亲属的接触，得知他通过国民党警官学校少将陈又新已与上海地下组织有联系，早有起义打算。陈铁要求来人具体帮助起义。

这天夜里，陈铁不觉踱出了房门，走到石院坝上，打量了一下住房。这是祖上传下的木架瓦房，正房和左右的厢房恰好成一“品”字。这里就是他的衣胞之地。少壮之时，就因钦佩故里人才济济，决心跃马横刀，为桑梓干一番事业。万万没有想到，事与愿违。老家的住房虽然成为永久的一个“品”字，自己却没能成为一品人物，真有负桑梓……共产党派来的人敦促他率兵起义，不是说的要派人来指挥起义么，怎么还不见人来呢？

陈铁不由得看了看昏暗的夜空，周围静悄悄的。然而，他知道，外边的世界正起着翻天覆地的变化……

突然有敲门声……

陈铁眉头一拧，轻轻地踱到院门后，屏息倾听着。

又是敲门声，好像并不着急。

他警觉地探问：“谁？”

“我们。”院外传来了他熟悉的声音。

陈铁喜出望外，赶忙打开院门：“总算把你们盼来了。”

他把曙光社的人员让进了屋里，交谈没几句，就欣喜不已，忙提笔写了一封信交给他们，同时，借了一百块大洋给曙光社作活动经费。那封信由晏东藩、陈英赶快送到黔西，命令二七五师立马起义，开回遵义，归遵义军分区指挥。

之后，陈铁曾任过西南军政委员会委员兼农林部长，被选为省人大和全国人大代表、贵州省副省长。中央还特任他为国防委员会委员，兼任贵州省政协副主席、贵州省民革省委副主任及民革中央委员会委员。他不但致力于行政工作，还积极参加民革和省政协的工作，晚年尤其对两岸统一问题更为热心，不断争取旧时的老同学、老朋友，与他们书信往来，共同期盼祖国早日统一。

陈铁曾经说过，他百年归天后，要和他的先慈在一起。1982年2月12日，陈铁病逝于省城，归葬西坪，在他母茔的旁边筑了一座将军墓。经宋任穷批复，墓碑上特刻“抗日名将”四字。将军墓比较高大，约 1.6 米，颇有气势。将军年轻的时候从这里出发，戎马半生，百年之后，又回到了生他养他的地方，幸哉荣哉！在将军的注目下，蓝天白云，阳光和煦，田畴阡陌正呈现着一派勃勃生机，欣欣向荣。明天的西坪一定比今天更加美好！

（公犊，原名刘明远，播州区人）

为官当学陈铁将军

钟金万

一

我之所以要写这篇短文，完全是因为遵义市播州区（原遵义县）西坪镇的抗日名将陈铁将军，他既有官之风范，又有官之情谊，堪称干部楷模，人民榜样。

称官也好，叫干部也罢，这个职业首先必须是人之楷模，民之榜样。

陈铁将军重任在身，每次回乡，他总是入乡随俗，展示自己的本来面目。他衣着简朴，从不着军装，跟随他的只有副官和少数警卫。而且，他从不“投怀送抱”，主动打搅地方上的军政官员。

陈铁回乡先是与家人见面，接着再去看望族中长辈。他不许警卫人员跟在他身边，也不许他们阻挡前来看望他的族人、乡友或地邻。陈铁对随行人员说：“家乡是我的衣包之地，要随便些，没有人会加害我。”

在称呼喊叫上，陈铁尤为注重。不管是谁，他都按伦常辈分称呼，就是比他年纪小的长辈，他也是叔称叔，是公称公，从不含糊其词，蒙混过关。对平班兄嫂，陈铁也不直呼其名。而且，他还不许亲戚、地邻称呼他的官职或军衔。

二

在西坪老家，陈铁将军始终把自己放在尊老爱幼、平等待人、和睦相邻的位置上。在工作上，陈铁将军用人严格，总是以才能、品德取人，从不徇私枉法。

“朝中有人好做官”是所有百姓的共同心理，也是他们趋之若鹜的根本原因。陈铁在师长、军长的位子上，去投奔他的人很多。怎么办？陈铁采用了两种办法接待他们。一是对不适合从军的，他留住数日，说明原因，发给路费，劝说回家。二是对适合从军的，他表示欢迎，而且量才录用。

陈铁将军对投奔他的行伍军人，都是按最低级别来安排的，经过一段时间的工作和考察，发现了优点和长处，再逐级提升。团溪镇的李笃谦与陈铁将军是老乡，而且相识较早。1929 年，李笃谦从黔军 25 军政治训练团毕业后，历任排长、连长和副官。他因仰慕陈铁的官声和军威，便投奔到了陈铁军中。李笃谦由于没有国民党中央军校的学历，只好当了一名普通士兵，心中大为不快。后来，李笃谦打听到陈铁对遵义人都是如此这般安排的，心中的怨气才消了。

一天，陈铁从族中长辈、副官陈善礼口中得知遵义老乡对他有怨言，他们说：“遵义人要在军中当个排长、连长什么的，只要陈铁师长说一句话就行了。他怎么对我们这样苛刻呢？”陈铁觉得这种怨气必须疏导，否则后果不堪设想。于是，他把这些人召集起来，说：“军队是抗日部队，日寇大敌当前，部队必须得有战斗力。我若对家乡人偏心，就会失去人心。只有大家齐心，才能打胜仗。85 师的人来自四面八方，若以私情用人，就是铁军也会成为散沙。”大家听了陈铁的肺腑之言，无不感到羞愧，从此对他心服口服。

李笃谦更是深受其教育，此后对自己的要求也更加严格了。数月后，李笃谦升任排长，以后又升任连长。李笃谦在陈铁将军的部队中七年，负过重伤，立过一次战功。抗日战争胜利后，李笃谦回到贵州。1949 年 1 月，李笃谦加入陈铁创建的第八编练部军士总队，任三团三营营长。7 月军士总队改编为 49 军 275 师，11 月 21 日 275 师成建制在贵州黔西起义，投入人民的怀抱。1952 年后他转业回家。

三

陈铁将军和他的上司卫立煌将军一生中几度相处，肝胆相照，感情至深，友谊长存。北京中国军事博物馆珍藏的那支帕克钢笔便是他们感情永久的见证。

那支钢笔是美国马歇尔将军来华时，赠送给卫立煌将军的。不久，卫立煌将军便把它转赠送了陈铁将军。卫立煌将军虽然珍爱国际友人的这份礼物，却更加珍惜与陈铁将军深厚的友情。陈铁将军将这支钢笔珍藏了多年，待北京中国军事博物馆建成后，才将它捐赠馆藏。这是他们两人共事的见证，友情的象征。

1926 年，陈铁在何应钦所属第 1 军第 3 师 9 团 2 营当营长，与团长卫立煌相识。下半年，陈铁因作战立功升任第 3 师 7 团团长。1927 年，陈铁离开第 3 师任南京军官教育团团长。1928 年，陈铁辞去军官教育团团长职务，去北京陆军大学特别班进修，与卫立煌成为同学。1931 年，卫立煌任 14 军军长，陈铁在他所辖的 83 师 249 旅任旅长，不久升任副师长。1935 年，陈铁任 85 师师长，由四川忠县（今重庆忠县）开往南京浦镇整顿部队。1937 年，陈铁率 85 师沿津浦路北上抗日，编入卫立煌的 14 军。1938 年夏，陈铁升任 14 军军长，率部在晋东南闻喜、阳城等 7 县境内抗击日寇。经第一战区兼第二战区副司令长官卫立煌介绍，陈铁与中共领导人刘少奇、朱德、彭德怀等见面并取得联系。1941 年，陈铁率 14 军自晋东南调到洛阳。1942 年卫立煌将军被蒋介石撤销所有职务，1943 年春陈铁将军也被免去了军长职务，调离 14 军。

卫立煌和陈铁两位将军之所以被蒋介石撤去一切职务，主要是陈铁在 1939 年冬天与卫立煌商量，想放弃军队，个人投奔共产党，卫立煌认为还是等待时机，有军队一起去的好。不久，因八路军（第十八集团军）驻洛阳办事处处长袁晓轩叛变而暴露。

1948 年初，卫立煌担任东北“剿总”司令，约陈铁任副总司令。5 月，陈铁抵达东北，卫立煌要他把 14 军调到东北以扩充实力。陈铁回答说，14 军已被胡宗南、陈诚瓜分了。但是，陈铁还是找了几位老同事老部下到东北“剿总”任军长等职。当时，卫立煌到东北去不是帮助蒋介石打内战，他想尽快促成蒋介石失败，让他退出历史舞台。不久，蒋介石再次怀疑卫立煌、陈铁与共产党建立了某种联系，便在北京将卫软禁起来，同时也撤职了陈铁的职务。后来，陈铁去北京看望软禁中的卫立煌，随后去了上海，不久假道湖南回到家乡遵义，赋闲在家。

1949 年 2 月，卫立煌从蒋的软禁中逃出，秘密到香港定居，多次跟陈铁通信。这年八九月间，蒋介石到重庆召见陈铁，专门问起他跟卫立煌通信没有？1955 年 3 月，卫立煌从香港返回大陆，回到人民的怀抱。中共中央曾派陈铁跟他交谈，以便合适地安排他的工作。可见，陈铁将军与卫立煌将军的关系是非常深厚的，既有兄弟之情，也有革命之义。

（钟金万，遵义市播州区人，贵州省作协，遵义市曲协副主席、播州区作协主席、政协委员，曾任《遵义县志》副主编。）

纪念陈铁将军

——陈铁故居前言

冉启超

中国的抗日战争，作为世界反法西斯战争的主战场，在二战中占有重要的地位。其艰苦卓绝和惨烈程度，在世界战争史上是绝无仅有的。这场由日本军国主义蓄谋发起，以侵略和掠夺为目的的战争，给中国人民和亚洲人民带来的深重灾难，其反人类和灭绝人性的程度都是空前的。中国人民和亚洲人民乃至全世界一切爱好和平的人们，对日军在所有被侵略国家的土地上所犯下的滔天罪行也是深恶痛绝的。

陈铁，作为抗日名将，荣誉是很高的。作为西坪土生土长的人，他是西坪的骄傲，家乡的自豪。陈铁故居的修复，是在县政府及有关部门的统筹安排下，由西坪政府主持，于 2013 年完成的。现在将故居升为展览馆，西坪政府宣传办历时一年的时间的收集上百件相关物件和图片资料，以突出抗日名将及抗战这一主题。

千百万抗日将士，为了抗日守土，保家卫国，献出青春、抛洒热血、马革裹尸甚至埋骨他乡英名不留。这些可歌可泣的英雄业绩，无不说明了在国家遭难、民族危亡、民生倒悬之际，中国人民舍生取义、慷慨赴死、重整山河的伟大精神。中国和中华民族之所以经历五千年风雨不衰不亡，其主要根源就在于这样的英雄精神。它作为一种民族魂流于中国人的血液之中，生生不息，代代相传，发扬光大。

陈铁作为职业军人，他的人生是清晰而又明朗的。投身黄埔，挥师北伐，血战忻口……陈铁事迹中，抗战功绩主要集中在华北抗战这一地，而当时的太原保卫战是继台儿庄抗战之后的又一重大战役。在敌强我弱的情况下，陈铁当时身为第 85 师师长，奉命防守忻口左翼阵地，和敌人进行殊死搏斗，给敌军以重创。后因中路军郝梦玲军长阵亡，陈铁奉命增援中路军并收复其丢失阵地。因陈铁在华北战场作战英勇，战绩显著，很少败绩，故有“常胜将军”的美誉，从而扬名三晋。

我们重修将军的故居，纪念抗日英雄，缅怀历史，是为了让所有的中国人和我们的后代不忘历史，以史为鉴，反对战争，珍爱和平。历史进入二十一世纪之后，时代的主流是和平与发展，而日本军国主义思想大有死灰复燃之势。日本右翼分子在近期不断鼓吹“中国威胁论”，鼓动日本朝野上下，力主“修宪”，扩展军力，在霸权主义国家的驱使下对中国进行围堵。

我们的中华民族是礼仪之邦，历来重视仁义，爱好和平，但我们的仁义不等于软弱，爱好和平也不等于委曲求全。历史的经验告诉我们，落后就要挨打。我们需要团结，我们需要发展。

今天，我们纪念抗日战争胜利及世界反法西斯战争胜利七十周年，我们缅怀将军的抗日功勋，就是要大力宣传抗战的历史，让更多的中国人记住这段历史，让我们的后代不忘这段历史，为实现中华民族伟大复兴的中国梦努力奋斗。

（冉启超，西坪中学教师，喜欢吟诗作文自娱，文笔朴实，清新顺畅。）

我们景仰，所以我们追寻

——一名陈铁故居工作人员的自述

杨永涛

有人曾用“野外红玉暂蒙尘，深闺绿女待梳妆”来形容我们西坪，西坪因为地处播州偏僻一隅，向来被人少看几眼。因此我们常在行文中以“她的美丽、她的价值还未更好地展现出来，她的魅力还未被更多的人所认识”来将遗憾暂时搁置一下，再去收集和整理更多的资料，来充实这里的历史记忆。这些记忆里，有的仅是记录，有的仅是怀念，而有的，却充满景仰，比如对陈铁将军。

因为陈铁将军出生和成长在西坪，这里就有了一个值得人瞻仰的所在——陈铁将军故居。

当时的故居，可一言以概之——破败，原本典型的品字形黔北民居建筑被弃掉了一个“口”，也就是一排厢房已经完全不存在。而正房部分也因为横梁断裂，檀塌瓦落，露出一个朝天的硕大窟窿，无奈地承受着每日的日晒雨淋，随时有整体垮塌的可能，确实是不忍目睹。地方领导们都意识到了故居的重要意义，可惜因资金原因，无法使力。

一时不解决，不等于永远不解决。2013 年 1 月，遵义县（今播州区）委、县政府领导邀集省、市、县相关部门领导、代表，来到西坪，共同商讨故居保护及如何打造爱国主义教育基地工作，当时还邀请了省林业厅有关的领导参加。经过一番热络宣传和苦心争取，各级、各部门在会后联合出力，故居修复资金开始有了些许着落。万事开头难！开了头，接下来的工作就顺理成章了：省、市、县文史专家拜谒陈铁故居、墓地并召开了座谈会，故居修缮工程队进来了，故居所在的大同村窝元组“四在农家”建设工程上马了……与此同时，将军故居的实物及文史资料征集也提上了日程。

这样，外出搜集工作的一部分重任便落到了我和另一位同事头上。出发前，那种他人难以体会的荣幸和激动，让我们近乎彻夜难眠。

一

2015 年 5 月的一天，航班把我们送到了太原，开始了远赴忻口的征程。忻口战役是抗日战争中太原会战的中心战役，该战役创下歼敌逾万的纪录，是国共两党团结合作，在军事上相互配合的一次成功范例。我们的目的，即是追寻陈铁将军在此战役中的足迹。

如今的忻口村属于忻州市忻府区。我们持西坪镇政府的介绍函找到了忻府区政协副主席郭晓燕，颇有作家气质的郭女士热情地给我们介绍了忻口战役的基本情况，得知我们需要更加深入细致地了解和收集资料时，她便打电话联系了忻口村赵培俊支书，并派车将我们送到了不算太近的忻口村。

五月的忻口村天气逐渐开始发热，我们才下车，即时感到了干燥和闷热。去赵支书家的路上，看到两位热情的大姐在做面块和烙饼，我们新奇地稍一驻足，两位大姐便热情地为我们递上面块烙饼，使我们第一次感受到了抗日老区人民的热情，也从她们口中了解了赵支书是一位为人民服务的好支书，因为他自筹数十万元为村里修通了水泥路。

见到了培俊支书，我们更觉他爽性好客，朴实中带着些许精明。当他明白了我们的来意时，出于对忻口战役中抗日精神的敬仰之情，他对我们也格外热情起来。我们在赵支书家中住下，他的家人和他一样热情，换着花样做出砂丁饼、玉米粥甚至是大众的炒鸡蛋等主食菜肴，生怕我们吃不好吃不饱。虽然我们因为不习惯没有米饭的饮食，但那份热情让我们难以忘记。

那几天里，赵支书耐心地带着我们在阵地遗址上游走。

我们在遗址上碰到过八一电影制片厂电视剧《血战忻口》主创人员采风。该电视剧于第二年开机，不知剧中对左翼兵团第八十五师陈铁师长有怎样的描写。彼时，1938 年 10月进行的沂口战役已过去了 78 年，我们在阵地上已无法找到更具体的陈铁将军指挥作战的细节，那上面最具体的地标是郝梦龄将军牺牲的地方，我们只能由此蔓延开来，想象陈铁将军在枪林弹雨中镇定指挥的场景……我们在遗址制高点上继续搜寻，不经意间的一刨一抠，竟找出了几枚弹壳和弹头，甚至还有一些白骨……岁月倥偬，仍能引领我们想象当时战斗的惨烈。

虽无法得知它们是属于敌军还是将军的部队，我们仍然小心翼翼地把弹壳和弹头小心地收拾进口袋，准备带回西坪，因为，它们见证过将军和战友们为国浴血的冲锋和呐喊！

那几天里，陪同我们追寻历史足迹的还有一位李大爷。80 多岁的李大爷精神十分矍铄，当赵支书把我们介绍给他时，他特地回家在胸前衣襟上戴了几枚勋章，神情凝重地带着我们看他无数次心酸面对的场景——他自家被侵略者烧毁的房屋,虽然已被茅草掩埋得几近消失，但那露出的半架板车仍然在诉说着那些屈辱的日子。好在，如今的祖国早已不再是可以任由蹂躏的弱者了！李大爷从愤懑中回过神来，开始述说他从父辈那里传承下来的陈铁将军的故事。一边述说一边评价："他们的作战方案是竞争作战，就是左翼到正面迎战……贵州汉子，铁军！"李大爷饱含深情地讲述完毕，我和同事默默感受那传承 78 年的点赞，不由自主地重复那句对陈铁将军和部下的素描：贵州汉子，铁军！

因赵支书临时有事，有一天的采风我们自己完成。这天早上我们遇到了一个叫卢本志的小孩，八、九岁的样子，愿意带我们四处看看。在他的带领下虽然没有什么大的收获，但我们满满地感受到国耻在下一辈的心中仍旧没有被忘记，仍旧是鼓励他们图强发奋的力量。

其间，还发生了一件为我们的工作行程平添几分趣味的事——由于我们沉浸于采风收集的过程中，在小本志给我们带路的过程中，竟然忘了给他家长打个招呼说一声，使得大半天都没见到孩子的家长焦急地向派出所报了案，待到晚饭时间民警把我们当人贩子找到时，我们百口莫辩。因为我们两人经过一天的四处游走，尘土满身，如长途跋涉的外来者，和小孩站在一起，不像人贩子也难啊。民警同志看着我们的介绍函和工作证件，打了若干电话，从村里到区里，从晋省到黔省，终于搞清了我俩的身份。在放心之余，那位本来十分恼怒的家长和民警一样，对我们说："贵州的同志，陈铁将军的老乡，你们辛苦了！"听着赞扬，吃着他们准备的泡面，我们的心里万分感慨，心里本想说："我们将军的足迹，我们想，多走走，多看看。"但说出来的却是："应该的、应该的！"我觉得，民警、家长以及我们，在相互的情绪感染中，眼角肯定都是湿润的。

在这片被抗日烈士鲜血染红的土地上，似乎所有的人对那段历史都有清晰的认识。从村里回区里的路上，我们遇到了一个开豪车的人叫段林万，知道我们因追寻历史而来，他便毫不犹豫地让我们上车要送我们一程。一路上他说得最大声的一句话就是："如果侵略者敢再来，我愿第一个冲上前线！"回到城区，我们遇到了范亭中学一个叫尹文静的女学生，她热情地给我们做参观"忻口战绩碑"的向导，从她的解说中，我们强烈地感受到了她对战争的厌恶。他们二人的愿战和厌战，其实都是对和平的向往。我想，这足可告慰陈铁将军们的在天之灵了！

在忻州，我们还有幸拜访了著名军旅作家胡全福老师，并获赠他的《血战忻口》和《忻口亲历记》等亲笔签名的多部作品。最后一天，我们向热情的赵培俊支书和郭晓燕副主席告别，走进了太原机场。在这里，我们又经历了一场小"惊险"。对之前在战场遗址上收集到的那些弹壳弹头，我们当时并没有意识到是什么危险品，在时间匆忙的情况下，更没有想到去办理托运，可这一疏忽可差点误了登机——我们的行李在安检仪中纤毫毕现，弹壳是弹壳，弹头是弹头，哪怕是 78 年前的东西，它们仍在武器的范畴，这可是不寻常的乘机违禁品。于是，我们被"如临大敌"地滞留下来。待得大费周章地搞清楚了原委，机场工作人员对我们说："贵州的同志们，这些弹壳弹头，都沾满了英烈们的鲜血，托运费，我们不要了！"我们热泪盈眶，我们再次感激。在最后时刻，我们得以顺利登机，飞向蓝天，飞向下一站。

二

这一站是合肥，我们将专程拜访陈铁将军的上司——卫立煌将军——的侄儿卫道询老人。道询老人是一位知名的书画家，得知我们的到来，他以双手紧握我们的双手，老泪纵横，表达出对那段历史的无限追思，同时表达出的，是对我们做这项工作的赞许。

他的老伴亲自下厨做了特色菜，而他老人家不顾患糖尿病的身体，陪我们喝了几杯当地名酒古井贡酒。

第二天，老人约来几名书画好友，各自奋笔泼墨，题诗作画，为他追忆中的陈铁将军，为他没有来过的西坪镇，一张张，一幅幅，饱含穿越沧桑历史的情怀……道询老人当场作的画是一幅熊猫吃竹，画中，他特意留下了题诗的位置，不是留给自己题，而是示意我和同事题。老人放笔后坐到沙发上饮茶，并不时用眼神鼓励我们。一开始，我们那个紧张劲无以复加，半晌才稳定情绪，终于补上了自认最抒胸臆的诗句：扬华夏之高节，铸西坪之图腾。看着老人脸上露出的赞许笑容，我们终于舒了一口气。

老人哟，您的深情我们感受到了，您的期望我们更感受到了，西坪美好的明天，必将记住你们殷切的祝福。你们的前人，我们的先辈——卫立煌将军、陈铁将军必定会九泉含笑！

三

回到西坪稍做休整，我们再次踏上省内的征程。我们来到贵阳，拜访了陈铁将军的长子陈沛霖先生。可能是受到的磨难太多，沛霖先生最先对我们的到来并不算热情，他的心中，对故居的建设也许根本没有印象，也许根本就不看好。通过我们三番五次的拜访和联络，沛霖先生才勉强答应来西坪看看。他真来时，看到建设中的故居工地上热火朝天，然后静静地跪拜了父亲的坟墓。

沛霖先生捐赠了一把铜剃须刀。他告诉我们：这是他父亲生前所使用的。

同样的情形，还发生在将军故居的揭牌仪式上。当天，将军夫人张侠君女士委托将军的另一位儿子陈寿强带来一床军毯，在仪式上当场捐赠给故居。寿强先生说：之前我母亲和我以为故居建设工作是不可能真正实施的，但现在我们看到了，捐出我父亲用过的军毯，我们也不怕遗失了！

纯朴的话，最深的情；实际的行动，最深的景仰！

在故居建设中，居住在故居旧房中的几户人家得知要搬迁，也没有向政府过多的讨价还价，短时间内就进行了搬离，为故居建设按时完成争取了很多时间。而原遵义县书法家协会的老书法家们，听说故居相邻的街区要配套改造，也纷纷义务泼墨创作。如今，你走在将军故居附近的街道上，一户户新房门框上悬挂的对联，便是这些内心火热的老艺术家们义务劳动的成果，他们以另一种形式表达了对将军的景仰。

陈铁将军故居已于 2015 年 9 月 28 正式落成开放。每次看着里面陈设的各类实物和文史资料，我和同事都倍感欣慰。

因为景仰，所以我们追寻；因为幸福，所以我们祝愿！祝愿“待梳妆”的将军故里西坪，昂首美好的明天！

（本文在写作过程中得到西坪镇张伟、高原等同志的大力协助，特此致谢。文中提及的文物、书籍、字画等均已陈列在陈铁将军故居。）

静以修心的杨干之

钟金万

小时候，经常听长辈们说起省主席周西成修公路、办教育、搞实业、反贪污的故事，知道了他为贵州建设做出了前所未有的贡献，开创了历史上绝无仅有的“贵州盛世”。长辈们对周西成手下的谋士或干将也十分夸奖，称之为“三杨开泰”。遵义县西坪人杨干之就是其中的一个。

杨干之在主管民政建设期间，为贵州的老百姓立下了汗马功劳。周西成主政贵州时，社会安定，秩序井然，百姓安居乐业，在全国有“北晋南黔”之说。

周西成之所以看重杨干之，主要是他们有所接触，有所交往，乃至无话不谈，做到了心心相印。在贵州公立法政学堂学习期间，杨干之跟周西成的姑父熊逸斌是同学，且住在同一间宿舍。他们思想活跃，追求进步，而且志趣相投，又是遵义籍老乡，因而成了至交。那时，周西成在贵州军阀窦以庄旅长手下任排长，因与熊家是姻亲，也常在熊家进出。这样，通过熊逸斌的介绍，周西成就认识了杨干之，不久他们便成了好朋友。

后来，杨干之先后任贵州省邛水县（今三穗县）县长、省资议局议员、四川省江津县征收局局长、铜梁县县长。1925 年，周西成任黔军第三师师长，驻扎赤水，觊觎贵州省最高统治地位。因缺乏左膀右臂，便想到了老成、厚道、机智的杨干之。周西成认为，杨干之受儒家文化熏陶，为人厚道，不会有野心，便派人去铜梁县，请他辞去县长职务，到赤水共谋贵州大计。

周西成未当省主席前，聘请杨干之为幕僚（高级谋士），对外的名义是军法官。杨干之走马上任后，只用一个计策，便擒获了大土匪罗成三，而且壮大了周西成的军事实力。

罗成三本是桐梓县一大匪首。曾在四乡八里打家劫舍，劫场拉僵（绑票），无恶不作，当地百姓深受其害。后来，袁祖铭兵分三路进军贵阳，驻遵义的黔军第四混成旅张春浦向四川撤退，准备解甲归田，却遭到了土匪罗成三的阻击。这时，心灰意冷的张春浦便将所部人马枪支交给了罗成三，独自一人返回了四川。

罗成三得到张春浦的人马枪支后势力大增，于是乘遵义城没有驻军便进驻了老城，自称“遵义城防司令”，向城区商号及躲避土匪的大富人家派款开支，弄得满城百姓苦不堪言。罗成三还暗中与四乡八里的土匪勾结，说只要土匪不抢城区，互相之间便相安无事。

不久，黔军第三师师长兼军务会办周西成已经有了为民除害清剿匪首罗成三的打算，便以靖黔军司令名义进驻遵义新城。杨干之凭借他对遵义的熟悉，觉得没有必要大动干戈，只要解决匪首罗成三就可以了。因为，杨干之已经了解到罗成三手下的独立营营长戴和清、机枪连连长陈凤鸣是张春浦的手下，都不愿为虎作伥，鱼肉百姓；而且，遵义城里只有独立营驻扎，营长就是戴和清，护卫罗成三司令部的机枪连连长正是西坪老乡陈凤鸣。后来，杨干之与陈凤鸣、戴和清二人通过三番五次的感情联络，对贵州政治形势的反复分析，认为周西成胸怀大志，值得拥护。最后，戴营长和陈连长都答应助杨干之一臂之力，帮助周西成解决罗成三。

与此同时，周西成已跟罗成三结为“兄弟”。一天拂晓，周西成派兵向罗成三司令部进攻，陈凤鸣在内响应。罗成三在慌乱中只穿件汗衣从后院翻墙逃走，经四花园巷子逃进天主教堂。周西成的追兵最后在教堂楼顶的天花板上将罗成三抓获。

1925 年，正值遵义遭受严重饥荒，米价由 1 元大洋 1 斗涨至 4 元 1 斗，售粮富商囤积居奇，希望粮价一涨再涨。这时，周西成听从杨干之的建议，从四川买米运到遵义敞开供应，并谎称近期还有源源不断的大米抵达。这时，囤粮富商怕大米猛跌便纷纷抛售，终于解决了遵义的饥荒问题。

周西成主政贵州期间，杨干之担任民政厅厅长，有委任各县县长的提名权与建议权。杨干之跟他的好朋友这样说过：“周西成特别注重选拔有真才实学的人当县长，而且把道德声望放在第一位。”又说：“周主席坚决反对地方豪强、劣绅混进官员队伍。这种人会狼狈为奸，鱼肉百姓，祸害一方。”还说：“谁推荐的人在任职期间出了问题，周主席对推荐人要问罪责罚。”因此，杨干之推荐当县长的只有两个人，一个是陈凤鸣，另一个是余伯谦。杨干之清楚这两个人的学识与品行，能严于律己，宽以待人，处世公正，乐善好施。陈、余二人在任期间恪尽职守，刚正不阿，确实做了不少力所能及的好事。

杨干之卸下民政厅长的担子后，回到遵义城。因不堪应酬烦扰，又回到西坪老家。杨干之虽然居住在乡村，对公益事业特别是文化教育却非常关心。他喜欢在特定的日子到西坪小学去看望老师，与教师对校风、教学、校园等问题进行讨论。

在教育上，杨干之十分赞赏孔子“有教无类”（不管什么人都可以受到教育）的教育理念，推崇王阳明“读书以在明理”和孙中山先生“要做大事，不做大官”的教育思想，说学校教育的目的是“踏实做人、诚恳做事”。

1940 年，南乡西坪、团溪一带的青少年读初中要到 100 多里外的遵义城（当时县城所在地）去，很不方便。要求就近办学的呼声越来越高，同时要求德高望重的杨干之牵头筹办，他欣然承诺。1942 年，杨干之在晏香泉、余伯谦、杨湘南等人的支持和帮助下，多方筹集资金，所创办的明德中学如期开学。

杨干之喜欢读书，达到了嗜书如命、手不释卷的程度。他对喜爱的图书不惜重金购买，家里的藏书达万卷之多。杨干之读书十分认真，心有所得必执笔成篇，这就是后人所看到的《过眼录》。不仅如此，他还聘请杨立庸等人为助手，对郑子尹（郑珍）的《巢经巢诗》进行注释，书名叫《郑珍巢经巢诗集校注》。

杨干之视书如宝，重视收藏，对勤奋好学的借书人有求必应，即使有人借阅后没有及时归还他也不催不问。他除了跟读书人探讨学问，从不登门与当地的军政人物交往，一怕惹火烧身，二怕虚度光阴。

杨干之对家乡明朝遗臣陈启相倍加赞扬，他认为陈启相品性高洁、意志坚贞、志趣高雅。他对乡贤李先立（康熙进士）勤于治学、谨于操守的精神也十分崇敬。他认为西坪文化得益于陈启相、李先立的早期培育和思想熏陶。每年阳春时节，杨干之都要到墓地去拜谒陈启相和李先立。

杨干之 1911 年毕业于贵阳法政大学。辛亥革命时期，他在省城参加政治活动，曾加入宪政党，是贵州省议会议员。周西成执掌黔政期间，他任民政厅长。1940 年他牵头承办团溪明德中学，任学校董事长。从杨干之创作的《团溪明德中学校歌（歌词）》，可以看出他对教育事业的崇敬与热爱。

杨干之创作的校歌歌词是这样的："大哉明中，明德是崇。湘江秀丽，乌江环涌。仰仙人山之挺秀，瞰凤凰山之清幽，人文慰起百世所宗。瞻前览之巍峨，启来者之丰功，科学救国中西用宏。莫辜负此少年，应急起而图谋。"

（钟金万，遵义市播州区人，贵州省作协，遵义市曲协副主席、播州区作协主席、政协委员，曾任《遵义县志》副主编。）

我的乡愁

黄劲松

每次回到故乡——乐稼清江河边，总喜欢一个人静静地伫立在儿时放牛的山坡、朋伴们玩耍的河岸、清晨读书的草径……往事如画卷一地一帧慢慢在脑海中顺次播放。眼前的景色几乎没有多大的改变：青山依旧，绿水环绕，房前屋后的树木、竹林、藤蔓交错丛生，你中有我，我中有它。清晨，那一声声鸡鸣交响曲，早已鸣响了千年，又会迎向一千零一年。袅袅炊烟升起，村民们陆陆续续离家奔赴耕种的农田，和谐如此，灵动如此，怡然自得如此，仿佛时间凝冻，一切都从未曾改变，只有几家新建的“别墅”，倔强地证明着故乡的变迁。

陶醉在其中，享受她带给我视觉和精神上的愉悦。这是一幅熟悉而美丽的画卷。她的美，在于她的质朴，在于她的宁静，在于她在静与动之间流畅的切换，在于她保持自己本真的原生态势，如同一个睡梦中的婴儿，那种无与伦比的纯真和美丽，让人止步，不忍心去打扰她的酣睡和宁静。

画面唯美，而我的心中却涌动中一股淡淡的“乡愁”。

余光中老先生的乡愁，是邮票、是船票……而我的“乡愁”，是一抹真正的愁绪。

少小离家，一晃就是二三十年了。这几年我回到家乡发展，一直在想能为她做点什么。魂牵梦绕的故乡呀，我能为你做点什么呢？是为你作首诗，为你填首曲，抑或是为你的发展，为你的建设出点点子和建议？

得天公的恩宠，西坪具有得天独厚的地理位置，同时她深厚的人文底蕴、优美的风景、古朴的民风……无不散发着迷人的魅力，使人情不自禁地想走近她，去依偎她，去了解她，去一窥她的芳容。作为本土的西坪人，故乡的一草一木已经融进了我的身体我的世界，她养育了我、培养了我、成就了我。反哺感恩，我们每一个西坪人都有责任和义务建设她、美化她，把她的美推出播州，推出贵州，推向全国，让每一个热爱故乡的人来到西坪，在这里都能找到家的元素，找到回家的感觉，能够远离城市的喧嚣，脱下满身的疲惫，心灵得到一种休憩和放松。

沐浴着十九大的春风，故乡迎来了发展的契机。习近平总书记在十九大发言中指出：“实施乡村振兴战略。农业农村农民问题是关系到国计民生的根本性问题……要坚持农业农村优先发展，按照产业兴旺、生态宜居、乡风文明、治理有效、生活富裕的总要求，建立健全城乡融合发展体制机制和政策体系，加快推进农业农村现代化。”现在，机会来了，集天时、地利、人和于一体，这一片处女地蓄势待发，等待着人们去开发。

我去过很多地方旅游，到过许多著名的小镇：贵州的青岩古镇、云南的丽江古镇、湖南凤凰古镇、浙江的乌镇……她们每一个都有一种别样的美，但我总感觉商业的氛围过于浓烈，破坏了她的美感，在熙熙攘攘的人群中，旅游的愉悦瞬间消失殆尽。而我的家乡，她的打造应该有着完全不同于他们的一种思路和格局：首先，她的开发是在保持其原生态基础上对原生态的一种尊重、延展和提升。其次，西坪的"本土文化"作为一种最重要的元素，应精准地渗透在开发的每个细节中，这样可以传承和发扬西坪博大精深的古圣先贤文化，同时也与播州区"大文化，大旅游"的理念一脉相承。最后，借助十九大的春风，依托政府的惠民政策，加快西坪经济建设的步伐，让小镇兴旺起来，让人民真正的富裕起来。我心目中的西坪应该是这样的：一个个独立的村寨，各有各的文化，各有各的特色，花园、菜园、果园、公园、乐园、养殖园，幼儿园，对，幼儿园，就是什么园都要有，什么园都要美，都各得其所，掩映在绿水青山间，树林竹丛中，就是要山重水复疑无路，柳暗花明又一村！

期待在各级政府的英明领导下，在专家团队的精心策划和打造下，不忘初心，我们西坪镇的各族人民团结一心，众志成城，把西坪建设成一个宜居、宜业、宜游的美丽小镇。我们期待着这个藏在深闺中的"进士之乡"在不久的将来，以她别具一格的面貌，惊艳在我们的面前，迎接来自五湖四海的朋友。

（黄劲松，西坪乐稼人，香港世纪欣源国际有限公司法人。）

古渡探奇

冉启超

明清时期，西坪镇属遵义南乡平水里。这是一块集厚重历史文化和幽美山水风光为一体的风水宝地，直至今天，西坪也是一块自然生态保持完好、蕴藏丰富旅游资源而有待开发的处女地。笔者在这里要向大家推介的是三百里湘江峡谷风景链上的一颗明珠——九凰洞古渡。

湘江河穿过红色遵义城之后，一路流淌，一路啸歌，远离了城市的繁华与喧嚣，穿高峡，绕田园，奔险滩，飞悬崖，向南汇入乌江。其中，自红岩水电站到角口水电站一段，以峡谷为主，是虾子镇与西坪镇的界河。其间又接纳了湄江和洛安江，水量大增。角口到黄鱼塘水电站，又是西坪镇和湄潭县的界河。九凰洞古渡口就位于角口电站和黄鱼塘电站河段的中间。

在这二十里峡谷段，两岸奇峰突兀，云雾缭绕。悬崖绝壁，古藤攀岩，虬枝倒挂，野猿隐现。整个明清时期，方圆三四十里无人烟。然而唯有一条古盐道，却是连接思南、印江至瓮安、贵阳方向的生命线。九凰洞渡口则是这条线上的咽喉。清咸丰同治年间，石达开旧部李文彩在石阡一带被清军击败。历时13年轰轰烈烈的太平天国运动宣告结束。李文彩的散兵游勇在情势逼迫之下，在黔东一带骚扰百姓，被民间称为“长毛匪”。其中有一小股就是经湄潭过九凰洞到西坪的天池抢劫，并将天池等寨子烧毁，留下残垣断壁，至今可寻。现在的凤凰村高寨组有个叫作“火烧寨”的便是因被焚寨而得名。据说竹山村洪水大洞也曾被流匪占据并烧毁过寨子。

九凰洞渡口既是民生之要道，又是历代兵家必争之地。对于老百姓来说，真是喜忧并存，祸福难料。但是，这条古道的商旅负载却是主要的，所以历代被两岸人们所重视。道路的开辟，渡口的建设，从来没有间断过。光绪年间，九凰洞渡口两岸的大户通过募捐，集善银近万两，对古渡口进行了一次大的修缮，造大船增加载客量，并在南北两岸建房屋。既为艄公居住，又方便商客驻足歇马。房里常备油盐柴米，商客可自行取食，付少量费用。也有向善者不时送米及油盐到渡口储存，供商客不时之需。至今两岸还矗立“同结善缘”的功德碑以记其事。1945年，西坪杨姓（杨干之）与湄潭张姓联姻后，两家（大户）合资重建九凰洞渡口，两岸十里全都青石铺路。据说因山高路险，工程耗资巨大，有“一块石板一块大洋”之说。大善有痕，惠及民众，传为佳话。现在还能寻到古道遗迹。如今，西湄两岸“村村通”水泥路都已建成，公路直达古渡两岸。

1935年冬天，有小队红军从湄潭上来，渡过九凰洞渡口，来到天池寄宿，据还健在的 90 岁老人回忆，大概十一二个红军，天气已经很冷。这些红军战士都穿着单衣，脚上穿的是草鞋，红五星帽子。他们说话很客气，说可不可以在你家借宿一晚，煮点东西吃？他们吃了饭之后都不闲着，扫地、劈柴、挑水，还帮我们砌猪圈围墙。第二天走的时候说要付饭钱，我们不要。最后，一个红军硬是丢了三块银圆在鞋兜里才走了。

九凰洞渡口因为地势险峻，山道狭窄，而且是咽喉要道。在明清 600 年间，发挥着不可替代的交通作用。现在，公路四通八达，这个古渡已经不再拥有交通的重要地位，渐渐地退出了历史舞台。但是，在新的历史时期，作为旅游资源的重要角色，我们相信，在不远的将来，九凰洞渡口，一定会以更靓丽的姿态，出现在人们的视野之中。

（冉启超，西坪中学教师，喜欢吟诗作文自娱，文笔朴实，清新顺畅。）

营盘山信笔

冉启超

这景致很美吧！

站在海拔 1195 米高的营盘山上，夕阳余晖中，俯瞰西坪坝子，稀稀疏疏的民居像是无数的火柴盒子，撒落在绿黄交错的地毯上。阡陌交通，几条公路弯弯绕绕，像地毯上黏着的线。自西向东，是大娄山延伸过来的两条支脉。白岩山和青龙山，山峦连绵，起伏跌宕，晴则苍翠欲滴，雨则乌云缭绕。其中白岩山向北的小支脉，玲珑联珠，顺势而下，自古为佛教圣地。自南至北，有龙宝寺、万寿宫、坛子寺（虎丘寺）。两侧是老年塘、青年塘，常年碧波荡漾，水色天光，净若明镜。龙光射斗牛之墟，灵脉系千里巴蜀。

明万历二十八年（1600）平播战役后，中国最大的土司杨氏政权宣告退出历史舞台。由于双方肆意烧杀，整个黔北地区几近废墟，居民存之十不足一二。西坪一个叫落尾田的地方还有战争浩劫遗迹，致使成片土地荒芜，生产力遭到极大破坏。可谓是千里无人迹，万户断炊烟。为此，改土归流，明廷下诏千里移民。因黔北地区当时隶属巴蜀地，也就是这个时候，南乡平水里结束土司文化，开始进入中原文化时期。谈到这一点，就绕不开这样几个人物：明末，新舟禹门石头山有一文化高僧名叫大冶的和尚，应西坪杨氏、余氏等四大家族之邀，于 1645 年来西坪结庐修行，创建虎丘寺，为西坪带来儒佛文化。随后，明廷遗老陈启相、谈亮流寓西坪，在虎丘寺著书讲学，开西坪文化之先河，大兴文教之风。康熙年间，遵义开科第一个进士，西坪李先立奇峰突起，成为遵义地区首位入朝为官者，并为清官典范。先立公五十二岁退隐回乡，在笔峰山下创立北山书院，著有《北山诗文集》等。足不出户，潜心治学，体恤乡梓，因得民望，三十六村乡民合赠“淳厚人家”碑，至今尚矗立于老宅前。李先立不单为官清廉，体恤乡民，其文化造诣在黔北也堪为旗范。西南大儒郑子尹著《播雅》收存李诗 68 首，并评其诗文“闳深博厚，无不明不醇之词，与欧公、朱子相似”。他的后代秉承家学，多人博得举人、贡生等功名。其子李翮为国学士，李翔、孝翥为岁进士，李翰为乡进士，孙李涵健为举人。曾孙李懋思（墓在今西坪文化广场旁山堡上，高大而完好）为举人。李氏淳厚家风蜚声于外。

西坪陈氏始祖陈弥高更早于明洪武年间迁入西坪碑底，进士出生，官至云南佥宪，对于西坪融入中原文化起到了举足轻重的作用，其后代二十世孙陈铁将军在抗击侵华日军的战斗中战功卓著，被誉为抗日名将。

清末民国时期，西坪乐稼赵氏一门，又是平水里文化领域中的一朵奇葩。以赵恺、赵怡、赵懿为代表，其中赵恺最为突出。赵恺生于同治八年（1869），自幼好学，常闻乡贤郑、莫、黎等轶事，受教颇深。犹爱许氏《说文解字》，对文字学有很深的造诣。赵恺所编《续遵义府志》，媲美前贤，先后辉映。平居讲习数十年，弟子半黔北。

西坪山堡上杨干之（1885—1959），1926 年周西成执掌贵州军政大权，杨干之充任贵州省政务厅厅长，后为民政厅厅长。杨干之与遵义人杨献廷、杨德衡鼎力辅佐周西成，使黔省一时社会安定，经济得到较好发展，被誉为“三杨开泰”。

西坪山清水秀，地灵人杰。自明清 600 多年间，出进士 13 人、举人 14 人。而贵州全省在明清两朝才出进士 700 人、举人 6000 人。所以，西坪被誉为“进士之乡”，实乃当之无愧。到了现代，西坪更是人才济济，数不胜数……

大自然赐予西坪优美的山水风光、优越的自然环境，更得佑于先辈们的文化教育传承。这是一种文化灵感，也是一种文化血脉。

（冉启超，西坪中学教师，喜欢吟诗作文自娱，文笔朴实，清新顺畅。）

神奇的挖断山

冉启超

小时候就听老一辈人讲过，有这样一个神奇的故事：西坪有一处龙脉，有人要破坏它，便动用人工欲挖断此脉。当挖到深处时，便现出碗口粗细的地瓜根，此根十分怪异，任你刀砍斧凿，就是难断。即使当日砍断，第二日又合好如初。日复一日，完好无损，奈何不得。那时，我对这个故事也没有怎么上心。只记得“不怕你千刀万剐，就怕你一去一来”。

今年三月初的一天，阳光明媚，菜花盛开，我约了几个好兴者一同去牟家湾探奇。我们将车停靠在红卫桥大路边上，徒步向挖断山走去。濯足河两岸，盛开着金黄的油菜花，清冽的泉水欢快地流淌着，和煦的阳光照在田野上，黄绿相间，像是铺的一张广袤的地毯。渐进山脚时，迎面是陡峭的山壁，丛生的山树正泛出新绿，生机无限。鸟叫声从幽深的荆丛间传出，却很难发现鸟的踪迹。约莫爬了三五十米，向导说上面就是挖断山的土壕沟了。这时，我们都走出一身热汗，气喘吁吁，但都不觉得累，兴奋之情溢于言表。向导说，那壕沟有丈许深，要注意安全，不要掉进去。其实我们都没发现什么壕沟，向导说到了，我们才注意到乱树林中有一道约两三米宽、丈许深的沟壑，都长满了杂树和荆棘，很难看见斧锄痕迹。这沟壑由下至上，缠绕到山的另一侧。我们一行钻过林子，爬上山的脊背，然后向下，一路拽藤攀枝，穿出林子。眼前是一口颇大的塘，水波泛着阳光，清凉碧透，周围群峰簇拥，峭壁矗立，绿树丛生，花草杂存，犹如世外福地。然后绕到山的前面，向导说，与挖断山关联的莽将坟就在山的正面陡坡上，没有路径，都被杂树林子覆盖着。我们便用柴刀边砍荆丛边往林子里探索前进。突然，在一幽暗潮湿的地方，发现一个洞，向导说，莽将坟到了。但什么都没有，没有墓碑，没有墓石，也看不出有什么土堆之类的，就一个幽暗的土洞。向导找来一根树枝，去掉枝丫，再用柴刀将它砍成木棍。然后用木棍将洞口的松土刨开，扒开杂草，用手电照向洞里，才隐隐发现里面挺宽敞的，有石凳、石桌之类，石凳上停放着棺材盒，但已近腐朽，隐隐地透着红色。

这里是濯足河源头，一条弯弯的小溪从村庄中间穿过，溪的两边住着十来户人家。这里叫牟家湾，所以村民大多姓牟。我们正在溪边洗手，一个老农问我们做什么，我们说了来意。老人很热情，邀我们进屋子小坐，喝盏茶再走。其实我们很有些渴了，同时又想听听关于挖断山和莽将坟的传说，便欣然答应了。进到屋里，老人用现成的苦丁茶招待我们。这苦丁茶真是好东西，入口微苦，继而回甘。小杯下肚，即令人神清气爽，还生津止渴。我们一边享受着老人的苦丁茶，一边听着老人娓娓讲述那久远而神秘的传说……

在明代正统年间（1436—1449），西坪红卫桥南侧叫作牟家湾的地方，一个张姓人家生了一个男孩。这个小孩一出生就与普通小孩不一般。浓眉豹眼，膀大腰圆，声如洪钟，力大无穷，性格暴戾。自幼丧父，与母亲相依为命，由于家贫，长到十一二岁光景，就什么农活都干。除了帮母亲下地干活，上山打柴，他还常替母亲赶远场做买卖。到了十六七岁，已经是成年身材，有异能，翻山涉水，行走如风。早晨，能从西坪挑一石二斗米去遵义卖，买猪肉回家做早饭。母亲惊奇不信，孩子力气大，她都知道，但从西坪到遵义近百里路程，要买肉回家做早饭，怎么可能？而且是负重步行就更不可思议了。母亲怕他半路行窃或打劫，干了伤天害理的事，于是百般追问。无奈之下，小孩只好如实相告：原来小孩天生灵异，偶得梦中异人相授，有腾云驾雾之功，可日行千里，夜行八百。母亲仍不信，说他信口胡说。便要跟孩子一道去遵义，必须亲身经历，亲眼所见，方能信。小孩拗不过母亲，只好依她。于是用布带将母亲绑在背上，并叮嘱母亲闭上眼睛，一会儿不管发生什么事，千万不能睁眼，并反复叮嘱方才启程上路。一切准备就绪，出得门来，刚走过笔峰山，小孩便念动咒符，两脚生风，腾空而起，向北飞去。到烂泥寺（现在龙坪飞机坝南侧）时，母亲好奇，忍不住想睁眼看个究竟，全忘了孩儿的叮嘱。刚睁眼，只听轰隆一声，犹如霹雳，母子俩从云端坠落下来。神孩因为有异能，自然无事。但他母亲却摔得粉身碎骨，一缕魂魄归西去也！

话说此命案一出，震动四里八方。不久，朝廷也被这等奇人异事惊动。因为这个时期，福建邓茂七的农民起义，广东黄萧养的农民起义，还有正德五年（1510）的刘六、刘七起义，朝廷正为这遍地烽火、朝野震动而草木皆兵。于是便派观天师到遵义南乡察访此事。观天师来到西坪牟家湾观天象，察地理，最后发现这里有一支凶脉：山形凶险，环峰林立，且主峰偏低，此为反国欺主之像，主出反王。这里左为青龙，右为白虎，白虎又高出青龙，乃国之险厄。于是，观天师认定此异孩即未来反王也。如成气候，便可摸凳成骑，撒豆成兵，国之危也！为绝后患，便欲诛杀此孩。此孩叫张道仙，闻信便逃逸山中。官兵无奈，于是便想到破其龙脉，绝其气数。天师就地招募民俑夫役，在主峰后掘其龙脉。民工日夜不停地挖山。当挖到了丈许时，土中现一碗口粗的地瓜根。说也奇怪，这地瓜根很是坚韧，任你刀砍斧劈，居然毫发无损。偶得缺伤，次日又复原完好，数日奈何不得。后来，一民工因工具忘于山中，便于半夜时分返回山中寻找工具。夜深人静，偶听得地脉龙神自语：不怕千刀万剐，只怕一去一来。民工将此语告之天师，天师良久悟出：“用锯也！”后来，此地瓜根被铁锯锯断！据传，此根断后，黄水三日不绝，地下哀鸣之声不断。同时，山前金竹窝大片金竹林竿竿爆裂，响声数日不绝，声震乡里！竹节上都呈现数以万计的兵马图案。图案中，兵将都呈一脚蹬鞍、另一脚还未蹬上的姿势，寓示反王将成气数而未成也。后来，张道仙被捉，处以极刑，诛其九族而绝其后。张家湾便成无人湾。后来牟姓迁入，现成牟家湾了。

如今，西坪镇红卫桥南侧，群峰拥立，万壑清幽。张氏烟消无寻处。唯有挖断山和莽将坟遗迹尚在。

西坪在明代万历改土归流后，属遵义南乡平水里，这里是块风水宝地。山清水秀，地灵人杰，有很多美丽动人、诡异传奇的历史故事。它们就像一颗颗璀璨的明珠，镶嵌在西坪幽远的历史画卷上，给古老的西坪增添了丰富神秘的色彩。挖断山和莽将坟的传说就是其中的一个。

后记：明朝正统年间（1436—1449）因政治黑暗腐败，土地兼并加剧并高度集中，人民流离失所，阶级矛盾日趋激烈，各地农民起义连绵不断。后来几经整肃，明朝也出现过资本主义萌芽。但是，明朝终因腐朽透顶而寿终正寝。1644 年，李自成攻陷北京（甲申之变），崇祯帝在煤山自缢，延续了 276 年的明朝统治宣告结束。其实，国运兴衰全在民心，哪里是龙脉所能主宰的！

（冉启超，西坪中学教师，喜欢吟诗作文自娱，文笔朴实，清新顺畅。）

西坪洪水大洞

杨文宇

西坪镇竹合村有一处极具开发价值的旅游景点洪水大洞。美丽的湘江河在经历了都市的繁华和喧嚣后，带着寻幽探奇的意趣从这里静静地流过。此地鸡鸣三镇，西与喇叭接壤，北与虾子相望。此洞从前有土匪盗寇栖身，洞深七八里，可容万人。

从西坪街道出发，沿泉涧公路往北行车约 40 分钟，便到了竹合村。下车后耳边传来潺潺的水声，步行 5 分钟，山回路转，只见对面山坡的绝壁上镶嵌着一个硕大的石洞，如巨虎张开的大口，欲吞吐壁外江河山川。洞的左侧，一道飞瀑自山腰倾泻而下；洞的右下方，湘江河如一条绿色的长带静静地飘向远方。洞的周围，群峦叠嶂，林木苍翠，一派神秘而幽雅的景象。

沿着一条通向绝壁的窄窄的栈道来到洞口，凉意袭来，摄人心魂。翘首仰望，深感个人之渺小。向内探寻，深邃而奥妙无穷。进入洞内，水流潺潺，怪石横生，钟乳林立，姿态万千。再往前行，只见一条“卧龙”扑面而来，屈曲盘旋在石上。踏着龙的脊背往里走，便到了第一个水塘，塘水清澈见底。站在竹筏上，看洞内的钟乳怪石，有的似青蛙跳水，有的似神龟爬行，有的似坐佛参禅，有的似雄鹰展翅，有的似情人相拥，有的似仙桃贺寿；洞顶钟乳下垂，成石笋倒悬，又如丝缕，如帐幔，在灯光照耀下熠熠生辉。

一塘游毕，跨过溪中石级，踩着岸边石沙，登上河堤，便进入二塘三塘，景致大体相似又各有情趣。

进入第四塘，较之前三塘，水渐深，有的逾数丈，碧如玉，平如镜。塘边曲曲折折，仍然怪石丛生，洞顶依然钟乳垂悬，一会儿似乎到了一个天然的大厅，顶上有石灯高悬。一会儿洞又变得既低又窄，仅容一小竹筏穿行，人须低首下蹲方能通过。乘筏而游，既有曲径通幽之妙，又有探奇访秘之趣。

游完第六塘，前有石壁，壁上有口，水道继续延伸，但因为里面的三个塘尚未安上电灯，无法游玩，只得弃筏登岸。但见岸边层层“梯田”，田埂曲曲折折。踩着楼梯，爬上石壁，从小洞进入，内有奇峰、有巨鞭、有石屋、有石林、有帐幔，还有人、禽、兽等，令人眼花缭乱、目不暇接，惊喜不尽，神秘不尽。此洞下面是水道，尽头是悬崖，崖高逾丈。抱着近 90 度的楼梯往下，惊心动魄。崖下是小溪，踏石级过溪，沿乱石穿行 200 米，道路拐弯，忽见前方隐约有光线射入，道路再拐弯，出口突出。磨盘石槽、石碾石道，眼前仿佛出现了前人碾米拉磨的劳动场景，顿生访古情趣。此处人称廖岩洞，前人原不知此处与洪水大洞相连。

走出洞来，青山含笑，菜花点头，竹林农舍，炊烟袅袅，令人神清气爽，心情愉悦。这里民风淳朴，人民勤劳，热情好客，一碗清茶，两杯素酒，说不尽的贴心话。

游洪水大洞，从西坪、虾子、喇叭均可到达，也可以先领略团溪龙岩湖的秀美风光，再参观西坪、虾子、湄潭交界的角口水电站，然后乘船而至。

从前的洪水大洞，洞内漆黑一团，其景鲜为人知。去年，西坪镇竹合村定下了“开发洪水大洞，以旅游促发展”的思路，积极带领群众投资投劳，整修了道路，拉起了电灯，把洪水大洞的奇景初步展现在了世人面前。特别是春节期间，游客蜂拥而至，仅正月初一一天就接待游客上千人。现在，竹合村人除继续做好开发此洞的前期工作外，正四处联系，多方引资，为全面开发洪水大洞做着不懈的努力。相信在不久的将来，洪水大洞这朵长在深山的旅游奇葩将会以更加美丽迷人的姿态笑迎八方游客。

（2002 年 4 月 2 日《遵义县报》。杨文宇，西坪镇石码人，曾任西坪镇党政办主任、中心学校校长、西坪中学校长。）

梦幻冰仙洞

陈朝安

从西坪集镇往泉洞公路方向行走一公里左拐，沿着一条蜿蜒的小路过一小桥，再行一公里，就到了一巨大石山下，冰仙洞就在半山腰。山坡草木稀少，怪石嶙峋。洞口倾斜而下，约有十来米宽。越下越深，空间越来越大，光线越来越暗，景色却越来越奇。整个洞穴主体洞四五百米，有许多支洞，多因太深太陡或有水阻断或太窄小而“养在深幽人不识”。据说有好事者曾多次在洞内沿不同方向打探通道，爬到最高处似曾隐约见天光，然不得直出；后出洞沿山搜寻，终无结果。

它和洪水大洞有几多不同。洪水大洞的洞口在绝壁之上悬空而开，冰仙洞口则得来全不费功夫；前者入洞后必须乘竹筏方能览胜，后者可随意穿鞋而行也能饱览神奇；前者越走越窄，能给人惊险神奇但不能给人迷幻和梦境，后者越走越宽，所到之处都能给人似仙境似梦中、似海底似空中、似迷宫似梦幻般的迷醉、流连和惊叹。

冰仙洞的奇异景色共分为四个层次，即“动物”世界、“植物”世界、彩色世界、“厅堂”世界。洞内各处的景观不仅能给人带来视觉和听觉的不同美感，还能给人留下想象和联想的自由空间。

每到一处，涌现在眼前的林立的石头柱子、顶天的钟乳石笋、盘卧的光滑圆石、倒垂的“珍珠项链”、斜生的晶亮条纹、围聚的“石桌石凳”和“昂首”的龟蛇形怪石等，令人不得不油然而生许多联想，甚至耳畔仿佛响起一些动物的叫声、人的说话声和大自然的风雨之声。眼前的东西，你看着它像什么，想象它像什么，它就真的愈发像什么：盘着的像龟，昂首的像蛇，站立的像马，跑着的像虎，睡着的像狮，靠着的像佳人凭栏远望，坐着的像神仙品茗对弈，蹲着的像罗汉闭目养神，吊着的像猴群追逐嬉戏，横躺的像醉汉酒醉无语，散开的像观音坐莲微笑，聚拢的像儿童三五捉鱼，歪斜的像蒸笼笼盖揭开，丢弃的像农夫斗笠蓑衣，合拢的像海豚腾空戏球，挂着的像门帘严实遮蔽，点缀的像鸽儿飞翔蓝天……俨然一片动物世界，一个海底龙宫，一处神仙洞府，一隅农家村落。

那些长得又细又长的石笋，就像高粱、小麦在风中摇曳；那些随处而生的一簇簇石笋，就像朵朵荷花盛开在石壁；那些依壁斜逸的石坡，就像一片片翠绿的青草地。太多的石笋、石钟乳像叫不出名字的树，像生长在不同季节的竹。置身于洞中，游者仿佛穿行在原始森林，又仿佛踏青在田园、小河、原野……此洞随处可见栩栩如生的“生物”群落、生机盎然的“植物”景观。

由于还没有拉上电灯，越往里走，光线就显得越暗淡。但是，冰仙洞有一个特别显著的特点，那就是石壁、石缝和所有的“动植物”身上都闪着星星点点的光，时隐时现地“眨着眼睛”，是磷粉还是其他矿物粉在辐射？是隐藏其中的水晶还是游者的心电感应？抑或是神仙悄悄安放的盏盏细小的“彩灯”？总之，灰白、淡黄、暗红、紫铜、赤黑、青绿各色兼备，在手机朦胧荧光或电筒光、蜡烛光、柴火光的照耀和反射下，洞内显得更加色彩斑斓，光怪陆离，模糊难辨，诡谲莫测了。此时，善于幻想的人会自语——梦幻时刻到了；胆小怕事的人会自问——我到了鬼狱地府吗？诗人画家会赞叹——好一个福地，好一处洞天！……这难道不是一个少有的梦幻彩色世界吗？

整个洞穴好比几个长长的大厅，夹杂一些小厅。厅内那些琳琅满目的“物品”和错落有致的“摆设”，给人已经“绿化”的层次感。厅堂四壁坚固，大者数丈开外，显得大气恢宏；小者仅容一人，但若作袖珍姑娘开个演唱会的歌舞厅还是行的，我们就叫它“小家碧玉”吧。有一个大厅的“天花板”上镶嵌着五六个圆盘状的“图案”，好像天然的月饼倒放天空，仿佛摇摇欲坠，又仿佛已经唾手可得，观者叹为观止的同时，不禁垂涎欲滴了。穿厅过堂，石钟乳和石笋的“天地之吻”险些将我们夹住，石滴水偶尔滴落到发间、颈膊或脸上，透着丝丝冰凉，是不是神仙们染上口红的唾液和混着胭脂的泪珠呢？我们不得而知。我们仿佛置身时空隧道，忘记了世俗的烦恼和纷争，忘记了洞外的痛苦和忧伤，忘记了时间，忘记了空间，不知道自己此时究竟身在何方。如无同行者提醒，或者不是因为手触到冰冷石壁而清醒，可能就真正“流连忘返”了。清醒了，原来洞内的所有“人物”都是不能说话的，所有“动物”都是没有声音的，所有“花草”都是我们想象的，“彩灯”是没有通电的，“桌凳”是冰凉的，“茶水”也是没有经过高温没有经过提纯的……所有这一切都是石头给人的幻象，虽是天上宫阙，未免太孤独太寒冷太清幽，那么，我们走吧，“带上嫦娥返人间”。

冰仙洞被西坪人甚至远方来参观过的客人说成是神仙洞府。曾有一位远方游客游历之后这样赞叹道：“西坪风光好洞天，洞内曾经住神仙。厂上奇幻冰仙洞，鬼斧神工绝好看。千姿百态任想象，幅幅图画展真颜。黔山处处是美景，只要双睛赛罗丹。”

冰仙洞现在还是一片未来开发的处女地，在当地群众自发导游自发管理下，洞内景物才没有遭到破坏和流失。据当地一热心群众介绍说，曾经有一游客出资数万元欲购买洞六十米处一株“天地相连”的二十多米高石笋，被婉言谢绝了。原遵义县旅游局多次来此考察，用柴油机发电照了一些彩色镁光图片在镇政府几次展出和存档备案，准备打造西坪镇旅游特色，开发以此洞为领头雁的南路风景旅游区。

（陈朝安，西坪小学教师，遵义市诗词楹联协会会员。）

读诗读联读将军

——陈铁将军故居参观记

陈朝安

2015 年 10 月 5 日，淅淅沥沥的小雨中，趁国庆节女儿从省城的大学回来的黄金假期，我和她漫步在进入西坪镇抗日将军陈铁的故居小路上，看馆看景看风物，读诗读联读将军。

在纪念中国人民抗日战争暨世界反法西斯战争胜利 70 周年，庆祝中华人民共和国成立 66 周年之际，我们找寻前进的方向、奋斗的动力和冲锋的勇气，今特将游历和思考所得以记之，以自勉自励，并和女儿、所有来将军故居参观者、天下所有有爱国心者共勉共进。

从西坪集镇向湄潭公路方向行驶一公里，就到了画阁飞檐、气宇轩昂的“将军故里”龙门。“永贞故居竹松共苞竭孝传家昭显庭坚典范，抗日名将文武兼备精忠报国继承武穆遗风!”在龙门镌刻的这副对联，鼓舞着我们投身时代建设和发展的士气，激励着我们继承精忠报国武穆遗风的斗志和豪情。

往里走 50 米处，在一丛丛高低错落的万年青的掩映中，扑入眼帘的就是陈铁将军曾经作的《抗日动员诗》:“一页黑叶遮故都，‘七七’事变在卢沟。满城风雨定难保，不灭倭寇誓不休。”它让我们明白了西坪之所以能享誉“将军故里”，就是因为这里诞生了原国民党 85 师师长，后升任 14 军军长、1949 年后任西南军政委员会委员兼农林部长以及贵州省副省长等职的陈铁，他们率领热血男儿和日寇殊死搏斗，表现了驱赶强盗的斗志、还我河山的气概、忠诚勇敢的民族气节。

在通往将军故居的水泥路两旁，鲜花在雨雾中怒放；在花香飘过的地方，在庭院、廊柱和将军故居广场长廊上、花园旁展出的黄埔校歌以及镶嵌的一幅幅金色对联吸引着我们的目光。陈铁是黄埔军校第一期高才生。那一副副对联荡气回肠，激励人心，见证了陈铁将军故居被申报为市级文物保护单位的精气神之所在。为实现“门前沙山十八岭千年富贵，水绕富田三万亩九院康乐”，“窝河环流水绕山温育俊彦，社隅毓秀人杰地灵谱华章”，留驻绿水青山和金山银山，为精神文明、物质文明和政治文明的建设以及推进“四个全面”添砖加瓦。“忻口近身克敌将军神勇永镇岛国，黄坪起义归心志士英名长留人间!”“山河锦绣大地英雄辉宇宙，祖国复兴中华民族傲环球!”这样的联语让我们明白了将军曾经采用的近身克敌之战术和民族之大义，对先烈英雄充满怀念和崇敬，对维护世界和平充满信心，对中华民族的伟大复兴充满信心，相信人民必胜！正义必胜！和平必胜！

穿过一条60余米整洁明亮、水墨丹青装饰的街道，就到了陈铁故居。大门旁边的花园有导视图，墙上悬挂着“市级爱国主义教育基地”牌。大门上的“东征北讨灭倭荡寇将军正气壮环宇，义举归心廉政维公典范光辉照吾侪”对联，称赞了将军能顾大局、识大体、有远见，将军“仗剑逐倭抛满腔热血，挥戈举义亮一片丹心”，“东征北讨灭倭荡寇”的一身正气壮环宇，“义举归心廉政维公”的典范光辉指引着我们以及我们的后代守职担当的方向，照耀着我们为国尽忠、为家拼搏、为民前进的道路。来参观陈铁将军故居的人几乎都要在大门前留影纪念。

进入将军故居气派的大门，我们看到呈“品字形”摆开的黔北古典民居木结构三合院房屋。正殿和东西厢房围绕着石板镶嵌的地面，已经近70年的地基墙面上精湛的雕刻历经风雨依然清晰可见。院子前面靠近大门的左右两边分别矗立着将军生平碑和光绪年间重刻的西坪陈氏碑。将军生平碑在鲜花掩映之中。西坪陈氏碑上清晰可见“洪武”迁入和“西坪”字样，讲述了陈氏一族到西坪的历史掌故，见证了有据可考的西坪历史超过600年。

整个故居分为正殿的生活区和东西厢房的从右到左的7间展室。展室的30余面墙壁上琳琅满目的图文以及13个灯光展柜里面的资料，将军一生经历的投笔从戎、入学黄埔、参加北伐、英勇抗日、率部起义、尊师重教、壮心不已、追本溯源、魂归故土等阶段分别以图片、实物和资料等方式进行展示。将军拜师学艺、尊师重教、投笔从戎、参加北伐的简介占一间展室，有《陈铁拜师》等书籍。入学黄埔也用了一间展室作专门介绍，墙上可见遵义著名书法家题写的黄埔校训以及黄埔校歌、贵州籍黄埔第一期学员名录等，展柜中赫然可见翻开的《黄埔同学录》。

英勇抗日的介绍是故居布展的重点，占了两间展室。参观中、阅读中、肃穆中和思考中，观者的心自然而然地走进将军生前那苦难的、峥嵘的、奋起的、不屈的、难忘的岁月。陈铁将军曾经率部参加了中国抗战史上著名的四人战役之一的太原会战。特别是当我们目睹来自山西省忻州市忻口村陈铁将军的部队曾经痛击日寇的204高地、78年前著名的忻口战役遗留的、代表抗日将士英魂的弹片和那一抔战场热土，瞻仰《忻口战役要图》和《忻口会战纪实》《忻口战役揭秘》《三晋同仇》《忻口会战诗文选》等书籍之时，我们不禁油然而生敬意，心中升起一种“永远铭记历史、缅怀敬仰先烈的情愫。

将军率部起义、壮心不已的介绍占了一间展室，将军追本溯源、魂归故土的情况占了一间展室。这里可见到陈铁将军被贵州原副省长马文骏盛赞为“北伐先驱、抗日名将、省府贤达、乡梓楷模”的十六字题词，将军入学黄埔时蒋介石赠送的宝剑、一位德国将军赠送的剃须刀、将军严谨治军曾经留下的“不准践踏庄稼”等“三不准手谕”……我想，我们的党员、领导、干部、教师就应该像陈铁那样，以实际行动来写好爱国的诗篇，千方百计克服面临的各种困难，严守纪律，以身作则，开拓进取，干好我们的本职工作，建设好我们的家乡，携手群众投入如火如荼的新农村建设；我们的学生也应该像陈铁那样，就是要从小树立远大的理想，为实现伟大的“中国梦”而努力学习、珍惜时光、全面成长。

故居还特别开辟了一间展室介绍了西坪作为历史悠久、人杰地灵的“进士之乡”的基本情况，阐述了将军的祖上与遵义名儒赵恺的渊源关系。西坪享誉“进士之乡”近四百年，就是从明朝以来，西坪有据可考的进士先后有 13 人，举人 14 人，总计博得功名者近 60 人。展出的西坪历代文人的书籍 300 余本，也仅仅是西坪文化的一个缩影。丰富的资料整齐地摆放，科学的分类让参观者脉络清晰、一目了然，清洁的环境宽敞而不臃肿、不散淡、不凌乱。还留了一间房让参观者留墨宝、留言、小憩、喝茶、聊天。

据陈铁故居解说员介绍，故居修复、故居移民搬迁、故居布展、将军广场建设和“四在农家”新农村以及党群之家和篮球场建设系统工程投资超过 800 万元。在 2015 年 9 月 28 日将军故居开馆这个日子就迎来了 8000 多群众，在当年那个国庆节，天空差不多每天都飘着小雨，几乎每天都有来自镇外、县外甚至省外的好几百人冒雨来参观，至今几乎没有间断过参观者。我想，正是因为这位抗日将军爱国的激情和勇气、奉献和付出，因为他从“进士之乡”慷慨激昂的投笔从戎、走上抗日战场保家卫国的民族大义，因为他在人生的不同阶段都留下了让人怀念的故事和成绩。

边走边参观，我跟曾有埋怨的女儿解释陈铁将军故居开馆之日我为何没有请假、不能送她到大学报名的苦衷和真意：“故居今起谱新篇，笔峰山下我宣传。孩儿读书何须送，且学将军莫等闲。”鼓励女儿独自勇敢出乡关，以大学为新的起点、新的阶梯向新的目标迈进，学习花木兰、穆桂英、秋瑾、向警予和居里夫人，以“一日看尽长安花”的冲刺马不停蹄、日行千里、乘风破浪、奋勇向前，闯出一番崭新的天地……聪慧的女儿脸上露出了会意、赞同和赞许的笑意。

参观结束，返回的时候，我们看见“将军故里”龙门引人深思、令人振奋的对联：“鉴记当年挥戈抗日将军浩气谁同赋？精诚吾辈秉笔成篇世界强音我共鸣！”读将军一生的故事和经历的时候，我们应该明白什么呢？

参观故居常怀将军志，振兴家园再谱进士篇！让我们沿着将军爱国之路奋然前行，把放飞中国梦，培育和践行“爱国敬业诚信友善”等社会主义核心价值观的号角嘹亮地吹响，把我们伟大的祖国和美丽的家乡建设成为屹立于世界的幸福天堂！

（陈朝安，西坪小学教师，遵义市诗词楹联协会会员。）

初游黄鱼塘

——西坪印象系列之一

肖诗润

从县城南白沿 205 省道到达播州区南部团溪镇，然后左转折道在田畴沃野间惬意快驰一刻钟左右，就到达了西坪镇政府所在地。汇合友人后，补充了一些必需的水和食品，在热心向导的带领下，我们带着几许憧憬和几许神秘赶往今天的目的地——黄鱼塘小峡谷。

沿途满目山色，满鼻草香，满耳鸟语，我们的所有感官都仿佛已融入这情、这境，尽情地享受这大自然的恩赐。车辆纵是颠簸得厉害，亦浑然不觉了——可能是先已洒落一地的欢声笑语填平满路的坑洼了吧！

经过四十分钟的山路行驶，我们来到了一个秀美与雄浑共生的世界，翠绿的颜色和优雅的山岭完美结合，把我们带入了一个充满野趣、充满诱惑的空间。遒劲的千年古藤不知是从山脚爬了上去想领略峰顶的奇观呢，抑或是崖顶垂了下来想探寻石隙的幽深？在藤萝野树间若隐乍现的灰白崖壁，演绎着亘古传承的峻峭与静默。乡野居民耕作出行自然踩出的一溜小道，在峰岭、丛树间蜿蜒着向山脚的河渡处延伸。小道很富特色，间或凭石而生如天成，间或依势而下显人智。尤其是那一段近 30 米的石脊小道，甚是有趣得很。在一岗石梁上的两道天然石脊间形成宽约一二十公分的凹槽曲绕而下，与溪道自然相连，涓涓山泉潺流其间，抛珠溅玉，人行其上，“淌得九天水，足底暗生凉”的美感油然而生。驻足极目远眺，翠绿横向无边，葱郁纵向无际。时近正午的夏日阳光映射在上面，绿得耀眼，感觉这就是一片生命的光亮。

沿山径缓行而下，徒步大概二十分钟，我们到达黄鱼塘峡谷上游的船渡口——九凰洞。一阵清新的河风扑面而来，全身三万六千个毛孔都通透极了。据向导介绍，此地之所以取名“九凰洞”，是缘于一个美丽的传说。相传在远古时代，由于黄鱼塘里的黄鱼怪兴风作浪，荼毒生灵，把方圆数百里都变成了一片荒芜之地，寸草不生，鸟兽绝迹。山民们实在无法生存，纷纷背井离乡，迁徙他处。有一个孤寡、年老的瞎眼太婆，为了能长期守候在已故老伴的坟侧，无论如何都不愿迁走。她在附近的一个洞里居住下来，天天都来陪伴老伴。日复一日，年复一年，其诚心感动了上天，天上的九只凤凰与黄鱼怪大战七七四十九天，终于把黄鱼怪封压在了黄鱼塘底，使其永生不得转世翻身。随后，九只凤凰化身成人降到这片苦难之地，白天开山劈石、穿岩引水、改土造田，晚上就在瞎眼太婆的洞里借住，并侍奉她的饮食起居。经年累月，原来的穷山恶水变成了青山绿水；原来的鸟兽绝迹变成了百鸟鸣唱、牛羊成群；原来的寸草不生变成了沃土遍野。外迁的山民也陆续返回来。可大家却再也没有见着那位瞎眼太婆，只在她居住的洞里找到了九根颜色绚丽的凤凰翎。人们为了感谢这九只凤凰，就把瞎眼太婆和他们居住的洞叫作了“九凰洞”。听着这美丽的传说，欣赏景色的心境大不一样，看山青赏水秀感觉恍若出尘，听鸟语闻花香心情豁然开朗，来时尚存的一丁点劳顿更是随风而去。趁和船工商洽的间隙，我们几个就地取材，用当地野生的、俗称“黄金棍”的灌生植物编了几顶遮阳帽，带在头上，那独特的、浓郁的香气直往鼻孔里钻，舒服极了。

与乡间朴实的船工谈价也是一种独特的感受，基本上没什么可讲的，他们的要价相当公允，一口价。来时关于价格方面的担心，全都变成了子虚乌有。乡村百姓的淳朴自然，如一阵清爽的凉风，让我们远离了世俗纷繁，远离了尘世喧嚣。定下船价后，在女人的尖叫声、流水的哗哗声中，我们终于顺利登上船，投入了黄鱼塘深邃、幽绿的怀抱。

“开船了！”船工悠长的一声吆喝，伴随着竹篙、船橹划水形成的“哗哗”声，我们的船顺流而下。

黄鱼塘小峡谷两岸植被茂密，主要为灌木丛和杂木林，在众多不知名的藤条树蔓的绕结下，树叶间密不透风，入眼的尽是绿，山景倒映在水里，水也是绿的了。久沐其中，竟不知是青山让水更绿了，还是绿水使山更青了，只觉得整个人都融入了这绿绿的、青青的世界，身心俱醉。

船行了一个多小时，一问行程，才刚过一半左右。大家都感到有些饿了，就边随意地啃些自备的干粮，边欣赏峡谷河道的自然风光。

“噫，快看，有怪鸟。”

大家顺着同行一位友人所指的方向看去，一只有着硕大翅膀的鸟正贴着峡谷半腰的杂木树顶快速掠过，最后敛翅栖息在一个树杈上。远远看去，黄灿灿的一大蓬，同行的谁也叫不出名来。看见大家的游兴高，热心的向导更是眉飞色舞地为我们讲起了他的见闻经历：每到农历的四五月或八九月间，当地的野猴常三五成群、携儿带女地活跃起来。掰玉米棒子、采摘野果是它们的最爱，经常在树间林地往返嬉戏，在斜枝突岩悬尾饮水洗脸……由于久违了它们的这股顽皮灵巧之气，两岸村野的居民最大限度地容忍了它们的胡闹，顶多是远远地吆喝几下。相处得久了，这些野猴对人也不那么怕了，蹿到树上，还和人挤眉弄眼、抓耳挠腮地对上一阵子才肯离去。

可能是“景幽心更静，恍然不知年”的缘故吧。

（肖诗润，播州区苟坝红创区管委会副主任。）

连着乡贤的民间故事

罗定宇

在今西坪地域，说到“平水里文化”，我们就无法绕开两个人，一个是开遵义文化先河的文章巨擘陈启相，一个是开遵义府士人入朝为官的李先立。而在今西坪、铁厂一带，竟然流传着与两人都有联系的民间故事。

传说甲申之变后，明朝崇祯皇帝吊死煤山，其中的一位妃子在河南道监察御史陈启相的护送下，一路颠沛流离、东躲西藏来到了今铁厂西花坝，崇祯妃帮人洗衣混口饭吃，而陈启相则在今河西村附近寺庙长住暗中保护。

一天，崇祯妃端着笨重的木盆到轿顶山脚一个水井边洗主人家的衣服。洗着洗着，崇祯妃不觉有点走神，想起昔日生在皇宫，过着锦衣玉食的生活，用的是金银器皿，哪里用得着自己金贵的玉手来亲自动手哟，如今却落到这份田地，不禁仰天一声长叹：要是有个金盆能洗下脸就好了！

说也奇怪，她说完不久，眼前还真就从井底冒出一个金盆来。崇祯妃喜不自禁，连忙用金盆打了一盆清水慢慢地洗着自己的脸，并用井水当镜照着自己的花容。然而，如今哪里容得她慢慢地打扮自己哟。她很快又回到了现实，为了不至于一会回去晚了挨主人家的骂，甚至是那个地主婆的一顿毒打，她拿起金盆洗起了主人家的衣服，当然也包括地主婆的内衣、裤子。

这个金盆是井里的龙王看崇祯妃可怜，特意送她的。龙王一见崇祯妃用金盆洗内衣，玷污了他的法器，非常生气，决定收回金盆。

崇祯妃正洗着衣服，金盆忽然就不见了，急得她到处寻找，可是哪里还有踪影？她还悄然不知金盆早已被龙王收回去了。崇祯妃只得快快地回去了。第二次来时，她又想起了金盆，可是怎么也不见金盆冒出来，不禁唉声叹气，喃喃地说道：“难了！难了！”当地人知道这个故事后，既同情，又觉得可笑，就把这个地方叫成了“金盆难”，一直至今，只是一般写着“金盆兰”。后来，崇祯妃生下一女，长大后托身于三岔播州宣慰同知之子、康熙举人、山东日照县令罗仕柏。崇祯妃终于忍受不了生活的折磨，在米溪后山一棵槐树上吊自缢。当地人因为不知道她的真实身份，也就草草地把她埋在了米溪的山腰，很久以后才知道她是崇祯皇妃，被录进了《遵义府志》。陈启相也因“反清复明”无望，在今西坪镇掌台山坛子寺出家了，法号大友和尚。乡民们为了纪念陈启相，将河西村所在地改为和尚坡。

就在金盆兰这个地方，有另外一个“李天官”的故事。

传说清初，在洗花坝上住着一户李姓人家，家里有一个头十岁的调皮小孩，每天倒骑着牛上坡放牧。一天，一个手捧罗盘、背负行囊、先生打扮的人来到这里，不时地这里指指，那里看看，像是在寻找着什么。他的行为引起了在河边放牛的牧童注意。一会儿，这位先生来到牧童的身边，告诉牧童，一会儿他到轿顶山上跺脚，让他帮忙看看有没有龙须伸出来，让牧童帮他打好标记，并说事后定有重谢。牧童爽快地答应了。

那先生走到山上一跺脚，他果然见到附近一石洞里冒出两股金色的龙须。先生问他看见没有？他大声说："没有。"先生又反复跺脚，牧童还是说没有，只是在心里默记了位置。先生不信，过来又反复查看，还是不放心，就说："你去帮我跺脚，让我来看。"那孩子就跑过去，换了一个地方轻轻地跺了两脚，先生看没什么反应，只好满腹狐疑地走了。

牧童回家后就把这个事告诉了母亲，她母亲知道其中的奥妙，连夜把原埋在唐家坟山的父亲遗骨挖起埋在石洞中。

当这位阴阳先生在别处未找到真龙地，再回来复查时，才发现他被蒙了。

先生找到李家："我帮你家找了真龙地，这双眼睛要瞎！以后只有靠着你家了！"李家老夫人说："果真如此，必不负先生，生养死葬，我们李家包了。"后来，李家果然渐渐富了起来，这个孩子长大后，成了在朝为官的"天官"。而这位先生，也真的双目失明，不得不依靠李家生存。

刚开始几年，李家还因为感激阴阳先生的大德，将他供奉在家好茶好饭侍候着。可时间长了，李家就不再把这个先生当恩人，而是每天要他"舂碓"（舂米）。自此，阴阳先生吃不饱，穿不暖，整日没完没了地干活，先生真是伤心极了。于是，他边舂对边哼起了家乡的山歌……

一天，先生的弟子因为久不见先生回去，于是顺着先生出行的方向一路访到金盆兰，老远地听到了那熟悉的歌声。他以为师父已经找到真龙地发家致富了，本不想进去，但转念一想，大家师徒一场，进去看看他老人家也好。但当他走到这家大门口时，却发现朱门紧闭，而歌声仿佛是来源于屋后角的一个地方，徒弟绕到屋后，隔着墙问询。师父听到是自己朝思暮想的徒弟时，心中百感交集，对徒弟讲起了自己的遭遇。并说，要得他的眼睛重见光明，必须如此这般。

徒弟待主人家返回，就又绕到前门，使劲地敲着大门，装着如无其事跟主人家谈起了风水，并告诉主人家要得李家大富大贵，一定要在对面的白鹤翅（山）上修起"五角祠"，供上菩萨，待修成之日，就是李家飞黄腾达之时。李家一听高兴极了，连忙千恩万谢地找来工匠，按小师傅的指点劈石伐木，在对面的山上修了起来。

一天，师徒俩趁李家不注意，悄悄地从后门溜出来跑了。李家人也没有在意，反觉得丢了一个包袱。可是，当五角祠修好不久，李家就开始不顺起来，先是家中逐渐有年轻力壮的人非正常死去，不久，远在朝廷的"天官"也死了，被抬了回来，就葬在了金盆兰。这时，李家人才猛然醒悟，是被这师徒俩整了名堂。再后来，李家也在咸同年间逐渐败落，房子也在这一浩大的农民起义中被烧毁了。

但是，民间故事里的“天官”非彼“天官”，李先立早就永载史册，政绩、德望都是有史可查的，“淳厚人家”的碑铭至今还在，那个为富不仁、忘恩负义的“天官”正是西坪“李天官”的反面陪衬。

（罗定宇，播州区政府办副主任，遵义市历史文化研究会理事。）

美丽西坪的传说故事

陈朝安　高　原

在西坪的山山水水之间，隐藏着很多美丽迷人的民间传说和故事。在走访田夫野老、收集史实资料、完善编写方志的几年间，笔者不时获得意外的惊喜和感动，越发热爱家乡了。

"七仙女"淋浴"七星凼"

西坪镇民主村白岩山至大同村黄家岩硅矿山连绵起伏 1.5 公里的山梁上，有七个小"盆地"，排成一线，名叫"七星凼"。传说"七仙女"下凡，被西坪风光吸引，游得尽兴，不觉香汗淋漓，便从白岩山下取了泉水，到这山巅之上，玉手连指，开出七个坑来，七姐妹各占一个，尽情沐浴。之后就留下了这七个沐浴天池，被乡民称为"七星凼"。如今，这七星凼里虽然玉液不存，但草木茂盛，幽静美丽，香风漫天，是一处集美丽风景和神话传说为一体的奇特岩溶地貌。

美丽戏子滩有位善良的姑娘

西坪镇茶元村古渡口戏子滩，波平岸阔，水清草长，是西坪通向虾子的交通要道。2010 年竣工的公路桥如长虹横卧在碧波之上，水里有野生的鲢鱼、娃娃鱼，连通下游角口有九公里山水画廊和天然森林公园。盛夏之夜到处可见钓鱼人的点点火光。岸边的沃田、遗留的堤坝、蜿蜒的山道和河谷的平地有一个美丽的传说：当地一位落第秀才曾经迷恋此处风光，留恋于此处沙滩练字写诗画画，因此称"写字滩"；后来他天涯流浪，与一美丽善良的唱戏姑娘成家，后回到这里，与姑娘在沙滩边搭台唱戏，恩爱白头，终了一生，渐渐有了"戏子滩"之名称，沿袭至今。

角口水库有一处"太公云上钓鱼台"

"角口水库好风光，龟蛇静卧锁大江。两河汇聚碧波荡，人定胜天谱华章。"西坪镇凤凰村角口电站西坪镇境内的高山上，有一处"太公云上钓鱼台"。站在高高的钓鱼台上，可以饱览角口水库的旖旎风光。相传，姜太公曾云游到此，在云端遥见山巅形如一把神奇的仙椅，有三亩阔地，适合垂钓。姜太公于是按下云头长年稳坐于此，一竿直接打下 200 余米悬崖，垂钓角口河鲤鱼。大坝靠西坪一方的岩石龙骨酷似“鲤鱼”脊背，至今犹存。

乒乓洞石柱显灵保平安

西坪镇厂上村坝尾组有一个地下溶洞，投石发出“乒乒乓乓”之声，因名“乒乓洞”。当地一张姓姑娘远嫁他乡，小孩久病缠身，夜啼不止，梦中忽得一高人指点：“久离家乡老家念，屋后神灵在召唤；顶天立地有神仙，谁来烧香谁平安！”醒来思之，她娘家屋后不是有个乒乓洞吗？遂告知娘家。入洞，寻得一巨大石柱，烧香，孩子旋即啼止，病渐好转。因此又名“冰仙洞”。张家人于是下洞探寻，发现冰仙洞堪称地底的仙宫，洞深数丈，豁然宽广，神秘诡异，美不胜收，令人叹为观止。

“国城”地名的来历

西坪镇大同村国城组，是来历已久被取名为“国城”的村庄，俗名“国城头”。传说是元朝末年播州土司治下一位官员来到这里，被这里水草丰茂的自然环境所吸引，欲在这里为主人兴建一处行宫，采集了一抔泥土带回禀告，土司随即派人前来勘察，在这里（现大同村委会驻地）立了一块碑（后来遗失），取名为“国城”，国城的名称沿用至今。

“皇图寺”的传说

大同村大同小学所在地，有个很有文化意味的名字叫“黄图寺”或“黄土寺”(一说“皇土寺”)。从这个地名的来历，可以看出这里一直以来就是让人看好的地方。传说这里因为盛产专门用于修建皇家宫殿的好原料——楠木森林连片存在，曾被纳入“皇家版图”，成为象征皇权统治的“皇天后土”。正在打造的大同校园古树园林中至今仍有楠木、红豆杉、银杏等 44 棵古、大、珍、稀百年古树，其中楠木 16 棵。楠木林中掩映着一处古庙，数百年来，诵经之声不绝于耳，古庙后来改成了私塾和现在的大同小学，“黄图寺”或“黄土寺”的名称就沿用至今。

大同小学有棵“将军树”

大同小学校内有 1 棵金丝楠木，被当地人称作“神树”祭拜。据省市林业专家的考证，其树龄超过 600 年。因为生长在抗日将军陈铁的故乡，省文史馆的画家们 2015 年来为其画像的时候命名为“将军树”。大同小学将它作为师生励志树，以缅怀曾经在此就读私塾的抗日名将陈铁将军。这棵树风雨中大鸟衔来树种、落地生根、不屈生长的传说已被大同小学编入了校本教材；被流放到这里的寺庙住持柘家人派专人精心呵护古柏树的故事也纳入了环境保护教育。

西坪龙塘的来历

在遵义市播州区西坪镇茶元村龙塘组，有一个小小清水塘，位于一湾水田之间，塘如明月，碧波荡漾，令人惊奇。《遵义府志》载：在城东南九十里，周十余丈，灌田数百亩，余入于绿水。《遵义府志》名为西坪泉，经考查，西坪自古就有如许塘如许水的只此一处，可以肯定西坪泉必是龙塘。塘今如是，深达数丈，泉大时如海碗。

传说那里原来住着一家人，他家有一个媳妇非常贤惠孝顺，全家人对她却很刻薄，总是横挑鼻子竖挑眼，但她总是委曲求全，尽力让全家人满意。有一天早上，她早早起床做早饭，经过堂屋时发现香火脚生了一对笋子，等公爹公婆起床后就告诉了他们，两老就叫她挖来炒肉吃。她说这笋子长得奇怪，不知有何蹊跷，劝老人不要吃，但两老哪会听她的，反而一顿咒骂。媳妇无法，只得应承下来。她把饭滤来蒸上，正准备去挖笋，狗儿却跑来叼了饭瓢就跑，她就急忙去追饭瓢。追了一阵，狗就把饭瓢丢了。她走过去拣起饭瓢，正待回身，猛听得身后一阵巨响，转身看时，她家房子正向地下陷去，同时洪水涌流，不一会儿，那里就变成了一个大水塘，房子连同她的家人全都葬身塘底了。媳妇哀哭一阵后不知所踪。乡人以为，那对笋子乃是龙角，龙要救媳妇，因此令狗叼饭瓢，故意引她去追。于是乡人把这塘命名龙塘，久之，龙塘成了村名，2003年与茶元村合并建茶元村，今龙塘仅是村民组名。

龙塘虽不甚大，却是当地重要水源，那一湾良田全得此水灌溉，那龙不但救了那个善良的媳妇，还给了西坪取用不竭的清泉。

（陈朝安，西坪小学教师，遵义市诗词楹联协会会员。高原，西坪中学教师、遵义市历史文化研究会会员、播州区政协委员。）

小河边上的老磨坊

冉启超

我的家乡有口喷涌的泉，清洌、明净，流淌不息。不知道从哪朝哪代起，老祖宗们为了灌溉之利，在它的出口处用巨石砌成了一口颇大的井——说它是井，其实是池，有两三丈见方。泉水有木桶般大小，从崖底奔涌出来，受井壁的阻隔而激荡回旋，转眼间便溢满外泄，在井的外壁形成一幅雪白的练。这练落于下边的乱石间，立即飞珠溅玉，吼声如雷，鸣响于数里之外。由于这泉水出处低平，经过不足两百米的地上河流后，便钻进岩隙，再经过数百米暗河，潜入湘江，因此又名小河。

小河不被很多人知道，故乡因了这泉水而叫的龙坑水似乎名头更响一些。外界究竟有多少人知道，我也不清楚。但这水于我有着割舍不断的情丝。

小时候，家乡的母亲们哄要自己的孩子时，总是说："你是从小河里拣的。今后还从小河里给你拣个小弟弟，你要不？"于是，小孩们听了往往高兴得不得了。小河在孩子们的潜意识中便产生了母亲般的情感。我分不清从什么时候起，便和小朋友一起冒了烈日去小河边玩耍。湍急冰冷的河水中，我们不停地翻寻着乱石中的螃蟹。被泉水冲刷得光亮的石头底下，螃蟹往往遭突然袭击弄得措手不及，惊惶失态，到处乱爬。这时候，我们有相当的勇气，果断而迅速地伸手捉住，丢在竹篓里任它乱爬乱撞。有时遇到螃蟹的大螯钳住了手指，我们也是不会惊叫的，大不了咧嘴忍着，赶快让小伙伴帮忙掰断它。

那时在这小河中捉蟹或戏水，时间是不宜太久的，因为泉水来自地下，虽然在大暑天，头上太阳像一朵火，但小手脚照样被冻得紫芽姜似的。我们都不时地哈着手。可是在冬天里，这泉水偏又冒着热气，体格健壮的小伙子，还可以脱光衣服，跳进池水里游泳。

小河里除了有大大小小的螃蟹之外，有时在暗蓝的池中会有一群小鱼自由地游弋。这些小鱼都长着暗青色的鳞片，这也许是很少见到阳光和低温的缘故吧。这泉池可以放干，我见过放干后的池底，有两丈多深。泉眼就在池底的崖壁底下，泉水便从这里涌出来，有奔腾的气势。满水时也算碧波荡漾，看不见底，只是倒映着蓝天白云，怪吓人的。因此，小个的孩子们是不敢轻易到池边玩耍的，更不要说捉小鱼了。甚至靠近泉池玩耍也要遭大人的责骂。只有稍大些、识水性的顽童，因了夏天的过于暑热，时而瞒了父母，偷偷地在冰洌的池水中快捷地游两个来回，便急急地爬上岸来。即便是这样，浑身早已是布满了鸡皮疙瘩，牙齿打战，哆嗦成一团，立即不管反顺地披了衣服，奔到烈日之下，尽情享受太阳的烘烤。

这泉水的流量很大，在方圆数百里范围都是少见的。它除了给故乡添一道风景线以外，还是故乡自古以来的农业灌溉水源和磨面碾米的动力源泉。

不晓得从哪朝哪代起，在小河的两旁就有了两座并列的碾坊。记得小时候我经常跟大人们一起到碾坊碾米。同时，周围数里内的人们碾米都到这里来。天旱时，十多里外的也到这里碾米。因此，碾坊经常是一片繁忙景象。大集体的时候，收的稻谷都不多，只够半年的口粮，还有半年是靠杂粮、蔬菜凑和着熬过去的，所以大大小小的孩童都懂得珍惜每一粒粮食。

碾子碾米太慢，石碾磕碰着石制的碾槽，不分昼夜地哐啷哐啷个不停。由于稻谷是被慢慢磨碾成米的，米糠很细润，米很圆熟，那米做成的饭也特别滋润，特别养人。

磨坊磨面，碾坊碾米，我们通常去那里候轮子，有时一候就是好几个钟头。夏天不要紧，闷了可以到水边玩一会儿；冬天就不同了，很冷。遇到晚上，没有现成的柴禾生火，得到碾坊后边的林子里拾干柴。碾坊后面有一个很大的旱洞，阴森森的，时时有冷气吹出。夜间没有手电，打松明从洞门前走过，小孩们很容易想象从大人们那里听来的古怪的神鬼故事，怪异怕人，有时很让我哆嗦一阵。我几岁的时候有一天晚上等候碾米，就被大人们的龙门阵吓得大哭起来。夜深了，三两个人围在将近熄灭的火堆旁，听着河水冲刷洞底的声音，碾子和石槽磕碰的哐啷哐啷的声音，很响亮，衬出夜的宁静……

不知过了多少年，到碾坊碾米的人渐渐少了。其中一间太古老的碾坊便没有用场了。几年间，它因为没有得到修葺，便在风雨中倒塌。再后来，剩下的一间已没有多少人来碾米了。听大人们说，外乡的人有了打米机，这机器不用水来冲转，电动的，打起米来又快又好，不用候轮子，随时可以去，一会儿就完，很省时间的。

三十多年过去了，这泉水照旧那样清澈，这小河照旧那样湍急，那两间古老的碾坊早就不知什么时候被拆除了掉了——也许是自然倒塌的吧？只有那巨大的石碾子躺在荒草之中，还有泥土下隐隐露出的碾槽，好像在向后来的人们诉说当年的繁忙景象。

每到春节回家祭祖，我都要到这小河边去，喝一口甜美的泉水，不是为了解渴，好像只是要勾起对童年的记忆。看着这不知流了多少岁月的洌泉，还有被时代淘汰了的旧碾坊和其他什么也没有变的小河的模样，心中产生了许多说不出的感慨。

（2001 年《文苑》）

（冉启超，西坪中学教师，喜欢吟诗作文自娱，文笔朴实，清晰顺畅。）

追忆前贤

陈启相护崇祯妃张皇坝

何 伦

遵义县（今播州区）团溪、西坪、张王一带广泛流传着陈启相护明崇祯帝一妃子的故事。

甲申年（1644），闯王李自成破北京后，清兵随之入京，明朝276年江山土崩瓦解。相传崇祯帝一妃子战乱中逃出来，受河南道御史陈启相以忠义之心保护。陈见皇妃身怀六甲，便护送到遵义县团溪南部一个偏僻的大坝隐避。陈启相在皇妃的身上看到皇室有嗣、江山有续的希望，如生男孩，便可扶拥为帝，矢志反清复明，因而把住地大坝也更名张皇坝。但事不从人愿，结果生的是女孩，立帝之愿破灭。妃为持气节操守，在张皇坝的米溪后山米溪寺削发为尼，归真后葬于寺侧，墓犹存，当地耆宿仍能道其详。《遵义府志》在“古迹”篇有“崇祯妃墓在遵义平水里十甲米溪后山”之记载，口碑与史料史迹并存。

陈启相拥帝之愿不成，又鉴在西南坚持斗争的南明永历帝被吴三桂所杀，复明之心绝望，为避害选择遁入空门，在距张皇坝十余里的西坪掌台寺（又名西坪寺、虎丘寺）披缁为僧明志。其法名圣符，号大友，又称掌山老人。他精研佛学，从师南禅临济宗，造诣精贯，有《掌山法语》等著述，为一方名僧。圆寂后葬于寺后丛林中（今西坪小学校园），墓碑勒石：“传临济正宗第三十三代上圣大下符友老和尚”，终年80岁。

陈启相，字枚庵，号晡谷，四川富顺人，明末贡生，官河南道御史。明亡后流寓遵义，在他写的《手爬崖记》中有永历二年“余奉简命协镇遵土”语。与在遵遗臣钱帮芑、梁应奇、谈亮等交往密切，活动频繁。他学识渊博，善诗精文，《遵义府志》称其“明末实一大作家”，“行文如烈马驭空，游龙戏水，不知其来”，书法“工真草隶法”。出家后屏绝尘累，节劲凌霜，风范交洁，“隐遵平水里掌台寺，足不越户者将三十年。有时不免饥寒，啸歌自得，一编一钵，萧然人外”。四川巡抚张德地查木到遵义，慕其名，遣官多次敦请，却不媚权贵，蛰伏不露，拒不与见，眷念故国之心老而弥坚。但对造门学子却悉心教诲，得诗文传授者众多，“遵义人才之开，掌山功最巨”。

著作有《平水集》百余卷和《紫云休暇集》《摩诘诗评》，但多散失，仅少量诗文流传。

（录于《遵义掌故》5）

承传经巢学术　弘扬地方文化

——记遵义学者赵乃康

杨祖恺

一

遵义著名学者赵乃康先生，名恺，别号牂北生，晚号平叟，遵义县（今播州区）南乡团溪镇人。生于清同治八年（1869），卒于1942年，享年73岁。赵氏为遵义望族，世代书香。

生伯祖父商龄字芝园，恩贡生。祖父锡龄字芷庭，副贡生，与郑子尹征君交契，郑赠诗有：

芝园终岁乐在渔，亦要芷庭能教书。

束竿放学携手去，笑砍芥姜同煮鱼。

又有为芷庭祝寿诗句称"相看俱老物，且喜各佳儿"。盖芷庭次子廷璜，又为征君之婿，生子三人，长怡，别号汉敝生，进士，官知县；次懿，别号延江生，次恒，皆举人。均为先生堂兄。三人自幼承庭训，传郑子尹之邑学，并游宦家于成都。先生行七，幼亦受教于征君子知同之门，兼习举业，勤朴力学，入郡庠补恩贡生。因其长兄怡任成都客籍学堂讲席，遂往从学数年，更服膺征君学术。辛亥革命之后，长兄逝世，遗孤侄希道，荏弱少更事，先生力助其营葬。因长兄生前营一盐业，长期任人不善，至亏负颇多，先生回遵后，代兄家清理纷纭债务。以离乡久，情况隔膜，遇事多与先父葆辰公商酌。先父以表兄弟亲谊，悉力协助先生排难解纷，经历二三年，始得毕事。先生固笃于友谊，偿贷不足，不惜以已薄产作补偿，以绝后累。

先生家旧宅，原在遵义新城双剑山麓白沙井侧，与府学官署及文昌宫相接，人称文昌宫赵家。祖辈合居，生齿日繁，后即僦居邻近之陈姓房屋。此屋本系前清学官署院旧屋，地势高旷，庭院疏落。先生入居后，杂植四时花木于庭，庋文史书画于室，课余之暇，偃仰悠游，或则友朋造访，学子问业，无不耳目一新，神怡心旷，咸称胸中丘壑，布置雅宜。

先生冲谦和气，平易近人，衣履朴素雅洁，绝少厉色疾言，在遵义中学执教前后几十年，虽以讲授古文为主，无不以品端学赡敬重先生。先生又精研书法，大书擅小篆及北魏隶书，寻常笺札小字，则作苏体行草，求书者咸得满意。先生行文及诗，均本郑征君家法之传授。征君为文，受法于程春海，知同称为纯白古健，变化曲折；诗则初宗眉山，由韩、孟以趋少陵。先生终身，拳拳于郑氏父子之家法，故其诗文风格，亦颇得其神似。

先生治学及教学宗旨，本郑氏学综汉宋为主，亦即阎百诗“六经宗许郑，百行法程朱”之义，教初学者从小学（即文字学）开始，以许氏《说文解字》为必读之书，然后“以字读经，以经读字”，循序渐进。至于义理之学，则重身体力行，以实事求是为主，不事空谈。先生读书勤奋，居室内图书环架，旁置竹几，翻检阅抄，倦则隐几假寐，醒又续读，有时终夜不卧，几成终身习惯。由于兄弟多人均承袭郑氏之学，家藏巢经巢著作及各种版本亦最多。口诵心惟，对郑学渊源端绪以及子午山故实遗闻等，津津乐道，聆听者咸为之神往。

二

郑征君子午山故居，其生前即毁于兵火。其子知同又南北饥驱在外，光绪中期，客死于广州广雅书局，子师惠扶榇返遵又道卒，由先生兄怡为料理，始送两丧归葬于望山堂废址。先生目睹心伤，无力挽救。后由川返遵，见知同儿辈，均贫困零落，所遗孤孀弱女，株守荒冢，生计艰难，时加赈恤。然当时子午山林木蓊蔚不下千株，其近邻豪猾，日夜明盗暗伐不绝，先生虽竭力呼吁保护，仍鲜实效。后至民国十三、四年，因重修火毁之禹门寺，遂尽砍子午山树木，只留征君母坟前二株。先生愤谓当时莫肯为言，官厅不之过问，从此大儒之墓，童濯一片。1929 年后，政府有保护先贤坟墓之令，经先生建议创建郑莫祠，修建子午山墓庐，以及置守冢人家等措施，亦次第完成。1936 年，省府民政厅厅长曹经沅以郑征君名垂西南，诗冠清代，明令定每年三月征君生日，地方官主持扫墓致祭，兼及莫、黎两先贤。先生又计划再募集经费，次第修复子午山团湖、米楼等名胜景点，后因抗战开始，事未果行。先生又多方寻访，于四川嘉定找到知同唯一的孙子郑昌，接其回遵，请政府资助就学，并入浙江大学为旁听生，后任教于遵义以承名儒嗣，人尤称道。郑征君生前无像，先生只及见知同及叔母郑氏姐弟等，证以知同撰《行述》所称“先子体貌端严，方颐广颡”等语，为工画者详为解述，相与商改而成征君画像以传。又复广收征君遗物，如子午山遗存木坊一件，先生以“禁猪”名之，实为一普通二尺许的木牌，内写禁折花木之句，正面为征君父雅泉书字，并有莫友芝、李蹇臣等数木人跋语于各面。此物后归先生所藏，并详着录于《续遵志》中。足见先生拳拳于征君者，真无微不至。

三

遵义自明万历二十八年（1600）平播州杨氏土司后，改土归流，设遵义军民府，仍属四川，自明入清，至雍正五年（1727）始改隶贵州。前明知府孙敏政修《遵义军民府志》已失，经历百年后，至道光十八年（1838）知府平翰聘郑子尹、莫友芝合纂《遵义府志》，梁启超著《清代学者整理旧学之总成绩——方志学》文中称：“郑子尹、莫友芝之《遵义府志》，或谓为府志中第一。”后民国 3 年，先伯父杨兆麟先生等倡议续修遵义府志，以草创初稿。后伯父去四川及广东数年，逝世广州，地方多故，志事中辍。至1928年，周西成主黔，聘先生任总纂，县长乔运亨于老城曹兴蕲旧宅设府志局，先生约集各地学者整理初稿。数月后，先生送稿至贵阳，行时先父赠诗有“为君吩咐东篱菊，元日归来始放华”之语。到筑后，省志局派司炳、杨覃生参同审订。司辞年衰未就，杨又牵连志事，先生暂留筑任教。与杨共审补府志稿，而先生致力为多。直至次年，黔军事变，周战亡，先生仓促护初稿回遵，此后编审补校等，集于先生一身。延至1937年刊成，先生作四言体叙，有云：“……本嫌虫技，未便蚁封，倘任斯弃，终恐飘。……具此粗粝，敝帚自享。聊同绘素，敬立矣贤良。”盖亦踵郑征君遵义府志之体例。

四

1939年，吴鼎昌时任贵州省主席，著名学者章士钊寄一诗于吴，名曰《访郑篇》，内有“西南两大儒，俱出牂牁巅，经巢尤笃实，纂述纷云烟。……使君风雅伯，政化驰歌弦。盍往子午山，石访遗编。……”是希望吴能找到征君的逸稿，吴亦为显示政绩，方有捐资刊印《巢经巢全集》之决定。主其事者是省府秘书陈恒安。陈与先生均曾任贵州文献征辑馆编审，知先生平日收藏郑氏著作最丰富，函请协助。先生回函有云：“恺于经巢各书，搜求守残，转抄藏护已数十年，今一旦得印而存之，传布天下，乐何如之!……此固千载一时之巨事也……”全集由先生提供底本外，并编订全书目录。计征君著作共15种，其中5种，系其生前自刻，称望山堂刊本，由遵义就原木刻板印刷，其余各种，由文通书局排印；又附郑知同遗著5种，全书40册。目录后，先生有《叙》，洋洋千余言。文中阐述征君学术之纯正与深湛，而其子知同，亦以经学与小学名家，多所发明，言论为征君所许，足以辉映先业，可与高邮王氏、长洲惠氏、常熟翁氏相比拟，洵为先生晚年称意之作。

五

先生在遵义中学任教职近廿年，爱护青年，因材施教。1935年中国工农红军过遵时，徐特立老人曾访先生，询问遵义私家藏书情况，并嘱协助保护，免致散失。初拟设图书馆，后未果行。闻先生呈徐之诗，有“军中忙无暇，急急救文化。维护文物功，当不在禹下”之语。迨抗日战争开始，各地机关学校内迁来遵，不少名流学者，或以耆宿造访，或以诗文唱和。如浙江大学丰子恺、王焕镳、缪钺教授等，驻军将领如郝梦龄、专员刘千俊等，均推尊先生。在往还中，先生仍以阐扬地方文化，致力保护子午山文化遗存为念，曾编印《郑、莫、黎三先生事实征辑》《子午山纪游册》等。老友中，尤多黔省耆旧，如印江严寅亮氏，与先生为子女姻谊，廖宝珉氏为其兄恒乡榜同年，张振纲、陈瑞麟同在遵义三中同事。廖氏晚年曾过访，住先生家，诗酒酬唱。惜先生于1942年谢世，时吴鼎昌曾致挽联：

学术继乡贤，与拙尊屈庐相接，独任仔肩，郡志续成资政教；仪型留梓里，广汶长司农所传，以承嗣响，宏编刊布念勤劳！

余早承教于先生近十年，后与表兄宗典又同校执教亦较久。1981 年遇表兄于贵阳，得知先生自订诗文集稿，系交丁道谦带去上海，已难踪寻，遗稿亦已不存，今所知者，多散见于各书刊，后余从陈恒安氏得复印书札廿余页，借留手泽，盖亦不胜感念之情。

（原载《贵州文史丛刊》2004 年第二期）

（杨祖恺，遵义人，原贵州省方志办副主任，被尊为“贵州文化老人”。）

赵恺先生与遵义文化

邱 洪

赵恺先生是民国时期遵义文化杰出的代表人物之一。他是沙滩文化的传人，遵义文化教育界的名师楷模，对遵义地方志编撰起着承上启下、继往开来的积极作用。一生为推动遵义教育事业和遵义文化的发展做出了积极贡献。赵恺先生是一位值得遵义学人学习研究和纪念的文化先贤。

沙滩文化的传人

赵家与西南大儒郑珍有姻亲关系。赵恺的伯父赵廷璜是郑珍女婿，精通文字训诂之学，在诗词上也有很高的成就，是郑珍学术承前启后之人。赵恺幼年受业于鞠子清，后师事于郑珍之子郑知同，也是郑学的集大成者，尤其精通文字学，工诗善文，小篆冠绝一时。之后，赵恺又随堂兄赵怡学习。赵怡系赵廷璜之子，得父亲承传，对郑学有很深的造诣，是光绪二十年（1894）进士。赵怡出任四川新津知县，赵恺随其入川，在县衙任参事。之后，赵怡客居成都，创办学堂，教育和培养滇黔子弟。赵恺与受其学，得闻于郑珍故居望山堂不少逸闻旧事，从此，赵恺与郑学结下不解之缘，对郑珍由崇敬到研究，并以弘扬郑学为己任。光绪三十年（1904），赵恺35岁时成恩贡，七年后，清朝覆灭，民国建立，他与赵怡返回故乡。

赵恺自幼受世家文化熏陶，特别是对沙滩文化领军人物郑珍、莫友芝怀有崇高的敬意。由于家学与师承，他收藏郑氏父子的著作并加以考证，对各种版本手稿、尺牍、墨迹、虽片楮寸幅，无不宝而藏之。赵恺与郑珍一样，一生笃信许（慎）郑（玄）之学。主张“以文字入手，以读经为归”的治学理念。认真圈点许慎《说文解字》及郑玄的《诗》《礼》等书，常为之废寝忘食，达到痴迷的程度。对郑珍的道德文章尤为推崇。赵恺先生发现《母教录》一书后的情景：他在“尝抱未见之恨，求之有年”中，忽于乡中人家得见此书，便“如睹景星庆云之快，乃假抄（借抄）而归之，因令诸儿子女各抄写一通，以时检阅”。这是赵恺先生治学精神的真实写照。

早在20世纪40年代，章士钊先生来黔，写了一首诗《访郑篇》送贵州省主席吴鼎昌。诗中说：“西南两巨儒，皆出牂柯巅。经巢尤笃实，纂述纷云烟。”建议吴氏“盍往子午山，石窌（pào，石窌，封地）访遗篇”。希望他把郑珍的著作刊印出版。吴鼎昌得知赵恺是郑学的传人，对郑学有极高的造诣，于是以省政府名义聘赵恺为顾问，与陈恒安参加筹划编辑，编成《巢经巢全集》，1940年出版，才使郑氏的著作大部分保存下来。编辑期间，赵恺复函："余伏处无似，惟好搜藏郑先生遗书，因慨然于原所遗者，既不可得，复恐此已获者又复散去，故久欲为此全集之刻而不能。今达公（吴鼎昌之号）之重念斯道，举而行之，匪特下怀之钦佩，即一般人士无任倾拜。"于是他先将自已抄成的郑珍之作品《文抄》《诗钞后集》《轮舆诗笺》《母教录》寄去，然后又将《说文新付开》六卷、《樗（chū）茧谱》《枭氏图说》一卷、《亲属记录》二卷、《说文本经问答》二卷共九本寄去。可见他对提供各种书抄稿多本，对全体刊行的贡献很大。当时仍有 25 种书稿已经无法搜集。20 世纪 90 年代，贵州人民出版社又以《全集》为蓝本校点出版《郑珍集》，分为诗集、文集、经学、小学四种出版。

郑珍是清末诗派的代表人物，贵州一代诗宗，章士钊非常推崇其诗作，故有"清诗三百年，王气在夜郎"之说。赵恺喜爱郑珍诗歌，受业之余，开始收集郑珍遗稿，集有《巢经巢全集》《巢经巢诗钞后集》《郑子尹先生年谱》，成为郑诗、郑学的集大成者。赵恺认真批注《说文解字》《诗》《礼》等书。著成《读〈说文解字〉》《同名录》《赵乃康诗文集》。赵恺关心地方文化，留心地方山川、古刹、金石、古墓、木刻、桥梁及黔人笔记，每有所得，或抄、或存或著，数十年间，撰有《郑莫黎三先生事实征集》《平水旧闻》《近泉居杂记》《剑山庐杂话》《遇徐特立先生记事》等。这些作品为遵义人文风貌提供了丰富的历史数据。

1930 年，赵恺撰"郑莫祠"门联："阐汉宋两朝学术，为西南百代儒宗"，代表他对沙滩文化的推崇。他撰写了《创修郑莫祠附设图书馆碑记》，与早年郑珍写的《汉三贤祠记》有异曲同工之妙。汉三贤指舍人、盛览、尹珍，与清三儒郑珍、莫友芝、黎庶昌均是贵州历史上出类拔萃的人物，成为"尊前贤、励后学"的典范。

1936 年农历三月初十日，省民政厅长曹泾沅、遵义专员刘千俊、遵义县长刘慕曾与遵义各界人士到沙滩为郑、莫、黎扫墓，这是当时遵义历史上第一次公祭文化名人的活动。赵恺创作了祭祀歌《祭郑莫黎三公》：夷牢山水多灵秀，郁翠群英振国风，博学文章经济世，巍巍郑莫黎三公。文明以启，觐仰胥同，崇敬敦化封墓，功归千秋岗陇重逢。歌词在当时广为传唱。其后影响较大的一次祭祀活动是 1942 年春，赵恺等遵义学者与浙江大学教授王驾吾、郦衡权、李瑜、罗巴山、丰子恺及社会人士等访问子午山，此次活动产生的诗、文、画合编成《子午山记游册》，传为佳话。

总纂《续遵义府志》

从道光十八年（1838）至道光二十一年（1841），郑子尹、莫友芝合纂《遵义府志》，共 48 卷，计 80 万字，参考书目 358 种。全书体例严谨，考证精赅，文辞典雅，被梁启超誉为"天下府志中第一"。张之洞在他编的《书目答问》中，称赞《遵义府志》是最优秀的志书之一。赵恺称赞此书："古今文献，搜罗精密。好古之士，欲考镜南中，争求是书。比之《华阳国志》。"可见《遵义府志》在中国方志林中最负盛名。

遵义知县周恭寿热心地方志事业，到 1914 年，他延聘清末探花杨兆麟主持纂修

《续遵义府志》。杨兆麟与遵义宿儒赵恺、黎汝怀、杨保宸、杨文湘等合作编撰。1916年，主修周恭寿调离遵义，总撰杨兆麟当选为议员，去广州，次年在广州猝然病逝。编纂工作于1918年完成初稿后被迫停了下来。1926年，周西成入主黔政，复聘赵恺与安顺杨恩元共任总纂。为完成未竟之业，赵恺与杨恩元在原稿基础上，续承《遵义府志》的体法，邀集遵义名儒，经过三年的努力，终于在1937年得以刊行。《续遵义府志》三十五卷，二十五目，九十余万字。和浙江大学张其均先生主编的《遵义新志》成为民国时期贵州省境内极少付印的方志成果。《续遵义府志》由著名书法家杨文湘等书版。此书保存了遵义道光二十二年到宣统三年间七十年的历史，是了解、研究原遵义府政治、经济、文化、历史不可替代的重要资料。

遵义教育的名师楷模

自民国以来，赵恺以教育为职业，全身心地培养家乡人才。他在遵义中学任教，主授语文。他针对学生的智力和文化程度的差异，主张“因材施教、教书育人”；在教学上，他博闻强记，讲解透彻，深入浅出，必尽其意，因此深受学生欢迎。赵恺对人才非常关爱，见到族亲中的优秀子弟或非族亲的其他寒门学生，他都常邀请至家中留宿，有的还为其完成婚嫁。恩师郑知同光绪十六年（1890）广州病逝后，其长子师惠扶柩回遵，行程中又病逝。赵恺与堂兄赵怡、赵懿、赵恒得知后，为其料理后事，把郑知同父子归葬郑家坟地。之后，郑知同之子郑师万客死四川，其遗孤郑昌年仅十岁，衣食无着，处境艰难。当赵恺打听到郑昌的确切地址后，出资接其来遵，并安排入校读书，直至其成家立业，成为中学教师。

陈福桐、朱穆伯、余选华、杨祖恺等都出自赵恺门下。余选华能谈经、能诗文、能写字，备受赵师喜爱。

据陈福桐先生回忆，赵恺为其母校诚成小学写了一副对子：“正其衣冠，尊其瞻视；行为士表，学为儒宗。”这十六字如校训一样要求我们的行为、品德要向着这个标准去努力。赵恺夫子的儿子赵志常（宗典）先生是我的班主任，教语体文和《三民主义》。星期日到赵老师家去，听赵恺先生讲《说文解字》和《史记》及郑珍的诗文。赵恺父子都是我的老师。

赵恺是一位思想进步、正义感强的名师。他对国民党特务危害国家利益、迫害进步人士的行径非常反感和痛恨。1936年6月，时任地下中共遵义县委书记的杨天源同志由贵阳潜伏回遵义时被捕。赵恺利用自己的影响，领衔具保，使杨天源获释。“七七事变”后，全国人民奋起抗战，谁知国民党竟以遵义进步组织“青年抗日救国会”所办的墙报《活路》散布共产党言论为由，谋划逮捕主编陈福桐先生。有人将此消息暗地里告知赵恺。得知昔日门下的聪慧少年，如今已成长为抗日救国的热血青年时，赵恺心中感到无比欣慰，然而，在全国上下一致抗战的大好形势下竟然有人敢陷害和扼杀一位宣传抗日、挽救危亡的进步青年，赵先生又异常悲愤。与此同时，遵义的进步力量也在为阻止反动派抓捕陈福桐一事奔忙。应吴开志、杨天源之请，赵恺与朱穆伯向当局据理陈述，态度坚决地反对当局抓人。朱穆伯是国学大师黄侃和钱玄同的高足，在遵义有一定的影响。国民党当局见这两位人物出面申辩，加之迫于舆论压力，无奈之余，只好将“青年抗日救国会”解散作罢。赵恺先生是被当时的各界视为师德高尚、豪爽侠义的“人师”。

1935 年，时任国民革命军军长兼五十四师师长的郝梦龄率部驻扎遵义，赵恺与郝将军曾有一段师生情。郝将军为地方培养人才，开办无线电学习班，辟建老城体育场，倡导体育健身，敬老尊贤，他的这些作为，深受遵义各界的爱戴。将军得知赵恺是当地博学鸿儒时，即登门拜访，向赵恺执弟子礼，请其讲授“四书五经”。赵恺对这位曾经就读保定军校却热爱经史的军人也十分赏识。后来，抗战爆发，郝将军上书请缨，率部参加太原保卫战，在忻口战役中不幸英勇献身。赵恺在报上得知了这一消息，悲痛不已，他便代表遵义民众撰写了这样一副挽联：“龙韬成算已多年，寄到感遗鱼，才说汉阳编劲卒；马革裹尸何太促，传来惊覆醢，转听黔北尽悲声。”联语字里行间表达了赵恺对已牺牲弟子的悲痛之情。

赵恺先生不仅是遵义教育界的名师楷模，而且还是一位著名的书法家。他行楷学苏，写北碑，兼能隶篆。赵恺先生的人格魅力、学术成就以及教育方法深深地影响着遵义当时以及后来的学人。

1942 年 6 月 6 日，遵义名师大儒赵恺先生辞世，时年 73 岁。噩耗传到省城，吴鼎昌特撰挽联一副，对弘扬郑珍学说，毕生精力致力于地方文教且卓有成效的学人赵恺先生表示崇高的敬意。其联曰：“学术继乡贤，与拙尊屈庐相接，独任仔肩，郡志续成资政教；仪型留梓里，广洨长司龙所长，以承嗣响，宏编刊布念贤劳。”

泮水人傅道新早年曾受业于赵恺门下，“亲炙既久，采获实多，惠沾化雨，深受教诲”，特别是书法，深得赵恺先生亲授，“庶得法家三味耳”。先生辞世后，傅道新于 1943 年修建赵楼，并作《赵楼记》以资纪念：

余束发受书、尝闻先贤郑君珍为西南巨儒，宗其学者，惟赵子耳。然不了事，未深究崖略。弱冠负笈从赵恺先生门下，谓可教授业焉。先生讳乃康，别号牂北生，粹然儒者，不慕荣利，精研经史，通声韵训诂之下系，为文章古涩奥衍，今之能为郑文者，舍先生其谁耶?工诗，书法精四体.著述有《续遵义府志》，已刊行于世，士林比之郑莫《府志》，媲美前贤，先后辉映，其身价自在人间矣。平居讲习数十年，弟子半黔北，教人以宗礼教、励廉隅为主。余谫陋，辱承训诲，乃初识文字，并知立身处世之道。故服务社会，致力商梓，虽鲜建树，第得寡过澈始终，是皆领遵师教，虽勉粹励以致之也。惠沾化雨，不谓深且厚哉。

本年夏，先生即世，噩耗杳传，未尽守庐之义，展奠之忱，至为愧汗。缅怀兮春风，能不怆然下耶!间读《巢经》，柴翁宝米书，建楼而藏诸。余于先哲之品行学问不敢望其万一，然景仰之志，不无旷世之同者。于是计材致工，择圃地筑楼一，匪雕匪饰，惟洁惟坚。创始壬午岁首、成于秋，则谥为赵楼。爰以遵义前、续府志、《巢经巢全集》暨遗诗、吾师牂北生遗著并手书楷行篆隶法贴、赵雪松真迹画卷均储斯楼。每日暄夕佳，分张图籍，排洁几案，读书课子其间。四窗明净，群峰环秀，凭栏瞻眺，目空一镇。塔影午园，邱松苍老，疏林幽寂，茅舍萧然。柳临风而依依，行傍雨而萧萧，野芳缤纷，市井炊烟，览万物之荣枯，感河山之破碎。抚今追昔，不禁欷虚！

余素习赵书，今以之置座右，时临摹而神会，庶得书家三昧耳。楼成，或问名故，曰：昔苏长公以雨名亭，志喜也；五尺道人名楼曰米，法其书也；吾楼以赵名，非仅保存乡国文献、先哲遗墨而已；盖感师至德，以人名楼。楼存名垂，永期不朽云耳。

民国卅一年，岁次壬午暮秋，傅道新自记并书之石。

赵恺与遵义图书馆

1930 年，周西成接任贵州省主席，二十五军四师师长黄道彬驻遵义，召集当时名士征求意见，以“县事之当兴者”为主题。赵恺在会上提出“观风化、系人心、导后进、莫急于妥先贤之祀者”。提议创修“郑莫祠”，此建议被采纳，由地方绅士出资筹款。黄出两千元，县长金章出五百元，师长蒋丕绪出一千元，很快凑齐经费，地点选在协台坝“老三中”荷花池前。

“郑莫祠”系瓦顶砖房一栋，正面及左右均为拱门立柱回廊，里面有三间房，正中间为祠堂主人及配祀木主，左右为办事用房，《续遵义府志》就是借用此房刻板完成的。其余的便是收藏书籍供阅览的图书馆。赵恺撰文《创修郑莫祠附设图书馆碑记》。这是民国时期遵义创办的图书馆。

1935 年 1 月，红军长征经过遵义，在召开“遵义会议”期间，徐特立为贯彻党的统一战线政策，特地拜访了遵义宿儒赵恺先生。两人一见如故，十分亲切。徐特立告诉赵恺，他在遵义看到一些书香人家的书籍散乱摆放，如果遗失了很可惜。徐特立还看了赵恺的藏书，赵恺说：“在遵义城，与我家藏书相提并论的也有多家。”徐老听后很高兴，要赵恺将这些藏书和家里的图书好好保存下来，用一间较大的屋子存放，将来条件成熟建立图书馆。赵恺根据徐老的意见，并叫学生余选华随徐特立前往老城周沆与宦懋庸家去查看收藏的典籍。之后赵恺高兴地对子女说：“在这种兵荒马乱的年月，红军除了打仗，还想着保护书籍文物，这样的队伍真称得上是‘王者之师’啊！”道出了赵恺对红军的肺腑之言。之后，赵恺对徐特立不忘关心挽救地方文化典籍的事迹深深感动，写诗赞道：“军中忙无暇，积极救文化。维护文物功，当不在禹下。”

1942 年赵恺辞世后，他的藏书和遗稿保存完好。遵义解放后建立图书馆，其长子赵宗典响应号召，捐赠一批赵恺藏书和少量墨迹。宗典继承家学，又受过高等教育，故留存的多为珍贵藏书和未刊遗著。后因特定历史条件之故，竟全部被毁，甚为遗憾。

2002 年，遵义市文史专家谢尊修、翁仲康点校的《遵义历史文粹》（第 2 卷，市政协宣教文卫编）收录赵恺先生遗著《近泉居集》，为研究赵恺诗文提供了珍贵的史料。

赵恺逸事

石人康

近泉居

赵恺（1868—1942），字乃康，祖籍团溪平水里清江塘畔，祖父廷莹。咸同时农民起义，社会动乱，祖母华氏家居省城，廷莹、廷璜此时暂寓贵阳。赵恺在贵阳出世，6岁始回遵义。赵家购遵义新城文昌宫旁房屋居住，农民军占遵义期间被毁，回来后租陈姓房屋居住。

1924年，赵恺始在白沙井畔修建三间房屋，为近泉居。

近泉居最大的优势在地理位置。遵义的泉水甚多，最著名的当推白沙井。近泉居地处双荐山麓。双荐山有五井，白沙第一。赵怡有咏此井诗："乳流漱白沙，映竹新涓涓。商较桑苎翁，不落第二泉。山中十数家，汲多水弥鲜。"近白沙井是第一优势，所以称居所为近泉居。其他优势有"地接螺峰""窗吞凤岭"，幽趣无穷。

新居落成时赵恺在三中任教，邀同事去他新居，他以竹叶粥待客，美术教师胡听秋有诗《课完，赵乃康学博邀过彼茶话，并往游新筑别墅即景》记此事："白沙井畔地三弓，小筑衡庐布置工。活水畜鱼春荇绿，万山当户夕阳红。闲听鸟语日初出，最好诗吟月正中。远隔尘嚣堪遁隐，此间幽趣应无穷。"

图书馆因缘

赵恺与图书馆的因缘起于1930年。这一年周西成已战死，毛光祥接任贵州省主席，25军4师师长黄道彬到遵义召集著名人士征求意见，以"县事之当兴者"为题，赵恺提出"关风化，系人心，导后进，莫急于妥先贤之祀者"，具体就是筹款修郑莫祠。当年祠成后，堂中供郑珍、莫友芝木主外，还能有什么内容呢？这样想出的主意便是"收藏书籍以供阅览"，即办起了郑莫祠附设图书馆。1930年8月，赵恺撰写《创修郑莫祠附设图书馆记》（全文在《贵州文献季刊》创刊号刊出，另有刻石在祠右）。赵恺以他的社会声望，一"言"兴馆，这是遵义历史上第二次办图书馆（第一次是1924年办通俗图书馆）。

赵恺第二次与图书馆有缘在1935年1月，即中央红军在遵义，随军徐特立请他保护图书，办图书馆。当然，历史现实使这件事只能是一愿望，但也是一次历史因缘。赵恺与图书馆的最后因缘，发生在他去世后，遵义市图书馆创办之初，大量藏书是遵义藏书家捐赠，其中有至今保存完好的赵恺藏书。在1982年，笔者陪同赵恺哲嗣宗典先生观看时，他感慨万分地说，他保存在家的，在“文化大革命”中被毁坏。他是学者，知道区别书的贵重等级，当年他保留珍贵的在家。谁知天道无常，赵恺的遗著未问世，保存在家的悉遭毁灭，只有他一部分藏书与手批保留下来，今藏遵义市图书馆。

赵宗典先生特赦后任十一中图书馆管理员，笔者与他的交往由此而来。

余姓弟子

赵恺长期任教，遵义老三中人才辈出，他的学生佼佼者有的是。笔者知道他有两个姓余的学生，一个是余正邦，另一个是余选华。笔者虽与余正邦同在京城不同单位工作，但无缘谋面，而与余选华则忝为同行，又同一年受不白之冤。

文化老人陈福桐先生在 1991 年有一首诗题为《哀诗人余选华逝于凤冈》(《龙山吟》改题为《余选华兄逝世》) 笔者恭读数遍，不胜感叹！

笔者 1961 年始至遵义，余选华已不在遵义工作，我们 1980 年才因工作认识。此前，曾在红花岗麓读到他 1948 年秋撰写的《创修红花井记》，故对他生平了解是逐步、间接得来。陈老的诗《娄山乌水一奇人》确是“画像图形”，他的傲骨，他的吟吐，令笔者钦佩，遥想他当年的处境和他的心境，陈老真是他的知音！余选华有诗集，又是书法家，有待出版。

附余选华《创修红花井记》：

环治城南，红花岗隆然突起，屼崪迤逦，屏峙湘江西岸。南泉出其麓，甘芳清洌，附郭诸饮，惟白沙与此井并称名泉，居民取汲，络绎于途。年来人稠饮众，涓涓两泉，几同智潗。而取汲于河则秽浊不良于饮……王君燮阳既卜宅于城南，即岗之麓，饮得某泉，风味殊胜，堪与两泉分声而鼎足焉。乃独任工资，凿浚成井，规制悉侔白沙，盖可独舀以瓢勺，而不可并汲以桶瓶，澄泓常洁，取汲无争，庶可谓仁人之为，其利溥哉！

是井也，上距南泉数百步而与白沙隔江相望，以其仍据红花岗麓，因之为之名。里人余乃吾撰并书。

与郝梦龄

郝梦龄，河北藁城人，本与赵恺毫无瓜葛。1936 年率国民革命军第九军驻防遵义，能革敝兴利受到好评。他提出请赵恺为他讲课，每星期定下日子，用轿子接赵恺到罗庄郝的军部。一次在图书馆书库，笔者问赵宗典此事经过，他便找出当年用的书给笔者看。抗日战争爆发，郝主动请缨杀敌，不幸在 1937 年 10 月 16 日忻口战役中牺牲。遵义追悼会上，赵恺的挽联是：龙韬成算已多年，寄到感遗鱼，才说汉阳编劲卒；马革裹尸何太促，传来惊覆醢，转听黔北尽悲声。

这是老师对不久前还在眼前听课的弟子表达的悲痛之声。这个弟子牺牲时为中将，光荣后封上将，是为抗日而战死的军衔最高者。这位老师与他弟子都应受到后人尊敬。

实现宏愿

赵恺的宏愿是校订郑珍的著作，刻印留传。这一宏愿，可以说1940年开花结了果，书名为《巢经巢全集》，离他去世仅有两年。这一年他已71岁。

赵恺为此书在1940年春写了《编定巢经巢全集书目叙(序？)》，到夏天又撰《巢经巢亲属记跋》《樗茧谱跋》两文。

《书目叙》中，他说郑珍遗书共15种，"恺搜藏有年竞竞守，恐惧散失而难合璧"，这便道出了他多年的努力成果及愿望。1940年3月，他已写成全集叙目，仍不满足，再为已收的单刻本写跋。亲属记是1929年向陈崧山、衡山两位近八十岁老人处征集所得，有陈氏数十年校订成果，赵恺要将原委说明。作《樗茧谱跋》，是必须说明此书的版本史与当前"争来求本"的原因。

他有诗为巢经巢全集付印而作，笔者将其收录在《近泉居集》(见《遵义历史文粹》卷一，遵义市政协2002年编)

编郑珍诗后集

《巢经巢诗钞》的前集，郑珍自编自刻，诗后集版本繁多，他为此用力最勤最多，前后费时十余年。1929年秋，《巢经巢遗诗》出版，这是他经三年多用力的结果。只过了两年，又用近十年时间搜集、整理完成《巢经巢诗钞后集》。作为逸事，他曾据胡子何家所得墨稿，误收《九朝塘》《滚马坡》(后来发现是洪亮吉的诗)两首，赵恺不顾《中央日报》说"闹了一个绝大的笑话"，继续收集郑珍逸诗。另外，他据"气体不类"剔除《孤雁行》等诗，有不同主张。

续府志稿

遵义市图书馆收藏有《续遵义府志》残稿，没有编号上架。笔者知《续府志稿》有二，其一为清稿，1936年成稿，宗典先生亲口对笔者说，中华人民共和国成立后由他售给北京书商，时间必在五十年代初，后不知下落。笔者据目录，知已入藏某大学图书馆。其二为残稿，原藏赵恺家，后赠市图书馆。其中三册是一种，又十八册是一种，1929年清稿，有乔运亨、胡羽高等人序。

《续府志》刻印后，赵恺发现有误，他批在书上。此本由图书馆转赠档案馆。

四月二十三

4月23日，赵宗典先生视它为不祥之日，悲痛之日。他说，1916年的4月23日，他才八岁，母亲亡故；25年后，1942年的4月23日，他父亲又病故，"每至是日，更增加我之沉痛”。

赵宗典回忆说，1942 年农历四月，他父亲已病了两个多月，中旬的一天早晨觉得神志较清，便对他说：“多日来未浸润郑、莫、黎三先生书画，可罗列几许于壁间，扶我观之。”赵宗典扶他父亲观后，又手执《巢经巢诗钞》说：“我最服膺于郑先生，先生精研三礼，学宗汉宋，黔中学术泰斗。自有郑先生以来，谈经学者，不能忘郑先生；谈小学训诂者，不能忘郑先生；谈史学者，不能忘郑先生；谈书法诗画者，不能忘郑先生。郑先生以诗最脍炙人口。”以上是赵恺最后遗言，其言也善。

（录于《遵义民国文化人物》）

赵乃康先生崇敬先贤关怀后代的事迹

郑　昌

乃康先生一生致力于地方文化事业，不仅完成续修《遵义府志》的工作，对乡贤郑、莫、黎，尤其是对郑学大力倡导，搜集遗著，保护坟茔，关怀其后代生活，中间对我也爱护备至，就可见其一斑。

曾祖父子尹公（郑珍）之女，我的姑婆，适赵廷璜，系先生婶母。从姻亲论，先生是我表叔，平时，我习惯尊称七叔。

祖父伯更公（郑知同），晚年在广东张之洞幕府主持广雅书局。病故后，伯父师万扶柩回遵，不久即中途病逝在城内宦家。父亲和三叔师惠都年轻，从高祖起，家境又一直清贫，因此，父亲迫于生计出川到乐山。其后，三叔和一子及前母遗留一子都先后故去，郑氏家族飘摇，几至于绝。七叔见子尹公坟墓无人看守，又有待字闺中的曾孙女生活无依，便与当时遵义教育科商议，拨学田十二担作墓田，并作孤女生活用费。

日久，父亲出川未通音讯。七叔考虑子尹公无后代，一面多次探听四川一房情况，一面将族兄郑继光抱过房以承祧祀。殊族兄游手好闲，贪吃懒做，并抽大烟，导致箪瓢屡空，经常进城告贷求助。不管什么情况，七叔总是耐心尽力资助，解决困难。

1937 年，父亲离弃了我们三姊妹，生活无来源。到 1939 年，我便离开乐山赴渝找工读机会。适逢重庆遭日寇狂轰滥炸，几成一片焦土，处于绝境之际，想到赵君楷四表兄曾有信至乐山，当时因年幼无知，不识信中所云，只听父亲曾言他在国民党中央财政部工作，于是借此一线关系，寻求救援。待到财政部后，幸得相遇，表兄催我立即回遵，并告我以七叔对子尹公学术的倡导、著述的收集整理、墓园的看守祭扫、后裔的赡养等不遗余力，并曾多次念及乐山一房早有子孙返回。我持表兄写给七叔的信到遵，才初次见到这位遵义耆宿，态度和蔼可亲，真挚感人，关心备至，并详问及我学业、工作和家庭情况，表现出他夙愿已偿，愉快万分。

在他家住短时间后，沙滩便来人接我回乡。乃是七叔先去信禹门，速来接子尹公后人。我在乡对坟墓、家园、族戚等一一拜谒后，是年五月，由七叔介绍任教于杨柳街小学（现文化小学）。

我住赵府时，常常见到地方士绅和浙大文学院丰子恺、王驾吾等教授来往频繁，特别是浙大教师常常与七叔谈论地方文化、三贤学术。这时我进一步敬仰七叔的人品道德，他不是达官权门，而是一位纯粹的儒者知名于地方。在这段时间，浙在为子尹公后代关系，经过七叔推荐，我被破格录取浙大学文学。但由于我原基础差，又弃学几年，跟不上，数周后仍回小学教书。

1940 年夏，七叔与遵义县长刘慕曾交涉，每学期资助法币一千元，供我入县高读书。开始，七叔不但任教高中国文，离校后还亲选教我以古文名篇及子尹公的诗。回忆开始教的是一首五言古体诗："日出起披衣，山妻前致辞：瓮余二升米，不足供晨炊。仰天一大笑，论盗今已迟。……"读至高二，由于通膨胀，一千元成了废币，这时全靠七叔和亲戚及我在乡绅陈兆琴家为其子弟补课而完成高中学业。

1942 年，我在本地、外地作中、小学教师，与七叔逐渐疏远了。这时七叔还与地方政府拟再为子尹公增拨墓田。未果，七叔亦赍志而殁。

追源溯流，沙滩黎府自长山公、雪楼公两代出仕山东、江苏时，购书万卷，解组归来，在家乡培育后代，名儒迭出，至今仍有诗人继起。曾祖父成为清代西南大儒学源基础，实奠基于沙滩。过去在诗文、学行、事业诸方面不亚于子尹公、伯更公之黎府先辈，亦为数较多。他们砥砺学行，颇有著述。这些宝贵遗产，后来七叔都广为研究，竭力倡导，对其后裔亦关怀备至。他对地方文化的关心、继承和发扬，实为贡献非浅。

（录于《遵义文史资料》第九辑）

先生之风　山高水长
——赵乃康先生逝世75周年祭

吴健康

今年是先生逝世七十五周年，早就有心为先生写一篇东西，畏心力不逮而屡起屡辍，一蹉跎间便好几年过去了。

夏末秋初之际，无意中在友人处得到先生女公子赵珣写的长篇回忆《我的文昌宫》，捧读之余，唏嘘慨叹，对先生的认知更为细致深切，偿债之念再起，于是不揣敝陋，乃对先生之行述略作铺陈。

所谓“偿债”之说，虽稍过之，其实有渊源焉！且不说先生之女赵珣是我的老师，于我有师生之谊，更重要的是民国期间，先生急公好义，曾救我父兄于危难之间，使其免遭屠戮。

一、大勇大义

说来话长，民国时期，我祖父文圃先生为先生旧交。祖父为人迂阔，舌耕终老，曾被人戏称“老城绅士”，此诨号是形容其行事拘谨，颇有令人可笑之行止。

老先生尽管老实本分，家中却出了个“共党嫌疑分子”，长孙圣民于1928年在遵义三中毕业后，到贵阳去投考省立贵州大学，被人密报是共产党，遭周西成逮捕，大约有着老祖父那股倔劲，受审讯时他言语顶撞，激怒了周西成，要处死他。

文圃先生听到圣民出事，请托乃康先生写信给杨干之（杨是乃康先生的侄婿、西坪同乡、时任贵州民政厅长），望他设法营救。杨知道周西成这人的脾气，事情着实难办，但碍于乃康先生谆谆嘱托，无法推卸。

果然，杨先生一找周西成说项就碰了钉子，尽管杨先生是周西成极为倚重尊敬的人物，但事关重大，周西成却一点不给面子，就是要处死圣民。

由于乃康先生对此事十分在意，让杨干之一定要千方百计保孩子的命，搞得这位民政厅长焦头烂额，多方奔走，终于让他费尽周折寻到了一个机会。也是圣民运气，就在决定行刑的头一晚，周西成的太太生了一个儿子，杨干之听到消息，清晨就赶去贺喜，趁机请周给圣民宽刑，说是古时贤圣之君遇喜庆事都要大赦天下，不能让小公子出生就逢凶事，要为公子造福，这才让圣民保住了年轻的生命。（上述事实见于金希乾先生在遵义文史中所著之文。）

至于圣民是不是共产党至今始终是个疑问，问过老辈人也说不清楚。想到他读三中时是黄齐生先生的学生，颇有进步表现，可能因周西成通缉黄先生而受到了株连。

那年月冒着巨大风险，去捋大军阀的虎须，足见先生风致之高古。

先生一代寒儒，手无缚鸡之力，颇有大勇之气，除了拯救我那有“共党”嫌疑的至亲外，即便是真正的共产党人，他也不计利害倾力相救。1937年6月，时任地下党中共省委军事委员、中共遵义县委书记的杨天源及党员夏都棻被捕，先生亦挺身而出，以自己知名文化人士身份作保具结，使其出狱。

要知道，那个时代作保具结，是有相当大风险的，何况杨、夏等人又的确是共产党人，如果坐实“罪证”，先生决然是难脱干系，会受重大牵连的。

二、大仁大爱

先生名恺，字乃康，自号牂北生，老家在南乡平水里（今播州区西坪镇桂山村），咸同年间房舍毁于兵火，父母不得已寓居于省城外祖父家。6岁时随父母回遵义，住城区文昌宫（今中医院侧）。

先生早年受业于遵义名儒鞠子清，后师事郑珍之子郑知同，他的伯父赵廷璜是郑珍的女婿，郑赵两家是姻亲，关系密切。

郑知同字伯更，是郑学的集大成者，曾到成都做过张之洞的幕宾，极受张之洞器重。知同治学以许、郑为依归，造诣精湛深邃，小学成就尤高。著作有《说文正异》《说文述许》《说文商议》《说文伪字》《楚辞通释解诂》《转注考》《漱芳斋文稿》和《屈庐诗稿》等。

在如此名师指教下，先生自然学问日益精进，加之先生勤奋好学，常常执经问义，请教于郑知同，郑教他多读《说文》《广韵》《音学五书》《说文解字注》等，他遵此教导，收获甚丰。

郑知同学问虽好却不合流俗，傲然自负，南游北往，多方碰壁而处境艰难。光绪十三年（1887），张之洞调任两广总督后，设广雅书局，招郑知同去任书局总纂，不料两年后，知同客死广州，他的儿子师惠扶榇回遵义时，也在途中病死。

眼见郑家门庭凋零，父子先后而丧，先生伤心叹喟，其兄赵怡妥为料理后事，将郑氏父子归葬于沙滩望山堂旧址。

先生见知同逝后，儿孙辈贫困零落，郑家所遗之孤孀弱女，枯守老屋荒冢，生计艰难，便慨然己任，时时周济，赈弱恤贫。

同时，先生对于望山堂墓葬，亦不遗余力，多方奔走，吁求地方予以培修保护。

知同次子师万，早年就业于四川，为衣食奔走，后来客死他乡。先生多方寻访，终于在四川嘉定寻得师万十余岁的遗孤郑昌，出资接来遵义。到遵后，先生将郑昌安顿好，令其衣食周全，然后为其申请政府资助，安排入学读书。在先生的帮助下，郑昌后来进入浙江大学当旁听生，学成后继承名儒遗绪，在遵任教，受到人们称道。

先生一生扶危济困，养孤怜寡，泽及多方，尽管自家亦有不敷之时，对族中子弟贫无所依、衣食不周或远乡求学者，都尽力帮助，如刘德修、赵宗伟、姚世达等年轻学子，都是他接到自己家里供给食宿，资助读书的。卧房不够，就住在书房里，往往楼上楼下住得满满的，这些孩子大多白天在省立三中上学，下学回家挑灯夜读，深受先生之勉励而勤学。

先生怜贫恤苦，因为自己忙于研习学问，教务繁忙，为孩子专门请了一位姓李的老先生。这位先生困穷而不修边幅，常常眼屎未揩、哈欠连连来上课，孩子告知先生，先生不但不忍辞退，反而对孩子们说，他还是有点学问的，可惜被大烟害了，无论如何，作为老师，你们应该尊重他。

三、光大郑学

先生是那种受人点水之恩而思涌泉相报之人，他对恩师知同及其父郑子尹先生学问一生服膺，钻研郑学广博精深，时无出其右者，同时，在收集、整理、保存、光大郑氏文化方面，不遗余力，做了极大贡献。

由于赵家与郑珍有姻亲关系，先生自幼受世家文化熏陶，之后又随堂兄赵怡学习，赵怡对郑学有极深的造诣，系光绪二十年（1894）进士。由于家学与师承，乃康先生对沙滩文化领军人物郑珍、莫友芝有着深厚的感情，怀有崇高的敬意。他收藏郑氏父子的著作并作考证，对各种版本的手稿、尺牍、墨迹、虽片楮寸幅，无不宝而藏之。与郑珍一样，先生一生笃信许（慎）、郑（玄）之学，主张“以文字入手，以读为归”的治学理念，对郑珍极为推崇。有一年，先生忽于乡中人家得见郑珍《母教录》一书后，感叹：“尝抱未见之恨，求之有年。”“如睹景星庆云之陕，乃假钞而归之。因令诸儿女子各写一通，以时检阅。”充分显示出先生对郑氏文章道德之崇敬。

20 世纪 40 年代，章士钊先生来黔省，写过一首《访郑篇》的诗送贵州省主席吴鼎昌，其诗为：“西南两巨儒，俱出牂柯巅。经巢尤笃实，纂述纷云烟……”表达了对西南人儒郑珍的仰慕钦敬，同时建议吴氏把郑珍的著作刊印出版，吴鼎昌欣然同意，安排刊印事宜。其时，出版郑珍遗著的主事者为省府秘书陈恒安，陈与先生曾任贵州文献征辑馆编审，知先生是郑学的传人，对郑学有极高的造诣，平日收藏郑氏作品最为丰富，于是以省政府名义聘先生为顾问，函请协助，先生为此十分欣然，回函曰：“恺于经巢各书，搜求有成，转抄藏护已数十年，今一旦得印而存之，传布天下，乐何如之！……此固千载一时之巨事也！”

之后他将自己抄成的郑珍作品《文抄》《诗钞后集》《轮舆私笺》《母教录》等寄去，然后，又将《说文新附考》六卷、《樗茧谱》《枭氏图说》一卷、《亲属记》二卷，《说文本经问答》二卷，共九本寄去。

先生除为巢经巢全集提供底本外，还编订全书目录，其中包括郑征著作 15 种，郑知同遗著 5 种，全书共 40 册。

筹划编辑期间，先生再度致函称：“余伏处无似，惟好搜藏郑先生遗书，因慨然于原所遗者，既不可得；复恐此已获者又复散去，故久欲为此全集之刻而不能。今达公（吴鼎昌号）之重念斯道，举而行之，匪特下怀之钦佩，即一般人士无不倾拜。”

《巢经巢全集》于1940年出版，使得郑氏的著作大部分得已保存下来。

除了所有遗著遗稿外，先生并广收郑征遗物。“足见先生拳拳于征君者，真无微不至。”（杨祖恺语）

子尹先生生前没有照片，先生只见过知同及郑家一些亲属，根据知同所撰之《行述》，说子尹“先子体貌端严，方颐广颡”等描述，找来精于绘画者，为画工详细解说，反复商榷修改，使今天的郑珍画像得以传世。

1930年25军4师师长黄道彬到遵义召集本城著名人士，以“县事之当兴者”为题征求意见，先生提出“关风化、系人心、导后进，莫急于妥先贤之祀，倡议修郑莫祠”。

在地方士绅的共同努力下，此举克奏全功，祠成后，先生亲为撰联以倡先贤。

先生撰写的《创修郑莫祠附设图书馆碑记》，与早年郑珍所写的《汉三贤祠记》有异曲同工之妙，也表达了自己对沙滩文化的极力推崇，受到当时文化人啧啧称道。

1936年农历三月初十日，省民政厅长曹经沅、遵义专员刘千俊、遵义县长刘慕曾与遵义各界人士到沙滩为郑珍、莫友芝、黎庶昌扫墓，此为当时遵义历史上的第一次公祭文化名人活动，公祭活动中，先生满怀激情创作的祭祀歌因情感充沛、词翰优美受到称赞，并广为传唱。其《祭郑莫黎三公》歌词为：“夷牢山水多灵秀，郁翠群英振国风，博学文章经济世，巍巍郑莫黎三公。文明以启，觐仰胥同，崇敬敦化，功归千秋……”

1942年，先生弥留之际，吩咐其子宗典将郑莫黎书画列于壁间，扶他观赏，然后手执《巢经巢诗钞》说：“我最服膺于郑先生，先生精研三礼，学宗汉宋、为黔中学术泰斗。自有郑先生以来，谈经学者，不能忘郑先生；谈小学训诂者，不能忘郑先生；谈史学者，不能忘郑先生，谈书法诗画者不能忘郑先生。”

此为先生最后遗言，离世之际犹心心念念如是，有此学子，真郑氏父子之大幸也！

四、主修“府志”

遵义郡志，创立者为万历年间遵义知府孙敏政，继之者康熙年间遵义知县陈瑄。160年后，遵义知府平翰重修府志，聘郑珍莫友之纂辑。书未成而平翰被谪，由继任者张锳、黄乐之完成。《遵义府志》修成后“流传海内，中原人比之‘华阳国志’”，梁启超誉之为“天下府志第一”，时人评价极高。

1914年遵义人杨兆麟（又名杨锡谟，字次典，光绪二十九年（1903）癸卯科进士一甲三名，遵义人称杨探花）等倡修府志，被时任县知事周恭寿聘为主纂，同修志者皆为遵义名流宿儒，包括恩贡乃康先生、安顺进士杨恩元，遵义进士吴国霖，举人黎汝怀、吴怀新、杨璨英等。

时值改府为县，原遵义府属5县已不同属黔中道，各县资料采访、资金筹集困难，加之政局不稳，兆麟等虽尽力而为，修志工作却步履维艰而时辍时作，历时10年才“初稿甫集”，时杨兆麟已于5年前在广州亡故。

1926 年周西成主政贵州，次年，已任省教育厅长的周恭寿、民政厅长杨干之再议此举，先生因学有渊源，加之从来关心地方历史文化，留心地方山川、古刹、金石、古墓、木刻、桥梁及黔人笔记、每有所得，或存或抄，积累了大量地方历史文化资料，被聘为总纂。

嗣后，遵义县长乔运亨于老城曹家旧宅设府志局，先生约集各地学者，在兆麟原稿基础上加以整理，经几个月的广收博采、钩沉发幽，共同努力，始奏初功。然后由先生送稿至贵阳审阅。到筑后，省志局派司炳奎、杨覃两先生参同审订。司因年老力衰难就此事，杨又事务繁忙，先生只得留在贵阳一边任教一边与杨共同审补增订志稿，其大部分工作皆由先生担负。

1929 年，周西成战死，滇黔战事又起，先生仓促保护初稿回遵，于风云变幻之际，尽心竭力、朝夕从事，不辞辛劳，编审补校，地方人士詹灿湘、蒋京、蒋中、周沄、杨葆宸、喻圣域等协同审刊，知名书法家杨文湘书写，最终得以完成全书。

直到 1937 年，《续遵义府志》方刻印问世。这是民国时期贵州省唯一修成刊行的府志。全书 35 卷，29 纲、九十余万言，将遵义道光二十二年（1842）到宣统三年（1911）间七十年的历史朗如眉列、灿若鳞罗。后人誉之："士林比之郑、莫《府志》媲美前贤，后先辉映，其身价自在人间矣！"（傅道新《赵楼记》）

后先生自谦云"……本嫌虫技，未便蚁封，倘任斯弃，终恐飘飏……具此粗粝，敝帚自享"，其谦逊唯谨之态可见一斑。

五、著述书法

先生著作宏富，学识超卓，于授业之余，收集郑珍遗稿，先后辑有《巢经巢全集》《巢经巢诗钞后集》《郑子尹先生年谱》等，成为郑诗、郑学的集大成者。

由于笃信许、郑之学，先生主张治学"以文字入手，以读经为归"，认真批注《说文解字》《诗》《礼》等书，著成《读〈说文解字〉》《同名录》等。数十年间，其著作有《郑莫黎三先生事实征集》《平水旧闻》《近泉居杂记》《剑山庐杂话》《遇徐特立先生记事》《赵乃康诗文集》等。这些作品对遵义人文风貌提供了生动的历史资料。

先生不仅精于文学，亦善书法，所写篆书、隶书及魏碑字体皆法度谨严，有大家风范。他毕生研习郑珍、莫友芝手迹，汲其笔法神韵。先生行书信札，字仿东坡，肥厚隽永，作大字有六朝、北魏趣，似赵伪叔而质朴过之。方家曾以元代郝经的诗句"正笔篆玉藏李斯、出笔存锋兼汉隶"形容先生得书法之精髓。

由于先生平易谦和，求书者络绎不绝，不管求书人有无身份，不管是单条屏对、扇面斗方，他均有求必应。如今在西坪及遵义各地，尚存有先生为人书写的不少条屏匾额等。像过去遵义城成学校礼堂上的"正其衣冠，尊其瞻视；行为士表，学为儒宗"。郑莫祠上"阐汉宋两朝学术；为西南百代儒宗"对联等。

在龙坪复兴寺门外一处山峰上，先生书写的两个大字"擘灵"苍劲有力，气势恢弘，字用红漆涂就，每字高近两米，宽达 1 米多。

先生的书法艺术，除了名师指教外，实在得之于“笔秃千管、墨磨万锭”的锤炼功夫。

六、治学谨严

先生置身家国板荡，生民不宁之岁，一生忧国忧民。世事多难使他认为要使国家强盛，民族复兴，必须从启迪民智、培养人才着手。光绪三十二年（1906），乐稼人晏淦倡议办学，先生欣然出任团溪观音阁私立振民两等小学董事长。民国初年，进入遵义中学堂任教，终其一生，教书育人，未有懈怠。

先生在教学中重视因材施教，循循善诱，特别讲求实学，注重品德教育，培养了大量优秀人才。

他的学生杨祖恺对他的评价是：“先生冲谦和气，平易近人，衣履朴素雅洁，绝少疾言厉色。”学生傅道新赞其“平居讲习数十年，弟子半黔北，教人以宗礼教、励廉隅为主……”

先生从教几十年间，为有教无类之典范，不管在校或是居家，常有学生前往请教求学，对此他来者不拒，谆谆与言，从来不问其家世行藏，也不计有无报酬，对孤苦无依有志向学者常呼与食宿，甚而为其完成婚嫁。

七、德望崇高

先生德行敦厚，学识深宏，深受时人敬重，除本埠乡里视为典范外，远人亦礼敬有加。抗战期间，浙江大学、陆军大学、大夏大学、国史馆迁遵，名流宿学相与往还：如竺可桢、丰子恺、王焕镳、梁园东、欧元怀、张聿生等均为先生座上之宾。遵义专员刘千俊尊之为师，时相问候。抗战名将、国民革命军第九军军长郝梦龄驻遵期间执弟子礼，专车接送先生为该部军官讲授《论语》。

1942年，先生辞世，享年73岁。

先生逝世，丧礼隆重而俭朴，地方政要、士绅名流、各校师生代表络绎于途，挽联祭幛满布于堂，其中贵州省主席吴鼎昌挽联为：

学术继先贤，与拙尊屈庐相接，独任仔肩，郡志续成资政教；

仪型留梓里，广洨长师农所传，以承嗣响，宏编刊布念勤劳。

先生的送葬队伍蔚为壮观，大部分为各校师生，以当年本城人口之少，亦蜿蜒曲折达数里，从盘安门（今新华桥东端白沙路口）一直排到新城文庙（今万里路丰乐小学）处。

先生逝世后，老友丰子恺为其作墓地图；学生傅道新为寄缅怀之情修建“赵楼”，以先生遗著翰墨储于其中；贵州文化名人、先生之弟子陈福桐、杨祖恺为之撰《赵乃康先生行述》，刻碑泐石于墓侧。

惜数年后，时易事变，先生骸骨不宁，不得已从南郊龟山（今白杨小区处）迁往故里，葬于家乡西坪镇桂山村茅草堰老家。

更令人唏嘘者，先生之子宗典、之女赵珣于在左倾路线下皆罹祸，一被诬为“反革命”，一被错划右派，受尽妻离子散之磋跌、羞辱折磨之不宁，女婿邱运泰先是遣送习水，后送绥阳马槽沟劳教，六十年代死于饥馑。幸而三中全会后，国家拨乱反正，冤屈得以昭雪，宗典得以善终，赵珣得以安度晚年。

（吴健康，笔名康庄，遵义晚报社记者、编辑，遵义市历史文化研究会会员。）

赵乃康先生二三事

王　起

“百名学者进西坪”采风活动时日已久，活动的一些程序已逐渐模糊，唯有镇政府组织大家参观的陈启相师碑、抗日名将陈铁故居以及多位名人墓碑的人文景观，给我留下深刻的印象。

记得那一天，细雨纷飞，在泥泞的田间小路旁，我伫立在西坪镇文化名人赵恺（赵乃康）的墓前，为这位团溪日新小学的创办人，为这位民国期间的教育家再次默哀时，脑海里突然模糊地闪现出我的同学赵世承曾经为我讲过的、他的父亲母亲与这位文化名人相关联的一些往事来。特别是最后在西坪小学礼堂里那气氛热烈的讨论会上，在听了众多专家学者为谋求西坪镇发展的建言献策后，我问自己：我能为这个小镇做些什么呢？

回遵后我做的第一件事，是给赵世承挂通了电话，我约他见一面，想详细了解一下他的家世。赵世承的父亲赵宗伟是西坪名人赵乃康老先生的侄儿，中华人民共和国成立后，赵宗伟老师一直在遵义市第一中学工作，我与他最小的儿子赵世承既是中小学同学，又是一起在一中校园里长大的发小，我母亲与赵宗伟是同事。2011年底，赵宗伟老师在98岁高龄时离开了人世，他的大儿子赵世熙曾是贵州日报高级记者，遵义记者站的站长，曾对遵义的文化建设做出过贡献，口碑很好。作为赵乃康家族传承人的赵宗伟的几个儿女，都在自己工作的领域各有建树。应我的要求，赵世承为我讲述了他父亲母亲发生在那个年代里的一些故事。

赵宗伟一生传奇，他是赵乃康的堂兄赵理卿的第四个儿子。当时，赵乃康家在平水里清江塘建有一个赵氏宗祠，用于祭拜先祖，那里的一切事务都交由他们很信得过的堂兄赵理卿管理。大概是在1931年春季里的一天，赵乃康去清水塘祭祖时就住在赵理卿家里，赵乃康一贯敬重他这位堂兄的为人，因堂嫂去世较早，由堂兄一人抚育出4个儿子和1个女儿。那天早上起来后，赵乃康看见堂兄的四儿子赵宗伟正牵着牛准备出去，就询问了他的一些情况，知道他因家境贫寒仅读了几年私塾就辍学了。赵乃康看着眼前这位眉清目秀、朴实大方已17岁的少年，觉得他不读书太可惜了，于是征得堂兄赵理卿同意后，就把赵宗伟带到遵义的文昌宫，凭借当时赵乃康先生在遵义教育界的声望，又通过校方的考核后，赵宗伟进了省立遵义三中读书。这期间的学费、生活费全由赵乃康承担。从此这位少年就将以往每天上山放牛砍柴的农村生活，改为了在赵乃康身边读书写字的城市生活，这之后他一直与赵乃康的一家人愉快地生活在一起。1935年时，他已到了结婚的年龄，赵乃康真像他父亲一样为他张罗婚事，他亲自出面，为赵宗伟介绍沙滩先贤黎庶昌的曾孙女黎文敏，促成了黎文敏与赵宗伟的婚事。据赵世承家里长辈们的回忆，记得那一天，赵乃康派人用轿子到新舟禹门沙滩去接亲，却因财力不足遭到准岳母家人的拒绝，不得已，接亲一行只有派一人重返文昌宫，向赵乃康讲明情况，最后是由此人携带回赵乃康亲笔信，这封信交给黎文敏的家人后、结亲之事才得以通达圆满，最后才将那位端庄文秀的黎文敏接回到文昌宫家中，住进赵乃康女儿为他们腾出的房间里。

赵世承继续为我讲他家的故事。赵宗伟结婚后，正值当年红军长征时停留在遵义的时段。1935 年红军刚进遵义时，赵乃康先生因家境殷实，被错打成土豪，后被释放，毛泽东曾派他的老师徐特立先生亲自登门看望。于是，当时已担任中华苏维埃共和国文化教育委员会副部长的徐特立，专程到文昌宫拜访赵乃康先生。第一次登门拜访时，徐特立老师竟然在赵乃康家里发现毛泽东需要的一部简称《三通》的图书（即唐杜佑的《通典》、宋郑樵的《通志》和元初马端临的《文献通考》），徐特立老师如获至宝，喜出望外，征得赵乃康先生同意后立即将书带回呈送毛泽东面前。后又接受毛泽东委托，第二次专程拜访这位通硕大儒赵乃康，徐老见赵乃康家里藏书很多，建议他收集起来，在遵义创办图书馆，并任赵乃康为图书馆馆长。赵乃康当即应允徐特立的建议，就委派几个孩子（赵宗伟也参与其中），一起将一些书用板车拉到红军收书的地方。这件事赵宗伟老师曾多次给他的几个儿子都讲过，当时收书的红军曾经开出一张收条，被他一直珍藏着，很可惜，几经搬迁，这收条终究还是未能保存下来！关于长征时期赵乃康与徐特立有交往的事情我曾在遵义会议纪念馆研究院田兴咏老师的《遵义，1935》和红色文化专家黄先荣老师的《“红军与遵义”故事集》里都曾读到过，而赵世承父亲因参与运书并亲自收到红军开出收条并保存多年的事实却是第一次听见。

那天我在离开赵世承家的时候，亲眼看见了赵乃康女儿赵珣写出的、献给她的族兄四哥赵宗伟和四嫂黎文敏的家庭小册子《命运与家庭》，匆忙中我翻阅了一下，只见其间详细描述了赵珣的四哥赵宗伟与四嫂黎文敏结婚时的热闹场面及其他一些家事。

后见百度搜索：赵乃康，遵义著名学者，名恺，别号北生，晚号平叟，遵义县南乡团溪镇（清代属平水里）人。生于清同治八年（1869），卒于 1942 年，享年 73 岁。毋庸置疑，这位一直主张因材施教，一直从事教书育人的文化名人赵乃康，无疑是西坪文化史上浓墨重彩的一笔，我同学父亲成长中遇家族前辈恩师的事实，也是对赵乃康一生致力于教育最好的诠释。

82 年前，一个家族，一位名儒赵乃康先生能与长征时期红军高层领导面对面接触，并且能以他家里的藏书多的优势，为后人留下与红军一起共同创办遵义图书馆这样的史实，至少至今还没有别的地方有先例。这奇怪吗？不奇怪的！因为赵乃康是西坪人，西坪曾是清代的进士之乡，据说明清时期，就先后在西坪涌现出进士 13 人、举人 14 人，这种文化现象依赖于西坪镇有 700 余年可考察年代的历史。

这是西坪镇昨天的故事，我们相信西坪镇的明天会发展得更加美好！

（王起，原汇川区教育局督学，贵州省写作学会会员、遵义市历史文化研究会会员。）

青龙山遐思
——拜谒赵乃康先生墓

钟永玖

赵乃康先生是卓有建树的名儒，是遵义民国时期很有影响的教育家和文化名人。早听说他的墓在团溪以西的某个地方。阅读有关资料，都说他是团溪人。但多次错失良机，未能前往拜谒。我相信，总有一天，我会去拜谒赵先生之墓的。

2017年10月12日，受西坪镇政府之邀，参加“百名学者进西坪”的采风活动，我与文友们说及意欲顺便参观赵乃康之墓，但又认为赵乃康之墓毕竟不在西坪，采风时间有限，安排紧凑，恐难实现这个愿望。那么，就只有待以后另寻良机了。来到西坪后，阅读镇政府提供的有关采风活动的资料，方知赵乃康墓葬于西坪与团溪交界处的桂山村青龙山，离他的故居只有100米左右，离清江河只有5里路。参观赵乃康墓，正是这次采风活动安排的重要内容之一。

西坪赵氏家族是很有影响的文化世家，其代表人物有赵廷璜及其子侄赵怡、赵忻、赵恺等。赵廷璜是举人，也是郑珍的学生和女婿，郑淑昭之夫。赵怡是赵廷璜之长子，进士出身。赵忻即赵懿，赵廷璜次子，举人。赵恺字乃康，赵廷莹之子，赵廷璜侄子。赵乃康是恩贡生，儒学大家，也是郑珍之学的传人。他编纂《续遵义府志》，影响很大，又因为红军长征时，毛泽东的老师徐特立先生来访，产生了一段关于遵义藏书的佳话，遐迩闻名。

西坪赵氏，祖籍山西曲阳，早在唐乾符年间就随杨端入播，世居遵义平水里。世代发展，散居青龙山、水塘窝、木龙溪等地。至赵天开为恩贡，生二子：商龄、锡龄，便由此以科名发家。长子商龄，恩贡生，与沙滩郑莫黎交往，学问渊深；性格特别，高风亮节，惜无后。次子锡龄，副榜贡生，遵义名儒，生廷莹、廷璜二子。赵廷莹为廪贡生，因多病，一生以文章自娱，赵恺乃廷莹之四子。

20世纪70至80年代，我在遵义师范和遵义师专工作期间，与赵世迦老师共事，就听说赵世迦老师系团溪文化世家赵氏的后裔。赵世迦老师的课讲得好，其人品和师德都有良好的口碑，我还专门为他写过一篇文章，题目就是《望重不骄》，后来，我将此文收入散文集《远念》一书。到80年代，赵世迦之子赵拴考入遵义师专八二级中文科读书，成了我的学生。他读书期间，成绩优异，对我也很尊重。后来，他留校工作一段时间后，又去贵州师大读书深造。贵州师大本科毕业。返校后与我共事，我们一起在宣传科编辑《遵义师专报》。他向来谦虚谨慎，勤奋好学，工作认真。我们师生情谊不减，工作互相配合。在编辑工作中，他对我一直尊为老师。后来，他调《贵州教育报》工作，还给我来信。他在来信中深情地写道："在编辑部两年中，的确学到了许多许多，无论是做人，还是做学问，说心里话，在我的一生，这两年是段重要的里程，留下了很多值得也应该回忆的东西；有时甚至觉得，在师专的6年中，其他时间都是虚度，不堪回首，唯有这两年，还学到了点东西，有所长进。因此，我会永远记住这段美好的时光。"继后，再调《贵州日报》工作，创造了奇迹，获了大奖，我为他写了一篇18 000字的报告文学，题目就是《记者星座》。此文在北京一家刊物发表，影响很大。后来，我将此文收入报告文学集《特别富翁》一书。但在那时，我只隐隐约约知道他父子是团溪赵氏的后代，并不确知具体实情。因为忙于工作，更谈不上对赵氏文化的研究。退休后，对遵义历史文化有了一些深入的了解，方知赵世迦系赵廷璜之后代。赵廷璜三子赵恒，字次咸，光绪十九年（1893）中举。赵恒生四子：长子赵宗靖，次子赵宗复，三子赵宗沂，四子赵宗允。赵世迦即赵恒三子赵宗沂长子。

赵氏世居清江塘，离李氏所居之尖坡不过几里路。清江河是一条美丽的河，两岸风光优美，碧水蓝天，田畴沃野，森林峡谷，宛如画廊。清江河又名乐稼河。河流发源于团溪镇境，流经西坪境内的桂山村、南坝村、竹山村，经茶园村汇入湘江河。赵家世居桂山村，李家世居南坝村。如果说，清江之名是因其美丽的形象而得名，那么，乐稼河的得名就另有故事了。

据传说，在很久很久以前，有两户富人家办喜事，一嫁一娶，好不热闹。那天天气很好，沿途一路平坦，接亲送亲喜气洋溢，嫁妆陪奁丰富多彩，抬盒队伍连成长串。想不到，突然一阵狂风骤起，掀翻一地陪奁，人人感到意外，事情如风遍传。久而久之，这"落嫁妆"之名就成了地名，地名就记载了一个故事。后来，有人觉得这地名不甚吉利，就想另外取名。取什么名呢？这一带地方的居民，历来以耕读为本，不好经商赚钱，于是，根据谐音改名为"乐稼"，这就非常贴切地反映了当地的民风民情，又记载了这里的传统文化。

赵廷璜的侄子赵乃康，是一个书法大家。2005年，我去龙坪瓦厂寺，远望仙凤山上的两个红色大字，不胜感慨。继又登上山去，近观一壁摩崖石刻。后来，在《游瓦厂寺》一文中，我写了一段文字，以记其事：

我思考着慢慢走下半山，又仔细观看了那施以朱漆的摩崖石刻。"擘灵"二字的确很特别，后面的落款写道：壬申秋，乃康书，僧云尘刻石。我举起相机拍照，又思考：壬申秋，即1932年秋，距今已73年。赵乃康生于同治八年（1869），卒于1942年。他1922年到1929年修《续遵义府志》，断断续续花了七年时间，将道光至宣统末年的情况写了进去。因此，《续遵义府志》中有一段瓦厂寺的记载，但他写这两个字时，已是三年之后的事了。那么，乃康先生写这两个字刻于仙凤山上，是想表达个什么思想呢？似乎可以隐隐意会，却又说不清楚。我问定心和尚："你们庙上对这两个字是怎么理解的？"定心说，大家也思考过，大概是人杰地灵之意吧！于是，我写了一首打油诗：乡贤名人赵乃康，挥笔擘灵意味长。赞此神仙居住地，摩崖石刻更辉煌。

赵乃康是一个大教育家。他学问渊深，反帝爱国，不光教书，更重育人，教无数学生，培养了一大批人才。他去世后，其学生泮水人傅道新为之修建一座形象高大的“赵楼”来纪念他，并作了一篇感人至深的《赵楼记》，以记其事。此楼至今仍矗立于泮水镇，我每到泮水，总要仰望而叹思，又想起阅读《赵楼记》中的情景。

乃康先生曾受业于遵义名儒鞠子清。鞠子清为谁？我们很少见到有关他的资料。其实，鞠子清正是我尚嵇人。鞠子清，原名鞠文熙，字子清，系光绪十七年（1891）辛卯科举人。曾获得“瑞进士”学位，并派去浙江松阳县任知县。他家住尚嵇泸江水鞠家寨，离我水家湾不过几里路。小时候，我随父老们去尚嵇赶场，就必经鞠家寨前的赶场大路。在鞠家寨前的大路边，立有几组旗杆石，当地人称石围子。旗杆石是记录功名的标致，我们一见就心生仰慕之情。鞠文熙是当地众所周知的“鞠四老爷”。1927 年，遵义人士初纂《续遵义府志》时，还邀鞠文熙先生参与工作。鞠子清也是有名的教育家，乃康先生受业于他，也是一件值得骄傲的事。

赵氏在西坪创造丰富的文化，不仅那些进士、举人、恩贡、庠生都有丰富的著作存世，而以郑珍之女郑淑昭为引领的赵氏闺媛们也大展诗才和文才，也都有著作留存于世。成就最大的当属赵懿三子赵宗镇的妻子卢葆华。她写小说，写散文，写诗词，出版了多部著作，成为民国时期遵义，甚至贵州的第一女作家。固然，像郑淑昭、卢葆华这些媳妇们，从小就在文化丰富的家庭中长大，但有的并非是从小就受过文化教育的妻妾，来到这个文化气息十分浓厚的环境，却饱受熏陶。如赵廷璜之妾唐贞，赵怡之妾罗绵纤，在嫁到赵家前，都并没有多少文化。然而，嫁到这书香门第之家，在朝朝暮暮的耳濡目染中，都自觉地读书写作，并有诗集留存。这是赵氏家族的又一道风景。

赵氏一族在西坪的土地上繁衍生息，创造文化世家，他们不会忘记这方厚土沃壤。几年前，我读到遵义师范学院岑玲教授所著《赵氏闺媛诗注评》一书，感到闺媛们所写的诗，真是丰富多彩。她们将家庭、家族、家园和家乡的人事和自然环境都书写得诗意盎然，如入《红楼梦》的大观园一般令人陶醉。岑玲教授慧眼识宝，将尘封多年的赵氏闺缓诗从故纸堆中拣出来，加以整理和注评，成为遵义文化中别具价值的文化财富，这是岑教授的一大功绩。赵氏闺媛诗大都写得很简洁空灵，也不可能写得太实。但作为专书的注评，我觉得正应该将一些背景资料披露出来，让读者便于阅读。当然，书中也不是没有这样做。但我总觉得，书中对郑氏沙滩的内容作了着力宣传，有关的地理环境也都作了注释。让人不满足的是，对赵氏在西坪的地理环境却基本未提，甚至连平水里、西坪、团溪、清江、乐稼、青龙山、桂山村这些地名都没有提到。比如郑淑昭有一首诗，诗题很长，原题中有“外主”一词。岑教授对“外主”一词作注云：“外主，谓在外之主事者，此处指自己的丈夫。郑淑昭的丈夫赵廷璜，字仲渔，号二山，别号慕青山孩，贵州遵义县人。早年师从郑珍之学……”这样，我们就只知道他是遵义县人。实际上，他是在桂山村青龙山出生成长的。这里就太悭吝笔墨了。这对于深入研究赵氏世家文化，显然是个缺憾。

赵氏家族文化丰富，但遗留下来的文物古迹却甚少。如今，要书写西坪文化，参观赵乃康墓就成了我们这些采风人的共同心愿。其实，赵乃康之墓最初也是葬于远离祖根之地的遵义南郊龟山上，后来才由他的儿子赵宗典迁葬于西坪青龙山祖茔的，要不然，我们今天也无墓可拜了。

我们满怀着十分兴奋的心情来拜赵乃康之墓。可是，天公不作美。秋雨潇潇，彤云密布。对此，镇政府还专为我们每人准备了一把雨伞。然而，更糟糕的是，因赵乃康墓在离公路数百米远的田坝中间，一个小小的山堡，就是青龙山的所在。山堡四周是一片收割后未翻犁的谷桩田。我们下车后，有的沿田间小路而去，有的沿田坎小埂而行，有的直穿大田而跑。田坎上长满了丰茂的野草，小路上也夹道盖满了长长的野草，草叶上缀满了晶莹的露珠，谷桩上浸饱了雨水。不管你怎么走，都难免露水打湿鞋袜，让人冰凉冰凉的。

好在采风人的热情很高，大都不顾露水湿鞋，一个劲地向前冲，无论曾经来过还是未来过的朋友，都毫不迟疑朝那个方向奔去。我放眼一望，人们散乱地跑在田坝中，真如上了战场的战士一样。我不熟悉路径，也胡乱地沿着一条窄窄的田坎走着。有朋友见我年纪大了，摇摇晃晃地走着，就特意走过来扶着我，生怕我摔了跟斗。在交谈中，有几个朋友听说我没有来过，都感到惊讶。似乎我就是应该来过几次的人。

来到赵乃康墓前，我更感到意外：一座并不起眼的坟茔，掩没在荆棘丛中。正面的墓碑很小，风蚀雨洗，已经很沧桑，又在这阴雨绵绵的日子，湿漉漉地就蜷缩在刺丛中，仿佛是怕与来访者相见，真有点“手长衣袖短，忍气又吞酸”的味道。右前边幸有一块小小的文物保护碑，也被藏在草丛里。碑是墓主的得意门生陈福桐和杨祖恺所立，上面满满地刻了200多字，其内容、书法、雕刻都尚讲究，只是立的方位有些不协调。

墓后是一个不大的小山包，长满了大小灌木乔木，没有什么特别之处。墓前横贯一条人行道路。再前面的坎下就是稻田。越过田园又是山堡，仍是一片新长起来的林木。当时，导游者没有向我们介绍周围的环境，我们眼盯着赵乃康的墓，发出不同的议论。过后我冷静下来思考：赵乃康为啥要迁移到这里归葬？不就是为了“落叶归根”吗？赵乃康之墓的故居就在这青龙山的什么地方，不过100米左右。可惜这次终未能拜访赵乃康故居，深以为憾。

我想象不出这青龙山的青龙是怎样行走，怎样腾起的，也想象不出当年这里怎样布满了赵姓人家，屋宇相望，书声琅琅。但我却想象着，青龙山上的赵姓人家，竹树环合，风景优美；四面田畴，一年的风光，令人遐思无限。“书是黄金田是土，读书耕田一般苦。要得功名成富贵，白日耕田夜读书。”这就该是男孩子的写照，那么，赵氏闺媛们的生活呢？读她们的诗就知道了。

（钟永玖，原遵义教育局教研室退休教师，《遵义教育》主编；遵义历史文化研究会理事，《遵义历史文化》副主编。）

两次见识赵乃康书法

陈代斌

小时候，我就经常听到大人们谈书论文时说起赵乃康。当时的我隐隐地知道，赵乃康是清末明初时期遵义城里的人，文章和字都写得很好，已故，当时遵义和他齐名的有刘伯庄、杨文湘等人。

稍长，知道家乡就有一座专门纪念赵乃康的“赵楼”，这楼是赵乃康去世后，其学生傅道新为感师至德而专门修楼致纪的。闲暇时虽去瞻仰了几次，但印象里只知道楼上刻有一些字，认不了几个，内容就更不能理解了。随着年龄的增长和见闻的不断充实，才逐渐知道了赵乃康先生其人。

赵乃康（1869—1942），名恺，别号牂北生，晚号平叟，祖居遵义县南乡平水里清水塘（位于今团溪镇），幼年生长于贵阳，后长住遵义县城文昌宫，少年就学于郑珍之子郑知同，光绪三十年（1904）恩贡，是郑珍学术的集大成者和遵义知名的大儒、汉学家、书法家。国民革命军第九军军长郝梦龄驻遵期间，常问学于乃康先生，并行弟子礼。1925 年始，乃康先生与清末进士、安顺人杨恩元共同承担《续遵义府志》的总纂工作，经过三年的辛苦努力，终于纂成《续遵义府志》。1937 年 4 月，《续遵义府志》刻印问世，这是民国时期贵州唯一修成刊行的府志。民国初年起，乃康先生任教于遵义中学堂（老三中），教学之余，还收集编纂了《巢经巢诗文集》，又和浙江大学教授、名画家丰子恺编写了《子午山纪游》一书。

乃康先生是清末至民国时期遵义知名的大儒、书法家，他的学术造诣自不必说了，其书法究竟什么模样呢？

我早就听说过，中华人民共和国成立前遵义城成学校礼堂上“正其衣冠，尊其瞻视；行为士表，学为儒宗”和郑莫祠上“阐汉宋两朝学术；为西南百代儒宗”的对联，就是乃康先生手笔，书法真是大家风范。乃康先生的学生、赵楼的修建者傅道新先生的书法也是很好的，是翰墨之乡泮水民国时期的四大笔手之一。从那时起，我就有一睹乃康先生书法的夙愿。

几年前的一个夏日，我和几个友人去了古刹龙坪瓦厂寺。回来时，车刚出山门，我无意中从车窗里见到对面山岩上有比人还高大的两个大字。这两个大字，施以朱漆，是横书摩崖石刻，字体魏碑兼篆，为“擘灵”两字。同车的龙坪镇友人告诉我：“听说这是赵乃康先生的字。”我当时非常惊喜。后来，我特意通过友人找来了这幅摩崖石刻的电子版图片。在电脑上，“擘灵”两字左边清清楚楚地刻着“壬申秋僧云尘刻石乃康书”字样。这幅摩崖石刻，笔力苍劲，结体和谐，取法高古，透出书写者非凡的书法功力。后来，我又从有关资料上得知："擘灵"二字，每字高 1.75 米，宽 1 米，为清末遵义名士赵乃康书。

遵义县虾子镇乐安村有一胡公馆，是民国初年黔军第六步兵团团长胡忠相（字宪之）的庄园。该庄园落成后，和胡忠相既有师生之谊，又有长僚关系的时贵州省主席兼二十五军军长周西成曾书贺"陆军少将第"金字黑漆巨匾。2008 年 8 月 1 日，在胡公馆，我再一次有幸见识了赵乃康先生书法。从胡公馆二重天井向外走时，我无意中抬头一看，一、二重天井间壁的门洞上方有四个一尺见方的阴刻篆书字，这字虽半遮半掩于爬在墙头的葡萄叶中，但点画看起来非常娴熟遒劲，这四字一下就打动了我。在墙根下，我顺着葡萄叶的缝隙仔细辨看，原来是"棠棣增荣"四字。这四个篆字，取法高古，力度苍劲，笔法圆润，富于变化，是难得一见、极具大家风范的篆书。看着这四个功夫不凡的篆书，我再一次感叹着民间真是处处藏龙卧虎呀。忽然，我惊喜起来，我看清楚了，在这四个大字的左下角，有约两寸许的两个楷书阴刻字——赵恺。原来这是赵乃康先生的书法，难怪有这般水平。细看"赵恺"两字，笔法、结体明显师承"二王"，"赵恺"两字，笔笔力透纸背，点画娴熟圆润，透出了非同凡响的书法功夫。

后听胡忠相曾孙胡洁介绍，"棠棣增荣"前面的隶书"怡庐（庐）"两个大字也是乃康先生手笔，只是先生没有落款。"怡庐"两字，我当时也认真欣赏过。我真幸运，两次欣赏到了乃康先生书法。

（载《遵义日报》。陈代彬，男，播州区外宣中心主任，记者。）

谒赵乃康先生墓

阎廷宽

天公不作美，雨时断时续。参观了陈铁将军纪念馆后，我们百余名采风人员，便跟随组织者乘车前往瞻仰赵乃康先生之墓。

车上，我阅读了浓缩了的赵乃康先生的相关资料。赵乃康，名恺，字乃康，生于 1869 年，殁于 1942 年，自号牂北生，又自称平叟，遵义西坪人。乃康先生受业于遵义名儒鞠子清，从学郑知同，再以从兄赵怡为师。受业之余，开始收集郑珍遗稿，后集有《巢经巢全集》《巢经巢诗钞后集》《郑子尹先生年谱》，是郑诗的集大成者。先生笃信许、郑之学，主张治学“以文字入手，以读经为归。”认真批注《说文解字》《诗》《礼》等书。著有《读〈说文解字〉》《同名录》《赵乃康诗文集》。数十年间，先生还撰有《郑莫黎三先生事实征集》《平水旧闻》《近泉居杂记》《剑山庐杂话》《遇徐特立先生记事》等。1926 年，先生受任与杨恩元（安顺人、清进士、朝廷礼部主事）总撰《续遵义府志》（杨兆麟完成初稿）。1937 年刻印问世，与郑、莫《遵义府志》“媲美前贤，后先辉映”。这是民国时期贵州省唯一修成刊行的府志。全书 35 卷，保存了遵义道光二十年到宣统三年间七十年的历史。光绪三十二年（1906），乐稼人晏淦倡仪办学，先生欣然应允，出任团溪“私立振民两等小学堂”董事长。后应聘执教遵义中学，主授语文。主张因材施教，深受学生敬重。遵义文化老人杨祖恺、陈福桐皆出其门下。国民革命军第九路军军长郝梦龄驻遵义期间执弟子礼，请先生讲授《论语》。1942 年 6 月 6 日，赵乃康先生辞世，享年七十三岁。

读完以上史料，中巴缓缓停稳，雨继续挥洒，如鞭如帘。远山氤氲，近似碧玉，正值深秋，城市仍感热流侵扰，这里却觉丝丝凉意。没有杂质的空气润彻肺腑，顿生活力，精神倍增。原生态的乡村，难怪倍受城里人向往。沿着田坎小路大约两百米，先生的墓坐落在田坝中间。各色各样的伞像流动的蘑菇，在窄而弯曲的田坎道上穿行，个个怀着虔诚的敬慕之心，冒雨瞻仰先生之墓。同行的老师中，有的这已是第三次拜祭先生了。

墓坐东向西。东面是粮田，粮田以远是连绵不断的青山；南面也是粮田，粮田一望无际，空旷悠远；西面还是粮田，粮田前有一松柏稀疏的小山丘，小山丘远望是挺拔的高山；只有北面要隔一块土才是粮田，粮田和南面对称，无际无边。墓圆形，周围用石头垒砌；墓上的泥土里长有一棵高大的柏树和其他茂密的杂树。墓几乎被树枝掩隐了。墓前有一块主碑、青石、无碑帽、顶端椭圆，字迹已风化不清。侧面与主碑逆立的是一块新碑，碑中刻有“赵公乃康墓”遒劲的楷体。细读落款，原来是先生的学生敬立的。一墓二碑，在我所见的坟墓中是极为罕见的。许是墓前拜台太窄，许是未请高人指点，新碑立的方位颇受争议。但我对先生这位学生还是比较敬重的，一日为师，终身为父。他始终没忘记先生的教诲之恩。不像有的忘恩负义之徒，一旦得势，不仅忘师，而且连姓都忘了。人们争先恐后以墓作背景，站在粮田里伴草垛留影，沾染先生的灵气，带回泥土的芳香。大家心存感念，临别时，不忘转身再向先生致意。

落叶归根，是华夏民族的不二情结。从墓地下的水井和相关老宅考证，乃康先生的墓地就是他生于斯，长于斯的衣胞之地。魂归故里，先生终归没有忘记家乡，没有忘记养育他的那一片土地。

立德与世，精神不朽；立言与世，灵魂不朽。先生是品质与文章的典范，是我辈学习的楷模也！

（阎廷宽，播州区龙坑镇和平小学教师。遵义历史文化研究会会员，遵义市诗词学会会员，省写作学会会员。龙坑《社区文艺》主编。）

民国才女卢葆华

龙先绪

卢葆华（1903—1945），光绪二十九年（1903）九月十八日生于成都，名儒卢铭尊独生女。母亲赵冰如，赵恺胞妹。卢铭尊，原名宗彝，号伯周，遵义县东乡宋家坝人，住遵义杨柳街，从姑父王藻章习书法，成为大家。丈夫赵宗镇，字文特，赵忻（懿）妾陈静宜遗腹生，小名赵哀。颇有艺术天才，曾任贵州高等审判推事兼官产清理科长、赤水县公安局长等职，金沙县岩孔厘卡任上自缢。

卢葆华小名播娟，学名夔凤，号葆华，字韵秋，笔名乐江女士、笑生、茜华，还有带西洋味的绯娜，东洋味的湘江菊子。一生喜爱梅花，又号雪梅。1912 年迁居遵义城中，自幼聪慧异常，在父母的引导下，七岁即读十三经和唐宋诗词，书法临习赵孟頫，参以颜真卿，不类女性笔墨。1913 年肄业于遵义新城第二女校。当时，女生都穿花衣绣裳，而卢葆华则蓝布长衫，黑缎背心，作男儿装。九岁时读《秋瑾集》，深羡秋瑾为人及惊人伟业，即题诗云："秋君取义荷月初，我邦人士泪如珠。可恨彼苍无眼目，任他抛弃好头颅"。11 岁时曾作《修竹说》：吾家有敝庐焉，小窗之外，修竹数竿，每届炎夏之时，赤日当空，人甚愦懑。偶一卧其间，清风徐来，炎嚣尽去不啻清凉世界也。由此而论，凡居家者，又何可一日而无此君乎？……当时，学校规定，凡成绩杰出者可提之升级，卢葆华月考、期考皆为第一名，1914 年遂升入初小四年级毕业。1915 年 5 月 9 日，为反对日本欲灭亡中国的"二十一条"，遵义城中最高学校男生举行游行讲演。卢葆华亦于商会讲演，开遵义女生登台讲演之先河，当时听众以好奇心观之。见她慷慨激昂，听众为之振奋。当她取下右手指之金戒指一枚以为救国募捐之倡，听众更为感动。因此社会上对她的印象极好，在京读书的学生认识与不认识的都纷纷致函赞扬，并希望她入京升学。1915 年升入高小二年级，又得当时县长器重，提升入女师二年级上课，但她每日仍抽空隙到高小受课，考试又名列前茅，每周又为同学授音乐、手工课各数点钟，每月领薪水八元。1923 年女师毕业，第二年得公费申送贵阳妇婴医科讲习所，一面学习，一面授课于达德、淑慎、乐群等校。此时，丈夫赵文特亦任职于省城，长子赵世延已半岁。由于丈夫不理家务，挥霍浪费，衣饰荡然，以致债台高筑。时又值天旱，生活在猛长，她只得为人浣涤添补家用。赵文特调任赤水后，她入重庆胜家公司学习，一月毕业，即到工厂，整日缝纫，以维持全家生活。

1928 年元月，她于重庆买舟东下，经汉口，抵南京，到上海，先进职业学校上海高级口琴班。秋，考入中共地下党办的陈望道任校长的工华艺术大学中国文学系二年级。1930年秋，学校被封而转入上海艺术大学毕业，获文学学士位。她以两年时间学完四年课程，两校之名教授鲁迅、王独清等都以她名列前茅。1931年春，她白天供职于上海教育局第四科，兼任上海国民会议选举代表事务所职，夜则服务于《上海晚报》副刊。当年10月所写小说《抗争》（又名《这样一回》）连载于《上海晚报》后，初为《青岛平民日报》转载，继则杭州《之江日报》转载，《天津大公报》撰文批评，杭州、上海各报进行讨论，一时名震文艺界。是年上海“一·二八事变”后，她辞去上海市教育局及《上海晚报》之职，寓居杭州西胡仁和路平安场六号一所，以写作为生。初为杭州出版的报纸写稿，后向上海、南京、香港、广州等地的报纸杂志投稿。1932年夏天，她回遵义看望母亲及三个儿子。1933年，丈夫赵文特去世。1934年初秋，她回遵义将母亲赵冰如和次子世藩、三子世全接去杭州读书。1936年，她将母亲送回遵义，接走长子赵世延。

民国1937年，“七七事变”后，全面抗战开始，卢葆华离开杭州。1938年携三子从汉口到昆明，卜居翠湖边，经友人李一平介绍，出任安宁一小学校校长。次年，母病返黔，辞校事，赴筑奉侍。母病愈，她仍返昆明，寓居武宁路，后赴镇南师范任教。不久，又回昆明赁居天君殿巷。因生活所迫，节衣缩食去宜良写作。1942年，在昆明市青云路112号开办“飘零”小商店。吴宓有诗祝贺云：飘零天遣作诗人，寄迹随缘隐市尘。差胜当垆卓氏女，白头吟就独伤神。当年七月，撰成《飘零人自传》。此后曾随军出发到过保山抗敌前线。1945年8月24日病逝于昆明，终年42岁。吴宓有挽诗二首：（一）生龙活虎态，一载向黄泉。精力百人及，风流敢世先。飘零终异域，血泪送华年。易箦知何语，深宵泣杜鹃。（二）意气薄卿相，操劳隐市廛。食贫能自立，施惠耻人怜。诸子学成就，慈亲后事全。艰难祝胜捷，君亦卸仔肩。

卢葆华一生特别喜爱梅花。她寓居西湖时曾说：“每当北风其凉、水骨生寒之候，纵属诗人亦围炉取暖矣，摩登妇女茸茸之狐加于素颈矣，余独携稿纸，冒朔风，步山椒，横旷野，探梅、访梅，以作消寒之计。”在寓居沪杭期间，曾造访西湖孤山、灵峰、超山之梅无数次。又远访吴锡梅园，苏州邓尉梅，及广东罗浮之梅，留连忘返，题联吟诗。联如：树下几徘徊，把笔沉吟，梅恐落花笑我；亭前常踯躅，携书坐读，只余流水知音。诗如：爱国心伤正苦焚，超山犹幸吐清芬。寒梅见我应相笑，我比梅花瘦几分。卢葆华又好游览，幼时即羡慕司马迁游历名山大川，故其为文多奇气。因想有朝一日定能游历国内外之名山胜景。幼时由父母从蓉城携之渝州再入遵义，历程千数百里，即为游历之始，但真正有目的的游历是1928年由遵义赴渝买舟东下以后的事。寓居沪杭的几年间，游踪所及湘、鄂、赣、皖、吴、越、齐、鲁、幽、燕、粤、滇、黔……整个中国，已及大半。游览的名胜有滁州醉翁亭、铜山；楚之彭城，徐州云龙放鹤亭；山东泰山、曲阜、孔林，济南大明湖、历下泉、趵突泉；青岛炮台、劳山；武汉黄鹤楼；南京雨花台、玄武湖、莫愁湖、燕子矶、永济寺、明孝陵、紫金山；扬州；苏州留园、沧浪亭、开平山、青羊港；浙江之海宁、富春江、严子陵钓鱼台、普陀山、莫干山、天目山、天台山、雁荡山、奉化溪口；广东得港、澳门；安徽黄山、江西庐山、湖南衡山、北平之故宫、颐和园、北戴河等。到昆明后，游历景点更多，计有翠湖、圆通山、金马碧鸡坊、大观园、西山、金殿、黑龙潭、昙华寺、安宁温泉、昆阳马哈只墓、石林、大理苍山等。她第到一个地方，都有文字记录，或赞山水之奇，或抒情感之得，里面有顶天万丈的金鼎山，万壁嵯峨的雁荡，枫林似血的天目，万竹围绕的墓干，艺术化的青岛，清冷化的北戴河，美化的西湖，幽然化的北平，商品化的上海，政治化的南京，花市的广州。

卢葆华居杭州期间是她的创作高峰，出版的新诗集有《血泪》、中篇小说《抗争》、旧体诗集《飘零集》、散文集《哭父》、词集《相思集》，以上著作今存上海市图书馆。还有散文集《游记》《卢葆华女士论文集》、短篇小说集《时代的转动》、书信集《情书》。流寓昆明后结集出版的著作仅见到《飘零人自传》。另外，当时出版的《艺风》《晨光》《真光》《女声》《礼拜六》《社会月刊》《勇进》《玲珑》《好文章》等杂志也常发表她的作品。1933 年她在杭州仁和路四号主办《创作与批评》半月刊，内容多为登载她的诗词、随感、各种短篇创作及文艺批评。另外,《大公报》《艺风》《真光》《晨光》《礼拜六》《新上海》《十日谈》《新垒》《作家》等杂志报纸也发表多篇介绍评论卢葆华的文章。

卢葆华是一位很有才气的女作家，在当时不仅在青年中有影响，学者名流也很重视，如柳亚子、王独清、潘伯鹰、吴宓、绍祖平、王廷杨、何崇仪、方志绍、何海生、周兰逊等都与她交往。柳亚子赠其诗云：“卢家少女旧工诗，贻我桃花红满枝。惭谢殷勤修贽意，但开风气不为诗。”

吴宓评其新诗集《血泪》云：此新诗为作者痛苦悲哀之际所发之号呼，真挚明显，极不易得。盖自新诗作者众多，其流敝遂为晦涩冗漫。旧诗中无病而呻吟及堆辞藻之病，乃恒见之于新诗。是故作新诗者，亦当以韩昌黎“唯陈言之务去”为圭臬。诗之内容与形式，即感情与技术，二者缺一不可。今之论诗者，或主效法欧西近代某派，不问内容，专务技巧，斯实一偏非是。顾技术须养成于平日，而感情则发于临时，自然奔放之感情，必得细整之形式与精妙之技术，始能达其意而成其美。《血泪》集中各诗，质直真切，详叙经历，起伏回旋，悲欢离合，如是如是。

潘伯鹰评其《飘零集》云：作者锤炼之功虽未稳治，音节之美虽未尽谐，然于其直抒胸臆，不伪不避之处，则极认为学诗应取之态度也。其第十一页《飘零》云：“数载同林竟各飞，飘零身世叹多违。乡情羁思愁无那，忍听枝头苦劝归。”第十六页《咏蔡廷锴》之作云：“俄奴独抗足千秋，血战申江苦未休。岂是霸王真盖世，同观壁上尽诸侯。”夫惟诸侯皆怯，作壁上观，霸王乃独沉舟而战，正其所以盖世。此诗正言若反殊觉措语甚工，尤使人受诵者则《燕京寄墨盒与诸子并携小诗一首》云：“孤征江海五年余，壮业仍惭此日虚。为问黔南小儿女，涂鸦能作几行书。”竟是波澜老成之作矣。吾人深知云贵川湘各省以山川之奥衍，其人多负奇倔之气。合观三书及作者照像，可知其人热情奔放，气魄甚豪，而才干又是以举其意响。是以含痛虽深，而终能决然引去。此诚昔日深闺弱质之所不敢为，而表现新时代之精神矣。夫文人之造诣，半赖天才之修养，半亦赖生活之波澜有以助成之。若以感情痛苦而言，作者两度仳离，诚不幸矣。然此独非所谓波澜否？古人功业成就多在四十以后，作者方值盛年，苟能经历痛苦，深思曲喻，究其症结，达之文辞，则他年所作，自必有更进于此者，可断言也。

卢葆华英年早逝，短暂的一生是她充满辛酸痛苦的一生，也是她在文学道路上奋斗不止的一生。正如求益斋主人赠她的诗云："太息清才女，偏难与命争。衰亲依赖久，夫婿情义轻。珠米荒年贵，烽烟乱世惊。秋虫鸣彻夜，都是不平声。""立志须勤学，今看女胜男。躬劳亲井臼，世味别酸甘。学赵书端秀，追唐律浑涵。伤心怜责重，子父一身担。"

（龙先绪，男，贵州历史文献研究会理事、贵州省文艺理论家协会会员，贵州大学文化书院客座教授、贵州省文史研究馆特聘研究员，现任仁怀市政协文卫委主任兼市文联副主席。）

卢葆华身世简述

姚世达

葆华幼名夔凤。父卢铭尊先生，系清末秀才，曾在四川夔府县衙作师爷。其时葆华出世，遂以夔名。

她因是独生女，死后除三个儿子外已别无亲人。她的舅父是我舅公，她大儿子赵世延和我是初中同学，比我小两岁，又结合我的印象，她大约是生在光绪二十八、九年（1902—1903），死在抗日战争中期，顶多不过活了四十岁。她自幼聪颖异常，母赵氏，乃康先生胞妹，人称卢三娘。夔凤才三四岁时，授以《千字文》，便能背诵如流。后毕业于遵义女子师范（即女中前身）。

她虽出生在清末那种封建的诗礼之家，但不是含羞腼腆、弱不禁风的千金，而是一位体格健壮、落落大方的才女。1922 至 1924 年间，我家避土匪由家迁城，同住新城白沙井左侧赵氏小院内，修竹短墙，茅庐三间，各居其半。当时我虽才七八岁，已在大悲阁女小读书，至今还能忆起她的模样：短装淡雅，厚背黛发，极为沉着而恬静的样子。平时赵家姨妈们聚会，也未见她参过。只要她在家里，早晚总是琴声不绝。有次她从赤水回来，一部脚踏风琴就带在轿子后面。

她确是一位敢于反抗封建礼教的先锋。尽管有些守旧的老人视她为旧礼教的叛逆，但也从未听有公开的遣词，而她则我行我素，自有其超俗的人生观。早在进女子师范时，就已经大出风头，当时她是十七八岁的在姑娘，由于受到新思潮的影响，大声疾呼，积极投入各种宣传活动。据陈德明先生（三中时期）回忆，当时因反对北洋军阀接受日本“二十一条”，群情激愤，三中学生与女师同学集会，卢夔凤就是第一个在台上发言。我父亲（三中七、八期）也曾对我说过：“她一个人就敢于在街上拉条板凳，向群众大声地演讲，滔滔不绝，号召妇女们要跳出家庭，争取男女平等，社交公开，婚姻自主。”几乎城乡无人不知，啧啧称羡。乡间有个老邻居，送我父亲进城读书，亲睹过卢葆华学生时代的风采。十二三年后，“九一八事变”，他听了我们小学生在团溪街上宣传，回家同我说：“卢葆华才会讲哦，像吐枇杷子一样。”

但在婚姻问题上，她又的确是封建礼教下的牺牲者。爱人赵文特，终年羁身于外县厘卡工作。她则是好写作，爱音乐，喜欢游山玩水，似乎是各异其趣。他们生有三个儿子，后来都从她姓卢，并先后带去杭州、昆明读书。

她的才华，连她父亲也是首肯的。他在《示儿》诗中就有“二十世纪传绝学，天生汝正继哀翁”的评价。大约在 1926、1927 年以后，她便离开家乡，出外后，在杭州住很久。1932 年间，卢铭尊先生去世，她在杭州设灵开奠，达官、名流、记者奠唁不绝。事后，她写有《哭父》《抗争》《飘零集》几本新诗册子，附有多幅照片，很精致，类似珂罗版印的，每页都隔有一层透明纸。其《哭父》中有诗云："七载飘零未有家，可怜失怙恨芳华。开到□□花事了，宛在音容泪似麻。"其后不久，又接她母亲去杭州住约一年。1936 年暑天，她回来过，我表兄赵世勋看见她站在万寿桥（今新华桥）头闲眺。身着蓝色粗平板布短旗袍，斜戴个杭州细蔑丝儿斗篷，自称"白薇"。她曾在上海《申报》任副刊编辑，与作家丁玲共过事。有说她曾在杭州做过教育局长，但尚待查考。抗战期间，到云南昆明开个小书店，借维生计。

卢家原住遵义东乡乡下，进城后，先借居老城三官楼与刘健群家同住一院，继而住在杨柳街杨岩松先生家，再又住到新城白沙井，以后才买了老城祝厘寺后边一正两厢的小院，左手与学校仅一墙之隔，今已并归文化小学了。赵文特和她原是姑表亲，也爱弹爱唱，但他们的共同生活不是很理想。后来，赵在岩孔厘卡任上自缢，遗书有"延、蕃、全三儿，汝父辞世去矣，望汝等读书做人"。卢从外出后，亦浮沉于当时那种浇薄不齐的世道人心，始终未能达成自己的心愿和理想。晚景寂寞，郁郁以终。一说死况不明。

她的聪颖和才华，连赵家人都是一致称赞的，我曾听五姨妈赵璨（赵恺女，晏梦琴儿媳。曾任女中训导）说"我家老辈子们都说她笔下清新流畅，很看得"。但令人感慨惋惜的是在旧社会制度的束缚下，坑陷了不少富有才华的青年儿女，从卢夔凤这颗遵义的女中明珠的身世遭遇上，就活生生地体现出来。睹今思昔，生活在今天社会主义制度下的人们，真是无比的幸运了。

（录自《遵义文史资料》第九辑）

忆陈铁

陈　英

抗日战争时期，我历任国民党 85 师及 275 师排长、连长、副官、副官处主任等职，更由于我在陈铁身边工作时间较长（抗战至解放），所以对陈铁的情况较为熟悉。我认为在国民党军官中，他是一个较为公正、办事负责、带兵有方、作战有术、生活俭朴的将领。今尽其回忆撰文，以供读者品评。

陈铁名陈永祯，号志坚。团溪西坪人，毕业于省立遵义中学堂，后投笔从戎，先后考入黄埔军校第一期和陆军大学（曾任国民党 85 师师长、陆军第 14 军军长、36 集团军副总司令、东北副剿部、第八编练处司令、贵州绥靖公署副主作等职）现就其事迹叙述如下。

一、部队需要有严格的纪律

1935年陈铁升任85师师长后即被调往南京浦镇受编成为全国20个整编师之一。整编后兵力由原来一个师三个团扩为二旅四个团，而武器装备则每连配九挺轻机枪。85 师士兵多属贵州人，易于团结。在安徽滁州举办军事训练队，请来德国顾问魏尔克等施以严格军事教育并经过两年严格的教练，可以说战斗力是较强的。可是陈铁并不满足，而是强调部队需要有严格的纪律，能为国为民，守边成疆。记得 1937 年冬，85 师经过宛平、忻口两次拼杀获得了一定战绩，山西省主席阎锡山亲往 85 师忻口阵地慰劳，并指令长官部的后勤对供应 85 师的压缩饼干等必须按时如数补给，若有短缺，以军法从事。同时，用晋币慰劳全师官兵，每人达十元之多。85 师奉命到山西坪陆县茅津渡一带整训时，部分官兵滋生了骄傲自满情绪，加之国防部将贵州部队新编第八师中拨来几个营补充 85 师，这些原因造成一时纪律松弛、怠于训练、甚而赌博成风，陈铁即调一些团营长来司令部，告诫他们“骄兵必败”，然而收效不大。陈铁针对这种情况，发出三不准手令：“一不准擅入民房；二不准践踏庄稼；三严禁赌博。违者视其情节轻重给予应得之处分，屡教不改者枪毙（尤其是官长必须从严）。命令下达后进行一周宣传教育而后执行。切切此令。”嗣于 1938 年在山西绛县一个村庄，他亲自在一个民间窑洞中查获军医处少校医官苗国志、特务连少尉事务长秦晓凡和政工处的两个干事一起打麻雀牌，他当即将苗秦二人枪毙，两个干事念其初犯交政工处长陈德明严惩。从此军威大振。

二、不灭倭寇誓不休

七七事变发生时85师驻安徽蚌埠，陈铁兼任徐海警备司令。7月中旬奉命北上抗日，7月底到达河北沧州集中。陈铁在火车站给全师官兵讲话，历数日军暴行，慷慨激昂，感人泪下，由于他平素沉默寡言，今天由于民族仇恨激动到极点，在官兵中产生了强烈反响，多数士兵泣不成声，带着泪花解散后纷纷向家里写告别信，向上级写决战书，据不完全统计有数千封。官兵同仇敌忾，终于有后来的重创敌王牌军板垣师团于忻口的大胜利。我曾记得部队转移途经涿州、浦城、保定、石家庄过滹（hū）沱河，陈铁同司令部参谋长黄授升等骑在马上吟的那首诗：一叶黑叶遮故都，七七事变在卢沟。满城风雨定难保，不灭倭寇誓不休。

三、短兵相接的战术

抗战中，陈铁经常使用短兵相接的战术。这是他灵活运用兵法的实例。他常对部属说："面对强大的敌人，不可力拼只能智取。"他又说："我们与敌人短兵相接，就使敌人的飞机、重炮、坦克等重武器失去了威力，这样不仅在武器上与敌人缩小优劣的差距，而且更大地发挥了我军官兵矫健灵活的长处。"这样的战忻口、宛平的胜利就是这样取得的。

四、雪卢沟桥之耻

陈铁很关心士兵生活，战争中士兵不可能上街买东西，更谈不上文娱活动了。1938—1941年，14军军部驻在山西垣曲县上登板及阳城时，陈铁就以晏东荟等从陕北回来的进步青年为骨干组织文工团，并亲题"旗鼓森严"赠给该团。又为士兵解决日用品和食品，从参谋处调来少尉副官王文治办"消费合作社"，又命王文治找来优秀炊事员创办"七七之家"改善士兵生活。在一次闲聊中陈铁说，取名"七七之家"的含义是希望全军官兵乐不忘忧牢记国仇，取越王勾践卧薪尝胆之义而雪卢沟桥之耻。

陈铁对幕僚的体育锻炼也很重视。记得1939年我们驻扎在山西阳城时，一次他在纪念周上说，我们三面受敌背临黄河，纵可后撤，但搬运工具仅是一条可载二十余人的小木船，似此情况，背水一战势所难免。因此像军医处、军需处这些文质彬彬的先生们，就必须加强体质锻炼，增进身体健康，才能应付万一发生的事变。会后即命我赴西安购置网球、篮球等用具。购来就责令各科处负责人亲来办公所领取，体育活动就这样开展起来了。

五、"铁军"的由来

抗战时在山西，人皆称85师为"铁军"，这一称号还是敌人所赠的呢。1937年，85师开到宛平县振（括？）舌山一带接防，陈铁率旅团长视察阵地后随即命令部队换下已血战几昼夜的83师。虽然在敌人飞机大炮坦克的狂轰滥炸下伤亡惨重，但在接防时，大家都表现得非常镇静，有条不紊，互相关心。接防后，陈铁迅速摸清敌情。拂晓时，85师255团一营、254团二营遵照陈铁短兵相接摸夜螺蛳进行白刃战的指示，以迅雷不及掩耳之势接近敌人使其重武器失去效力，85师以锐不可当之势突破敌人重重设防杀得敌人抱头鼠窜，夺回不少阵地。85师坚守阵地达一周之久，直到南口失守，85师奉命开赴山西忻口。

1937年10月，85师到达忻口防线，利用晋军原建工事与日军激战十余日，由于第九军军长郝梦龄、54师师长刘家其牺牲，敌人遂集中兵力向右翼防线猛攻，企图突破忻口直取太原，右翼指挥官第14军军长李默庵及战区总指挥官卫立煌命令陈铁死守忻口。陈铁为了不让敌人得逞，白天固守阵地，晚上设法通过封锁线接近顽敌偷袭成功，重创敌王牌军板垣师团，与敌人成拉锯战，使阵地得而复失，失而复得，双方伤亡惨重。85师损失三分之二的兵力。在危及关头，陈铁将司令部勤杂人员（包括辎重病号）组成敢死营，由陈匪石担任营长，陈铁亲自指挥同心协力奋勇杀敌，在十八集团军和友军的帮助下，取得有名的忻口战役的胜利（歼敌万余人）。此外，85师在攻克侯马车站、大战浦城、夺取董封镇等战役中皆表现出英勇善战坚忍顽强。因此，敌人在拾得我师蓝底红色“坚”字三角臂章时说“又遇上铁军了”。“铁军”就是这样来的。

六、思想上的飞跃

1938年85师师长升任14军军长，我即被调去做军司令部办公所副官。1938—1940年，14军军部驻山西垣曲县上登坂及晋城官防等地。此期间，据我所知当时中共领导人就有刘少奇、朱德、彭德怀等先后路经14军军部与陈铁交谈而气氛融洽。第一战区补给18集团军的一切军需，通过14军皆畅通无阻。我清楚记得1938年底中共领导人彭德怀来军部，陈铁要我去通知进步青年晏东荟和罗逸生二人随彭总去晋南进抗日大学。联系陈铁因二营营长蔡鋆毒打106医院几个伤员被处以一年兵役，四年后不复以营长任用，可见他爱护士兵也不姑息养奸。又如1940年晏东荟等10余人从抗大归来即被参谋情报科科长赵华之严密监视，他们的革命行动被赵认为是严重犯罪，而报请军部严厉处分，陈铁不但没有处分，相反他考虑到这些人的安全，叫我除留晏东荟外，其余人发给护照和旅费由我到宝鸡联系车辆送他们到成都。1941年风声更紧，陈铁要晏东荟回贵州并要我护送他到西安。一天在西安东大街看见晏东荟的同志杜熙镛被西安警备队送往西安集中营。由晏东荟和我去找我们办事处处长杨卓夫以陈铁的名义将杜要了出来。后来陈铁知道了此事，并未指责我。这说明他的思想产生了一个大飞跃。

七、强烈的民族自尊心

1939年西安行辕的苏联顾问到山西阳城14军驻地李家疙瘩视察，一天午餐，苏联顾问带着轻蔑的口吻指责我们，陈铁当即反击："你们什么都是好的，敌人打到莫斯科城下，是因为你们睡熟了没有醒来。"当然，国民党的腐败是客观事实，但在那时对外卑躬屈膝的国民党军官中像陈铁这样的确实不多。

八、起义

由于陈铁与卫立煌的私谊，更由于陈与中共的接触日益频繁，引起了蒋介石对他们的疑虑，失去了蒋对他们的信任。1944 年，国民党撤销了卫第一战区司令长官兼河南省主席和陈铁 14 军军长的职务。那时我往西安郊外的义阳村，接到由西安办事处处长杨卓夫转来陈铁的电报，他要我即刻赴宝鸡向宝鸡中央银行联系三部汽车将他家属送回遵义，不久陈铁也返家中。不久，接新任 14 军军长张际鹏来电称奉调重庆卫戍。陈铁当即复电：将在外君命有所不受。结果，张仗有刘峙在重庆，便将部队开拔至渝，果如陈铁所料，调重庆是为了瓦解 14 军。14 军在 1945 年 3—6 月的时间里，在余锦源罗广文先后任军长中被改编而不存在了。

1948 年蒋介石为了挽救大势已去的国民党政权，重新任命卫立煌为东北剿总司令，陈铁为副总司令。这时的卫陈，部队都被蒋瓦解，蒋这样做，一可免卫陈倒戈投向共产党之忧；二是东北部队全非卫陈基干，等于光杆司令，部队不听调遣，卫指挥不灵，任凭蒋介石给他们安罪名；三在必要时蒋还可以贻误战机处置卫陈。1949 年春，蒋介石任命陈铁为第八编练处司令，编制为几个军，但兵源自募。几十年间国民党抓兵派款，此时政权都摇摇欲坠，还在哪里去募兵？所以陈铁仍是光杆司令。况蒋不给装备，不发粮饷，这个编练处司令的任命形同一张废纸。即使这样，蒋介石仍不放心，他怕陈铁手握这张空头支票而起什么作用，所以又撤销了第八编练处另委陈铁为贵州省绥靖公署副主任。利用这有名无实的头衔来笼络陈铁和他的部下，不致起来造他的反。陈铁对这些不是没有觉察，当他千方百计将 275 师保留下来之后，不去香港，不去台湾，而住在家中。

中华人民共和国成立，刘邓大军进攻西南并取得节节胜利时，275 师奉调贵阳，在黄平领得装备后师长陈德明率师到开阳翁招时，即命我只身返回西坪去找陈铁请示部队的动向，当我到达尚稽楠木渡口时船只已被罗广文的部队封锁。我过乌江是通过地下党员张光昭找来木船渡过的。当我到达陈铁住处时，共产党派去与陈铁联系的人晏东荟、肖义德已早在他家。向往光明是陈铁的夙愿。他接信后毫不犹豫马上写信调 275 师来保卫遵义，派进步青年晏东藩一道去找 275 师。我和晏东藩经过很多危险及困难，终于将信送交 275 师师长陈德明，275 师即宣布起义，陈铁本人也在贵阳通电起义。

起义后，党和人民给予陈铁极高礼遇，历任西南军政委员会农林部长、贵州省副省长、贵州省政协副主席、国防军事委员会委员、民革中央委员等职。

我作为陈铁身边工作时间较长的一员，愿将这些耳闻目睹的事记录下来，以慰陈铁九泉之灵。

（《遵义县文史资料》第六辑）

附：陈铁将军年谱

1899 年 2 月 7 日，在故居老屋出生。

1909—1915 年，团溪振民小学初等部、高等部学习。

1916—1919 年，遵义中学校学习。

1920—1921 年，受聘在团溪女子小学任教（不足一年）。

1921 年，得亲戚资助，准备投考湖南武昌免费制陆军中学。

1922 年春到达湖南常德，武昌陆军中学停办，入湘军第 1 师 2 旅 8 团（唐生智部），改名陈铁。

1923 年秋，在醴陵县境同谭延闿部作战被俘，受优待，为上士司书。

1924 年春到广州，谭部改编为湘军第 3 师。师部的书记蒋先荣邀他一同考入黄埔军校第一期，年底毕业。

1924 年 5 月集体加入中国国民党。

1925 年任军校教导 2 团 8 连排长。

1925 年 2 月东征陈炯明，14 日进至淡水，与蔡光举、蒋先云同入敢死队。背下身受重伤的蔡光举烈士。

1926 年 8 月北伐，任第一军三师九团二营营长。有一次带通信班在最前边遇险，俘敌一营。又一次带两个兵误入敌营，虚张声势俘敌 500 多人。

1927 年春，任第一军三师七团团长。

1928 年 2 月，任南京军官教育团副营长。

1928 年 12 月，入陆军大学学习，1931 年冬毕业。

1932 年，任第 14 军 83 师副师长、249 旅旅长。

1933 年春，率 249 旅参加长城抗战的古北口战役。

1935 年 5 月授少将军衔。

1935 年 9 月，任军委会直辖 85 师师长。成功阻止参谋长刘竹铭拖走部队。

1936 年，85 师改为两旅四团整编师，全部美械装备，请德国顾问魏尔克严训。

1937 年 7 月奉命抗日，在河北沧州火车站历数日军暴行，慷慨激昂，感人泪下。多数士兵泣不成声，写下数千封决战书。

1937 年 8 月 24 日，85 师（归 14 军）于宛平门头沟千军台包围日军 7000 多人。因急援忻口，放弃围歼。

1937 年 10 月 10 日，率部抵达忻口左翼刘庄、南峪一带，构筑工事，待机接敌。

1937 年 10 月 11-30 日，在忻口战役中运用短兵相接、灵活多变的战术重创日军，敌人死伤约二千余名。日军有瓦斯兵、掷弹筒，为日军精锐部队。

1937 年冬，山西省主席阎锡山亲往 85 师忻口阵地慰劳全师官兵，每人晋币十元。并指令 85 师的补给若有短缺，军法从事。

1938 年在山西坪陆县茅津渡一带整训，发出三不准手令："1. 不准擅入民房；2. 不准践踏庄稼；3. 严禁赌博。命令下达后查获并枪毙了两个打麻雀牌的中下级军官，从此军威大振。

1938年5月，授中将军衔。

1938年6月，率85师在垣曲县参加西阳河战役，85师攻克李家古垛、南羊圈。“当年南羊圈战役中日双方死亡惨重，腐尸遍野，无力掩埋。”后高增级旅长带人将本旅阵亡将士遗骸收集起来，葬于原县城制高点的凤凰台上，并立碑志念。序中云：“南羊圈之役敌以毒气及炮火向我猛攻日凡七八次，而我将士在溽暑中以血肉固守阵地，以生命宣我国魂。我将士冒雨冲锋，弹绝以刺刀，刀折继以拳击，前仆后继，终使敌人败北。”

1938年7月任第14军军长。

1938年7月，与朱德见面。以后，朱德多次写信派秘书来联系。

1938年8月，在卫立煌处同王明见面。

1939年夏，同彭德怀副总司令见面，相谈甚欢。陈铁谈了对内战的看法：“他（蒋）一定失败。因为内部腐烂，军心涣散；CC、复兴社、政学系，三派争宠，斗争激烈。蒋搞部落主义和裙带关系，不满意的人越来越多，众叛亲离已开始露头。”

1939年，派人护送刘少奇通过太行山庞炳勋防区去华北。

1940年，蒋命卫、陈到晋城布置打八路军。卫、陈密信与朱德总司令，八路军暂撤，瞒过了蒋介石。

1940年秋起，先后兼任第5、第4、第36集团军副总司令。

1940年冬，14军政治部主任张坦如要西坪人晏东荟（延安抗大毕业）任他的军需主任，陈铁知其意，设法把他调走，并送了一万大洋。

1942年初，卫、陈亲共事泄，卫立煌被扣留在重庆，陈铁被逼辞14军军长职务，保留36集团军副总司令。未批。

1943年春，再次受逼，辞去14军军长职务。

1944年夏，父亲在遵义病故，得到一战区副长官曾万钟帮忙，回籍葬父。

1944年秋，调任第19集团军任副总司令、怒江警备总司令、卓××的兵团司令、司令部参谋长。均未就职。

1946年，不任第1集团军副总司令。蒋介石下令要把他关起来，才勉强就职。1948年春，第1集团军改第六兵团，任副司令，未赴任。

1948年5月，在卫立煌明言“拖跨蒋介石”之下就任“东北‘剿共’总司令部副总司令”。

1948年10月初，蒋飞东北，逼援锦州。卫、陈等以解放军善于围点打援为由，坚不出兵。锦州失陷后，卫遭软禁。

1948年10月8日，就任锦西指挥所主任。蒋说：“你完不成任务就杀你的头！”陈铁说：“报告总统（以前都称校长），我的头没有你杀的！我自从军校毕业后一直带兵，没有打过败仗。在抗战期间，我当军长，每次左右友军败退了，我还是坚守阵地，誓与阵地共存亡，要奉到撤退命令才撤退。我一直归卫总司令指挥，你可问他。我为了保持我一生不打败仗的光荣，如果到不得已的时候只有自杀，所以我说我的头没有你杀的。不过，从 1943 年你第二次要我辞去军长兼职后到现在都没有直接带兵，就不免对带兵作战生疏了。”蒋介石听后无话可说。

1948 年 10 月 24 日，杜聿明接任范汉杰的边区司令来到锦西，陈铁自动撤掉指挥所，回遵赋闲。

1949 年 1 月，蒋介石令在贵州招兵，成立贵州遵义第八编练司令部，任陈铁为司令。3 月，兵员达到 6000 人，部队无装备，无军饷。

1949 年 4 月，蒋终不放心，下令撤销第八编练部，所招部队编为军士总队，族弟陈德明任总队长，归贵州绥靖公署指挥。准备任命陈铁为国防部次长，坚辞不受。在上海与起义将领陈又新联系，回贵州待机起义。

1949 年 7 月，任贵州绥靖公署副主任。没有就职。

1949 年 9 月 1 日，蒋介石召见，逼使就任。

1949 年 9 月初，蒋介石令将军士总队改编为 275 师，隶属何绍周 19 兵团 49 军。275 师在遵义补充一些装备后，于 10 月下旬开往黄平整训。

1949 年 11 月 15 日，275 师到黔西六广河，陈德明密令 824 团副团长娄恒庸派便衣兵驻在河对岸，如解放军来到，即带他们过河。

1949 年 11 月 21 日，275 师撤离黔西六广河防线，并向金沙县的安底镇集中待命。这是事实上的起义。

1949 年 11 月 24 日，与 275 师取得联系，宣布起义。275 师起义时只有 3000 多人。

1950 年 5 月，军分区派人接陈铁到遵义。

1950 年 6 月初，列席全国政协一届二次会议，任西南军政委员会委员兼财经委员会委员、农林部部长。

1953 年 1 月，西南军政委员会改为西南行政委员会，农林部改农林水利局，任委员兼局长。

1954 年 7 月起，任省人大代表。省民革副主任委员、民革中央委员、对台工作委员会主任等。

1954 年 12 月起，任全国政协委员。

1955 年 3 月起，任贵州省政府协委员、副主席，省人民委员会委员。

1956 年 8 月，省成立林业厅，任厅长兼绿化委员会主任。

1959 年春起任国防委员会委员。

1964 年 4 月，任贵州省副省长。

1980 年 1 月，再次当选副省长。

1982 年 2 月 19 日，与世长辞。1983 年归葬遵义县西坪大寨组。1999 年重修坟墓，刻“抗日名将”并碑记。

贵州抗日将领陈铁

沈德海

陈铁，名永祯，字志坚，1899年出生在贵州省遵义县西坪乡一个农民家庭。早年就读于贵州省立遵义中学堂。毕业后，在遵义团溪女子小学任教。因愤恨地方封建势力的排挤争夺，1923年辗转到广东，次年考进第一期黄埔陆军军官学校学习，后成为贵州有名的抗日将领。在抗日战争胜利60周年之际，拟就陈铁早年追求进步和抗战中英勇表现做些介绍。

入黄埔、学理论，当革命军

第一次国共合作期间，孙中山在广州创办了中国第一所军事政治学校，即黄埔军校。1924年5月，陈铁考进这所军校。一进学校，映入他的眼帘的是“升官发财的请往他去，贪生怕死的勿入斯门”“拥护本党本校总理的三民主义”“打倒帝国主义”“打倒封建主义”“共产主义是三民主义的好朋友”等标语口号。6月16日，黄埔军校举行开学典礼，黄埔健儿们高唱黄埔校歌：“莘莘学子，亲爱精诚，三民主义，是我革命先声。革命英雄，国民先锋，再接再厉，继续先烈成功。同学同道，乐遵教导，终始先死，毋忘今日本校。以血洒花，以校作家，卧薪尝胆，努力建设中华。”歌毕，孙中山发表言简意赅的演说，他剖析了过去的教训，说明了现在的宗旨，指出：“因为没有革命的奋斗，所以一般官僚军阀，便把持民国，我们的革命便不能完全成功。所以今天在这地方开这个军官学校，独一无二的希望，就是创造革命军，来挽救中国的危亡！”

从这一天起，陈铁牢记孙中山“挽救中国的危亡”的教导，努力学习军校所开《三民主义浅说》《中国国民革命运动》《帝国主义侵略中国史》《社会主义原理》《中国农民运动》《中国职工运动》《思想政治工作》等课程，思想日益进步。同年10月，他参加平定英帝国主义支持下的买办地主陈廉伯、陈恭受为首的商团军叛乱的战斗；1925年初又参加讨伐陈炯明的东征；4月，参加平定滇桂军阀杨希闵、刘震寰在英帝国主义和北洋军阀支持下发动的叛乱。因平叛有功，陈铁先后升任营长和团长。1927年10月，被蒋介石借故免去团长职务。12月，入陆大“特训班”学习。1931年冬，陈铁同卫立煌一起从陆大毕业回到南京，卫被任命为第14军军长，陈任14军83师副师长。

率 85 师参加抗日

1935 年秋末冬初，陈铁被任命为 85 师师长。85 师的前身是原黔军袁祖铭部李（晓炎）43 军之新编第 10 师。1929 年 3 月，周（西成）李（晓炎）之战发生，周西成在贵州镇宁县属坝陵桥鸡公背战死，当李在滇军朱旭的援助下攻占贵阳后，蒋介石即任命李为贵州省主席。然因滇军胡若愚、张汝翼乘机联合进攻昆明，龙云急令朱旭率部回保昆明，李即感势单力薄，不得不退出贵阳，随朱旭到了昆明。不久，李将所部交给龙云，独自出走香港，后在穷途潦倒中死去。李的新编第 10 师调鄂南崇阳整训后改为国民革命军第 85 师，任命陈铁为师长。

1931 年“九一八”事变后，陈铁对蒋介石不抗日极为不满，赞同中国共产党的抗日主张。七七事变后，陈在沧州火车站召开全师官兵抗日动员大会，在讲话中他慷慨激昂，历数日军侵略暴行，还写下一首诗：“一叶黑叶遮故都，‘七七’事变在卢沟。满城风雨定难保，不灭倭寇势（誓）不休。”表露了他坚决抗日的决心。85 师在陈铁率领下开到德州，列入卫立煌第 14 军建制。陈铁根据卫的命令带领所部到达保定时，卫集团军已开赴南口去增援汤恩伯第 13 军，由 83 师旅长陈武率部至门头沟以西千军台防止日军从北平截击 14 军后路。85 师到达千军台时，正值日军向留守千军台的我军发起进攻，陈铁率部增援上去，打退了日军的进攻，保住了千军台。

1937 年 10 月，日寇为占领山西、控制华北，由板垣征四郎指挥 3 个师团，约 6 万人，先后攻占了崞县、原平，并向忻口进犯。忻口是晋北通往太原的门户。为保太原，中国方面调集约 16 个师的兵力，由第二战区副司令长官卫立煌指挥，布防于忻口以北的龙王堂、南怀花、大白水、南峪一线。陈铁奉命调到山西，加入第二战区第 14 集团军对日作战。在太原保卫战中，陈师位于最左翼，为日军进攻的重点。板垣征四郎使用 2 千辆坦克、十多门大炮，向陈师发动猛攻，陈铁带领 85 师官兵向日军反复冲杀，顽强抗击，经过五、六天的肉搏战斗，团长刘眉生等阵亡，该师伤亡惨重。卫立煌部第 9 军军长郝梦龄、师长刘家麒亦相继阵亡，忻口失守，太原丢失。当陈铁因所部伤亡过半而申请辞职时，蒋介石不但没有追究他的责任，而且反复去电给予嘉奖，并从新八师抽调两个训练有素的团补充 85 师以配合八路军抗击日军。

1938 年 2 月，85 师北上，抗击闻喜、侯马之日军的进攻，与敌对峙，战斗异常激烈。6 月，侵占河南济源的日军，企图打通垣曲与晋南运城之日军联络线。85 师在蒲掌地区阻敌，激战 8 天终将日军打退。战后，经过整顿补充，于是年冬天开往阳城驻防。

1939 年 6 月，陈铁 85 师进驻翼城以东地区，监视翼城敌情，击败了向阳城窜扰的日军。之后，同日军对峙于翼城上甘岭一带地区直至 1940 年春。

1940 年 5 月，翼城与晋城的日军同时从东西两面向阳城发起夹击攻势，陈铁率 85 师阻击翼城东进的日军。鏖战十多天，一股日军迂回陈师侧后向阳城进袭，85 师则向右旋回反击日军后方，迫使日军退回翼城。14 军 83 师亦同时击溃日军的进攻，保住了阳城。7月，85师移驻晋城以北20里铺，日军向85师发起猛烈攻击。激烈的战斗中，85师打死日军500余人，自身伤亡也很严重。经过补充后，陈铁85师开往中条山驻防整训。同年底，卫立煌调任第一战区司令长官，陈铁升任第14军军长，85师驻渑池，守备河防。

1941年5月，陈铁令85师253团和254团北渡黄河，增援垣曲以北的94师和刘茂恩军团的第15军抗击日寇。1943年春，因"共嫌"，蒋鼎文奉蒋介石之命，逼陈辞去14军军长职务。同年7月，陈以奔父丧为由，从西安回到贵州遵义家中。

陈铁与八路军的友好关系

在蒲掌地区阻敌战斗后，陈铁随14军调驻山西垣曲、阳城之间的董封、上登板山区，与八路军多有接触，曾保护八路军干部往返洛阳、西安等地。1938年初，第十八集团军总司令朱德路过垣曲，住垣曲城郊卫立煌集团军总部，卫介绍陈铁和45师师长陈鸿达（弦秋）会见朱德总司令。此后陈铁同朱德总司令联系密切，两人经常进行书信往来和通电，有时进行密码联络，有时还派秘书亲送信件。

1939年，八路军副总司令彭德怀从延安到洛阳同卫立煌会谈。彭走的时候，卫安排他过黄河后到垣曲西郊的14军军部住宿，"陈铁军长在部里接待"。陈和彭畅谈了国内形势、如何消除国共双方军队摩擦、如何合作抗日等问题。彭离开时，陈的夫人张赋吟对彭说："现在空气不好，彭老总经过沿途，志坚已做好保卫，祝总座一路福星。"陈铁为做好对共产党八路军首长们的保护工作，特意叮嘱他手下的师长们说："14军是驻在晋东南的悬岩边，背面是黄河，北面是日寇，东面有太行山，西面是中条山，我们首先要同太行山友军友好相处，我军驻地是十八集团军将领去洛阳、西安的通路和运送物资的必经之路，我们有保卫的责任。"一次刘少奇同志从延安到华北，是陈铁护送他通过庞炳勋防地，安全到达目的地。正是在陈铁的精心策划安排下，14军驻地成为共产党八路军重要人物及其物资往返的安全通道。

由此，蒋介石对卫立煌、陈铁多有疑忌，故而令胡宗南了解卫、陈实况。从1939年底至1940年初，胡去信给卫立煌，要他到西安商讨两战区师级将领共建团结抗日组织建议。陈铁遵照卫的安排曾以第一战区代表身份，前往西安同胡面商。到西安后，胡多次找陈谈话，企图了解卫去延安的情况。当胡问及卫去延安的原因时，陈说："两党合作抗战，卫立煌兼有指挥和补给十八集团军的任务，为了合作好，顺路走访延安，也是代表两军团结合作，互相协商，一同作战，这是卫奉命指挥八路军的责任，亦是公开的秘密。"当问及卫同朱德密谈内容时，陈说："既然是密谈，我怎么会知道呢?"并反问胡说："你是怎么知道的？""如果真有，想也是很平常的事。八路军是属第二战区的抗战部队，卫是第一战区长官兼第二战区副司令长官，负责指挥驻晋东南的一切抗战部队，十八集团军的抗战经费和军用物资由洛阳战区长官部转发，需要接洽嘛，两党合作抗日是前提，怎么能不会商呢?"对此，胡只好连说："我是随便问问，随便问问。"1941年，驻洛阳八路军办事处处长袁晓轩叛变，投入戴笠门下，报告了卫、陈与中共往来情形，卫很快被撤去了战区司令长官兼河南省主席的职务。1943 年春，陈铁亦被逼辞去了军长职务。

陈铁率军起义，为人民立新功

抗战胜利后，陆军总司令何应钦电召陈铁到重庆，要陈去云南任孙渡第一集团军副总司令，陈推辞不从。在何一再催促下，于 1946 年夏随孙渡集团军到了绵州，1947 年再次回遵义。

1948 年，由驻沈阳总司令卫立煌的推荐，蒋介石又任命陈铁为沈阳“剿总”副总司令，陈婉言推辞，迟迟不行。因蒋再三催促，始于 1948 年春末前往南京，再次表示婉辞不从，蒋介石不准。4 月，陈飞往北京，在卫立煌家中住了十多天后才飞沈阳。陈铁和卫立煌虽是好友，但两人离别已有五六年，所以，陈到沈阳后避而不谈同中共及朱、彭的往事等。同年 9 日，辽沈战役爆发，陈被派往葫芦岛任指挥所主任。接着，蒋又任命杜聿明为辽西边区司令，陈即自动解散指挥所，飞往北平。11 月，陈到南京，向顾祝同汇报撤销葫芦岛指挥所的原由及到京听命。顾说：“东北丢了，淮海大败，天津相继紧张，总统欲起用滇黔籍贯的将领，征募乡勇成军，你等候几天吧。”蒋介石感到大势已去，企图在川、滇、黔三省成立“编练新军”司令部，学习、模仿曾国藩大练民团，以做垂死挣扎。顾祝同认为“编练新军”陈铁是人才，向蒋保荐陈为“编练新军”司令，在黔北遵义编练新兵。1949 年 8 月，陈铁受命在遵义成立了第八编练司令部，拟编下辖 4 个军、1 个军士教导总队。当陈在湄潭、仁怀、遵义、正安招募成立军士总队时，国防部电召陈铁到南京，令他撤销第八编练司令部，去接任国防部次长之职，为陈拒绝，要求保留已募军士总队，获得允许。由陈铁提名陈德明任军士总队队长，陈永祥任副总队长，辖 3 个团，李益昌、李念荪、熊先煜分别为一、二、三团团长。明确军士总队由贵州绥靖公署补给，经蒋介石同意，国防部下令，编为 275 师，归入何绍周四十九军建制。同时要任陈铁为贵州绥靖公署副主任。陈从南京回遵时碰上原陆大同学陈又新，经陈引进到上海会见了中共地下党员闵刚侯。陈铁向闵介绍了贵州倾向进步的朋友、遵义进步组织活动情况，并向闵表示愿意回贵州策动各方面进步人士为解放贵州、解放西南出力。其后陈铁从上海飞抵重庆，回到遵义。

陈铁回遵后，军士总队长陈德明和李益昌、李念荪、熊先煜到家会见，陈铁向陈德明等 4 人说：“这次给你们找到出路了。”要军士总队在解放军进西南时在贵州起义。

1949 年 11 月，中国人民解放军已进至黔东南镇远一带，四十九军命令 275 师开赴黄平待命，部队到达黄平当晚，又接军部指令向开阳方向开拔待命。11 月 28 日，275 师开到金沙安底，在此，由师长陈德明代陈铁向全师官兵宣布通电起义。继后，275 师开往遵义龙坪，改编为中国人民解放军，归遵义军分区指挥。

1950 年初，陈铁奉中国人民政治协商会议全国委员会第二届大会特邀到北京出席会议。先后由中共中央任命为西南军政委员会委员、农林部部长、国防委员会委员，当选为第二、三、四、五届全国政协委员，贵州省第一、二、三、五届人大代表、副省长、省第一、二、三届政协副主席，省林业厅厅长。1980年元月，再次当选为贵州省人民政府副省长。1982年2月19日去世，终年83岁。

中共贵州省委统战部部长惠世如同志在追悼陈铁的悼词中说过："陈铁同志富有强烈的爱国主义思想，参加北伐和抗日战争，反对外来侵略，坚持民族独立。抗战期间，曾与我党领导人有过接触，受到我党统一战线的感召，向往进步，并做了有益于革命的工作。解放30多年，拥护中国共产党和社会主义，为完成祖国统一大业，为祖国四化建设，做出了积极的贡献。"这不仅是对陈铁将军一生的总结，也是对他一生的恰当评价。

（《贵阳文史杂志》2005年度，第5期）

陈铁将军与蒋介石的恩怨

庞思纯

陈铁出身黄埔，最终起义。

1949年11月21日，贵州绥靖公署副主任陈铁与国民党八位将军在遵义宣布起义。消息传出，无疑对那些尚在观望的国民政府军政人员是当头棒喝，迫使他们迅速做出抉择。12月9日，云南昆明的卢汉、龙云与四川彭县的刘文辉、邓锡侯、潘文华等相继起义，中国人民解放军随之进入西南，顺利接管国民党政权。陈铁——这位黄埔一期生的抗日名将，曾任国民党第五与第六集团军、东北“剿总”副总司令的高级将领，为何在国民党政府倒台之际与蒋介石决裂？究其缘由，十分曲折。

入主中央师，忻口显英豪

1934年8月，国民党第85师师长谢彬在鄂西“围剿”红军时被红军击毙。军中无主，人心浮动，担心桂系趁隙而入，据为己有，于是蒋介石急令军令部调第83师副师长陈铁接掌该师师长。

陈铁为何被调往这支以贵州人为主的部队？原因很简单，一则陈铁是贵州遵义人，能被贵州军人接受；二是陈铁为黄埔军校第一期学生，参加过东征、北伐。

然而陈铁接任之路并不容易，最大的阻力来自觊觎师长大位的第85师参谋长刘竹铭。当谢彬阵亡的消息传出后，正在南京陆军大学高等教育班进修的刘竹铭计上心头。他去见军政部长何应钦，谎称“副师长”（陈鸿远）失踪，请求回师办理善后。得到何的首肯后，他到武汉行营主任何成浚处骗得一张代师长的委任状，迅速赶往第85师抢班夺权。刘竹铭到部队后，立即展开阴谋活动，采取利诱、欺骗的手段，意在联合团、营级干部，拒绝陈铁的任命。陈铁也不是省油的灯，自有对付这种小人的办法。作为反制，他要求副师长陈鸿远返回部队共事。对此刘竹铭低估了对手的能量，他竟然当面威胁陈铁道：“我们铺好的床，谁来睡都不行！”见对方毫不畏惧，他又集合部队示威，甚至扬言：“陈铁要当师长，他就把部队拖去投靠桂系。”陈铁深知刘竹铭工于心计、手狠心毒，为了利益无所不用其极。为了挫败对方的阴谋，陈铁视察驻地，与官兵沟通感情，在争取到代参谋长毛梦先及多数下级军官的支持后，立即将部队带到四川万县整训。刘竹铭对此极为愤怒，仍策划把部队拉走。陈铁见其不知悔改，于是釜底抽薪，将其亲信团、营级干部一网打尽。刘竹铭仍不死心，欲做困兽之斗。这时第87师师长孙元良突然出现在他的面前，将搞不清楚状况的他逮捕，随之将其押往宜昌，交军事法庭审判。

陈铁履任新职后，对部队干部进行大换血，建立以贵州子弟为主体、以黄埔军校毕业生为各级领导层的部队。为了使第 85 师适应现代战争，他成立军士训练队，特聘德国顾问魏尔克进行严格的军事教育；为挽回刘竹铭给部队造成的负面影响，陈铁整饬军纪，树立个人威望。在得到中央政府拨给的新式装备后，第 85 师士气高昂、面貌一新，成为当时二十个整编师之一。

抗战爆发后，第 85 师从驻地蚌埠出发，北上抗日。在河北沧州火车站登车前，陈铁集中官兵训话，慷慨激昂地指出：在中华民族生死存亡的关键时刻，抗御外侮、保家卫国是每一个中国人的神圣使命。当谈及日寇所到之处屠城杀戮、奸淫掳掠、无恶不作时，陈铁动容地高声问道："谁无父母子女？谁无兄弟姐妹？谁不是父母所生所养？沦陷区的同胞和我们一样都有自己的亲人，如果我们不奋勇杀敌，驱逐倭寇，那么沦陷区的同胞今天不幸的遭遇，明天就会轮到我们身上。"陈铁的话感染全师官兵。听者无不为之义愤填膺，同仇敌忾。随着一声令下，第 85 师怀着御寇保国之情，登上了北去的列车……

陈铁率部抵达保定时，张家口已失守、长城南口亦背腹受敌。这时，第 14 军军长李默庵，由于担心日军截断后路，在留一团人防守千军台之后，率部增援汤恩伯的第 13 军去了。日军见第 14 军倾巢出动，便乘虚而入，猛攻千军台。第 85 师及时赶到，见守军伤亡惨重，及时接防应战。在猛烈的反击中，第 85 师予敌重大伤亡，迫使其无功而返。第 85 师乘胜追击，直至长城南口抓舌山一带，与敌激战一日后，奉命转移到山西。

1937 年 10 月 10 日，忻口战役全面展开。日军第五师团在板垣征四郎的率领下猛攻忻口。面对日机的轮番轰炸、地面部队的大炮轰击及毒气施放，在主阵地一侧南怀化沦于敌手的情况下，陈铁与副师长陈鸿远率部浴血奋战，终于夺回南怀化阵地。其后，日军多次猛攻，均被第 85 师挫败。《贵州草鞋兵》对陈铁在忻口战役的表现有如下描述：

"陈铁为了不让敌人得逞，白天固守阵地，晚上设法通过封锁线接近顽敌并偷袭成功，重创敌王牌军板垣师团，与敌人成拉锯战，使阵地得而复失，失而复得，双方伤亡惨重。85 师损失三分之二的兵力。在危急关头，陈铁将司令部勤杂人员（包括辎重人员和病号）组成敢死营，由陈匪石担任营长，陈铁亲自指挥，同心协力，奋勇杀敌……"

之后，当日军华北方面军司令官寺内寿一视察晋北前线时，得知第 85 师的阵地难以攻破，于是另辟蹊径，令第 20 师团进攻山西大门娘子关。娘子关失守后，日军直趋榆次，威胁太原。为避免腹背受敌，陈铁奉命放弃了坚守 21 天的忻口阵地，率部向晋南、晋西南及豫西转移，对日军开展游击战。1938 年 5 月 15 日，陈铁晋升中将，继李默庵为第 14 军军长。

师生道不同，隔阂成死结

在黄埔系战将中，陈铁素以长于决断、勇猛善战著称。由于在抗战初期的不俗表现，陈铁多次得到蒋介石的赏识与嘉勉。然而，蒋介石对这个昔日的黄埔军校的学生存有戒心，视陈铁为圈外人。在蒋的心中，始终有一个剪不断、理还乱的死结，使其爱恨交织，难以释怀。究其原因，不外乎以下几点：一、陈铁是贵州人，是何应钦的同乡及老部属。若何应钦的势力坐大，势必威胁到蒋的地位。因此，阻遏"贵州派"的崛起，攸关蒋的生死存亡。二、陈铁与非"嫡系"有"亲共"倾向的卫立煌走得很近，是其死党。受其影响，陈铁消极抵制蒋的"攘外先必安内"既定方针，竟然反对向八路军动武。更令蒋气恼的是，陈铁于1938年先后在垣曲、西安、渑池会晤朱德、彭德怀、王明、刘少奇等中共领导人，并多次应邀参观八路军驻地，还在自己的防区内为八路军提供便利……

基于以上原因，蒋介石对陈铁一直防范与排斥，不予重用。而陈铁对蒋介石的打压亦颇有微词，认为蒋把军队当作私产，结党营私，排斥异己，缺乏领袖大公无私的襟怀。当李默庵升任第33军团长时，陈铁感到蒋介石对同是黄埔系的同学太偏心，太不公，因此产生隔阂感。为今后打算，他一度产生过加入共产党的念头。

陈铁这时期的心结，我们可以从他的表弟——姚士达先生所写的《从国民党将军到新中国副省长》一文中得到佐证："1939年秋天，也是他（陈铁）离家十八年后第一次回家探亲。这时他已升任陆军第14军军长，40岁，比我长二十一年。他给我的最初印象是稳重、寡言、坚毅，不带军官习气。当时我在遵义城内老城小学教书，先后与一些进步教师共事，受国共合作抗日理论的影响，想出去。谈话时我说：'我想去成都考军校，读文家里供不起我。'他说：'现在从军要有政治头脑。你就当一辈子的小学教员有什么不好？这次有位乡亲找我带他小的出去谋个工作，我就主张他不如去进延安抗大。'"

姚士达先生在该文中还谈到陈铁反蒋的一些鲜为人知的事，如陈铁曾多次说："我去进黄埔时，确实是满腔热情，一心追随孙（中山）先生。我们黄埔学生在北伐战争中，真是个个舍生忘死的。我当营长就跟随卫立煌。粤军许崇智是他的老表，当时他是何应钦第一军的第九团团长，蒋对他并不信任。1927年蒋第一次下野，又上台后，对竭力支持他的卫立煌，只给个毫无实权的卫戍副司令。在陆大，卫多次向我表露对蒋不满。卫的确是个战将，但不是江浙人。我一直是卫的部下，又是贵州人。抗战八年中我们都和共产党在一起，蒋同何应钦本是有矛盾的，怎么会相信我？命运注定，只有同卫老总共浮沉了。"当然蒋介石绝不会容忍卫立煌与陈铁的叛逆行为，于是派人搜集他俩"通共"的罪证。1942年初，八路军驻洛阳办事处处长袁晓轩投靠军统，供出卫立煌、陈铁与中共秘密接触之事。蒋介石大为震怒，立即在重庆将卫立煌软禁，撤去他第一战区司令长官及河南省主席职务。陈铁在自己的老长官——原西安行营主任兼第十战区司令长官蒋鼎文的示意下，于1943年春辞去第 14 军军长及兼职。陈铁寄寓西安期间，蒋介石对其仍不放心，指示胡宗南派人监视他的动向。

1944 年，陈铁的父亲病逝，他奔丧返回遵义。在遵期间，他侍奉老母，与乡人话农桑，摆家常，过着闲适平静的生活。

辽沈拖后腿，遵义举义旗

1948 年 1 月，卫立煌就任东北行辕副主任兼东北“剿匪”总司令后，连续致电陈铁，要他出任副总司令。陈铁明知此行凶多吉少，但为了顾及友情，只好硬着头皮应承了。离开遵义前，陈铁对表弟姚士达、赵历成说：“这次去东北，摆起是跳火坑的事，就是托不下卫老总的情。其实等我到沈阳时，他老先生早当俘虏了。”陈铁在前往东北途中，一度在上海逗留。在此期间，曾与中共地下党接触。同年 6 月，他到东北履任新职。不出陈铁所料，是年 12 月 2 日，人民解放军连克沈阳、营口，卫立煌偕陈铁从葫芦岛指挥所乘机经天津逃到南京。随后，陈铁取道醴陵重新回到遵义。

辽沈、平津、淮海三大战役，国民党军队遭到毁灭性的打击，随着人民解放军攻占南京，国内政治、军事、经济形势日益恶化，陈铁明白国民政府的统治即将成为历史，于是他嘱托姚士达：“前次去上海，与中共地下党接触。以后通信的事，就交给你。你不是能写几种字体么？现在邮局检查严格得很。我是有人监视的。”当谈及辽沈战役时，陈铁兴奋地告诉姚士达：“那回锦州吃紧，顾祝同、蒋介石再三督促他（卫立煌）出兵增援，他就是不出，找些理由推。还当着韩权华（卫妻）叫我去示意廖耀湘那些将领也起来反对出兵。所以蒋介石火冒三丈，指着我说：‘锦州失陷，杀你的头！’卫先生私下对我说：‘锦州一解放，蒋老板就完蛋了！要把他拖垮，我们才出得这口气。’”

1949 年春，代总统李宗仁任命陈铁为第八编练司令部司令，在贵州招兵买马，企图与人民解放军抗衡。陈铁对此任命哑然失笑。

贵州省主席谷正伦对陈铁的任命十分不快，认为李宗仁对其极度不信任，于是上下活动，四处搞鬼，最终迫使国民政府收回成命。为了安抚陈铁，国民政府改任其为贵州绥靖公署副主任。

同年 11 月初，人民解放军前锋抵达镇远，贵州全省为之震动。趁着遵义的党政机构忙着应变措施之际，陈铁突然把姚士达叫来，叫他赶快通知进步人士陈福桐：据内线所报，遵义专员卢杰知道陈福桐与中共地下党有联系，正准备捕杀他，情况紧急，请陈设法躲避一下。

11 月 14 日，贵阳解放，遵义之危迫在眉睫。在陈福桐的斡旋下，陈铁与中共遵义地下党县委书记——第二野战军联络员杨天源取得了联系。在陈福桐与杨天源的安排下，陈铁和国民党的六位将军与中共遵义地委书记兼军分区政委、遵义军管会主任陈璞如见面会谈，决定了遵义的前途与命运。

据“贵州文化老人”陈福桐先生《不战投明的国民党八将军》一文中所述：是月20日晚上，在遵义老城水洞街国民党师长郭惠苍家的客厅中，陈璞如与陈铁、吴剑平、柏辉章、何知重、蒋在珍、陈德明七位国民党将军展开会谈。除在外未能到会的朱振民将军外，会谈的还有遵义有名的袍哥大爷张肇奎及凤冈县参议长史肇周。陈璞如时年三十二岁，毫无骄矜之气，“他沉着老练地和他们交谈，解除了他们不必要的疑虑”。

第二天，陈铁、吴剑平等八将军响应《中国人民解放军布告》及《约法八章》，宣布起义。随后解放军不费一枪一弹，不损一兵一将，进入历史名城遵义。

在新中国，陈铁历任西南行政委员会委员、贵州省第一至第三届政协副主席、副省长，民革中央委员、国防委员会委员等职。

（原载《文史天地》）

（庞思纯，贵州省文史馆馆员，文史专家，著有《明清贵州六千举人》《明清贵州六百进士》等书。）

抗日战争时期的85师

陈德明

回顾抗日战争的历史，在有名的忻口战役、洛阳会战中，曾与日军板垣师团、牛岛师团等部做过殊死拼搏的国民党14军85师，绝大多数是贵州人，其中有不少是黔北、遵义的子弟，他们在抗战的历史上，写下过光辉的一页。我曾在85师任过团长、副师长、代理师长，兹就所知情况，略述于后。

一

85师原为贵州地方部队，前身是黔军李晓炎的暂编第7军，后改编为43军，谢彬原在该军任副师长。1929年，谢彬在其家乡贵州铜仁等县征募43军残部及黔东子弟近一万人，改编为新编第10师，由谢彬任师长。调驻鄂南崇阳整训将近三年，改为第85师，调四川忠县。1935年8月，谢彬在湖北板栗园与红军作战中毙命。9月，贵州遵义陈铁以14军83师副师长调任85师师长。由于该师损失太大，又久未领饷，军心混乱。参谋长刘竹铭刚在南京中央军校高教育班受训毕业，别具野心，在武汉行营主任何成浚处骗得一纸代师长的命令，企图逼走副师长陈弦秋，威胁陈铁不敢到职，把部队拖往广西投靠李宗仁、白崇禧，依附桂系。

其时部队驻四川忠县，陈铁只身赴任，刘竹铭派一个营在师部周围驻守，还派副官、勤务兵各一人加以监视，杀机四伏。陈铁经过几次集合讲话后，得到部分连排长的支持。同时，代参谋长毛梦先不同意马上把部队拖往广西，欲待陈铁把部队装备好后再行动。十天后，陈铁乃将部队开往万县，但刘竹铭仍暗中积极策划，阴谋拖往广西。在这非常紧张的情况下，陈铁采取了果断措施，除一个秘密揭发此一阴谋的营长吴锦书外，将参与刘竹铭阴谋策划的营、团副一律关进万县监狱，经报请军事委员会批准，将两营长枪毙，其余的均判处徒刑，刘竹铭被押送宜昌行营处死。又经过40天左右的紧张应付，才将部队稳定下来。在万县整顿三个月，中级军官已完全由黄埔学生担任。

二

1936年春，85师奉调南京浦镇附近。军委会拔独立43旅给85师，遂改编为两个旅四个团的整编师，陈弦秋任253旅旅长，原旅长刘震清（后调扬州师管区司令）任255旅旅长，换发新式武器后进驻蚌埠整训。1937年七七事变，又调驻德州。第

14 集团军总司令兼第 14 军军长卫立煌率部到保定做抗战准备，请准调 85 师到保定归他指挥，从此，85 师归入 14 军建制。

部队到保定时，卫立煌的军队已到南口增援汤恩伯的第 13 军，留 83 师一个团由 249 旅旅长陈武（广东人）指挥，在门头沟的千军台防备日军来截击 14 军后路。85 师到达千军台时，适值 83 师这个团被日军攻击，伤亡甚大。85 师立即接防，与日军激战，几天后敌始退去。卫立煌率队回到千军台，接着就调山西，参加忻口战役。

忻口战役时，卫立煌已由 14 集团军总司令升任第二战区副司令长官（阎锡山任司令长官）兼前敌总指挥，指挥战场所有军队（包括 18 集团军）。这时，日军主力从大同南犯，拟进占太原，威逼阎锡山投降。卫立煌督率所属第 9 军、14 军赶到忻县，在忻县以北的忻口之线与日军激战，前后打了 11 天。由于山西部队李服膺部节节败溃，第 9 军军长郝梦龄及其 54 师师长刘家麒均在白水壮烈牺牲。日军遂向 85 师防守阵地忻口进攻，企图迅速突破忻口，直下山西省会太原。卫立煌在他的忻县总指挥部命陈铁死守忻口。陈铁根据卫的命令，将该师两个旅（四个团）利用山西军原有工事，构成阵地，左与晋军傅作义部队，右与 14 军的第 83、第 10 两师联系，共同防守，但日军全力猛攻 85 师忻口防线。每当战况紧迫时，陈铁亲自督战，固守阵地。卫立煌的战略是要使日军进至惶忻口袋形地带，以便两面夹歼。正当晋北忻口战争紧急之时，不料由正太铁路（石家庄至太原）向山西进犯的日军突破了晋东要隘太行山娘子关，直趋榆次，威胁太原的侧后，忻口守军将有被夹击的危险，于是再无据守的必要。卫立煌遂令全线部队迅速后撤。85 师经文水、交城向晋西北地区转移。这次 85 师在忻口与日军王牌板垣师团激战十日，敌务在必得忻口要隘，多次冲犯，均被击退，日军遭受重大伤亡，85 师损失兵员达三分之二，营、连、排长伤亡过半，代团长刘眉生（遵义人）阵亡。无怪陈铁在忻口战事结束后，抱着点名册，见损失这么多官兵，痛哭起来。这是抗日战争初期 85 师在华北战区参加作战的一次有名战役。

11 月初，山西太原被榆次方面的日军占领，卫立煌所辖的 14 军之第 10、第 83 两师沿汾河两岸南撤到韩侯岭、霍县、赵城等地。85 师在晋西蒲城、汾西等地区防制敌人。卫的总指挥部转至河津、禹门口附近。1937 年 12 月，85 师由晋西开到晋南平陆县、茅津渡补充整训。

三

卫立煌率领的 14 军 85 师自 1938 年到 1941 年三年多的时间里，在晋东南的闻喜、翼城、垣曲、阳城、沁水和晋城等县打击日军。这些县介于太行山与中条山之间，背后有黄河阻隔，波涛汹涌，只能以小木船渡过，后方交通不便，且易被敌人封锁。85 师是采取机动与敌作战，经常与敌保持接触，不断发动小规模零星战斗。除这些小规模战斗外，主要还有以下一些战役，略述如下：

1938 年 2 月，85 师配合 83 师北上对闻喜、侯马之敌进攻，战斗相当激烈，经过几天攻城和巷战，打走了日寇。由于这两地无险可守，14军和85师主动撤至闻喜、垣曲山区与敌对峙，不断发动一些小型战斗。以上是陈铁任师长时的战役。

1938年6月，垣曲发生蒲掌战役。当时侵占河南济源之敌企图打通垣曲与晋南运城联系，以便截断14军与其他在晋东南友军的后方联络线。85师与敌在蒲掌地区激战七八日，将敌击退，粉碎了敌人的作战妄想。85师也曾受中等的伤亡损失。85师经过闻喜和蒲掌战役，兵员损失急待补充，在得到战区的补拨后，于是年冬开往阳城驻防。

1939年6月，85师进驻在冀城以东地区布防，与企图向阳城窜扰之敌激战。阻止了敌人以后，又与敌在冀城上甘岭一带山区对峙到1939年12月上旬，敌人又大举向85师阵地进犯。85师与敌发生过多次战斗，终于阻止了敌人的进攻，相持到1940年春季。

1940年5月，冀城和晋城之敌，同时从东西两面向阳城进犯。85师先在冀城驻地与敌激战十余日，后因另一股日军迂回到85师侧后，向阳城进犯，14军乃命令85师向右旋转，改换正面，反过来威胁敌的侧后方，敌遂改变向东行进的方向，南向董封镇的85师阵地攻击。战斗比较激烈，相持十余日，敌始分向冀城、晋城方面撤退。是役是14军83、85两师配合作战。

是年7月，85师又开往晋城西北的二十里铺附近布防，监视晋城日寇。敌军侦知我军阵地虚实后，突向我军发动进攻，85师受了相当损失，经激战后，撤回阳城驻地，敌军也同时撤回晋城。以上是陈鸿远任师长时战役。

经过以上几次战役，85师此时又大量的补充了兵员，开往中条山驻防整训，14军暂归曾万钟集团军指挥。1940年底，一战区卫立煌将14军调过黄河，先在临汝县境防备日军进犯洛阳。1941年初，85师调到渑池，以一部守备河边。

1941年5月，85师奉命派二五三（欠一营）、二五四两个团北渡黄河，增援垣曲以北14军九四师和刘茂恩军团的十五军。二五四团先渡河（使用木船），二五三团渡河尚未完毕，前线部队即崩溃下来，两个团被敌三面包围在黄河北岸。时敌已深入中条山地区，战区的各军均被击溃，85师的两个团孤立无援，苦战一昼夜，二五四军团长欧阳鹏（湖南人）、副团长陈新民（贵州人），二五三团副团长张祖农（浙江人）均战死，二五三团副团长陈德明率领少数部队突围返回南岸阵地。这是谷熹任师长时由张际鹏代理的一次战役。

1942年以后，14军驻防洛阳，担任洛阳警备和黄河防务。85师以两团布置在黄河南岸，不时以小部队渡河扰乱敌寇，刺探敌情，未发生过营以上战斗。

四

1941年夏，张际鹏（醴陵人）接替谷熹（耒阳人）任85师师长。到1943年夏初，张际鹏又接任陈铁14军军长职务。原来陈铁是1938年任14军军长的。陈与卫立煌的关系很深，早在北伐战争前的1926年初，卫立煌在广东任第1军第3师第9

团团长时，陈铁任卫的营长，相处无间。后卫由师长下台，陈也离开军校军官团团长职务，与卫立煌同去陆军大学特别班第一期学习，友谊更深。抗日战争开始前，卫要求将陈的 85 师拨归他领导的 14 军，视为心腹，以后又提为 14 军军长。卫离开第一战区后，由蒋鼎文继任第一战区司令长官。蒋鼎文要陈铁交出 14 军军长。陈铁离开 14 军后，仍保留第 36 集团军副总司令职位。总司令李家钰死后，所属第 47、14 两军调离一战区，36 集团军就无形撤销了。陈铁回贵州遵义家居，后调他去任云南军队孙渡集团军副总司令，部队驻东北，他未去就职，直至 1948 年卫立煌任东北“剿匪”总司令时，陈铁才去任副总司令（副总有好几个）。由此可见陈铁与卫立煌的关系非常亲密，是共同进退的。其中原因除他们两人是几十年的长官和部属关系外，在思想上他两人还有不满蒋介石的共同点。蒋介石对卫立煌是既不相信但又要用他。蒋对卫、陈所创的 14 军是采取分割离解的手段。蒋鼎文要陈铁交出 14 军军长职务，也就是执行蒋介石分割离解 14 军，不让卫立煌、陈铁指挥 14 军的旨意。蒋介石把卫立煌调离第一战区，陈铁调离 14 军，还有一个重要原因，就是蒋介石怀疑卫、陈二人与中共有联系。

85 师在 1944 年还参加了日军宣称为“中原会战”的洛阳战役。

1944 年 3 月下旬，一战区蒋鼎文长官部命令调 85 师师长王连庆（江办涟水人）任 14 军副军长，由副师长陈德明代理 85 师师长，陈匪石任副长。王连庆原是由 14 军 94 师师长，于 1943 年调来 85 师的。王资历较深，因为没有当上军长而很不满意张际鹏当军长。他来到 85 师，心里明白这是暂时的安排，因此只负师长的名义，一切事务概由副师长陈德明代他处理。这时日寇即将进犯，张际鹏为了使用陈德明指挥 85 师作战，得蒋鼎文的批准，才任命陈德明为代理师长的。

4 月初，蒋鼎文命令 14 军负责防守洛阳地区，并临时命刘戡为 36 集团军副总司令（司令李家钰），驻在 14 军军部指挥 14 军作战。刘戡是张际鹏的同乡同学，张际鹏依照刘的意图，以 94 师张世光部防守洛阳城郊，85 师陈德明部防守龙门一带，83 师沈向奎部控制在伊河西岸为军预备队。

第一战区共有十多个军，布置在洛阳东、南两地区，洛阳西面和北面的黄河防守是以李家钰的 47 军负责。不料日寇以闪电战方式很快就击溃了洛阳东、南两方面各军，于 4 月 6 日进逼洛阳城郊，85 师龙门阵地前面的敌装甲步兵向我守军袭击。从 6 日午后到次日早晨，经过激烈战斗，敌军被我击退。蒋鼎文于 7 日凌晨用电话向 85 师师长陈德明传话嘉奖，表扬这次战斗“打得好”。同日，重庆方面也广播了龙门战事胜利的消息。

龙门前面敌军被击退后，便涌来大量增援部队，并用坦克装甲部队向我阵地猛攻，85 师缺乏战防炮，无力对付敌人坦克。正当战事紧急之际，蒋鼎文所派的工兵将龙门水泥公路的伊河桥梁炸毁，更使龙门战斗的守军为之震动。敌人遂更加猛攻，突破了 85 师阵地。我方于 4 月 7 日午后将龙门守军撤过伊河，向洛阳以西磁涧镇附近集结。龙门失守时，85 师 253 团团长刘顺康和 254 团团长谢世珍听闻张际鹏军长要处分他两人，就离开部队走了。这虽是失掉军人本分，但也是由张际鹏平时待人刻薄，对下少有威信造成的。

85 师撤到洛阳西面磁涧镇后，14 军转达蒋鼎文命令，由 85 师在磁涧镇西边布置阵地，阻止敌人向宜阳方面西进，并掩护各军撤退。85 师在磁涧镇以西与敌激战三四日，待洛阳以东部队撤退完毕时，14 军全部撤到灵宝东南地区，防止敌人向灵宝方面西进。

85 师在洛阳龙门、磁涧镇两次作战，既疲劳又遭受相当损失，如再有作战任务，理应由预备队 83 师担任。但刘戡、张际鹏又命令 85 师在大灵宝东南大郎庙布置阵地，只派 83 师的 247 团给 85 师指挥，阻止日寇西进。

4 月中旬，85 师又与 47 军联络，在大郎庙地带阻止日寇西进，47 军系在大山地区，敌人主要向 85 师阵地猛烈进攻。85 师与日寇连续战斗八个昼夜，敌我均遭受很大损失，但终于将敌人击退了。从此，日寇就放弃向灵宝西进犯的企图。这次战役，85 师损失兵力三分之二，三个步兵团只能编足三个步兵营，师部直属部队均参加战斗，特务连、搜索连和工兵连等每连只剩下了二三十人。

85 师在灵宝、卢氏等县稍驻整补后，即开往陕西勉县整训。1944 年 7 月，14 军奉命调往重庆，于是年 8 月到达綦江。14 军这时归重庆卫戍总司令刘峙指挥，卫戍总部委 85 师师长陈德明任第三分区警备司令，负责南川、綦江方面警务。是年 9 月，日寇从广西侵入贵州独山境内，重庆受到震动，85 师派部队驻防川黔边境守备。12 月底，85 师自綦江开往璧山县整顿。1945 年元月初，接到 14 军转来重庆军部命令，调何绍周为第 8 军 82 师副师长，王景渊接任 85 师师长，王于元月底始到璧山就职。这时又突然命令刘戡旧部属余锦元（抗战前刘戡 83 师的旅长）接任 14 军军长，张际鹏和陈德明遂同时离开了 14 军。

五

85 师在抗日战争中，从 1937 年到 1944 年就经过陈铁、陈鸿远、谷熹、张际鹏、王连庆和陈德明等六个师长，其中调任军长的是陈铁和张际鹏，副军长是陈鸿远、陈武（任过 85 师副师长）和王连庆。这些人在争夺军、师长的问题上已暴露出国民党军队的矛盾重重，再加上卫立煌、陈铁在抗战时期与中共的联系问题，使矛盾更加复杂起来。略述其梗概如下：

卫立煌、陈铁与中共有联系问题，前面已简略提到。按照当时的形势，14 军及卫立煌指挥的部队，在晋东南各地，前面是日军强敌，背靠黄河，处境已很困难。阎锡山的山西部队除傅作义所部稍有战斗力外，其余都很弱。在抗战中期，更发觉阎锡山不肯与日军打硬仗，显然他是别有用心的。卫立煌在这样的情况下，若再和八路军发生摩擦、闹对立，那其危险就更甚了。所以，当时卫立煌、陈铁对八路军是作为友军来对待的，和中共领导人经常联系，建立友谊，顾全大局，一致抗日，这是无可非议的。早在 1937 年 10 月，卫立煌在山西忻县指挥忻口战役时，18 集团军朱德总司令、彭德怀副总司令率领中国共产党军队开往晋东北抗日，路过忻县，他们在卫的指挥部商谈当前形势。据卫在电话上对陈铁说，他已与朱彭约定，中共部队即将向忻县北上，威胁敌军侧后方，要陈坚守忻口，会歼日军。这是卫立煌与朱、彭联系的开始。

1938 年，陈铁任 14 军军长时，在垣曲由卫立煌介绍，陈铁和 85 师长陈鸿远与朱德总司令在卫的总部见面。次年朱总司令过山西阳城回转太行山时，又在 14 军军部住宿与陈铁联系。彭德怀总司令也由卫介绍在洛阳见过面，陈还写信给彭介绍两个青年去延安抗大学习。

1939 年，刘少奇经过 14 军驻地阳城时，卫立煌密告陈要妥善保护，使刘安全返回华北。刘与陈在驻所会面，建立了联系。八路军在 1941 年以前，凡由洛阳方面领得的补给品，经过 14 军阳城地区防地时，都能通行无阻。

以上事实充分说明卫立煌与中共领导人的关系，在日军大举侵略我国，中华民族正处于危亡之际，卫立煌与陈铁这种做法是为了国家民族的利益。但是 85 师和 14 军内部或外部的人出于自私，在相互倾轧中把“联共”“通共”作为题目加在卫立煌、陈铁头上，卫立煌首先被撤销了河南省主席和第一战区司令长官的职务，接着是要陈铁交出 14 军军长职务。

陈铁交出 14 军军长后，这时该军的副军长陈武、陈鸿远，师长王连庆、张际鹏都在活动接任军长职务。外面都说张际鹏是陈铁专案推荐的，因为张是陈铁的妻兄，在 1941 年时张就是 85 师师长。其实，蒋介石和蒋鼎文是要清除卫立煌的影响，陈铁已无推荐继承人的条件。张际鹏当时是靠他的连襟刘尧在重庆替他活动，刘是诠叙厅（主管军事人事）副厅长，上签呈给蒋介石批准张任 14 军军长。张际鹏在 14 军的资历较浅，由师长一步就升任军长，而原来的副军长反而都未得任军长，显然是“朝中有人好做官”。

14 军副军长陈武没有活动到军长一职，原因是他和陈铁一样，与卫立煌有较深的关系。这时他就去投靠胡宗南，揭露卫立煌、陈铁联共的事实，策动将 14 军的 83 师（陈是原师长）拉走，把张际鹏整跨。83 师的 248 团、249 团团长韩某某、范某某都是他的广东同乡。1943 年 7 月，张际鹏紧急通知陈德明（85 师副师长、94 师师长王连庆调任师长还未到职），要他带领 85 师去解决 83 师的韩、范两团，说他们要把部队带走。时 83 师师长沈向奎在洛阳城里，不愿到师部去，因为张际鹏要用唐元庆、李苏波两个湖南人去替换他 83 师的韩、范两个团长。陈德明说，对韩、范两团不能武力解决，倘若 85 师和 83 师打起来，枪一响，14 军就完了，人家正好借此搞垮 14 军。张问陈怎么办，陈说：“只有找沈向奎回 83 师去掌握部队”，张说沈就是不肯回去呀，陈说：“他不回去的原因，是你用两个湖南人去接替两个广东人，现在你若肯用李苏波去接替一个团，把 94 师的刘松山调来 83 师接替一个团，用唐元庆去九四师接替刘松山团。这样，沈向奎就感到今后可以在 83 师干下去。因为刘松山是沈的福建同乡，李苏波是原来 83 师的炮兵营长。”张际鹏立即照陈德明的建议办理，解决了这场危机。但陈德明说的“把两个湖南人去接替两个广东人”这句话触到了张的痛处，从此对陈总是貌合神离的。陈也觉察到了，后来曾对人说：“我挽救了 14 军，却得罪了张际鹏。”

1944 年 8 月，85 师自陕南来到重庆时，14 军军部已先到达，陈德明得悉张际鹏准备要撤换他，想找个和他有关系的人与张说一说。但又深知张气量狭小，且早有变动 14 军人事的想法，尤其是 85 师团长、营长等，欲去又止。陈又担心他自己离开后，85 师的旧人员不可能保留下来，于是就托何应钦的老秘书张致祥（军部被服厂厂长），要他向何应钦建议，找个贵州籍的人去接任 85 师师长，以便保留 85 师的一些贵州人。张很同意，并约陈同去何的寓所去和何的秘书谢伯元面商。谢表示，方便时向何谈谈这个意愿。

张际鹏当时本想依附刘戡来保持他的军长地位，但刘戡并不以此为满足，而要用他自己的人。1944 年 14 军调驻重庆时，刘也来重庆进行活动。1945 年元月，余锦沅接任张际鹏的军长。余是刘从前在 83 师时的旅长，现在刘戡更可以掌握 14 军了。张际鹏很狼狈地和陈德明同时离开了 14 军。1945 年下半年，以陈诚为背景的罗广文又接替余锦沅任 14 军军长，这说明国民党部队的上下级关系始终是结党营私，培植个人势力。

刘戡和张际鹏都是反对卫立煌、陈铁和八路军联系的。刘后来率领胡宗南的一个军进犯延安时，被人民解放军击毙而全军覆没。张际鹏在 1949 年初又活动了新编的 14 军军长，但他反对陈明仁兵团起义，最后离开内地而去香港。

1945 年元月，王景渊到四川壁山接任 85 师师长，副师长陈匪石留任。这时余锦沅接替张际鹏任 14 军军长。半年以后，陈诚派系的罗广文又来接替该军军长职务。14 军各师仍驻重庆附近整顿。

蒋介石令胡宗南准备攻延安，把 14 军由得庆调去陕西归胡宗南指挥。14 军三个师被分割，军部和第 10 师（1944 年秋后撤销九四师，第 10 师归还建制）驻山西南部运城“堵击红军”，83 师沈向奎部调东北，85 师归胡宗南直接指挥担任护路（西安到延安）任务，师部驻陕西耀县城外。耀县专员公署所在地，为胡宗南进攻延安部队的后方仓库。有天晚上，解放军王震将军带两团人夜袭耀县，声东击西，他用小部兵力在城外与 85 师部队接触，却以大部爬城夺取仓库物资（主要是枪支），俘虏专员。王景渊被以“剿匪不力”的原由调国防部部员，由军部参谋长谭本良（盘县人）接任师长。随即罗广文也调四川当编练司令，熊绥春升军长，陈鸿远便负气回贵州。

谭本良调 85 师师长不几天，14 军又奉命集中，由陕西调津浦路南段归黄维指挥。淮海战役中，在双堆集全被消灭，熊绥春被打死。谭在淮海战役前请假回重庆探亲，故得以幸免。

这支与贵州有密切关系的军队，不仅在初期其兵员绝大多数是贵州子弟，其官佐也大部分是贵州籍。就是在兵员伤亡后，1936 年、1938 年也招募了两批贵州子弟作补充。在抗战时期曾有过一些贡献的 85 师，由于在抗日战争胜利后参加了反人民战争，遂在人民革命取得伟大胜利的形势下从此消失了。

（录于《贵州文史资料选辑》第二十辑）

附 1：第 85 师忻口抗战见闻

宋思一

（宋思一（1894—1984），贵州贵定人，生于 1894 年 2 月 17 日。黄埔军校第 1 期、陆军大学特别班第 2 期毕业。1949 年任贵阳绥靖公署副主任，12 月由昆明返回贵阳起义。1984 年 11 月 14 日在贵阳病逝。当时系第十四集团军驻太原办事处主任。）

抗战开始后，我任卫立煌总部的办事处主任兼交通处长，驻在太原；担任前后方运输任务。忻口战役开始时，陆军大学的德国教官在太原观察。他向阎锡山建议：忻口是敌主攻方面，娘子关之敌是助攻部队，要集中力量对付忻口之敌，若忻口取胜娘子关之敌便不攻自退。阎认为所说有理。

忻口战争开始时，陈铁的第 85 师位于最左翼。初接触，敌用十几辆坦克和十多门大炮向陈师猛攻，拟突破我军阵地。因此战争异常猛烈。经过约一星期的肉搏战，双方死亡枕藉，敌未得逞。在中央地区，敌向郝梦龄军阵地猛扑，郝阵亡。总部调陈铁师归陈长捷指挥，任务是挽回战局。陈铁师经过左翼战斗后，仅余两个团。陈长捷令陈铁部为预备队。陈铁说：总部给我的任务是挽回战局当预备队，是不能完成任务的。陈长捷说：你去接突破口的阵地。陈铁说：你刚才说一个师在突破口只能防一天就不能再打了，我师只剩一半兵力，最多也只能任一天防御。我不同意。陈长捷发脾气说：要你当预备队你不同意，要你接突破口的防御你不同意，你要干什么？陈铁说：我要向突破口之敌进攻，恢复原阵地。陈长捷说，就照你的办。于是陈铁即命麋藕池团在拂时晓向突破口之敌进攻，适敌为扩大突破口亦正攻击前进，两军遂成为遭遇战。经过激烈的白刃战后，陈铁恢复了原阵地。天明后，敌不断反攻，均被击退，敌连续反攻均未得逞。第 85 师经过十天以上激烈战斗，伤亡很大，最后编成一个加强营。

（《贵阳文史杂志》2005 年度，第 5 期。）

附 2：第 85 师在忻口

陈鸿远（作者现名陈弦秋，当时系 85 师第二五三旅旅长）

陈铁的第 85 师官兵大部为贵州健儿，师辖我二五三旅和刘镇清的第二五五旅。抗日战争爆发后奉命北上。我旅在河北省宛平县西南山地曾与敌遭遇，略有伤亡，以后即转赴山西忻口抗战。

第 85 师到达忻口后，归第 14 军军长李默庵指挥，在左翼麻港，水油沟一带迎战日本侵略军，团副张祖龙阵亡。以后又调往中央地区作战。在中央地区南怀化东北高地，牛斗旅第五零五团和第五零六团，配合晋绥军与敌人展开激烈搏斗。一个小土梁，往往是我们夺回来，敌人又抢过去，反复拉锯，双方死伤都极惨重。

我在战斗中因患伤寒，中途退下来住了医院。我旅 2000 多人在忻口损失四分之三，后来只编成一个加强营。

——《我所经历的忻口会战》

从国民党将军到新中国副省长

姚世达

陈铁，原名永祯，字志坚，与我原为姨表弟兄，但第一次见面则是1939年秋天，也是他离家十八年后第一次回家探亲。这时他已升任陆军第14军军长，四十岁，比我长二十一年。他给我的最初印象是稳重、寡言、坚毅，不带军官习气。当时我在遵义城内老城小学（今文化小学）教书，先后与一些进步教师共事，受国共合作抗日理论的影响，想出去。谈话时我说："我想去成都考军校，读文学家里供不起我。"他说："现在从军要有政治头脑。你就当一辈子的小学教员有什么不好？""这次有位乡亲找我带他小的出去谋个工作，我就主张他不如去进延安抗大。"当时我感到很诧异，怎么他比我们年轻人的头脑还新？

那年，他父亲（我姨父，又是岳父）在老城水井湾起栋木结构房子，刚立起，引他去看。过后我岳父说："志坚四十岁还没得个男孩，我怕他弟兄老来回乡没住处，费气巴力起这栋房子，前回引他来看，他反而说'爸爸费这些心做什么，将来共产党要是成功，你怕还没房子住？我们节省点钱回来，只希望你吃点用点，你年轻时苦得有，管我们干什么？'"

1944年夏，他从西安奔父丧回遵后，在家住了较长时间。辽沈战役后，于1948年回遵义直到解放前后的这些年，我们可算朝夕相处，无话不谈了。他曾多次说："我去进黄埔时，确实是满腔热情，一心追随孙先生，我们黄埔学生在北伐战争中真是个个舍生忘死的。我当营长就跟随卫立煌。粤军许崇智是他的老表，当时他是何应钦第一军的第九团团长，蒋对他并不真正信任。1927年蒋第一次下野，又上台后，对竭力支持他的卫立煌，只给个毫无实权的南京卫戍副司令。在陆大，卫多次向我表露对蒋的不满。卫的确是个战将，但不是江浙人。我一直是卫的部下，又是贵州人，抗战八年中我们都和共产党在一起，蒋同何应钦本是有矛盾的，怎么会相信我？命运注定，只有同卫老总共浮沉了。"

我和好多过去14军，特别是85师的人接触，提到陈铁，无论官兵，对他都有敬重爱戴之情。1935年，他接任85师时的镇定、胆识和处理才干令人佩服。当时冒着生命危险，只身就任，在刀光剑影下，经过四十多天艰苦，终于掌握了部队。从四川忠县带去南京浦镇。经过整训，竟成劲旅，与83师始终都是卫立煌14军的坚强柱石。以后在晋东南、豫西一带面对强寇转战七八年，兵源都不知补充过多少次。然而蒋介石却视而不见，先后责备过何应钦、蒋鼎文不该推荐他，说他懦弱无能。陈铁怀着满腔怨气，于1938年在山西临汾向卫立煌请长假。卫劝他不要消极不干，还说："你不要离开部队，我们同共产党一道来对付他。"

故此，一有机会，卫就介绍他同共产党见面。1938 年，朱总司令到垣曲，王明在西安，刘少奇到渑池，卫都约陈铁去见过。特别是 1939 年夏天，彭总过垣曲，陈夫人张赋吟还特意留饭。后来我听陈的副官王文治说："彭总当天回去时，同行人员一律步行，坐骑全驮枪弹了，是我们军长送的。"陈同彭总接触较多，我听陈铁说过："当年 14 军驻中条山，十八集团军驻太行山，彭总去前哨指挥所，都要进我们军部去休息座谈片刻。卫总对我说，抗战重要，同共产党一定要处好关系。"

1942 年初，由于八路军驻洛阳办事处处长袁晓轩叛变革命，投靠军统，供出卫、陈靠拢中共的事，卫被软扣重庆，并撤去他第一战司令长官和河南省主席职务。陈铁也由蒋鼎文示意，于 1943 年春交出军长兼职，住在西安，但仍被胡宗南派人暗中监视。他就在西安四处张罗，建一栋洋房，表示要乐享田园。其内心则是他对现在黄埔同学会负责人陈德明先生说的："人家说我是共产党，我就要起栋洋房来给他看看。"1944 年，他父亲病故，才借奔丧为名回遵义住居。

在家里，他可说是深居简出，但从两件事上看出他的分寸。一是日寇抵达独山时，部分乡人想借重陈家力量组织武装作自卫，推我去接任团溪区长。临行我向他请教，他说："只要不搞钱，我相信什么事都会做得好的。"我实在不是当区长、干行政官员的料，自己不懂经济，不熟悉财务，到我卸任时，竟因公亏累了法币二十多万元，下任又催索甚急，结果是他背下给我付清的。并说："我相信你廉洁，我就应该支持你。"就在这前后，有位亲戚想请他给张名片去重庆购飞机票到上海抢购百货，他竟端坐不动，一点没有表情。那人在遵义商界还是有点身份的，弄得很尴尬。走后，我提及此事，陈铁说："这有什么！他们这样的大老板都想揩公家这点油，穷人怎么办？"

1948 年 4 月，卫立煌任东北"剿共"总司令，接连来电报要他去任副总司令，无法推卸，他只好去。临行我和表弟赵历成送他上车。刚出家门，他回头向我们说："这次去东北，摆起是跳火坑的事，就是托不下卫老总的情。其实等我到东北时，他老先生早当俘虏了。"

这次，他先在上海逗留较久，大约六月份才到达东北。沈阳解放后，他从葫芦岛指挥所经天津飞南京取道醴陵回遵义。

次年夏初，他专程接我来遵义城里。一个深夜，他独自到寝室同我说："这回去上海，与中共地下党接触，以后通信的事就交给你。你不是能写好几种字体吗？现在邮电检查严格得很。我是有人暗中监视的。"从此，每次的回信，都是他口头念，我照写。他的署名"张瑞符"，对方化名"华鸿云"，彼此措辞都是经营山货为借口。至于"华鸿云"，1949 年后有人说就是陈叉新，但陈铁从未同我讲过。卫先生从香港的来信，我也代回过。他信上也只是"立煌"二字是他亲手毛笔写的，有核桃般大。一次，卫信上有"秦始皇拿破仑英雄一世，而今安在？"我说卫先生消极了。陈铁说："不是，他是故意麻痹那些检查的。那回锦州吃紧，顾祝同、蒋介石督促他出兵增援，他就是不出，找些理由推。他还当着韩权华（卫夫人）叫我去示意廖耀湘们那些将领也起来反对出兵。所以蒋介石火冒三丈，指着我说：‘锦州失陷，杀你的头。’卫先生私下同我说：‘锦州一解放，沈阳是座孤城，蒋老板就完蛋了!要把他扯垮，我们才出得这口气。’”

他从东北回来后，表面很悠闲，实际上对人对事都在留心观察。有天，朱振民到水井湾他家里打牌，晚上他就说：“朱振民从东北回来后不像以前了，不讲话，我看有点名堂。”1949 年春，他奉命成立第八编练司令部。我说已到临坎坎了，还搞这个干什么？他说：“就是要捞个本钱在手里，你不能空手过去。过去我和卫老总就是被搞垮得太早了。”由于谷正伦一再搞鬼，编练部被撤销。他说，王不琦是特务，就把他那个营拨给佘万选，尽量保住绍康（陈德明），部队就是可靠的。陈德明先生是志坚先生的族弟。

同年 11 月，解放军交锋已抵达镇远鹅翅膀时，遵义的国民党机关正在慌忙作应变准备。陈铁外表上仍显得很镇定，忽在一天（大约是十号）的晚饭后，他问我：“陈福桐不是你的好朋友吗？”我说：“是呀，我们十几岁就是同学，又是同事，彼此很相知。”他说：“那么你赶快告诉他，设法躲一下，卢杰准备杀他。”我立即跑到何家巷杰生中学，与陈相互商量。第二天早晨，我们就搭陈家的车子到团溪。在我家，我们每天都在打听陈铁回乡的消息。约四五天后的一个深夜，晏东荟、肖义德到我家来了。晏说：“陈大哥今天已回西坪了，我们特来约姚老表一同去见他，争取他起义。”福桐说：“你们原来认得哕？”晏说：“他老先生那副像，竖起不讲话，真有点方人。有姚老表在旁边，好转个弯。”福桐把我再三告知的陈铁和中共地下党早有联系的情况与晏肖谈后，大家决定“去还是去，就请他调二七五师回来，防止溃军骚扰。”第二天下午大家到西坪后，我先进寨子去见他。他说：“他们（指晏、肖）不晓得，我是在等张际春的信来就到重庆去的!”我说，他们来都来了怎么办，他犹豫一下后说：“请他们进来坐吧!”大家座谈和宵夜后，他写好给 275 师师长陈德明的信，交晏觅人专送。又由夫人张赋吟取大洋 100 元作眼下活动经费。

后来我听陈德明先生说，275 师的起义行动，早在 1949 年 4 月陈铁去南京办理第八编练部的结束手续回来时，就同他商定的。所以在该师拔归第 49 军开赴黄平后，部队没有听何绍周的命令去滇西，而是尽量往后撤，向黔西、金沙、遵义靠近。当该师部队撤到黔西时就按原计划于 11 月 21 日宣布起义了。

陈铁处事确有好多与人不同之处。记得临解放时，有位黔西的亲戚搞得一升（四斤）鸦片烟籽，满以为稀有礼品，可获青睐。殊知陈铁发觉后，立即拿去倒入宅外阴沟。1949 年底，有原第三方面军参谋长鲁若参、遵义团管区副司令赵焘带人和四十多支枪到西坪，声称“追随总座”。陈铁叫人安排彼等住镇公所内，招呼两天伙食，便叫他们率队去遵义联络处报道。他自从回西坪后，不串家门，要么就是到母亲房里坐坐。特别 1950 年春，四乡闹土匪，此时凡外区外县有送来的信件，他根本不拆看，原封不动的立即叫人送去镇公所。

当陈璞如、李程二首长接其来城后，多年望眼欲穿的紧跟共产党、一心为人民的夙愿得到了实现。是年 6 月，他去重庆就任西南军政委员兼农林部长的职务，与邓小平政委、贺龙、张际春等过从甚密。西南大区裁撤后，他被调任为贵州省政府委员兼林业厅长、省政协副主席、民革省委副主任，后来还任副省长等职务。他在党领导的三十二年工作中，竭忠尽智，坚贞不二。当1981年冬，我应召赴筑客其家时他常向我说："我对共产党是问心无愧，对工作是认真不苟的，有话我也是敢说的。"他和惠老（世儒）、唐老（弘仁）都很相得。唐老还曾向我提及陈铁为人忠厚而正直。惜其晚年因病郁郁寡欢，挫伤至性，竟成永诀，给我留下不尽的哀思。

（录自《遵义文史资料》第十九辑）

国民党高级将领陈铁起义

陈梧山

1949年10月7日，国民党国防部的兼部长阎锡山电令贵州省改隶华中长官公署辖区，并由广西和四川抽调部队入黔协同“围歼”解放军。遵义人民到处议论纷纷，准备着迎接一个巨变日子的到来。10日下午，杰生中学教师、我的老同学姚世达从外面急匆匆回学校对我说：“大哥（陈铁）要我告知你，卢杰专员对他说要捕杀你，要你务必到乡下避一避。明天大哥有车子到西坪，我和你搭车走。”我答应：“按陈先生的意见办。”

陈铁，名永祯，又名志坚，遵义县团溪区西坪人，黄埔军校第一期毕业，从当排长起一直跟随卫立煌。抗日战争初期，国共合作，八路军驻五台山，他的14军驻中条山，后来长时期随卫立煌驻黄河，与党的刘少奇、朱德、彭德怀、贺龙等领导都有过接触。1948年辽沈战役后，陈铁由葫芦岛飞上海与国民党军人陈又新见面。陈又新已靠拢上海地下党，经联系商定，要陈铁回贵州后组织武装，必要时宣布起义。1949年3月，蒋介石任命陈铁为“第八编练司令部”司令，驻节遵义。他部下有少将陈德明任军士训练总队总队长，陈匪石、陈永祥任副总队长，李念荪、李益昌、熊先煜等为团长，准备招收有知识的青年八千名入伍。5月底，这个编练部被裁撤，蒋介石又任命陈铁为国防部次长，他不肯就任。（陈又新化名华鸿云，卫立煌也有一个化名在香港和他有联系。1981年陈铁和我谈这件事说：“卫立煌三次来信，都被谷胡子（谷正伦）拆看过。”）这时他的高参朱振民已回遵义，与其互相交换了对时局认识的意见。6月中旬，国民党贵州绥靖公署成立，谷正伦任主任，何绍周、陈铁、王家烈、刘汉珍、宋思一任副主任。谷正伦在绥靖公署成立会上致词，狂叫“决以全省力量支持反共战争”。陈铁没有到贵阳，仍住遵义。

这天下午，潘名辉来说：“我们是有组织的活动，关于你个人的安全，要采取措施！”我将姚世达转达陈铁的一番话对他说了之后，他提出“要相机争取陈铁起义”的意见。我说都做了考虑。夜里，同爱人商量，等我明天离城以后，立即同父亲再带着孩子隐蔽下乡，又叫我二弟福庆告知遵师校长张其昌紧守岗位，不要惊扰。家里匆忙地把她教书得的米变卖得五块银圆给我带在身边用。11日早上到学校，我才将详情告诉何其荣，并要他在适当时候转告教育界的朋友，只有在战火纷飞时才停课，务望坚持下去。当升旗礼完毕，学生都进入教室，监视我的训育员抱着点名册到教室去点名时，我才一口气向现在的新华桥跑去。正巧世达坐在驾有长枪的卡车上从老城开出来，车子在我面前停下，我爬上去，从新城丁字口穿过向团溪驰去。

当车子在团溪公路上的桑木垭因路滑停下时，我和姚世达研究去和陈铁商议宣布起义的事。当天，车抵团溪，我们同去拜访绅士杨湘南，希望他号召镇上居民各安生业，不要自相惊扰。夜宿湘坪姚家。13、14 两日，我同姚世达到湘坪下面公路边，困在一家鸦片烟馆里等候陈铁的小车路过。两天没等到，我便叫世达的三弟姚周达到肖义德那里了解他们的活动情况，并告知我已到了湘坪，今后有事要联系。

15 日半夜，姚家的黄犬突然狂吠起来，我们以为是国民党警特来捕我们的，而走进屋里来的却是肖义德和晏东荟。他们说："我们都是和杨天源有了联系的，也在作迎接解放的活动。陈铁已于今天到达他的家里。"等到第二天就到陈铁家去。姚家到陈家有二十华里，下午起身，天还未黑，走到那里的檀紫寺小学（今西坪小学）去待一下。寒假期间，学校空无一人。天黑净后，世达带我们三人摸黑穿过一条碎石砌的夹道，走进陈铁的房间。陈铁的女儿寿珊和妹子永文都是我的学生，他的妹夫姚世达是我的老同事。我和他虽然没有见过面，但他在 1948 年因朱振民、姚世达等人的关系，曾向国民党担保我出狱（没有成功）。姚世达介绍见面后，我先开口："陈先生，你的情况，世达都详细谈过了。你离开遵义时，朱大哥（振民）到道真去没有？"因为我们约好在紧要关头，国民党要对他下手时，就离遵义到道真去活动。

陈铁说："振民虽在特务监视中，已平安离遵到道真去了。"

我说："目前的形势，你是知道的，解放军已进入贵州，联络人员杨天源已秘密来遵义作了迎接解放的部署。我们希望你有所行动。"

陈铁知道他的同乡杨天源的情形。陈铁驻防黄河时，曾经介绍晏东荟等到"抗大"晋西南分校学习过。他说："你们要我怎么办？"

我说："川军陈春霖部准备破坏遵义，遵义人民希望你调 275 师到遵义宣布起义，保护遵义。共产党、解放军和遵义人民不会忘记你的。"

陈铁说："可以办。你们和王家烈、蒋丕绪有联络吗？他们是反蒋的。"

我说："城里同志做了工作。"

晏东荟、肖义德和姚世达都讲了话。陈铁没有犹豫，抽出钢笔，用西式信笺写一封给 275 师师长陈德明的信，要他由黄平、鸭池河一带调部队到遵义宣布起义。他还问是否需要一点钱作活动。肖、晏都说要几个钱，他叫他的张氏夫人取出 100 块银圆交给我们（后由我们转付曙光社的同志支用，这笔钱中华人民共和国成立后已如数归还）。我们的任务完成，世达以眼色示我，我们告辞出来，因为陈匪石、陈永祥等师长、团长都住在寨上，他还有一个曾任副团长的族弟陈永杰带部队防守，暂时还要保密，不能让更多的人知道我们的行踪。陈铁给陈德明的信，是晏东藩和陈德明所派的向陈铁请示机宜的副官陈英一道带去的。

之后，我就住在羊舌场晏东荟家。大约是 17 或 18 日这天，肖义德对我说，陈春霖部防守在乌江羊岩渡口的一个营，已向城里撤退。那个营长怕陈铁部队尾袭提他的枪，主力转移时，他带几个兵以下级军官的身份去拜望陈铁，借此敷衍应付。但恐陈铁不明情况，误以为陈春霖部要袭击他以致思想动摇，那样该怎么办？我们研究后，认为陈铁的起义是有思想准备的，不会动摇，但也无妨写一封信去坚定他的意志。义德叫我提笔，写道：

“志坚先生，顷接城中同志来信告知，国民党扬言，陈铁业已背叛党国，各地军警拿获就地枪毙。我方已做好充分准备，保护先生安全，请勿虑。专此，即问近好……”

肖义德以快速的步伐，赶到陈家把信交给陈铁。

那夜从陈铁家里出来，到了杨干之家已是一点左右。他在周西成做贵州省省长时任过民政厅长，多年息影田园，专心注解《巢经巢诗集》。我说：“先生，我们遵义快要解放了，特意来看望你，希望先生不要有顾虑，安心在家。”他说：“润之先生（毛泽东）是读古书的朋友，他对我们是会谅解的，当然不走。”他说这话是有来历的。红军长征过遵义时，他在城里学街家中藏有两间屋的古籍，徐特立老人亲自去看过，叫人贴上封条，还探看赵乃康先生，希望赵先生把遵义的图书集中起来办图书馆。我们在杨家“宵夜”后回到羊舌场晏东荟家，天已发亮。姚世达回湘坪去。晏东荟谈在羊舌场附近可调集 100 多条枪抵御国民党保安兵和特务袭击，要我住在他家。肖义德隔一天往城里跑一趟了解情况。城里幸必泽等也有人来羊舌场联系。有一天是余大才来了解陈铁对起义的态度，我们把详情都告知他：“肯定地说，陈铁起义，已成定局。”大才非常高兴。

20 日傍晚时候，团溪镇上的一位同志来通知我们说，解放军已远远地打着火把快要进镇了，望我们组织农民去欢迎。东荟、义德马上组织起几十人的队伍，打着火把，走十多里到团溪镇上，原来是团溪镇到羊岩渡附近张王乡赶场回来的人摇晃着火把，被误认是解放军沿着当年红军长征走过的道路来了。我们就趁此机会把编印的关于宣传《中国人民解放军布告》，即《约法八章》的材料带到区公所，叫他们按此宣传材料“保存档案，听候安排”。一面和团溪镇上在外地作国民党书记长的徐达三、傅希贤、张昌炯、张一平等接头谈话，要他们“维持地方秩序，争取主动”。22 日中午，刚回羊舌场，团溪区公所派人来说：城里来电话，遵义解放，要我们火速进城。我们几人赶紧收拾东西，把印好的宣传材料分交给尚稽张光昭、三岔李元化等派来的人。我们自带一些，匆匆赶路，过姚世达家，告知遵义解放的消息，要他专程去通知陈铁，并希望他安排好家事进城协助工作。是夜宿龙坪傅邦瑞家，次日下午抵城，沿途八十里，不见国民党一兵一卒，过往行人，也泰然自若。我们逢人就散发传单，宣传遵义解放。

才走到离城南 5、6 里的凉水井附近，见曹启勋等几个青年赶来。他是带着城里工作同志的信息，说卢杰可能带着保安团要反攻，希望调陈铁部队进城。我们告知他们，陈铁的主力部队是陈德明带的军士训练总队，已划归何绍周的 19 兵团，改为 275 师，他们可能在黄平、鸭池河一带宣布起义。他们让我们进城后研究了再说。刚走到凉水井，已看到解放军的哨兵。我们说：“放心吧，解放军的哨所设到这么远的地方来，足见城里已有兵力，不必赶到西坪陈铁那里去调部队。何况他身边只有一个营，起不了多大作用。”

我回到家里，一家老小都平安归来。我去找潘名辉，司令部就设在他家。他穿一件灰棉大衣，忙得嗓子都有点嘶哑。我激动得掉着眼泪说：“我们真是见了天日，能做一个真正的中国人了。”遵义是 21 日解放的，之前，国民党要捕杀他，他就隐蔽到老城南门石家堡李家去，有高允夫、曾宪云、陈福庆等和他在一起，他们和国民党团长李益昌、贵州省第二绥靖区正副司令官吴剑平、柏辉章谈判起义的事。幸必泽和曙光社的人员也及时和潘名辉一起的人员组成了“川黔边区纵队司令部”，在国民党陈春霖部撤退时贴出布告，借以威慑敌人，安定人心，并进行支前接管工作。据新华社西南前线 25 日电：“人民解放军某部以 150 里的急行军，于 21 日下午六时解放贵州省北部重镇遵义城，守敌 40 军一部于 20 日即闻风北逃。该军 150 师 450 团二营营长陈家骥率全营官兵 490 余人，并轻重机枪 6 挺、六〇炮 2 门、卡宾枪 28 支向我投诚。当人民解放军开抵该城时，城内万余居民，手持火把蜡烛出城数里相迎。(按：遵义据娄山关南，滨湘江支流乐水一带，为川黔公路之要冲。)”

我向军管会汇报我参加迎接解放的情形。陈璞如政委派晏东荟到西坪接来陈铁，他在水井湾的公馆因无人居住，暂时是军分区的首长借作聚会之处，陈政委和李司令员就在陈铁的客室接见他。国民党军人、民主人士陈又新在十一月底由贵阳到遵义，十二月初，地委陈政委邀集陈铁、陈德明、王家烈、吴剑平、柏辉章、蒋丕绪、何知重，还有张肇奎、史绍周（凤岗参议长，后来作乱被消灭），在地委听陈又新介绍国内解放战争形势。这时，国家领导人刘少奇来电要陈铁到北京，担任国防委员会委员，周总理要他担任西南林业部部长。

陈铁组织遵义青年傅邦荣、高允夫一批人随地委干部陈彬、梁子库两人用政治攻势解放正安、道真两县，同时随去的还有起义的 275 师参谋长熊先煜。他在正安和朱振民一起活动，并通过陈德明以弟兄的关系（当时陈铁、张肇奎都写了争取地方人士的信）争取国民党陈鉴明团起义。陈鉴明是宋希濂的团长，他身边有两团人（事后听朱振民说他去道真后，陈鉴明曾有三次主动来找他谈出路问题），还争取正安县长郑一平，参议长闵涤非，道真县长李世家，参议长黄守英（后来作乱被消灭）等二十余人，来遵义受到陈政委的接见。前贵州党团的重要人物郑代恩亦来遵义。

上级安排陈铁、王家烈作西南军政委员会委员，陈铁兼任西南林业部长，陈德明作遵义军分区副司令员。

（1983 年，《梧山文稿》。陈梧山即陈福桐，遵义人，被尊为贵州“文化老人”，原贵州省地方志办副主任，《贵州省志》副总纂，贵州省地方志协会副会长。）

我和陈铁的交往

——兼述陈铁起义

晏东荟

1937年10月，全国人民的抗日热情高涨，我离开北平去武汉参加搞日救亡运动。

在武汉，我见到了雍文涛同志。当时，雍随周恩来同志在武汉工作，我和他既是同乡，又是亲戚。雍介绍我和邹维新、罗成俊等到戴白桃（中华人民共和国成立后在中央教育部）主持的“抗战教育研究社”做抗日宣传和难民工作。当时我还参加过武汉中山公园举行的“一二·九”周年纪念，会后举行夜间游行，邓颖超同志也参加在游行行列中，情绪非常热烈。不久，我们又在璐珈山武汉大学礼堂听周恩来同志作报告，他号召救亡青年奔赴战场。我们深受感动，经雍文涛、戴白桃介绍，我和邹维新、罗成俊参加地下党组织的一支宣传抗日的“战地服务队”，随广西军政治干部侯甸（地下党领导人）前往安徽战地工作。

我们由武汉出发，乘船到九江，然后步行到安徽，沿途宣传抗日，教唱抗日歌曲，张帖抗日标语，组织演剧。抗日剧演得最多的是《放下你的鞭子》一剧，很受群众欢迎。我们经桐城、舒城等几个县到了合肥，在21集团军（黄琪翔）176师区寿年部队（当时广西部队）活动了一段时间，伺机做国民党和下级军官的工作。

我们于1938年夏回到武汉，经人介绍，李公朴带了几个人来找我们，动员我们到陕北栒邑进鲁艺。大家情绪很好，同意到陕北去。这时，我不幸染病卧床，邹维新留下护理我。病愈后，先回家看看，然后再绕道去陕北。

我回遵义时，恰逢陈铁回乡省亲。

陈铁（1899—1982），原名永祯，号志坚，遵义县团溪西坪窝元人，我和他是乡友亲谊。他早年毕业于遵义老三中（今市十一中），我父亲晏醴泉推荐他任团溪女校校长（时年不到二十，实际未任），后又动员并资助他与陈德明、黄献模外出求学。陈辞去校长职务，与黄到了长沙。他本想考保定军官学校，因该校已停止招生便投在唐生智部下连队当文书。在第一次直奉战争末期的1923年，他随熊克武统率的川军去广州，响应孙中山先生声讨北洋军阀。1924年，广东革命政府成立，在广州黄埔创办陆军军官学校，陈考入黄埔军校第一期学习。毕业以后，长期跟随卫立煌，历任团长、旅长、师长等职。陈返遵省亲时刚升任14军军长，统辖85师、83师和第10师，驻在山西桓曲、阳城一带。陈回遵义以后，他来看我父亲，我父亲就想让我到陈铁处找工作。我想去陕北，正好找陈作掩护。他答应了，说：“随我有什么前途！根据目前形势，进抗大有出路，干脆进抗大去。”这正合心意，我高兴地答应了，他拿了一百块大洋给我作路费。1938 年秋，我们便一同离开遵义北上。在重庆，我们碰上他弟弟陈永祥，他便问我去哪里，我把去陕北的想法告诉了他，他沉思良久后说："去试试也好。"最后，我们决定分开走。陈铁因公务留渝，我就只身到了成都，住在令狐世本、令狐世清姐妹家。

一天，我得知李公朴（在武汉结识的）在四川大学演讲，便到住地找他，请他写信介绍我到陕北去。李公朴说，现在去陕北关口不好过，写信有危险，只拿了一张名片给我。

我听说刘庐隐被蒋介石囚于成都看守所，便去看他，但未见到。他知道后，就托人转告我说，张彭年和四川省政府的关系不错，可托他搞一张到北面去的护照。张原是胡汉民组织的西南政务委员会委员，他的儿子张汝庚与我弟弟东英是好友，我在广州时亦熟悉。我找到张，请他以我到陈铁处为借口，搞到了一张四川省政府的护照。

前往陕西途中，在四川绵阳的一个教堂里，我认识了华君武。他拿了一张香港环球日报记者的名片来见我。我开门见山地同他说了去陕北的打算，他说他也是去陕北进抗大的。大家谈得很亲热，都想结伴同行，但国民党检查很严，我们又无护照，于是便折回成都，想办法搞护照。

一天，打听到陈铁的政治部主任张坦如正包车去西安，我和华君武便搭张的车，到陕西宝鸡后改乘火车到西安。

在西安，我们到八路军西安办事处开介绍信，办事处介绍我到晋东南进抗大一分校，对外叫 18 集团军随营学校。我想先去晋城看谢丰（遵义团溪人，我小学、中学同学)，然后再去陕北，华君武就和我分手到陕北去了。这时恰好陈铁也到了西安，我便和他一道去山西。还有他的一个副旅长谭本良（解放时起义，后安排在贵州省政协工作）同道。

这次与陈铁见面，他同我谈了许多。他说："进抗大好，将来可到苏联去留学。"他对蒋介石不抗日很不满，对共产党提出的团结抗日主张深表赞同。

陈铁的军部驻垣曲县的上磴板时，共产党和八路军的领导人刘少奇、朱德、彭德怀和贺龙路过那里，陈铁都是热情接待的。有一次彭总路过那儿，陈铁曾让副官陈英叫我去见彭德怀。去时，见陈铁与彭总两人在亲切摆谈，陈向彭总介绍我准备进抗大的想法，彭总说很好，并让我和他一道走。我告诉彭总，有一个叫罗逸生的同乡（陈铁手下的文书）想和我一道去进抗大，请彭总先走一步，我们随后就去。

彭总走后，在我临动身时，陈铁又对我说，将来他要到共产党方面去，以后有事可同他在西安的办事处主任杨卓夫（团溪西坪人）联系。他叫陈英派人护送我和罗逸生到晋城见谢丰，谢送我们到长治，并介绍我们见到抗大一分校校长何长工。何长工热情接待了我们，叫警卫员牵马给我们骑上，与他一同来到抗大一分校所在地潞城，开始了新的生活。

到校后，罗逸生分到军事队，我分到特种兵科营第五连学习。

在校期间，谢丰曾同我谈过入党的事，他说，他向我的连队指导员介绍过我的情况。之后，指导员也曾找我谈过，并于毕业前夕对我说，组织上已同意我入党。

鉴于陈铁曾和我谈过愿到八路军方面去的事，我向何长工校长汇报了，何校长写了一封信，让我去总部找彭总。由于彭总转移了，没见着。

经过一年多的学习，我作为抗大一分校第五期学员毕业了。毕业时，组织上原准备让我留校，后来指导员找我谈了几次，认为去陈铁那里工作比留校对革命起的作用更大。这样，就把我和陈凤山（海南人）、陈文（四川人）、沙涛、董克（上海人）、江燕等十多人派到陈铁部队工作。我们重点做陈铁和第 14 军的工作，准备办一个报纸，有什么情况可与学校或八路军西安办事处联系。

我们到陈铁部队不久，就碰着蒋介石发动第一次反共高潮。陈英让我住在他那里，其余的人暂住在一个庙里，陈铁手下的敌工科长赵华曾去调查盘问。

我将我们的来意和赵华盘问的情况讲了，陈铁说："不行，现在形势很紧张，你留下，叫其他人马上走，以免出危险。"我说，他们一无钱，二无物，如何走？往哪走？陈就拿了一些钱和物品，并让陈英弄了一个护照，送他们到四川去了。陈铁还说，卫立煌（河南战区司令长官，住洛阳）那里也掩护有八路军派在那里工作的八十多人，现在情况紧，都应陆续离开才安全。为此事，后来卫立煌和陈铁都被蒋介石撤职调回重庆。蒋介石为了要带着他的亲信部队逃跑，在 1948 年又把卫立煌和陈铁安排到东北去给他作掩护。

我虽然留下了，但陈铁不敢安排我的工作。陈铁部下的遵义团溪人很多，如陈德明、陈永祥、陈善礼、夏雨屏、杨天榜、李振声、肖义德等均在那儿，我闲着无事，就到各处走走，利用机会做点工作，还参加他们为士兵演出的活动。

1940 年冬，陈铁的政治部主任张坦如知道我从八路军方面来，想整我，但因为陈的关系不敢下手，他便耍手段，到陈铁那里来会我，并对陈铁说要请我到他部里任军需主任。我没有同意，陈也说："东荟在这里玩几天要回贵州的。"但张已向其上级报了，并发下一纸任命。我始终不接受这项任命，也从未到他政治部去过。陈铁认清张坦如这样的搞法是一箭双雕，不光是想整我，还主要是想整他。后来，陈便不动声色地上报将张坦如升级调走。张走时，陈铁拿一万大洋送给他，这才风平浪静了。

不久，陈铁成立工兵营，营长刘卓如请我去他那里任军需主任。为了避敌特耳目，我改名晏白萍，到刘的驻地河南渑池上任了。我并未干多少实际工作，只是利用机会接触士兵，传播抗日进步思想。

尽管如此，我考虑在这里住下去不是办法，陈铁也劝我回贵州暂避一时。这时，恨死了国民党军队生活的王树豪（赤水人）来找我，说想回贵州，但又怕被抓回去受处分。我回答他说，不用怕，同我一道走没事。我约陈英送我们一同到了西安。

一天，在西安街上撞见杜熙镛（杜渐，石阡人）被人押着走过。他在广州和我是仲元学院的同学，曾在成都光华大学读书，刚从陕北进抗大回来就被捕了。我立即去找陈铁在西安的办事处主任杨卓夫，他以陈铁的名义写了一张 14 军的公函，由陈英出面联系，将杜保出监狱。但当局不准他走出西安，后又请陈铁亲自写信给陕西省党部，才同意他返乡，我们便一同回到贵州。

1942 年夏，我回遵义，初期还未进行什么活动，国民党遵义县政府就以我进抗大之故关了我几个月，还是陈铁的父亲陈秉中出面将我保了出来。

考虑到在家住下去不安全，我便去了贵阳。恰逢傅启学出任国民党贵州省党部主任委员，袁平实等人来邀我去担任省党部出纳主任。我考虑这个职务既可掩护自己，又便于做上层人物的工作，便答应了。1945 年夏，傅启学任贵州省教育厅长，我又应邀到教育厅任过总务主任、出纳主任、督导员等职。

1949 年 8 月，人民解放军吹响了进军大西南的号角。这时，我被省府“精简”，名义上安排我为省政府参议，我（不）愿意干，没有去报到。不久，我弟弟晏东蕃从湖南回来了，他向我介绍了湖南方面策动程潜、陈明仁等高级将领起义的情况，并结合贵州的情况，我们对陈铁做了分析。我说，抗战时期，陈铁驻防西北时，与八路军高级将领有接触，对共产党有认识，对蒋介石的倒行逆施很不满，从这些事实表明，陈铁是开明的，我们可以利用亲谊关系做他的工作。

1948 年冬，辽沈战役结束后，陈铁由葫芦岛飞去上海，曾与已靠拢我党的国民党军人陈又新见面。陈又新也希望陈铁回贵州后组织武装，准备起义。

陈铁回贵州初期，住在贵阳科学路的贵阳招待所，我经常去和他交谈，曾经谈过起义的事，也常到吴剑平家同吴谈起义的事。我曾经约吴剑平去拜访过陈铁，以后又约 89 军 343 师副师长唐允武去过陈铁那里。对起义，他们都心照不宣。有一次我在陈奎朗家吃饭，有个师长提到共产党来打我们怎么办的问题，343 师师长项荣还说：“共产党打来，我们缴枪投降就是。”可见当时大势所趋，人心所向，一些有远见的国民党将领都对自己何去何从心中有数。

陈铁曾问我是不是共产党？当时我想，在抗大时，虽然没有举行过入党仪式，但组织上曾与我谈过，并派我到陈铁部工作。多年来，我坚信共产主义必胜，对革命前途充满信心，始终没有忘记党交给我的使命。人虽然在白区，身处在逆境，但我仍尽力为革命做了一些力所能及的工作。为了便于做陈铁的工作，我便说：“在抗大一分校时组织上同意过。”以后他什么话都对我说。

陈铁回贵州不久的 1949 年 1 月，蒋介石任命他为第八编练部司令（同年 4 月中旬撤销），他便自己招兵买马组建部队。当时在贵州，他的旧部很多，很快就组建了一个军士总队。陈同我谈到组建部队的事，我对他说：“你一定要维持住这些人，一可解决他们的生活，二可伺机起义。”这时卫立煌从香港给陈铁发来一信，谈到“做生意”的事，陈铁曾打算去一趟，我对他讲，“你一定不能去。你一走，你手下的那些人就不好办了。”

7 月某天，我去看陈铁，正碰着谷正伦的副官送来一张委他为贵州省绥靖公署副主任的委任状。他问我接不接？我说先接下来，以免谷正伦疑忌加害于你，他就接受了这个职务。这时，陈铁常往来于贵阳与遵义之间。我弟东蕃回来，我同他去见陈铁，陈应蒋介石召到重庆去了。我们担心他去香港，便于 9 月 3 日赶到重庆，住罗泽尧处，没找到陈铁，曾见到东蕃爱人的伯父夏声先生（国民党中将高参），向他谈到起义的事。后来，夏声先生参加王钻绪部队起义。

十日后，我们返回遵义，陈铁也自重庆回遵义了。找他谈话时，他已明确表态，不去香港了，一走，对家乡和解放都不利。他说，他打算返西坪，以后的事再商量，我就先回家（西坪羊石场）了。

9月，四十年代初被迫离遵去湖南的原遵义地下党负责人杨天源同志，接受第二野战军总部联络处（部）布置的任务秘密回到遵义。杨先找到东蕃交谈，并布置东蕃设法在遵义通过陈铁等人搜集敌军在贵州的情况。后杨天源回到团溪，先到肖义德家，通知我到团溪与肖义德研究如何进行工作。当时，团溪街上对杨天源回遵的议论很多，为免意外，决定让杨在我家住。

杨天源对我、东蕃、肖义德、欧阳纯儒等人谈到二野总部联络处派他回来的任务：一是想法搜集敌军在贵州的兵力部署情况，二是宣传党的政策，三是尽力争取国民党部队起义。党的政策，我学过一些，从收音机里也收听到一些，但不详，于是请杨天源向我们详细传达了党中央的有关政策和解放军的《约法八章》《三大纪律，八项注意》等。我们做了详细记录，准备刻印散发，还将东蕃在遵义收集的情况整理好，托雷亚伯送往湖南二野部队。

我还向杨天源介绍了陈铁起义的事。他说要慎重行事，怕办不到。我将前前后后情况一谈，他同意了，并决定让我和东蕃、肖义德三人负责联络陈铁起义的事。

杨天源要返二野总部汇报工作，我叔父晏香泉就找赵南州护送他往翁安去芷江，半路遇上解放军便随军到贵阳去了。杨天源走后，我们便按他提出的意见加紧工作。

我见陈铁后对他说："杨天源回来交代了党的政策，让我和肖义德、东蕃与你联系。"我去谈了几次，陈同意了，我就约肖义德、东蕃数次到陈铁家中做工作。谈到局势的变化，陈铁说："蒋介石垮台无疑了。"我们希望他以祖国和人民的利益为重，与共产党合作，宣布起义。他问："采取何种方式好？如通电起义，部队不在手边。"我们说，陈德明带有一个武装师，是否可找他回来？陈铁说："可以。不久前他们在清镇、黔西一带。我曾对陈德明说过，要尽量向遵义靠拢，不要走得太远。但是派谁去找他们呢？"当时商定，由陈铁开第八编部的正式出差证明，派可靠的人同东蕃一道去找陈德明。

此时，正值陈德明的副官处长陈英回遵义向陈铁汇报工作，陈铁拿出一百元大洋作路费，叫陈英和东蕃一道去找陈德明。

11月中旬，陈福桐、姚世达也来过我们家里，他们曾同我一道去陈铁家，谈陈铁起义的事。

遵义刚解放，我去找陈铁说："解放了，你手下的人枪应交给解放军。"他问："如何交？"我请他的军官队长赵涛来商量交枪事宜，陈铁同意了。第二天，我带着赵涛和他的一百多人枪到遵义去。路上，我叫赵涛集合队伍，摘掉国民党军帽徽，讲解了《三大纪律，八项注意》，然后将人枪造册交给了军分区。

在遵义戴明亮家，我见到了陈又新，将情况对他一说，他说："我就是为陈铁的事来到遵义的。"他提出去军分区见政委陈璞如、司令员李程和专员李苏波等人。陈璞如等负责人听了我们的汇报很高兴。李程说："你们为人民办了一件大好事，我们才知道。"并请我们吃了饭。陈璞如同志还送我一套中共中央政策研究室编的《政策汇编》。以后，陈璞如经常叫我去汇报、反映情况。遵照陈璞如、李程同志的意见，将陈铁从乡下接出来，随同陈璞如、李程、李苏波等负责人到贵阳开会。

贵阳开会后，陈铁先回遵义，我奉命送他回到西坪家中。时值各地匪风滋蔓，我又奉陈璞如同志之命去请陈铁进城。当时他心情不够好，感慨地说："四处都不通，如何走？我现在处境就像站在大海边，海上有军舰、大炮，背后有枪对着，走投无路啊！"他写了一封信，让我转交陈璞如同志。

我回遵义汇报后，李程说："我们去西坪接他。"李程、陈德明（军分区副司令员）和我带了一个警卫连到西坪接他。当天，我们住在陈德明的弟弟陈元明家里。第二天，我们约陈铁来见李程，大家动员他进城，他仍然犹豫，并问西坪闹匪是怎么回事？李程决定，我们和部队暂留西坪，他和陈德明回遵义。

过了几天，陈璞如、肖义德、吴振、杨天源、东蕃等人来到团溪。两天后，陈璞如又叫我和他一道去见陈铁。他问带不带部队，我说不带好，以免发生误会。我们只带了四个战士到陈铁家，他热情接待我们，宰了一只大肥羊。我们在陈铁房里搭了一张铺，三人住在一屋。经陈璞如反复对他劝说，还声明西坪闹事与他无关，陈铁终于同意到遵义去。后来，陈璞如政委又派我和俞百巍专程探望和迎接陈铁，陈铁终于举家迁进遵义城里。陈铁到遵义后，便上北京学习。以后担任西南军政委员会委员、农林部长。

启程返遵义后，陈璞如对我说："西坪的杨干之和你父亲等人做了许多工作，应安排他们出来干事。"以后，安排杨干之任遵义县政协副主席。

在这段时间里，陈璞如政委安排肖义德到团溪当区长，东蕃任龙坪区长，杨天源任遵义县长，我分到遵义地委统战部工作。统战部成立前，我先是在军分区政治部联络处工作，主要联系上层人士，曾动员杜叔玑、王家烈等出来工作。他们都得到党和政府的妥善安置。

新中国成立以来，在党的领导下，我得到组织信任，担任地方教育事业领导工作，后又调到遵义县人大常委，现任县人大常委副主任，并任省政协委员。总之，组织给我的荣誉太多了，与我给人民所做的贡献相比，我倍觉汗颜。现在，我们国家在党的三中全会以来的路线、方针、政策指引下，日益走向繁荣。追溯过去，面对现实，展望未来，不禁心潮澎湃，思绪万千。我虽年逾古稀，而壮心未已，我决心竭尽自己的绵薄之力，在晚年的有限时光里，散发自己的余热余光，为伟大祖国的四化大业，再做一些有益的工作。

（录于《贵州文史资料》第二十一辑）

第八编练部的撤销和二七五师起义的回忆

陈德明

一、第八编练部的成立和撤销

中国共产党领导的人民解放战争到了1948年冬淮海战役（国民党称徐蚌会战）后，国民党反动统治在政治、军事和经济方面已形成总崩溃的局势。但南京反动政府还企图划江而守，继续抗拒人民解放军，并在华南、西南各地区编训部队，准备做垂死挣扎。

第八编练部在贵州遵义组成，就是在这样的形势下出现的。

1949年元月，南京国防部命陈铁在遵义成立第八编练部，先编组一个军士总队，作为组成部队的骨干，我任总队长。按照当时国防部暂定的编制，军士总队辖三个团，其中团、营、连级干部都比步兵团的编制大，人员要多一些，准备日后编为三个师的一个军。军士总队由李益昌、熊先煜和李念荪分任团长。

编练部的各级干部是就地召集在职和闲散的正式军官，士兵则由各级干部在遵义各县招募和贵州兵役部门拔补，到三月间，已招募六千多人。

4月中旬，南京国防部突然电令撤销第八编练部，保留军士总队归国防部直辖，并由贵州绥靖公署谷正伦指挥；编练部召集的军官作资遣处理。第八编练部暂将所有军官编为军官大队，附属军士总队。编练部负责人陈铁于4月下旬去南京，向国防部接洽处理撤销编练部后遗留的问题。

这里略为提一下，按照当时的形势，南京国防部正在各省编组部队，为何此时又匆忙地将第八编练部撤销呢？这是有关国民党军队的上层和贵州地方派系相互矛盾的反映。因为陈铁与卫立煌（时在香港）的关系很深，在贵州又非谷正伦派系，所以不愿意陈铁在贵州率领一支部队。

二、军士总队准备向人民解放军起义

1949年5月上旬，陈铁自南京经上海返回遵义，我和军士总队的三个团长去看他。在密谈中，他对我们说："编练总部是结束了，保留下来的军士总队能否编成正式部队，还要看以后的形势如何。"陈铁接着说，"我这次去南京替你们找到一条新的出路，我通过陈又新介绍和共产党的地下工作人员联系，约定等到解放军进入贵州时，我们就响应起义。国民党政府大势已去，我在南京时顾祝同曾转达何应钦的意思，征求我的同意，要我担任国防部次长，我已辞谢了。他们准备逃往台湾去，到头来还是走投无路。你们不要害怕共产党，共产党工作人员对我说，国家统一以后，我们共同来建设一个新中国，我们当然也有出路。”听了陈铁说完这些话，我们都感到很惊异。我说：“眼前的问题是军士总队能存在和保存多少时间的问题，谷正伦一向歧视我们，军士总队恐难维持到解放军进入贵州的时期。”陈铁对我说：“他已向共产党工作人员建议，请派两个人来贵州指导我们应付当前的局势，便于日后与解放军联系。我们今后只有勉力维持住部队，对起义的准备工作要严守秘密，等待时机。”

5 月下旬，陈铁对我说：“陈又新自香港来信说，由于交通关系，现刻向贵州运货不便。意思是暗指以前约定由共产党派人来贵州指导我们工作的事情此时不能实现。”过了几天，陈又说：“卫立煌由香港来信，问川黔方面生意如何，需要些什么货物？”我听了这些话感到很不安，忙问：“卫是用自己的名字写的信吗？”陈说：“不是，但我知道是卫立煌写的信。”我感到陈铁不是商人，卫立煌写这样的信，要经过广州、贵阳，要是被邮电检查机构查出来，必然引起很大怀疑。我建议陈铁不要回信。当时我更感觉到那位贵州省主席兼绥靖公署主任的谷正伦当局，会加快改编军士总队。大约在 7 月上旬，贵州绥靖公署增加的几个副主任中便有陈铁。陈铁得通知后迟迟不去就职。我劝他到贵阳敷衍一下，并说：“谷正伦本已仇视我们在遵义组成部队，你现在不就他的副主任，这对军士总队和我们都更为不利。”陈铁生气地说：“他会杀人吗？”但过了两天，经过一番思考，他还是去贵阳就了绥靖副主任职。

由于军士总队归谷正伦指挥，他总是想搞垮这个部队，不发装备，不发补给，我们处在朝不保夕的情况下，感到无力再维持下去了。8 月中旬，谷正伦通过广州国防部命令军士总队拔交给特务武装交警总队，由畲万选负责编成两个总队。畲为了维持部队，在改编前曾和陈铁商谈，他表示愿意保留原军士总队大多数干部。陈和畲商谈后对我说：“交警总队的多数干部和士兵都是原军士总队的，等解放军进入贵州时，你指挥他们起义作用还要大一些。”我当时只好同意陈铁的想法和安排，因为军士总队的撤销是无可挽回的了。到了八月下旬拨交部队时，畲万选不愿留用军士总队的多数干部，并且要我下令将部队调往桐梓，在川黔边境改编为交警总队。借口是为了便于向重庆方面领武器装备。我对畲万选的这种做法表示消极，故意使部队留在遵义不向桐梓开动。

三、275 师的成立及起义经过

1949 年 9 月初，谷正伦去重庆会见蒋介石时，谷电话通知陈铁（电话遵义专员卢杰转），要他立即到重庆见蒋介石。陈到重庆见蒋回来对我谈起他见蒋时的情形，说蒋看见他就问：“你第八编练部是何时撤销的？我都不知道。现在还有什么部队？”陈答复蒋说：“只有个军士总队，但已准备拨交交警总队。”蒋说：“不要拔了，贵州军队太少，能不能编一个军？”陈答复说：“不能编一个军。”蒋说：“先编一个独立师好了。”蒋立即要秘书电告国防部照办。陈铁在重庆见蒋介石后回遵义才几天，广州国防部即电令将军士总队改编为275师（不是独立师），归驻贵州的49军所辖。49军军长是由十九兵团司令何绍周兼任。275师在遵义补充一些装备后，于10月下旬开往黄平整训。

275师由遵义开往黄平时，我往贵阳去和何绍周见面，当时陈铁也在贵阳。我和陈铁谈贵州当时的军事形势，都认为解放军很快要进入贵州，19兵团抵挡不了，必将很快地溃退到贵州西路转到云南边境去。我对陈铁说："我到黄平后，等解放军进入贵州时，如能先取得联系，就在黄平起义；如联系不上，则将部队开回遵义，再向解放军起义。"陈铁同意我的计划。他说，解放军进入遵义前后的一些时期，必有短暂的混乱状况，他准备回到团溪区西坪乡间去。

我于11月初由贵阳到黄平旧州时，解放军已进入湘黔边境，49军用两个师在镇远、铜仁地区布防，275师布置在旧州作该军预备队。11月8日凌晨拂晓前，49军军部电话紧急通知，说全军要立即撤退，要275师绕贵阳向安顺以西行进，再与本军进行联系。我当然不肯依照49军的指示行动，遂决定向解放军起义，按原来的计划采取行动。

当时我判断解放军会乘胜向贵阳挺进，如果联系不上，恐发生误会，我遂决定先返回遵义，再与解放军联系并起义。川军罗广文部队已在遵义驻防，我派人侦知乌江各渡口有川军防守，若直向遵义方面渡河，势必为川军所阻，遂决定绕道开阳，观看形势，再向黔西行进。我率领全师官兵于11月15日到得黔西六广河，得知19兵团和49军直属部队在鸭池河一带沿乌江防阻解放军渡河。我师渡过六广河时，49军即命我在六广河一带布防。我过六广河渡口，即密令824团副团长娄恒庸派便衣兵驻在河对岸，如解放军来到，即带他们过河来，不许向解放军开枪，并迅速用电话通知我，我已有处理的办法。

275师在黔西驻下后，我立即着手向解放军进行联系，准备在黔西宣布起义。11月18日，我派824团第二副团长陈耀信和副营长陈耀宗着便衣兼程赶往贵阳，要他们去找解放军高级指挥官，向他说明275师早就准备在贵州起义的，部队现驻防黔西六广河一带，建议解放军改道从六广河渡乌江，不必强渡鸭池河。我还告诉他二人打听陈又新这个人，我判断他可能随军到贵州做国民党部队起义的工作，他知道我们是准备起义的。我还告诉陈耀信："如情况紧急时，我等不到你的回复，我则将部队开往遵义，你们可向去遵义的途中与部队取得联系。"11月20日，我判断解放军即将进攻49军，强渡乌江。我决定撤离275师担任的六广河一带防线。以瓦解49军河边防线。当即命令担任河防的部队于次日（21日）凌晨前撤走，并向金沙县的安底镇集中待命。这是事实上的起义，所以我把275师起义的时间、地点定为1949年11月21日在黔西宣布起义。

11月23日，部队到达安底时，尚有一些在黔西后方的师部机关部队没有到来。在安底停留两天后，部队即向遵义行进。在行军途中，得到遵义方面来找275师的和本师留在遵义人员的消息，知道遵义已经解放；同时派往贵阳向解放军联系起义的陈耀信等人也在途中和我相遇。陈耀信说："他们在贵阳见到解放军的赵建民军长，并对赵军长说明了我们部队和解放军联系的经过。他是贵阳的一位军事首脑，听说我的部队有开往遵义的打算，要我们归遵义军分区指挥好了。他们将另行通知遵义军分区。”陈耀信等还说：“我们在赵军长处见到了陈又新，陈又新说，他一进贵州就到处打听军士总队的消息，现在才知道改为275师了。心里很高兴。”我于28日到遵义先和陈铁、陈又新见面。陈又新是赵军长派到遵义工作的。陈铁是陈又新到遵义后向军分区介绍，从西坪乡下接进城来的。我和遵义军分区司令员李程、政委陈璞如和专员公署专员李苏波见面后，军分区要我将部队开往龙坪整训。

四、起义部队参加清剿土匪及整编的经过

我率领起义部队到遵义时，遵义地区初临解放，地方政权尚未巩固，解放军几乎全部入川，全县发生大小不一的政治土匪的骚乱。遵义军分区决定要我将275师起义部队编为两路，分剿遵义和湄潭两县的匪乱。我以部队起义不久，尚未经整训，有为难的表示。陈璞如政委对我说：“你的起义是早先就和我们（解放军）有联系的，我们相信你的部队。现在军分区派刘震庚参谋长和政治部任涛主任协同指挥，主要掌握政策，你不要有什么顾虑。”就这样决定了：一路由刘参谋长指挥陈匪石团先开往湄潭，清剿伪县长葛天乙所率领的股匪；一路由任主任指挥李念荪团清剿遵义、桐梓边区和川黔公路遵义地段的股匪，我率其余部队驻遵义郊区，协助城防。剿匪部队于1949年12月分头出动。湄潭方面剿匪部队，经过一个多月的活动，基本上肃清了该县匪患，并活捉匪首、伪县长葛天乙；遵义方面的剿匪工作，也将川黔公路打通了，各股土匪纷纷向山区逃窜，有的逃往桐梓县境去了。

1950年2月以后，完成解放四川任务的16军陆续开回遵义，遵义军分区遂命275师起义部队集中在四面山营房整编。275师师部已于1950年元月奉命与军分区合并，我调任军分区副司令员。部队在整编中，对培训干部分送贵阳和重庆学习，规定团以上干部送西南军大，营以下干部送贵阳军大。有的干部因家务负担或身体条件差的，准许他们申请还乡生产。起义部队中的青年士兵，身体强壮的编入解放军建制部队。参加学习和留用的干部及战士们，这些年来为社会主义革命和社会主义建设贡献了他们的力量，有的还光荣地参加了中国共产党。党的三中全会以来，进一步落实了党对起义人员的政策，在新形势新任务的鼓舞下，更积极地为“四化”作出应有的贡献。

此外，275师起义部队于1949年11月底开到遵义时，遵义专署派往正安和道真两县的工作人员，因两县遭受土匪和国民党残余部队的骚扰，不能前往建立县、乡政权。我得悉当时在两县骚扰的国民党军队是宋希濂残部溃入黔东北的，有两个团的番号是227团和228团，统由228团团长陈鉴明率领。陈鉴明是我家族中兄弟，我向军分区领导建议，可以争取陈鉴明起义投诚。陈璞如政委和李程司令员同意派原275师参谋长熊先煜（道真人）前往正安争取陈鉴明起义投诚。熊于12月初和陈鉴明见面，他得知我率领部队起义，陈铁也在遵义，遂率领部队两团向解放军起义

投诚，并奉命开往绥阳驻扎。遵义专署派往正安、道真两县的工作人员得以前往执行任务。

解放33年来，党对我的政治、学习、工作和生活各个方面，都备极关怀，使我心情舒畅。今年84岁的我还担任省人民政府参事和省政协委员的职务。省政协和遵义市政协要我写这篇率部起义经过的材料，恐因年老力衰、记忆不清，差谬之处，还请当事的和知情的同志们指正。

遵义临解放时，地方父老对陈铁和我寄予殷切的希望，调部队保护遵义免遭国民党川军陈春霖部队撤退时的破坏。地方进步人士也关怀我所率领的家乡子弟的前途，从多方面进行工作，希望我不失时机，宣布起义。在此深致感谢之意。

（1982年12月4日，《遵义文史资料》第一辑）

联系二七五师起义的经过

晏东蕃

遵义县（今播州区）政协要我把贵州解放前陈铁、陈德明率国民党二七五师起义时，我们冒险偷渡乌江给陈德明送信联系等情况写下来，由于事隔多年，往事浩繁，千头万绪，许多事情都忘却了。唯有就记忆所及，写出来供参考采择，希望有关同志修正补充。

1949 年 8 月，我由湖南回到贵阳时，曾对我二哥晏东荟谈及在长沙与王梦日联系，策动我爱人的伯父夏先之起义的事。梦日是我在军需学校的同学，平时表现很进步，我到长沙时去找他谈策动夏先之起义的事，王说："可以通过地下党进行联系。"我同夏先之谈后，夏已表示愿意起义。但他当时只是国民党国防部一个空头中将高参，没有实权，后来又被迫迁往四川，到成都后才参加王缵部起义的。我又和二哥谈了湖南的陈潜、陈明仁准备起义等情况。接着我们分析了陈铁的情况，晏东荟说，我们与陈铁有些亲谊关系，抗日战争时期，陈铁驻防西北时与八路军高级将领有接触，对共产党有所了解，对蒋介石的倒行逆施不满。1938 年，与晏东荟在安徽一起搞抗日宣传活动的人都到陕北去了，晏东荟也准备去陕北，但途中阻碍未得通行。当时陈铁正回遵探亲，晏东荟请父亲介绍给陈铁，托陈找点事做，实是想达到去陕北的目的。陈铁也看出青年人的动机，就说："做那些事有什么前途？要八路军才有前途。"他极力主张晏东荟去进抗大。同道去西安后，晏东荟以通过华君武和八路军办事处联系，介绍去西北，又经谢丰介绍与何长工（抗大一分校校长），去晋东南进了十八团军随营学校（即抗大一分校）。毕业后，到 14 军准备开展革命工作，正遇着国民党猖狂反共，为避免危险，陈铁又通知晏东荟回遵义暂时隐蔽。陈铁从东北回贵州后，不肯去台湾，挂了个第八编练司令部司令的名义，并不热心替国民党工作。从这些事实看，我们认为陈铁是开明的，对时局是有认识的。于是我们决定先找陈铁商谈，然后通过王梦日与地下党联系。我们到遵义得知陈铁已去重庆，我们就于 9 月 3 日赶到重庆，未找到陈铁。9 月上旬回转遵义，晏东荟去会陈铁，我去看赵俊英——杨天源之爱人。因杨天源和我是同学，他是遵义地下党负责人，曾领导我们做过抗日救亡工作。我在贵阳师范参加"民先""新文学研究会"等进步组织被开除回遵后，他安排我在玉锡小学教书。在他的领导下，我们一起在遵义做了开办"快读书店"等进步活动。他对我的影响很大。1941 年他身份暴露，为避免国民党的捕杀，潜往外地。故我每到遵义，总要去看看他的家属。9 月中旬，赵俊英来找我，小声地说："有重要事，请马上到我家。"我猜不出是什么事，走进客室，还叫我进内室，使我更感惊讶。一推开门，就看见杨天源满面笑容地站着看我，我满腹的猜疑立即解除，情不自禁，破口就说："你好大的胆子，这是什么时候？你怎么到城里来不到乡下去呢？"因为杨天源是我四叔晏香泉的学生，他的革命行动很得我四叔的赞扬和支持。他过去要隐蔽，多半是到我家去。"你是几时到的？"杨立即打手势要我低声些，但我当时心情激动，既高兴他的回来，又担心他的安全，还急于要知道他这些年在外的情况，千言万语不知从何说起，倒是杨天源先说："我是昨晚进城的……"接着，他把这些年的大致情况，在湖南如何与组织接上关系、经组织介绍到第二野战军接受了回黔侦察敌军兵力部署情报、为解放大军进攻西南作战前准备等任务以及经过多少艰险才回到遵义等情况告诉我，同时，我也将我的情况向杨天源谈了，说："我们正在考虑如何与长沙地下党联系，与陈铁商谈起义的事情。如今你回来就太好了。你看我能做点什么事，你就分配好了……"杨天源说："现在正是要你们出力的时候。陈铁在不在遵义？"我告诉他："在遵义，他手下还掌握有一个武装师，陈德明是师长。可是这师人不在遵义。"杨天源说："告诉你，党交给我们的任务是：一、主要是马上想尽办法搜集敌军在贵州的兵力部署情报；二、宣传党的政策；三、尽力争取国民党部队起义。你首先通过陈铁或其他人打听贵州军事布防情况，同时也看看陈铁的近况。"我说："据晏东荟说，陈铁、陈德明都是较明大义的人，可能问题不很大。我尽力去办好了。不过你在此不安全，最好到乡下去。东荟已回到家中……"杨天源说："我今晚就走，你赶快办了就回来，好研究下一步的事……"分手后我就去进行他交给我的任务。

我决定单独去找陈铁。我们攀谈的是时局。我有意谈到湖南陈潜、陈明仁准备起义的事，又有意识的问了陈德明和唐允武等人的情况。他说："陈德明是 19 兵团 49 军 275 师师长，大概在清镇、黔西一带；唐允武是张涛那个师的副师长，大概在安顺一带……"随后我又从其他方面了解到一些情况，第二天就赶回团溪找杨天源汇报。

我到团溪，在肖义德家中找到杨天源。他正与晏东荟、肖义德、欧阳纯儒在开会研究如何开展工作。我将在遵义所德情况汇报后，大家提了一些进军路线有参考意见，由肖义德执笔整理成比较完整的军事情报材料。为了尽快地将情报送到二野，立即由欧阳纯儒到团溪街上找雷亚伯担任这一重要任务。雷亚伯当晚做好准备，次日凌晨即按照杨天源的安排，往铜仁主向出发。

为了安全，大家都高度警惕，随时注意周围环境的动态。我们再度详细分析了陈铁、陈德明的情况和起义的可能性之后，杨天源认为晏东荟与陈铁熟悉，决定由晏东荟、肖义德和我三人负责找陈铁商量起义的事。这时，欧阳纯儒安排好雷亚伯送情报的事后从街上回来说："现在街上已有人在说杨天源回来了，在肖义德家开会。"因此我们很快研究，杨天源和晏东荟立即连夜由青龙山方向绕道去羊石场我家中住下。杨天源住我家的几天中，曾谈到介绍晏东荟和我加入中国共产党的事，并找人请李元化来我家中。李元化说："遵义地下党已失散，无法联系。"晏东荟说，现在主要的还是多为争取早日解放做工作，入党的事以后再说。之后互相交谈了一些情况，杨天源又向李元化交代了政策和任务。在此期间，肖义德、欧阳纯儒也常来我家中。为了搞好宣传党的政策工作，杨天源还先后耐心详细地传达了党中央的政策和《约法八章》《三大纪律，八项注意》等。我们亦详细地记录下来，准备刻印散发。后来，由晏东尉请纸厂工人赵兰州护送杨天源，经翁安方向去芷江与二野大军联系。杨天源临行前还再三强调与陈铁联系的工作要抓紧办；还要尽力争取可能争取的人，减少阻力，壮大人民力量，以便早日顺利解放大西南；宣传品和标语也要即时印发出去。这些工作完成得越快，对解放事业越有利。

杨天源走后，我们一方面按计划积极进行与陈铁、陈德明联系的工作，一方面由晏东荟主持，率领晏东麟、晏东琼、晏懋碧、晏懋泉等人，在我四叔办的纸厂拿纸来在家日夜加紧大量印发《约法八章》《三大纪律，八项注意》和标语，指定晏东慈、晏东薛、晏懋远、晏懋昭和黎用章、李智渊等人分别到西坪、团溪、新场、龙坪、冷水坪、遵义县城及沿途大量散发和张贴。后来，晏东荟安排王诗滨协助王正初等人又到我四叔纸厂拿纸翻印万余份运到遵义等地散发。我们在进行以上工作中，都得到杨干之、晏醴泉、晏香泉、晏东尉、李智渊、王诗滨、李政才和曾老班（在白色恐怖时期，他还曾为我保存过一箱进步书籍）等人士的大力支持。

约在 9 月下旬，得知陈铁由遵义城迁回西坪，晏东荟、肖义德和我又曾几次到陈铁家中，从各方面谈到当时局势的变化。当陈铁说“蒋介石必定垮台无疑了”这句话时，我们就抓住时机向他说明：“我们是得到中国人民解放军联络人员的指示来与你联系的，希望你能以祖国和人民的利益为重，与共产党合作，宣布起义。”他表示同意，并问：“采取什么方式？如果采取通电起义，目前没有部队。”晏东荟说：“陈德明不是有一个武装师吗？是不是可以找他们回来？”陈铁说：“可以。但是不知他们现在具体在何处。不久前听说在清镇、黔西方向。在他们离开时，我曾向德明说过，要尽可能向遵义靠近，不要走得太远。”但谁去找他们呢？当时研究，由陈铁填写第八编练司令部的正式出差证明，并派可靠的人同我一道前去找陈德明，由我口头传达陈铁的意思，火速将部队靠近遵义后立即通电，宣布起义。商议决定后我们就走了，临别时，陈铁还对我说：“你去到共产党方面，如果见到张际春时，代为致意，将我的情况告诉他，他是我的亲戚。”陈铁还拿出一百元银币，借给我们作为进行革命工作的活动经费。遵义解放后，我们曾将此款及开支情况向陈璞如、李苏波等领导汇报过。后来，恰好陈德明师的代理副官主任陈英由部队回来向陈铁请示，陈铁就派陈英及士兵陶恒兴、闵隆清、黄超、刘定发等人，带着陈铁给我们的出差证明来我家中交给我，并说明是陈派来和我一起追赶德明部的。

我们出发后，听说乌江被川军封锁。陈英主张先到遵义城了解情况后再金沙方向去找 275 师。我们到遵义城的次日，黄昏时候在街上买灯具准备继续连夜出发。肖义德赶来对我们说，我走后晏东荟、陈福桐和他又去见了陈铁，为了可靠，由陈铁亲手写了一封信给陈德明，让他赶来交给我。肖义德建议我们先去尚稽找张光昭设法帮助过江。还写一封信给刀靶水的余国焕，如有困难，就去找他帮助。我将上述两封信都缝在棉衣内，连夜经冷水坪赶去尚稽。找到张光昭谈了情况，并请他设法帮助过江。张找人了解后说："江边有重兵把守，所有船只都被破坏，无法过江。"我们只好转向刀靶水，找余国焕说明来意，并撕开棉衣取出肖义德的信给他，也把杨天源由二野来传达的任务谈了还把家中印的《约法八章》《三大纪律，八项注意》给他，不仅要他协助过江，还要他一面宣传党中央的政策，一面筹划解放大军过江及迎接的工作。余国焕说："能争取陈德明整师起义是最好了。现在川军罗广文部驻防乌江一带，渡江有困难，不过得想尽办法。李念荪是 275 师的一个团长，是刀靶水人，和我有亲，不妨向李团长做工作。这对起义有好处。李的爱人顾淑芳在家，我们找几个有影响的士绅到李家去商议你们过江的事，同时请顾淑芳给她丈夫写封信……"当天，余国焕找了方均培去请吴香阁、吴之久、聂少清、刘济光等人到李家。方均培在外面负责安全，由余国焕介绍顾淑芳、刘济光、吴香阁等人与我们见面，说明我们是由遵义陈铁那里来的，要回 275 师去。并分析当时的局势说："川军是守不住乌江的。如果川军败退，必定要烧杀掳抢，无所不为，刀靶水首当其冲，遭殃必甚，今天请各父老来，是商议如何帮助晏、陈二君安全过江找到 275 师和李念荪团长要求他们迅速回来保护地方，以免桑梓遭到川军蹂躏。"当时吴香阁说："晏、陈二君为我地方安全，不辞辛苦，长途跋涉去追赶部队，这种义举，我等深为敬佩和感谢。过江之事，我等义不容辞，理当尽力办理。念荪处还得请夫人动笔修书，说明地方父老盼望他率领子弟兵早日归来保护桑梓。"聂少清说："过江之事，可采取两个办法：第一是明过，他们有第八编练司令部正式出差证明就好办，我们明天杀一头猪，假作慰问守江川军，主要是要求解决过江，同时也请川军对地方百姓多加照顾。万一明过不成功，只好设法冒险偷渡。请刘济光费心找只船，在下游找个适当地方半夜偷渡。可是晏、陈二君不熟悉路径，还必须找个人带路。这样过去，诸位就要多多辛苦了。"刘济光说："我那里倒是有只旧小船，可是也沉到江底去了。要等到天黑才可找人捞，还要修补好才可用。"我说："做两手准备也好。"在座的人都同意了就由当地士绅们分头准备，顾淑芳也写好了给她丈夫的信给我带着。次日，地方士绅发起，抬着猪去慰问川军。我和陈英及四名士兵等人也跟去。可是拿出差证明给守军头头看后，我们解释再三也不许过江。并威胁说："上头有命令，任何人都不许过江。只要发现江中有人、船，就要用机枪扫射。"第一个"时过"的方案落空了。

第一个方案不成，只有采取第二个半夜偷渡的方案了。我们回刀靶水，余国焕也安排好熟悉乌江两岸路径的方均培带路，照刘济光的意见，在黄昏前走三道拐下到干田水公路桥左转，沿山沟下红青杠桠到乌江渡下游（现铁路桥下游）大麻尾江边刘济光家。我们到刘济光家时，天已黑尽了，立即作打捞船只的准备工作。为避免山顶上川军发现目标，必须细心谨慎地行动。这时正是秋风瑟瑟，乌江两岸草木枯黄之际。夜幕降临，伸手不见五指，加上细雨蒙蒙，带来几分凉意。刘济光找来富有渡江经验的舵手刘正明和他的儿子刘佐伦，以及刘济光的儿子刘佐贤和另一名青年农民曾安明，与我们同去江边。刘正明指挥刘佐伦、曾安明摸下江心底，风紧水急，好不容易才摸到船，系上绳索起岸。又怕敌人发现目标，不能点灯明火，更不能高声大气。由于江流湍急，费了很多周折刚把船拉出水面又被急流冲来，几乎把人、船都卷入江中。还是刘正明有经验，心灵手巧，叫岸上的人一齐动手，用尽全力才将破船再度拉出水面，慢慢靠岸。检查船时，发现船底已有数个破洞，必须修理。川军在山顶上设有岗哨，既不能明灯亮火，也不能让补船的敲打声太大。大家用力把船抬到背僻处，用木板把船的破洞补钉好，再找些粘泥涂抹于船缝，才慢慢把船抬到赖石包河口滩江边轻轻放下水去。几分钟时间，船里就浸入了不少水，怎么办？时间已近半夜，看着小船漏水越来越严重，真急死人。为了完成追赶部队的任务，陈英迫不及待地脱下身上穿着的棉衣，撕出棉花来叫大家赶快堵塞漏缝，大家七手八脚地向船缝里塞棉花，漏水现象虽未除尽，但已好多了。于是开始渡江，人上船去还是在漏水，而时间太急迫了，我们决心不顾生命安危，靠加强戽水工作抢渡。由刘正明掌舵，一人撑杆，二人拼命划桨，二人使劲戽水。因船只既小又破烂，每一次过江后都只能上岸一人，还要留一个人在船上戽水才能安全回到对岸接人。我与陶但兴第一次先过江，由于天色太黑，看不清方位，船到江心被急流冲下，我们拼命向对岸划，突然碰到一个大石头，几乎把全船人都碰荡下江，幸得撑杆的人反应快，随势跳到大石边把船拉住，才免了危险。随后慢慢划到岸边，才安全上岸。如此紧张地来回了七次，总算完成了渡江任务。每渡一次江，无论船上岸上的人，都是提心吊胆的，但大家一心要急于去追赶部队，都把生死置之度外了。全部人员都上岸后，刚才那种紧张心情才慢慢平静下来。上岸后仍是细雨蒙蒙，一团漆黑，带路人也很难辨清方向，走了几趟都碰上悬岩绝壁，处处是乱刺勾藤，不能行走，又怕拖到天亮后暴露目标，大家集中意见，决心不顾一切艰难险阻，找定一个方向沿着岩壁下乱草刺丛的斜坡，一个接一个往上爬行。等爬到岩上，已经有五点多钟了。由方均培引路，找到指定地点江土吴修堂家，大家进屋才看个人的脸上和手脚都被乱刺挂得血淋淋的，衣裤也被撕得大块小洞，破烂不堪。饥饿、疲劳控制着每个人，一进屋也顾不着血流和衣裤的破烂，各自倒在板凳上和地上就睡着了。天刚蒙蒙亮，方均培设法回刀靶水，我和陈英等六人立即向清镇卫上方向前进，去追赶部队。

陈德明接到信后，就率领 275 师整个武装师的全体官兵在黔西宣布起义，并向遵义靠近，接受党的安排。遵义解放后，我和有关同志一道向陈璞如等领导汇报，得到先安排 275 师在鸭溪、八里水等地驻下待命的指示。次日，我陪同遵义军分区李程司令员、吴振参谋等领导人去到八里与 275 师全体官兵见面，由李司令员讲话，首先表示热烈欢迎他们起义站到人民一边来的义举，并交代了解放军的各项政策。起义手续由遵义军分区报省转报西南局批准后，每个人都发给了起义证书。至此，我们总算完成了党交给我们的一项任务。

（录于《遵义县文史资料》第三辑）

陈德明先生传略

华廷凯

陈德明先生，男，汉族，中国国民党党员（后来消极脱党），大学肄业（北京工业大学专科学习并中途退学），黄埔军校第四期步兵科学生，贵州省遵义县（今播州区）西坪镇窝元人，生于1899年10月，卒于1999年10月29日，享年101岁。

一

陈德明先生中学毕业后，于1920年在遵义县西坪小学任教员，1922年在北京工业大学预科班读书，后转入该校专科学习化学，1924年加入中国国民党（后来在军校又集体加入中国国民党）。在校期间，因家庭经济接济不上，又卧病半年，于1925年春季退学返家，秋季离家经上海赴广东，1925年冬，考进黄埔军校（陆军军官学校）广东本校第四期步兵科。1927年，在国民革命军北伐军第14师任参谋、连长。1928年，在南京军官班学习，当学员。1930年，在国民政府（国民党军队）湖北武昌教导3师任连长、副营长。1931年，在国民政府湖北83师249旅任少校副官主任。1932年，在南京高级研究班学习，当学员。1934年，在黄埔军校洛阳分校任教员。1936年，在国民政府津浦路85师任政训处长。1937年，在国民政府14军85师253团任团长。1941年，在国民政府河南85师任参谋长。1943年，在河南任85师副师长。1944年，在河南任85师师长。1946年，在国民政府重庆军官总队任大队长。1947年，在国民政府重庆绥靖公署任少将参议。1949年，回贵州遵义，在国民政府第八编练部任军士总队长。同年，在国民政府遵义275师任师长。

陈德明先生在中国共产党的政策感召下，于1949年11月24日，毅然率国民政府275师在贵州省黔西县起义。1949年12月，所率起义部队编入贵州省军区遵义军分区，在遵义军分区任副司令员（其间，1950年1月，任贵州省遵义军分区第二副司令员）至1952年7月。1952年7月至1954年12月，在贵州省军区参议室任参议（其间：1952年8月14日，西南军区党委会认定为准师级）。1955年1月，在贵州省人民委员会参事室任参事（在贵州省人民政府参事室任省人民政府参事）。1985年3月，任成都地区黄埔军校同学会副会长兼成都地区黄埔军校同学会贵州组组长，直至1988年12月。1988年12月，贵州省黄埔军校同学会第一次会员代表大会召开，贵州省黄埔军校同学会成立，陈先生被推选为会长，任职至1994年10月。1994年11月，贵州省黄埔军校同学会第二次会员代表会议召开，陈先生被推选为贵州省黄埔军校同学会名誉会长，任职至1999年10月逝世。

陈德明先生于1983年4月至1993年1月，任中国人民政治协商会议贵州省第五届、第六届委员会常务委员会委员。

二

陈德明先生在北京工业大学读书时，由于当时政治动荡，影响到学校也动荡不安，经费无着，经常停课，缺乏教学设备，所读的化学课，实验室无酒精等实验用品，感到非常失望，感受到军阀混战的可恶和体会到政治混乱的影响。他看到《向导周报》后，觉得新鲜，偶然间也和大学的同学谈论起政治问题来。由于对现实不满，经友人介绍，加入中国国民党，也逐渐明白“打倒军阀”“打倒帝国主义”的含义。

陈德明先生跟随着革命潮流，寻找自己的发展前途。1925年冬考入黄埔军校时，恰逢国共合作，革命空气浓厚，准备北伐，于1926年秋参加北伐战争，在总部任见习排长。此后的两年间，在国民革命军北伐军第14师任参谋、连长，北伐时打仗一帆风顺，升官又快，意气风发，认为自己是军事干部，以为继续北伐就是完成革命事业，实际却事与愿违。

陈德明先生于1930年在国民政府（国民党军队）湖北武昌教导3师任连长时，那年经过蒋介石、阎锡山、冯玉祥的内战后，部队开回湖北，由国民党高官陈诚改编，准备成立18军。至1931年，仍担任该师副营长的陈先生，意识到在国民党军队中要建立“浙江系统”了，有些下级军官也开始表现出不满情绪。后来，部队开赴江西抚州，准备反共战争，陈先生便请假离开，也就是离职。“九・一八”事变、“八一三”淞沪抗战后，陈先生又多次不参加江西的反共战争。1933年春，又重新回到部队，参加开赴河北古北口长城对日作战的国民党83师。直到抗日战争时期，陈先生在华北和晋东南都从未与八路军和共产党人发生过冲突。其间，也受到了共产党人徐彬如、谢支山夫妇讲解共产党革命理论的影响。1932年秋，国民党军队83师开赴湖北鄂东反共，陈先生在249旅任少校副官主任时，不满师长蒋伏生好杀成性、残酷杀害“俘虏”的行为，与参谋主任黄绥生协商，各团送来的“俘虏”不再送交师部，交由副官室由陈先生处置，由于行军作战很忙乱，暗中先后放走100多名“俘虏”，其正义感可见一斑。

陈德明先生在抗日战争期间，从1936年在14军85师任政训处长到1944年任师长，是在国民党军队中时间最长的一段，也是最重要的一段。当时，由于全国要求抗日及抗日战争逐渐取得胜利，陈先生情绪兴奋，一心练兵打仗，认为可干一番事业，不求发财但求升官的英雄气概也表现出来。但好景不长，1941年后，有秘密传说：“14军军长陈铁与八路军高级首长有联系。”由此，胡宗南拟改编和调动军队，由于军情紧急未果。蒋介石先将陈铁调职，逐渐调整人事，密切监视部队。1944年秋，部队在豫西作战中损失很大，1945年2月，陈先生离开部队。后在国民政府国防部任少将部员（参议），在重庆绥靖公署按月支薪。1947年，重庆绥靖公署办理中国国民党党员重新登记，陈先生拒绝填《登记表》，表示消极脱党。

三

陈德明先生在中国共产党的政策感召下，1949 年抓住时机，筹备起义。经过多年磨难和历练，陈先生对共产党有了新的认识，认为共产党实施的土地改革得到农民的拥护，党内上下团结，不搞贪污腐化，打仗的办法多，能克服各种困难，一定能取得胜利。1949 年初，陈铁先生任第八编练司令，他希望陈先生到该部队任军事总队长。并对陈先生说："已和解放军的地下工作者在上海接洽好了，待解放军进至贵州即起义响应。"经过紧张准备，按照解放军赵建民军长的指示信要求，1949 年 11 月 24 日，毅然率国民政府（国民党军队）第 275 师 6000 余名官兵在贵州省黔西县起义，同年 12 月，起义部队接受改编，编入贵州省军区遵义军分区 ，有一部分编入军分区警卫团。后来，有一部分青年军人参加抗美援朝、保家卫国战争。陈先生光荣就任遵义军分区副司令员，终于回到人民的怀抱。在任期间，加强政治军事理论学习，提高思想认识，管理起义部队，处理相关事宜，参加剿匪斗争，参加群众活动，出席省、市、县各界人民代表会议，参与做好巩固新生人民政权的有关工作。

陈德明先生在担任贵州省军区参议期间，参与调研、咨询、顾问等相关军事工作，后来调第一速成小学任教员，先后在教务处、第一大队任算术教员和地理教员，尽心执教，取得了比较好的教学成绩。在贵州省人民政府参事室任省人民政府参事，政协贵州省第五届、第六届常委期间，积极参与政治协商、民主监督、参政议政的工作。

陈德明先生参与成都地区黄埔军校同学会、贵州组、贵州省黄埔军校同学会的筹建与成立相关工作；参与组织对贵州省黄埔同学的调研、登记、核实、批准入会工作。建会初期，全省有 1295 名黄埔同学办理了入会手续；参与指导全省 9 个市、州、地建立黄埔同学联络组，41 个县建立黄埔同学联络小组，在黄埔同学人数较少的 24 个县，每县各设 1 名黄埔同学联络员；参与接待黄埔军校同学会（总会）理事林上元、高存信等；接待全国各省、区、市黄埔军校同学会来贵州参观考察的领导如四川省黄埔军校同学会会长郭汝瑰等；参与接待从台湾回安顺探亲的黄埔七期同学、原国民党基隆要塞中将司令黄伯荣先生，从台湾回安顺探亲的黄埔五期同学、原国民党战略委员会办公室主任韩文源先生，回乡探亲的台湾贵州同乡会领导；组织会员学习《台湾问题与中国的统一》白皮书，积极开展黄埔对台工作；参与组织实施黄埔军校建校校庆活动。1994 年 6 月 16 日，贵州省黄埔军校同学会举行黄埔军校建校 70 周年纪念大会，省领导、来宾、黄埔同学 300 余人参会。中共贵州省委副书记王思齐到会祝贺并讲话，省政协主席龙志毅，省政协副主席、省委统战部部长李元栋等领导出席纪念会。当时，已 96 岁高龄的陈德明会长还首先在纪念会上讲话，并于会后与贵州省领导、来宾合影。

四

陈德明先生是贵州省著名的无党派爱国民主人士。纵观陈先生的一生，他从黄埔军校毕业后，参加了国民政府（国民党军队）并在军队中担任过重要职务。抗日战争期间，他率部英勇抗敌，坚决反对外来侵略，坚持民族独立。抗战胜利后，他对国民党反动派打内战、与人民为敌、政治腐败、经济混乱的状况感到深恶痛绝，多次拒绝参加内战。在中国共产党的政策感召下，新中国成立时，贵阳市刚解放，贵州省正在解放当中的关键时刻，陈德明先生毅然率部起义，回到人民的怀抱，为维护社会稳定，为巩固新生的人民政权做出了积极贡献。

中华人民共和国成立后，在人民当家做主的岁月里，陈德明先生先后在多个单位担任过重要职务。无论自己在哪个工作岗位上，他都认真负责、兢兢业业、参政议政、履行职责。

陈德明先生晚年担任贵州省黄埔军校同学会领导期间，高举中国特色社会主义旗帜，坚持黄埔军校同学会“发扬黄埔精神，联络同学感情，促进祖国统一，致力振兴中华”的宗旨，弘扬爱国革命的黄埔精神，团结会员走中国特色社会主义道路，坚持党的各项方针政策、统战政策以及“和平统一、一国两制”的对台方针政策，为发展黄埔事业，为促进和谐贵州建设，为促进祖国统一和中华民族的伟大复兴做出了积极贡献。

（华廷凯，贵州省黄埔军校同学会办公室主任）

回忆去抗大学习的一段经历

晏东荟

1938 年，我去抗大学习，这一事得先从我与陈铁的渊源谈起。陈铁是遵义县团溪区西坪窝元人，与我家（羊石场）相距不过十华里，彼此在上代就有亲戚关系。他早年毕业于遵义老三中（今十一中地址）。毕业后，我父亲晏醴泉推荐他任团溪女校校长。由于时年不足二十岁，乡里封建思想浓厚，许多人对此有闲话。我父亲就劝他到外面去进学校，另找出路。

当时，陈铁家庭比较困难，我父亲就资助他和陈德明、黄献模三人出走。到了镇远，因走时没告诉家里，路上又有匪，再加钱不够，便叫陈德明返家准备钱并告知家里知道。他和黄献模到了长沙，不巧，陈铁病倒了，黄献模便先走了。待陈铁病好，钱已花光了。他就地参加湖南的一支军阀部队，任上士文书，后随军到广东，考入黄埔军校一期学习。

他从黄埔军校毕业后，历任团长、旅长等职。1933 年，他率部驻福建连城，我正就读于广州中山大学，常有书信往来。记得有一次我写信向他借钱，他回信时反问我需钱否，我一气之下就说不要了，但他仍给我寄了二百块大洋。

当时，国民党元老胡汉民正在积极组织反蒋，为了培养干部，成立了一个仲元学院，我即转入该院学习，名誉校长是胡汉民，校长是刘庐隐。

不久，胡汉民组织一批青年到北京进学校，实际是让我们到北方做抗日救亡工作。记得与我一批同去的有尹叔贤（又名斯齐，住天津，我们的领导人）、胡家驹、袁平实、游焉若（湄潭人，被反动派杀害）、熊仲则、许进、刘克辜、洪明宽（又名洪流，去陕北）等七八人。

谁知到北京不久，胡汉民病死，经济来源断了，也无人管我们。曾有人打算在南京办汉民学院，让我们到那儿去，后因各种困难没有实现。这样，我们便陷入了一种困境之中，滞留在北京了。

1937 年，七七事变爆发，我决定离开北京。赵国恩在武汉，请他五哥给我汇二百元大洋去北京，我才到武汉去参加抗日救亡运动。

来到武汉，见到了雍文涛。他与我是至亲弟兄，他与廖政同志结婚时，我约袁平实、罗成俊、周维新（现任省人大常委）等人去贺喜。沈钧儒当证婚人，介绍人是沙千里。雍文涛将我们介绍给做难民工作的白涛，我们便参加做难民工作。

1937 年冬，白涛介绍我们参加一支地下党组织的抗日宣传队，到安徽去做区寿年部队的工作。同去安徽的有宗思、戴孟湄、陈载、戴义、张梦男、李振男、高宝山等人，他们中的许多人后来直接到陕北去了。

我们经过一段卓有成效的工作，于 1938 年夏回到武汉。知名的爱国者李公朴教授带了几个人来找我们，请我们聚餐，动员我们到陕北进鲁艺，我们同意了。但当时我得病倒床，周维新陪同我住赵国恩的五哥家，病好后，我们想返家看看，然后绕道去陕北。

我返遵义，正遇陈铁回乡省亲，他刚升任 14 军军长，辖第 85、83 和第 10 师，驻山西垣曲、阳城一带。我父亲提出让我到陈铁处去工作。我想，去陕北可找陈铁掩护，便答应了。与陈铁谈时，他说："做那些事有什么前途？要八路军才有前途，干脆进抗大去。根据形势，进抗大有出路。"他的话正合我意，便高兴地同意了。他拿了一百块大洋给我作路费，我们便一同离开了遵义。时值一九三八年秋。

我们在重庆碰上他弟弟陈永祥。陈永祥问我去干啥，我说到山西工作。他说："国民党现在作风很坏，我们都不想干了，你还干什么？万一要去，不如去延安，找一个新的革命途径。"经商量，我们决定分开走，我怕钱不够，陈铁又拿了一些钱给我。

我只身到了成都，住在令狐世本、令狐世清（吴剑平的儿媳）姐妹家。

一天，我听说李公朴在四川大学作报告，便去找他，请他介绍我到西安八路军办事处。遇上华君武，便相约一道去西安。我们将介绍信放在箱子的夹层里，搭了一辆车就出发了，碰上检查，华君武就说他是香港《环球时报》的记者。到了绵阳，因路阻，只好返成都。

我去看望被蒋介石关押在成都的原仲元学校校长刘庐隐，我将去抗大的事告诉了他。他叫我去找张培年，说张与四川省政府关系好，请张给我弄张去西安的护照。护照弄到后，在街上碰上陈铁的政治部主任张坦如的车去西安，我和华君武搭车到了宝鸡，改乘火车到西安。

在西安，碰上在山西晋城办训练班的谢丰（遵义团溪人）。我们到八路军办事处开了介绍信，我就和华君武分手到陕北，他们介绍我到晋东南进抗大一分校，对外叫十八集团军随营干部学校。恰好陈铁也在西安 14 军办事处，我便同他一道到了他山西军部的驻地。

这次见面，他同我说，进抗大好，将来可到苏联留学。他还告诉我，他同共产党方面的朱德、周恩来、刘少奇、彭德怀、贺龙等人都有接触。他对蒋介石很不满，认为共产党才是为国为民，真正抗日的。

陈铁的军部驻在阳城的上磴板，有次彭德怀路过他那儿，他让陈英叫我去见彭德怀。陈铁向彭总介绍，说我准备进抗大。彭总说很好，并让我和他一道走。我告诉彭总，有一个叫逸生的同乡（陈铁手下的连部文书）想和我一道去进抗大，请他们先走一步，我们随后就去。陈铁还说，以后有事可同他在西安的办事处主任杨卓夫联系，将来起义到共产党方面去。

彭总走后，我与罗逸生到晋城见了谢丰，他送我们去长治，见到了抗大一分校校长何长工。何长工热情接待了我们，将警卫员的马让我们骑上，一同来到抗大一分校所在地潞城，开始了新的生活。

到校后，罗逸生分到了军事队，我分到特科营第五连学习。同班的我记得有郝鸿基、李珊等人。

抗大的生活既紧张又充满生气，我和郝鸿基闲余走围棋，无棋子，就用黄白包谷籽代替。

我们营推选我去办《尖兵》小报，我与沙涛、董克等人经常开会，为办好小报出谋划策。在这里，还遇上了已从延安抗大毕业分来本校工作的丁坟。

因在敌人的空隙中办校，学校经常转移，虽然条件比较艰苦，但我们生活学习得很愉快。

鉴于陈铁曾谈到起义的事，我就给何长工校长汇报了，他写了一封信给我，让我去找彭总。由于彭总转移了，没见着。

在此期间，谢丰曾谈到我入党的事，并与我连队指导员谈好，指导员也找我谈过几次，但因学校经常转移地方，未举行仪式。经过一年多学习，我作为抗大一分校第五期学生毕业了，学校向我们颁发了一张（玫）有抗日军政大学的红校章（章中有抗大两字）和毕业证书（小的硬壳本，其中有毛泽东主席、朱德总司令的像和团结紧张、严肃活泼八个字）。

毕业时，组织上原准备让我留校，指导员找我谈了几次，认为我与陈铁的关系，去陈铁那里比留校对革命起的作用大，以后有什么情况，如陈铁那里有起义的情况可与学校或西安八路军办事处联系。这样，就把我、陈凤山、李文、沙涛、董克、江燕派到陈铁部队工作，准备办一个报纸，重点做 14 军的工作。

我们到陈铁处（阳城附近的几个村庄），正遇蒋介石发动反共高潮，陈英安排我住他那儿，其余的人住在一个庙子里，陈铁手下的一个敌工科长赵华曾去调查盘问。

我将来意给陈铁一说，陈铁说："形势很紧张，现在不行，你留下，叫其他人马上走，以免出危险。"我说他们一无钱，二无物，如何走？陈铁就拿了一些钱和物品，并让陈英弄了一个护照，送他们平安到四川去了。

我虽然留下了，但陈铁不敢安排我工作。张坦如让我到政治部任少校军需，因怕给陈铁添麻烦，我也拒绝了。

陈铁的部下遵义人很多，如陈德明、陈善礼、夏雨屏、杨天榜、李振声、肖义德等人均在那儿工作。闲着无事，我便到各处走走，利用机会做点工作，还参加他们演戏。

不久，陈铁成立工兵营。营长刘卓如请我去他那儿任军需主任。为避敌耳目，我改名晏白萍，到他的驻地河南渑池上任了。我并不干实际工作，只是利用这个机会接触士兵，传播抗日的进步思想。

一天，我见几个人抬一"死人"去埋，我发现他还没有断气，便叫他们抬回来，治好后放他回家了。我还放走了好几个伤病员。

尽管如此，我考虑长期住下去不是办法，陈铁也劝我回贵州暂避一时。那时有个叫王树豪的赤水人来找我，他恨死了国民党部队生活，想回贵州，但又怕走了被拉回去受处分。我说："不要怕，你开小差来与我一道去西安就安全了。实际上，我也等于开小差，因是挂名的军需主任，也就无所谓交代，也未与任何人打招呼就走了。后王树豪开小差来，我们便一道启程，到西安分手。

我到西安后，一天上街，碰上杜熙荣（杜键）被人押着走过去。他是石阡人，原是成都光华大学学生，曾在贵阳一中时与我同是廿二期，他与徐键生、华树仁等是廿六期同学，刚从陕北进抗大回来就被捕了。我看着就立即去找陈铁在西安的办事处主任杨卓夫，以陈铁的名义将他保出监狱，但不准走出西安。后又请陈铁亲自出面，才同意他回贵州。我和杜就一同回到了贵州（中华人民共和国成立后杜是省政协委员、松桃中学校长）。

我返遵义初期无啥活动，但国民党遵义县政府仍以曾进抗大缘故关押了我几个月，还是陈铁的父亲陈秉忠将我保了出来。

我考虑在家住下去不安全，便决定去贵阳。

到贵阳，正值原广州中山大学教授、仲元学院教育长傅启学出任贵州省党部主任委员。袁平实（科先）等人来找我，说省党部出纳主任一职空缺，希望我到那儿工作。我想，这样也好，一可掩护自己，二可做上层人物的工作，便答应了。

一天，张筑琼来找我，说国民党警察机关将湄潭一个姓沈的地下党员抓了，希望我设法能保他出来。我便通过傅启学的关系，并以身家性命和财产作保，使他获释。

过了几月发生黔南事变，日本人打到独山，傅启学应何应钦之邀去了昆明，许多人也随他去了。我又回到遵义老家。

不久，傅启学又返贵州任教育厅厅长，我应他约到教育厅任总务主任、出纳主任、督导员等职。一个给傅启学拉黄包车的工人是地下党员，让傅关押了几个月，我出面将他保了出来。

1949 年 8 月，解放军的进军号角已经在大西南吹响。我也被国民党“精简”到省府任参议。我未去报道，主要原因是我的弟弟东藩从湖南回来了。

他向我介绍了湖南方面策动陈潜、陈明仁等国民党高级将领起义的情况。我们又对陈铁进行了分析。我说，抗日战争期间，陈铁驻防西北时，与八路军高级将领有接触，对共产党有所了解，对蒋介石的倒行逆施很不满。从这些事实看，我们认为陈铁是开明的，可以利用亲谊关系找他商谈起义的事。

陈铁在 1948 年辽沈战役结束后，由葫芦岛飞上海时，曾与国民党军人陈又新（已靠拢我党）见面，他要陈铁回贵州组织武装，准备起义。

他返贵州时，先住贵阳，我和他多次谈到起义的事。他曾问我是不是共产党，当时我想，我在抗大虽未举行过入党仪式，但组织上是承认的，并派我到陈铁部队做陈的起义工作，我一直没有忘掉党给我的使命，也没有忘掉革命工作。人虽在白区，我始终在为党为革命工作，如前述放走国民党士兵，保出被国民党关押的高级知识分子，以身家性命保出地下党员两人，以革命者自居。为便于做陈铁的工作，我便说是。他很相信我，什么话都说。

有天，我去看陈铁，正遇谷正伦的副官送来一张委任状，委任他为贵州省绥靖公署副司令（应为副主任）。他问我接不接受，我说可以接，以免谷正伦加害于你。

他接受了，但未到职。

他回贵州后，蒋介石任命他为第八编练部司令，自己招人组建部队。当时，他的旧部在贵州围住他的很多，我请他维持住这些人，一可解决生活，二可伺机起义。

东藩回来后，我们就到遵义见陈铁，他到重庆去了。我们便于9月3日赶到重庆，没找到陈铁。见到东藩爱人的伯父夏声先生，曾谈到他起义的事（夏声先生是国民党中将高参，后参加王赞绪部队起义）。正在这时，原遵义地下党负责人杨天源回到了遵义。东藩留遵义与杨联系，我先返家。从此，我们就转入了与陈铁商谈起义的工作。

（录于《遵义文史资料》第七辑）

杨干之先生二三事

何 伦

杨干之与周西成

杨干之从遵义联立师范学堂毕业后，考入贵州公立法政学堂，与同班同学熊逸斌（桐梓人，居贵阳）一间宿舍，当时社会正处新旧变革之际，学生思想极为活跃，两人都具有激进的新思想，志趣相投，又是黔北老乡，因而成为至交。熊逸斌常邀杨干之家中相聚，情谊愈加深厚。

时周西成已从军，在贵州军阀窦以庄旅长下任排长，因与熊家是姻亲，周西成常在熊家进出，故与杨干之熟识。时值国家分裂混乱，贵州地方烽烟四起，有志青年多怀进取之心，几人常在一起评时论世。杨干之认为周西成抱有乱世称雄，轰轰烈烈做大事的志向。周西成认为杨干之厚道诚朴，虽平谈而重实际。

杨干之法政学堂毕业，便被派到邛水（今三穗）任县长。贵州独立后，任省咨议局议员，后又到四川江津做征收局局长、铜梁县县长。周西成沙场驰耕，任黔军第三师师长，驻赤水，他窥测贵州局势，见袁祖铭在川滇湘桂四处树敌，在贵州军阀中也得不到支持，便有觊觎贵州统治地位之心，但缺人襄助，于是想到了杨干之。他认为杨干之受儒家文化熏陶，为人厚道，不会有野心，便派专人请村干之辞去县长职务，到赤水共谋贵州大计。

杨干之到赤水后，周礼请杨干之为幕僚，对外名义是军法官。随后，财西成将队伍进驻遵义，以控制战略位置。当时，大匪首罗成三趁沽县军撤退移驻遵义城，在老城府衙门（今军分区驻地）自称遵义城防司令。遵义人民受其蹂躏，苦不堪言。

周西成意坚气锐，准备清巢。杨士之熟悉遵义情况，认为遵义土匪主要在于解决罗成三。杨干之了解到罗成三匪部有部分人员是从张春普部去的，营长戴和清、杨枪连长陈凤鸣（西坪人）都不愿为虎作伥。于是周西成采杨干之策略，派兵包围罗成三住所，以戴和清、陈凤鸣为内应，抓住罗成三，公布罪行后将其杀掉，并将其部队收编。

当时，遵义遭受严重饥荒，米价由一元大洋一斗涨至四元一斗。周西成按杨干之建议，从四川买米用驮至遵义供应，并谎称有大批大米源源运到，囤粮绅商怕米价猛跌而抛售大米，解决了饥荒问题。

慎重委任家乡人

周西成主政贵州时，杨干之任民政厅长，掌委任各县县长职权。一次，我问他：

您是遵义人，可能委任的家乡人多吧？杨干之先生说，周西成委任县长，注意遴选真才实学的人，还重道德声望。他说，周西成“放”县长有两个出发点：其一，县长乃“亲民之官，吏治之基”，凡民间疾苦税赋徭役，民讼大小案件，无不始终县衙门，事繁责大，必须是有“公心”的人，那时候讲“正心、修身、治国、平天下”；其二，县官属“远官”，一省之地，地广县多，鞭长莫及，县官掌一县之事，不能时时事事都可以监守，必须选好人，得其人才举以事成。周西成坚决反对地方豪强、劣绅充塞为官，这种人往往官吏绅商困缘成奸，即能凌驾其上也无所措手足。周西成放官不分亲疏都用，桐梓人虽用得多，但有的人他坚决不用。

杨干之问我读《论语》“子贡问政”篇没有。他说，周西成更重视对官吏的严格管理，就是按“问政”篇的要求来管理官吏，如在位废事，滋扰民众，贪赃枉法，为虎作伥，都是要被追究的。

杨干之说，我虽可以放官，但不能随便乱放。遵义县倒有几个当县长，有的是牟贡三先生或桐梓人推荐的。我推荐的只有陈凤鸣和余伯谦两人。我清楚他们的学识和道德品行，能严于自律，心胸宽厚，处事公正，乡里和睦。且我不把他们安排在大县，而是放在边沿小县，他们在职期间，称职尽责。被推荐的人在任期间出问题的，周西成对推荐人要问罪受责的。

以静修心重视家乡文化教育

杨干之自贵州省民政厅长卸职后，先住遵义城里，因为交往应酬烦扰，便回西坪老家过着隐居似的生活。他家距西坪街一华里，有木结构瓦房一正两厢，没有任何装饰，四周土墙包围，前有八字龙门，院坝土坪宽敞，院中有花台种奇花异草，几株木本花树经他亲手整枝造型多姿多彩。院周围林木和竹子掩映，使庭院显得幽静古朴。门前小河流淌，河上有座拱形石桥，桥旁一株古树高大挺拔，有巨大紫藤缠绕，春天紫藤花开，绿荫掩桥，这是他常去看流水落花和与乡邻亲切交谈之地。

杨干之虽避居乡间，但他对地方公益事业尤以文化教育发展十分热情。他在家虽极少出门，但有时要到西坪小学看望老师，以里人身份用交谈方式对校风、教材、教学方法、保护学校环境等问题进行讨论。他很赞成孔子“教书育人”和“有教无类”的教育思想，推崇王阳明“读书以在明理”和孙中山先生“要做大事，不做大官”的思想，以教育学生严格做人。学校师生对他很敬重，他的意见都受到尊重，对西坪小学有很大影响。1941 年，南乡团溪、西坪的人入初中都要到遵义城里上学，群众要求在西坪或团溪办中学的呼声很高，要求德高望重的杨干之牵头筹办，他欣然承诺，在地方好义之士晏香泉、余伯谦、杨湘南等鼎力相助下，多方筹集资金，创办的私立民德中学在 1942 年开了学。杨干之、晏香泉等俾董事会成员。

内战时期，国民党政府推行“强化治安”政策，令各地绅商出钱买枪武装乡丁保丁。杨干之坚决拒绝，乡长无可奈何，向县长告状。县长深知杨干之名望，岂敢妄为？便装糊涂厉声回答：杨先生是老头子，当过厅长，用枪也要用手枪，不可能扛步枪，他用枪时我来发。乡长见话不对劲而住口。

杨干之平素喜欢看书，嗜书如命，常手不释卷。他家中藏书上万卷，以古籍书为多，还有部分名人字画。他对喜欢的书不惜重金购买。他涉猎广泛，对五四新文化作品如《中国新文学大系》等书籍也备于书架。他还请杨立庸等为助手，对郑子尹的《巢经巢诗》进行注释，着有《郑珍巢经巢诗集校注》。他读书十分认真，每有所得，都执笔成篇，积久而成册，名曰《过眼录》。

他虽视书如宝，重视存藏，但乡里有好学的人借书，要求必应，即使借后未归还再借也不便启齿追问。

他在家读书赋闲，靠地租为生，生活俭朴，常是粗茶淡饭，以蔬菜佐餐。对佃户不苛求，收租时从不到田间地头监候，也不斗量秤称计较，任佃户自交。他为人诚朴谦和，与人为善，乐与乡人和睦相处，泛爱得众。他除参与地方义举外，谢绝参加一切社会活动。偶有邻近走亲访友，靠步随去随回，与当地军政界从不交往。

他对家乡明遗臣陈启相的高洁、坚贞人格、志趣备加赞扬；对乡贤李先立勤于治学、谨于操守的精神十分崇敬。他认为西坪文化教育都得益于陈启相、李先立的早期培育和思想熏陶。每年阳春时节，他都要去拜谒在西坪小学内的陈启相墓和在尖坡的李先立墓，可见他对家乡文化十分重视。

附：处士杨君晋臣墓碑表

杨干之父亲去世后，杨干之请赵恺撰文，严寅亮书丹制墓表，今录文（葛镇亚提供）于后：

贵州省政府政治顾问姻愚弟赵恺撰文

贵州省政府政治顾问姻愚弟严寅亮书丹

君讳培忠，字晋臣。远祖端，唐时自山右来播，世以武功显，详见邦志。子孙繁衍，君之迁祖清初自檬子桥徙县南之唐坝，后再迁西坪，君遂为西坪人。祖以上皆业农，父兴仁，当清咸同间黄白号贼之乱，全乡窜逃无居人，于是避居城中，遂弃农而业盐。尝以其力翳蔽流离避难者数十人，惜当疆仕而殁。君为人抗直而严敕，喜助人急，有父风。弱冠，祖父母、父母以次皆殁，凡自斩衰期功之瘗皆已历。世平还乡，惟叔及姊及己身而已。念身世踽凉，乃举所有产业约千金奉叔，而远游于蜀，进退趑局，所得薪资辄以济朋好之缓急。十年，白手归来，始谋贾而食，继典田而耕，心劳力瘁，喘喘屏营，以家以食，仅足粗备，而切亲戚之难不稍息。民国十一年，乡匪啸聚成群，人不得安息，群焉举家远避。君遂就居于新城之笔花峰下，而乡之接踝踵及者数辈，攒聚满室，甚有相次病死者，君亦不暇计也。其教子无他术，以人之行多诡，随而趋向，使之正人之习，多诗张相尚而识，力使之学，众皆觉逐贪婪，或谋倾人财产而取予，使之不苟于贿賕。尝曰：尽心力济人者上也，举资财殉人者次之，以财者易滋惑，且济一时而患在，故惟尽吾力以趋，人患隐以数其后之急而已。又曰：人苟能以廉洁自矢，内不怯而精神倍健矣。君故至临终前尚出入堂户，其所养盖如是。君性刚而自好，于豪霸多不宜，又不欲以能加人，而时虞于其倾陷之及己，故尝深虑危行以自苦。呜呼！人之好扶颠济难而复退让如君者，虽不官贵其身，亦必有显于子孙，是乃天下之道也矣？君卒甲子年八月廿五日未时，生清咸丰戊午五月十二日辰时，享年六十有八岁。君在时，于场后□弯造新屋，杂植花木，子元桢为遐迩罗致之，高青雅翠，俛仰欣然。又于斯屋后买山一幅，日但立此，山水环揖，死即葬是矣。今元桢等于丙寅年四月二日奉柩葬山坦间，作巽山干向。子六人：长元桢，由法政毕业，历任铜梁、邛水县长。民国十五年，周公继斌长黔政，遂擢贵州省长署政务厅厅长。十六年，简任贵州省民政厅厅长。次子元烈，由法政毕业，任流塘厘金局长。三子元熙，任小河厘金局长，后调紫江征收局长。四子元钦，居家守墓。五子元庆，中学未毕业，先卒。六子元棻，在贵州大学肄业。女二：适张、适萧。孙男五人，孙女五人，皆幼。新墓既竣，元桢请述及家世以示后，因并揭其生平乐善之大者表于阡。1928 年夏历戊辰十月泐石

我们的“家长”晏东英同志冒险支持革命的史实

时昭溥　王慧君　李慕唐　许荏华　沈济霖　曹　汶　晏东莼

晏东英同志是贵州遵义（西坪镇南坝村干田组）人，生于巴黎和会即将召开的1919年初，故起名协和，有“协和万邦”之意，此后不久就发生了五四运动。其五叔晏平泉在运动中负责财务，因奔走宣传筹款劳累过度，于同年六月犯伤寒病逝于北京，这对他影响很大，和平、民主的思想浸润了他一生。他很佩服孙中山的自由、平等、博爱，厌恶蒋介石的独裁统治，仇恨列强对中国的侵略占领。他为人正直、善良，对坏人疾恶如仇。“九一八事变”时，他在贵阳师范读书，只要听到有关抗日的事情他就会和进步同学一起上街宣传抗日道理，揭露反动派假抗日的丑行，情绪激愤地在省府请愿示威。“一二·九”运动时他在广州上仲元中学，在校带头集会冲击教育厅，多次被校长训斥，险些被开除学籍。后来他在成都上四川大学时，他认定延安是抗日民主的圣地，总想为革命做点力所能及的事情，他多次利用好友张汝赓的关系弄到一些空白通行证，帮助共产党人和社会名流从成都转道西安去延安。大学毕业后，他先回故乡团溪任明德中学校长，由于读书时的国文教师倪炯声在重庆军事委员会政治部秘书处任处长，东英又去他处当了秘书。日本投降后，1946年随单位到南京，后军委会改为国防部，他调到社会部挂职。后孙科任行政院院长，倪炯声任行政院副秘书长，东英随倪去当秘书。1947年8月底，东英的弟弟晏东莼从武昌艺专毕业后来南京，后从中央大学学生宿舍搬到大沙冒巷与东英合住，他经常与哥哥看一些进步书籍（如《中国社会各阶级分析》《中国共产党在民族解放战争中的地位》……）。他虽身为国府职员，但常利用自己的特殊身份，长期多次地掩护了中共地下党员和进步人士摆脱危局，为他们提供安全、可靠的食宿并传达了不少国民党内部有用的情报，做了很多对革命、对国家有益的贡献。

一、帮助中共党员和进步人士打通去延安的通道

1938年晏东英在成都上四川大学时，曾多次利用他与四川省政府顾问贵阳人张彭年的儿子张汝赓的好友关系，弄到一些空白通行证，帮助中共党员和进步人士谢树中、杜琦、杜熙镛等人从成都经西安转道去延安。后来，东英的二哥东荟在去西安的途中受阻，也是用东英弄的通行证与华君武一道经西安去延安的。

二、帮助三个同志摆脱特务的控制

1947年秋，东英的六弟东莼在新街口铁汤池协合中学教书，由于该校校长郑振汉是他在西南中学读高中时的同学，对他较信任，在校内给了他一间30多平方米的住房，当时常有一些中共地下党员和进步人士由组织安排暂住在那里。1948年初，组织上又送来了三个同志，人刚到，还没有商量好相互的关系及称呼，一个特嫌就带了一人背着行李赶到，声称与房东闹翻了没有地方住，只好住到东莼这里来。他是东莼远房亲戚，又是小学同学，也曾是1944年左右在贵州息烽国民党特训班受过训的学员，从小爱讲假话，东莼对他有所警惕。他问新到的三个同学是干什么的？东莼告知："是艺专的同学，是来南京玩的。因为是客人，总不能把他们都赶走吧？你们两人又来这里，实在是住不下，请你们另找地方。"可他们就是赖着不走，东莼又推说临时来人食堂无法安排用膳。他说吃饭他们自己解决，睡在地板上就行了。可是他们却轮流出去吃饭，或是一人出去吃后带饭回来给另一人吃。当东莼去上课时，他就盘问三个同志。这三人的安全受到严重威胁，转移他们成了当务之急。因一时与党组织联系不上，东莼万分焦急，无奈之下，只好求助于四哥东英。第二天正好是星期天，下午三点，东英到东莼那里，假说昨晚打牌赢了，特托人买了四张名角的京戏票，想请东莼等人先去吃晚饭，然后到中华剧场看戏，不料连他们自己在内有七个人，就责怪东莼为什么来了客人也不讲一声，假意抱歉。东英叫东莼安排。当时有两种想法：一是东英兄弟俩和那两人去看戏，二是东莼同那三个同志去。不管哪种方案，都可摆脱那二人的纠缠、跟踪。那两人也想了很久，只好同意第一方案。深夜回来，桌上留了一张条子，告之又有同学来探望，知道这里住宿挤，就随同学走了。就这样，三位同学得以安全转移。后来知道这三位同志是中共地下党员张健中、罗成义和伍德成。第二天一早，东莼的远房亲戚等二人也离开了东莼住处。

三、安排中共党员打入国民党"御林军"

1949年1月，三大战役即将结束，国民党老巢南京已危在旦夕，但他们还想垂死挣扎，成立了"御林军"——以余高麟为旅长的首都警备旅，仍负隅顽抗。党组织希望能派人打入"御林军"，就与东英谈起此事。东英就千方百计找路子，通过黄埔八期毕业的唐允武旅长，找到警备旅的王晏清副旅长才把地下党员晏东莼安排在警备旅本部政工处任上尉干事。东莼于2月15日到九华山一号警备司令部报到。

四、长期安全地掩护众多中共地下党员和进步人士

（一）掩护中共地下党员、中大党总支委员和中大新青社领导成员时昭溥同志

1949年1月，中共地下党员、中央大学党总支委员、中央大学新民主主义青年社领导成员时昭溥同志经组织营救从反动派监狱保释出狱。因与东英的六弟东莼是

琥昌艺专的同学和好友，为了摆脱敌人跟踪杀“回马枪”，经党组织决定，时昭溥以东英表弟东莼表哥的身份隐蔽到国防新村东英的家里，化名为黄石峰，并设法报了户口，还办理了居民身份证。时昭溥还特地留起了胡须，伪装得很老成，大家都戏称他为“黄老先生”，都很尊敬他，年龄也比东莼大，东英不在家时，他就自然成了“家长”，有事总和他商量。实际上他就是地下党在这个“家”里的总代表。时先在国防新村住，后来又一同搬到玄武门大树根，并一直住到南京解放。

（二）掩护中共地下党员原地下党学委大专分党委委员王慧君同志

1949 年 2 月，王慧君同志从山西路住处到金陵大学去联系地下党支部书记陆庆良同志，当王走到鼓楼百货商店时，不料被她原中大的同学、著名的特嫌分子盯上。王心里特别焦急，不知如何才能脱身。此时她忽然想起鼓楼邮局有一位自己的同志——地下党员杜德英，她的办公室有一后门可以通到外面。王假说到邮局寄信，到邮局后直奔杜德英办公室，并说明有险情，机智地从后门摆脱了敌人的盯梢。出邮局后，由于情况不明，不敢冒失回家，也不敢到金大联系。为了防止特务继续盯梢破坏组织，她苦思良久，决定到晏东英处暂作停留，虽然她与东英并不相识，与东莼也没有直接联系，但她知道时昭溥住在那里却很安全，她相信东英虽不是中共地下党员，一定也是一个党的同情者，否则，他绝不会冒着生命危险给革命者提供长期的掩护和食宿。王到东英处后果然受到热情接待。王是四川人，口音与贵州遵义的晏氏兄弟基本一样。经研究后，王便用晏东云的名字以东英妹妹的身份到户籍部门报了户口并拿到了居民身份证。后来几次查户口也没被看出破绽。就这样，王慧君同志一直在那里住到南京解放。到现在，王与晏氏兄弟还是以兄妹姐弟相称，这是特殊的革命情谊。

（三）建立了一个特殊的家

由于当时形势复杂，斗争残酷，根据地下党工作的需要，在南京要找到一个安全隐蔽的“家”是很不容易的。晏东英在南京虽先后在社会部和行政院工作，但都没有一处像样的住房，有时还得到外面临时租用民居，直到东英在大沙帽巷租到一间较大的房子后，兄弟俩才得以住到一起。1948 年秋，东莼在国防新村的“首都军人子女第一小学”教书，当时形势紧张，很多国民党军官都逃离南京，国防新村空了很多房子，校长赵筱梅（联动总部部长的老婆）就叫东莼自己去挑选一幢房子住下。东莼选了一幢两层的校官楼房，兄弟俩就从大沙帽巷迁到国防新村。国防新村是国防部的军官宿舍，本来就不被国民党的军、警、宪、特注意。为了确保安全，东英从行政院带回一块盖有行政院大印的“行政院高级职员宿舍”牌子挂在门上。这以后，这个“家”就先后住进了好些中共地下党员和进步人士，而“家长”就是晏东英。平日这个家经常在客厅播放舞曲并跳舞，实则在楼上收听新华社广播，并把一些重要的消息记录下来，经常分析讨论局势。东英不单参加这些活动，还经常把行政院编印的“内部消息”带回来给大家看，使地下党多了一个可靠的消息来源。

住在这个“家”里的人，都是以东莼的同学或朋友关系来的，因此，大家都跟着东莼亲切地叫东英“四哥”，而实际上大都是地下党组织安排的。每来一个新人，党组织先给东莼讲好，来后就由东莼向东英介绍，四哥总是热情接待，从不打听来人的情况。家里这么多人的生活，主要靠四哥的工资维持，负担不轻，入不敷出时，总是设法解决困难。四哥把工资领回来就连同工资单一起交给东莼，很婉转地说：“我每月的工资就这些，你要好好的计划着用，如实在不够，我再设法向朋友借点。不要弄得太苦，尤其不要苦了客人。”当时东莼也有一些工资，有时同志们也带一点钱来。一般情况下，不再向四哥要钱了。但是四哥除工资外还常另外给一些钱，说是朋友给的。就这样，一直维持到南京解放。

1949 年春节前，国防新村的人都搬空了。为了保证安全，经组织研究，我们这个“家”决定搬到许思灏同志父亲在玄武门大树根的 76 号住房（当时许思灏已去解放区，其父已离开南京），一直住到南京解放。

住在这个“家”里的人，除了前面提到的时昭溥、王慧君及东英的六弟东莼外，先后还有中共地下党员和进步人士沈济霖、刘菊隐、王化仁、阎廷武、杨绍陵和曹序等。

1948 年下半年，沈济霖同志在滁县安徽省劳作师范教书。1 月初淮海战役打响后，解放军的攻势进展神速，不久，长江以北沿岸局势紧张起来，反动派到学校抓人，使学校人心惶惶，无法正常上课，学校遂决定 12 月初提前放寒假，准备到江南另找地址复课。沈与东莼是同学、好友，知道东莼住在他四哥那里，就决定到南京国防新村四哥处。他与四哥接触不多，但知道他为人正直、学养深厚，待人亲切、坦率，和他相处很愉快。沈到四哥处后果然亲切、热情，一定要留他住下。后来沈又和大家一起从国防新村搬到大树根，一直住到南京解放。南京解放后沈到南京文工团工作。

王化仁，原社会部设在新街口的“社会服务处”的工作人员。1949 年 1 月，王不服从领导安排去台湾而被怀疑与中共地下党有联系，不敢回宿舍。王与东莼是武昌艺专同系同班同学，就暂时住在国防新村这个“家”里。住了约二十天后去上海，中华人民共和国成立后他参加了青年文工团。

阎廷武，又名阎飞，新疆保送来南京上国立音专的学生，性格活泼豪放、热情善良、能歌善舞，经济相当困难，以靠救济为主。因王化仁与东莼相识而介绍他到协合中学教音乐，多次带学生参加全市性的集会活动而被特务注意，也先后两次住到这个“家”里约两个月。后到上海，中华人民共和国成立后他参加青年文工团。

杨绍陵，北京大学中文系毕业后来南京中央大学找他学俄语的姐姐杨绍依，先住在中央大学学生宿舍，后被校内特务怀疑而住到这个“家”里来，后来去上海，中华人民共和国成立后他参加青年文工团。

刘菊隐，遵义同乡，东英表妹的同学、好友，浙江大学毕业后来南京。

曹序，中共地下党员，当时在警察系统工作，由于身份暴露，准备转移到解放区，1949 年三月中旬由组织安排暂时住到这个“家”里，成为“家”里的一员。

在那个残酷斗争的复杂环境里，这个“家”成了中共地下党员和进步人士躲避敌特跟踪监视和追捕的安全隐蔽所，东英负担这些人的吃、住等生活开支是次要的，最主要的是为保护这些人在政治上要承担极大的风险。南京是国民党反动统治的中心，南京曾成为中国人民解放战争中以学生运动为主体的第二条战线的重点，对中央大学地下党组织主要成员的掩护，其意义极为深远。

晏东英同志的所作所为足以表明他对共产党、对革命事业的真诚。他的情况，南京党的上级组织对如何安排他已有所考虑。他本人也十分明确的表示，决心留在南京和我们一道迎接解放，他的同事同乡每次动员他一道南迁，他都婉言谢绝了。

五、完整地保护了行政院在重庆的全部档案及财物并移交给人民政府

1949 年 4 月 20 日中午，四哥回家告诉大家，晚上要送一个朋友去火车站，让我们不要等他吃晚饭。我们几天不见四哥回来，大家都很纳闷。后来才知道，四哥去火车站因离开车时间还早，就和朋友上车聊天。国民党要逃跑的消息传开，很多人从车厢的门和窗拼命往里挤，连车顶上也挤满了人，四哥在车厢里被挤得无法下车，把他带到了广州，纯属是一个意外。最后因他坚持不去台湾而去了重庆。在重庆期间除掩护一个地下党员吴宇同外，还竭力保全了行政院的全部档案和财物，并造册移交民政接收部门。四哥去重庆后对革命所做的贡献要比他留在南京所能起的作用要大得多。1993 年 5 月黄河出版社出版的《魂断天府》（陈宁作）写了蒋介石从四川撤到台湾的情况，其中有一段说："关于行政院的档案材料转运问题，蒋介石批示立即空运台湾，可惜时间晚了一点。分管这项工作的行政院头头们今早刚登上飞往成都的飞机，而且具体负责保管档案材料的行政院秘书长兼科长晏东英这时虽未离开重庆，却已被中共地下党组织所策反，而这一切，蒋介石、阎锡山是不可能知道的。行政院由南京转广州再转重庆，搬来的全部档案材料，在晏东英等人经过曲折斗争后，中华人民共和国成立后全部移交给了解放军，为人民政府清查历史遗留问题发挥史料功能立了一大功。国民党反动派的许多罪恶活动就是这些档案材料中查出来的。当时的蒋介石怎么也想不到在重庆留下了这些铁证。"文中有"东英被中共地下党组织所策反"一说，其实并不准确。从前面的材料可以看出，东英早就同情革命、支持革命了；他还在上大学时就设法为共产党人和进步人士打通了去延安的通道，他在南京工作期间又做了许多对革命有益的事情，直到重庆解放前夕，他又竭尽全力保全了行政院的全部档案和财物并移交人民政府。这些行动，是早就有所打算的，这充分说明晏东英同志是一个同情革命并竭尽全力参与革命的正直的爱国人士。完全是他的自觉行动，不是他到了重庆后经过策反才这样做的。

（时昭溥，中共党员，南京市广播事业局副局长兼广播电视台台长。
王慧君，中共党员，江苏省委党校教授。
李慕唐，中共党员，1949 年前是南京中央大学中共地下党支部总支书记，中华人民共和国成立后任至南京师大美术系党总支书记。

许荏华，原名许思灏，中共党员，南京党史研究室主任。
沈济霖，中共党员，南京市书画院办公室主任，画家。
曹汶，原名曹序，中共党员，南京市文化局副局长，南京市书画院副院长。
晏东莼，中共党员，南京工艺美术研究所所长兼南京市工艺美校校长。）
2001 年 8 月

（录于《遵义县文史资料》第十四辑）

记下这些人这些事
——访晏东麟老人

高 原

民国时期，乐稼晏家在遵义县西坪是一个很显赫的家族。去年年底，我无意中走入了他家坟山，那里赫然长眠着晏氏四“巨头”：晏淦、晏香泉、晏东箐、晏东荟。四座坟墓有一个共同的特点：简陋！都是毛石垒砌，既无高树护佑，也没花卉环拱，有的，只是长得郁郁葱葱的茅草。墓碑并不高大，也无刻饰，碑文简单，对生平仅有生卒年月和后裔落款，其余不着只字。照今天的话说，一家子都很低调！

西坪本是偏僻之地，大凡原来的名门望族，现今都已迁住大城市了。晏氏也不例外，就近打听，得知其后裔现居遵义、贵阳、成都、南京等地。

春节刚过，我忽然接到晏香泉之女晏东麟老人的电话，她诚挚邀请我去她遵义住处，向我提供当年往事。2 月 16 日，我在她孙子带领下跨进了她的家门。她孙子说：“奶奶听说你要来，急不可待哟！在外边散步都早早就回来了。”见到 88 岁高龄的老阿姨，她热情地把我让到火炉前，不准我动，颤巍巍地亲自为我沏茶。她坐下来时，我看见她面前早摆好了一本《团溪中学百年校志》。我知道，团溪中学有他家几代人的心血。

老人说，晏淦是她大伯父，天津北洋大学毕业，是遵义最早学习现代数学的学者。与西坪人杨干之、赵乃康，团溪人夏雨耕、尹坤普等在团溪观音阁创办私立振民两等小学堂（今团溪中学），率先开启遵义县东南片区现代教育。民国时任遵义劝学所所长。她二伯父叫晏平泉，也是个了不起的人，在天津高等工业学校读书，五四运动中组织天津学生联合会，负责财务。为了宣传筹款，在街上搭帐篷长住，得了伤寒，又整天奔忙革命事业，医迟了，26 岁就在北京去世。在北京的时候曾与周恩来合影。“文化大革命”中，她弟妹不敢把照片拿出来，东藏西藏的，后来就找不到了。

说到父亲晏香泉，88 岁的老人竟然无法平静。她说，1956 年，他父亲的新萼纸厂公私合营，父亲成为副厂长只管生产，有职无权，仍然不计嫌隙，积极参与生产管理。“文化大革命”一开始，父亲被强加罪名判三年徒刑，关押半年后改监外执行。后含冤而死。

晏香泉先生贵阳模范中学毕业，在团溪日新小学（今团溪中学）教书八年，继任该校董事长兼校长两年，当南四下区（治所团溪场）区长一年。不愿角逐官场，走上“实业救国、教育救国”道路，办新萼纸厂、玉华纸厂，和杨干之等办团溪民德中学（今团溪中学）。1935年收留掉队红军，给红军治病。遵义早期共产党员杨天源进行地下活动，都在他家进出。中华人民共和国成立后他是县人大代表，人民委员会委员，县政协委员。1979年，晏香泉先生得到平反昭雪，县革命委员会主持补开追悼会，遵义县委首任县委书记杨天源参与了追悼会。说到这里，晏阿姨拿出追悼会照片，轻轻抚平，在发黄的照片上辨认杨天源和一个个亲人。

她家父辈四弟兄。她家是大家庭，他们弟兄姊妹总体排序。大哥东蔚，二哥东荟，三哥东菁，四哥东英，五哥东蕃，六哥东莼。

四哥晏东英是四川大学文学系毕业，任过成都济川中学教员、明德中学（今团溪中学）校长、《中央日报》编辑、贵州贞丰县政府秘书、国民党军委政治部秘书、民国行政院秘书，孙科的辞职报告也是他写的。南京解放时，他保护国民党档案，完完整整地交到人民政权手中。中华人民共和国成立后担任遵义中苏友好协会秘书长、遵义专区剿匪委员会秘书、贵州省中苏友好协会宣传部副主任。后来调到《贵州农民报》当编辑。1957年，人家要他提供黑材料，他不愿意，遭诬陷逮捕判刑七年。后被长期监禁。1978年平反后回贵阳，已经可以退休了，他说他没工作够，只是不想再到报社，就去了文史馆，一起点校民国《贵州通志》，任《贵州文史丛刊》副主编，后来又到文史馆任主编。现在住在贵阳，95岁了。六哥晏东莼美术学院毕业，中共地下党员。因为有被捕经历，“文化大革命”中被打成叛徒，身体受到伤害，留下后遗症。现在住南京玄武区。

“我家只有二哥、三哥和五哥“文革”中受牵连不大。”老人终于结束伤感，说起他们的事情。

二哥晏东荟和五哥晏东蕃都是革命青年，遵义解放时与陈福桐、肖义德、姚世达等积极投入争取陈铁起义的工作，实现了遵义和平解放，促进了贵州省革命形势。中华人民共和国成立后，二哥任遵义地区教育局局长，后调任遵义县人大主席。五哥任龙坪区区长。他正直和善，公私分明。“文化大革命”期间，团溪区乐稼乡通知他回去接受批斗，他一个人去，会场上把自家的事先交代了。轮到老乡发言，他们原来都受到过晏家恩待，都说些不着边际的话敷衍，最后只得不了了之。三哥晏东菁学习最勤奋，非常认真，在广州中山中学成绩一直名列前茅，毕业后考入上海大夏大学。工作以后仍然保持严谨勤奋，对人对己都异常严格。他的这个品格一直保持到生命最后，以致要求孙子女考试要拿满分。四川修九龙坡铁路道岔工程他是总工程师，据说工程唯一返工的是螺钉上法，是施工工人没有按他的要求上。

谈到自己，她拿出一个民国时期贵州大学的注册证。那是她老伴留下的。她和老伴都是贵州大学数学系毕业，解放时响应号召，回来建设家乡，在遵义商贸局工作。她工作勤奋，为人谦逊，助人为乐。工作中毫不保留，全心全意教授其他文化差的工人干部，深得大多数人敬仰。后来调到六盘水的一个同事写了一本《漫漫人生路》，里边专门给她写了一篇《晏大姐》。但是，到了1957年，她还是因为家庭原因遭受打击，靠边站了。这一站，就站了22年，直到1979年父亲平反，她才开始重新工作。可是这时，她已经是年届退休了！

晏氏一门从清末至今，人才荟萃，家风淳厚。因为从她那一辈起就已大多搬出西坪，所以我对她家了解不多，只知道东麟阿姨有个内侄晏懋思，20 世纪 80 年代在团溪中学教英语，起得比学生早，在操场上读英语比学生还认真，后来考上研究生，才华横溢。那时的团溪人几乎无人不晓，大家提起他都是赞不绝口。

采访结束了，我不知如何安慰这位饱经风霜的老人——其实，老人还算平静，她已经不需要安慰了！她的家人，她的后辈，他们都在各行各业辛勤地工作，善良、平和依然在她的生活里流淌，需要我做的，就是客观地记下这些人这些事，仅此而已！

（2014 年 2 月 25 日）

西坪缅怀先烈

刘永书

从西坪至团溪 1 公里处公路左侧的平台上，修建了一座烈士陵园。这里长眠着 1950 年南下西进在遵义县团溪、西坪一带剿匪战斗中牺牲的 4 名解放军干部、战士。60 多年来，先烈们依旧用当初对锤子镰刀滋生出的圣洁情感，饱含着对理想目标追求的美好愿景，在欣慰注视南乡发生的巨大变化中笑含九泉。

不应该忘记这段历史，更不该忘记先烈们在社会变更时用风华正茂的生命诠释的那种责任和担当。一个伟人说过：忘记过去就意味着背叛。在今天这一物欲横流的时代里，我们更当怀敬畏之心常常去触摸前辈们用那种责任和担当演绎的生命故事……

郭良玉，1915 年出生于山东曹县。1942 年 10 月加入中国共产党，1945 年 7 月入伍，在中国人民解放军某部历任班长、排长、副连长等职。1950 年 4 月 24 日，文化营二连派出数名战士组成小分队，去比较边远的张王乡侦察匪情，寻找战机。小分队换上便衣，战士们有的挑担，有的挎包，扮装成老百姓，越过崇山峻岭，来到水浸，正巧碰上一小股土匪拦路抢劫。小分队一行迷住了土匪，土匪只以为是行商，就气势汹汹蜂拥而上，抢的抢担子，夺的夺挎包。于是，小分队就势擒捉土匪，与土匪展开了一场搏斗。郭良玉将一土匪摔倒，与之在地上翻滚扭打，不幸在与土匪搏斗中壮烈牺牲。土匪知道碰上了解放军，拼命地逃进了深山密林，被解放军击毙土匪一名。

王学营，1922 年 4 月出生于山东阳谷县二区五森楼。1947 年 2 月加入中国共产党，同年 3 月参加中国人民解放军，在部队担任排长职务。调文化营二连前，任十六军四十六师民运干事。二连在西坪、泉涧一带剿匪时，获悉匪首毛廷宪将和他的老婆、儿子于 6 月 25 日潜回老巢苦竹坝。毛廷宪原是国民党的下级军官，向人民政府投诚起义后，又叛变为匪，并勾结地方反动势力，结成政治股匪，残害人民，与人民政府为敌。二连获得这一情报，于 1950 年 6 月 25 日从西坪出发，连夜向苦竹坝行军，准备活捉匪首毛廷宪。当夜漆黑一片，伸手不见五指，战士们每人点燃一支香，凭借星星火点的微光，在崎岖的山路上行进。为避免后面的掉队或走错路，大家就学起一种虫的叫声，作为联络信号。经过几个钟头的跋涉，终于到达了预定地点，将毛廷宪的住宅包围起来，等到黎明动手。但是，天公不作美，待到天明竟笼罩着浓雾，短距离内也看不见人，结果只逮住了毛廷宪的老婆和儿子，当场击毙一名反抗的匪徒，狡猾的毛廷宪竟逃走了（后被捉拿归案）。在这场战斗中，王学营同志大胆深入匪穴，搜捕毛廷宪，不幸被毛廷宪老婆的暗枪击中，壮烈牺牲，时年 28 岁。

袁家成，1925 年出生于河南项城袁庄。1947 年 9 月参加中国人民解放军，任班长、排长等职。作战英勇，曾在淮海战役中立过战功。调十六军文化营二连前，是一三六团三连排长。文化营二连在西坪剿匪，深入群众侦察匪情。1950 年 6 月 28 日大平场赶集，二连派出五名战士组成侦察小组，扮装农民，身带短枪，进入大平场侦察匪情。不料，这天正好赶上土匪劫场。当场上交易正兴旺时，几名荷枪实弹的土匪出现在场上，向赶集的人吆吼“不许动”，眼看大平场就要遭到一次洗劫。面对这一情况，战士许××就沉不住气了，他用土匪的口气责问土匪是哪个部分的，一面就上前夺枪。土匪一听是北方人口音，知道是化了装的解放军，就立即向他开了枪。战士许××眼快手快，将土匪的枪尖向上一擎，子弹飞上了天。土匪抽回枪去，一个退步，又向他开枪。许××抢上前去又是一推，子弹从他身边飞过。战斗就这样从场内打响了，埋伏在场外的土匪，就一齐向场内放起枪来。侦察小组为了避免误伤群众，迅速退出场外向土匪还击。战斗持续了约一个多小时，驻西坪的解放军还没有赶到。于是，侦察小组就奋力突围。不幸，袁学成在突围中中弹，英勇牺牲。

1950 年 4 月 9 日，人民解放军驻团溪的文化营一连，沿团尚公路开赴尚稽。部队到达观音寺时，就碰上一伙土匪在路上抢劫行人。土匪一见解放军来了，慌忙夺路逃跑，文化营一连跟踪追击，直扑万桶寨。土匪向万桶寨背后的群山逃去，一连战士毫不放松，继续穷追。可是，通往万桶寨背后的群山，只有一条十分险要的小路。而且，土匪在隘口处都布置了强大的火力防守，又是居高临下，不易攻上去。战士们便攀登悬崖，绕道越过隘口火力封锁，冲上山与土匪激战。经过这一场猛打穷追的攻击，匪首冯光模的三千余众全被击溃，纷纷向瓮安县境逃命。

在万桶寨剿匪战斗中，还有一位不知其名的解放军，他负伤后，不能动弹，却坚决拒绝了同志们对他的救护，叫同志们赶快追击逃匪，不用管他。待战斗结束将他送往团溪时，已因伤势太重流血过多，经抢救无效逝去，军民们将他的遗体安葬在团溪中学侧边。他虽然没有留下姓名，但他那彻底为人民解放事业而献身的精神却永远刻印在人民心中。后来人们又将他的遗骸迁葬西坪，与郭良玉、王学营、袁家成三烈士的坟墓建在一地。

在万桶寨剿匪战斗中，还有刘金生和李洪海二位战士牺牲。当地群众将他们安葬在五龙乡新华村雷岔岗，并分别立牌书名于墓前。

青山有幸埋忠骨，鱼水情深念英灵。十六军团溪剿匪六烈士，生前都是北战南征的英雄，他们经历了无数次的战斗，为人民立下了不可磨灭的功劳。他们的事迹可歌可泣，他们对革命赤胆忠心的精神，永远昭示激励着后人。

（刘永书，男，55 岁，遵义市汇川区高坪枫香塘人。原遵义县文物管理所所长，遵义县政协教科文史委主任，《遵义县文史资料》副主编，遵义县诗书画院秘书长。现为遵义市历史文化研究会理事，播州区作家协会副主席。）

诗画西评

西坪人杰（五首）

邓　炬

陈启相

传薪播火启山林，妙手华章耀古今。
尤赞才开功最巨，文化遵义奠基人。

李先立

擢升主事缘廉正，文匹欧朱非谬评。
传道授业报故里，厚德载物当属卿。

赵乃康

续修府志展全能，编纂郑诗集大成。
最是杏坛春色美，芬芳桃李遍遵城。

陈铁

北伐首役初扬名，转战抗日屡建勋。
起义参政促大统，仁德忠孝大将军。

杨干之

废帝讨袁意气雄，掌执民政襄周公。
辞官归隐绝俗务，专事教育情独钟。

（邓炬，湄潭县人，遵义师专原副校长，遵义市历史文化研究会理事。出版小说集《荒唐岁月》、诗文选集《雪泥鸿爪》。《上学路上》歌词获教育部《教师之歌》征集评选第三名。）

西坪戏子滩传说

陈金石

秀才迷恋好风光，常是沙滩写字狂。
戏女旁观心有意，欣然嫁与作娇娘。

（作者系遵义市著名书法家、遵义市诗词学会会员、松月诗社负责人。）

题赠陈铁

黄焕钦

七七国耻日寇猖，永祯挥师战沙场。
父兄亲朋齐助阵，横刀立马斩东洋。

西坪小学八十二周年校庆

李廷久

自古人称进士乡，芬芳桃李出门墙。
八十周年隆庆典，今日弦歌更悠扬。

（摘自《遵义掌故五，遵义的进士之乡》）

西坪采风有感

苏 涟

秋雨秋风秋韵长，菊黄金灿意疏狂。
群英汇聚西坪镇，百人弦歌声绕梁。

九黄渡

新场辗转下九黄，险渡横舟一水凉。
峡岸云烟萦旧梦，江滩犹忆少年郎。

注：知青返遵。当年湄潭新场下九黄渡，三十里到西坪，又二十里至团溪，再八十里至遵义，思之戚然。

（苏涟，遵义钛厂；遵义历史文化研究会理事，著有《平播战争烟云录》）

西坪留韵（十二首）

阎廷宽

祭李先立先生（二首）

一

墓前拜谒祭先贤，清正廉洁是好官。
百姓口碑传远韵，功德无量李青天。

二

乡帮捐慕铸勒石，淳厚人家播美德。
接济乡邻名远颂，品质堪与泰山齐。

游西坪（六首）

一

渔歌唱晚听虫鸣，玉带飘柔柳色新。
垂钓春风情易醉，如诗如画是西坪。

二

久居闹市恋田园，山水漫游画卷鲜。
夜入农家眠旧梦，一宿甜蜜是童年。

三

春风何时绿笔峰，月挂山巅夜正浓。
心绪怡然氤氲绕，福幽天赐梦乡中。

四

未曾相见动心房，亲近目睹好感伤。
月亮井中无月亮，美景原是梦一场。

五

雨中徒步阅西坪，小镇偏僻史有名。
进士之乡底蕴厚，人才济济聚精英。

六

西坪文化蕴涵深，穿越时空励后昆。
圣地福幽才辈涌，根繁叶茂易逢春。

谒陈启相碑

西坪文化第一人，青史永垂万古名。
授业解惑才俊聚，精神自有子传承。

祭赵乃康先生

因材施教著辉煌，吐尽哺乳育栋梁。
蜡炬成灰光永在，名垂青史韵流长。

观陈铁纪念馆

抗日名将创奇迹，战例经典载史册。
功在千秋驱恶寇，西坪骄傲有陈铁。

致西坪小学

一所古校逾百年，造就人才万万千。
叶茂根深底蕴厚，群星璀璨正空前。

西坪景致（十九首）

高 原

清明游（二首）

一

雨润枝头绿，花飞梦里香。
踏青学鸟语，祭祖话家常。

二

风戏柳梢柔，雨息芳草幽。
清明山野外，一径彩光流。

厂上村灰尘坝

大山拥入抱，晓雾锁藏娇。
仙女铺云被，闲听下界嚣。

南坝村牟家湾

高背椅安闲，笔峰秀可观。
濯足出奏乐，羊马走云端。

注：① 笔峰，笔峰山位于牟家湾左前方。② 濯足，濯足河，民间称洗脚河，源于牟家湾后山。

桂山村烂田湾

高宅座朝堂，两山文武行。
小河歌盛世，沃地育膏梁。

大同村金龟山

圆圆小土丘，郁郁树王侯。
佛语哼哼远，书声琅琅稠。

注：① 金龟山，原有皇图寺，后建大同小学。② 树王侯，金龟山古树多，有一棵楠木有600多岁，是西坪楠木树王。

南坝村大土

灵龟降九天，何由在此眠？
两岸丘山退，环居伴寿仙。

西坪（二首）

一

浅山秀水摇篮卧，剑胆琴心碧野生。
文化渊深吉秀地，长激后秀赋不停。

二

古镇恬居平水尾，尘沙尽处始生辉。
播州后院清纯妹，细数英贤千古垂。

南坝村田坝

阳光朗照水长流，春满黄花稻满秋。
青壮纷纷扑向外，田庄照样话丰收。

南坝村长堰

两湾汇聚同携手，百户相约共小康。
翠树山山皆喜气，碧禾块块尽飘香。

南坝村笔峰山

笔峰俊秀一青山，饱蘸岚烟向碧天。
昔日挥毫谏君帝，今朝激动欲何言？

石上村滑石水库

晓雾绒绒覆地衾，素纱缕缕绕山裙。
山尖翠色频逼眼，湖岸娇娥慢踏云。

大同村窝元

湘江臂里小村庄，抗日将军血满腔。
整葺故居怀志士，山村展翅向小康。

乐稼丘陵

百粒珠丘缀绿盘，清江碧水绕珠旋。
窈窕淑女檐边俏，自在娇莺叶下欢。

泉涧山地

湘江沿路劈奇峰，云雾妖娆处处逢。
深涧幽泉甘爽处，古藤虬树绿葱茏。

厂上新农村示范点

依山傍水好家园，盛世欣逢岁月甜。
户户通达小康路，家家围绕幸福泉。

观贵阳画家西坪大同写生

野地平平支画架，出奇渐渐点皴擦。
烟村翠树生神韵，草径低屋醉晚霞。

与采风组山区行

颠簸幽林未计程，清风扑面醉沿村。
啧啧叹起诗思涌，都道乡愁欲返真。

西坪文化素影

陈金石

西坪堂子建黉门，启相兴学几度闻，
月亮泉边培义子，虎丘寺里训贤人。
文章巨手承先导，书院师风济后昆。
进士之乡名久远。将军故里耀乾坤。

赞西坪北山先生李先立

先立卓庵号笔峰，求学艰苦莫知穷。
粃糠暖脚前贤赞，进士为官后裔崇。
淳厚人家乡邑敬，清廉世道至亲恭。
北山文化留功绩，吏部天官数李公。

赞陈铁将军

投笔从戎赴战场，东征北伐慨而慷。
挥师忻口歼倭敌，起义黔西吓蒋帮。
赤胆忠心酬国志，鞠躬尽瘁思民祥。
魂归故里陪乡土，史绩辉煌华夏扬。

西坪行（十首）

公 犊

谒陈铁墓

且凭阡岗把人招，只为春秋兴致标。
不少烟尘两眸炯，几多风雨一肩挑。
抗倭伟业夸名将，起义春风慰耔曹。
犹赖阳光除弊滓，盖棺定论恰方高。

谒李先立墓

春闱敢夺府中魁，焉愧松楸土一堆？
盗墓欺心超十次，结群成壁壮千围。
笔峰尚借蓝天纸，桑梓犹传淳厚雷。
倘若人流堪识敬，枌榆风俗自然岿。

谒赵乃康墓

杂记虽然号近泉，只因平水旧闻鲜。
藏书保护陟高尚，郑稿搜罗不枉然。
碧井千秋源更涌，青龙一脉位无偏。
芟除草莽堪追祭，阡陌尤需待拓妍。

恭读陈启相先师碑

一梦难圆悲九鼎，帝妃生女破残编。
文章巨手非虚议，烈马驭空因实艰。
川抚官家敦请错，虎丘萧殿塾教鲜。
扩充校址虽迁墓，溪水长流花更娴。

注：四川巡抚张德地慕其名，多次遣官敦请，他不肯相往。

“甲满花龄”

情愫深凝费几多，一方寿匾耀尖坡。
福天虽幸被恭嘏，母难曾经受折磨。
十月全凭萱腹育，平生方仗自身蹉。
栉风沐雨形犹在，心上何忘孝字歌？

参观陈铁故居

久闻名将抗倭坚，桑梓何因竟绝缘？
国共三番茅钺舞，弟兄九鼎谊情翩。
红羊劫里尊新识，青瓦院中谋旧鲜。
不是故居成一品，全凭风雨涤尘烟。

“淳厚人家”

几多风雨几多晴，一片心肠一片清。
刻进村情三十六，堪经日照久长盈。
独成四旧曷能否，久为千秋凭举缨。
全仗天官深厚意，至今犹把旧居撑。

天官井

天官桑梓毓天官，从古至今喷作泉。
先立啜汤供吏部，芳邻矢志畅乡贤。
箍成圆井涌无竭，饮就全村梦更鲜。
多少鱼儿犹仰视，更呼行者意拳拳。

戏子滩

戏子滩前戏子讴，声声直逐水波流。
并非落第长吟啸，何有登台祛涩羞？
一段姻缘双岸接，千秋日月独家浮。
旅游喜得长虹盛，比翼鸳鸯竞白头。

笔峰山

一凝巨笔路当间，浏览浮沉多少澜。
耕遍桑麻皆弟子，读通坟典作天官。
精诚书院儿孙福，淳厚人家乡党欢。
何惧冰霜欺柏树，碧空常拾颂歌攒。

西坪采风三咏

船　夫

百名学者西坪采风活动感怀

学者南乡来聚会，采风观景好时光。
滴滴秋雨添诗意，座座青山助画章。
进士文心山水秀，将军壮志岁年长。
西坪新镇出新策，正道通天事业昌。

西坪怀大友先师

大友和尚陈启相有一首七绝《冬夜不寐》“急雨随风过枕寒，风声客意两难安。不知明月愁何似？欲起披云仔细看。”似乎是写他那个时候的复杂心态。今天随遵义百名学者去西坪镇采风，一路都在想这位文化先贤的难堪处境，以及他文化上的不懈坚持，是吟：

掌台山寺怀明月，白日清天满姓旌。
启相隐身成大友，忠臣出世见丹心。
苍天吹雨飘云霭，曲径绕山念古人。
诸景如烟如雾去，虎丘林里朗书声。

怀赵乃康先生

峻峭峥嵘一巨擘，南乡草野俊才多。
文章府志千秋颂，教育精神万载歌。

荒冢萧疏荆刺网，雄魂忧乐古今播。
诗心自古多孤寂，明月高天耀逝波。

写给百名学者进西坪活动

——感谢西坪张书记邀请，遗憾因故未能参加，聊赋拙诗以贺

李廷宇

湘江蜿蜒涛依旧，川流不息写春秋；
北山诗书誉黔地，文才武将壮志踌。
先贤故地觅乡愁，盛世接力志不休；
万众一心建乐园，文化之乡竞风流。

致西坪核桃产业

伍国忠

文化之乡添新韵，满山核桃扑鼻馨。
扶贫攻坚建产业，干群同心洒豪情。
历尽艰辛耕耘早，硕果满枝强信心。
回首六载创业路，科学前行惠万民。

西坪景致　月亮井（外五首）

冉启超

形似弯月得雅名，甘醇神乳养寺僧。
不满不竭无傲气，若隐若现有乾坤。

千古伏虎踞山寺，一脉潜龙伴秋春。
众生烦恼皆自苦，何不林下听泉声。

游春偶得

乱石还依旧，幽兰又一春。
高处留残雪，溪边闻蛙声。
亘古乾坤转，一朝柳青青。
休言不朽事，但有平常心。

空巢情

大寒小寒快过年，遍地炊烟绕团圆。
路上乡音亲情暖，家中灶冷盘碟寒。
晨听檐下雀声噪，暮望关山雾云连。
诗语寄情谁堪诉，短信传书几时还。

闲　笔

午后无事看落红，闲卧庭草听晚风。
云生云灭由它去，人来人往任西东。
树矮风高身心静，无欲世乱心从容。
南山无路何须虑，溪边垂钓觅鱼踪。

家中远眺

冬晴风冷似阳春，峰峦如洗赛玉人。
小楼凭轩观美景，临窗卷帘觅鸟音。
松青柏翠隐残雪，牧童村姑戏田青。
极目关山烟云锁，篷舟野渡钓鱼情。

赵楼怀想

袁庆品

春晖人聚暖心房，景仰高楼气正扬。
一代后生呈纪念，百年风雨面沧桑。
丹心默默扬先辈，墨韵深深透雅芳。
泮水金秋迎硕果，古楼焕彩耀西乡。

陈铁将军故居修复志庆并祭
——癸巳年仲秋

红岩山人

辞别乡野寻中兴，珠江侧畔飞镝鸣。
铁马金戈披晓露，鏖战沙场苦用兵。
抗击外辱陈胸臆，抵御内患求太平。
国力昌盛勿相忘，每逢佳节祭英灵。

（红岩山人，谢顺江，大同村黄家岩人）

陈铁将军故里修复志庆并祭祀

胡玉宝

一

外御驱除倭寇兵，内患痛斥蒋家军。
剿匪辅佐卫立煌，北伐鼎力何应钦。

金戈铁马战功赫，忧国忧民赤胆心。
国强军壮民富日，勿忘挥泪悼精英。

二

昔日疆土布烽烟，铁军扬鞭意志坚。
桑梓一朝荣光耀，将军千古扬边关。
情系窝园乡亲忆，恩泽华夏国人惦。
弘扬时代主旋律，喜看西坪谱新篇。

（胡玉宝，播州区西坪人，原老遵义市计划委员会退休干部。）

拜谒抗日名将陈铁墓（四首）

湛凌松

西坪谒墓令人思，马老题词皆所宜。
北伐先驱擒五百，抗倭名将恨一辞。
辽沈厌战拖刀计，云贵收兵献国师。
贤达丰碑彪史册，子孙后世共同知。

注：马老题词，指原贵州省副省长马文骏给陈铁将军的题词：“北伐先驱，抗日名将，省府贤达，乡梓楷模。”

参观抗日名将陈铁故居

将军抗日大英雄，故里人民景仰隆。
忻口建功倭寇泣，太原除暴九州恭。
锦州抗命赋闲汉，主任挥师忙碌公。
叶落归根多赞颂，一生磊落夕阳红。

西坪镇文化赞

大冶高僧创虎丘，西坪文化自斯稠。
元年启相隐居后，民国赵杨续志修。
此地文章多巨手，彼乡士子悉来投。
须眉不让冰如女，名重一时动九州。

初访西坪镇

久欲来亲进士乡，无缘一探旧门墙。
笔峰山下石碑耸，坛子寺边梵唱扬。
改土归流融教化，放开搞活奔康庄。
人文荟萃西坪镇，鱼跃鸢飞万象昌。

自注：鱼跃鸢飞，广东先贤湛若水盛赞的人与自然和谐相处的景象。

西坪采风（三首）

余顺亮

金秋田野稻飞香，徐渡清风拂面凉。
伫立丰碑询历史，踏歌乡韵学文章。
井边月亮昭星瀚，岩上苍松梦羽裳。
多少尘封烟雨事，波澜跌宕舞龙骧。

西坪文化

西坪文雅出田阡，悠远流馨数百年。
大冶高僧开寺庙，启相进士著书篇。
乡音儒范还桑梓，山麓红枫醉雨烟。
淳厚人家今尚在，将军故里艳阳天。

陈铁将军

青春热血驾飞骅，恶战沙场壮志嘉。
剑影刀光歼日寇，硝烟炮火奏琵琶。
铁军英勇惊天下，贤达清廉报国家。
忠骨回归桑梓地，风流千古后来夸。

怀念姚世达先生

苏 涟

落落书生意，寂寂万里途。
世家平水里，丰裕应无虞。
年少春秋义，致学赵师儒。
先生甲书篆，抖擞适江湖。
曾为谋解放，欣欣顺势呼。
陈铁姻妹弟，盘错难成圆。
无奈覆盆错，含冤炼狱炉。
嗟乎空幻误，世达竟沉浮。

注：八十年代初期，姚世达先生蒙冤二十年出狱，在老遵义市政协担任《遵义文史资料》主编。碰巧，那时我们都在市委机关食堂搭伙，每天相见，坐一桌，时间长了，无语不说。因为喜欢文史，我与世达先生竟为忘年之交……世达先生是“活字典”，地方文史轶事如数家珍，使我受益匪浅，影响深远，甚至改变我个人的人生价值取向。感谢姚先生。今年我在我的《平播战争烟云录》一书的后记中还特别提到当年与姚先生的交往，以示敬重。这次有机会来西坪采风，得以古风一首怀念姚世达先生。愿先生安息。

再访西坪有感

王现璋

播南平水多俊彦，武震中原文领先。
洪武掌台布经道，诗书教化有北山。
清江水岸先立耸，乐稼赵氏映沙滩。
将军挥剑驱倭贼，忻口血战英名传。
湘江环拥山川美，宏图再展待重编。
文脉为魂显特色，康养休闲和歌弦。
推波助澜兴产业，思维转型前景宽。

通途在望连宇内，康庄浩荡慰乡贤。

注：掌台，陈启相称掌台山人，主修虎丘寺。

北山，指李先立创办的北山书院。

赵氏，指乐稼的赵乃康一族。

环拥，西坪被湘江东南环绕。

通途，余庆至遵义的高速公路通车在望，西坪的交通闭塞即将破解。

乡贤，西坪的众多新乡贤为了西坪的发展倾注不少心血和奉献，深受感动。

西坪景述

胡玉宝

笔峰山下藏文笔，晚清墨客代代出。
坛子寺里蕴诗文，南乡文化耀南国。
老年塘边景如画，碧水催生润五谷。
窝园街上出将军，立志抗倭报党国。
角口水清鱼虾戏，两岸青山翠欲滴。
王家塘中生态绿，层层梯田层层叠。
丰美风光风景美，龙塘波光映日月。
茶元茶海随风涌，瓜果飘香四季熟。
戏子滩边美传说，纯洁爱情胜梁祝。
洪水大洞洞奇观，鬼斧神工堪称绝。

望海潮·初访西坪

湛凌松

湄潭西望，团溪东眺，西坪稳坐中央。
绿水北流，清江远去，湘江双汇湄江。
仙过喜洋洋。是将军故里，进士家乡。
才子风骚，润千家万户书香。

而今一派辉煌。创农村新貌，古镇华章。
仙子下凡，精灵护卫，双塘闪眼飞光。
真个好安详！敢承先启后，超越腾翔。
醉美家乡似画，歌舞竞飞扬。

（作者是遵义市诗词学会会员、《播风》编辑。）

望海潮·西坪赞歌

余顺亮

笔峰山麓，平川深处，百年儒雅辞章。
桃熟稻香，羊肥马壮，万家丰硕荣昌。
柳荫醉鱼塘。赞无边稻浪，一派金黄。
书院幽林，喜孩童课韵琅琅。
踏歌九曲回廊，问先贤旧梦，老树沧桑。
遥指七星，凝眸八极，蟾宫仙子潇湘。
访进士之乡。看红枫碧水，鹰击穹苍。
焦聚红墙白瓦，靓丽美农庄。

自注：钦定词谱《望海潮》双调107字平韵，《词林正韵》第二部。

（作者系遵义县公务员）

江南好·赞西坪（二首）

苏　涟

一

西坪好，锦秀美山河。绿水花香如醉酒。层岗叠翠鸟穿梭。四处荡欢歌。
西坪好，秀丽看山河。斧劈三江堪大气，角口缓步上高坡。民富笑语和。

二

西坪好，雅客溯山河。进士之乡文脉秀。英杰抗日弟兄多。平水遍荆轲。

西坪好，意气壮山河。描绘新篇追更远，心潮激浪后人多。华夏大风歌。

唐多令·西坪小学红豆杉

公 犊

百岁校园夸，一棵红豆杉。虎丘山、竟绽奇葩。大友终生沉侈望：倚红豆，籽春芽。风雨换年华，书声追绮霞。为风流、犹葆清嘉。洙泗长流千里水，多少眼，直尊她！

望远行·北山图书馆

天官致仕，乡关喜、一片新风慷慨。义仓平借，抵御灾荒，淳厚一碑长在。念想秋闱，文化必须赓紧，桑梓不能稍懈。北山前、书院生光着彩。　　豪迈。邻里几多踊跃，重教育、尚崇新派。感恩大作，何勇把头争带。掀起春晖行动，藏书殷实，浩荡新新时代。望里中昆仲，风华尤再。

注：北山图书馆乃何勇于2006年捐资32万元所建。

鹧鸪天·游西坪镇感语

张树民

揖别西坪感触深，笔峰古寺悼亡魂。
当年碑刻今犹在，应是飞鸿踏雪痕。
文进士，武将军。多元文化恰传神。
但悲源起拓荒史，不及沙滩后起人！

沁园春·“喜迎十九大，百名学者进西坪”采风

胡玉宝

暮秋时节，细雨飘飘，播州南行。看百名学者，精神饱满，容光焕发，齐聚西坪。缅怀先贤，瞻仰故居，挥毫泼墨跃诗文。镜头内，装五彩画卷，尽显乡魂。

踏遍南乡平水，感悟厚重文化深沉。绘西坪蓝图，催人奋进，碧水青山，蓝天白云。精准对标，精准施策，干群一心共脱贫。盼来日，泽地又润物，灵气恒盈。

大美西坪（外二首）

冉启超

黔北明珠，遵南福地，人杰地灵。南山巍峨为屏，秀林佳木，林泉唱春夏秋冬；湘江北绕如带，幽谷画廊，渔舟泛朝霞暮霭。狮吼黄鱼塘，电机轰鸣；茶香戏子滩，彩虹飞渡。窝元居，名将留誉后；笔峰山，天官书美文。将军故里，爱国名扬三千里，进士之乡，教育风盛五百年。虎丘寺，佛光古磬，明月千古；启相碑，黄卷诗书，学子风流。

美哉西坪，更喜今朝：政通人和，国强民富，大国复兴。新农村，六畜兴旺，鸡鸣犬吠，稻粱飘香，水美鱼肥；新城镇，百业似锦，车水马龙，霓虹映月，歌甜舞媚。正可谓神州增祥瑞，中国梦成真！

好大一棵树

序：西坪黄图寺有一棵金丝楠木，参天伟岸，已越千年。吾常静坐于树下，闭目养神，以净灵魂，忽有所悟，作诗以歌。

好大一棵树，任你狂风呼。
历经千年风和雨，霜剑风刀你不哭，岁月任蹉跎。
春秋与冬夏，雨雪和寒暑，
始终昂首向蓝天，深根扎沃土。
风是你的歌，云是你脚步，
撒下绿荫一片情，回报光和露。

常在树下坐，悟禅何其多。
冷眼东西南北客，来来往往在奔波。
只为衣食忙，更为名利苦。
吃穿需几许？无底是欲壑！
劝取平常心，知足就快活。
贪名逐利歪门邪道，早晚要除脱！
林下听清风，远离红尘苦，
不信你问树：仁者少横祸，淡定听渔歌。

家乡路

李清竹

家乡路，连枝带蔓。
家乡路，水绕山环。
山山水水，留下多少知心话。
枝顶蔓端，连着多少亲人面。

家乡路，慈母手中线。
家乡路，恋人怀中弦。
曲曲乡音多情意，
天涯儿女不影单。

家乡路，多曲折，有坎坷，
家乡路，连都邑，通天堑。
在这里学步，在这里长
不折不挠，走到今天。

母亲的乳汗家乡的水，
父亲的气质家乡的山。
心中有条家乡路，
征途上就有力量就有胆。

都爱祖国山河美，

都爱神州大地娇。
更爱家乡路啊，
祖国母亲，您就在身边。

行走西坪（组诗）

陈章泉

西坪位于遵义县东南，山清水秀大地铺彩，进士之乡文风昌盛，将军故里铁血丹心。流连西坪，总有几处景致叫你心动，总有几处翰墨依然流芳。

——作者手记

一、在角口水电站

满满当当一川碧水
满满当当一腔温情
纳日月星辰于胸
因此光明磊落
锁湘江湄江激流
酿大爱如一池美酒

角口是一个杯盏
清清亮亮的时光
捧出闪闪亮亮的生活
在村庄在都市在田园在工厂
角口的奉献是华灯耀眼
是机声隆隆

藏千沟万壑山花的明媚
藏千峰万岭飞泻的银瀑
藏秋的层林尽染
藏冬的一片细雪
角口　储满四季暖人的景致
在祖国的北方南方

洒出星辉一样的安宁
催生旭日一样的火热

二、我对大树说

大树不语
大树在这片土地根深叶茂
举手拂云　云也依依
俯首大地　情也绵绵
在西坪　大树在校园　站成
惹人怜爱的风景　站成
一方文化醒目的标记

十年树木
何止十年短暂的树木
六百年的楠木　瞧身板华荫
枫树　柏树　松树
树树顾盼生姿
迎远归的倦鸟
送漫天的流霞
掖紧一代又一代琅琅书声
染透年深月久翰墨香味
把每一片叶当作
寄向远方的书简
任历史落墨　供未来翻检

在西坪　我们看见的校园
隐在绿中　问树
树答　树干要直　人腰也不能弯
树干可以沧桑　枝叶却需繁茂

三、陈启相墓碑前的沉思

先生　我的先辈
去西坪　我比你晚到三百五十年
但我同样为西坪的山水沉醉
但我同样为西坪的草木动情

我也姓陈　我是可以为你
由衷自豪的　谁会把自己的一生
交付一个地方　二十余年如一日
劈柴　生火　弄饭　看鸟落林荫
霞隐流水　花开原野　然后
闭门　浅酌
读书著述　丝弦弄耳
然后诗文　烈马驭空游龙戏水
而后书法　笔底波澜自成一家
而后传道讲学　高才云集西坪
鸿儒谈笑　老夫聊发少年狂

西坪幸甚　启相拈须　颔首
信步西坪大地　大地留下
千金难求的墨宝：西坪我之故乡

不朽的启相在碑上
其实更多的时候　我想
他的石碑树在我们的心中
比所有的石头还沉

西坪放歌

钱　明

一

雨润笔峰
风流墨意
无边无际的田畴
松岗人家
溪桥柳岸
谁挥如椽的笔
惬意抒写

二

秋风秋雨
谷桩连谷桩
阡陌连阡陌
云抚远山
烟笼人家
这时候走近
望不到边的
岂止是
秋风秋雨

三

风带清香
水流落花
阳光信步地走
庄稼自然地笑
一鹤牛背
几莺柳间
扶犁的汉子
剪影水田
小姑捣衣
一圈涟漪一汪银
青石板上推开了
锣韵鼓声

四

荒坟　老树
漫漫阴云
仰面苍枝云叶
雨的落
叶的飘
真如乃康先生的文字
落地生根了

五

如果不是那些牌匾

如果不是乡民的诉说
半间破旧青瓦房子的檐柱间
我真的找不到琅琅书声
听不见天官坐而论道
也看不见天官山水间
渔樵耕读

六

青灯黄卷
暮鼓晨钟
幅巾挂枝
野俗　真的安人么
盘桓在石
归鹤老
卧龙绻
家国　家国真是墙外的桃花么
紫云休暇
文章钟磬
溪流的蜿蜒
真有您
摸不到边的尽头

七

沙场秋点兵
我听见冲锋的号角了
看见将军挥鞭
所向披靡
血荐轩辕锻造
抗日铁军
看见将军从土里
起身　扶母亲
听田野的蛙鸣
看见将军坟上的每茎秋草
都黄的惊心
动魂

八

一江水澄
两岸山青
如果放舟
一叶扁舟天上人间
你说你竹篙挑起的是浪花
还是云
如果渔歌互答
你说你是想上山砍柴
还是下河捉鱼
无论做哪件
你都是快乐的
江水清清
我却只能
在岸边在纸上轻轻地
勾画风景

（钱明：男性，贵州播州区人。喜诗爱诗，读诗写诗，有个人文集《昔我往矣》由大众文艺出版社出版，时有诗文见诸报端。山水为友，鸟兽为朋，写我所见，抒我所感，逍遥时光。）

清明祭祖·晏英（四首）

晏懋芬

忆祖宗·晏英创私塾感悟

晨起梳妆毕，经书静悟之。
温良恭俭让，仁义礼谦慈。
秉性须规范，言行应顺时。
育人才德备，喜悦唱新诗。

有感晏英创办私塾

我家原住水清河，梨竹桃梅果树多。

晏老鸿儒创私塾，齐家治国赋诗歌。

咏清水河

龙腾凤舞母亲河，碧水穿乡馈惠多。
环视群山皆靓点，虎狮腾跃献诗歌。

夙愿百年母校绽芬芳

乐稼小学塑诗墙，汉赋宋词韵味长。
吟诵中华千古业，古风格律绽芬芳。

先贤遗著

大冶杂诗（三首）

一

数年湖海一孤舟，处处晴沙宿白鸥。
昨夜波斯吞却月，漫将米价较沉浮。

二

雨连雪际雪连天，地接烟云云接天。
一等共行山上路，眼中各自见风烟。

三

一条秃木两人舁，舁去舁来汗浸衣。
屋远路长天黑了，各人拖了一身泥。

（摘自《文化名镇团溪》）

陈启相诗文

节母篇（并引）

李镜月先生为蒋孝廉山源撰《节母诗》，序次详尽，摛词和雅，深得风人之遗。昔杨用修《唐贵梅传》，李龙湖备载《焚书》中，嘉叹不置，盖节义之文所关如此，其重也。予之和之，亦窃比龙湖之意云尔。

明运丁阳九，惨乱古无前。
肉食多妇人，冠佩交翩翩。
荣希长乐老，拙笑鲁仲连。
市井汝非旧，佯羞泪暗涟。
宁知再嫁丑，升载涴山川。
巾帼有男儿，颓波手斡旋。
琼枝栽甓社，移插罗施烟。
冷骨不自艳，梅雪洒河堧。

苦口不自鸣，春山啼血鹃。
中道别梁鸿，坠蕊岂再联。
茕茕未亡人，何惜殉蚁鸢。
大义择所重，忍死挟儿还。
儿存夫不死，母捐儿并捐。
生死须臾事，岂易一心坚。
丝雨胶蓬鬓，酸风剪破椽。
晓窗呼婢绩，夜帐课儿篇。
枕泪流千斛，弥弥涨平田。
风波门外来，鸮音忍迫煎。
将军媚健儿，搜括逮婵娟。
雄狐绐寡鹄，相顾复相怜。
烈哉丈夫志，毁面摧珠钿。
妇止欠一死，妇岂有二天。
风飙一何急，催人下黄泉。
愤气嘘天堕，愁云幂空缠。
孝子如缇萦，诉帅母幸全。
遂敛罗刹凶，义声一时传。
黔阳月晶莹，仍照只影眠。
教成双凤雏，长君才且贤。
镜月李先辈，铁笑横戈鋋。
诗坛驰英声，台州老郑虔。
穷愁不得意，并乏广文毡。
蒋子登其门，叙旧语便便。
为作节母诗，翚羽缀蹁跹。
如将镜与月，高照悬极边。
示我三复之，舌香青花莲。
所关风化巨，容华家足妍。
容华会有尽，冲波下急船。
遗臭与流芳，百年同墓埏。
寄谢须眉客，面目岂徒然。

又尚书来慨然有作

皇天无剩泽，不记一儒生。
呵壁犹余气，书空漫有声。
妇前羞问舌，车下倦弹筝。

我亦饥驱者，相怜剑欲鸣。

山居杂诗（六首）

一

山石凿奇门，苍苍百里屯。
夜听翻句鬼，月照负粮猿。
采药寻高士，藏书待后昆。
定知人世内，不用别乾坤。

二

僭着寒山谱，奇名古路编。
果余留饲鸟，花落自香泉。
私雨无官税，忘交省问笺。
但惭僧行短，不解执牛鞭。

三

山事真无倦，波澜造物微。
竹时开口笑，鹤不为粮肥。
偈现他生果，人惊昨日非。
偶然凭眺处，无数白云飞。

四

日月洪荒久，花林三二家。
素心那可得，白眼亦无加。
草遏清泉转，山挤落鸟斜。
非关娱我静，两部自鸣蛙。

五

独契终难变，行年老益坚。
淡期求水味，静例以山编。
时有巢前鹊，全无社里莲。
古人不可面，空处的堪传。

六

敢道还山乐，无言意自赊。
眠来犹梦笔，坐久落天花。
以月为佳客，贪云欲艺茶。
不辞牛马迹，含笑对桑麻。

言　山

是籁泠泠尽有声，一朝僻地得收名。
花含巧笑因知节，月入空山亦傍行。
散淡独从泉责备，推敲不放竹逢迎。
颇因一懒成虚负，语到浇锄事未精。

山　居

幅巾挂帐委山樵，野俗安人岁月遥。
怡悦有云持作赠，盘桓在石不堪招。
签名执簿呼毛女，泼茗殊形叱木魈。
勾引桃花休用水，苍苔直绣过墙腰。

晚荷次韵

偶游王俭莲花幕，露浥红衣映曲台。
燕子飞裙留尚住，玉儿好貌踏还来。
支持晚节非无意，妆点佳秋信有才。
拟欲制裳随楚客，华山峰顶看花回。

回龙寺

僧房落照悬，无事看炊烟。
花发年前树，峰高尺五天。
盘空归鹤老，蛰水卧龙蜷。
苔藓榴皮字，何人骨不玄。

（以上均摘自《文化名镇团溪》）

沥胆将军遗事记

呜呼！终日不见一好人，不闻一好话，空过一生，殊为恨事。讵知好人好语自不无，适不我值耳。今年九月望日，兀坐无聊，有客见顾，登楼，语次，忽及滇事始末，愕然有间，旋出而观所谓沥胆公案，因相抱哭，切齿吴逆，恨不得寸磔之。天道恢恢，岂不大哉！迄于今，逆贼以反复之故，伏诛散骨，先帝之目，庶几瞑乎。

悲夫！客姓黎氏名维祚，字名远，江津人。幼不肯竟学，惟杂技卜算形家等是耽，遭乱转徙，家遵义。己亥，会驾狩缅，时诸爵镇将各拥众拒守，维祚愤惋号泣，遍走告以大义，皆忻幸，各密草迎銮奏付达，维祚乃合若干本，窍木棒三尺许藏其中，荷荷莜锴等物，挟术以行，时庚子正月二十二日也。予时寓鸡足，维祚过访，道其行故，心壮而难之。一宿去，自是无从问下落矣。至辛丑九月十八日，抵孟艮府，谒晋藩李定国，述其艰苦及诸勋志，晋藩色动。维祚就破棒出诸奏相示。晋藩大义之。十月六日，给以令谕一道，中云："今皇上入缅，势已危急，若能走通声息，懋建奇功，决不负若，当即为若转奏。"

时驾在阿瓦城，城左右夹河，洪波浩渺，相距五六日程，祗声息通，主臣不得见。随奉敕云："皇帝密敕沥胆将军黎维祚：据晋潘奏，尔忠肝贯日，义胆浑身。穿虎豹，趋辰极，烈风劲草，殊轸朕怀。兹授尔沥胆将军，督理滇、黔、楚、蜀，遍历诸勋将士、山林隐逸等，谨慎固防，枕戈以俟，候晋、巩两潘举师，四路策应，旦夕是图，勿迟勿忽。十月五日。"拜受讫，并收空旨百道，印三颗，造复底小舟密藏之；木刊诸神像，击小钲锣，肩唱以行。晋藩大喜，以荆甲拥至通界，始改装，返报诸营。冬，十月，复入缅复命，比至腾越，而缅夷已送驾出矣。时盖孟艮夷谋乱，事泄，晋潘怒屠之。量不可居，乃驰约巩潘、白文选共攻阿瓦。阿瓦木城七重，已破其三。夷曰："汝不过欲见乃皇帝耳，几年和好，一朝背弃，何益？姑止攻，三日当送出。否则，我亦有变计，一任汝为。"不得已从之。阅二日，右河船密如木叶，内外夹攻，两潘覆没几尽。自是两潘分散：晋徙他夷所；巩谋恢复，据腾越。马宝与巩素善，诣白营，遥呼曰："我只身来说好话者，诸军勿动。"遂入相见，告以密谋，言吴愿与白合，白遂受所给。有艾将军者，满州人，亦欢悦附从，相与钻刀歃血。会上由别道，亦为缅夷送出，居草殿三间，白兵环其外，吴兵又环之。维祚至，艾导入见，上见维祚大哭。维祚泣曰："事今至此，臣惟疾奔告诸营，整兵于要道接驾。"上曰："儿子，尔可致意十王家等，若能救我出，我只愿修行去。"哽咽不能言，手剪御衣一片，密写敕付。即行，昼夜兼程，抵荆侯营，谋共于偏桥劫驾。复入滇侦察，驾已崩于壬寅三月矣。维祚呼天抢地，恨不即剚刃吴逆之胸。"徉"狂遁去，不知所踪。赞曰："匹夫慕义无穷，乃其名卒湮没，不克见称于世者，可胜道哉！览维祚事，其信矣乎。维祚自己亥讫壬寅，四年间，身无一日得见家，足无一日不在路，前后三度历绝域无人之境，其生死顾足道耶？志虽不克竟，亦足悲矣！"

附：郑管《书〈沥胆遗事〉后》　　有客示我沥胆记，云是陈公之所识。古来忠义知几许，罕似将军如此事。桂王在缅阅三年，一杯咒水惨泣天。皇帝一名何所恃，当时托望在诸藩。将军拼命穿虎穴，楚蜀滇黔历群杰。谁知荷担与神舟，中有孤臣一斗血。一朝昆海黑漫漫，牛皮坡是旧崖山。从此桥头随卖卜，不教名姓落人间。陈公本是逃名者，笔挟酸风凄古瓦。人心天命有攸归，独念忠忱泪如泻。

（郑管，字献虞，鸭溪人，乾隆戊午（1738）举人，己未（1739）进士。官黄平州学。著有《湖洋诗文集》。）

代吴总戎赠刘副使序

十年相知之久，得之于浅深巨细、安危常变、宽猛梳树之交者，迹而已，要不足以尽所知。古人重相知，当知其所重；今人重相知，所重乃在于相知。相知苦不尽，不其难欤。即予辱交于我焕翁刘公，几十年矣。金玉在侧，翱翔乎其旁，因纵观其所为，倘可得而言之。国家戡定寰宇，以滇为极功。师行所自，入险阻要害，又以遵为经营之始。局于其时，于其地，遵之为遵，且何如也。自非无双国土，谁与领此。而贤王之物色，果在公矣。脱手一畀，前军既去，孤落荒城，公于是乎纵其所为。夫遵本水西苗窟，矫焉思逞，乘衅而龋龁，所欲甘心。又定鼎之初，零军散垒，压我四邻，鼾声逼于榻。羽檄纷纷，岁时之间，层见叠出。孙界之强敌首告矣，湄潭再告，真安又再告，萌蘖横生，阴谋窃发，内外交讧，若使乎视遵一丸为众射的，而鱼肉几上也。呼吸安危，间不容发，旋且一一铲削消磨。茂虽忝于同舟，而或膺外讨。公独肩之，略示以镇定，声色不动，盘石屹如，此谢安之术而小用于遵；甲马云屯，动数万计，薪刍饩牵之给，咄嗟取办，淰鱼狘兽，时而责以飞挽，弗匮也。继以水西大役，巫山再役，综理之奇，神输鬼运，此萧何之术而小用于遵；嗣是劳来还定，田畴封殖也，此子产之术而小用于遵；调剂兵民，若化戴佩，与相扶持，此黄霸之术而小用于遵；温文酬酢，共主客将领之交欢，此陈平之术而小用于遵。卒之定乱出险，理盘错如屠牛解，以是为知公绪余，而曾足以尽之。异哉！计倪之术，十用其七尔宜有，渊渊不贷。然则蕴而勿出者，孰得而知之。“鹤鸣于九皋，声闻于天。“公劳且绩矣。任四年，朝廷为公改印，未几复改敕，又未几复赐公改姓归于宗，纪录不次。是朝廷乃知公尔，故不仅以此半壁属公，为足尽公之才略将大用公，而公行。一郡之荐绅父老子弟，为辛苦愁叹之声。其属僚悴乎见于容，继之以泣。其从游者，徘徊依恋，而不忍舍去。矧余矣，黯然魂销矣。公何以得人之深且至若此哉。大抵公超然流俗，惟诚焉故也。慷慨乐施，礼贤好善，殆天性然尔。片语脱口，而苏、张失辩；一几猝决，而贲、育难回。利害不萦于中，抝（huī，手呵斥或挥手示退）谦时形于色，孝友无间于言。瞻公者，然饮醇焉。茂于公，始为声气，申以埙篪，荐以姻盟，隆隆焉十年如一日也，而何可以别！虽然，此情之蔽耳。

相知者，当知其中所重。公，天下才，自应为天下用。夫朝廷于遵何有哉？必若其情，将竟以一公惟遵所得而私焉，其可乎？“是有衮衣，无使公归。”东山之人，抑何见之不广也，惟使形影相比，以予别公者，不过余、永两行，或镇或讨耳，此外无少别。一言一事，皆借教于公。“今而后知不足，请以家听子而行。”是子皮之言也，殆为给设。“上以为朝廷贺，而下未免夺吾私。”是昌黎之言也，亦为予设矣。情实之论，君子采焉。即以是备史氏之书，其谁曰不然？

代遵义五属送兵备道序

稽兵备之制，备乎兵而名也。志曰：“用师十万，一日之费，率七十万家不得宁。”资是任者，不綦重与！国家肇造区宇，奄有乎滇，亲王膺命，马首南瞻，爰入自遵，遵其要害也。筹是任者，难其人。于是刘公适来，王乃物色于数千万人之中，得之于俄顷抵掌之际，毅然任公而弗疑。公感知己之用，亦毅然受之而弗辞。旁观者相与惊愕。夫欲凿无穴之金，转石田之糗，为不胫之驰；漓然及之于迈，所以弗疑弗辞者，果何任耶！此其惊愕，固宜。而孰知自古号称奇男子，遗大投艰，运乌获之神力，亦不过只此指臂焉尔。由前逆计，是烈焰巨浸，莫敢向蹈者；由今溯观，而又何妨衽席过之。何也？孙界不警乎，而辙乱旗靡；湄阳不警乎，而向化怀音；真安、水西不亦警乎，泡影顿消，老巢自覆。遵岂漆城乎，荡荡而不上，则锁钥之赖人尔。当其时饥馑无田，遽责以长上之效；青草无野，猥逼以庚癸之输。嗷鸿正骄，贯鱼载路，何恃而可不恐。公乃摅揆奋武之略，行利用厚生之经，学术不犹，风流自赏。即五属之次第而任者，固已在“雨不残花，市有醉人”之日矣。属为辐，公其如毂，匪是，安可以促速；公为鲁，属其为木，匪是，安经验面曲。使之趋近于前，得各相其计，以邀公之一顾，而价侈焉者。总之，公乐善怜才，油然而天动。春风入座，冬日在怀念。折衷于公之前，指挥于公之下。斟酌饱满而退，各保乂其所，与汔之民相噢咻焉。诚爝火灌溉之劳，遂窃少名称，可忘其自哉。信乎，久道花成，擢公之独先，任公之独久，朝廷岂无深意！考绩今年，公最固已。又必使厥属人人莫不展其眉采，如公所期望，于公之心始大慊，属何幸哉！龙门风雪，得恣其咏游；狄门桃李，益增其气色。一破拘牵，而肝胆以出，荡然家人子弟之谊，盖相遇之至难且奇，有如是也。计公先后受之于朝凡三，有改命、改印、改敕、复改姓归于宗。夫礼重反始，人本乎祖，观瞿相之射，论必及焉。即公太息有言曰：“事固有时，某之私愿，于兹十年矣。迟其年于丁未，之六月亦丁未，先考之生年月皆丁未，到适霜降凄怆之际，神鬼觉往来其间，而曰亦丁未，步覆廿五日，又先考之初度也。”事之巧合如此。摩尔人等相与跻公之堂，执觞为寿，此公之仁孝。符合冥漠乃然耳。在任，举四麟，兼有孪生之异，承先裕后，所为得天之厚者，非偶也。朝廷又不以此一方为足尽公之才略，公行安可无贺。虽然，去日苦多，为某等缠绵佩德之日，而来日大难者，求肩荷如公使之风趣，以奉周旋如曩日者，胡可得耶？“豨膏棘轴，不能运方穿；弓胶昔干，不能傅合疏罅。”呜呼，机警变化，公实难几，岂惟属哉。凡都人士，皆抱庶几之想，欲伸彼扳辕之情，乞公于两台之力请也，而公复留。或天家念此穷徼，去会城特远，方面度未可裁。公即去而复来。此二说虽不可欺，可以征民情也，岂惟属哉。史氏书之，争共留连，汝棠香国，有甘棠焉。并《平水集》

上范阁部书

客秋，曾具启，附谢、王两君上达；嗣后别缘因循，至九月二十九日，始得陛辞。其时圣跸江干，鸿动震摇，已非世界。寸寸荆棘，日日迂回，竟不免于苦劫。老母殒殁，抱恨终天。君命草莽，戾干大宪。侄岂复有生之愿望哉？身带重伤，困于六毛山中，数日不死，乃为白山、忠兴诸人怜而收之。讵意风声所及，捷于飞鸟。瞬息而黑波万尺，不复见黍离也。如韦如王，两者终能闭关自守。故吾不失，殆真晦明日月，不若诸夏之亡，是可感也！其详具渠等揭中。但渠等心血虽壮，而虑始彻终，不无尚希所依。倘得六军西出，则诸人即争先效死无辞。侄、戮民也，敢复关谈所事？第念诸人忠荩勃发，必欲得侄之一言，私于老年伯前，侄又安能逊谢乎？粤、黔接壤，逼滋他族，可弗图与？万祈老年伯留意垂照，不负茧踵犯难之行则至幸也。侄辱受老年伯知遇之深，未识有日赴阶前谢谒否？临启曷任涕咽惓切之至。

与朱教官书

别来倏忽三秋。不孝潜处数阅月，不啻五百转劫。终老白山，自分何之，不图腥膻一洗之致有今日也。中间闻永安殿下，辟路前去，心甚羡之。继闻受陷，不孝废食长号者数日。形诸声诗，情不容已。至昨日，始知安车过大插，庆幸不可言。又闻足下近在咫尺，私衷甚愿一晤。患难不死之身，视身世一切，都如幻泡；惟知交一节，倍加殷勤珍重尔。

与古零官父书

百折余生，晦藏丘壑。受恩深处，如老盟丈且不能通一音侯，向子平曰："当如已死。"此隐人正法，不得不然。世事反复，不图复见今日。老盟台与王端老辈，苦心苦术，运用深微，忠义种子，惟不孝能知之。此身不致胥坠，他日得归见天子，尚可以泣血相明。每念大德难报，中夜怃。不孝三仆，病夺其二。困顿穷愁，数月来景况，不堪更仆，正不必言，以重故人慨尔。弟敕印之失，曩托老盟台察取，风破忽逼，遂不敢复问。今特申前恳，倘得合浦重还，俾弟得视为苏武一节，不致归使司败。是弟微两生之等于台台者，岂寻常哉！

掌台记

湘境有掌台，里中人日为所弄，袖而不肯出。即予曾数年于兹，亦识倔强。乙卯，予复来，征着以句曰："四日辛壬癸，三生乙卯寅。先以武丁，申以巨灵。"一夕划然雷震，腊月轰轰。而五轮八宝，旋为舒展，异哉。不竖不垂，身臂相使。百发布于其井文之中，适可而止。环山如滁，壑林浮末，台位轩轾之。牧笛横来，竹肉犁肰。属台歌三章曰：“台以东，仰泉出玉龙；柳生肘，指尖一点通。”“台之南，戴胜拥花冠；赤帝剑，深深六月寒。”“台之北，万丈螺陵色；石遭鞭，屏气如不息。”予颔之。有泉曰灵珠，仰喷田之腹，为九曲以汇于合口。有崖曰燕子，不知其所始。燕子来，燕子来，宫殿值新开，其时哉。台晦而倏彰，亦可曰灵台。顾不取，取肖诸形，亦即以名。昔予有联云云，若预为是设，故仍之。施主刘氏，讳某某，妻某氏。闻给孤之风，一旦上其土田林树以梵刹，诣予甫请。予遽曰：“五木之祥，其兆昌昌。地出一手，人荷一肩。契理契机，日昌月盛。平水眼目，海众云会。“请法者，其示诸斯乎。（以上四文皆出陈启相《平水集》）

手爬崖记

道无非险也，而蜀称最，最尤在于夜朗一境。今日遵距蜀邑之仁怀八百里许，峰高回日，涧邃根云，割愁系闷，水石交横。一线蜿蜒曲折，钩窟杳冥。目不暇瞬，足不暇蹑。当八百里之平地，名“手爬崖”。耳之虽令人笑，即亦不寒而栗矣。道无非险也，而名以“手爬”，异哉。庄生之言曰：“足践也，足之所不蹍，谓为善博者恃有余于地。”兹独不任足而任手。岂惟足，几不欲有其目与膝之为累。寄我愁心，除是随风直到，一鸟身轻。噫，歔欷！巨灵一掌，开法手印，后皆以五轮印印之，谁敢不然。将行旅人悉化官人，是曰“鱼贯”；化面壁，是曰“蜗触”；化卦影，是曰“艮背”。名之大义，无乃然乎。岂无一人能撒手者？觉不爬不得也。闻昔大将军省吾刘公，曾一经理，乃久颓坏，过者苦之。岁壬子，余奉简命协镇遵土。目睹太白《蜀道难》一篇，已为是描画矣。有羽衣照空者锐志募修。始壬子岁之六月，讫明年之九月乃竣。道阔丈有二尺，磴级凡百三十有奇。行李安稳，莫不欣快。如祸难忽平，如病悸忽壮，如陆地游仙，如御寇十五日往来，如凫舄，如云间老万回也。乃知世间事，藏至夷于至险之中，伏至乐于至苦之中。天地设险，人功自神。持“手爬崖”三字，一旦拱手告别。直诵之曰：“王道荡荡，王道平平。”是不可不记。（疑此文为代作。中似有缺脱处，见《平水集》）

西坪寺记

《府志》252 页载，在城南百里有西坪寺，又名虎丘寺。僧大冶道场。260 页又载，在城南九十里有掌台寺，明御史陈启相落发于此所建。陈启相著有《西坪寺记》：

嵚崎，梵宇托焉，在湘不以为奇，不奇飞舞，奇坦旷，盖湘原少而峰多，则以少受选焉，宜耳。有地曰西坪，飞舞夹纵，坦旷中铺，不此之奇，是选雷之目也。坪又以石为筋脊，石自某地，迄于板阁，凡五十里。状若蛟虬，蜿蜒而迤俪，隐隐隆隆，蛛丝马迹，□□笋轴，画势玲珑，受拜南宫，非袍笏不敢见。当坪之腹，始张甚，为象、为狮、为龙、为虎，然不示人以玩，且韬藏之，俟其人卓锡不偶也。

岁乙酉秋，冶公和尚以蜀乱，率众适至，响锡摇空，笠篷正锐，初非有取乎此。会坪有四众，震师之名，请辍沙滩之祗，为创结茆（茅）之憩，师犹不以为缘，唯唯否否，宿宿信信，庸知山灵蕴结，鬼神呵禁，不为化城，不肯。师遂一住十有四年。茆就坏，四众不听师去，乃开土创刹。其时乃有狮若象，若龙虎，奔走腾沓而来，处刹之四隅不散去，众始大骇，异之，乃知师游戏神通，示人不测若此。

谈亮五首

蟠龙水长歌行

蟠龙水，界接仁、桐。遘异疫，初及人，旋及牛，并及山中雀虎。异哉！惨不忍言。李子冀一自桐来，详言之。且作序以记其事，属予作长歌。

仁桐之交蟠龙水，中遗孀妪哭不止。
泣言疫疠酿一村，延染迄今近百里。
此方赵氏称众强，二十四口弥月死。
可怜赵氏绝门户，弱姓单家谁掩视。
共传吊客止青蝇，又说孤坟绕白蚁。
亲知相诫不往来，望望且复从远徙。
连村鸟雀堕堂除，几日犬羊毙阶底。
虎倒荒林豹呻箐，满眼腐肉不到嘴。
不仁如尔奚足哀，至贵如人曷可比。
云封大壑烟火稀，日光惨瘦气如鬼。
推原沴气始庚申，溽暑挽输积成痏。
饥渴鞭笞杂沓加，敢怒敢怨痛骨髓。
五属千夫半磷火，孤族单丁失依祀。
间有皮癃望颓扉，又来追呼挈糠秕。
死亡艰苦年复年，难悉指陈尽原委。
死者无知已死矣，生者哪复弃耘耔。
少壮只今游乐郊，老病伊谁奉甘旨。
太息何人采风谣，愿绘一图呈百里。
由来人定可回天，不然菑害从何弥。
窃虑处处成蟠龙，处处效侬哭未已。
我闻此语增感伤，草野孰暇续诗史。
挑灯略为《霜妪歌》，赖有纪序人姓李。

仲春十九日，社友傅乃占招游大觉兰若、限韵二首，兼呈郡守明府

小隐相携曳瘦藜，招提日暖草新萋。
风摇石笋撑高阁，花带天桥度小蹊。
奏曲喜观鱼听水，化城谁见鹿横鞔。
茶烟酒碗判清卧，不待辟尘休问犀。
跨桥穿洞拂蓬藜，春日寻芳踏碧萋。
莲社何人能载酒，桃花入寺亦成蹊。
即看杯渡超三岛，端望褰帷式一鞔。
却笑头颅僧已像，漫言马客贯文犀。

（并《卖闲愁集》，录于《遵义府志》）

失足吟

一

山居合受佳山名，竹杖芒鞋了此生。
已判形骸如土木，不妨负痛作嘘声。

二

无名无姓莫相呼，雨过前村听鹧鸪。
慰我声声行不得，焚香且学小蹒跌。

三

深山采药未全贫，况复田衣稳称身。
立地但须双足在，蒲团默坐证前因。

罗兆甡诗文

采蕨行

采蕨，采蕨，十指流血。
血流指未枯，腹枵气将绝。
山灵骨露不忍呵，猛虎怜人低缩舌。
朝采采，暮来归，一担枯根擎入户，饿眼无光唤声微。
河头洗污泥，瓮中澄黑水。
薄粉流云合小团，浓羹拨雪搅长匕。

大妇小男并手作，仓皇一碗方到嘴。
我观廪谷槁犹悬，市上斗米值一钱。
何为徒自苦，早作夜难眠。
老翁吞声告，廪谷安敢食！
官帖久开征，谷贱难索值。
昨与老妻相计较，只恐娇儿留不得。
天容贱命活须臾，岂惜区区闲气力。
老翁勿再言，使我心剧悲：
当日聂夷中，解写锄禾诗。
宁知密箐丛山里，汗滴土干未把犁。
传闻圣人下南甸，快活春随尧舜愿。
山东预蠲明年租，江南一勾二百万。
六龙敢望踏荒烟，赐租蒙恩已一年。
唯正所需难骤免，节俭有余方议蠲。
此谕令人感且泣，兵宜效死官宜廉。
民口夺食为尔食，哪能坐饱负皇天。
独不见、夜郎忍饥采蕨人，官租未纳难下咽。

桐梓道中

流云奔天天路长，凤凰秃翼飞跄跄。
不辞水击三千里，今日飘零大道旁。
炎风抑何虐，扑地吹尘聚眉锷。
溪水抑何清？行人汗滴与溪平。
目眩腰拳僵绝壁，以手扪天坐且立。
相如慷慨漫题桥，陶侃从容犹运甓。
君子慎宴安，小人怀饥寒。
君不见，播儿双肩红肉裂，笑担盐篓上前山。

（以上均摘自《遵义府志》）

赠许司马（并序）

三闵许先生，才探龙颔，官拜马曹。杜甫穷游，谁为筑室锦水；青莲长谪，又将接武夜郎。与小子介骨相怜，幽怀别吐。于其行也，缀曼词焉。

吾不知闽之异人能有几？独挺慷慨磊落之许公。
吾不知闽之山水何所奇？独生如是之豪雄。
腰中铲镳淬芙蓉，握手何人当其锋。

雷焕张华俱前死，神气郁郁牛斗宫。
壮心耗尽诗千首，笔底时听蛟龙吼。
狂来引满尽一斗，魂礧拉杂随枯朽。
夜郎落落司马署，李白今更归何处？
逢余一掬桃花潭，为公踏歌送公去。
搜囊却喜一钱无，箧中剩有万卷书。
六闽道远携不得，留与王充读何如？

香雨堂赋物（并序）

戊辰之秋，余入陈明府署中，览壁间李氏云柯所题《香雨堂赋物》。因游于堂，求所谓十围苑斯之柳，已为风雷取去；而一尺黄杨，蒲伏于荒苔蔓草之中，若相避者。独池中红装，袅袅迎笑；墙侧冬青，亭亭肃客耳。因即其韵，作《思春柳》《赏秋荷》《悲黄杨》《慰冬青》四章。嗟乎，红树既枯，司马之雄心历落；秋客方淡，韩公之晚节隆崇。所寄不同，其感一也。余诗也乎哉！

思春柳

问讯西堂柳，多情共客征。
隋堤迷旧梦，灞水漾空营。
月上虚窗影，风微散晚晴。
明年花事暖，凄绝听流莺。

赏秋荷

草漫嗟摇落，流杯且共传。
红衣寒拂砌，碧盖老擎天。
盛夏知谁负，高秋见汝妍。
容华珍自保，桐叶正颠连。

悲黄杨

尔自卑如此，何心傲雪霜。
偶遗造物忌，不拟占风光。
蝼蛭依回合，蛛丝借远扬。
年年飞动意，春色到垂杨。

慰冬青

报尔岁寒至，人惊翠未凋。
雁来书古色，鹤独顾层霄。
苦节世何补，晚成时未遥。
终思回造化，红紫遍霜条。

春日遣怀

桐花冻落柳风干，野老无衣久不寒。

见说寸秧疲夕雨，可能尺布损朝餐。
五云自下蠲租诏，百茧犹高旧杖瘢。
踏亩又传官长急，惭他莺语慰平安。

排军遇雨

出门一寸路，风雨即天涯。
为谢幽栖客，寻春莫出家。

出□门即事

午梦依人半枕斜，迷离旧路认桃花。
青梅惯向盘中□，莫遣霜风酢齿牙。

娄山关

娄山战血尚横斑，竟少高文照碧山。
往事已多难记忆，杨家莫恨失雄关。

魁岩暮归

河面轻风散缬纹，河边细柳借余曛。
人归断彴斜斜雨，鸟啄荒城片片云。

麻柳湾

宛是当年载酒时，一湾春水映疏篱。
山花莫讶人非夕，且嘱东风爱惜吹。

（以上诗出自《鹿游诗集》。录于《遵义府志》）

对酒有述

山云低合榴花重，雨送清风过客梦。
一杯冷淡发酡颜，突兀杯中起狂澜。
探奇昨与腐仙遇，女子操椎祖龙惧。
升沉千载旧山河，丈夫慷慨自来多。
□□□□□□□，话东阁阁奈尔何。

谈晋翁纳妾崔妆词

红罗高拂镜无尘，蒲粉轻脂仔细匀。
妆出文君容貌好，阿谁敢认茂陵人。

（上二首录自遵义县文史资料第十五辑《清初平水里客籍及其后裔文人》）

补修禅院记

《遵义府志》载，在治西三十里八里水有西来寺。平林蓊郁，一径通幽。康熙初本杨氏宅地，总兵吴之茂以争构劝舍为寺。僧两生遂于此开道场，名“松丘禅院”。手按大乘经字数种柏数十万株。其尾字倒植之，后长枝皆下垂，今犹存。内《释藏》为僧明澄走京师请于当事，康熙五十六年丁酉十四王供施装造，奉旨赉来永镇山门者，共六百七十六函，通六千九百五十卷。后知府赵光荣募制经匮存贮。高奣映著有《松丘缘起》，罗兆甡代陈瑄著《补修禅院记》：

学士大夫宦辙所居，必有胜刹通流，与为栖息往来，非第纵逸游，赏方外也；所以涤尘嚣、发锢覆，其益宏矣。在昔如裴休、陆大夫、苏、黄诸人，固以是为归；而欲烧佛骨之韩子，亦不能不心醉大颠。盖佛骨自可烧，大颠自可参，原不相碍。此所以为退之也，而騃儒且盛气辨之谓为无有，不大可哂耶？予吏遵三年，遵固陋远，求所为金碧焜煌、壮观一邑者，既不可得；即疏林卷石，布置略佳，亦绝未见。至城刹缁流，率讽呗取直、香火衣食耳，无可言语者。禅宿藏天，故两生老人之高足也，住锡城西松丘禅院，惠然来访，予延见之，渊仪玉韵，英英照人，因乐与周旋。一日，持绿萝高雪君所撰《松丘缘起》相示，予快读一过，恍坐话因阁而左顾神娲、右揖庭坚也。始叹桃花源去武陵数十里耳，刘太守不亲往搜寻，岂不有津可问？若兹丘则距城更近，予且至今未前，不令拂云诸叟远笑俗吏难医哉！藏天白曰：“高公镌记后，寺中补造者，有大都督郑公及禅帅等合赎制坊，有傅、李二太守庄严之佛，有诸善信捐建之天王殿五、斋堂一十有二，落成于今戊辰，滥觞于壬戌。公不吝如椽，踵高公而记之，为兹寺增一盛世可乎？”予笑曰：“雪君先成文而后游‘谓文为实，而游为虚’，其言甚辨。然既文之矣，何非游者？文实则游亦实，游虚则文亦虚，虚实倘分，真妄互起，不几梦中说梦、觉外寻觉耶？予再蹈斯例，是馋郑人之鹿，踪藏氏之羊也。”藏天曰：“蔡少霞伏枕书碑，所谓‘山无卿’者，当以何人实之？某未敢望颠公，尚幸退之不来，可免五百年后人饶舌耳。”余谢曰：“予之善謿也，予行且至矣。”因书其语为记。其施资诸人，例得备书于后。至本寺始末，已详雪君记中。雪君记佳，可留与后人也。

《遵义府志》256 页

福寿桥记

《府志》279 页载，在治东门外有万寿桥，《孙志》名塌水桥。《遵郡纪事》载：平播后只有石板平桥，名塌水，后多颓缺。康熙七年，文武官各捐俸更创高桥，两旁建屋，集商贮货，初经者不识有桥也，后复圮。二十六年，吴僧照彻独力劝募，因旧址而新之，名福寿桥，又名万寿桥。《通志》云：吴公桥旧制，桥平水面。康熙六年，水涨倾圮，总兵吴之茂改修，高数尺，即此桥也。又列赵公桥，云在东门外，知府赵光荣、知县邱纪重建。赵公桥实则万寿桥也。罗兆甡代陈瑄撰《福寿桥记》：

古称三不朽，立功其一。凡利于人者皆功，不较事之崇卑也，况盛衰有无之数所系重且急哉！遵城，本穆家川旧地，川带城北而东，有桥直接东门，引外厢之势属续于城，若无桥，则内外判隔，如人绝吭，而不可以呼吸也。府庠距凤山，峙桥之左，水滮漫而径行，恃桥以聚其气，若无桥，则庠与水逆，如人侈口而不噏，气且耗逸无余矣。桥之系于遵也若此。岁戊申（1668），旧镇易平础而增崇，岁为一郡巨观。阛阓联延，气象万千，武甲文元，累累斯盛。甫十有六年而桥毁，凡与桥俱毁者，其验立睹。而毁且五年，率无有复之者。予乙丑（1685）夏莅遵，登城览流，概（情况，景象）焉深念，急思更建之；而营营碌碌，且作且置。越丁卯（1687），吴僧照彻至止，毅然以为己任。适太守徐公临郡，察郡兴革，惟桥为巨，乃进僧而属之。僧衣钵尚有余资，尽出以为众劝。一时官绅士庶，嘉僧之志，咸踊跃捐勷。饬工庀材，早暮罔辍，不三年而桥成，视旧宏阔稍加，坚致逾倍，夫然后可以不朽矣！僧经理之初，或疑之，或笑之，或忌且谤之。僧一切不顾，强力诚衷，以桥之成为止。盖以身徇桥，以桥为身，专精之至，又何难易巨细之有？使任事者皆如僧，天下岂有可已之事哉！自是井邑增雄，云霓山路，抟扶摇而上，当再破从周之天荒，为利宁有涯乎？桥既得僧肩荷，复有贤侯主张于上，大师王公、别架陈公、暨各绅士交助其成；参军邓军，则左右引翼之。是皆天人和合而有功也。予虽竭绵力，其何敢尸！夫成杠成梁，有司事耳。公孙蕞尔图存，日不暇给，偶解一骖，反来责备。今予获藉手以告无罪，不重幸欤？故为记桥与遵之关系，以明兹功之所以不朽。后之莅遵者，尚无忘焉可也。并为铭曰：天遣玉龙，跨城之东；飞凤峙左，峨峨頖宫。凤挟龙翔，山水互雄；五年龙僵，凤盼长空。龙今复起，怒鬣扬风；凤羽云张，上摩青穹。霞蒸白田，岭蔚花红；于斯万年，维龙之功。

求饬府令为启相树碑表墓书

启相当王师定鼎，弃家为僧，法号大友。遍游吴楚诸山，于壬午归，隐遵之平水里掌台寺，足不越户者将三十年。有时不免饥寒，啸歌自得，一编一钵，萧然人外。中丞张德地查木临遵，遣官敦请再四，卒不可致。行年八十示寂，葬寺后址。令亲优免寺差，集僧守墓。今令亲将行，恐继事者未乐护持，甡又糊口四方，照料不及。念先师力学好修，至耄不倦，隐身玩世，全节以归。近无耆旧之编，远缺遗逸之纪，孤忠潜德，化为蔓草寒烟，已足哀也！乃犹樵苏不禁，抔土无依，不重可慨哉！祈行府饬令表墓，以示敬礼前贤之意。

（壬午不确，当时壬午年一为崇祯十五年（1642），一为康熙四十一年（1702），罗兆甡就死于壬午。与夏某合写。《遵义府志》陈启相传）

谈惟迪一首

潼　关

熊熊气象走嵯峨，百折疑从鸟背过。

上有青天磨白堞，下窥绿地放黄河。
遥怜壮士当关日，难对群山积骨多。
往事若堪凭吊问，秦时明月待如何。

（摘自《文化名镇团溪》）

谈宣九首

送友人还播

千里曰归心自欢，秋风放棹水云宽。
不知朝暮几回醉，下尽戎泸无限滩。
秫酒渐香宜快饮，江鱼正美好加餐。
高才会作宾王客，隔月先求榜录看。

秋月感怀

星汉茫茫接凤城，西风砧杵万家鸣。
新凉渐入梧桐影，往事难消蟋蟀声。
骤雨已知花事歇，高楼先得月光明。
露华短鬓垂垂白，渐愧当年误此行。

秋闺，次遵义别驾孙干峰韵

陌头曾记柳青青，又见西风到画屏。
金鼎篆烟空喷鸭，银塘秋雨自飞萤。
关河路远悲长剑，鸿雁声高接短亭。
遥忆良人今夜影，天山霜叶不堪听。

陕西生日感怀

感慨时移路亦歧，流光迫我赴衰期。
谁言客地埋忧浅，自笑平生见事迟。
夜似小年寒始信，病由平日老方知。
空余宦味如尝胆，鸣咽秋风未起时。

关中秋望二首

一

愁心何处问秋天，城上高楼接野烟。
六井脂香魂作水，五陵豪气墓为田。
夕阳马去黄云里，远戍茄吹白草边。
过尽当时歌舞地，老槐衰柳没平川。

二

野外牛羊散晚风，遥天秋色没归鸿，
金身犹在开元寺，玉骨不埋长乐宫。
几叠觚棱山影里，千家灯火雨声中。
阳关不作湘江梦，夜夜牵情灞水东。

除　夕

酒罢惟思睡，僮鼾莫问茶。
春风回异国，豪兴在邻家。
白发残灯冷，黄沙骤雨斜。
客中无意绪，寂寞度年华。

惜　春

深村榆柳间红亭，杳杳孤烟失旧青。
春在雨中人不识，杜鹃啼与落花听。

（上二首录自遵义县文史资料第十五辑《清初平水里客籍及其后裔言文人》）

春闺怨

送郎去后妾归来，门掩春风不敢开。
邻女犹将旧时意，催人早刺踏青鞋。

（《遵义县历代诗歌作品选》）

（谈宣，字师陆，谈亮之孙。雍正甲辰（1724）举人，选陕西洵县知县，因事左迁，历署四川眉州、垫江、建水，终永宁府经历。是罗兆甡女婿，为诗作文继承了罗兆甡衣钵。著有《拾遗集》《巴塘杂记》。）

李先立诗文

擒盗　为别驾胡公作

北方盗宜报，南方盗宜讳。
我昔在都门，众口同一喙。
南人亦何辜，逋逃容此辈。
兹语盖有因，听之滋惋慨。
既虞馋兔脱，复防猘犬吠。
未滋追逐扰，先受疏防累。
狱具动经年，殿最皆为碍。
天高听则远，包荒藏垢秽。
萑苻丛怨薮，斯人日告瘁。
痈疽既养成，奔出常四溃。
从来燎原火，蕴自爝石内。
胡公青云器，英风慷以慨。
不忍即加诛，谆谆勤告诲。
顽梗狃凶残，未肯回肝肺。
一擒皮骨消，再擒身首碎。
三擒心胆裂，豺狼失所在。
小忍成大济，足以破聋聩。
明月清风夜，酣歌古遗爱。

课　农

山农有常程，浸种候谷雨。
布艺或先时，冻芽半入土。
千村如一室，不敢违寸武。
迂彼章句儒，拘文泥陈语。
须知凑生气，精化乃相乳。
冷暖纵不齐，明损必暗补。
两家均种类，肥瘠亦相伍。
一早一迟间，春揄验良楛。
早播斗七升，迟播米十五。
斗种三石收，秋成此其矩。

以兹较赢绌，得失熟为愈。
吾不如老农，得自老农父。
此理诚有征，自我可作古。
百物戒知足，嘉谷恣丰取。
竭我终岁勤，颗粒出辛苦。
奚必操豚蹄，满篝祝田祖。

（《文化名镇团溪》）

笔峰寺

山头余古寺，移住断岩中。
处静禅方稳，无名佛始空。
鸦巢盘谷月，龙护士囊风。
几杵钟声出，诸峰界划通。

濯足河

深山饶积巘，一水即沧浪。
岂有高人隐，仍传濯足乡。
溪流寒草碧，石卧古苔苍。
未许渔郎问，桃花隔杳茫。

万丈林

连峰青不断，极目转幽森。
日抱林阴静，苔封石气深。
草香肥野鹿，果熟饱山禽。
欲尽探奇兴，愁惊木客吟。

花园坝

何处是花园？土人今尚传。
三家村隔涧，四面岭围天。
细草承趺软，清风入抱圆。
寓公居谷内，来往日蹁跹。

（以上均摘自《遵义府志》）

播州感兴六首

一

杨家世业已蒿莱，雌风妖骊稔祸胎。
跃马真成蛙坐井，鞭山未信海如杯。
从来负固无完局，岂待残烧辨劫灰。
指顾重关天险失，夜郎自大古今哀。

二

遥从万历指干符，八代沧桑递菀枯。
河右窦融曾附汉，淮公元济自坑吴。
花庄粉阁巢新燕，鹿堡鱼墩叫夜乌。
小小山川轻浪掷，动人凭吊亦踟蹰。

三

候尉承流历再周，中间风浪几沉浮。
金门棘老铜驼卧，锦水磷飞铁马秋。
鸡犬独超秦劫火，提封不入汉边愁。
流移八郡良家子，长得儿孙又白头。

（注：沉，《府志》为沈。流寇残蜀，独遵郡获免，八府流移，多避乱于此，因家焉。）

四

朱服飞鱼敕赐年，天家本意在安边。
鄢陵未入吴终摈，繻葛交绥郑忒专。
绝磴海龙平伏莽，元戎汗马纪凌烟。
如何一座桃花坞，空向苍茫吊谪仙。

（桃源山上有铜柱、并祠总督李公化龙，今为怀白亭。）

五

炎精中断落吴山，大有人才出草间。
冉氏一门钟国器，天心终古厌时艰。
未逢余玠龙方卧，小试江城豹已斑。
其奈宋辕悭北向，功如韩岳亦投间。

六

奥府灵区井络间，孤悬形胜地图间。
锦官西上云随马，铜鼓南封月抱关。
剑舞秋风难驻足，天留鸿藻欲舒颜。
金牛凿破蚕丛后，扬马当年盛故山。

（笔峰集）（《遵义府志》）

重建碧云峰亭记

碧云峰，遵城之后山也。遵义，古播州，郡邑于崇山峻岭中。山之佳者多矣，而碧云峰独称。盖是峰矗起碧落间，苍茫杳霭，壁立城后，如玉削成，因以得名。或又谓之玉屏云。高仅三数十仞，自下望之，恍与天接。朝曦先迎，夕阳晚饯，凭高眺远，万象俱达。左右诸山之高下不一，与之等者有之，然起伏映带，盘旋回护，其意盖常在碧云峰也。唐乾符间，弃与外藩杨氏，此峰之不与王会者千数百年。明万历庚子始平，而碧云峰遂入盟府矣。自是以来，妖魔割据，兵荒洊告，或常或变，反复不时。户口逃亡，人烟凋谢，四顾寂寥，暗淡无色。未登临而衰飒之气已自触人，人亦罕有至者。故初原有亭，后遂一废而不复存。今天下承平，五十余年矣，湛恩覃布，文教四讫，熏蒸涵濡，盎然如春。民间豚蹄燕社，乐酒往来，徒见山高而水清。向之妖氛浊气，荡焉无复存者。吊古者，探奇访归，则此峰之胜，当不独使山灵秘受，此亭之所以又有待而复兴也。亭成而登览之余，焕然改观。因思昔日之衰，孰为基之？今日之盛，孰为致之？抚今追昔，未尝不临风三叹也。呜呼！由今日之盛，而悲昔日之衰，人情大抵然也。然不由昔日之衰，以适今日之盛，则亦乌知帝德之广运，如是其无穷也哉。

（选自《笔峰文集》）

总兵王公德政碑

雄土府一，酉石土司二，幅员间阔，承朝廷底定之后，礼让之风，固不逊于齐鲁。而万山深箐刀佩弩，眦睚抱怨之俗，尤未能尽泯焉。且去省会将二千里，悬一军于险远穷边，以与黔中苗、蛮部种接，非得方叔、召虎其人，真以安民社为心者，恐未易当此一面也。辛未夏，我王公由宁都移镇是邦，其恩德之所治，威信之所孚，早已鲁铎闻郑，楚波及晋矣。初下车，严明约束，整齐什伍。讨军实而申警之，老弱者汰，虚悬者补，而无用兵之法，空籍之弊除矣。号令惟明，赏罚惟允。不别治生，以长尺寸；不少征发，以烦士卒。由偏裨以逮卒徒，宛然家人父子之相接。然而令行禁止，毫不假借也。且灾伤有赈，无告有养，捐俸以给老弱之裁汰者，设义塾以教子弟之固穷者，时进老成黄发而咨访之。凡利之当兴，弊之当除，苟有利于民社，悉严气正性以行之，和衷协谋以济之，不计其事之由己出、功之由己成也。自公莅任来，七八年间，里犬不惊，夜户不闭，商安于市，农安于野，天应如响，休征累集，兵民岁时燕会，杯酒往来，欢洽无间。行旅之往来者，可早夜发焉，无或警也。去年春，丁太夫人艰，兵民皇皇，恐失我寇君也，相与赴省号呼，为攀辕截镫之举，情辞恳切，上宪怜其诚而转吁之。乃蒙天语褒嘉，特敕留任。国人如新获慈父母焉，因相聚而谋歌功颂德之事，以勒诸金石。公，讳国忠，字擎庵，福建人，大概以忠孝为质，济之以仁恕，行之以刚健，故能入人之深而保定之大如此也。

谨撮其大者数端，序次而附之碑阴，以志不朽云。

一、恤养穷兵。穷兵之无告，更甚于穷民之无告者。穷民自食其力，心思材力，习惯已然，筋骨已衰，犹能出其余技以自庇。若穷兵待食于人，所储者金革，所习者击刺，及其衰暮，势不能披坚执锐也，势不能投石起距也。国家即甚无事，亦安养此无用之人哉？法必汰。夫以待养于上之人，一旦黜其身，而夺之食，计唯有垂头待毙而已也。田子方见老马之放弃者曰："少用其力，老弃其身，仁者不为也。"乃以曾为国家御侮之人不克终其余喘，岂仁人所忍见闻哉！公则于奉法之中，而通之以法外之仁。凡兵丁之老弱，有愿以子孙承袭者听。其无子孙者，乃捐清俸，按其所需缓急而周给之。而于寡妇孤儿、疲癃、残疾为尤甚。故一部有裁汰之兵，而无告之兵者，皆公父母之洪恩也。夫兵制之敝也，起于主将有私身家、长子孙之计。故按籍有兵，而征调无兵者也。且有摘其微过，黜其人，而攫其饷者也。公于已汰之兵，尚恩勤赒恤如此，则部中之士饱马腾可知也。安得世皆仁爱如公者，而与之筹兵制哉！

二、捐赈灾民。遵义地僻民贫，风俗朴俭。比闾而居者，率皆编茅为屋，一罹火灾，延烧不下数百家，少亦数十余家，无虚岁焉。以担石不储、半褐不完之民，时为凶烽虐焰，席卷而去。凄惨之状，哀鸣之声，有不忍听闻者也。公乃巡视灾民，计口授食，计人授衣，随其力之所至而赈济之。慰劳之言，无日不下，画定乃止。民之沐其泽者，若饮醇挟纩，并忘其灾之切近已也。由是文武协谋，凡禳火之术，救火之具，无不区划尽善，一两年间，民始得有宁居焉。今年二月十七日，城南飞火突发，暴风大作，城内外数千百家，一时俱烬。死者不知其数，其得脱者，大半皆焦头烂额之人，诚非常天灾也。火发之夜，兵民惊，无有固志。公刁斗森然，按部不动。平明，召父老而安集之，赈给慰劳，视昔有加，惨澹迷离之天，遂回而为风清日朗之候，非公恩德入人者深，当此时竟不知作何境界矣。以一人而系一郡之安危若此。作诗歌者，纪传其事。而白叟黄童，街谈巷议，咸引手加额，以为"王大将军活我"焉。

三、礼贤下士。世之治乱系乎士。士之趋尚系乎好士者。周末沿游说，东汉尚节义，其所由来者有故，故天下之士，靡然乡风而从之。今之士风，亦少偷也，其所挟以游于世者，率以恢谐为尔雅，清谈为练达，六博、踏踘为长技。而开阁延揽者，亦遂以饮食、歌舞、游戏当之，自以为相得甚欢，而浮縻之弊，有沦胥于人心而不觉者也。公循循长者，谦光自牧。凡士之敦孝弟、重廉耻、晓达世务，博洽淹雅，与夫通一艺以上者，悉罗而置之幕下，相与观古今之治乱，商政治之得失。公暇之余，作为诗歌古文辞，以咏太平，以抒性情，殆无虚日。又时与山人、野客煮茶、评画，以博其山水之趣。公不喜饮酒，而好人饮，礼意殷勤，以致其敬；笑语款洽，以尽其欢。端庄持重，终日不疲。尝二豆觞狼藉时，微窥其举止，而其人可知。此又公相士之一法。而佻过、轻猥之习，不知其何以咸消也。夫当风俗嚣靡之日，公独能以礼自处，以礼处人，诚可障百川而回狂澜者也。闻公之风，而兴起焉，使天下之士，革衰乱之俗，崇礼让之道，于以反薄而归厚，化糜而还淳，其或由此也。且公卿不下士久也，况纠纠桓桓者乎。闻公之风，亦可负愧而感动矣。

四、设立义塾。凡郡县皆设义塾，大概以贾虚名、钓声誉为念，而实意不存焉。公职司专阃，戎政克修外，义塾之兴废，原不相涉，何惓惓于此也？盖遵义旧属杨氏，明万历庚子始平之。虽建学校，设师儒，其时士子寥寥，暂议赴渝城就试。计由遵抵渝，可八九百里，士子担簦裹粮，崎岖况瘁。一逢考试，如往赴敌，甚有贫病不能自给，陨躯于路者，公尝悯之。每与当事商议此事，辄以棚厂未设为辞。夫凡可以取民之术，为功令所不载者，无不悉力以图之。而此独兢兢由旧，何哉？公虽有怜恤单寒之意，亦阻于职分之非已所得为矣。士子欲赴愬于省，艰于资斧，公捐俸以助之，至再至三，略无难色。而省中又以因循旧制报罢矣。由是斯文气索，为父兄者，目不睹文明之化，徒闻有跋涉之苦，兼为贫所困，而读书之途，遂缺然矣。公乃兴义塾，婉曲劝导，兵民子弟，无不感恩毕集。馆初在外，经大火后，人人自怠，以为不能复举，公又移置鼓楼，延师训导，日夕不辍。夫教学之事，人皆视为涣途图，而公独惓惓焉，盖恐文教不兴，相率而为凶悍之俗，终非国家之福也。若夫贾虚名、钓声誉，公原不以此为重轻，而何急急于此也哉。

五、尽革陋规。国家可使有坐食之兵，必不可使有愁怨之兵。盖坐食之兵犹可用，愁怨之兵必不可用。卫懿以好鹤取亡，乐御以羊羹致败。怨毒于人甚矣哉。而今之司命者，率以三军为府库矣。国家岁出金钱以养壮士，而多方渔猎之。馈送有算，崦享有算，公车有算，其取于兵者，已十之三矣。至下而为商贾负贩之为，平日辇取远方服饰器用之物，计人而布散之，而取偿于支给之时，以规十一之利，兵之不至于冻馁者几稀矣！乃复力役有供，刍秣有供，薪炭有供。夫以数口待食之身，入则有饥寒之累，出则有服劳之苦，少或疏慢，刑罚及之，曾不得如匹夫匹妇之安坐一日焉。方今国家无事，莫可谁何。脱或有事，缓急宁可共哉？公深知其弊，而痛除之。俸薪而外，别无调度。简阅而外，别无征发。此固遵郡所数十年不可多得之事，而仅见于公者也。独惜邀恩者，仅仅戴甲操戈之人，而吾民不与焉。而公实非文职也，可奈何？

六、封禁砂厂。按《舆距》载，遵义产丹砂、雄黄、斑竹、犀角等物。遵义之有丹砂，前人宁不知之，从未有入山采取者。盖地方褊小，宁留不尽于天地，不开偶利于民间，其思深，其虑远也。五六年前，有好事者探得其地，煽诱愚民，招集商贾，山、陕、吴、楚之民，凌杂踵至，请于公，不许。有欲赂公以千金者，有震之以走省会、走京师者，且出怨言。公不为动，坚执如初。人皆知公意不可回也，相与赴省具诉，而上宪所见，与公适同。下令封禁，而后敛形戢志焉。君子之思深虑远，志同道合，有如是哉。盖凡利之所在，害必随之。丰于彼则歉于此，自然之理也。山泽之气，不可过凿，山泽之气凿，则稼穑必衰，而田功坏。一时之利不可妄开，偶然之利开，则耕耘必少，而人力坏。竞未作，忘本务，而人心坏；藏奸宄，集亡命，而地方坏。且利之所开，其始未必不盛，乃令四方之人，饱囊而去，而此数大害者，不在遵人之身，即在遵人之子孙。思及此，而后知公之公德，其及我遵人者为甚远也。虽然，世安得尽廉静寡欲如公者哉，安知后之人，不邀厚利而忘远虑也。夫必至于如是，而后思公之功德为无穷也。然宁使功德不信于后世而人忘之。此又公金石至诚之意也。

七、白燕呈祥。事之不经见者，皆谓之异，而灾祥分焉。日星、风雨、昆虫、草木之类，往往各随其气以相应。和气致祥，乖气致灾，此其大较也。丁丑夏、公官舍旁，有燕，一母育四雏，而得一白燕焉。夫有关雎鹊巢之德，自有以致麟趾驺虞之应，此固其理之必然也。白燕之事，不可考，第以人事卜之，而知白燕之断断之为祥也。问，有如公之奉母以居，生事尽礼，死事尽哀乎？问，有如公友爱诸弟，彼此无间乎？问，有如公之实心为国，不拘文武之职守乎？问，有如公之和衷协恭，求有利于民社乎？问，有如公之廉静寡欲，自奉薄而待人厚乎？凡此皆公之盛德大业，可历历歌颂者。即使雉雊于鼎，六鹢退飞，愚犹不以为祥也。春秋书灾异，不书事应，盖恐后人托为神气以饰太平，以诬天应，而谀悦诡诞之词，相继并兴也。何也？白燕为公而生也。

八、祈雨立应。遵义山多地狭，厥土柔，厥性刚，五日雨则成泥，五日不雨则成坼，十日不雨，而禾枯矣。当旱魃为灾时，不必问岁之丰歉，而当前之物价必腾，斗米至二钱，而民已有菜色矣。公慈祥恺恻，留心民瘼。每遇灾祲，忧形于色。斋戒越宿，舍车徒行，躬诣神祠而致祷焉。迫切忧劳，引罪自责。常获天贶，大雨随至。论者，以为诚感云。夫阴阳之气，蒸而为云，降而为雨，以润土膏，以滋黍稷，天地之常性也。然或愆阳伏阴，雨旸失节，有正人君子，恐惧修省，为民请命。平日之存心制行，端己临人，既有所积，以为感通之本；临事之震动恪恭，备物尽志，又有所操，以为感通之自。人心和而天地之和应之，以和召和，自能回天意而苏民困。故感应之机，捷于影响，自然之理也。近世法家祈雨之术有二：一则书符咒水，酣醉慢骂，大叫狂徒，名曰“醉翁祈祷”；一则其声哀，其容戚，如怨如慕，如泣如诉，名曰“哀告祈祷”。夫上穹尊严，岂至如妇人之仁，匹夫之勇，任其哀吁之，激发之，而遂屈情而徇人也哉。必不然矣。康熙戊寅。

（选自《笔峰文集》）

李翔四首

客寓被留

暗悔平生学浪游，虚名惹得遍神州。
而今解脱无奇计，贻笑深山石隐流。

东阿即事

几间茅舍傍山阳，绿柳红桃簇小墙。
犬卧花阴鸡唱午，依稀风景是吾乡。

送向学博归成都

几年溱水得人师，忽忆锦江江水湄。
稽古未酬桓子力，计年不到伏生时。
一声长啸呼回驭，三舍群英怅解帷。
共说汉廷方用老，蒲轮若下可容辞。

呈年伯云贵制军高公（其悼）

先子孤飞接凤鸾，铨曹期月老渔竿。
绝无捷径留人议，空有遗经继志难。
八战棘闱仍席帽，三承制举总纲官。
自知世业非王佑，不愿桑公只眼看。

李翥一首

赠集思兄古氏女六十大寿

宁为完璧甘处贫，不作狗彘不食身。
吾家道韫真苦操，计来岂乐为主人。
身无所天有所嗣，属望遗孤或坚志。
寸脉无恃矢不移，正气汝留在天地。
忆兄以汝妻古郎，传经早许承书香。
几年琢玉观成器，岂意玉折成嫠孀。
当时汝年廿三岁，夫宗欲继无可继。
两世直斩一身当，代夫止尽未亡事。
爷娘生我我生乖，命有不齐谁怨来。
百年苦乐总归尽，食荼瞑目从人埋。
贤汝生平堇如蜜，纺绩供餐居一室。

松心筠节得天怜，祇今行年已六十。
他时绰楔表煌煌，圣朝节义重旌扬。
汝诚不愧作兄女，赋命虽苦门流芳。

李涵侯四首

清浪滩

恶滩四十里，斗劈楚山开。
洪折湍飞雨，涛舂石响雷。
舟疑波底出，帆似雪中来。
垂翅瀛洲客，乘危胆更摧。

（遵义历代诗词选）

渡黄河

孟门吕梁耸地尻，昆仑窍发奔洪涛。
万里直下东泻海，黄渠九曲乾坤摇。
雷霆殷殷走震怒，排空浊浪没天柱。
岸南岸北两迷蒙，惟看千帆际天去。
老蛟怒起拿云行，日惨惨兮天冥冥。
巨鲸拔浪龙啸雨，一苇托命河洲横。
惊胆裂魄欲断魂，满舟之人泪如倾。
壮士叱咤雄风生，临流击剑冯夷惊。
西山铲却填河平，终古不听箜篌声。

渡汉水

行子何卒卒，鱼梁还渡头。
我生廿九不得志，三年四唤汉皋舟。
扣舷击棹歌中流，大堤女儿不破愁。
舟人未解游人念，笑指葡萄新潋滟。
拔剑割水水不断，搔首问天天淡淡。
划然长啸江风生，怒涛翻起潜龙惊。

游吹台

二月和风吹地香，游丝宛宛浮春光。
危台百天试登望，大河南北烟苍茫。
花红如火麦如席，太白少陵招不得。
卧地古碑裂石纹，燕语莺啼可怜剧。
思寥寥，贯浊醪，临风弹铗解春袍。
怅望千秋一洒泪，回首西山云乱飘。

李懋思平恨词十首

精卫填海

衔尽西山木石空，蓬莱陆地见琳宫。
麻姑止向桑田过，不念灵禽口血红。

伯奇感父

梅花采尽罢呼天，不独爷怜母亦怜。
自是二亲磨德慧，履霜敢更怨从前。

屈原悟主

怀王策马返章台，屈子江头罢郢哀。
早识云开明月在，不应呵壁向天来。

武侯灭寇

灭魏吞吴汉业恢，未央宫殿扫尘埃。
隆中草色连云绿，喜见先生归去来。

武穆平金

月明河北大旗收，痛饮黄龙器是头。

收拾山河还宋室，天回车驾出杭州。

伯道生儿

沉吟天道似茫然，有侄无儿亦自怜。
不意明珠生老蚌，杖黎时抱晚花前。

子婿平越

解甲携回种蠡头，越王颈血染吴钩。
将车立马苏台上，遥望稽山麋鹿游。

盗跖伏诛

十年磨剑雪峰寒，持向人间脍盗肝。
偶到山阳逢乳虎，头须截得与人看。

太白悟君

汉家飞燕竟如何？倾国名花悟主多。
忽杀玉环供奉醒，沉香亭是马嵬坡。

明妃还朝

几载旃庐帐远天，马蹄重入玉门关。
君王莫问伤心事，泪滴琵琶血尚鲜。

谈中信

遣　兴

命不可移胡不归，垂垂五十未知非。
经年守拙贫如洗，镇日多愁寐亦稀。
休拟庙堂陈治策，何妨溪涧坐渔矶。
一竿钓罢还沽酒，囊底无钱即典衣。

除夕独酌

岁已云除恨未除，漫凭天意问盈虚。
残灯独守神将倦，浊酒频斟兴未舒。
久坐似闻风欲语，闲行哪计影为渠。
一年又尽成何事，细数从前计总疏。

悼　亡

幽树含烟噪晚鸦，夕阳散影坠平沙。
风光不解相回避，眉忆春山貌忆花。

题邹烈妇李氏

彼玉人无半点瑕，别舟休望抱琵琶。
惟将一死全名节，寄语狂蜂另采花。

（《遵义府志》1486页）

李樾九首

太平阳戏

一

水利频兴功绩奇，犁围装束似当时。
愿将川主降龙事，话与吾乡父老知。

二

三月阴晴好种瓜，种瓜不了又栽麻。
等闲四月闲人少，争比元宵唱采茶。

游石佛洞

凌风拾级到层台，混沌何年始凿开。
云锁洞天春意暖，分将瑞色带归来。

（以上均摘自《遵义府志》）

灵雨并引

丙寅夏旱，邑侯亲祷于吾乡之团溪三日，大雨浃旬，民以为灵，用记其美

为民廑念格苍穹，社鬼龙神各奏功。
十里同时沾惠雨，万家交口颂仁风。
怀新尽喜嘉禾遂，易耨奚愁烈日烘。
从此使君随卧治，只听打稻庆年丰。

听琵琶

指上琵琶清且妍，当场定子寄缠绵。
忽啾忽唧寒蛩咽，时暗时明淡月悬。
抽尽蛛丝愁织锦，剥残樵叶恨题笺。
可怜人去凄凉夜，一盏银缸照独眠。

书　怀

砚池笔架伴残编，岁月如流五十年。
敢畏诗书曾负我，亦知穷达尽由天。
腰肢婀娜风前柳，意致缠绵树杪烟。
斗酒荒亭聊晚醉，儿承菽水共欢然。

吊杨一公

弱柳愁眠碧水边，蔷薇花发傍秋千。
到来春草荒三径。啼血堪怜是杜鹃。

（以上录于《文化名镇团溪》）

黔灵山

郭外名山窄径斜，白云影里树杈丫。
风边隐有钟鱼度，日午全无鸡犬哗。
曲曲芳池浮积藻，深深禅室护名花。
振衣更向峰头望，碧瓦参差十万家。

（《遵义县历代诗歌作品选》）

山　静

山静浑无事，心闲自不惊。
看儿骑白马，趁日晒黄精。
画写王摩诘，琴弹阮步兵。
纵无佳客至，伴坐有流莺。

（《遵义县历代诗词选》）

赵天开一首

宿虎邱寺次壁间韵

虎邱山头西寺边，笔峰遥峙对葱芊。
阶前客坐移花月，堂上僧浇洗钵泉。
古殿华灯光十色，浮屠深夜影双圆。
冶公解说孙公法，拟问天龙一指禅。

（《续遵义府志》）

赵锡龄一首

平水里夏姑诗

青青女贞树，下映甘溪沚。
溪石白粼粼，水清常沚沚。
水东夏家女，幼字水西李。
及笄身未归，李郎客滇死。
凶音千里至，溪日惨不紫。
朔风何萧萧，泪血满溪涘。
哀绖踵姑门，姑拒门不启。
日暮衣愈号，逾垣达闺里。
长跪诉姑前，托姑幸儿视。
髧髦实我仪，靡他儿自矢。

姑贫老无依，儿愿替姑子。
束发屏涂黄，艰辛礼修似。
朝织溪头席，暮取溪里鱼。
饮血日操作，上堂奉甘旨。
哀哀毕事葬，捧笄未及褫。
父母终怜女，日来蹇修理。
岂知古井心，终古波不起。
我言甘溪邻，风闻慕贞履。
为召党姻族，犹子取承祀。
慰彼泉下人，报此彤管炜。
谁云女无家，孝姑啧闾里。
谁云女无夫，膝绕斑衣美。
艳艳幽闺人，立身净无滓。
请从溪上来，一漱溪中水。

赵廷璜一首

寄病妻

一官匏系浣花旁，弱骨持门且自强。
有子漫云成秀士，与君权作救生方。
伤心已疟芹羹冷，覆手禳灾泮水香。
便道茂才宗广汉，挂寇偕老苦耕桑。

郑珍与赵廷璜论书二首

正月初赵仲渔廷璜婿来山中漫书

我归非收不挂眼，坚坐两臀厚如癣。
终年亲友断行迹，口闭生臭舌欲卷。
目中两岁不见汝，噬啃过存苦足茧。
老怀一慰转叹息，人生难此饭一碗。

不因负米待反哺，谁遣汝劳况行远。
相从喜事贤大夫，岂但观摩直严惮。
我今身与世相违，暂作蠹鱼死残简。
三旬两食未为馁，九冬无裘亦觉暖。
相从且复数日留，梅花满山足消遣。
瓮中未尽过年米，安干薄托犹足办。

与赵仲渔婿论书

吾尝谓人号君子，考其言行而已矣。
天资学力各不同，授以孔孟惟其是。
而是之中亦有别，与评金玉正相似。
光色纯莹见差等，要为足重非伪比。
论书又何独不然，心不可见画在纸。
佻怪侧软为佥人，刚方浑重必端士。
亦有中棱外婀娜，斯实柳和郑妩媚。
羊质虎皮又岂无，艺随身败足挂齿。
古人真气不虚发，借笔于手图便事。
若用头濡及襟帚，亦是其人所作字。
吁嗟斯邈至欧颜，历历作者皆已死。
相传虽云有笔法，几人亲见崔蔡指。
就其形迹推运用，各据所悟言之耳。
尝疑韦钟同辈人，写时岂有不见理。
明明目尽使转妙，破冢槌胸为何秘。
蒙经已改李妙姗，七种执笔文不委。
欲图三手又乖舛，方明擒捉尤若寱。
澄心七字出希声，拨灯翻成一哄市。
国朝六艺务返古，自宋以后莫睥睨。
取法乎上诚盛业，识者固已知其弊。
吾于六书颇特识，落墨每恨无律纪。
性不能逾力难强，纵有真诀亦瞪视。
曩年曾睹包氏述，瞢瞢莫明其所以。
乃今赵郎道其师，是从包述悟笔髓。
为作五指握管状，如鹅昂头鸭拨水。
自言三载成自然，骨钮爪秃肘肩痹。
吾爱汝师翰墨迹，独溯北朝古质体。
岂知精苦突寻常，信是钻盘直透底。

古今事事顺人情，未见二王果若此。
司直擎拳冯两撮，韩五李三亦异旨。
要之书家止在书，毛颖自是任人使。
多闻择善圣所教，少见生怪俗之鄙。
学古未可一路求，论字须识笔外意。
汝于此浅当勉旃，右军固教执笔使。

郑知同怀赵廷璜姊婿一首

有怀赵廷璜姊婿

分襟何草草，别后思已迟。
平居少交际，独子为相知。
踰岁始集郡，瞥复伤别离。
勿谓前期易，少壮能几时。
木落空山寒，镇日无言辞。
嗟余寡兄弟，手足长如遗。
心交更久阔，难胜寥寂思。
预计元日后，珠灯红万技。
景贶斯时来，倡和吟春思。
苏子虽畏酒，尚非坐穷诗。
君醉我解咏，瓮尽还谋妻。

（《文化名镇团溪》）

郑淑昭八首

春晚曲

别院铜鱼晓剑稀，轻寒阵阵入罗帷。
海棠坠露无声腻，燕子瞋帘人未知。
金乌飞上西邻树，绣幕沉沉半遮护。
何处流莺乍一声，金闺梦断无寻处。

春暖曲

桃花深红柳深绿，池塘水浅鸭新浴。
日暖闲庭晒午鸡，花阴移上阑干曲。
帘影衣香满院深，流莺语语入人心。
欲漫拈花插鸦髻，恐教蝴蝶趁华簪。

送二姑归白沙水

秋草空庭霜未干，举头南望不胜寒。
嗟离叹别余应老，断雨零风君自还。
妆镜嬉娱堪指忆，柏舟艰瘁要心安。
更无好语重相赠，苦守阿娇作子看。

除夕守岁作

悠悠逐水此年华，岁尽真如赴壑蛇。
满地爆声销万户，两城灯火灿千家。
弄孙饵品呼糖果，馈岁乡风炫米花。
遥想浣花溪畔客，今宵频畏鼓添挝。

（以上录于《文化名镇团溪》）

两儿乡试归，忽报怡儿下第，懿儿获隽，且怅且喜，得二诗，一以慰怡，一以勖懿

一

甘李苦其根，鲜枣生棘枝。
美物酸心来，天道真若诗。
男儿不磨炼，器局安足奇。
汝书我亲授，汝作亦离离。
名驹自汗血，昂昂神骏姿。
自许凌太行，翻成辕下辈。
安知此濡滞，非荷皇天慈？
穷达毋委命，玉成当自思。
且效董夫子，三年重下帏。

二

君子有世泽，远以贻孙子。
而非似续贤，要难济其美。
先人一卷书，传家唯恃此。
又复孝慈德，祥和感鸡豕。
绵绵及后人，门庭自宜起。
儿才领青衿，乃又簪桂蕊。
科第成美名，儒家故物耳。
勿作楦身皮，循名贵责己。
前途正修修，待业从此始。

（《遵义县历代诗歌作品选》）

赴大宁县官所别诸亲

蜀道书来唤出窝，六亲相送反悲歌。
吴桥欲别哪忍别，日暮天寒怅绿波。

元　夜

春归数日雨绵绵，云暗今宵雪满天。
儿女张灯娱病眼，哪知心在锦江边。

唐贞十四首

立秋夜怀长公子鳖生吴中

清风摇翠竹，今夜是秋初。
鸿雁何时到，江南未有书。

池桥晚坐

池面新荷绿，墙阴并种瓜。
篱围窗外竹，桥映水中花。

静处霏香雨，吟边有落霞。
夕阳林影里，趁晚树飞鸦。

问玉芙孺人病

晓色风林最可看，霏霏薄雨酿秋寒。
昨宵未省清平否，莫令闲愁绕笔端。

赠陈静宜

苦诵常深夜，裁诗笔最清。
幽闲良可念，冰孽此心莹。

次卢雪漪《春山闲望》韵

东风如剪百花繁，柳绿桃红映远村。
一径衣香残照里，戏妆归去有啼痕。

送乃康归故里

戚戚竟何事，离肠对绮筵。
一身行自慎，千里喜先旋。
远树遮乡国，秋波滞客船。
从兹分别去，相会又何年。

（以上录于《文化名镇团溪》）

初　春

绡窗半掩薄寒时，春到园林淑气滋。
几树残梅飘欲净，东风吹上海棠枝。

秋夜即事

月照窗纱露气侵，寒蛩草底诉秋心。
香闺怕听凄凉语，何事长宵不断吟。

鹤岩幽居

背岭编茅屋，幽居胜市城。
鲜花娇女摘，新笋灶姑烹。
篱外停贾舶，窗闲看野耕。
隔江烟景好，山远落霞明。

春初忆鹤岩

草木依春发，山城那见花。
风光何处好，应在野人家。

家主赐字云英

谩比云英掌上身，千秋惟有妾随君。
此身合伴东坡老，定是朝云作暮云。

鷦鹩巢

小巢深竹里，翠色压檐低。
古画无尘俗，堆书自整齐。
花闲双蝶舞，树上一莺啼。
最是销炎热，盘桓每日西。

读蔡女胡笳十八拍

朔风萧骚吹黄沙，蔡女昔去今还家。
胡儿酸嘶失慈母，牵衣顿足心如麻。
人生有情竟如此，揉断柔肠心不死。
胡笳哀怨难与论，玉面胡尘对归使。

清溪闲步

清溪几百曲，一径入烟雾。
秋水漾青山，潺湲流不住。
夹岸松风寒，远田明白鹭。
沙草萋以柔，落日挂高树。

赵冰如四首

题华儿小影

先生虽女视同儿，顾复提携乃至斯。
我授葩经犹忆否，端庄静一总堪师。

得华儿诗却寄

自言自语不胜愁，有女今朝又远游。
游罢五湖早归省，细将风景说从头。

仲秋霪雨骤寒怀播娟京邸（二首）

一

朝雨连宵作霰声，山城瑟缩梦难成。
遥怜痴女游方壮，不惮高寒到北平。

二

儿身真到帝王都，紫殿红楼遍得无？
领取故宫好风景，归来细细说茅庐。

（以上录于《文化名镇团溪》）

赵怡十首

启秀书院讲堂西壁观外王父郑柴翁府君书弟子职墨迹赋

简严弟子职，幼学自古先。
衰周教已荒，收厕管子篇。
文字实雅奥，当时体则然。
观其语必韵，宁非重口便。
汉列论语家，尔雅相新鲜。
艺文本七略，刘班得真传。

遐哉经巢公，郡教主湘川。
恳恳书学规，为言累万千。
呵冻风雪夜，挥汗云日天。
草木区以别，西河言至贤。
洒扫与应对，小子基必坚。
师立善人多，濂溪论尤妍。
事师有要节，性根宜幼全。
兹编古教则，先贤皆所源。
乃书讲堂壁，髫丱填咽观。
忆当施手时，叠案齐屋椽。
日呼小王筠，依倚巾袖边。
携之登旁梯，捧砚骑僮肩。
逐字为口讲，运笔看腕悬。
尔时毁齿龄，解述澈末颠。
三日始毕役，紫阳章句完。
乱离倏逾纪，今来瞻故榜。
桷穿蛛网结，拱斜蜗篆缘。
墨暗句残剥，无人动心颜。
古贤名迹多，俯仰随云烟。
徘徊空涕零，感伤匪兹偏。

禹门寺怀黎蕁斋先生

自昔儒巾集，何年兵炮飞。
江山悠今古，泉壑自音晖。
万佛花间笑，千秋海外归。
风流与谁识，高望倚云扉。
（《汉鳖生诗集》，上二首录于《续遵义府志》1216页）

与郑纨读书（二首）

一

书生舍书如中病，假妆伴读弥宾敬。
或类高人吴下春，却思君子河洲咏。

二

凭几犹携看学书，抽架还兼问古事。
我家卿子翩姗姗，芝盘好我寻讥谈。

赠女阿媛

阿瑗性聪慧，又善亲训辞。
佩服大家诫，讽诵南雅诗。
尝乞好名字，嘉汝温玉姿，
端庄修乃容，坚凝沉尔思。

赠女赵琼

旧时王谢留名句，即汝何惭道韫才。
吐语却无麟阁贵，端从林下觅风裁。

哭犹子迦弥（赵忻长子宗畤23岁而逝）

少孤事母有难能，至性贻今众口称。
应待秋风归汝骨，令依母墓浴儿塍。
锦江西望益凄其，惨绝孤婴与弱嫠。
便遣取来留眼底，从今触痛断何时。

题赵恒《乙庐诗稿》

玉树临风秀可餐，芙蓉初日太阳鲜。
诗家色态谁争得，私爱苏庭叔党贤。

挽赵悫

素负独行性，矫望先正型。
尽心庭闱间，笃有曾闵行。
诗礼持门户，几杖竭扶擎。
浣洒至裙褕，调药穷素灵。
五年结衣带，视听无形声。
事极人世难，疲飢心力精。
衰亲恃为命，闾里咸嗟惊

访笔峰山

白云渡延江，飞落平水隅。

一峰秀云表，正对贤人居。
先生赋归来，清风被乡墟。
三十六村人，旌碑犹在闾。

赵忻（懿）十一首

来青阁

山如高士性，州府不曾来。
拱揖向明守，低昂看举杯。
岚霏朝箔卷，月炯夜窗开。
位置修书客，应知长吏才。

渡乌江

苍江吼山断，两岸若赤帻。
北登老君关，南对霸王碛。
清霜冷猿啼，瘴雨蛮花湿。
中流截狂飚，怒涛肆冲击。
一篙欹侧间，四山转旋急。
登登上沙岸，斩斩愁壁立。
盘回到绝顶，黯惨对日昃。
回首望故山，已被苍云隔。

自白石口度娄山关行至南溪口作和家兄幼渔

盘盘大娄山，万岭互苍赤。
牂柯与巴渠，只此一间隔。
造物限疆垠，天险自中辟。
夤缘画屋垂，赑屃巨灵跖。
入涧觉无地，登峰喜造极。
一线出雄关，独守豪万敌。
狭斜五尺道，洵是鬼斧劈。
伟人森怒张，大剑劚天碧。
嶙峭争杈枒，龃腭尽鸡帻。

阴云带雨悬，乱流争道激。
划然蓦阴幽，失喜见村陌。
回首瞩云巅，切矗落寒色。
却忆平播年，何由破坚壁？
传闻白绶君，于兹助神力。

登石牛岩

不知天下山，何由郁黔中？
大气奋礴，起伏望不穷。
朅来三坡道，三日神昏蒙。
奇绝石牛顶，万峭摩苍穹。
厜列天仗，气象开鸿蒙。
奔潨裂地轴，辊雷殷轰轰。
精光散白日，冷若青磨铜。
刁调石林底，飒沓生阴风。
生平少阅历，遇险辄心雄。
恨不夺造化，一助吾诗工。
拔剑舒磊砢，倚天削巃嵸。
此境险益好，莫漫嗟蚕丛。

七阵溪

三坡盘虚空，绝涧下千仞。
苍然两壁暗，寒雾蔽光景。
鸣鞭惊翡翠，时见出丛猛。
回环绕连矼，步怯心愈警。
此道何时开，南平记刘綎。
荒山进无路，有罅即循逞。
壮哉诛逆杨，功业至今炳。
土人传故事，七阵破榛梗。
我来感斯人，哦诗记详谨。

（以上《延江生诗抄》，《续遵义府志》1219 页）

罂粟花

罂粟能为利，而今不重花。

弄春娇似剪，弥野贱如麻。
汁害胜荼毒，园幽屏蒨华。
更无桃李贵，虚得杜陵夸。

渔歌子（二首）

一

瑟瑟江风怡定初，钩穿香饵碧纶虚。
选苔石，坐清渠，春风钓得柳花鱼。

二

一片欧飞向碧空，芙蓉四壁压船红。
摇短棹，驾乌篷，一蓑一笠老渔翁。

登金桶山留题

路悬裍緼上灵宫，七十峰高与汉通。
云雨接连巫峡暗，山川盘锁夜郎雄。
涅槃金桶千年在，闪烁神灯半夜红。
异境恍疑游化宇，振衣频自御天风。

洞仙歌·京华别故人

辞风秋叶，渐疏疏偷坠。
一道哀蝉，怨声里，帝城西。
便是衰草斜阳，斜阳外，多少凄凉情思。
撙前辈韵发，千古才人，流落江潭，御魅魑。
若个是鸱夷，我欲从之。
扁舟五湖烟水，但浩荡，自白鸥从此辞。
恐厚禄，故人有书难寄。

（以上录于《文化名镇团溪》）

题郑軒画像《抚松独立图》

东方有逸老，为人诚可风。
不乐功名事，甘为田舍翁。
结庐凤岗麓，竹木映苍葱。

闭门不问俗，作诗聊写衷。
偶立茅檐下，神气双出瞳。
心静命益寿，身闲家更穷。
试从白云外，惟问襄阳公。

（《遵义县文史资料第六集　郑两山人家世略述》）

华璇六首

咏春风

锁院春风起，凡花一例开。
花开颜色好，容易莫吹来。

野外

野外逐清溪，遥遥障竹堤。
蝶从芳草去，莺过杂花栖。
畦晚秀如织，山晴翠欲低。
春风如有意，扶我过桥西。

秋　怀

西风萧飒动榆枌，蟋蟀秋声不可闻。
一片凄清千里泪，倚云遥洒故山坟。

亡夫生日设祭

伤心事事成哀恸，呜呼吞声死别离。
悬弧之期又今日，堂前泣奠沾裳衣。
阴风惨淡魂归来，肴馐未餐我心悲。
两男两女并随叩，不见举案双齐眉。
嗟嗟，不见举案双齐眉！

送夫弟恒还里（平水里）营葬先夫

故山千里外，渺莽纡河关。
重以伏戎阻，兹游岂不难！
阿尊年暮衰，皤鬓羁盐官。
嗷嗷顾息影，要子晨昏闲。
娣婶苦羸弱，襁褓婴孩孱。
忍泪检行装，摧怆强开颜。
呜呼长太息，人事令心酸。
窀穸几时毕？鹡鸰原树寒。
孤雁翩南征，浮云黯无端。
衣裘慎风霜，匹马思早还。
行行复行行，泪洒霜林丹。
扁舟倏解缆，渺望水潺湲。
千虑集中意，引领惟潸然。

登云安沧浪亭观先夫遗画

舟中坐卧发愁歎，开窗不见家园山。
江上逝波渺无极，明霞锦树鹧鸪天。
当此苦境蜀遵难，暂时徘徊心不闲。
片帆孤影落峡口，忽然回见三亭颠。
绝壁灵钟千古寺，春光浮翠晴云边。
俄有意兴泛舟去，稚儿娇女游相牵。
荦荦确确入幽径，石桥樛禾萦潺潺。
俾仆前趋呼叩门，僧闻宿客欣来延。
入坐禅堂万松古，交枝铁屈龙虬攒。
偃梁苍盖乍雷雨，列座翠干成霏烟。
猗谁画妙具神力，雪梅一幅凌虚悬。
苔皴藓剥花数点，要与松势争生妍。
惊观题识色沮丧，岂料遗墨虚廊闲。
昔者题诗寄僧舍，悠然云水同参禅。
沧浪亭边兴今绝，只有明月荒江峦。
而我重来竟何事？槁木死灰天所怜。
君之诗画此山里，精神恍惚来周旋。
对兹愁思苦填结，落日低首徒潸然。

罗绵纤八首

藤花架下忆亡女琚

轻寒薄暖净无尘，紫蔓朱藤照眼明。
依旧去年香满架，伤心不见咏花人。

（《文化名镇团溪　清江塘赵氏》）

记其事（二首）

一

依旧梅花照水春，琴台东畔浇花滨。
雪泥重踏还携手，笑指冰姿解近人。

二

罗袜轻盈神渚头，当时娇学采珠游。
琼枝持作江皋佩，姑射仙人是蹇修。

云安晚秋秋即事

绮窗晴映绿溪波，两岸秋林落叶多。
斜日官盐烟影里，一村箫鼓赛扶娥。

书堂夜坐

独坐幽堂上，停琴秋夜长。
竹风飘幔入，松月映出凉。
碎碎灯花缀，微微墨水香。
澄怀自虚静，清露滴苹塘。

秋晚江楼眺咏

遥山带夕阳，横林点烟素。
高雁下平沙，轻霞落寒渡。
疏钟出谷杳，渔炊倚滩暮。

楼下浣纱人，红砧语秋树。

（《文化名镇团溪》）

秋夜曲

西园梧叶乱虫声，灯畔家书写未成。
纤步中庭看河汉，四更斜月半江城。

小园杂咏

新种桃花带雨开，一枝浓艳倚墙隈。
碧栏杆外闲凭处，添得流莺数语来。

赵菘四首

挽弟赵子雩

大志弗可酬，抢憾去幽壤。
诗卷留人间，叹息在吾党。
日月忽已逝，人事同感往。
幽忧讵可言，清泪洒原莽。

送莫吕亭先生梓归葬

夫子开南学，黔陬有正声。
十年江海上，一见肺肝倾。
零雨悲空馆，浮云暗石城。
向来吟望处，徒此送铭旌。

题郑伯更从舅知同诗卷

耆旧传中曾夺席，诸侯客老几经霜。
游踪玉垒添诗卷，绝学金坛有瓣香。
东海琴尊吾道合，望山风雨故巢荒。
夷牢胜处须料理，好约相从弟子行。

岁暮书感

梦中手把皋陶彗，欲扫浮云净大千。
十道戈船趋冥海，三边鼙鼓入残年。
长贫久客霜侵鬓，绝徼因人雪涨天。
地肺山前三径在，梅花香里趁高眠。

（录于《文化名镇团溪》）

赵恺诗文

赠徐特立

军中忙无暇，急急护文化。
保存图书功，当不在禹下。

《遵义县历代诗词选》

达公省主席（吴鼎昌）捐印郑征君《巢经巢全集》，欣幸成句，伏乞斧削

一

保障应劳猛济宽，草茅早已切瞻韩。
千秋名宦佳佳话，全集成书总大观。
黔北人文崇郑莫，江南风化沐延盘。
安边重咏柴翁句，长策耕栽只两端。

二

华阳赖有常公志，传得道真千载名。
果是文翁能化蜀，依然贺老作吹笙。
阐扬朴学承炎武，搜捡遗书有涤生。
从此斯文觇世治，益州纪画与同盟。

（《遵义历史文粹2　近泉居集》）

白木耳歌

遵义山山可青棡，树树金钱明夕阳。
枝头不实酒与肉，材身变化利千百。
往年尽叶饲青虫，获利倍蓰已从容。
而今生茧已尘土，但使精液凝形吐。
拱把神全皮白筋，横排堂子趁十五。
一晴一雨乃佳时，蒸润勿霪勿燠宜。
朝看茸茸并头起，暮易白金盈筐匜。
今年跨我新山强，且喜陈山亦丰穰。
一斤两斤足山本，三斤四斤利无尽。
数月之间广田宅，开矿挖金嫌迟钝。
吾乡有此富民木，秘之千年今发育。
为济世人益华盖，为利穷夫崇稼穑。
富庶要使全黔利，津津乐道如遵义。
嗟我穷黔幸有此。贫富循环天之理。
果能足食皆佩犊，材智驰骋民亦足。
率我妻孥返墓庐，垂手山林待时局。

初试车至团溪

一声两声牛鸣盎，纷纷道途人争让。
云是汽车得得来，顷刻尘飞前山上。
此车远自洋海来，堑山堙谷真快哉。
山国僻乡哪见此，喁喁滞盼长增哀。
何期十年辟此路，千万邪许字坚固。
今看车如流水来，众颏欣欣矜一顾。
车中雄视极可娱，过眼溪山涎涎无。
戏言古有神仙术，风雷鼓荡机轮驱。
下车俾倪酬父老，举目山犹旧时好。
言此岂是闭塞时，邻国鸡犬闻相了。

君不见

铁轨乘轮势尤便，汉湘一日驰海甸。
冀兹湘沅梧桂通，富溢江南眼中见。

踌躇故里日将晡，齐民无术鸣归车。
作诗火急时橐笔，心贫意富如猿驹。

清乘桥

苍山欲上天，白云遏之止。
厥根入九地，洪涛烂筋髓。
奔浪恣冲激，白石淡不起。
嶙峋捞排岸，水遂长沵沵。
死绿黝于染，胶蓥流谲诡。
鞭石作飞桥，高跨不计里。
俯槛骇悍濑，色厚浸尻髀，
况复前后途，崎岖不可轨。
古人用兵时，雄冈骑营垒。
天启及咸同，人命倾蝼蚁。
及今一逍遥，缅想前中履。
年作桥上仙，名成学业似。
高如山可仰，深似兹流始。
斯人不复见，山水纵情侈。
倘作汗漫游，灵奇宁止此。

节孝寺观丰子恺君画佛

至人早已六尘飞，面如槁木心死灰。
愚昧钝根哪识机，瞻之未可论是非。
丰君默识天人几，其气已通道则微。
凝神落笔心皈依，手中有佛口牟尼。
一笔一佛佛生辉，百八笔声皆慈悲。
笔花涌莲天雨霏，昨道佛光绕殿帏。
道成悬之增崔巍，道子摩诘失仪威。
此时殿上百千奇，杂沓神鬼奔象狮。
山僧匍匐香国非，厨供山蔌人世稀。
饱食一凉妃呼豨，兹寺园树孤独祇.

题张聿声梧冈藏书楼

囊昔曾读莫公志，即羡文宗文汇两阁书。

舟行中途竞仙去，奇秘不入眼中珠。
迩闻海若鼓巨浪，秣棱江汉供扫荡。
鼎彝珍秘尽梼魖，何言册籍三代上。
昨日有客枉顾我，家住延陵梧冈左。
黄公琴渎好江山，何缘跋涉履郎播。
自言巨炮破天来，九地尘飞尽劫灰。
家业天瞰二万卷，身随军行战史裁。
为君侥幸有书存，九州蜩螗此为尊。
古哲先贤翼我厚，一卷一言天地根。
四千余年活人术，屎溺存道那可评。
男女有别有家国，丧制法律滋芽萌。
五礼煌煌行天日，心传箕畴此督经。
并耕兼爱攻异起，赤足袒昧伦纪芒乎尊。
天行愈高，大陆自沉。
人何毁纷纷，杂撰商贾行。
年年奔竞非人情，自避深山穷耳目，忽闻步屧跫然声。
袖中自作论衡论，舌上半部当治平。
吾闻侂辩喜以目，更倾慈祥儒者服。
但愿书成铿铿行，眼看狂澜自回复。
嗟嗟，藏书自昔常熟多，尊王子晋翁同和。
板本精抄自矜重，若及政治徒媕婀。
前辈著作争富有，吾知重礼齐茗柯。
俊杰读书岂哙伍，鸾鸢一飞吓鸱鼠。
他时若快牛耳苏，莫忘湘波旧陈腐。

（以上录于《文化名镇团溪》）

桃源洞听徐芝孙偕夫人赵云青弹琴，因成长句赠之

桃源洞旁春融融，百花飘舞袅东风。
坐客满堂温以恭，一声声和调商宫。
先生经伦华国手，窈窕幽闲协佳耦。
古音曲曲使我知，阳关绵邈松风吹。
明妃哀怨马蹄急，秋风萧瑟长相思。
嗟我尘埃筝琶耳，涤我心清澄如水。

（《遵义历史文粹2　近泉居集》）

《续遵义府志》序

序曰：右续遵义府志，都卅五卷，为廿五纲，言亦九十余万，成书混同。

所有体例，悉本旧章。
里丑之效，舜彝逐迒。
匪有纂作，纴兰撷英。
揭橥斯楮，屦蒉彷徨。
缅仰前志，堂构纵横。
模山范水，妄作雕龙。
始道廿二，迄宣三终。
温蠖云烟，七十年中。
摄提格春，干殷匽逢。
创始周宰，秉笔维杨。
倏云诡波，旋赴榕城。
分纂四五，材并圭璋。
斧斯各执，邪许伧囊。
流十余年，楮刻相将。
岁维炎火，周抚黔疆。
俯念文献，夷陵是伤。
乃敕戊秋，衰匃始功。
简略匪典，振彩失明。
谓今教育，始终相羊。
谓安顺杨，讨论匡襄。
薄谫维予，赑屃颉颃。
欲斫无材，欲染匪缃。
攀若捐阶，航若断潢。
增损条目，并溢更张。
界遵鳌符，山稽娄狼。
考穷准昔，纮今綦详。
新政多缺，聊具尊王。
采访不备，等郐言风。
惟举年纪，古迹关梁。
户口赋税，目录兵防。
职绩宗教，多门点装。
匪杨肩艰，不津其江。
苴罅补塞，集糅兰芳。

昕宵屏息，曷敢或遑。
共砚八月，草创粗通。
黔政忽倾，撒手仓黄。
东阁再稔，覆如发棠。
本嫌虫技，未便蚁封。
倘任斯弃，终恐飘飏。
欲起紫泉，并午山伧。
将俟千年，邱丹河清。
无已点窜，爬罗弥缝。
对鹤惭凫，续貂俪踨。
邦无征也，恐惧在躬。
勉没僵仆，敢抒肺肠。
覆瓿卖蔬，亦任鄙臧。
拉衬束，毛毳秕糠。
具此粗粝，敝帚自享。
聊同绘素，敬俟贤良。
平水里人赵恺乃康谨识。

（录于《遵义历史文粹》2）

江公殉难记

自咸丰间下游不靖，都匀扁担山贼伙苗民作乱，出破府城，连陷麻哈、黄平。明年，瓮安人王廷英号称“杀人王”，树党四犯，蔓延瓮安、余庆、湄潭，而遵义划羊岩河为界，初固无贼踪也。九年十月，各匪潜由鲤鱼塘渡河踞和尚场，遂掩至团溪。先是里人闻贼入境，龙岩甘平泉子子蕃连团十四御贼张王坝。县令江侯以十三人至场，俾首人钱万宽前探贼。至鸳鸯桥，去场五里，不知贼已至桥，突遇之，仓猝反走。贼纵刃断其头，尸身尚立，趋丈许始仆。场间已见贼。江侯食未馂，十三人扶之行，出跨马，颠者再，飞骑得脱。甘子蕃遇害。江侯至团溪集，场正酣，告乡人曰：“姑作保家计，吾返城率兵灭丑虏耳。”市人大嚎啕，声震市，抵死拥马首，留官活百姓。举鞭拟，力攘之，始得行。乡人纷散，居市者逃匿村落间。贼遂踞场为巢穴，令民间散发出酒牵自效。民虽慑，伏惟喁喁，待官军之至。江侯之返城也，尽二鼓达郭外，郡守吴德溥啮前隙，闭门不内。俾守者曰：“令灭贼，反致贼止！勿入城。”侯负气驻校场坝，募四百人，又乞某兵，共九百人，于十一月十三日赴难，帅兵至龙坪。共劝勿深入，前境皆贼，恐为所乘。侯斥曰：“吾何畏？吾不忍团溪人之陷于贼也。”愈急趋至两路口，去场只八里，登山止营以蹙贼。时天暮，各团民闻父母官至，皆庆得生，欣欣馈食，纷遣丁助役攻山为营垒。贼绕乡僻径，由金星庄假团民号至山，不识侯所。闻居中数人传令，前为寿，侯劳之，遂杀侯，并左右数人。喊声大作，挥刃四刺，共殉死者四十一人。余闻侯已遇害，遂四溃。贼攫数人头去，募能识者辨之，悬市中。乡人某殓侯尸，藏之棺，百计给其头，殓而归焉。乡人痛侯之忠而未得伸其志，数日之经营，不经一战，歼于贼手，悲思至今，即山为祠以祀之。侯之死多异词，虽其子孙皆不能详悉。监利王柏心撰传亦得之揣拟,《平黔纪略》及他传记各异其说，皆不足征。此闻之九十老僧，道有目其事者。

（《续遵义府志》76 页）

创修郑莫祠附设图书馆记

天下莫不边省视黔，而遵义得籍版图自明末。论者遂以文化疏逖，衡量山川，去中洲远甚。然溯汉县治鳖，为今遵义地。其时康成、叔重讲学于鲁、卫，而鳖有经师注《尔雅》之文学舍人。且尹道真北学南归，亦教授于今正安。山川之层盘崔巍，其精灵何所靳哉！厥后喝其韬灵，沦没图籍，逮有清中叶，右文诞敷，郑先生乃崛起为西南大儒，而莫先生亦啸傲其间，同享大名于一时。天下遂交推郑莫，而遵义之晵爽光明，并一跃而驾乎中洲矣！

敬惟郑先生，遵产也，其穷厄等常人，而兀岸清刚之气凌乎九霄，几诧非人间所有。考其行孝、其人品，皭然；其为学，则以字读经，以经读字，牢笼汉宋，要以圣贤旨趣为归；为文，呼吸以秦汉人声息；诗集，蜚驰遍海内，皆谓跆籍有清一代。所藏书多至五万余卷，海内孤本亦十六七种。居东里乐安江上以终。而独山莫先生侍教授贞定君来遵，其父子施教于遵且三十年。其殁也，皆葬遵之青田山，不得仅以流寓目也。品概孝行与郑行狂同，而为学之旨又同，所遇之境亦同。惟莫先生既好游，晚乃宾师于公卿间，此为独异。然而两先生即负异于众，屏绝声形，而名大震于天下人之耳，不求显达之遇，而朝廷特赫然下诏，予以征聘。及其卒也，国史采以列儒林文苑，较生前之荣，益煊赫而不可遏如是。吾意当震辟历驾格泽，即有如婺源之庙朱子，修文之祠阳明。将文行道德学问渊源之有所归，庶不致使山川之寂寞无称也。夫地土之于人，决有所关。吾黔之山崔崣崛奇。其高也，塞明列坤，若划破青冥而不息，且其盘纡郁曲，穷窦谽涧，中孕玲珑巧幻以肖灵物家具，几非人工所能，而或万古不与风日相击而苍翠自盎者。故其钟毓于人，一秉雄伟骏极之气，睥睨中州而兀然不挠，而人且轻之曰：“山中人是何所负哉。”今两先生弃吾遵已六十余年矣，其风流遗韵固绵邈不绝。前黎莼斋先生仓卒请入祀两庑，反以时近见黜，及安顺姚大荣拟稿上清，因国变而寝其事。向吾地亦尝有乡社之议，屡以费绌而置，而敬仰之思喁喁全邑。今年桐梓黄君道彬以司令北防来遵，集乡人议县事之当兴者，皆以关风化、系人心、导后进，莫急于妥先贤之祀者。于是即筹二千元，县长金君章筹五百元为创始之费，择地今中学校荷花池。继北防司令蒋君在珍亦筹一千元，并于劝款鸠工趣督益严。业于本年三月开始经营，不数月落成。前为新堂，砖碱岿然，中置两先生木主，后因重楼为藏书之庋。楼临池，中有亭，左右去欹庼之楼为夹室，主居主祠祀者，收弆书籍以供阅览，皆酌订规则，既备乃周。

宏模俨肃，乡人士数十年之竭诚，并国家天下人之倾向者，今一旦得瞻拜而摅其意，因之大媲美前贤之思，将赓续起而壮山川之蓄者，岂非两先生所望于今日之后哉！而或者曰："两先生坟墓近在东里，死者之所凭依，未必肯临新式之堂。"曰："是不然。坟墓，魂魄之私所托，而县城为精神所注之地。况为公之大者，先生岂无意哉！"惟念汉时郑康成之里为黄巾所不犯，史特书之。今近先生墓之居者，其意加乎？否乎？昔郑先生表何忠诚墓，后胡文忠守黎平为修葺之，且为置享堂并守冢者。今人情不大相违者？吾固知望山诸墓将缘之而加重矣！

郑先生名珍，字子尹；莫先生名友芝，字子偲。皆举人。董祠事蒋君京，詹君灿湘属为记，其他捐助及工程另有碑。

庚午秋月，乡后学赵恺撰并书。

中华民国十九年八月刊石。

（校勘记）……

（摘自《遵义历史文粹·近泉居集》）

纪遵义南乡咸丰己未庚申辛酉壬戌之变

恺向陋南乡，于咸丰九、十年间（1859、1860）为遵义首婴贼难，一时仗义张空拳犯白刃之士，一呼蹙（cù）贼慷慨皆起梓里，卒得安堵无恙。不三年，肝胆蕴忠义者次弟沦丧。全乡横遭贼惨，顿成荒墟，而县境亦遂糜烂。迄今六十年，乡井虽殷，多蜀人寄籍，而旧家大族之复，不及二三。吊残垒之遗迹，履碧血之寒丘。欲问其事，而遗老尽矣。恳恳于十年前，周询戚谘，仿佛百一，又不尽南三里事迹。不稍纂述，终归湮灭，能不痛哉！

自咸丰间，下游不靖。都匀扁担山贼伙苗民作乱，出破府城，连陷麻哈、黄平。明年，瓮安人王廷英，乳名三妹，号称杀人王，树党四犯，蔓延瓮安、余庆、湄潭，贵州东北境劲寇自兹始矣。遵义南乡毗壤贼巢，黄号、白号、安字号由鲤鱼塘渡河据和尚场，遂掩至团溪。时九年十月二十七日，是为贼入遵义之始。

先是，里人闻贼入境，龙岩甘平泉子子蕃连团十四御贼张王坝。县令江侯炳琳以十三人趋至场，即俾首人钱万宽前探。贼至鸳鸯场，去场仅五里。贼已先至，突遇之，奋步反击。贼纵刃断其头，尸身尚立，趋丈许始仆。场间已见贼。江侯食未馁，十三人扶之行。出，跨马，颠者再，飞骑得脱。甘子蕃御之，遇害。江侯返至团溪，集场正酣，令乡人顺贼保家，"吾返当率兵来杀丑虏耳"。市人大号，死拥马首，留官治百姓。鞭笞始得行。场人顷刻窜散，居市者逃匿村落间。贼遂踵至，啸聚场市。酋曰王、曰元帅，留发，新党贼首以先生称之。发长鬖鬖者，加老以为尊。称酋，或八人扛之行，着绣衣，头插长翅，或垂狸尾，自称仁义之兵，不妄杀、不奸淫，犯者立斩。日窜乡人家，搜索金钱食盐，令民间散发，出酒牵羊自效。民虽慑伏，惟喁喁待官军之至。

江侯之返城也，尽二鼓达郭外。郡守吴，啮前隙，闭城门，俾守者曰："令灭贼，反致贼，止，毋入城。”侯负气住校场。募四百人，又乞某兵，共九百人赴难。十一月十三日帅兵经龙坪场，共劝侯毋深入，恐为贼所乘。叱曰：“吾何畏！吾不忍团溪之陷于贼也。”愈急趋。至两路口，山去场仅十里，止营以看贼。时天暮，各团闻官军来，皆相庆得生，欣欣馈食，纷遣丁助役营垒。贼阴由金星庆假团名号，至山。不识侯所，闻居中数人传令，前为寿，侯劳之，杀侯并左右数人。喊声大作，挥刃四刺，殉难者共四十余人。兵丁不识贼数，闻侯已死，遂四溃。贼攫数人头去，募能识者辨之，悬市中。乡人张正声殓尸藏之棺，百计给其头，殓而归葬江津。乡人痛侯之忠，而未得申其志。数日之经营，不经一战，歼于贼手。悲思至今，因即山为祠以祀。

二十日李副将荣，兴义人，提兵至深溪水止营。贼以为官军易与耳，日驱散贼来战，贼败去，乃订二十四日为战期。副将据山为营，滥泥水绕其前，束下流雍水以待之。至日，贼于两路口设高座四五，拥坐据团册点民，驱战不应者辄杀之。民相约不斗官，中途私逸去，贼得之，杀弃路旁。至对山望我垒寂然，狐疑不前，又久，乃从容渡桥陟山半。我军忽大启壁门，鼓噪涌出，贼遂崩。无他路，争渡桥，多泗水死。我军鏖杀至河而止。余贼沿途闻风声鹊噪，皆以为追兵也。盖贼自聚团溪，歼江侯，势张甚，此役大挫其衅，遂谓团溪人不附己，于是横施残虐矣！

吾族叔廷瑗，始匿山谷间，至是，贼虐渐加，虑无以为生。二十七日，潜约举人徐翊唐、甘平泉，庠生徐汉霨、甘定侯等十余辈，联团抗此大难。贼据场，常以长矛排倚檐牙间。是夜风紧，仆予辄相偃去，沿街有声，惊动通市。贼遂以为不祥，焚场屋，即时退去张王坝。又次日，渡河据羊岩关，以窥我里。廷瑗于是约集团丁，掩杀余贼，计营砦，编市卒，设粮台，一以驱贼自任，迭请副将移营以镇场市。副将谓里人既杀江令，今诈吾，不可往。呜呼！南里为遵义首富，当贼冲，既无重兵以堵其来，始见虐于贼，继不信于官，终大遭贼殄，何不幸之甚也！廷瑗以全族具结，自请扼河北老鸦关以拒贼。副将不得已，数舍至，常称病居中请郡首张日仑副以南里军务，因概以兵事委之。贼既据关，猖獗日甚，以巨炮轰震以作声势。廷瑗乃谋渡河击，贼始畏。谍者知谋，阴选里中少年五百人，而令各营广制蔑篰，军中不识所为。乙未除夕大雪，新委副军札适至，因置酒，遍劳诸营。营中皆谓哗然，谓廷瑗不可将。俄失所在，不及疑，廷瑗已率所选卒，潜由上游十余里，以竹木渡河，攀附悬崖而上，皆从荆崎岖天路。天又大寒冻，人手足皆掣。众不肯黑夜行，廷瑗手刃一人，身前导，以赵南山导其后，摸索至关，直扑贼处。时贼皆散处人家以度岁为乐，不意兵之至，守关贼甚寡，悉杀之，追其逸里许乃返，据关就暖贼火，以待大兵。殊天未明，官军闻隔岸喊杀声，以为贼将大举来寇，咸噤欲奔。受约者谓副领已夺得关，趣发兵，运蔑篰往。众疑信不肯赴，至辰晷，贼举铺山大队来争，殊死斗，大兵又不至，人皆饥饿，知不可敌，乃引兵至岸，夺贼舟返渡得脱。关最险斗，下至岸五六里，贼乘高以木石下击我兵，毙者百余人。廷瑗愤关既得复失，由新集众不明号令。终誓必得关。次夜，增选死丁，别绕他道往袭。于近关数里间，多束火树间，贼以大备抵冲，大兵亦渡冲，裁半与贼斗，半置蔑篰填石塞土，瞬成新寨。贼骇愕，终日来争，不能得，遂开关。副将以廷瑗知兵可帅，于是请郡守举邬得全、蒋洪顺、钱万衡、甘子蕃、卢培义等兵团十余营，悉俾调遣。廷瑗遂以分戍沿河诸隘，自拖船坝、黄滩、黄滩、合口、漩塘百里间。自是，南乡二年不睹贼踪矣。廷瑗念本乡遂以清平，乃谋灭贼别境，直捣巢穴。由是分兵三路，以邬通德全、钱万衡等为一路，以蒋洪顺、卢培义等为一路，自提中军，日夜转战，次第夺得滥泥寺、猪场、水牛山、凉水井、香炉山、鹤坪。六月，遂扫贼至鸡鹜园。副将常以病驻团溪，遥为唯诺。及至牛场，病愈甚，遂辞统领，转至哨探坝，殁。郡守为请大府，以廷瑗总持其军，迭夺营隘，于是声誉翔起。廷援在军，谨慎不轻举动，饬诸营官进剿，必为区划进退，容过奖劳。凡夺一隘，扑一垒，即久经亲训慈抚，擢功翼劳，忽失所望，悲悼至深。因共举营官夏义成代理，月余不克胜荷。五月，郡守檄邬德全统之。德全不知御贼，戍隘宽远，费兵糜饷，不能作战，何益于是。首议撤隘聚兵击贼，然亦数败于贼。八月，贼遂绕道窜至鲤鱼塘。时大府以提督赵德光主办通省团练，以遵义南乡事务委李方琳办理。方琳不谋御贼，大为设局团溪，出入作地方官仪仗，理辞讼，置德全军不问。俄德光按巡至安平，中伏枪死。李事遂败。南里军务仍德全统理，亦遂无远行击贼之志。时沈宏富以大军参扰其间，又遣营官向宗汉扎九皇渡。同治元年壬戌二月，宗汉与贼相据，反相习，遂举渡贿贼，自烧兵朋前行，贼乃得渡河焚掠。遵义及属之乱自是始。先是里人徐汉霨以德全军既不可恃，移营镇之。横丽诸营，经前继后，或百里许，无使贼钞其后，凡战皆身先士卒。故将弁勇气百倍，无所挫衄。贼已有“赵家军不可敌”之话。而湄潭、翁安、黄平、清平皆战迹也！

十一月，钦差大臣田兴恕以巡扶入黔，过牛场，凡文武吏晋竭，巡抚降价问。廷援揖之入，曰黔中若得君数倍，贼不足平也。黔事且将大劳君矣。十二月，铲壬院掇枪打石。辛酉二月，止军。廷瑗家饶裕，军饷不及时，或以家补其缺乏，至是仍不足。兵士谋胁统领为变。夜半，忽鼓噪大起，以矛刺中军帐幕。廷瑗端坐不为动。大喝曰：“吾毁家为乡里灭贼，今吾死，若反为贼，皆刀下鬼耳。继乃复安。

廷瑗自任团务，虮甲枕戈，未遑宁息。于是积劳，病殁于军。年三十一。士卒多起自乡园，沈军徒肆搜括，骚扰甚于贼。向营残食一方，无可为恃。因作联团自保之策，悉于山岗作十余寨，惊则相望，战则相救。布署未周，不二日，贼即大至。德全家素居郡城，尝归休，是日甫自城骑皂骝马巡营至西坪，适贼焚杀已至柘家坳，火烟涨天，乃反马首，急鞭飞纵，随扈踊捽纪纣悬跨胬间以行。汉霨仓猝率众迎战，至黄土堰，贼蜂拥杀汉霨，无尸所。提十余寨，不半日残屠殆尽，大纵烧杀，不留余刃。得赵家军人，尤予惨酷。乡人乘夜负老绷幼，纷纷遁逃，义夫弱子、节妇贞女或闭户自绝，或缢林投岩，不胜缕。一二日间，西坪、团溪、尚稽，纵横数十里间，刀声火焰，遂为一空，屋宇无余椽，举族无余子。贼至龙坪，分窜东南乡，弥漫全境矣。

窃闻综论遵义之糜烂，误在首丧团溪，故其祸不在同治以还，而胎乱之源，实在咸丰之末。设江侯不死，必能安全境宇。副将能乘胜追剿，虽怯何害？廷瑗以书生崛起家园，犯死难，日夜淬励，卒清乡境，一手拒羊岩一水，而县全境遂三年不闻兵戈。若天假之年，或与赵德昌辈扫灭黔氛，奠安河宇，亦在所希翼。惜功业未就，又无廷瑗者以继其后，卒颠倒错乱，徒以武夫乡愚，坐误事机，而一时奄义之士，卒遭惨毒，以至全境骚然，郡城几不可保。虽曰非天灾下临，不可得矣。后之起者，适时际厌乱，将率纷乘收其焦烂之余，鼓我摧朽之力，亦不必婴往者之艰瘁，而遂肤功永奏。甚者，往往黑白其间，致锉强扑劲之艰，等诸粪壤。而其时文士逃亡，既无纪其实者，当艰巨之子孙又以不文隐其宏业，竟俾一时掌故听其消亡。是殆又人事之不齐者，可慨也夫！

（录于《遵义历史文粹·近泉居集》）

祭郑莫黎三公

1936年农历三月初十日，这一天是郑珍生辰。当时贵州省民政厅长曹□沅率遵义地方官员民众学生等数百人到沙滩公祭郑、莫、黎。遵义文化名流赵乃康先生为这次活动谱写了《祭郑莫黎三公》的祭祀歌：

夷牢山水多灵钟，郁翠群英振国风。
博学文章?济世，巍巍郑莫黎三公。
文明以启，觐仰胥同。
崇敬敦化封墓，归功千秋岗陇祭重逢。

赵壼三首

湘山湘水曲

湘水从北来，湘山欲西上。
湘水与湘山，万古独苍莽。

晚上红花岗

秋风吹空晚雨歇，红花岗头看落日。
苍茫目尽九龙云，下瞰湘流俯城阙。
我闻万历间，狼豺肆蹂残。
此地塞荆棘，何人得清安。
而今南北无界限，昏晓得展江山眼。
遥遥荒烟夕照中，刘綎勋名在娄栈。

晚来大观此为殊，桃园螺岭非名区。
飒飒寒飙起林末，四顾瞑色横空虚。
率然兴尽如倦鸟，还巢但欲苍林趋。
东望山堂不可及，□□□□□□□。
但闻蜈蚣桥，渡者还歌呼。

读《巢经巢诗文》有感

午山当年口口血，化为碧草春不腥。
篱到儿孙未容易，墓门不见经巢经。
柑廊梅崦尽榛棘，秋蛩春花说不得。
戊子尧湾遭变来，米楼书在雪楼侧。
后学贱子思斗山，有眼不见古文冠。
百年未见酬山志，每闻时事耳潜关。
年来山下殊颠倒，天意苍茫渺难晓。
监利王君常熟翁，侍郎继者惟此老。
文章汲冢驾先秦，米楼先生归旅魂。
为人坦率蔼而温，缧绁囹圄囚其孙。
良哉识字忧患始，肥马高舆谁氏子。
毋乃天公厌文章，公卿不到乐安里。
闻说好古东粤公，望公不及及嗣翁。
剩鳞残甲尽收拾，不欲后世有真龙。
吁嗟乎，公之膏馥已如是，五百年后成底事。
掩公斯文为公伤，何用万古传名字。

团溪景致歌一首

遵义里属一十三，惟有平水实美然。
正东直去岩门坎，凤凰嘴对金鸡山。
十字街前石龙现，土地祠踞右龙边。
黑神庙在长春地，三层阁上见神仙。
黑洞水响如琴弦，隔断龙岩虎头山。
万寿宫踞真福地，得见仙人第一山。
长山一带往下转，远包顺数到黄滩。
鲤鱼塘上双飞燕，又是洋岩一雄关。

合口本是三属地，回转又到茶山关。
东南西北皆大景，九皇洞渡踞北边。
上接高台真好看，西坪连接青龙山。
庙山生就西来景，石佛岩向大溏湾。
五龙溪上犀牛卧，老木顶上石栏杆。
芭蕉沟旁檬子井，双鼻本井在场前。
回龙寺有龙坑堰，化龙过桥到营山。
喜沟溪接伏魔殿，对着大岩一座山。
一望平川上庄坝，观音阁踞玉屏山。
雷公窝下马窝堰，锁口桥在张家湾。
荷叶浮龟真稀罕，抱子坡上望人烟。
这是团溪一美景，人兴财发个个贤。

（佚名　清光绪年间《罗氏宗谱》）

冉方亨对联一则

生就傲骨两根，辜负诗书半腹，受了千般挫折，落得一时骂名，辗转自思，老天待我何其薄。

身着破衣数件，可怜面壁十年，经过七旬岁月，休问儿孙几个，弥留在望，身家从此俱云无。

（冉方亨，清末秀才，终生未娶，禀性孤傲）

卢葆华诗词十二首

寄慰蔡廷锴将军

倭奴独抗足千秋，血战申江苦未休。
岂是霸王真盖世，同观壁上尽诸侯。

（《飘零集》）

黄　花

初日闲看百尺楼，西山爽气扑帘钩。

笑他枫落吴江冷，不及黄花耐九秋。

（《飘零集》）

登 庐

山名登忆昔庐匡，白鹿青牛也共彰。
到此尘心应尽去，半生真悔为名忙。

哭 文

至此方知骨肉亲，形虽莫睹倍情真。
文逝误病沉疴染，韶龄应喜异俗沦。
默默自伤成杕杜，栖栖谁悯老风尘。
断肠正值西湖畔，忍使清泪滴到晨。

（杭州西胡寓所）

燕京寄墨盒与诸子并携小诗一首

孤征江海五年余，壮业仍惭此日虚。
为问黔南小儿女，涂鸦能作几行书。

忆江南·闺思

春夜月，凝望几时圆！
最是不堪回首处，腰肢消瘦梦发烟，清泪滴栏杆。

（2 月 25 日于桐庐《相思词》）

忆江南·闺忆

长相忆，裘马蒋山边。
太息此身无羽翅，秋波盼断夜如年，闲煞艳阳天。

忆江南·思亲

平生恨，漂泊大江东！
亲老身单兼子幼，家遥云黯更途穷，窗外负梅红。

南歌子·思子

却喜春光近，六年引领望，赤江犹记唤阿娘，只恐来年相见儿相忘！
春笋欣芳长，鼎力看成行，三世胪欢庆一堂，休问团圆客来自何方！

满江红·登栖霞山

踏破西风，凭健足，攀崖寻穴。登绝顶，大江浪去，气吞吴越。落日苍茫秋欲暮，残霞零落红如血。望龙盘虎踞石头城，烟明灭。　　家国破，金瓯缺；仇未复，心如割。奈孤身零涕，暗添华发！遍野浮云寒白骨，满山枯树生红叶。问登临此日意何如？悲难说。

（10月4日于南京《相思词》）

血　泪

泪啊，
你流吧！

悲哀而沉痛的泪啊，
长江大河似的流吧！

等到泪都流成为鲜红的血时，
中国才会有自由的花枝！

（摘自《血泪》）

回　忆

风雨凄凄的今日，
我黯然销魂地回忆：
一转瞬间就是三个月，
光阴过得真令人惋惜。

我一想到法国公园的黄昏，
我一想到红叶树下的偕行，
我一想到菊花丛中的细雨，
我一想到临歧送别的伶丁；
我可怜的心情发出了无限的哀鸣，

我受伤的灵魂增添了无量的伤痕，
我俩底前途就这样地凄清？
我俩底命运就这般地无缘？
啊，哀鸣，伤痕，凄清……
我怎样也不能忘情！

（《血泪》）

杨干之二首

菊花诗会

奉菊见赠，素不学诗，依韵凑和录呈，界凡兄斧政（正）。

秋色满墙东，秋香满院浓。
秋香与秋色，远映碧云峰。
碧云飞天际，下有枫叶红。
感物即思人，今古来胸中。
渊明好种菊，五斗不屈躬。
陆地称神仙，万世遗高风。
烟霞神仙府。陪君当秋容。
教儿奉数枝，我时来花丛。
对花一吞吐，谈论襟怀通。
花支各有态，瘦削杂丰秾。
形式原无定，意气本相共。
拈之一大笑，谁谓道无穷。
臭味沆与瀣，何分君与侬。
花虽不解语，此意或相融。
造化且无我，风月与花同。
果能领花意，君即主人翁。

（辛未秋弟干之拜稿）

民国初期（手稿落款辛未，当为 1931 年，乃民国二十年，非为初期也），住遵义城丁字口大悲阁（今朝阳小学）的绅士颜受伯引种的一盆菊花盛开 100 余朵，绚丽可人，时又逢他 70 岁生日，于是他组织了一次赏菊庆寿的“菊花诗会”，请遵义文士名流咸集住宅，盛况空前。酒过三巡，颜叟发话，要求赴会之人以菊花为题赋诗一首。众人纷纷响应，赵乃康书篆，杨文湘、雍心泉、李继白等为颜柳楷书，胡听秋、晏怀新为汉隶，蒋京、曹炳清为行书，另有李道坤、申惠泉、喻宅心、陈少坊等名流的诗书之作，七律五言，四体皆备，并公开展出，为遵义历史上一次盛大的文化活动和诗书作品聚会。可惜这盛极一时之聚会作品相继流失，幸得杨敏志先生偶得杨干之和诗手稿，为此盛会留下了历史的见证。

校勘注："花出自君家，或能谅愚衷"无和句。

附：喻界凡谢杨干之赠菊花

秋色满篱东，秋香带雨浓。
和雨折其英，教儿遗碧峰。
碧峰拜且受，黄绿白间红。
一枝复一枝，殷勤插瓶中。
移瓶置几上，相互一鞠躬。
酒罍吸香气，茶盏凝秋风。
香橼趁其跌，明镜照其容。
我本烟霞侣，坐卧对花丛。
对花动遐想，悠然事理通。
劳君半年力，培植饶丰秾。
视之如车服，遗与朋友共。
我不劳而获，惭愧滋无穷。
君纵不我弃，难免花笑侬。
细思我与君，沆瀣固相融。
未知花对我，于意同不同。
花出自君家，或能谅愚衷。
问花花不语，还问花主翁。

原注：（酒罍、茶盏、香橼、明镜）四物俱室中陈列。

明德中学校歌

大哉明中，明德是崇。湘流秀丽，乌江环拥。仰仙人山之挺秀，瞰凤凰岭之清幽，人文慰起百世所宗。瞻前贤之巍峨，启来者之丰功。科学救国中西用宏。莫辜负此少年兮，应争起而图谋。

（杨干之词，萧之亮曲）

陈铁诗文

动员抗日

一叶黑叶遮故都，七七事变在卢沟。
满城风雨定难保，不灭倭寇誓不休。

我与卫立煌将军

卫立煌是安徽合肥人，青年时候，由其表兄带去广东，在粤军总司令许崇智部当兵。1925 年，许崇智被蒋介石逼迫下台出国。第二次东征到潮汕，蒋介石把粤军一些部队改编，以一部分编为自己的第一军第三师，仍任原粤军师长谭曙卿当师长，派顾祝同去当副师长，当时卫立煌是粤军补充旅旅长，该旅缩编为第三师第九团，卫任少将团长。派曹渊、陈铁去当营长，陈武当副营长，连长一部分是派去的，连党代表全是派去的。这样，第九团就成为蒋的可靠部队了。中山舰事变后，蒋命第一军军长何应钦在所辖的第三师和第十四师中清党，第九团的曹渊和全部连党代表被清洗，送广州集训。不久，何应钦到第三师检阅，认为第九团成绩较好，就请准升卫立煌为第十四师副师长。

1926 年，北伐军在江西同孙传芳的部队成拉锯战时，孙部在福建的军务督办周荫人率部进犯广东。到永定后，以主力向梅县松口进攻。何应钦除留驻松口的第九团就地防守外，率第三师、第十四师和第二十师的一个团，共六个团，从三河坎向永定进攻。攻下永定城，除周荫人逃脱外，守敌全部被消灭，何率部沿周军进攻松口所走的道路前进。在松口同敌军的激战中，据河防守的第九团过河夹击，激战一天，把周军全部消灭了。接着，何率全部共七个团，称“东路军”，向福建进军。到漳州，消灭了号称十个团的张毅部。到福州时，周荫人的旅长李春生率部投诚。何因得知该部不稳，命离福州进驻建瓯。后来东路军向浙江进军路过该地，经激战将其全部缴械。到福州后，第十四师师长冯轶裴升任东路军指挥官，师长由卫立煌升任。第三师师长谭曙卿升任新编第一军军长，留福建组织该军，师长由顾祝同升任。卫立煌当师长后，请调我任该师四十团（原黄埔军校的教导第一团）团长，何应钦改任我为顾师的第七团团长。

东路军由福建经浙江于 1927 年春到南京。不久，蒋介石调自己的第二十、第二十一、第二十二等师驻南京城内清党。派卫立煌师驻下关，派顾祝同师驻朝阳门外，进行监视，因为这两师是北伐前在广东清过党的。

1927 年夏，李宗仁、白崇禧的第七军和何应钦的第一军驻南京附近时，李、白要蒋介石下台。蒋找何谈此事，见何态度暧昧，就下台去日本了。

蒋走后，孙传芳部过长江反攻，在龙潭作背水战，被第一军和第七军消灭。接着，何应钦把蒋介石的嫡系部队编为两个军，以刘峙、顾祝同任军长。在这个时候，卫立煌师驻镇江，何令他由南京过江继续北伐。卫以安排军长问题不满，不予理睬。另一原因是住在上海的王柏龄、朱绍良正在做蒋介石复职工作，向卫进行密切联系。

1928 年春，蒋介石回国上台，除免何应钦实权调任其参谋长外，对支持他上台的卫立煌不仅没有好处，反而调他任毫无实权的南京卫戍副司令，并于同年冬送入北平陆军大学特别班，当时我也在这个班学习。在学习期间，卫一面表露对蒋不满，一面与阎、冯送班里学习的高级将领联系密切。

1930 年春，蒋介石电我回京。卫立煌送行时，我对他说，现在校长（蒋兼陆大校长）处境不好，津浦路已经不通，你应当有所表示。他就写信给蒋，说愿回京工作。我把信带交后，蒋就电他回京组织一个师任师长，即后来的第十师。

我回京后，蒋要我到中央军校见教育长张治中。张把军校第七期毕业生编为一个步兵营，任汤恩伯为少将营长，任我为上校副营长。计划训练三个月德操后成立教导第二师。不久，教导第一师师长冯轶裴，请准任我为该师第四团团长。我去后，要我先训练两连军官、四连军士后再成立团。训练尚未完成，冯率部在津浦路同阎、冯部作战，来电要我成立第四团，并成立一个重机枪团由我兼任团长。我去向他要求回陆军大学，他不同意。我说，在南京军官团时，他同黄慕松副团长，一再要我进陆大，并说我深造后很有前途，为什么现在不同意我完成学业呢?他说，为了你的前途，现在同意你回陆大。

1931 年冬，我在陆大毕业回到南京，到警卫军见顾祝同军长。这个军是由南京军官团为基础成立的教导第一师和其他的师编成的，军长冯轶裴病死后，由顾继任军长。顾说，你毕业回部队很好。我说，18 军陈诚军长要我去当旅长；指挥官兼第九师师长蒋鼎文要我去当指挥部参谋长兼第九师参谋长；14 军军长卫立煌要我去当 83 师副师长；你现在要我回部队，不知校长做何决定。顾说，我今天晚上去见校长，问他要你到哪个部队，明天你来我告诉你。第二天我去见顾，顾说，校长要你到 14 军当 83 师副师长。我任 83 师副师长不久，师长蒋伏生请准调我兼任二四九旅旅长。

……

第 85 师是贵州杂色部队，归军事委员会直辖。我到后，在四川万县经三个月整顿，中级军官完全由黄埔学生担任，这就成为蒋的基本部队了。1936 年春，调驻南京浦镇附近，经由三个团改为两旅四个团的整编师后，进驻蚌埠整训。七七事变后开到德州准备抗战。第 14 军军长卫立煌率部到保定准备抗战，请准调 85 师到保定归他指挥。师到保定时，卫部已到南口增援汤恩伯的第十三军，留 83 师的一个团，由二四九旅旅长陈武指挥,在门头沟西的千军台防阻日军由北平来截击 14 军的后路。85 师行到千军台时，适 83 师的那个团被日军攻击，伤亡很大。85 师接防后，同敌激战几天。卫部尚未到南口汤军就撤走了，卫就率部回到千军台，接着奉调山西参加忻口战役。

到忻口前，卫任第十四集团军总司令。在忻口作战时，卫任第二战区阎锡山的副长官兼前敌总司令。除十八集团军（八路军）外，指挥战场所有军队。1938年春，在霍县韩侯岭战后，卫率军部由禹门口过黄河到陕西境内，军属第十、第83师留在汾河东岸地区，所指挥的85师留在汾河西岸地区。卫被蒋电责后回到晋南，率部攻打侯马、闻喜后，在晋南建立根据地打半游击战。1938年冬，卫任第一战区司令长官兼河南省主席，驻洛阳；仍兼第二战区副长官指挥晋南部队。

1938年春，我特地到山西临汾对卫立煌说，蒋介石没有良心，太恶毒，对我很不好，我决心不再跟随他了，特来向你请假回乡种田。卫说，对你不好，对我更不好，你是知道的，我们不能消极不干，应该积极对付，你今天不要走，晚上再详谈。深夜，卫到我住房。问蒋怎样对我不好。我告诉他，1936年春，我带85师由四川到南京，到军政部向何应钦部长要求更换武器。何同意后对我说："校长对你不好，要注意。前两天，他当着我责备蒋鼎文说，'你一再保陈铁当师长，给他当了85师师长，表现懦弱无能，要撤他的职。'蒋鼎文不服，说了些抵触的话。我也搭话说，'85师是一个很动摇的部队，陈铁赤手空拳地去把他整理好带来南京就算不错了'。"我答何说："不少贵州人说我在85师搞得太厉害了，你看是懦弱无能，还是搞得太厉害了？"那时我对何所说的是半信半疑的，因为素知蒋、何有矛盾。前几天在西安，蒋鼎文对我说："你由四川到南京时，校长曾当着何部长的面骂我说，'你一再保陈铁当师长，他在85师表现懦弱无能，要撤职'。我顶他说，'陈铁在黄埔学生中是很行的。比胡宗南行，等他做下去看。"我先后听了何应钦、蒋鼎文所说，回想到初去85师时那一段危险经过，感到无比愤怒。

卫问："你到85师的经过怎样？"我说："1935年9月，蒋在四川峨眉电我去见，到后，他的侍从副官蔡劲军对我说，'过去顾祝同、蒋鼎文不止一次保你当基本部队的师长，校长都没有准，这回可能是要你去当85师师长。因为虽然没有人保着你，但在第一个来保别人的电报上批的是电陈铁来见，在以后来保的几个电报上，都批的是电催陈铁速来。'蔡接着说，'这个师是贵州部队，在湖北板栗园同共产党作战，损失很大，师长谢彬阵亡；该师参谋长刘竹铭刚在南京军校高教班毕业，去见何应钦，说师长阵亡后，师里群龙无首，混乱异常。何要他回去照拂。刘到汉口对行营主任何雪竹说，何部长要他回去照拂，师里有副师长，他没有文字证据不好办，何就给他一个代师长的任命。刘到师后，把副师长陈鸿远的勤务兵的枪缴了，派一连人监视陈离开部队。陈鸿远不服，来告状，校长要他仍回去当副师长，刚才走。蔡又说，'传说该师很乱并有异动的情况。'我听蔡说这些后，决心见蒋时表示坚决不干。见蒋时，他先写张发85师陈师长特别费1万元的条子给我，然后说，'你去85师当师长。该师作战损失很大，要多少人补充，来电就拨给你。'蒋是惯用权术的人，他估计我不愿当这个破烂和杂色师的师长，先给一张等于委任令的发钱条子来堵着我的口，使我不敢说不干的话。

"我去忠县到职后，经过几次对全师官兵讲话，一部分连、排长同情我，推一个排长当代表来告密。这个排长递一张借钱条子后小声说：'不是要借钱，因为没有这个条子不准进来，我是一些连、排长推当代表来报告情况的。在你没有到部队以前，刘代师长同营长、团附开会密商决定，等你和陈鸿远副师长到后，杀了你们，把部队带往广西投李宗仁、白崇禧。代参谋长毛梦仙不同意，说部队从板栗园战后，因经费打对折，几个月没有发饷，军心动摇。利用他来把我们补充好再行动不迟。毛说的这些话起了作用，多数人支持，刘代师长也表示同意，所以第二天刘、毛等才把你们接到城内师部。除派一个营在师部周围监视外，因为你没有带人来，就派给你副官和勤务兵各 1 人，都是来监视你的。'在忠县经过十天的紧张情况，我设法把部队开往万县。到万县后，他们又开会要把部队带走。在非常紧急的情况下，除一个告密的营长吴锦书外，把所有的营长、团附关进万县监里。后来把他们联名写的口供附在报告里报上去，经军事委员会批准，枪毙两个营长，其余处 3 年有期徒刑。代师长刘竹铭送宜昌行营判处死刑。经过 40 天左右的时间就办完这件事。蒋要我到危险的部队去送死，结果把部队整理好带到南京。蒋介石还说我懦弱无能，要撤职。像这样没有良心的人，我坚决不再给他当走狗了。所以特来向你请长假回乡，不管你准不准，我一定要走。"

卫说："我对你说的话你要保密，不给任何人知道，特别要注意郭寄峤（卫的参谋长，同陈诚是保定同学，关系密切），我是等他熟睡后才来的。"卫接着说："我秘密到延安见过毛先生，谈得很好。你不要离开部队，我们同共产党一道来整垮他（蒋介石）。"我表示说："好。只要能够把他整垮，出了一口气就甘心了。"卫笑了，连说好。

从此以后，一有机会，卫就介绍我同共产党人见面。1938 年 7 月，我任 14 军军长时，朱德总司令到卫在垣曲的总部，他找我去同朱总见面。以后我驻阳城附近，朱驻长治附近，多次写信派秘书来同我联系。同年 8 月，在西安的一个深夜里，卫派车接我到他的住处，介绍我同王明见面。大约是 1939 年夏天，我驻垣曲附近，彭德怀副总司令路过，来同我长谈。他说："今天我们初见面，但我感觉是熟人。因为你的情况，卫立煌早就对我说过了。我曾路过这里，没有来看你，因为怕你受影响。"他问魏巍（九十三军参谋长）如何，我说很进步。他问："你看蒋介石会不会打我们？"我说在抗战期间不会，因为抗战要紧，抗战结束后打是难免的，因为矛盾很大，不打不能解决问题。他说："你看打的结果如何？"我说："他一定失败，因内部腐烂，军心涣散，CC、复兴社、政学系三派争宠斗争激烈，因他搞部落主义和搞裙带关系，不满意的人越来越多，众叛亲离已开始露头。"我问："你们现在有多少部队？"他不从正面回答，只说："蒋介石曾经问过，我们说有 50 万，因为说多了他怕，说少了他看不起。"我问："你们一个连队里有多少党团员？"他说："30 人左右。"我说："够起骨干作用了。"1939 年我驻山西阳城，有一天，接卫立煌来电要我到渑池。到后，卫对我说，刘少奇由延安去华北，现在到这里，带来延安的介绍信，要我们护送他通过太行山，因为驻太行山的庞炳勋军同共产党摩擦得很厉害，恐怕出问题。卫把介绍信和他在延安同毛合照的相片给我看，就去约刘少奇同来，3 人在一起闲谈一个多小时，刘就回到自己的住房。卫说："由我派人护送，若庞要为难，送的人来告诉你，你就亲自去说服庞。"又说："有人要我们入党（中国共产党），你看怎样？"我说，蒋的特务得知，报蒋很危险，等将来时候到了，行动时再说。卫说："我们化名，不用真名就不要紧。”我说蒋的特务很厉害，化名也不保险。卫不再说话，面色表现很不好。我感觉他有很大的顾虑了，一定要解除他的顾虑才好。我说：“这样好不好，我入，你暂时不入，出了问题时，由你保护我，在蒋的面前坚决否认，替我担保。”卫的面色就忽然变好了，并说：“现在都不入，以后再说。”

时间记不清了，不是 1939 年就是 1940 年，卫立煌由洛阳到晋城，召集驻晋城附近的范汉杰军长，驻沁水附近的刘戡军长，驻阳城附近的陈铁军长开会。他说：“在洛阳接委员长电话，说八路军超越规定范围活动，要他撤回去，不服从，你快到晋城指挥部队打。”卫接着说；“今天请你们来就是为的这件事，你们马上回去准备，候命行动。”会散后，卫对我说：“你今天不要回去，晚上有话对你说。”夜深了，卫来约我去说：“委员长是亲自打电话要我到晋城指挥部队打八路军的。我回他说，我们抗战重要，不能自己内部打起来。他大发脾气骂我一顿，我只好答应马上到晋城。今天开会时我说，你们马上回去准备，候命行动，这是针对范汉杰说的，他回去一定电告胡宗南，胡一定转告蒋，这样就使蒋对我的怀疑减轻了。”卫继续说：“我们不能打八路军，我准备写信派人送给朱、彭总司令，要他们把越境部队暂时撤回去，他们一定照办，然后我根据这个事实电告委员长，这件事就了结了。”

卫又说：“前不久胡宗南来信要我同他搞一个小组织，我没有回信，你看他的用意是什么?”我问：“听说宋美龄介绍你和孔二小姐结婚，是否属实?”他说有这回事。我说：“搞小组织也好，搞裙带关系也好，是一码事，我看都是蒋指使的。你靠拢共产党，蒋早就知道了，所以想方设法来拉着你，免得你进一步向中共靠拢。”我又说：“听说孔二小姐有婚姻登记薄，凡是介绍作她对象的人去了，她的表态就是‘登记’二字，把登记簿拿出来当面登上姓名。这样一个风流十足的贵族小姐，薄上登记的人一定不少，不管你榜上是否有名，彩球不一定会抛在你的身上，所以这件事我不多说了。至于同胡搞小组织的问题，倒是值得研究，同他周旋可以冲淡蒋、胡对你的怀疑。”卫说：“如果胡再来信，我就请你代我去同他商谈。”后来卫接胡来信，就要我去西安同胡谈。胡对我说：“组织成员限于黄埔同学，杂色部队的将领不能参加，因为他们的部队不可靠，将来要整编，给他们参加组织就不好办了。”我说：“卫立煌不是黄埔同学，他能参加组织吗?”他说这是例外，我回来对卫说，胡坚持杂色部队的将领不能参加组织。卫说：“我们战区大多数是杂色部队。他想利用组织来玩弄我，妄想，不干。”这件事就以此告吹了。

1938 年卫立煌靠拢中共不久，胡宗南就知道了。1939 年夏，我请假到西安家里，有好几天胡接连找我去谈话，想从我口中了解卫的情况。闲扯几天后，他说：“听说朱德多次到洛阳同卫立煌谈话，你知道吗?”我说：“不知道，但我认为果然有也是很平常的事，因为八路军是属于第一战区的战斗序列，军费和军用物资由战区转发，需要接洽。”有一次胡更露骨地说：“我在西安处境很不好，陕北有共产党，山西的阎锡山有投日的倾向，河南的卫立煌同共产党拉得很紧，我在这三面楚歌中。”

1942 年初，八路军驻洛阳办事处处长袁晓轩，背叛革命，投靠军统特务头子戴笠，供出卫立煌和陈铁向中共靠拢的事情后，卫立煌被留在重庆，撤去他的第二战区司令长官和河南省主席的职务，派蒋鼎文接任。当时我是三十六集团军（川军）副总司令兼第 14 军军长。蒋鼎文到职后，找我去说："我由西安来的时候，胡宗南对我说，你到洛阳谨防陈铁杀你。我说陈铁同我关系很深（指的是在黄埔军校我是他区队的学生），不会杀我。"蒋接着说："主要是卫立煌的问题，你是受他的影响，有我帮你说话，不要怕，安心做下去，我已告诉袁晓轩不要再写你的材料。"蒋到职不久去重庆回来对我说："要你辞军长兼职，我帮你说了话，无效。"蒋把我的辞呈报上去没有几天又找我去说："重庆回电仍要你兼军长。"我问为什么，他说恐怕是因调了裴昌会的军长，所部闹事的缘故。

1943 年春，又要我辞军长兼职。我辞去后去西安家里，胡宗南除帕特务暗中监视外，并派范汉杰等高级将领以看我为名进行多方盘问。有一次，范无中生有地问我说："听说卫立煌派你当代表去过延安？"到 1944 年夏，因先父在遵义病故，才得第一战区副长官曾万钟帮忙代向长官陈诚请准假回籍葬父。后来卫立煌出任由陈诚推荐的云南远征军司令长官后，先要我去当怒江警备总司令，继要我去接任宋××的兵团司令，后又要我去当他的参谋长，我都回信推辞了。

抗战胜利，远征军司令长官部撤销，何应钦由重庆电遵义要我去见。到后，遇着何的侄儿、黄埔一期同学何绍周，他问："要你来做什么？"我答不知道。他说："是李默庵告状说卫立煌和你同共产党有关系，因此电你来询问，要做好应付的准备。"第二天我到何应钦的家里，何开门见山地说，"你同卫立煌的关系很好，你同我的关系也不差，今天有件事问你，希望你不偏在一边，说真实话，卫立煌参加共产党没有？"我说据我所知没有。他说："卫单在远征军要的钱就不少，卫用钱很省，一定支持共产党了。"我说："不会，他是一文钱都要分成两半边用的人，哪肯以大量的钱支持共产党。"何说："校长打算要他到徐州指挥部队同共产党打，怕他参加共产党，问题就大了，要我作认真的了解。算了，你我都不要负责为好。"我当天到范庄看卫，没有谈何所说的事情，第二天就回遵义了。

1948 年 4 月，我在遵义家里，东北"剿共"总司令卫立煌接连来电、来信要我去当副总司令，我复信说早就不愿做官了。在卫一再催促下，最后复信说："准备来看看你。"我 5 月到沈阳，为了摸一摸卫去美国回来后的思想，我说："今天东北的形势好像下围棋，长春已经是一片死子；锦州有葫芦岛这个眼，但不可靠；沈阳是主力所在地，为什么不在营口做个眼呢？"卫说："等周围搞掉就好办了。苦的是没有自己的部队，你看可不可以把 14 军调来？"我说："14 军改编为整编师后，早就被陈诚和胡宗南瓜分了。"卫说："你赶快找两三个人来当军长。"我问："为什么不把彭杰如调来？"他说；"彭过几天就到，准备要他当副参谋长兼郑洞国兵团副司令。"在简单的对话中，我虽已了解卫的思想，但觉得无法帮助，要求回家。他不仅不同意，还是坚决要我找人来当军长，并一再要把几个军组成兵团，要我兼任兵团司令。我坚决推辞说，时间紧迫，当一个光杆司令不起作用。后来调沈向奎来当军长，把**锦州的几个师编给他，沈只当十多天的军长，锦州就解放了。

**8 年 10 月初，蒋介石电卫去南京，卫起身时交代我："不管什么人来电调动军队，不要动，等我回来再说。”去后第二天就与参谋总长顾祝同一同回来，顾住卫家里。卫一到就找我去，他对我和他的夫人韩权华说：“这次要我去京，是要我派部队增援锦州，我坚决反对，说在中途就有全军被解决的危险，若去，肯定是百分之百的失败。因此特派顾总长同来监督出兵。我们不能同共产党破脸，志坚，你快去召集军长以上开会，引导他们反对出兵。”我立即去召集会议，对大家说：“卫总司令由京回来了，总统要他派部队沿铁路去增援锦州；卫总司令当即反对说，在中途就有被解决的危险，若去肯定是百分之百的失败。总统却坚决要出兵援锦，并派顾总长同来监督行动，大家有意见就尽量说。”廖耀湘首先发言说：“总司令说得很对，中途就有被解决的危险，我坚决反对出兵。”大家赞成廖耀湘的意见，同声反对出兵。我说：“我把你们的意见报告总司令。”散会后，我向卫报告开会情况，经卫转告顾。第二天顾对军长以上讲话，一开始就怒气冲冲地说：“总统要出兵增援锦州，你们反对。总统的命令都不服从，真想不到你们东北的将领是这种样子。”顾回去同卫继续争吵，弄得脸红筋胀，顾坚持要出兵，卫坚决不干。后来顾提出援兵先到新民县集中看情况再说，卫同意了。我当即感到顾斗心机得胜了，得回去销差了。顾回去后，蒋介石接着就来了，集合军参谋长以上作了平心静气的讲话，说：“部队留在东北很危险，我是来要大家破釜沉舟去增援锦州后离开东北进关。”他讲完后问大家有什么意见，除廖耀湘表示不同意援锦外，没有人出声。蒋问赵参谋长有意见没有?陈副总司令有意见没有?我答没有，他就宣布散会了。

蒋回到驻地对卫说：“要在锦西设剿共总指挥所，谁去当主任?”卫说：“陈铁。”蒋同意后找我去说：“你明天同我飞北平，再经天津到锦西。”我说需要时间组织指挥机构。他问要多少时间，我说：“3 天。”他说：“好。”10 月 8 日，指挥所人员乘十多架运输机飞北平，我去见蒋时，侯镜如已在。蒋说：“锦州情况很紧，已经要侯镜如同学去指挥锦西部队增援。”我说：“我即率指挥人员乘原机飞回沈阳。”他说：“去锦西，以后还是要你指挥。”我就同副主任兼参谋长彭杰如和副主任陈泰运率指挥所人员去锦西。到后，兵团司令侯镜如正在指挥部队攻塔山。

锦州解放的第二天，蒋介石由沈阳乘一架小飞机到锦西，在未经试飞过的机场降落。侯镜如借得一辆旅行车约我同去接他到休息地，他召集一些将领讲话说：“要你们增援锦州，许多天打不过去，是什么黄埔学生?是蝗虫。锦州已经‘沦陷’，范汉杰下落不明，若有问题，杀你们的头。”接着要带来的参军罗泽闿下令，部队由陈铁指挥，任罗奇为督战官。蒋说；“敌人会来攻锦西，赶快布防取守势。”他对我和罗说；“兵团司令以下不服从就地枪毙，报请备案。”继用手指着我说：“你完不成任务就杀你的头。”接着来人请他去吃中饭，他要我一道去吃，我说：“吃过了。”(其实没有吃，是生气)他刚坐下吃饭，我去了，我说：“报告总统，你要我指挥部队争取守势，完不成任务就杀我的头。我的头没有你杀的。我自从军校毕业后一直是带兵，没有打过败仗。在抗战期间，我当军长，每次左右友军败退后，我还是坚守阵地，誓与阵地共存亡，要奉到撤退命令才遵命撤退。我一直归卫总司令指挥，你可问他。我为了保持我一生不打败仗的光荣，如果到不得已时我只有自杀，所以我说我的头没有你杀的。不过从 1943 年春你第二次要我辞军长兼职后，到现在就没有直接带兵，不免对带兵作战生疏了。”蒋听了我这些牢骚话后，无话对付，只说：“好好好。”

从我 10 月 17 日至 24 日这 8 天的负责中，解放军没有进攻，平静无事。24 日杜聿明任冀热辽边区司令部司令来到锦西，我自动撤销指挥所，分别电蒋、卫备案，去天津住几天又到北平同卫见一面后飞南京。我从 10 月上旬离开沈阳，就不知该地的情况，只在锦州听说蒋对卫不信任，派杜聿明当副总司令，负责指挥部队；并听说杜曾去督促廖耀湘积极行动增援锦州。

我到南京住一段时间后，得知卫到京住在家里，有宪兵监视，不准见客；加的罪名是按兵不动，贻误戎机。有一天他派车接我，称是家里人去见一面。此后我就回遵义了。直到 1949 年下半年，接卫由香港来信，才知他已经脱险到港。他接连给我三封信，我认为有问题，又一定被蒋特检查送蒋，对我不利，所以我在回信中尽量把问题冲淡。他第一封来信问：“时局日益紧张，你作何打算?”我回信说：“想逃走，没有钱。只好听天由命。”第二封来信问：“西南有多少部队?布置如何?”我回信说：“部队不少，只是新兵太多。”第三封来信说：“到紧要的时候，你打电报给我。”并附简单的密电码。我回信说：“信和电码收到，我不需要和你通电，香港是是非复杂之地，不宜久住，应早日离开。”我当时感到的是：他既关心我的前途，又不顾我的安危，当然，1949 年 4 月，上海地下党要我回贵州待时策动解放的事情，他是不知道的。1949 年 8 月底，蒋由重庆电告遵义专员通知我去见。我 9 月 1 日见他，他首先表示关心地问：“伯母好吗?”接着问：“你同卫立煌在沈阳别后见过面没有?”我说：“在北平见过。”他问：“你同他通信没有?”我说：“他从香港写给我三封信，我都回了信。他说：“他住香港不是好人，以后不要同他通信。”他最后说：“没有事了，你回去吧。”这证明蒋特已把卫和我的通信送给他看过了，并引起了他的重视。

（录于《贵州文史资料选辑》第二十四辑）

晏东荟二首

题团中校刊

遥望兰天兴正赊，临风把酒话桑麻。
先贤早重开书院，新秀无惭遍海涯。
梅岭秋云歌一曲，莺溪春水暖千家。
园林此日欣飞雨，桃李明朝尽着花。

（壬戌（1982 年）冬）

题贺团溪中学八十周年校庆

荨溪雨露沃春芽，桃李成溪众人夸。
八十周年迎校庆，三千师友荟英华。
青山有幸人才出，粉椠无惭岁月加。
历尽劫波归故里，山山水水思无涯。

（1986 年）

附一：西坪著作辑录

陈弥高：《西山樵史集》。

大　冶：《大冶语录》《虎丘禅师语录》《大冶方外集》。

陈启相：《平水集》百余卷、《紫云休暇集》《摩吉诗评》《沥胆将军逸事记》《掌山法语》。

谈　亮：《卖闲愁集》诗文数十卷。

罗兆甡：《明日悔集》《覆瓿（bù）集》《北上集》《问石集》。

谈　宣：《拾遗集》《巴塘杂记》。

李先立：《北山诗文集》。

李　翔：《自娱诗草》《北山年谱》《儒宗录·四书正讹字音》。

李涵候：《笔峰诗集》。

陈在元：《贻愓斋文稿》《归去来诗抄》。

陈国笃：《伤寒剖绪眼科六要》《方夜求同文稿》《李东垣十书注》《伤寒论述疏》。

李　越：《望云诗草》。

郑淑昭：《树蕙背遗诗》一卷、《慈教碎语》一卷（子赵怡口述）。

赵廷璜：《慕青草堂集》一卷、《新宁谕蒙诗九章》一卷。

唐　贞：《云英吟卷》一卷。

赵廷铭：《含光石室诗草》。

赵　怡：《转注新考》《文字述闻》六卷、《汉謍生诗前集》八卷、《汉謍生诗后集》二卷、《光绪名山县志》十五卷。

华　璇：《问字楼诗稿》。

罗绵纤：《香草楼诗卷》一卷。

赵　懿：《蜀江滩石记》一卷、《江行日记》一卷、《观海录》一卷、《北征日记》一卷、《名画经眼录》一卷、《鹑居杂志》一卷、《榕轩茗谈》一卷、《南农录》一卷、《支易》二卷、《巴山夜语录》一卷、《延江生诗集》十二卷、《延江生文集》二卷、《梦悔楼词》一卷、《词微》二卷、《悔予诗赋》一卷、《名山县志》十五卷。

赵　恺：《巢经巢全集》《巢经巢诗钞后集》《郑子尹先生年谱》《平水旧闻》近泉居杂记》《剑山庐杂话》《遇徐特立先生记事》《郑莫黎三先生事实征集》《赵乃康诗文集》《同名录》《读〈说文解字〉》《续遵义府志》三十五卷（与杨恩元合撰）、《子午山纪游册》（赵乃康编撰，孤儿院石印社石印）。

赵　秐：《含光石室诗草》四卷。

赵冰如：与丈夫卢宗彝作品合集《湘江草堂全集》。

[illegible]华：新诗集《血泪》、自传体小说《飘零人自传》、词集《相思词》、散文集

《哭父》、旧体诗集《飘零集》、中篇小说《抗争》。

杨干之：《巢经巢诗钞注释》。

马明刚：《随意集》。

古开伦：参编《中国高等学校的变迁》《贵州高等学校校史汇编》《中国名校》《贵州省情·教育综述·普通教育》《贵州教育年鉴》（1949～1987）《贵州大事记》《贵州省志·人物志》《贵州省志·科学技术志》《贵州省志·教育志》《贵州省志·社会科学志》，担任了《贵州省志·民政志》常务副主编、《贵州省志·教育志》副主编、《贵州教育史》副主编。其中，《贵州省志·教育志》获全国新编地方志优秀成果一等奖，《贵州教育史》被列为贵州省“五个一工程”评选范围。

杨筑芬：《马克思主义哲学》。

唐流德：新诗集《心曲集》、长篇纪实文学《怎样成了营销高手》《记者公民》、纪实散文集《人生几何》、中篇报告文学《鲁石和他的经营哲学》《探索者》、长诗《尊严》。

李清竹：诗集《清竹疏林》《拾穗集》。

康国政：与阚前华，张娟合编研究生教材《大型有限元程序的原理、结构与使用》，与杨翊仁合编《断裂与疲劳及结构安全性评定》。

附二：西坪人《播雅》存诗统计

虎邱禅师大冶	3 首
陈御史启相	25 首
谈隐君亮	13 首
罗鹿游兆甡	100 首
谈举人惟迪	1 首
李北山先立	68 首
李教谕翔	7 首
谈洵县宣	37 首
李岁贡翥	1 首
李举人涵侯	7 首
谈秀才中信	7 首
李教谕懋思	10 首
李岁贡樾	14 首
赵秀才天开	1 首
合计	14 人 294 首

后　记

应播州区西坪党委政府之邀，遵义市历史文化研究会组织了几位会员于2017年7月中旬先期到西坪考察，然后与西坪的党政领导共同策划了一个活动，以西坪镇核桃产业扶贫项目，首次挂果开采举办“核桃节”为契机，举行一次“喜迎十九大，百名学者进西坪”的大型采风活动。这次活动得到贵州省写作学会遵义联络处、遵义市书画院的积极响应和大力支持。遵义市历史文化研究会组织了三十人左右的强大队伍参加了这次采风活动。十月十二日，活动结束后，收到采风的专家、学者和乡友的各类文章、诗、画等作品近百篇。前往采风活动的各界朋友，被西坪党政领导重视文化、弘扬西坪“平水里文化”的高度自觉性和大手笔所感染，尤其是许多首次到西坪的学者为西坪有“进士之乡”“将军故里”美誉的深厚的历史文化而震撼，被西坪众多的历史遗迹，“掌台山虎丘寺”、“李天官”故居、笔峰山“北山书院”遗迹、一代鸿儒赵乃康先生之墓、抗日名将陈铁故居及墓，以及西坪秀美的山川，天然氧吧所折服、所陶醉。《遵义日报》《遵义晚报》和播州电视台的记者对这次活动给予了充分的报道和高度的评价，收到了良好的社会效果，引起上级领导和社会各界的关注。

西坪镇党委政府决定将此次采风活动的成果汇集成书，为今后“生态立镇、文化兴镇”，发展战略服务。遵义市历史文化研究会领受委托后，即与写作学会和西坪镇有关人士共同组成编辑部，群策群力，多次讨论研究书名、篇章板块、分类结构。在充分吸纳了各方意见后。本书在编辑过程中既考虑到让关心热爱家乡的乡友、贤达和社会各界对西坪的情况有一个宏观的认识了解，又考虑到如何将西坪众多前贤的遗著选择一部分代表作收录其中，使关心热爱关注西坪的人士有一个了解、认识，研究的凭藉。本书不但将各位采风学者的诗文收到书中，还收录了部分文化老人的回忆文章，如：对陈铁将军的回忆，对赵乃康先生的回忆文章。以便让大家阅读本书时能对西坪的历史文化和先贤的了解更深刻一些，全面一些。采风的各位专家学者，从不同的角度、不同的视野和方位对西坪的观察分析，乡人对家乡的感悟，对西坪自然美景的赞颂，以及书法家、画家、摄影家的作品，尽量选用。

遗憾的是：由于时间仓促，有的作品未能收齐，难免会发生疏漏和文章的错漏。望各位阅读后不吝指教，在此深表谢忱。

编　者

2018年1月25日